미움, 우정, 구애, 사랑, 결혼

미움, 우정, 구애, 사랑, 결혼

앨리스 먼로
서정은 옮김

웅진 지식하우스

새러 스키너에게 감사의 마음을 전하며

차례

미움, 우정, 구애, 사랑, 결혼

HATESHIP, FRIENDSHIP, COURTSHIP, LOVESHIP, MARRIAGE

한참 전에, 기차가 여전히 이런저런 작은 역에 서던 그 시절에, 주근깨가 난 넓은 이마에 붉은 곱슬머리를 가진 한 여자가 역 안으로 들어와 가구 배송에 대해 물어보았다.

역무원은 종종 여자들에게, 특히 못생긴 데다 장난이라도 걸어주면 오히려 달가워하는 그런 여자들에게 짓궂게 구는 일이 있었다.

"가구요?" 그런 생각을 하는 사람은 처음 보았다는 듯 역무원이 물었다. "그래요, 어떤 가구를 말씀하시는 건가요?"

식탁과 거기 딸린 의자 여섯 개, 침실용 가구 일체와 소파, 커피테이블과 낮은 탁자, 거실 등, 아, 그리고 진열장이랑 식기 세트까지.

"와, 집 전체를 옮기시는 거군요."

"그렇게 많지는 않을 거예요. 부엌살림은 없으니까요. 방 하나짜리 집에 들어가는 그런 짐이에요." 그녀가 말했다.

언제라도 튀어나와 싸울 준비가 되어 있다는 듯 그녀의 치아는 모두 앞쪽으로 몰려 있었다.

"그러면 트럭을 부르셔야 할 거예요." 그가 말했다.

"아뇨, 기차로 부치고 싶어요. 서쪽으로, 서스캐처원으로 가는 기차 편에요."

귀머거리나 바보에게 말을 하는 것처럼 그녀는 큰 소리로 외쳐 댔다. 발음이 좀 이상하기도 했다. 특이한 억양이 섞여 있었던 것이다. 네덜란드 사람인가, 그는 생각했다. 이 근방에는 네덜란드 사람들이 더러 살고 있었던 것이다. 하지만 그녀는 혈색 좋은 흰 피부며 금발 같은 네덜란드 여자 특유의 특징을 지니고 있지 않았다. 사십 아래줄인 것 같았지만, 나이 따윈 별로 궁금하지도 않았다. 어차피 한 번도 미인 축에는 끼지 못했을 그런 얼굴이었으니까.

그는 일 이야기로 돌아갔다.

"일단 사는 곳에서 트럭으로 짐을 이리 실어오셔야 해요. 그리고 기차가 서스캐처원으로 가는지도 봐야 하고요. 아니면 다른 곳으로, 그러니까 리자이나 같은 곳으로 보내서, 거기서 짐을 받아야 할 거예요."

"그디니아로요. 열차가 그리로 지나가요." 그녀가 말했다.

벽에 걸어둔, 기름때 묻은 노선 표를 책상에 내리면서 역무원은 그녀에게 그디니아의 철자가 어떻게 되는지를 물어보았다. 그녀는 지갑에서 종이를 한 장 꺼내더니 줄에 매달린 연필을 들어 직접 철자를 적기 시작했다. 그 ─ 디 ─ 니 ─ 아.

"그디니아가 무슨 나라 말이죠?"

그녀는 모르겠다고 대답했다.

그는 연필을 돌려받더니 선로를 하나하나 짚어가기 시작했다.

"이 위쪽에도 역은 많은데 이쪽은 다 순 체코나 헝가리, 우크라이나 식 이름이 붙어 있는 곳들이에요." 그가 말했다. 갑자기 그녀가 그 나라들 중 하나에서 왔을지도 모른다는 생각이 들었다. 그러나 사실을 말한 것뿐인데 뭐 어떠랴.

"여기 있군요. 맞아요. 기차가 그리로 지나가네요."

"그래요. 금요일에 짐을 부치고 싶은데, 가능한가요?" 그녀가 말했다.

"그날 실을 수는 있는데 언제 도착할지는 장담할 수 없어요. 급한 것부터 먼저 보내니까요. 나와서 짐을 받을 사람이 있나요?" 그가 물었다.

"네."

"금요일 기차는 화물, 여객 겸용차인데요. 2시 18분 발이에요. 금요일 아침에 트럭으로 짐을 실어오면 되겠군요. 시내에 사시나요?"

그녀가 주소를 적어주며 끄덕였다. 엑서비션 가 107번지.

엑서비션 거리는 알았지만 시내 집들에 번지를 매긴 지가 얼마 되지 않아서 주소만 봐서는 어디쯤 있는 집인지 얼른 짐작이 가지 않았다. 그때 그녀가 맥컬리 씨 이름을 말했다면 역무원은 좀 더 흥미를 가졌을 테고, 그러면 모든 것이 좀 달라졌을지도 모르겠다. 그쪽 지역에는 '전시 가옥'이라고 불리긴 하지만 사실은 전쟁 이후 지어진 새집들이 모여 있었다. 그는 그저 이 집도 그중 하나일 거라고

만 생각했다.

"돈은 짐을 보낼 때 내세요." 그가 말했다.

"그리고 같은 열차에 제가 타고 갈 자리도 하나 예약해 주세요. 금요일 오후에요."

"같은 곳으로요?"

"네."

"토론토까지는 같은 열차로 가서 거기서 대륙 횡단 열차로 바꿔 타야 돼요. 밤 10시 30분에 출발하네요. 침대칸으로 드려요, 아니면 일반석으로 드려요? 침대칸 하시면 간이침대가 나오고요, 일반석 하실 거면 낮에 탄 그 자리에 그냥 계속 계시면 돼요."

일반석으로 하겠다고 그녀는 대답했다.

"서드베리에서 다시 몬트리올 행 열차로 바꿔 타야 하는데, 그때는 내릴 필요 없어요. 그냥 타고 계시면 역무원들이 선로를 바꾸고 열차를 몬트리올 행 차량에 연결할 거예요. 그러고 나면 아서 항으로 가서 다시 케노라로, 리자이나까지 내리지 말고 쭉 가세요. 거기서 내려서는 지선으로 바꿔 타시면 됩니다."

그녀는 그가 금방 차에 올라타고 그녀에게 차표를 건네주기라도 한 것처럼 고개를 끄덕거렸다.

속도를 늦추면서 그가 다시 말했다. "하지만 가구도 같은 날 도착할 거라고는 장담 못해요. 아마 하루 이틀쯤 늦기 쉬울 거예요. 급한 것부터 보내니까요. 누군가 당신을 마중 나올 건가요?"

"네."

"잘됐군요. 거긴 별로 역 같지가 않을 거예요. 그쪽은 여기하고는 다르니까요. 아직 철도가 별로 발달하질 않아서."

그녀는 지갑 안의 작은 천 지갑 속에서 노인네들처럼 돌돌 말아 넣어둔 지폐를 꺼내 승객용 요금을 지불했다. 잔돈 역시 세어보았다. 그러나 이번에는 노인네들과 달리 손바닥에 동전을 늘어놓더니 눈으로 찬찬히 살펴볼 뿐이었다. 하지만 한 푼도 빠뜨리지 않고 세었을 것이 분명했다. 그다음 그녀는 한마디 인사도 없이 무례하게 돌아서 떠나버렸다.

"그럼 금요일에 뵙죠." 역무원이 소리쳤다.

이렇게 따듯한 구월 오후에 그녀는 길고 우중충한 코트를 입고, 촌스러운 레이스를 단 신발에 발목까지 오는 양말을 신고 있었다.

그녀가 돌아와 사무실 문을 두드렸을 때 그는 막 보온병에서 커피를 따라 마시려던 참이었다.

"제가 보내는 가구 말인데요." 그녀가 말했다. "그거 다 좋은 가구들이거든요. 새것이나 다름없어요. 긁히거나 부딪쳐서 상하면 절대 안 돼요. 가죽 냄새가 나도 안 되고요."

"걱정 마세요. 짐 부치는 건 여기 전문이니까요. 가구 부치는 차량으로 돼지를 운반하는 일도 없고요."

"여기서 보낼 때하고 똑같은 상태로 도착해야 하는데, 걱정이네요."

"가구 사실 때 말이에요. 가게 안에 있는 가구들이 어떻게 거기 있다고 생각하세요? 거기서 만들었을 리는 없잖아요, 그죠? 어디 다른 데 있는 공장에서 만들어서 그리로 옮겨 온 거 아니겠어요. 그런 것도 보통은 다 기차로 옮기는 거예요. 그러니까 역무원들에게 맡겨 두세요. 가구를 어떻게 다뤄야 하는지는 그 사람들이 다 알고 있으니까요."

그녀는 여자 특유의 노심초사하는 기색을 인정하지 않겠다는 듯 무표정한 얼굴로 그를 바라보았다.

"그래야 할 텐데요. 그랬으면 좋겠군요." 그녀가 대답했다.

역무원은 별생각 없이 자신이 시내 사람들을 죄다 안다고 말하곤 했다. 사실은 기껏해야 절반 정도뿐이었지만 말이다. 게다가 그가 아는 사람들은 며칠 전에 이곳에 왔거나, 하루 이틀 있다가 떠날 사람들이 아닌 마을의 주요 지역민들이었다. 하지만 그는 서스캐처원으로 가려는 그 여자를 알지 못했다. 자기가 다니는 교회의 교인도 아니었고 애들이 다니는 학교 선생도 아니었으며, 잘 가는 식당이나 사무실에서 일하는 직원도 아니니 모르는 것도 당연했다. 게다가 그가 드나드는 라이언 클럽이나 리전, 오드펠로니 엘크스 같은 모임 회원의 부인 중 하나도 아니고 말이다. 돈을 꺼낼 때 왼손을 보았는데 반지가 없는 걸로 보아서는 결혼한 사람이 아니었다. 별로 놀랄 일은 아니었다. 신발이나 스타킹 대신 발목까지 오는 양말을 신은 모양새며, 대낮에 외출하면서 모자나 장갑도 끼지 않은 것을 보건대 시골에서 농사짓는 여자인 것도 같았다. 하지만 그녀의 태도에는 농가 여자들이 흔히 보이는 망설임이나 불안 같은 것이 없었다. 시골 사람 특유의 예의범절 같은 것도 없었다. 사실은 예의라고는 아예 모르는 사람이었다. 그를 마치 안내 방송 기계 대하듯 하지 않았던가 말이다. 게다가 적어준 주소에 엑서비션 가라고, 시내 주소가 적혀 있기도 했다. 사실 그녀를 봤을 때 그는 텔레비전에서 보았던, 밀림 어딘가에서 자신이 수행한 선교 사업을 이야기하던 수수한 옷차림의 수녀를 떠올렸다. 아마 밀림에서 움직이기에 수월하도록 수녀복 대신 그런 옷을 입은 것 같았다. 그녀는 사람들을 행복하게 하는 것이 자기 종교의 존재 이유라는 듯 때때로 미소 짓곤 했지만, 관객을 향한 대부분의 시간 동안 세계의 모든 사람들이 그저 자기를 우러러보기 위해 존재한다고 믿는 듯한 표정을 짓고 있었다.

조해너는 그동안 하려고만 하다가 계속 미뤄두었던 일을 하나 더 처리해야 했다. 밀레이디라는 이름의 의상실에 가서 옷을 하나 사야 했던 것이다. 전에는 한 번도 그 가게에 가본 적이 없었다. 양말이나 뭐라도 살 일이 있으면 언제나 캘러그핸스 신사숙녀 아동복 점에 들리곤 했기 때문이다. 그녀에게는 윌레츠 부인에게서 물려받은 옷들이 많이 있었다. 이를테면 지금 입은 코트 역시 부인이 한 번도 입지 않고 있다가 조해너에게 물려준 옷이었다. 뿐만 아니라 지금 맥컬리 씨 집에서 돌보는 여자아이인 새비서 역시 사촌들한테 비싼 헌 옷들을 잔뜩 물려받아서 옷을 살 일은 별로 없었다.

밀레이디 의상실의 창에는 꽤 짧은 스커트에 낙낙한 재킷을 걸친 마네킹 둘이 서 있었다. 하나는 바랜 듯한 금색 재킷이었고 다른 하나는 부드러운 소재의 짙은 녹색 재킷이었다. 요란스러운 색종이로 만든 단풍잎들이 마네킹의 발밑과 창문 이쪽저쪽으로 흩뿌려져 있었다. 사람들이 대부분 나뭇잎 치우는 것 때문에 골머리를 앓는 철에 여기에서는 나뭇잎들이 상전 노릇을 하고 있었다. 창에는 비스듬한 검은 서체로 '단순한 우아함, 가을 의류 특선'이라고 적혀 있었다.

그녀는 문을 열고 안으로 들어갔다.

바로 앞에서 커다란 거울이 그녀의 모습을 비춰주고 있었다. 질은 좋지만, 모양새라곤 없는 윌레츠 부인의 긴 코트와, 발목 양말 위로 몇 센티 드러난 뭉툭한 종아리.

여기에 거울을 둔 데는 다 이유가 있었다. 자신이 어떤 꼴을 하고 있는지 확인한 다음 들어가서 뭔가를 사서(이게 바로 그들이 바라는 것이겠지만) 이 모양새를 좀 바꿔야겠다는 마음이 들게 하려는 것이다. 이런 빤한 수작이라니. 꼭 필요해서 작심하고 온 게 아니었다면 그녀는 그냥 걸어 나가고 말았을 것이다.

한쪽 벽면으로 이브닝드레스들이 걸려 있었다. 야릇한 색상의 천에 망사와 비단 장식을 덧단, 화려한 야회복들이었다. 그 뒤로는 지저분한 손으로는 만지지도 못하도록 유리문 너머로 웨딩드레스가 여섯 벌 정도 걸려 있었다. 은색 구슬이나 작은 진주로 수놓은 순백색 주름 장식이며 바닐라 색 공단, 상앗빛 레이스들. 꼭 끼는 가슴 라인과 깊게 파인 네크라인, 넘실대는 치맛자락. 더 젊었을 때조차 그녀는 이런 화려한 옷들에 관심을 가져본 적이 없었다. 꼭 돈이 없어서만은 아니었다. 그저 언젠가 자신의 인생에도 변화가 일어나리라는, 은혜를 입는 일이 생기리라는 터무니없는 기대 따윈 해본 적이 없는 것이다.

이삼 분이 지나도록 아무도 나타나지 않았다. 어딘가에서 숨어서 그녀를 지켜보며, 이런 가게에 들어올 사람이 아닌데, 그냥 가버렸으면 좋겠는데, 생각하고 있는지도 모른다.

그러나 그녀는 나가지 않고 자신의 모습이 비치는 거울을 지나 리놀륨 바닥에서 푹신한 양탄자를 향해 걸어갔다. 마침내 가게 뒤쪽의 커튼이 열리더니 반짝이는 단추를 단 검은 정장을 입은 밀레이디가 직접 걸어 나왔다. 가느다란 발목과 하이힐, 꽉 조이는 거들 아래로 스타킹 스치는 소리, 화장한 얼굴 뒤로 바짝 당겨 묶은 금발 머리.

"창문 앞에 진열된 옷 좀 입어보고 싶어요. 녹색 옷이오." 미리 준비해 둔 목소리로 조해너가 말했다.

"아, 그거 정말 근사하죠. 진열된 건 사이즈가 10인데, 어디 보자, 14 정도 입으면 어떨까요?" 밀레이디가 물어봤다.

사각사각 스타킹 맞닿는 소리를 내며 그녀는 조해너 앞을 지나 정장과 일상복, 평범한 외출복 등이 걸린 가게 뒤쪽으로 걸어갔다.

"운이 좋군요. 14 사이즈가 있어요."

옷을 받자마자 조해너는 일단 가격부터 보았다. 예상한 금액의 두 배를 훌쩍 뛰어넘었다. 그녀는 놀라움을 숨기려 들지 않았다.

"굉장히 비싸군요."

"좋은 울이니까요." 그녀는 안쪽 라벨을 더듬거리며 찾더니 거기 적힌 옷의 소재를 읽어주기 시작했다. 하지만 단 처리를 살펴보던 조해너는 그녀의 말을 듣고 있지도 않았다.

"실크처럼 가벼운데도 강철처럼 튼튼하죠. 안감이 다 들어 있는 것 보이죠. 아주 느낌이 좋은 실크와 레이온 안감이에요. 어디 앉았다가 일어나도 싸구려 옷들처럼 구겨지고 모양이 변하는 일이 없죠. 소매랑 칼라의 벨벳 단이며 손목의 벨벳 단추도 보시고요."

"네, 보고 있어요."

"다른 데서는 볼 수 없는 이런 세심함 때문에 그만한 돈을 내는 거죠. 이렇게 벨벳을 댄 것이 참 마음에 들지 않아요? 가격은 완전히 똑같은데도, 저기 살구색 옷에는 없고 이 녹색 옷에만 벨벳 단이 달려 있어요."

조해녀가 보기에도 그 옷에 그처럼 섬세한 고급스러움을 더해주는 것은 바로 그 벨벳 칼라와 소매였다. 그녀 역시 그것 때문에 그 옷을 사고 싶은 마음이 들었다. 하지만 그 말은 하지 않을 생각이었다.

"가서 한번 입어볼게요."

이때를 대비해서 그녀는 미리 깨끗한 속옷을 입고 겨드랑이에 파우더를 발라두었다.

하지만 밀레이디는 눈치 빠르게도 환한 탈의실에 그녀를 혼자 두고 나가주었다. 거울이 두렵기라도 한 것처럼, 조해녀는 치마를 다 올리고 재킷의 단추를 잠그기 전까지 자신의 모습을 전혀 바라보지 않았다.

처음에는 그냥 옷만 살펴보았다. 나쁘지 않았다. 사이즈도 잘 맞았다. 치마가 평소 입는 것보다 좀 짧긴 했지만, 어차피 이 옷 자체가 그녀가 평소 입는 스타일은 아니었다. 옷 자체는 아무 문제가 없었다. 문제는 옷 밖으로 비어져 나온 부분들이었다. 그녀의 목과 얼굴, 머리와 큰 손, 두꺼운 다리들.

"어떠세요? 제가 잠깐 들어가서 봐도 될까요?"

보고 싶어 안달도 나겠지. 돼지 목에 진주 목걸이가 어떤 건지 보게 될 거야. 조해너는 생각했다.

밀레이디는 이쪽에서 바라봤다가 방향을 바꿔서 다시 또 바라보았다.

"우선 스타킹을 신고, 하이힐을 갖춰야 해요. 느낌은 어때요? 편안한가요?"

"옷은 괜찮아요. 옷 자체는 아무 문제가 없어요." 조해너가 대답했다.

거울 속에 비친 밀레이디의 얼굴 표정이 바뀌었다. 미소가 사라진 그 얼굴은 다소 실망하고 피곤한 것 같았지만, 아까보다는 좀 더 친절하게 보였다.

"이런 경우들이 종종 있어요. 옷은 실제로 입어봐야 알거든요. 그러니까 문제는, 손님은 체격이 좋아요. 좋지만, 강한 인상을 주죠. 골격이 크니까요. 하지만 그게 무슨 문젠가요? 저 딱 달라붙는 벨벳 장식 상의는 손님한테 어울리지 않아요. 그 옷이랑 더 씨름하지 말고, 벗어버리세요." 좀 전과는 달리 좀 더 편안한 확신을 가지고 그녀가 말했다.

옷을 벗고 속옷 차림인 조해너에게 그녀가 돌아와 문을 두드리더니, 커튼 너머로 손을 내밀었다.

"이걸 한번 입어보세요. 그냥 편하게 한번 입어보세요."

갈색 울 드레스였다. 우아하게 접히는 긴 스커트에 안감이 달린, 칠부 소매에 평범한 라운드 네크라인 스타일이었다. 얇은 금색 벨트를 제외하면 어디서나 살 수 있을 것 같은 그런 평범한 드레스. 아까 입은 정장만큼은 아니었지만, 평범한 스타일을 생각하면 여전히 꽤 비싼 가격이었다.

그러나 적어도 치마 길이는 조금 전 그것보다 더 적당한 것 같았다. 치마 주름이 우아하게 다리를 감싸고 돌았다. 그녀는 마음을 단단히 먹고 거울을 바라보았다.

이번에는 자기 몸이 사람들을 웃길 요량으로 옷 사이로 미어져 나온 것처럼 보이지 않았다.

밀레이디가 다가와 그녀 옆에 서더니, 안도하며 웃기 시작했다.

"손님 눈 색깔하고 같군요. 벨벳 옷을 입을 필요가 없겠어요. 이미 벨벳 눈을 가졌으니까요."

평소 같으면 코웃음을 칠 아부성 말이었지만, 그때는 그 말이 진실처럼 느껴졌다. 조해너의 눈은 크지 않았다. 만약 사람들이 눈 색깔을 물어보면 그녀는 아마 "갈색 비슷해요."라고 대답하고 말 것이다. 하지만 지금 그녀의 눈은 정말이지 깊고 부드럽게 윤이 나는 그런 갈색으로 보였다.

갑자기 자기가 예뻐진 것 같다거나 뭐 그런 생각을 한 게 아니었다. 다만 이 눈이 옷감이라면, 색깔이 참 곱겠다고 그렇게 생각했을 뿐이었다.

"정장 구두를 잘 안 신으시죠? 여기에 스타킹을 신고, 그냥 평범한 정장 구두를 갖추기만 하면……. 손님, 장신구도 거의 안 하시죠? 하지만 뭐, 지금도 괜찮아요. 그 벨트가 있으니까요." 밀레이디가 말했다.

흥정을 마무리 짓기 위해 조해너가 말했다. "이걸 살게요. 포장해 주세요." 그녀는 기분 좋게 묵직한 치마와 조신한 금색 리본 벨트를 벗는 것이 아쉬웠다. 뭘 걸치느냐에 따라 자기가 좀 그럴듯해지는 것 같은 이런 어리석은 느낌은 평생 한 번도 가져본 적이 없는 그녀였다.

"좋은 일이라도 있으신가 봐요." 조해녀가 서둘러 자신의 칙칙한 원래 옷으로 갈아입고 있을 때 밀레이디가 큰 소리로 물었다.

"결혼을 하게 될 것 같아요." 조해녀가 대답했다.

자기 입에서 나온 말에 그녀는 깜짝 놀랐다. 큰 문제는 아니었다. 밀레이디는 조해녀 주변의 사람들을 모르고, 또 그 사람들과 이야기를 나눌 일도 없을 것이다. 하지만, 그래도 이런 말은 아무한테도 하지 않을 생각이었다. 어쩌면 이 여자에게 뭔가 신세를 졌다고 생각했는지도 모르겠다. 녹색 정장의 경악을 공유하고 이 갈색 드레스를 함께 찾아내는 사이에 뭔가 유대라도 생긴 건지도. 그러나 사실은 말도 안 되는 이야기다. 이 여자는 옷 파는 사람에 불과하고 지금 막 한 건 올렸을 뿐인 것이다.

"와! 좋겠어요." 그녀가 소리쳤다.

그럴 수도 있겠지. 조해녀는 생각했다. 아닐 수도 있고. 그녀는 다시 또 생각했다. 사실 그녀는 누구하고든 결혼할 수 있었다. 일 부려먹을 사람이 필요한 가난뱅이 농부나 간병인이 필요한 반 절름발이의 헐떡이는 늙은이와도 혼담이 오갈 수 있었던 것이다. 그녀는 조해녀에게 허락된 남자들이 어떤 종류의 사람일지 전혀 알지 못했다. 사실 밀레이디가 관심을 가질 일도 아니었다.

"한참 밀고 당기는 중인가 보군요." 조해녀의 우울한 생각을 읽어내기라도 한 것처럼 그녀가 말했다. "그래서 손님 눈이 거울 속에서 반짝이는 것 같은데요. 고급 포장지로 쌌으니까요. 가만히 꺼내서 걸기만 하면 다시 원래대로 보기 좋게 펴질 거예요. 혹시 원하시면 조금 다림질을 하셔도 되는데, 아마 안 그러셔도 될 거예요."

이제 돈을 건넬 일만 남아 있었다. 둘 모두가 서로를 보지 않는 척하며 상대방을 바라보았다.

"그럴 만한 가치가 있어요. 결혼은 한 번뿐이잖아요. 뭐, 항상 그런 건 아니지만요……." 밀레이디가 말했다.

"저는 그럴 거예요." 조해너가 대답했다. 그녀의 얼굴이 화끈 달아올랐다. 사실 마지막 편지에서조차 결혼 이야기는 나온 적이 없었기 때문이다. 조해너는 자신의 계획, 혹은 그렇게 되리라고 믿고 있을 뿐인 사실, 어쩌면 하지 않는 편이 더 나을지도 모를 선택에 대해 밀레이디에게 이야기하고 있었던 것이다.

"어디에서 남편 분을 만났어요? 첫 데이트 때는 무얼 했죠?" 여전히 호기심 섞인 명랑한 목소리로 그녀가 물어보았다.

"가족을 통해서 만났어요." 조해너가 사실대로 이야기했다. 더 말할 생각은 아니었는데 자기도 모르게 이야기를 계속 했다. "런던의 웨스턴 페어에서요."

"런던의 웨스턴 페어라……." 밀레이디가 말했다. 그녀는 지레 '저택에서의 파티'라도 생각했을지 모른다.

"그이 딸이랑 개 친구도 함께 갔었죠." 사실 그와 새비서, 그리고 이디스에 끼어 갔을 뿐인데, 라고 생각하며 조해너가 말했다.

"오늘은 보람 있는 하루인걸요. 행복한 신부가 될 분에게 옷을 팔았으니까요. 그것만으로도 쓸모 있는 일을 한 것 같아요." 밀레이디는 옷상자 위로 불필요하게 큰 리본을 만들고 핑킹가위로 모양을 내어 끝을 잘라내며 말했다.

"가게에 종일 있잖아요. 어떨 때는 정말 뭘 하나 하는 생각이 들어요. 그래서 제 자신한테 물어보죠. 대체 여기서 뭘 하는 거냐고요. 쇼윈도에 새 옷을 걸기도 하고 손님을 끌어보려고 이 짓 저 짓 해보지만, 손님이 단 한 명도 들어오지 않는 날, 아니 날들이 있어요. 저도 알아요. 사람들은 이 옷들이 너무 비싸다고 생각하죠. 하지만 이건 좋은 옷들이에요. 좋은 옷이니까, 그만한 품질을 원하면 그 값을 지불해야 하는 거죠." 밀레이디는 말을 계속했다.

"이런 걸 원하면 들어와서 사야죠. 다른 데 어딜 가서 이런 옷을 사겠어요?" 이브닝드레스들을 바라보며 조해너가 말했다.

"바로 그거예요. 다른 데서는 못 구하죠. 하지만 사람들은 도시로 가요. 다들 도시로 가죠. 100킬로든 200킬로든, 기름 값은 생각지도 않고 가는 거예요. 여기 물건보다 더 좋은 걸 살 수 있다고 생각하면서 말이죠. 하지만 어림없어요. 질이 더 좋지도 않고, 물건이 더 많지도 않으니까요. 사실은 아무것도 없어요. 그런데도 동네에서 결혼식 의상을 샀다고 하기는 부끄러우니까 그렇게들 하는 거예요. 아니면 들어와서 입어보고는 좀 생각해 보겠다고 하고는 가버리죠. 다시 오겠다고, 그렇게들 말해요. 그러면 저는 '그래, 무슨 뜻인지 알겠어.' 그렇게 생각하죠. 그러니까 키치너건 런던에건 가서 같은 물건을 더 싸게 살 궁리들을 하는 거예요. 일단 거기까지 가서는 더 싸지 않다고 해도 더 보러 다니기도 힘들고 하니까 그냥 살 수밖에 없죠. 모르겠어요. 내가 만약 이 지역 사람이면 좀 달랐을지 어떨지. 여기 사람들은 무척 배타적인 것 같더라고요. 여기 출신이 아니시죠? 그렇지 않나요?" 밀레이디가 물었다.

"네, 아니에요." 조해녀는 대답했다.

"사람들이 배타적이지 않던가요?"

배타적이라.

"그러니까, 바깥 사람들은 끼어들기가 힘들다고요."

"난 원래 혼자 잘 지내서요." 조해녀가 대답했다.

"그래도 누군가를 만나셨잖아요. 이제 더 이상 혼자가 아니죠. 정말 좋은 일 아녜요? 언젠가 결혼해서 집에만 있는다면, 정말 얼마나 좋을까 하고 생각을 해봐요. 물론 전에 결혼한 적이 있긴 하지만, 그때도 일을 계속했거든요. 아, 언젠가는 달에서 남자가 하나 이리 걸어 나와서 저랑 사랑에 빠질지도 모르죠. 아, 난 언제든 준비 완료인데 말이에요."

조해녀는 서둘러 걸었다. 대화에 굶주렸던 그 여자 때문에 시간이 지체된 것이다. 얼른 집으로 돌아가 새비서가 학교에서 돌아오기 전에, 새 옷을 구석에 숨겨 두어야 한다.

그때 새비서가 이제 여기 없다는 생각이 떠올랐다. 그 애 엄마의 사촌인 록샌 이모가 새비서를 토론토의 여느 부유층 자녀처럼 키우고, 부잣집 딸들이 가는 학교에 보내려고 주말에 와 그녀를 데려갔던 것이다. 그래도 그녀는 여전히 걸음을 늦추지 않았다. 그녀가 너무 빨리 걷는 걸 보고 약국 벽에 기대어 있던 거들먹거리는 남자 하나가 소리를 질렀다. "어디 불이라도 났나요?" 관심을 끌지 않기 위해 그녀는 속도를 조금 늦춰야만 했다.

이 옷상자가 문제였다. 자주색 필기체로 *밀레이디*라고 쓴 분홍색 상자에 옷을 싸줄 거라고 그녀가 어떻게 짐작이나 했겠는가. 숨기려야 숨길 수도 없었다.

결혼식 이야기를 한 건 바보짓이었다는 생각이 들었다. 그는 그런 말을 한 적이 없었다. 그 점을 분명히 기억해야만 했다. 하지만 결혼 이야기는 그저 그리움과 다정함의 글귀 속에 묻혀 있는 것만 같았다. 마치 아침 일정을 이야기할 때 조반을 굳이 언급하지 않더라도 당연히 먹을 것처럼 말이다.

그래도, 말하지 않을걸 그랬다.

맞은편 길에서 맥컬리 씨가 걸어오는 것이 보였다. 하지만 별 상관은 없었다. 설사 정면으로 마주친다 하더라도 그녀가 손에 든 상자 같은 걸 눈여겨보는 일은 없을 것이다. 그저 자기 집 가정부구나 생각하고는 혹은 그것조차 모를 수도 있겠지만, 모자에 손을 잠깐 올린 후에 지나가고 말 것이다. 다들 아는 사실이지만, 그는 언제나 역사적인 장소들에 정신이 팔려 현실적인 일들에 별로 주의를 기울이지 않았던 것이다. 매일 아침, 어떤 때는 깜빡 잊고 주말이나 공휴일에도, 그는 스리피스 양복 중 하나를 골라 입고, 얇거나 무거운 코트를 걸친 후에, 회색 중절모와 잘 닦은 구두를 신고 엑서비션 거리를 지나 한때 마구상을 하던 가게 위층의 사무실까지 걸어가곤 했다. 그가 이력저럭 아직까지 운영하고 있는 그 사무실은 한때 보험 사무실이었다고 하는데, 그가 실제로 보험을 판매한 것은 꽤 오래된 일인 것 같았다. 때때로 사람들이 계단을 올라와 자신의 부동산이나 보험 증권에 대해 조언을 구하거나, 시내의 이런저런 건물, 또 근교 농장들의 역사를 물어보기도 했다. 그의 방에는 오래된 지도들과 최근의 지도들이 가득했다. 그 지도들을 펼쳐두고 묻지도 않은 이야기를 늘어놓는 것보다 그가 더 즐기는 일은 없었다. 하루에 서너 번쯤, 그는 사무실에서 나와 지금처럼 거리를 걷곤 했다. 전쟁 기간 동안에도 사람들에게 모범을 보이기 위해 그는 자신의 뷰익 자동차를 헛간에 집어넣고 어디든 걸어서 다니곤 했다. 그로부터 십오 년이 지난 지금도 여전히 그는 사람들에게 모범을 보이려고 하는 것만 같았다. 뒷짐을 지고 걸어 다니는 그는 영지를 둘러보는 영주 같기도 했고, 어린 양들을 보살피는 목사님 같기도 했다. 물론 길 가는 사람 가운데 둘 중 하나는 그가 누구인지도 몰랐지만 말이다.

조해너가 이곳에 도착한 이후로도 마을은 무척 많이 쇠락했다. 고속도로가 건설되자 새로운 할인점과 대형 마트들, 라운지와 상의를 벗은 댄서들이 있는 모텔을 따라 상권이 완전히 이동하고 말았다. 마을의 몇몇 가게들은 분홍색, 자주색, 올리브색 등으로 페인트칠을 새로 하고 그나마 산뜻한 모습으로 손님들을 좀 꾀어보려고 하기도 했다. 하지만 이제는 그 페인트들마저 벗겨져 낡은 벽돌이 그냥 드러나 있는가 하면, 물건 없이 텅텅 빈 채로 방치되어 있는 가게도 있었다. 밀레이디 역시 십중팔구 그런 운명을 피하지 못할 터였다.

만약 조해너가 그 가게를 맡아 운영했다면, 뭘 어떻게 해보았을까? 우선 그렇게 우아한 이브닝드레스들로 가게를 가득 채우지는 않을 것이다. 그렇다면 대신 뭘 갖다 두면 좋을까? 더 싼 옷을 판매해 봤자 캘러그핸스나 다른 할인점들과는 경쟁도 되지 않을 테니 별로 승산이 없을 것 같았다. 예쁜 유아복이나 애들 옷은 어떨까? 돈이 좀 있는 할머니들이나 이모, 고모들이라면 그런 데다 돈을 쓰지 않으려나. 엄마들은 기대도 말아야 한다. 돈은 없지만, 분별 있는 엄마라면, 당연히 캘러그핸스로 옷을 사러 갈 것이다.

하지만 자기가 장사를 하면, 아무도 옷을 사러 오지 않을 것이다. 물론 조해너는 어디에 뭐가 필요한지, 일을 어떻게 처리하고 사람들을 어떻게 관리해야 하는지 잘 알고 있었다. 하지만 누군가를 설득하거나 꾀어내는 요령은 없었다. 사든지 말든지, 알아서 하시죠. 이게 그녀의 방침인 것이다. 당연히 아무도 그런 사람에게서 옷을 사진 않을 것이다.

조해너와 친한 사람은 흔치 않았다. 그녀 역시 오랫동안 그 사실을 잘 알고 있었다. 엄마가 죽은 뒤로는 조해너가 가장 엄마 같은 존재였는데도 그녀에게 작별을 고하면서 새비서는 눈물 한 방울 흘리지 않았다. 자기가 떠난다고 하면, 맥컬리 씨는 틀림없이 화를 낼 것이다. 그녀는 그동안 일을 잘 처리해 왔고 그런 사람을 다시 구하기는 쉽지 않을 것이기 때문이다. 하지만 그게 맥컬리 씨가 생각하는 전부일 것이다. 맥컬리 씨도 그의 손녀도 자기밖에 모르는 철없는 사람들이었다. 하지만 이웃들은 기뻐할 것이 틀림없었다. 조해너는 양쪽 집과 모두 사이가 좋지 않았던 것이다. 한쪽 집에서는 개가 문제였다. 그 개가 멀쩡한 자기 집을 놔두고는 조해너네 집 마당에 와서 땅을 파고 뼈를 묻었다가 또다시 파내곤 했기 때문이다. 또 다른 한 집과는 체리 문제 때문에 사이가 틀어졌다. 맥컬리 씨 집 마당의 체리 나무 가지 하나가 옆집 마당까지 뻗어 있는데 하필이면 그 가지 위에 체리가 다 열렸던 것이다. 그녀는 두 집 모두와 언쟁을 벌여서 이겼다. 개는 끈에 묶였고 옆집은 체리를 따지 않고 그냥 두었다. 그녀는 사다리를 타고 올라가 옆집으로 뻗은 가지의 체리들을 거둬 왔다. 하지만 그 집에서 새들이 체리를 따 먹도록 내버려 두었기 때문에 수확량은 전만 못했다.

맥컬리 씨라면 옆집에서 체리를 따 먹도록 그냥 두었을 것이다. 개가 마당을 파도 신경 쓰지 않았을 것이다. 손해를 좀 본다 해도 말이다. 사실 그는 비교적 최근에 이사 온 잘 모르는 이웃들에게 별로 신경을 쓰고 싶지도 않았다. 옛날에는 엑서비션 거리에 커다란 집 서너 채만이 모여 있었다. 집들 건너편으로 시장터가 있어서 가을이 되면 거기에서 박람회가 열리곤 했다.(그 시장의 공식 명칭이 농산물 박람회였다. 'Exhibition'이라는 거리 이름은 그래서 지어진 것이다.) 집들과 시장터 사이로는 작은 초지와 과실나무들이 있었다. 그러다가 한 십이 년 전쯤 이 지역 땅이 팔린 뒤부터 그만그만한 크기의 집들이 들어서기 시작했다. 새로운 양식의 이 층 혹은 단층 주택들이었다. 이제 그 집들도 벌써 꽤 낡고 허름해 보이기 시작했다.

맥컬리 씨가 오랫동안 잘 알고 친하게 지내온 이웃집들도 아직 두엇 남아 있긴 했다. 학교 선생님인 후드 양과 그녀의 어머니, 그리고 구두 수선 가게를 운영하는 슐츠 부인이 바로 그들이었다. 게다가 슐츠 부인의 딸인 이디스는 새비서의 가장 친한 친구이기도 했다. 학년이 같은 데다(새비서가 유급한 작년 한 해 동안의 얘기지만) 집도 가까워서 둘이 어울리는 건 자연스러운 일이었다. 손녀인 새비서가 곧 토론토에서 다른 종류의 삶을 살게 될 거라고 생각한 맥컬리 씨는 둘이 어울려 다니는 것을 별로 개의치 않았다. 그러나 조해너는 이디스가 탐탁지 않았다. 그 애는 무례하지 않았고, 집에 와서 말썽을 부리는 일도 없었으며, 새비서처럼 아둔하지도 않았다. 바로 그게 문제였다. 영리한 그 애와 어울려 다니는 바람에 아둔한 새비서가 약삭빨라졌던 것이다.

그러나 이제 다 지난 일이었다. 후버 부인, 그러니까 사촌 이모인 록샌이 그녀를 데려간 이상 이제 슐츠네 집 딸내미도 새비서에겐 모두 한때의 추억이 되고 말 터였다.

준비되는 대로 당신 가구를 기차 편에 모두 그쪽으로 보낼 거예요. 가격을 아는 대로 비용도 미리 지불할 거고요. 이제는 이 가구들이 필요하실 것 같아서요. 이미 짐작하고 계시리라 생각됩니다만, 도울 일이 있을 것 같아서 저 역시 기차로 함께 그쪽으로 가려고 합니다.

이것이 기차역에 가서 가구 건을 처리하기 전에 조해너가 우체국에 들러 보낸 편지의 내용이었다. 그에게 직접 편지를 보낸 것은 이번이 처음이었다. 다른 때는 언제나 새비서가 쓴 편지 속에 함께 넣어서 보냈기 때문이다. 그의 답장 역시 같은 방식으로 그녀에게 배달되었다. 곱게 접어, 뒤바뀌는 일이 없도록 페이지 뒤쪽에 조해너라고 이름을 적은 채로 말이다. 그 덕분에 우체국 사람들이 눈치 채는 일도 없었고, 우표도 절약할 수 있었다. 사실 새비서가 조해녀에게 온 편지를 읽고 그 사실을 할아버지한테 알릴 수도 있었겠지만, 그 애는 편지를 주고받는 일은 물론이거니와 그 노인네와 대화하는 일에도 도통 아무 관심이 없었다.

그 가구들은 마을 창고에 보관되어 있었다. 하지만 가축을 키우거나 곡식을 보관하는 진짜 창고는 아니었다. 한 일 년 전쯤 처음 그 가구들을 봤을 때 아무것도 덮지 않고 대충 쌓아놓은 가구들 위에는 먼지가 뿌옇게 내려앉고 비둘기 똥도 여기저기 떨어져 있었다. 조해녀는 소파나 진열장, 식탁 등 혼자 꺼낼 수 없는 큰 가구들을 위한 공간을 남겨 두고, 들 수 있는 가구들만 마당으로 끌고 나왔다. 침대 틀까지는 뜯어서 내올 수 있었다. 먼지 닦는 천과 레몬유로 소파의 나무를 닦아내자 마치 사탕처럼 윤이 나기 시작했다. 단풍나무 사탕, 그 가구들은 옹이가 박힌 단풍나무 제품이었던 것이다. 조해녀에게는 이 가구들이 마치 금발 머리나 공단 침대보처럼 멋져 보였다. 맥컬리 씨 집의 어둠침침한 나무 가구들과는 사뭇 다른, 현대적이고 세련된 가구들로 보였던 것이다. 노인네의 집에서 그녀는 늘 낡은 가구들을 쓸고 닦았다. 처음 이 가구들을 봤을 때, 그녀는 그이의 가구들이구나라고 생각했다. 지난 수요일에 와서 이 가구들을 끌어낼 때 역시 마찬가지였다. 전에 왔을 때 그녀는 제일 밑에 깔린 것들 위로 오래된 조각보를 덮어두었다. 그 위에 짐을 더 얹어도 상하지 않게 하기 위해서였다. 그러고는 제일 위에 쌓인 가구들 위에도 새똥 같은 것이 묻지 않도록 똑같이 조각보를 덮어두고 갔다. 그래서 이번에 다시 왔을 때는 가구들에 아주 약간의 먼지밖에 묻어 있지 않았다. 하지만 금요일에 올 트럭을 위해 가구들을 다시 한 번 정리하면서 그녀는 전과 똑같이 가구들을 모두 레몬유로 닦고 천으로 잘 덮어두었다.

맥컬리 씨께

오늘 오후(금요일)에 기차로 떠나려고 합니다. 미리 말씀을 드리지 않았다는 걸 알고 있습니다. 하지만 대신 다가오는 월요일이면 받을 삼 주치의 월급을 그냥 두고 가겠습니다. 화로 위의 중탕용 냄비에 소고기 스튜가 있어요. 데우기만 해서 드시면 됩니다. 세 번 혹은 네 번까지도 거뜬히 드실 거예요. 데워서 드실 만큼 덜고 나면 곧바로 뚜껑을 덮어서 냉장고에 넣으세요. 맛이 변하지 않도록 곧바로 뚜껑 덮는 것 잊지 마세요. 선생님과 새비서에게 안부를 전합니다. 자리를 잡고 나면 다시 연락할게요. 조해너 패리 드림.

추신: 부드로 씨 가구를 그분에게 보냈습니다. 그분께 필요할 것 같아서요. 스튜 데울 때 냄비 바닥에 물이 충분히 있는지 꼭 확인해 보세요.

맥컬리 씨는 어렵지 않게 조해너가 서스캐처원의 그디니아로 가는 차표를 끊었다는 사실을 확인할 수 있었다. 역에 전화해서 물어보았던 것이다. 처음에는 조해너를 어떻게 설명해야 할지 알 수 없었다. 늙어 보이는지 젊어 보이는지, 날씬한지 좀 뚱뚱한지, 무슨 옷을 입고 있었는지 도통 그릴 수가 없었던 것이다. 하지만 가구 이야기를 꺼내자 다른 말은 할 필요도 없었다.

전화가 걸려 왔을 때 역에는 저녁 기차를 기다리는 사람들이 몇 명 더 있었다. 처음에는 작은 목소리로 전화를 받던 역무원이 도둑맞은 가구 이야기가 나오자 매우 흥분하기 시작했다.(사실 맥컬리 씨는 "그녀가 가구도 함께 가지고 간 것 같은데요."라고 말했을 뿐이었다.) 역무원은 그녀가 누구인지, 뭘 하려는 건지 알았다면 절대로 기차에 들이지 않았을 거라고 소리쳐 댔다. 도둑이라는 뚜렷한 증거도 없이, 멀쩡하게 돈을 내고 표를 산 성인 여자를 어떻게 기차에 못 타게 하겠다는 건지는 진지하게 생각해 보지 않고서 옆에 있던 사람들 역시 모두 그의 말을 듣고, 반복하고, 또 믿어버렸다. 옆에 있던 사람들 역시 그저 역무원이 그녀를 막았어야 한다고, 또 막을 수도 있다고 막연히 생각했던 것이다. 그들 모두는 스리피스 양복을 갖춰 입고 반듯하게 걸어 다니는 신사 맥컬리 씨나 역무원의 권위를 믿어 의심치 않고 있었다.

조해너의 요리가 언제나 그랬던 것처럼 소고기 스튜는 굉장히 맛이 좋았다. 하지만 맥컬리 씨는 음식을 넘길 수가 없었다. 뚜껑을 닫으라는 조해너의 말도 물론 듣지 않았다. 그는 뚜껑을 연 채 냄비를 화로에 얹어놓고 심지어는 불도 끄지 않았기 때문에 곧 냄비 바닥의 물이 다 졸아서 타는 냄새가 나기 시작했다.

이건 반역의 냄새다.

맥컬리 씨는 이모가 새비서를 데려간 바람에 아이를 돌볼 걱정은 안 해도 되는 것만으로도 고마운 일이라고 스스로에게 되뇌고 있었다. 처조카, 그러니까 딸아이의 사촌 동생인 록샌은 지난여름

심코 호수로 새비서를 데려갔다 온 후 새비서가 쉽지 않은 애가 될 것 같다는 편지를 그에게 보내왔다.

"솔직히 말해서 남자애들이 꼬이기 시작하면 이모부와 이모부네 집 그 여자가 애를 감당할 수 있을 것 같진 않더군요."

마르셸을 한 번 더 키우고 싶냐고, 그렇게 노골적으로 묻지는 않았지만 사실 그녀는 그 말을 하고 싶은 거였다. 그녀는 새비서를 좋은 학교에 보내서 최소한 예의범절 정도는 제대로 가르치겠다고도 적었다.

그는 생각을 다른 데로 돌리기 위해 텔레비전을 켰다. 하지만 별 도움이 되지 않았다. 가구 때문에 마음이 괴로운 것이 아니었다. 그의 마음을 괴롭히는 건 켄 부드로, 바로 그 사위 놈이었다.

사실 삼 일 전에, 그러니까 역무원 말대로라면 조해너가 표를 사기 하루 전날에 그는 켄 부드로에게서 편지를 한 통 받았다. 편지에는 일단 자기와 죽은 아내 마르셸의 소유인 가구들, 창고에 보관되어 있는 가구들을 저당 잡아 돈을 좀 보내달라고 적혀 있었다. 혹 여의치 않다면 할 수 있는 한 좋은 값에 팔아서 가능한 빨리 서스캐처원으로 그 돈을 좀 보내달라고. 그는 그렇게 적고 있었다. 이미한 번 이 가구들을 담보로 장인에게 빌려갔던 돈에 대해서는 일언반구 언급이 없었다. 이 가구들을 죄 내다 팔아도 그가 빌려간 돈을 갚지는 못할 터였다. 설마 벌써 그걸 다 잊은 것일까? 아니면 장인이 그 일을 기억하지 못할 거라고 생각하는 것일까? 아마 후자 쪽이 진실에 가까울 것 같았다.

그는 지금 호텔을 경영하고 있는 것 같았다. 하지만 그의 편지는 호텔의 전 소유주를 비난하는 말로 가득 차 있었다. 그 사람 때문에 자기가 이런저런 곤경을 겪고 있다는 것이었다.

"이번 고비만 잘 넘기면, 어떻게 이럭저럭 해나갈 수 있을 것 같아요." 그는 계속해서 적었다. 도대체 무슨 고비를 말하는 건가? 그래, 지금 당장 돈이 필요하다는 이야기겠지. 하지만 그 돈이 호텔의 전 주인에게 갚을 돈이라는 건지 아니면 사채 업자한테 줄 돈이라는 건지, 도대체 어디에 쓸 거라는 건지 아무런 설명이 없었다. 이 모든 것이 처음 있는 일은 아니었다. 절박하게 도움을 요청하는 편지나 그의 딸 마르셀이 자신에게 남긴 그 수치스러운 소문들과 상처를 은근히 상기시키면서, 그러니까 자기한테 갚을 것이 좀 있지 않느냐고 뻔뻔하게 들이미는 이 어조도.

숱하게 미운 짓을 하긴 했지만, 어쨌든 사위 아닌가. 전쟁에 나가서 싸운 용사가 아닌가. 도대체 무슨 사연인지 내막을 알 수는 없지만 결혼 생활에서도 숱한 고초를 겪었다지 않은가, 라고 생각하며 맥컬리 씨는 책상에 앉아 답장을 써 내려갔다. 어떻게 하면 가구를 좋은 가격에 팔 수 있는지도 모르겠고, 어디 물어볼 데도 없으니 일단 수표를 동봉하겠다고, 그리고 이건 그냥 개인적인 빚으로만 생각하겠다고. 그 역시 그렇게 알아주었으면 좋겠고 전에도 한 번 이만한 금액의 돈을 빌려갔다는 사실을 기억하기를 바란다고, 아마 가구 값보다는 훨씬 더 되는 금액이었다고, 그는 돈을 빌려간 날짜와 금액을 함께 기입하며 편지에 그렇게 적어 넣었다. 한 이 년쯤 전엔가, 앞으로는 다달이 갚아 나가겠다는 말과 함께 50달러를 보내온 것을 제외하면 사위에게서 받은 것이라곤 아무것도 없었다.

사위 놈 역시 이 돌려받지 못한, 이자 한 푼 받지 않은 돈을 다른 데 투자하지 않고, 자신에게 보내주느라고 맥컬리 씨가 더 궁색한 생활을 해야 한다는 것쯤은 잘 알고 있을 터였다.

"나는 네가 생각하는 것만큼 어수룩한 사람은 아니다."라고 한 줄 넣으려던 맥컬리 씨는 그냥 아무 소리 않기로 결심했다. 성을 내면 자신의 약점만 드러내고 말 것 같아서였다.

근데 그 결과가 바로 이 꼴이다. 그놈이 아주 이제 머리 꼭대기까지 올라서서 조해너까지 꼬여 일을 벌인 것이다. 가구는 가구대로 가져가고 돈은 돈대로 받으면서 말이다. 가구 부치는 돈은 그 여자가 직접 냈다고, 역무원은 그렇게 말했다. 노인네가 사위한테 준 돈만으로도 그 번쩍이는 단풍나무 가구들은 이미 제값보다 많은 돈을 먹어댔다. 하물며 그걸 보내는 데 든 운송비까지 생각하면, 그 가구를 다 팔아도 그런 돈은 나올 리가 만무했다. 그것들이 조금만 더 영리했다면 백 년도 더 지난 집 안의 가구들, 그 오래된 진열장이나 너무 불편해서 앉을 수도 없는 거실 의자들을 들고 갔을 것이다. 물론 그건 도둑질이지만, 지금 그것들이 한 짓도 사실은 도둑질과 다를 것이 없었다.

그는 고소를 해야겠다고 마음먹고 잠자리에 들었다.

맥컬리 씨는 텅 빈 집에서 아침에 혼자 눈을 떴다. 주방에서 풍겨 오는 커피 향도 없었고 아침을 준비하는 소리도 들려오지 않았다. 대신 어젯밤에 태운 음식 냄새만이 아직 공기 중에 맴돌고 있었다. 가을철 한기가 천장이 높은 적막한 방 안으로 엄습해 들어왔다. 어제 저녁도, 그 전날 저녁도 따뜻했기에 그는 아직 보일러를 켜지 않고 있었다. 일단 보일러를 켜기만 하면 온기와 함께 지하실의 습기며 흙먼지에 썩는 냄새까지 모두 함께 방으로 들어올 것이다. 천천히 씻고 옷을 입은 그는 잊었다는 듯 잠깐 멈췄다가는 아침 삼아 빵조각 하나에 땅콩 버터를 발랐다. 그는 남자들은 물을 끓일 수 없다고 생각하는 세대에 속하는 사람이었다. 앞쪽 창밖으로 경마장 트랙 옆에 서 있는 나무들이 보였다. 아침 안개에 가려 나무들이 잘보이지 않았다. 이 시간쯤이면 안개가 걷히기 시작해야 하는데 오늘은 트랙 너머로 안개가 점점 더 자욱해지는 것만 같았다. 안개 속에서 이전의 박람회 건물이 천천히 나타나는 것 같은 기분이 들었다. 아무 장식도 없는 수수하고 커다란 헛간 같았던. 전쟁 기간 내내 그 건물들은 사용되지 않은 채 버려져 있었다. 그러고 나서 결국은 어떻게 되었는지 기억이 잘 나질 않았다. 그냥 무너져 버렸던가 아니면 철거를 했던가. 그는 지금 그 건물 터에서 벌어지는 경마를 무척 싫어했다. 여름마다 일요일이면 사람들이 몰려와 소리를 지르고, 불법으로 술을 먹고, 고함을 질러대기 때문이었다. 그 생각을 하자 자신의 가엾은 딸, 마르셀이 떠올랐다. 마르셀은 베란다 계단에 걸터앉은 채, 서둘러 차를 세우고 경마장으로 달려가는 학교 친구들을 향해 반갑게 소리를 지르곤 했다. 고향에 돌아온 그녀는 만나는 사람들마다 껴안고 어린 시절 이야기를 한참씩 늘어놓고는, 이 모든 게 얼마나 그리웠는지 모른다며 야단법석을 떨어댔다. 일 때문에 남편이 함께 오지 못한 것만 빼면 모든 것이 너무나 행복하다면서 말이다.

그 애는 빗질도 하지 않은 염색 금발 머리를 마구 헝클어뜨리고,

가느다란 팔다리 위로 실크 파자마를 걸친 채 저 자리에 앉아 있었다. 얼굴은 다소 부어 있었다. 자기는 선탠을 해서 그렇다고 주장했지만 병자처럼 어두운 갈색 얼굴은 사실 황달 때문이었다.

그 애는 집 안에 눌러 앉아 텔레비전만 보고 있었다. 그 나이에 보기에는 너무 유치한 일요일 만화 같은 것을.

도대체 뭐가 문제였는지, 아니, 문제가 있긴 했던 건지, 그로서는 도무지 알 길이 없었다. 마르셀은 뭔가 여자들만 받는 수술 같은 걸 받으러 런던에 갔다가 그곳의 병원에서 죽고 말았다. 그 애 남편인 켄 부드로에게 그 소식을 전하려고 전화했을 때, 그는 "무슨 수술을 받았는데요?"라고만 물었다.

마르셀의 엄마가 살아 있었다면, 뭐가 좀 달라졌을까? 사실 애 엄마가 살아 있을 때 그녀 역시 딸을 어쩌지 못해 그 못지않게 당황하기만 했다. 방 안에 가둬둔 딸애가 창문으로 기어나가 한 무리의 남자애들하고 어울려 다닐 때마다, 그저 부엌에 앉아 눈물을 흘릴 뿐이었다.

온 집 안에 포기 섞인 체념과 거짓말들이 가득했다. 그와 아내 모두 누가 봐도 다감한 부모였다. 그러나 마르셀은 그들을 막다른 골목까지 몰고 갔다. 그 애가 공군 장교와 눈이 맞아 도망갔을 때 이 부부는 그들이 잘살기만을 희망했다. 다른 건전한 젊은이들한테 그랬던 것처럼, 그들은 그 젊은 부부에게도 언제나 관대했다. 하지만, 결과는 참담한 것이었다. 조해너 패리에게도 그는 누구에게나처럼 친절하게 대해 왔다. 하지만 결과는 다르지 않았다. 조해너 역시 그를 배반하고 달아난 것이다.

그는 시내로 가서 아침을 먹기 위해 호텔로 들어갔다. 웨이트리스가 "오늘 아침은 일찍 나오셨네요."라고 인사를 건넸다.

그녀가 커피를 따르는 동안 그는 가정부가 한마디 말도 없이 나가 버렸으며, 자기 딸과 사위 소유인(사실 그 가구들은 다 딸애 결혼 자금으로 산 거라서 사위 거라고 할 수도 없지만) 가구들까지 죄 들고 가버렸다는 이야기를 늘어놓기 시작했다. 딸애가 그 공군 장교를 만난 경위며, 그가 허우대는 멀쩡하지만 얼마나 믿을 수 없는 놈이었는지도 그는 주저리주저리 계속해서 떠들어댔다.

"죄송합니다. 이야기를 계속 듣고 싶지만, 식사를 기다리는 손님들이 계셔서요. 실례합니다……." 웨이트리스가 말을 끊었다.

그는 사무실로 가는 계단을 올라갔다. 책상에는 어제 이 지역 최초의(그리고 아마도 1839년에 폐장된) 묘지 위치를 연구하느라 펼쳐둔 지도들이 그대로 놓여 있었다. 불을 켜고 자리에 앉았지만 집중할 수가 없었다. 웨이트리스가 눈치를 준 후로(그는 그게 눈치 준 거라고 생각했다.) 그는 아침을 먹을 수도, 커피 맛을 음미할 수도 없었다. 차라리 마음을 가라앉히기 위해 나가서 좀 걸어야겠다고 생각했다.

하지만 평소처럼 길을 걷다 만나는 사람들에게 한두 마디 인사를 건네는 대신 그는 오늘 누구라도 마주치는 사람에게 다짜고짜 하소연을 퍼부어 대고 있었다. 오늘 아침 그와 인사를 나눈 사람들은 한결같이 그가 평소 같지 않은 모습으로, 사실 거의 민망하다고나 해야 할 그런 모습으로, 자신이 얼마나 황당한 일을 겪었는지 분노에 겨워 말하는 것을 들어주어야만 했다. 그러나 웨이트리스와 마찬가지로 그들 역시 해야 할 일이 있으므로, 고개를 끄덕이고 어깨를 으쓱한 다음에는 죄송하다는 말을 남기고 서둘러 떠나가 버렸다. 안개 낀 여느 아침과는 달리 그날은 도통 기온이 올라가지 않는 것 같았다. 그가 입은 재킷으로는 좀처럼 한기를 막아낼 수 없었다. 그는 아늑한 가게 안으로 들어가고 싶었다.

오랫동안 그를 알아온 사람일수록 그의 무너진 모습에 더욱더 경악을 느꼈다. 그는 언제나 예의 바르고 말수 적은 노인네였다. 항상 이전 시대의 일들에 정신이 팔린, 신세를 져서 고마웠다고 조리 있게 인사를 건네곤 하는(사실 그 신세란 것도 그의 기억에만 남아 있을 뿐 상대방은 기억도 못하는 일이었다.) 신사였던 것이다. 그는 자신의 부족한 점을 먼저 드러내며 다른 사람에게 동정을 부탁하는 그런 세대의 마지막 생존자였다. 하지만 정작 자신의 딸과 부인이 죽었을 때에는 누구에게도 그런 동정을 구하지 않았었다. 그런 그가 지금 아무 데서나 편지를 꺼내 들고는 몇 번씩이나 돈을 빌려간 그놈이, 심지어 자신이 다시 한 번 기꺼이 도와주었는데, 가정부마저 꾀어내어 가구를 훔쳐갔다고, 정말 이럴 수가 있느냐고 하소연을 하며 돌아다니고 있었다. 사람들은 경찰에 알리라고 권유했다.

"소용없어요. 소용없다고요. 돌덩이 같은 것들, 인정이라곤 없는 것들." 그가 말했다.

그는 구두 수선 가게로 가서 허먼 슐츠에게 인사를 건넸다.

"저번에 고쳐준 구두 기억나시죠? 내가 영국에서 사왔던 거요. 한 사오 년 전에 그걸 고쳐주셨죠."

작업장 여기저기에 갓등을 매단 그 가게는 마치 작은 동굴 같았다. 지독히 환기가 되지 않아서 사방에서 풀이나 가죽, 구두약 냄새와 이제 막 공장에서 나온 새 굽이며 오래된 구두 굽들 냄새가 풍겨오고 있었다. 하지만 맥컬리 씨에게는 그 남자다운 냄새가 편안하게 느껴졌다. 여기 그의 이웃 허먼 슐츠가, 안색 나쁜 얼굴에 안경을 쓰고, 어깨를 구부린 채 계절에 상관없이 일에 매달리는 구두 전문가 슐츠가, 구두에 쇠못을 박거나 조이고 구부러진 칼로 가죽을 깔끔하게 잘라내며 앉아 있었다. 펠트 천이 작고 둥근 톱 모양으로 잘려 나갔다. 완충기에서는 둔탁한 마찰음이 났고 연마기는 삭삭 부딪치는 소리를 냈으며, 연장의 가장자리에 달린 금강사는 기계로 만든 곤충 같은 높은 음조의 소음을 만들었다. 가죽을 박는 재봉틀 역시 지지 않고 부지런히 규칙적인 소리를 냈다. 이 모든 냄새와 소리들은 오랫동안 친숙한 것이었다. 하지만 전에는 한 번도 이것들에 대해 진지하게 생각하거나 뭔가 공감을 느껴본 적이 없었다. 왁스 칠한 가죽 앞치마를 입고 한 손에 부츠를 든 허먼이 허리를 펴고 일어나 고개를 끄덕이며 미소 지었다. 맥컬리 씨는 갑자기 이 동굴 속에서 이 남자의 삶 전체를 목도하는 기분이었다. 순간 연민, 존경, 혹은 알 수 없는 그 무엇을 그에게 표현하고 싶어졌다.

"그랬죠. 좋은 신발이었는데."

"좋은 신발이죠. 알겠지만, 영국에 신혼여행 갔다가 사 온 신발이었어요. 런던은 아니었는데, 어딘지는 생각이 안 나네요."

"네, 들은 기억이 나네요."

"신발을 잘 고쳐줘서, 아직도 잘 신고 있답니다. 아주 잘 고쳐주셨어요. 좋은 솜씨였어요. 허먼 씨. 여기에서 참 보람 있는 일을, 정 직한 일을 하시는군요."

"잘됐군요." 허먼은 잠깐 손에 들고 있는 부츠를 바라보았다. 그 가 다시 일로 돌아가고 싶어 하는 걸 눈치 챘지만, 맥컬리 씨는 말 을 그만둘 수가 없었다.

"좀 전에 아주 놀랄 만한 일을 겪었답니다. 충격적인 일을요."

"그러셨어요?"

노인네는 다시 또 조해너의 편지를 꺼내 들고 중간 중간 어처구 니없다는 듯 웃음을 터뜨리며, 그중 일부를 커다랗게 소리 내어 읽 기 시작했다.

"기관지염, 기관지염을 앓고 있다고 하더군요. 어디로 가야 할지 모르겠다면서. 그놈이 그렇게 말했죠. *누구한테 기대어야 할지 모르 겠어요.* 웬걸요, 그놈은 누구한테 손을 벌려야 할지 언제나 아주 잘 알고 있답니다. 이것저것 다 제대로 되지 않을 때면 언제나 나한테 오거든요. *자립할 때까지 한 몇 백 달러만,* 어쩌고저쩌고하면서 애 걸복걸하는 거죠. 뒤에서는 계속해서 내 가정부와 내통하면서요. 슐츠 씨, 그거 아세요? 조해너가 한 짐이나 되는 가구들까지 죄다 싸들고 서쪽으로 갔어요. 둘이 한통속이었던 거예요. 이런 놈을 위 해서 한 푼도 되돌려 받지 못하면서 몇 번이고 사정을 봐주었던 겁 니다. 아니, 정직하게 이야기를 하죠. 사실 수백 달러, 아니 수천 달 러를 빌려주고서 한 오십 달러는 되돌려 받았어요. 아시겠지만, 전 쟁 중에 그놈은 공군에 있었어요. 그런 쪼그마한 녀석들이 왜 종종 공군에 있잖아요. 영웅이나 되는 듯이 거들먹거리고 다니면서요.

이런 말을 하면 안 되겠지만, 분명히 그런 사람 중 몇몇은 전쟁 때문에 인생을 망치고 말았어요. 전쟁이 끝난 후의 일상에 적응하지 못했으니까요. 하지만 도대체 그게 변명이 되나요? 전쟁에 참전했다는 이유 때문에 언제까지고 그놈을 용서해 줄 수는 없어요."

"물론 안 되죠."

"사실 처음 만났을 때부터 믿지 못할 놈이라는 걸 알고 있었죠. 그게 참 이상한 일이에요. 처음부터 그걸 알고 있었는데도 계속해서 그놈이 날 우려먹게 당해 줬으니까요. 세상에는 그런 사람들이 있는 법이죠. 너무 한심해서 동정밖에 할 수 없는 그런 사람들이오. 나는 그쪽에다 보험회사 자리도 하나 알아봐 주었어요. 아는 사람이 있어서 말이죠. 그놈, 당연히 제대로 다니지도 못했죠. 애당초 될 씨가 아니었어요. 원래 그렇게 생겨먹은 놈이니까요."

그날 슐츠 부인은 가게에 없었다. 보통 그녀는 계산대에 앉아서 손님에게 구두를 받고 남편에게 그걸 보여 준 뒤에 손님에게 다시 남편의 말을 전해 주는 일을 맡아 했다. 전표를 만들고, 돈을 받고, 다 수선된 신발을 찾아주는 일 역시 그녀 담당이었다. 맥컬리 씨는 그녀가 이 여름에 뭔가 수술을 받았다는 사실을 기억했다.

"오늘은 부인이 안 계시네요. 몸은 괜찮으신가요?"

"오늘은 쉬는 게 낫겠다고 해서요. 그래서 딸애를 데리고 왔죠."

슐츠는 턱으로 수선이 끝난 신발들이 놓인 계산대 오른쪽 선반을 가리켰다. 맥컬리 씨가 고개를 돌리자 들어올 때는 못 봤던 슐츠의 딸 이디스가 눈에 들어왔다. 곧고 검은 머리에 아직 아이처럼 밋밋한 체구의 소녀가 등을 돌린 채 신발을 정리하고 있었다. 저 애는 새비서 친구로 집을 드나들 때도 저런 식으로 슬그머니 나타났다가 사라지곤 했다. 한 번도 그 애 얼굴을 제대로 본 기억이 나질 않았다.

"아버지를 도와드리러 나왔구나? 학교는 벌써 끝났니?" 맥컬리 씨가 물었다.

"토요일이라서요." 반쯤 돌아서서 희미한 미소를 지으며 이디스가 대답했다.

"아, 그렇구나. 어쨌든 아버지를 돕는다니 좋은 일이다. 부모님에게 잘해야 한다. 두 분 다 평생 열심히 일한, 아주 정직한 분들이니까." 자기가 너무 고리타분한 이야기를 해서 미안하다는 듯한 표정으로 그는 또 덧붙였다. "부모를 공경하는 자, 지복을 누릴지어니……."

그에게 들으라고 한 소리는 아니지만 이디스가 그 말을 받아 중얼거렸다. "구두 수선 가게에서 말이죠."

"아, 내가 시간을 뺏고 있군요. 바쁜데 방해가 되겠어요. 할 일이 많을 텐데요." 맥컬리 씨는 슬픈 듯이 말했다.

노인네가 떠난 후 슐츠는 딸에게 말했다. "그렇게 냉소적으로 굴건 없지 않니."

저녁을 먹으면서 그는 아내에게 맥컬리 씨 이야기를 다시 해주었다.

"제정신이 아니었어. 뭔가 씌인 사람 같더군."

"가벼운 발작이 아닐까요." 그녀가 대답했다. 담석증으로 수술을 받은 후부터 그녀는 누가 아프다는 소식만 들으면 노골적으로 반색을 하며 아주 유식한 척 의견을 피력했다.

새비서가 언제나 자신을 기다리고 있던 또 다른 세계로 떠나버린 후에, 이디스는 새비서를 알기 이전의 자신으로 돌아와 있었다. '나이에 걸맞지 않게 조숙한', 부지런하고 눈치 빠른 여자아이로. 고등학교에서 첫 삼 주를 보낸 이디스는 곧 자신이 라틴어와 기하학, 영문학을 포함한 모든 과목에서 좋은 성적을 낼 수 있다는 사실을 발견했다. 사람들은 영리한 그녀를 인정하고 높이 평가할 것이다. 그러면 지금과는 다른 새로운 미래가 펼쳐지겠지. 새비서와 함께했던 그 어리석은 시간들은 지나가 버린 옛이야기가 될 것이다.

하지만 조해녀가 서쪽으로 떠났다는 이야기를 듣는 순간 잊어버린 과거가 섬뜩한 경고와 함께 그녀에게 돌아왔다. 뚜껑을 덮고 잊어보려 해도 도저히 머릿속에서 지워지지가 않았다.

설거지를 마치자마자 방으로 돌아간 그녀는 문학 수업 숙제인 『데이비드 커퍼필드』를 꺼내 들어 읽기 시작했다.

부모님한테 사소한 꾸중 이상은 들어본 적이 없었지만, (슐츠 부부는 늦은 나이에 그녀를 가졌는데, 사람들은 그래서 이디스가 이러니저러니 말들이 많았다.) 이디스는 데이비드의 불행한 환경에 전적인 공감을 느꼈다. 자신 역시 데이비드처럼 고아나 다름없는 신세가 될 거라는 생각도 들었다. 모든 진실이 밝혀지면 자신 역시 아는 사람을 피해 도망쳐서 숨어 살아야 할 테니까 말이다. 과거가 그녀의 미래를 덮쳐 공격하는 것만 같았다.

모든 것이 학교에서 돌아오는 길에 새비서가 떠들어댄 말에서 시작되었다. "우체국에 들렀다 가야 해. 아빠한테 편지를 보내야 되거든."

새비서와 이디스는 매일 학교까지 같이 가고 또 같이 집에 돌아오곤 했다. 어떤 때는 눈을 감고 뒤로 걸어가거나 사람들이 이상하게 생각하도록 아무 의미도 없는 말을 웅얼대며 걸어 다니기도 했다. 이런 생각들을 해내는 건 언제나 이디스였다. 새비서가 알려 준 놀이라고는 딱 하나, 종이에 남자애 이름과 자기 이름을 적고는 서로 같은 철자를 지워버린 다음, 남은 글자 수에 맞춰 손가락으로, *미움, 우정, 구애, 사랑, 결혼*을 차례로 말하면서 세어 나가는 것이었다. 그 숫자에 딱 걸리는 단어가 그 남자애와 나 사이의 운명이라면서.

"편지 많이 썼네." 이디스가 말했다. 그녀는 눈썰미가 좋은 데다 기억력도 좋아서 심지어는 교과서를 모조리 다 외울 수도 있었다. 아이들은 이디스가 좀 이상한 애라고 생각하기도 했다. "아빠한테 그렇게 할 말이 많아?" 놀라움을 표시하며 이디스가 물었다. 새비서가 아빠한테 그렇게 할 말이 있을 것 같지도 않지만, 무엇보다 그걸 다 글로 썼을 거라고는 더더욱 생각할 수 없었기 때문이었다.

"나는 한 페이지밖에 쓰지 않았어." 편지를 만지면서 새비서가 대답했다.

"아……하. 아, 하." 이디스가 대답했다.

"아하, 뭐?"

"그녀가 뭘 더 넣었구나. 조해너가 말이야."

결국 그들은 편지를 바로 우체국에 가져가지 않고, 학교가 끝난 후 이디스의 집에서 조심스레 증기를 쏘여 봉투를 열어보았다. 엄마가 종일 가게에 나가 있었기 때문에 집에서 그런 짓을 한다 해도 볼 사람은 아무도 없었다.

켄 부드로 씨께

지난번 따님에게 보낸 편지에서 저에 대해 쓰신 칭찬의 말들에 답례 편지를 드려야겠다는 생각이 방금 떠올랐습니다. 이곳을 떠나는 일은 없을 테니 걱정하지 마세요. 당신은 제가 믿을 수 있는 사람이라고 말씀하셨죠. 적어도 저는 그렇게 이해했습니다. 그리고 저 역시 그 말이 사실이라고 생각합니다. 그렇게 평가해 주셔서 감사드립니다. 사람들은 흔히 저처럼 배경을 알 수 없는 사람은 믿을 수 없다고 생각하곤 하니까요. 그래서 당신에게 저에 대해 좀 말씀을 드리고 싶은 생각이 들었습니다. 저는 글래스고에서 태어났어요. 하지만 엄마는 저를 두고 떠나 결혼을 했습니다. 다섯 살 때 고아원으로 보내진 저는 엄마가 데리러 오기를 계속해서 기다렸죠. 하지만 엄마는 오지 않았고 저는 그곳 생활에 적응해 갔습니다. 사실 나쁜 곳이 아니었습니다. 열한 살이 되었을 때 저는 국가 이민 계획의 일환으로 캐나다로 보내졌어요. 그리고 채소밭 일을 하면서 딕슨 씨네 집에서 함께 살았죠. 이민 계획에는 교육 건도 포함되어 있었지만, 실제로 교육을 받지는 못했습니다. 겨울에는 집 안에서 부인 일을 거들었지만, 여러 이유 때문에 그곳을 떠나서 더 크고 강한 사람이 되어야겠다는 생각이 들었습니다. 그러고 나서는 노인들을 돌보는 요양소에 일자리를 얻었어요. 그 일이 싫지는 않았지만 돈을 좀 더 벌기 위해서 빗자루 공장으로 자리를 옮겼습니다. 월레츠 씨가 공장 주인이었는데, 나이 든 월레츠 씨 어머니가 가끔 나와서 공장을 둘러보다가 이런저런 이유로 저와 친분을 맺게 되었어요. 공장 환경 때문에 호흡기에 문제가 생긴 저에게 그분이 와서 함께 살자고 권유했습니다. 그때부터 십이 년간 저는 북쪽의 모닝 도브 호숫가에서 그분과 함께 살았습니다. 그 집에는 우리 둘밖에 살지 않았죠. 저는 집안일이건 바깥 일이건 모든 일을 다 알아서 처리해야 했답니다. 때로는 차를 운전하거나 보트를 몰아야 할 때도 있었죠. 월레츠 부인 눈이 나빠져서 책을 읽어주어야 했기 때문에, 읽는 법도 배우게 되었습니다. 부인은 아흔여섯의 나이로 세상을 떠났어요. 젊은 사람이 할 일이 아니었다고 생각하실지 모르지만, 저는 행복했답니다. 매 끼니 식사를 함께했고 마지막 일 년 반 동안은 잠도 부인 방에서 함께 잤죠. 하지만 그녀가 죽자, 가족들은 일주일을 줄 테니 짐을 싸서 떠나라고 하더군요. 부인은 저에게 얼마간의 돈을 남겼습니다. 가족들은 그걸 좋아하지 않는 것 같더군요. 그녀는 제가 그 돈으로 교육을 받기를 바라셨어요. 하지만 저는 애들 돌보는 일이 하고 싶었습니다. 그래서 신문에서 맥컬리 씨의 구인 광고를 보고는 그 길로 연락을 드렸던 거죠. 저에게는 뭔가 월레츠 부인을 잊게 할 만한 일이 필요했답니다. 긴긴 과거 이야기에 지루하시겠지만, 이제 다시 현재로 돌아올 테니 마음 놓으세요. 저를 좋게 평가해 주시고 또 런던 페어에도 데려가 주셔서 감사드립니다. 그런 기구들을 타거나, 그런 음식들을 먹을 만한 사람은 아니지만, 그래도 따라가서 정말 즐거웠답니다.

당신의 벗, 조해너 패리

이디스는 슬프고 비통한 목소리로 조해너의 편지를 큰 소리로 읽어주었다.

"저는 글래스고에서 태어났어요. 하지만 엄마는 내 얼굴을 쳐다보더니 그만 저를 내다 버리고 말았답니다……."

"그만 좀 해. 너무 웃어서 배가 아파죽겠어." 새비서가 소리쳤다.

"어떻게 너 모르게 자기 편지를 넣을 수 있었지?"

"조해너는 언제나 내 편지를 가져가서 자기가 봉한 후에 바깥에 주소를 적어. 내가 글씨를 잘 못 쓴다면서 말이야."

봉투 붙이는 부분에 풀이 별로 남아 있지 않아서 이디스는 스카치테이프를 덧붙여야만 했다. "조해너는 사랑에 빠진 거야."

"우웩, 우웩, 말도 안 돼. 늙어빠진 조해너가." 새비서가 배를 움켜잡고 말했다.

"너네 아빠는 조해너에 대해 뭐라고 했는데?"

"뭐, 내가 말 잘 들어야 한다고, 조해너가 떠나면 큰일이라고 하지. 조해너를 구한 건 아주 행운이라고. 아빠는 집도 없고, 할아버지는 혼자서 손녀를 키울 수가 없다면서. 뭐, 그딴 이야기들이야. 아빠는 조해너가 숙녀라고, 장담할 수 있다고 그런 말도 했어."

"그래, 그러니까 조해너는 사 ─ 아랑에 빠진 거야."

편지를 부치지도 않은 데다가 스카치테이프로 붙여 둔 걸 조해너가 보면 안 되기 때문에 그날 밤엔 이디스가 편지를 가지고 있었다. 다음 날 아침 그들은 그 우체국으로 편지를 가져갔다.

"이제 너희 아빠가 답장을 쓰는지 어디 한번 두고 보자." 이디스가 말했다.

한참 동안 아무 편지도 오지 않았다. 그러다가 마침내 편지가 한 통 오긴 왔는데, 결과는 실망스러웠다. 이디스의 집에서 봉투를 열어본 그들은 조해너 앞으로 어떤 편지도 동봉되어 오지 않았다는 사실만을 확인했다.

새 비서에게

올해는 크리스마스가 참 짧은 것 같구나. 2달러밖에 보내지 못해서 미안하다. 하지만 건강하고 즐거운 크리스마스를 보내고 학교 공부도 잘하고 있기를 바란다. 그동안 기관지염에 걸려서 몸이 좀 좋질 않았단다. 사실 해마다 걸리는 병이기는 하지만 크리스마스 전부터 앓아누운 건 이번이 처음이었지. 주소를 보면 알겠지만, 아빠는 지금 다른 곳에 와 있단다. 전에 지내던 아파트는 굉장히 시끄럽고 이런저런 사람들이 파티라도 안 열리나 하며 항상 기웃거리는 통에 정신이 없었거든. 여기는 하숙집인데 쇼핑도 요리도 잘 못하는 아빠가 지내기에는 적합한 것 같구나.

"가엾은 조해너, 가슴이 찢어지겠군." 이디스가 말했다.

"그래도 어쩌겠어." 새비서가 대답했다.

"우리가 해야겠어." 이디스가 소리쳤다.

"뭘?"

"답장을 쓰는 거야."

새비서 아빠의 필체가 아니라는 사실을 눈치 챌까 봐 그들은 타자기로 답장을 작성했다. 별로 어려운 일은 아니었다. 이디스네 집 거실 탁자에는 타자기가 놓여 있었다. 이디스의 엄마는 결혼하기 전에 사무실에서 근무한 적이 있었고 지금도 가끔씩 공식적인 편지가 필요한 이웃들의 부탁을 받아 용돈 벌이 삼아 타자 치는 일을 하곤 했던 것이다. 엄마는 언젠가 이디스 역시 사무실에서 비슷한 일을 얻을 수 있을지도 모른다는 생각에서 이디스에게 타자를 가르쳤다.

새비서가 말을 시작했다. "친애하는 조해너, 당신 얼굴에 보기 싫은 잡티가 하도 많아서 당신과 사랑에 빠질 수 없는 것이 참으로 유감이군요."

"뭐야, 난 진지하게 쓸 거야. 조용히 하고 가만 좀 있어." 이디스가 소리 질렀다.

자기가 쓰는 말을 커다랗게 소리 내어 읽으면서 이디스는 타이핑을 시작했다. "편지를 받아서 무척 기뻤어요……." 이따금씩 다음 문장을 생각하느라 멈추는 이디스의 목소리는 점점 더 엄숙하고 부드러워졌다. 킬킬거리며 소파 위를 뒹굴던 새비서가 잠시 후 텔레비전을 켜자 이디스가 소리쳤다. "제에발, 그따위 망할 소음이 들려오면 도대체 내가 어떻게 가암-정에 집중할 수 있겠니?"

둘만 있을 때면 그들은 수시로 망할, 재수 없는, 젠장 따위의 말들을 내뱉곤 했다.

친애하는 조해녀에게

새비서의 편지와 함께 온 당신의 편지를 받아보고 당신에 대해 알게 되어 무척 기뻤습니다. 윌레츠 부인을 만난 것은 참으로 다행스러운 일이지만, 가끔은 슬프고 외로운 인생이었을 거라는 생각이 들더군요. 당신은 언제나 불평 없이 부지런한 사람이었던 것 같습니다. 당신을 대단히 존경한다고 말씀드리고 싶군요. 제 인생은 변화무쌍한 것이었습니다. 한 번도 제대로 정착해 본 적이 없었죠. 제 내면에 불안과 고독이 있는 모양입니다. 그게 제 운명인 것만 같아요. 언제나 사람들을 만나고 이야기를 나누지만 가끔 스스로에게 묻곤 합니다. 도대체 진짜 친구라고 할 만한 사람은 누구인가 하고 말입니다. 그때 당신의 편지가 도착했죠. 편지의 끝에 당신은, 당신의 벗, 그렇게 적었던 걸로 기억합니다. 이게 진심일까? 만약 조해녀가 우리가 친구라고 말해 준다면, 이 얼마나 멋진 크리스마스 선물일까 하고 저는 생각했습니다. 어쩌면 당신은 저를 잘 모르니까 그냥 편지를 그렇게 끝내는 것이 적당하다고 생각했을 수도 있지만 말입니다. 어찌 됐든 즐거운 크리스마스 보내시길 기원합니다.

편지는 집에 있는 조해너에게 배달되었다. 그들은 새비서 앞으로 온 편지 역시 타자기로 다시 쳐야만 했다. 하나를 타자기로 치면서 다른 하나는 손으로 쓴다는 건 이상하니까 말이다. 이번에는 아주 조심해서 봉투를 열었기 때문에 스카치테이프를 덧붙일 일도 없었다.

"봉투 주소도 타자기로 치는 게 어때? 편지를 그렇게 했으면 봉투도 그렇게 하는 게 맞지 않을까?" 새비서가 자기도 머리를 쓸 줄 안다는 듯 끼어들었다.

"그렇지만, 봉투를 새로 쓰면 우체국 소인이 찍히질 않잖아. 이 바보, 멍청아."

"조해너가 답장을 쓰면 어쩌지?"

"우리가 읽어야지."

"음, 만약 아빠한테 직접 보내버리면?"

"안 그럴 거야. 조해너는 머리가 좋으니까 말이야. 어쨌든, 너는 빨리 가서 답장 써. 그래야 조해너가 네 편지에 자기 답장을 끼워 보내려고 할 거 아냐."

"이런 재미없는 편지 쓰기 정말 싫어."

"어서 해! 편지 좀 쓴다고 어떻게 되지는 않을 테니까. 조해너가 뭐라고 답장할지 너도 궁금하지 않아?"

친애하는 친구에게

제가 친구가 될 수 있을 만큼 당신을 잘 아는 거냐고 물은 거라면, 그렇다고 대답하고 싶어요. 저는 평생 단 한 명의 친구만을 가졌답니다. 윌레츠 부인이 그런 분이었죠. 저는 그분을 사랑했고 그분도 제게 무척 잘해 주셨어요. 하지만 이제는 돌아가셨죠. 그분은 저보다 나이가 한참 많았어요. 나이 든 사람을 친구로 사귀면 죽어서 먼저 떠나버린다는 문제가 있더군요. 부인은 나이가 너무 많아서 때로 저를 다른 사람으로 착각하기도 했죠. 하지만 저는 별로 신경 쓰지 않았어요.

당신에게 이상한 일을 하나 말씀 드리고 싶어요. 런던 페어에서 사진사가 찍어준 사진, 그러니까 당신과 새비서, 새비서의 친구 이디스랑 제가 함께 찍은 그 사진을 확대해서 액자에 넣어 거실에 걸었거든요. 아주 좋은 사진은 아니지만 (그런데도 사진사는 돈을 꽤 요구했겠지요.) 어쨌든 없는 것보다는 나으니까요. 그저께 그 근처에서 먼지를 터는데, 꼭 당신이 안녕, 하고 인사를 하는 것 같은 기분이 들었어요. 안녕, 당신이 그렇게 말했죠. 그래서 나는 사진 속에서 나를 쳐다보는 당신처럼 똑같이 당신을 마주 보았답니다. 그러고는 아, 내가 제정신을 잃는 모양이다, 아니면 편지가 오려는 신호인가, 그렇게 생각했어요. 바보 같은 생각이라고 넘겨 버렸죠. 그런 걸 믿지는 않으니까요. 하지만 어제 정말 편지가 왔지 뭐예요. 그러니 이제 저를 당신의 친구라고 해도 지나친 말은 아니라는 걸 믿으시겠죠? 저는 언제나 바쁘게 지내고 있습니다만, 진정한 친구는 바쁜 일상 너머의 무엇이랍니다.

당신의 벗, 조해너 패리

물론 이걸 다시 봉투에 넣을 수는 없었다. 새비서의 아빠는 자기가 쓴 적 없는 편지에 대한 언급을 이상하게 여길 터였다. 그들은 조해너의 편지를 잘게 찢어 이디스네 집 변기에 넣은 후 물을 내려버렸다.

호텔에 대한 편지가 온 것은 그로부터 몇 달이나 지난 후였다. 이미 계절은 여름으로 접어들고 있었다. 몇 주간이나 록샌 이모와 클라크 이모부의 심코호(湖) 근처 별장에 가 있던 새비서가 때마침 돌아와 그 편지를 받았다.

이디스의 집으로 들어온 새비서는 대뜸 "우가, 우가. 집에서 냄새가 나." 하고 말을 꺼냈다.

그녀는 사촌들한테서 '우가, 우가'라는 표현을 배워가지고 돌아왔던 것이다.

이디스는 코를 킁킁거리며 "아무 냄새도 안 나는데."라고 대꾸했다.

"너희 아빠 가게에서 나는 냄새 같아. 그렇게 지독하지는 않지만. 아마 옷이나 그런 데 묻어와서 집에까지 냄새가 배었나 봐."

이디스는 신중하게 김을 쏘여 봉투를 열고 편지를 꺼냈다. 우체국에서 걸어오는 길에 빵집에 들러 초콜릿 에클레어를 두 개 사가

지고 들어온 새비서는 소파에 누워 자기 몫을 먹기 시작했다.

"너한테 온 편지밖에 없어. 가엾은 늙은 조해너. 물론 너희 아빠
는 조해너의 편지를 받지도 않았지만." 이디스가 말했다.

"읽어줘 봐. 난 손이 온통 끈적거려서 말이야." 새비서가 별 흥미
없다는 듯 부탁했다.

이디스는 중간 중간 쉬는 법도 없이 사무적인 목소리로 편지를
읽어 내려갔다.

새비서, 아빠의 생활에 그간 변화가 좀 있었단다. 주소를 보면 알겠
지만, 지금은 브랜든이 아니라 그디니아라고 불리는 곳에 와 있어.
전에 일하던 회사도 그만두었단다. 지난겨울에는 호흡기 문제 때문
에 아주 힘든 시간을 보냈는데, 폐렴으로 발전할지도 모르는 상황에
서 전 회사 사장이 계속해서 아빠에게 외근을 시키지 뭐냐. 그게 문
제가 되어서 논쟁을 하다가, 결국 우리 둘 모두가 헤어지기로 합의
했단다. 하지만 인생이란 참 이상한 거라서 때마침 호텔을 하나 인
수하게 되었지 뭐냐. 자초지종을 다 설명하기는 어렵지만, 할아버지
가 궁금해하시면 그저 어떤 사람한테 빌려주었던 돈 대신 이 호텔을
받은 거라고만 말씀드리렴. 그래서 방 하나를 빌려 쓰던 하숙집에서
아빠는 이제 방이 열두 개나 있는 호텔 건물로 옮겨 와 있단다. 전에
는 침대 하나도 내 물건이 아니었지만, 이젠 침대를 수십 개나 가진
셈이지. 아침에 눈을 떠서, 내가 바로 사장이다 생각하는 건 참 멋
진 일이란다. 아직 보수할 것들이 좀 있지만, 사실은 꽤 있지만, 날
만 따뜻해지면 도와줄 사람을 구해서 곧 일을 시작할 생각이다. 좋

은 요리사를 찾아서 레스토랑이랑 바도 운영하려고 해. 여기에는 그런 게 하나도 없으니까 아주 장사가 잘될 것 같다. 건강하게 있으면서 공부 잘하고, 좋은 습관을 기르기를 바란다.

사랑하는 아빠가

"집에 커피 있어?" 새비서가 물었다.

"인스턴트만 있어. 왜?" 이디스가 대답했다.

새비서는 별장에서는 사람들이 모두 아이스커피를 마시고, 그것 없이는 한시도 못 산다고, 자기도 그 맛에 아주 빠져버렸다고 이야기하더니 일어나서 물을 끓이네, 우유랑 얼음을 섞네 하며 주방을 온통 엉망으로 만들어버렸다. "여기에 바닐라 아이스크림을 얹어야 진짠데. 오, 맙소사, 맛 진짜 좋은데, 이디스 너, 네 에클레어 안 먹을 거야?" 새비서가 떠들어댔다.

오, 맙소사.

"아니, 다 먹을 거야." 이디스가 심술궂게 대답했다.

단 삼 주간의 여행 동안, 이디스가 구두 가게 일을 돕고, 엄마가 수술에서 회복되는 그 기간 동안 새비서는 이렇게나 변해서 돌아왔다. 피부는 멋진 황갈색을 띠었고 짧게 자른 머리카락은 얼굴 주변에서 구불거렸다. 사촌들이 머리를 자르고 파마를 해준 모양이었다. 치마처럼 보이는 반바지에, 가운데로 단추를 달고 어깨에는 잘 어울리는 푸른색 프릴을 장식한 일상복을 입은 새비서는 어느새 가슴도 부풀어 올라 있었다. 바닥에 둔 아이스커피를 들기 위해 허리를 숙이자 부드럽고 윤기 나는 굴곡이 드러났던 것이다.

가슴이다. 어쩌면 그곳에 가기 전부터 이미 가슴이 부풀고 있었는지 모른다. 하지만 그때는 미처 알아보지 못했다. 그냥 어느 날 아침에 일어나면 저렇게 가슴이 부풀지도 모른다. 하지만 아닐 수도 있었다.

어쨌거나, 그녀에게는 생겼다. 노력도 안 하고 그냥 거저먹은, 전적으로 불공평한 이익. 새비서의 가슴 역시 그런 것만 같았다.

새비서는 사촌과 별장 생활에 대해 미주알고주알 모든 것을 늘어놓기 시작했다. "이것 좀 들어봐. 이 이야기는 꼭 들어야 해. 정말 놀랄 노 자니까 말이야……." 그녀는 록샌 이모가 클라크 이모부와 싸울 때 주고받는 말들이며, 메리 조가 윗도리를 벗고 면허도 없이 스탠의 차(도대체 스탠은 누굴까?)를 몰았던 것이며, 모두를 그 차에 태우고 달렸던 것까지 쉴 새 없이 떠들어대었다.(도대체 이야기의 어떤 부분이 놀랄 노 자라는 것인지 이디스는 분명하게 이해할 수 없었다.)

하지만 잠시 후 정말 놀랄 이야기가, 그러니까 그 여름의 진정한 모험 이야기가 시작됐다. 새비서를 포함한 나이가 든 여자애들은 보트 하우스의 이 층에서 잠을 잤는데, 가끔 간질이기 장난을 하곤 했다고 한다. 여럿이 한 명한테 덤벼서는 마침내 제발 살려 달라고 애원하면서 속옷을 벗고 음모가 났는지 어떤지 보여 주기로 약속할 때까지 간지럼을 태운다는 것이었다. 그 애들은 또 여자 기숙사에서 애들이 칫솔이나 빗 손잡이를 가지고 무슨 짓을 하는지에 대해서도 이야기해 주었다고 했다. 우가, 우가. 한번은 사촌 애들 둘이서 쇼를 한 적도 있다고 한다. 한 명이 남자 역할을 하면서 다른 애 윗옷을 벗기고, 서로 다리를 엇갈려 감고 신음하고, 헐떡이면서, 계속해서.

클라크 이모부의 여동생과 남편이 신혼여행 중에 다니러 왔는데, 그 남편이 부인의 수영복 속으로 손을 넣고 있는 것도 보았다고 했다.

"그 사람들은 정말 사랑하는 것 같더라. 낮이고 밤이고 그 짓만 하는 거야. 그렇게 사랑에 빠지면 안 그럴 수가 없는 건가 봐." 쿠션을 가슴에 껴안으며 새비서가 말했다.

사촌 하나는 벌써 남자애하고 자본 적이 있다고 했다. 길 아래쪽 리조트에 여름 동안 정원 일을 도우러 온 남자애였는데, 그가 사촌 애를 보트에 태우고 나가서는 하게 해주지 않으면 물에 던져 버린다고 협박했다는 것이었다. 그러니까 사촌 잘못은 아니라고, 새비서는 덧붙였다.

"그 애는 수영을 못해?" 이디스가 물었다.

새비서가 다리 사이로 쿠션을 밀어 넣으며 말했다. "우……, 느낌이 너무 좋아."

이디스 역시 새비서가 느끼는 저 아뜩한 기분을 잘 알고 있었다. 하지만 저런 짓을 공공연히 하는 사람을 보면 겁이 났다. 사실 그런 일들 자체가 무섭기도 했다. 몇 년 전엔가 그녀는 자신도 모르게 다리 사이에 담요를 끼고 잠이 들곤 했다. 엄마가 그걸 보더니 만날 그런 짓을 하다가 문제가 생겨서 결국 수술을 받게 된 여자애가 있다면서 그 애 이야기를 들려주었다.

"사람들이 그 애한테 찬물을 끼얹었는데, 그래도 낫질 않아서 말이다. 그래서 결국 잘라낼 수밖에 없었단다." 엄마는 이야기했었다.

안 그러면 거기에 피가 고여서 죽을 수도 있기 때문이라고 했다.

"이제 그만해." 그녀가 새비서에게 소리쳤다. 하지만 새비서는 더 격렬하게 신음하면서 말했다. "이걸 가지고 뭘 그래. 거기서는 다들 이렇게 해. 너는 쿠션으로 그래 본 적 없어?"

이디스는 일어나 부엌으로 가서는 커피 잔에 찬물을 가득 담았다. 그녀가 돌아왔을 때 새비서는 쿠션을 바닥에 던지고 킬킬거리며 소파에 늘어져 누워 있었다.

"내가 뭐라도 한다고 생각한 거야? 장난치는 건 줄 정말 몰랐단 말야?" 새비서가 키득거리며 물었다.

"목이 말랐을 뿐이야." 이디스가 대답했다.

"금방 냉커피를 하나 가득 마셔놓고."

"물이 먹고 싶었어."

"장난 좀 치면 안 되니? 그렇게 목마르면 그 물이나 어서 마시지 그래." 일어나 앉으며 새비서가 다시 말했다.

다소 실망한 목소리로 새비서가 먼저 사과라도 하듯 "조해너에게 또 편지 안 보낼래? 이번에는 아주 끈적거리는 편지를 써 보내자."라고 말할 때까지 그들은 아무 말 없이 침울하게 앉아 있었다.

사실은 이제 편지 쓰는 일에 흥미를 잃었지만, 새비서가 아직 관심을 가진 것이 반가웠다. 심코호며 부풀어 오른 가슴에도 불구하고 아직도 자기에게 새비서를 조정할 수 있는 여지가 남은 것이 기뺐던 것이다. 이디스는 마지못해 한다는 듯 한숨을 내쉬며 일어나 타자기 덮개를 벗겼다.

"나의 소중한 조해너……." 새비서가 말했다.

"그건 너무 닭살이다."

"조해너는 닭살이라고 생각 안 할걸."

"아니야, 그럴 거야." 이디스가 대답했다.

새비서에게 성기 충혈에 대한 이야기를 해줘야 하나 어쩌나 그녀는 잠시 망설였다. 그러나 하지 않기로 결심했다. 우선 엄마가 겁주려고 한 이야기여서 얼마나 믿어야 할지를 확신할 수 없었다. 물론 집 안에서 굽 있는 신발을 신으면 눈이 나빠진다는 말만큼 믿지 못할 이야기는 아니지만. 알 수 없는 일이었다. 정말로 그런 일이 생길는지도.

게다가 그런 말을 한다 해도 새비서는 그냥 코웃음이나 치고 말 터였다. 경고에 귀 기울이는 사람이 아닌 것이다. 아마 초콜릿 에클레어를 먹으면 살이 찔 거라고 말해 준다 해도 귓등으로도 듣지 않을 것이다.

"지난번 편지를 받고 나서 저는 너무 행복했답니다."

"지난번 편지를 받고 나서 저는 환……희를 경험했답니다……." 새비서가 말했다.

"행복했답니다. 이제 세상에 당신이라는 진정한 친구를 갖게 되었으니까요……."

"두 팔로 당신을 감싸 안고 싶어서 밤새 잠을 이루지 못했습니다……." 새비서가 두 팔로 자신을 감싸고 앞뒤로 굴러대며 끼어들었다.

"*아냐. 군중 속에서도 저는 종종 외로움을 느끼고 누구를 믿고 의지하면 좋을지 알지 못했습니다⋯⋯.*"

"군중? 그게 무슨 뜻이야? 조해너가 그 단어를 모를 거야."

"*그녀는 알 거야.*"

그 말에 새비서는 입을 딱 다물었다. 아마 기분이 좀 상한 것 같았다. 그래서 마지막에 이디스는 자신이 쓴 문장을 크게 소리 내어 읽어주었다. "이제 작별을 고해야겠습니다. 유일한 위안은 당신이 이 편지를 읽으며 얼굴을 붉히는 모습을 상상하는 것⋯⋯. 이것보다 더 진하게 쓰고 싶은 거야?"

"당신이 잠옷을 입고 침대에서 이 글을 읽는 상상을 하면서, 그리고 내 두 팔로 당신을 힘껏 포옹하고 당신의 젖꼭지를 빨아댈 생각을 하면서⋯⋯." 언제나처럼 재빨리 기운을 되찾으며 새비서가 고쳐 말했다.

친애하는 조해너에게

지난번 편지를 받고 나서 저는 너무 행복했답니다. 이제 세상에 당신이라는 진정한 친구가 있게 되었으니까요. 군중 속에서도 저는 종종 외로움을 느끼고 누구를 믿고 의지하면 좋을지 알지 못했답니다. 새비서에게 호텔 소유에 대한 반가운 소식은 전했지만, 지난겨울 내내 얼마나 아팠는지는 이야기하지 못했죠. 걱정하게 만들고 싶진 않으니까요. 물론 당신 역시 걱정하게 하고 싶지는 않아요, 조해너. 그저 내가 얼마나 당신의 사랑스러운 얼굴을 그리워했는지 이야기하고 싶을 뿐입니다. 열에 들떠 있는 동안 나는 정말로 당신이 내 위로 고개를 숙이고 곧 괜찮아질 거라고 말하는 목소리를 들은 것 같은 생각이 들곤 했답니다. 당신의 다정한 손길도 느낄 수가 있었죠. 그때는 아직 하숙집에 있었는데 열이 내려 정신을 차리고 나자, 다들 대체 조해너가 누구냐며 저를 놀려대더군요. 하지만 일어나서 당신이 없는 것을 발견하고 저는 슬펐습니다. 그럴 수 없다는 건 잘 알지만, 정말로 갑자기 당신이 하늘에서 내려와 나와 함께 있을 수는 없을까 생각해 보기도 했답니다. 믿어주세요, 조해너. 믿어주세요. 가장 아름다운 영화배우라고 해도 당신만큼 저의 환영을 받지는 못할 겁니다. 당신이 내게 해준 다른 말들을 여기에 적어도 될는지 모르겠군요. 너무 달콤하고 친밀한 속삭임이라 당신을 당황하게 만들지도 모르니까요. 어둡고 은밀한 우리만의 방 안에서 가만히 당신을 껴안고 이야기를 나누는 것 같아서 편지를 마치기가 오늘은 유난히 아쉽군요. 하지만, 이제 작별을 고해야겠습니다. 유일한 위안은 당신이 이 편지를 읽으며 얼굴을 붉히는 모습을 상상하는 것입니다. 잠옷을 입은 채 침대에서, 내가 두 팔로 당신을 끌어안는 상상을 하며 이 편지를 읽어준다면 정말 기쁠 거예요.

당신을 ㅅㄹ하는 켄 부드로

놀랍게도 조해너는 이 편지에 답장을 쓰지 않았다. 새비서가 아빠에게 반 쪽 남짓 편지를 쓰고 나자 조해너는 그걸 봉투에 집어넣고 그 위에 주소를 적었다. 그뿐이었다.

　열차에서 내렸을 때 조해너를 마중 나온 사람은 아무도 없었다. 하지만 걱정하지는 않았다. 자기가 도착할 때까지 편지가 아직 도착하지 않을지도 모른다고 이미 생각하고 있었기 때문이다. (사실 그 편지는 아직 수거되지 않은 채 우체국 편지함에 들어 있었다. 지난겨울에는 별로 아프지 않았던 켄 부드로가 이번에는 정말로 심한 기관지염을 앓느라 며칠째 우편함을 확인하지 못했기 때문이었다. 편지함에는 또 다른 편지, 그러니까 맥컬리 씨의 수표가 동봉된 편지도 오늘자로 하나 더 도착해 있었다. 수표에 대한 지불은 이미 취소되어 있었지만 말이다.)

　그것보다는 이곳이 도무지 사람 사는 마을처럼 보이지 않는 것이 그녀를 불안하게 했다. 벽 앞에 벤치가 놓여 있고 매표소 유리창의 나무 덧문이 굳게 닫힌 이 역은 마치 폐쇄된 대피소처럼 보였다. 한쪽으로 화물 창고가 있었다. 사실은 무엇인지 알 수 없지만 조해너는 아마 화물 창고일 거라고 생각했다. 하지만 그 앞의 미닫이문은 조금도 움직이지 않았다. 판자 틈으로 안을 들여다보며 눈이 어둠에 익숙해질 때까지 가만히 기다려보았지만, 먼지 쌓인 지저분한 바닥에는 아무것도 놓여 있지 않았다. 가구 같은 건 전혀 없었다. "누구 없어요? 누구 없나요?" 몇 번이고 소리쳐 불러보았지만, 대답하는 사람 역시 없었다.

　플랫폼에 서서 그녀는 자기 짐을 들었다.

　1킬로쯤 앞쪽으로 작은 언덕이 하나 보였다. 꼭대기에 나무가 있어서 한눈에 확 들어왔다. 열차 안에서 봤던 먼지 나는 그 흙길은 (기차 안에서 봤을 땐 농장들을 잇는 샛길이라고 생각했는데) 실은 정식 도로인 것 같았다. 이제야 나무들 사이에 여기저기 자리 잡은 나지막한 건물들과 배수탑이 눈에 띄기 시작했다. 멀리 있는 배수탑은 마치 긴 두 발로 선 병사 모양의 양철 장난감같이 보였다.

조해너는 가방을 들고 걸어가기 시작했다. 별로 어려운 일은 아니었다. 어쨌든 이미 엑서비션 거리에서 기차역까지 그 가방을 운반하기도 했으니 말이다.

바람은 불었지만 더운 날이었다. 얼마 전 떠나온 온타리오주보다 날이 더 뜨거웠다. 바람까지도 후끈했다. 새로 산 드레스 위로 그녀는 이전의 그 오래된 코트를 걸치고 있었다. 가방에 넣으면 자리를 너무 많이 차지하기 때문이었다. 저 앞쪽에는 그늘이 좀 있지 않을까 생각하며 시내 쪽으로 걸어갔지만, 막상 가보니 그늘을 드리우기에는 너무 잎이 적고 줄기도 가는 가문비나무 아니면 제멋대로 자란 얇은 잎들이 바람에 이리저리 날려 햇빛을 가릴 수 없는 사시나무들이라 별반 다를 것이 없었다.

막막할 정도로 정비되지 않은 도시였다. 포장된 도로 옆에는 인도도 없고, 헛간 같은 교회의 큰 벽돌 건물을 제외하면 눈길을 끌만한 건물도 없었다. 황토색 얼굴에 반짝이는 푸른 눈의 성가족을 그린 교회 문에는 보이테크라고 듣도 보도 못한 성인 이름이 적혀 있었다.

아무 계획 없이 마구 지은 집들이 서로 다른 각도로 비죽비죽 튀어나와 있었고, 집들에는 얄궂은 창문이 두서없이 나 있는 데다 문 앞에는 흰색 상자 같은 현관이 덩그렇게 나와 있었다. 마당에 나와 있는 사람들도 보이지 않았다. 그럴 만한 이유도 없을 것 같았다. 시든 관목 덤불이나 열매가 터져 씨를 날리는 대황* 따위 말고는 돌봐야 할 화초도 보이지 않았기 때문이다.

큰길에는(만약 그게 큰길이라면 말이지만) 한쪽뿐이긴 했지만 나무로 조금 높게 만든 인도가 있긴 했다. 우체국을 겸한 식품점과 자동차 수리소만이 실제로 영업 중인 정체를 알 수 없는 건물들도 몇 채 나타나기 시작했다. 호텔이 아닐까 생각했던 이 층짜리 건물은 은행이었고 문도 닫혀 있었다.

개 두 마리가 그녀를 향해 짖은 걸 제외하면, 차고 앞에서 부지런히 체인을 트럭 뒤로 싣고 있던 남자가 그녀가 이곳에서 처음으로 만난 사람이었다.

"호텔이오? 너무 멀리 왔군요." 그가 말했다.

그는 호텔이 역 근처에 있다고, 선로 맞은편으로 조금만 길을 따라 걸어가면 파란색 건물이 나타난다며, 찾기 어렵지 않을 거라고 이야기해 주었다.

그녀는 가방을 내려놓았다. 실망해서 그런 것이 아니라 그저 잠시 휴식을 취하려고 그런 것뿐이었다.

그는 잠깐 기다리면 태워주겠다고 했다. 전에는 한 번도 그런 제안을 받아들여 본 적이 없었지만 잠시 후 조해너는 뜨끈하게 달궈진 지저분한 트럭의 조수석에 올라타고 있었다. 트럭은 덜커덕거

---

* 여뀌과의 여러해살이풀.

리며 그녀가 지금 막 걸어 올라왔던 먼지 많은 길을 다시 거슬러 올라갔다. 트럭 뒤쪽에서 체인들이 철커덕대며 요란한 소리를 내고 있었다.

"그래, 대체 어디에서 이 더운 날씨를 몰고 온 거요?" 그가 물었다.

그녀는 더 이상 아무것도 짐작할 수 없는 목소리로 온타리오라고 대답했다.

"온타리오, 음, 저기가 그 호텔이에요." 괜히 들었다는 듯 한 손을 핸들에서 떼더니 지붕이 납작한 이 층 건물을 가리키며 그가 말했다. 그가 손을 흔들자 차 역시 그를 따라 흔들거렸다. 열차가 이리로 들어올 때 그녀 역시 그 건물을 보았다. 못 보고 지나친 게 아니었다. 아까는 잘 관리되지 않은, 아마도 사람이 살지 않는 꽤 큰 주택이 아닐까 생각했다. 마을에 있는 집들을 보고 난 지금 저 건물을 그렇게 대충 볼 것이 아니었다는 생각이 들었다. 벽을 벽돌 무늬가 찍힌 얇은 철판으로 덮고 그 위에 밝은 푸른색 페인트를 덧칠한 건물이었다. 문 옆에는 불이 들어오지 않는 네온 간판에 호텔이라고 작게 적혀 있었다.

"이걸 못 보고 거기까지 가다니. 바보 같군요." 태워준 답례로 1달러짜리 지폐를 내밀며 조해너가 말했다.

그는 소리 내어 웃더니 "넣어두세요. 언제 필요할지 모르니까요."라고 대답했다.

아주 멀쩡하게 생긴 플리머스 차 한 대가 호텔 밖에 세워져 있었다. 무척 지저분했지만, 이런 도로에서는 피할 수 없는 일일 것 같왔다.

문에는 담배와 맥주를 선전하는 광고지가 붙어 있었다. 트럭이 사라지기를 기다렸다가 조해너는 문을 두드렸다. 영업을 하는 것 같지가 않아서 우선 노크부터 해본 것이었다. 잠시 후 혹시 문이 열렸는지 슬쩍 밀어본 그녀는 가방을 들고 약간 먼지가 쌓인 방을 지나 당구대가 있는 좀 더 크고 어두운 방으로 걸어 들어갔다. 청소를 하지 않은 바닥에서 고약한 맥주 냄새가 풍겨왔다. 다른 쪽 방으로 반짝이는 거울과 빈 선반, 카운터가 보였다. 창마다 블라인드가 아래까지 단단히 내려져 있었다. 빛이라고는 스윙 도어에 달린 작고 둥근 창으로 들어오는 것이 고작이었다. 이런 방들을 지나 조해너는 부엌으로 들어갔다. 지저분하긴 했지만 반대쪽 벽으로 높은 창들이 있는 데다, 창을 가려두지 않아서 부엌은 좀 더 밝았다. 거기에서 그녀는 이 건물에 사람이 산다는 것을 보여 주는 흔적을 처음으로 발견했다. 누군가 음식을 먹고는 뒷정리를 하지 않은 채 그냥두고 떠났던 것이다. 케첩이 말라붙은 접시와 식어빠진 블랙커피가 반쯤 담긴 컵 하나가 식탁 위에 놓여 있었다.

부엌에서 바깥으로 연결되는 문은 안에서 잠겨 있었다. 통조림 종류가 몇 개 쌓여 있는 식품 저장고로 연결되는 문이 하나 있었고, 청소 도구함으로 쓰는 작은 벽장 앞에도 문이 달려 있었다. 비상계단으로 올라가는 길에도 문이 하나 연결되어 있었다. 조해너는 무거운 가방을 앞세우며 계단을 올라가기 시작했다. 옆으로 들고 가기에는 계단 폭이 너무 좁았기 때문이다. 이 층 바로 정면의 화장실 안으로 뚜껑을 닫지 않은 변기가 보였다.

복도 끝에 문이 열린 방이 하나 있었다. 조해녀는 마침내 그곳에서 켄 부드로를 발견했다.

그를 보기 전에 그의 옷이 먼저 눈에 들어왔다. 윗옷은 문 한쪽 모서리에, 바지는 문고리에 걸어두어서 바짓단이 바닥까지 늘어져 있었던 것이다. 그걸 보자마자 좋은 옷을 저렇게 두면 안 되는데 하는 생각부터 떠올라, 옷들을 제대로 걸어둘 요량으로 그녀는 서슴지 않고 방 안으로 들어갔다.

그는 얇은 요만 하나 덮은 채로 침대 위에 누워 있었다. 담요와 셔츠는 바닥에 나뒹굴고 있었다. 곧 잠에서 깨기라도 할 것처럼 불안한 숨소리가 들려왔다. 그녀가 말을 걸어보았다. "좋은 아침, 아니 오후예요."

환한 햇빛이 거의 곧바로 그의 얼굴 위로 내려쬐며 방 안으로 들어왔다. 창문은 닫혀 있었고 공기는 참을 수 없을 만큼 탁했으며 무엇보다 그가 협탁 삼아 쓰는 걸상 위의 재떨이에서 지독한 냄새가 났다.

침대에서 담배를 피우는 나쁜 버릇이 있는 모양이다.

그녀의 목소리에도 그는 깨어나지 않았다. 아니 어쩌면 조금 깨어난 것 같기도 했다. 기침을 하기 시작했기 때문이다.

그녀는 기침 소리가 심상치 않다는 것을 알아차렸다. 가벼운 기침이 아닌 것이다. 눈을 아직 감은 채 그가 몸을 일으켜보려고 뒤척거렸다. 그녀가 곧장 침대로 다가가 그를 부축해 일으켰다. 손수건이나 휴지가 있는지 둘러보았지만 주위에는 아무것도 없었다. 그녀는 나중에 빨 생각으로 우선 그의 셔츠를 주워 들었다. 기침에 섞여 나온 가래를 유심히 살펴봐야 했기 때문이다.

뭔가를 한참 뱉어내더니 그는 헐떡거리고 숨을 몰아쉬며 다시 침대 속으로 기어 들어갔다. 그녀가 기억하던, 시건방진 그 멋진 얼굴은 간데없이 사라지고 폭삭 삭아서 보기에도 흉측한 얼굴이 남아 있었다. 부축해 보니 그에게는 열도 있었다.

그가 뱉은 가래는 녹색이 도는 노란색이었다. 피는 섞여 있지 않았다. 그녀는 셔츠를 화장실로 가지고 갔다. 기대하지도 않은 비누가 놓여 있었다. 그녀는 셔츠를 빨아 화장실 문고리에 걸어두고 두 손을 꼼꼼하게 씻어냈다. 수건이 없어서 새로 산 갈색 드레스에 손을 닦아야 했다. 겨우 한두 시간 전에야 작은 화장실, 그러니까 기차의 *여자 화장실* 안에서 입고 있던 옷을 벗고 갈아입은 드레스였다. 그녀는 잠시 화장도 좀 해야 하는 것은 아닐까 망설였었다.

복도 벽장 안에서 화장지를 찾아낸 조해녀는 그가 다시 기침할 때를 대비해 방 안에 화장지를 갖다 두었다. 담요를 들어서 그를 잘 덮어주고 블라인드를 바닥까지 내린 다음 창문을 조금 열고 깨끗이 비운 재떨이로 문이 다 닫히지 않도록 아래쪽을 받쳤다. 그러고 나서는 복도로 나와 갈색 드레스를 벗고 가방에서 평소에 입던 옷을 꺼내 갈아입었다. 여기에서는 멋진 드레스도 화장도 아무런 쓸모가 없었다.

그가 얼마나 아픈 것인지, 아직은 알 수 없었다. 하지만 전에 그와 마찬가지로 골초였던 윌레츠 부인의 기관지염을 몇 차례나 간호한 적이 있으니 한동안은 의사를 부르지 않고 어떻게 해나갈 수 있을 것 같았다. 휴지를 찾았던 벽장 안에는 색이 바래긴 했지만 낡은 수건도 몇 장 들어 있었다. 그녀는 그중 하나를 물에 적셔, 열을 내리기 위해 그의 팔과 다리를 물수건으로 닦아주었다. 이번에도 반쯤 정신을 차리더니 그가 다시 한 번 기침을 시작했다. 그를 일으켜 세운 그녀는 화장지에 가래를 뱉어내게 한 다음 다시 찬찬히 가래를 살펴보고는 화장실에 휴지를 버리고 나서 두 손을 꼼꼼히 씻고 돌아왔다. 이번에는 수건에 손을 닦았다. 잠시 후 아래층에 내려간 조해너는 부엌에서 빈 진저에일 병을 찾아내어 그 큰 병에 물을 가득 채워 돌아왔다. 컵에 물을 따른 그녀는 그에게 물을 먹였다. 고개를 저으면서 그는 아주 약간만 간신히 입으로 받아 마셨다. 그를 다시 눕힌 그녀는 오 분쯤 있다가 또 한 번 같은 일을 반복했다. 토하지 않고 마실 수 있는 최대한을 마셨다고 생각될 때까지 그녀는 지치지 않고 이 일을 반복했다.

시간이 조금 지난 후 그가 또 한 번 기침을 시작했다. 그를 일으켜 세운 조해너는 한 손으로 그의 팔을 잡은 채, 다른 한 손으로 가슴에 고인 가래가 좀 더 잘 나오도록 그의 등을 가볍게 두드려주었다. 그는 몇 번쯤 눈을 떴지만 놀라거나 이상하게 여기거나, 딱히 고마워하는 기색조차 없이 그녀의 존재를 당연하게 받아들이는 것처럼 보였다. 그녀는 다시 한 번 물로 적신 수건으로 그의 몸을 닦아주었다. 어디를 닦든 그녀는 곧바로 닦은 부위를 담요로 조심스럽게 덮어 한기가 들지 않도록 주의했다.

날이 어두워지고 있었다. 부엌으로 내려간 조해너는 전등 스위치를 찾아 불을 켰다. 전등도 낡은 전기스토브도 제대로 움직였다. 닭고기 수프 깡통을 하나 열어서 데운 그녀는 이 층으로 다시 올라가 그를 일으켜 앉힌 후에 숟가락으로 수프를 조금씩 떠먹였다. 그가 잠깐 정신이 든 틈을 타 그녀는 혹시 집에 아스피린이 좀 있느냐고 물어보았다. 그가 고개를 끄덕이더니, 어디에 있는지를 말하려다가는 어리둥절한 표정을 지었다. "쓰레기통 안에……." 그가 말했다.

"아니, 아니에요. 쓰레기통 안은 아니겠죠."

"그러니까, 그러니까……."

그가 손으로 뭔가를 그려보려고 했다. 눈물이 흘러내리기 시작했다.

"괜찮아요. 괜찮아요." 조해너가 그를 다독였다.

어쨌든 열은 내려가기 시작했다. 한 시간 혹은 그 이상을 그는 기침하는 일 없이 곤히 잤다. 그렇지만 다시 한 번 열이 올랐다. 하지만 그때쯤 이미 부엌 서랍에서 드라이버나 전구, 실타래 따위와 함께 구르고 있던 아스피린을 찾아둔 조해너는 바로 그에게 해열제를 먹일 수 있었다. 격렬한 기침을 하긴 했지만, 약을 토할 것 같지는 않았다. 그가 다시 침대에 눕자 그녀는 그의 가슴에 귀를 기울이고 숨소리를 들어보았다. 가슴 위에 펴 바를 겨자가 있는지 이미 찾아보았지만, 없는 것 같았다. 그녀는 다시 아래층으로 내려가 대야에 데운 물을 담아 와서 그에게 수건을 두른 후 대야 위로 허리를 숙여 더운 김을 마시게 했다. 그는 잠깐 동안만 시키는 대로 따라하곤 곧 누워버렸지만, 그 방법은 꽤 효과가 있는 것 같았다. 곧 상당한 양의 가래를 뱉어냈던 것이다.

열이 다시 내렸고, 그는 아까보다 더 편안하게 수면을 취했다. 그녀 역시 다른 방에서 찾아낸 안락의자를 끌고 와 그 옆에서 꾸벅꾸벅 졸기 시작했다. 이따금 잠에서 깬 그녀는 여기가 어딘가 의아해하다가는 기억을 떠올리고, 일어나 그를 살펴본 후(이제 열은 완전히 내려간 것 같았다.) 담요를 가슴까지 잘 덮어주고 자리로 돌아왔다. 정작 자신은 윌레츠 부인에게서 받은, 좀처럼 낡지 않는 그 오래된 코트만을 이불 삼아 걸친 채로.

그가 일어났다. 아침이 완전히 밝아 있었다. "여기서 뭘 하는 거죠?" 그가 쉰 듯한 기운 없는 목소리로 물었다.

"어제 도착했어요. 당신 가구를 가지고 왔죠. 아직 도착 안 했는데, 지금 오는 중이에요. 도착했을 때 당신은 아파서 정신이 없었어요. 저녁 내내 앓고 있었죠. 지금은 좀 어떤가요?" 조해녀가 물어보았다.

"한결 낫군요."라고 대답한 그가 다시 한 번 기침을 시작했다. 이번에는 자기 힘으로 일어나 앉았기 때문에 일으켜 세워줄 필요는 없었다. 하지만 그녀는 여전히 다가가 등을 두드려 주었다. 기침을 마치고 나서 그는 "고마워요."라고 인사를 했다.

피부는 이제 그녀만큼 차갑게 식어 있었다. 매끈한 피부였다. 보기 싫은 점이나 기름기가 없는. 등을 두드릴 때 그녀는 마치 병을 앓는 작고 섬세한 어린 사내애 같은 그의 갈비뼈를 느낄 수 있었다. 그에게서 옥수수 같은 냄새가 났다.

"가래를 삼키셨군요. 그러면 안 돼요. 몸에 좋지 않아요. 화장지가 있어요. 여기 뱉으세요. 삼키면 신장에 문제가 생길 수도 있어요."

"그런 줄 몰랐어요." 그가 대답했다. "커피 좀 끓여 줄 수 있나요?"

커피메이커 안에는 원두 가루가 시커멓게 말라붙어 있었다. 그녀는 할 수 있는 한 깨끗하게 내부를 씻어낸 다음 물을 부어 커피를 올렸다. 그러고는 어떤 음식을 좀 해서 먹일까 고민하면서 자신도 씻고 매무새를 가다듬었다. 식품 저장고에 비스킷 믹스가 있었다. 처음에는 물에 섞어서 비스킷을 만들 생각이었지만 곧 깡통에 든 분말 우유도 찾아낼 수 있었다. 커피가 다 내려왔을 즈음 그녀는 오븐에 비스킷을 한 판이나 구워두고 올라올 수 있었다.

부엌에서 분주히 움직이는 소리를 들으면서 켄 부드로는 화장실에 가려고 일어섰다. 생각한 것보다 더 기운이 없어서 한 손으로 물탱크를 잡아 몸을 지탱해야만 했다. 새 옷을 넣어두는 복도 벽장에서 속옷을 꺼낼 때에야 비로소 이 여자가 누구인지 떠올랐다. 그녀는 자기 가구를 가지고 왔다고 말했다. 하지만 그는 그녀에게도 혹은 다른 누구에게도 그런 일을 부탁한 적이 없었다. 그가 부탁한 것은 가구가 아니라 돈이었던 것이다. 이름을 알고 있었는데 도통 기억이 나질 않았다. 그래서 그는 이름이 있나 보려고 복도 바닥에 여행 가방과 함께 있던 그녀의 손가방을 열어보았다. 가장자리에 이름과 주소가 적힌 꼬리표가 바느질로 고정되어 있었다.

조해너 패리, 엑서비션 거리의 장인 양반 주소도 함께.

다른 것들도 몇 가지 함께 들어 있었다. 지폐가 든 천 주머니, 그 안에는 27달러가 들어 있었다. 잔돈이 든 또 하나의 동전 지갑도 있었는데, 잔돈은 세어보지 않았다. 밝은 파란색의 은행 통장. 그는 별다른 생각 없이 무심코 그 통장을 열어보았다.

한 두 주 전 조해너는 월레츠 부인에게서 받은 유산을 모두 자신의 은행계좌로 이체한 후 그때까지 모아둔 저금액도 그 통장에 함께 넣었다. 은행원에게는 언제 이 돈이 필요할지 모르겠다고, 그렇게만 설명했다.

아찔할 정도는 아니었지만, 분명히 상당한 금액의 저금이었다. 갑자기 그녀의 존재가 좀 전과는 다르게 다가왔다. 조해너 패리라는 이름에 윤기라도 도는 것만 같았다.

조해너가 커피를 가지고 올라왔을 때 그는 "어제 갈색 드레스를 입고 왔었나요?"라고 물어보았다.

"그랬어요. 처음 왔을 때는요."

"꿈이라고 생각했는데, 당신이었군요."

"이전의 다른 꿈들처럼 말이죠." 그녀가 대답했다. 주근깨가 잔뜩 난 그녀의 이마가 순식간에 빨갛게 달아올랐다. 그는 이게 다 무슨 소린가 싶었지만 물어볼 기력은 없었다. 아마 그녀가 지켜보던 어젯밤에 지금은 기억나지 않는 무슨 꿈이라도 꾸었던 모양이다. 그가 다시 한 번 기침을 시작했다. 이번에는 경미한 기침이었다. 그녀가 언제나처럼 휴지를 입가에 대어주었다.

"자, 커피를 어디에 올려줄까요?" 옆으로 좀 더 쉽게 다가갈 수 있도록 나무 의자를 치워내면서 그녀가 물었다. "여기가 좋겠군요." 커피를 내려놓고 나서 그녀는 팔 아래를 부축해 그를 일으킨 다음 등 뒤에 베개를 받쳐주었다. 커버도 없는 지저분한 베개였다. 하지만 어젯밤 그녀는 그 베개 위로 수건을 덮어두었다.

"아래층에 담배가 있는지 좀 봐줄래요?"

고개를 젓긴 했지만 그녀는 "그럴게요. 오븐에 비스킷을 구워뒀어요."라고 대답했다.

켄 부드로는 언제나 누군가에게 돈을 빌려주거나 빌려오는 일로 곤란을 겪었다. 그에게 생기는 문제들은 대부분(다른 말로 하자면 그가 말려든 문제들은 대부분) 친구들의 부탁을 거절하지 못하는 데서 비롯되었다.

전쟁이 끝난 후 그는 나가라는 사람도 없는데 친구와의 의리를 지키기 위해 자기 발로 공군을 걸어 나왔다. 친구 하나가 부대 회식 자리에서 지휘관을 모욕했다는 명목으로 불명예제대를 했는데, 규칙을 어긴 것도 아니고 회식 자리에서 장난삼아 한 말로 그러는 것은 부당하다고 생각해서 그 역시 자리를 박차고 나왔던 것이다. 비료 회사에서는, 싸움질을 하다가 경찰에 잡혀 고소당할 것이 무서워 좀 데리러 와달라고 부탁하는 친구 녀석을 태운다고 허락도 없이 회사 트럭을 몰고 미국 국경을 넘어갔다가 일자리를 잃고 말았다.

친구와의 의리뿐만 아니라 고용주와의 관계 역시 그가 겪는 문제들 중 하나였다. 몸을 낮추기가 쉽지 않다고, 그는 고백하곤 했다. "네, 알겠습니다." 혹은 "그렇지 않습니다, 사장님." 이런 말들이 도통 쉽게 나오지를 않았다. 보험회사의 경우 파면당한 건 아니었다. 하지만 이 부서에서 저 부서로 계속해서 이동시키면서 사실은 그만두기를 은근히 강요하는 것만 같아서, 결국 나오고 말았다.

술이 한몫했던 것도 인정하지 않을 수 없었다. 지금보다는 뭔가 더 근사한 인생을 살아야겠다는 생각 또한 빼놓을 수는 없을 터였다.

그는 사람들에게 포커 게임에서 이 호텔을 땄다고 말하고 다니기를 좋아했다. 사실은 별로 대단한 꾼도 아니었지만 여자들이 그런 식의 말투를 좋아했기 때문이다. 빚 대신 받아둔 거라는 사실을 짐짓 모르는 척하면서, 그 사실을 선명하게 인식할 때조차 그는 잘된 일이라고, 내가 직접 사장 노릇을 하니 얼마나 좋은 일이냐고 스스로를 기만하곤 했다. 사실 가을 한철 사냥꾼이나 와서 묵으면 모를까 사람들이 묵을 곳이 아니라는 건 그 역시 잘 알고 있었다. 그래서 식당 겸 술집으로 꾸며볼 생각이었다. 좋은 요리사만 구할 수 있다면. 하지만 이런 일들을 도모하기 전에 우선은 돈이 좀 있어야만 했다. 일손도 좀 구해야만 했다. 일솜씨가 없는 것은 아니었지만, 혼자 하기에는 너무 일이 많았기 때문이다. 이 겨울을 어떻게 날 수만 있으면, 은행에 부탁해서 융자를 좀 얻을 수 있을 것도 같았다. 하지만 일단 이 겨울을 나기 위한 얼마 안 되는 돈이 좀 필요했다. 그때 장인 양반 얼굴이 머릿속에 떠올랐다. 누구라도 다른 사람에게 빌렸으면 좋겠지만, 아무도 그런 돈을 빌려주지 않을 것 같았다.

가구를 팔아달라고 말을 꺼내면 좋겠다는 생각이 들었다. 그 노인네는 그렇게 번거로운 일을 하려 들지 않을 터이다. 물론 아주 구체적으로는 아니지만 그 역시 전에도 한 번 상당한 금액을 빌린 적이 있다는 사실을 기억하고 있었다. 하지만 마르셀의 치정 행각을 봐준 대가로(그때까지 자기는 아직 그런 스캔들을 벌이고 다니지 않았었다.), 또 사실 자기 애인지 확신이 가지 않는 새비서를 자식으로 인정한 대가로 그 정도 금액을 받을 자격은 있다는 생각이 들었다. 게다가 살아 있는 사람 중, 그만한 돈을 아직 가지고 있는 사람은 장인밖에 몰랐던 것이다.

당신 가구를 가지고 왔어요.

지금으로서는 그게 무슨 말인지 도대체 알 길이 없었다. 그녀가 비스킷을 가지고(하지만 담배는 없이) 올라왔을 때 그는 음식보다 잠이 더 아쉬웠다. 하지만 그녀를 만족시키기 위해 비스킷을 하나 들어 반쯤 먹고 나서 그는 세상모르고 잠에 곯아떨어졌다. 그녀가 침대 아래로 더러운 시트를 들어내고 깨끗한 새 시트를 깔기 위해 그를 깨우지 않으면서 몸을 이리저리 움직일 때 정신이 반쯤 돌아왔다.

"새 시트를 찾긴 했는데 너무 얇군요. 냄새도 별로 좋지 않아요. 하지만 어쨌든 잠깐 햇빛에 내다 널긴 했어요." 그녀가 말했다.

나중에야 그는 잠결에 들었던 그 소리가 정말 세탁기 돌아가는 소리였다는 사실을 깨달았다. 온수 탱크가 고장났는데 뭘 어떻게 한 건지 알 수 없었다. 아마 스토브에 더운 물을 끓여 댄 모양이었다. 또 한참 후에는 분명히 자기 차의 시동 소리며 차가 어디론가 출발하는 소리 역시 들려왔다. 바지 주머니에서 열쇠를 찾아낸 것이리라.

어쩌면 그녀는 그나마 제일 값나가는 물건을 가지고 자신을 버려둔 채 가버린 것일지도 모른다. 경찰에 신고하고 싶어도 전화조차 할 수 없는 상황이었다. 일단 전화기가 있는 데까지 내려간다고는 해도, 전화는 벌써 끊긴 지 오래였던 것이다.

절도와 유기. 얼마든지 가능한 일이었다. 하지만 그는 그녀가 분명 우유와 계란, 버터와 빵, 그 밖에 뭐든 제대로 된 생활을 하기 위해 필요한 그런 물품들을(어쩌면 담배도) 사러 갔을 거라고, 곧 돌아와서는 분주하게 아래층을 오가며 집안일을 시작할 거라고 확신하면서 초원의 바람 냄새와 풀 향기가 풍겨오는 깨끗한 시트 위로 돌아누웠다. 하늘이 보내준 선물이라고 생각하고, 아무것도 묻지 말고 가만히 있자.

최근에 그에게는 여자 문제가 좀, 정확하게 말하자면 두 건이 있었다. 한 명은 젊고 다른 한 명은 좀 더 늙었는데(아마 그 또래쯤인 것 같았다.), 서로 아는 사이인 두 사람은 이미 머리끄덩이를 잡고 싸운 적도 있었다. 그가 최근 그녀들에게 받은 거라고는 온갖 불평과 원망, 자기가 얼마나 그를 사랑하는지를 항변하는 분노 섞인 고함들뿐이었다.

아마 조해너가 그 문제 역시 해결해 줄 것만 같았다.

가게에서 물건을 사고 있을 때 기차 오는 소리가 들렸다. 호텔로 돌아가는 길에 조해너는 기차역에 선 차를 한 대 보았다. 켄 부드로의 차를 어딘가에 세우기도 전에 플랫폼에 부려진 가구들이 눈에 들어왔다. 어마어마한 양의 가구에 놀라기도 하고 짜증도 난 짐 인수자에게(밖에 있는 차는 그 사람의 것이었다.) 그녀는 20마일쯤 떨어진 곳에 사는 트럭 운전사 이름을 하나 받아냈다. 깨끗한 트럭이어야만 한다고, 그녀는 몇 번이고 강조했다. 역에 있는 전화로 운전사에게 전화를 건 그녀는 다소간의 협박과 뇌물로 당장 이쪽으로 오겠다는 약속을 받아냈다. 짐 인수자에게는 트럭이 도착할 때까지 꼼짝 않고 가구를 지키겠다는 약속을 받아냈다. 저녁 먹을 시간쯤 짐을 싣고 온 트럭 운전사와 그 아들이 호텔 로비에 가구들을 모두 내려놓고 돌아갔다.

다음 날 가구들을 찬찬히 살펴보던 그녀는 뭔가를 결심한 것처럼 보였다.

그리고 그다음 날 이제 켄 부드로가 일어나서 자기 말을 들을 만큼 기력을 회복했다고 생각하며 조해너는 말을 꺼냈다. "여기는 돈 먹는 구멍이나 다름없어요. 이 마을도 망해 가기 직전이고요. 우선 현금이 될 만한 것들을 죄다 내다 팔아야겠어요. 가지고 온 가구를 말하는 게 아니에요. 그러니까 여기 부엌 기구들이나 당구대 같은 것 말이에요. 그다음에는 건물 벽의 철판이라도 벗겨서 고물상에 팔아넘길 사람한테 이 건물을 넘겨야 해요. 생각도 못한 물건들이 의외로 값나가는 때도 있는 법이에요. 그런데…… 이 호텔을 인수하기 전에는 뭘 하려고 생각했죠?"

그는 브리티시컬럼비아주의 새먼암으로 갈 계획이었다고 말했다. 전에 친구 하나가 거기서 과수원 경영 자리를 알아봐 주겠다고 했던 것이다. 하지만 그러려면 새 타이어도 달아야 하고 긴 여행에 차도 정비해야 했는데 먹고사는 데 쓸 돈밖에 없어서 가지 못했다고, 그러던 참에 이 호텔이 굴러 들어왔다고 그가 주절주절 설명했다.

"무거운 짐짝처럼 말이죠. 타이어를 달고 차를 수리하는 데 돈을 쓰는 게, 이 건물에 한 푼이라도 더 쓰는 것보다 훨씬 낫겠어요. 눈이 오기 전에 여기를 벗어나는 게 좋을 것 같군요. 거기 도착하면 쓸 수 있도록 가구는 다시 기차 편으로 보내고요. 집을 꾸미는 데 필요한 가구는 다 있는 셈이에요."

"하지만 그 자리는 그렇게 확실한 게 아닐지도 몰라요."

"알아요. 그래도 괜찮아요."

그녀가 정말 그 사실을 잘 안다는 걸, 그녀와 함께라면 다 괜찮을 거라는 걸 그는 확신할 수 있었다. 그에게 필요한 건 바로 조해너 같은 사람이었다.

기꺼운 감사의 마음이 밀려왔다. 고맙다는 마음이 특히 상대방이 그런 대가를 요구하지 않는 상황에서라면, 부담이 아니라 자연스러운 반응이라는 걸 그는 이제 깨달았다.

뭔가 새로운 변화를 내부로부터 감지할 수 있었다. *바로 이게 내게 필요한 변화였어.* 그는 전에도 늘 이런 말을 하곤 했지만, 이번에야말로 이 말이 진실임이 입증될 것 같았다. 따뜻한 겨울, 상록수 숲의 향기와 익어가는 사과들. *가정을 꾸리는 데 필요한 모든 것들.*

자존심이 있는 사람이라고, 조해너는 생각했다. 그 점을 염두에 두어야 했다. 그의 내면을 드러내었던 편지 이야기는 하지 않는 게 나을 것 같았다. 이쪽으로 오기 전에 그녀는 편지들을 모두 태워버렸다. 사실은 편지를 받자마자 몇 번이고 외울 때까지 읽은 후에 모두 바로 태워버렸다. 외우는 데 긴 시간은 필요하지 않았다. 무엇보다도 새비서와 그 애의 약삭빠른 친구 이디스가 이 편지, 그중에서도 그녀의 잠옷이며 침대 이야기가 나오는 마지막 편지를 보는 일이 없었으면 했던 것이다. 못 할 말은 아니었지만, 그런 걸 편지에 쓴다는 게 경박하고 유치한 일인 것만 같았다.

자신과 켄 부드로가 새비서를 얼마나 만나게 될지 지금은 알 수 없었다. 하지만 그가 원하면 결코 방해할 마음은 없었다.

이 넘치는 의욕과 책임감, 이건 새로운 경험이 아니었다. 보호와 관리가 필요한 또 한 명의 번듯한 기분파, 윌레츠 부인을 돌보았던 경험이 이미 있었던 것이다. 켄 부드로는 사실 그녀가 생각한 것보다 상태가 조금 더 심각했고, 남자라서 생기는 어려움 역시 없지 않았지만 그렇다고 다루지 못할 것은 아무것도 없었다.

윌레츠 부인이 죽고 난 후 그녀의 마음은 완전히 메말라 버렸다. 앞으로는 언제나 그럴 거라고 생각했었다. 하지만 지금 그녀의 마음에는 따뜻한 동요, 예전만큼이나 분주한 애정이 다시 살아나고 있었다.

맥컬리 씨는 조해너가 떠난 지 이 년 후에 죽었다. 그의 장례식은 앵글리칸 교회에서 치러진 마지막 장례식이었다. 장례식에는 많은 사람들이 참석했다. 엄마의 사촌인 그 토론토 여자와 함께 온 새비서는 놀랄 만큼 예쁘장하고 날씬한 모습으로 나타났다. 그녀는 이제 도통 말이 없었다. 세련된 검은 모자를 쓰고서는 누군가 먼저 말을 걸기 전에는 절대 먼저 입을 열지 않았다. 심지어 말을 건 사람에게 대답을 할 때조차 그 사람이 누구인지 기억을 못하는 것처럼 보였다.

신문에 난 부고에는 손녀인 새비서 맥컬리와 브리티시컬럼비아

새먼암의 켄 부드로, 그의 아내인 조해너와 그들의 어린 아들 오머를 통해 맥컬리 씨의 삶이 계속될 거라고 적혀 있었다. 슐츠 부인에게도, 거실 한쪽에서 텔레비전을 보던 이디스의 아빠에게도 그들의 결혼은 새로운 소식이 아니었다. 이미 소문을 들어 알고 있었던 것이다. 하지만 그들에게 오머라는 아들이 있다는 건 처음 듣는 이야기였다.

"애까지 낳았다니." 이디스의 엄마가 중얼거렸다.

이디스는 부엌 식탁에 앉아 라틴어를 번역하고 있었다. 투 네 콰에시에리스, 스키레 네파스, 쿠엠 미히, 쿠엠 티비…….*

새비서도 이디스에게 말을 건넬 마음이 없었지만, 이디스 역시 장례식장에서 만난 새비서에게 아무 말도 하지 않으려고 노력했다.

도대체 왜 아직 그 사실이 폭로되지 않았는지 이해할 순 없었지만, 이제 더 이상 그것이 밝혀질까 봐 무섭거나 하지는 않았다. 이디스는 더 이상 과거의 자신과 현재의 자신을 연결시키고 싶지 않았다. 일단 이 마을과 자신을 안다고 생각하는 사람들을 벗어나기만 하면 찾게 될, 미래의 진정한 자신에게라면 더 말할 것도 없었다. 하지만 이 모든 알 수 없는 결말들은 분명 당황스러운 것이었다. 멋진 결말이다. 하지만 자신을 골탕 먹일 속셈으로 던진 조롱이나 듣기 싫은 경고처럼 모욕적이고 짜증스런 결말이기도 했다. 다가올 인생에서 그녀가 성취할 수많은 업적들, 그 어디에 오머라는 존재에 대한 책임을 끼워 넣는다는 말인가?

---

* Tu ne quaesieris, scire nefas, quem mihi, quem tibi. 고대 로마 시인인 호라티우스의 시구절.

엄마의 말을 무시하면서 그녀는 노트에 다음과 같이 적어 내려 갔다. "알 수도 없고, 물어서도 안 된다……."

연필을 입에 문 채 잠시 생각을 가다듬은 이디스는 한 줄기 서늘한 만족감을 느끼며 마지막 줄을 적어 넣었다. "내 앞에 그리고 너의 앞에 어떤 운명이 가로놓여 있는지를……."

물 위의 다리
FLOATING BRIDGE

어느 날인가 그녀가 그를 떠난 적이 있었다. 직접적인 이유는 대단히 사소한 것이었다. 그가 소년원 아이들 두서넛(그는 그들을 요요라고 불렀다.)과 합세해 그날 저녁 모임에 내놓으려고 방금 만들어둔 생강 과자를 먹어치웠기 때문이었다. 그녀는 아무도 모르게, 적어도 요요들과 닐은 눈치 채지 못하게 집을 나와 큰길가 버스 정류장으로 걸어갔다. 한쪽 면만 앞이 뚫린 그 정류장에는 하루에 두 번 도시로 가는 버스가 다녔다. 전에는 한 번도 이 자리에 앉아본 적이 없었다. 버스가 오려면 아직 한두 시간은 더 기다려야만 했다. 그녀는 자리에 앉아 사람들이 나무 벽에 쓰거나 새겨둔 온갖 낙서들을 하나도 빼지 않고 모두 읽었다. 이런저런 이니셜들의 영원한 사랑 맹세나 로리 G.는 좆 빤다. 던크 컬티스는 호모다. 가너 씨(수학 선생)도 마찬가지다, 하는 등등의 낙서들을.

H. W. 엿 먹어라. 게인지가 짱! 스케이트 아니면 죽음을 달라. 주
님이 음탕한 자를 벌하실지니. 케빈 S. 너 죽었어. 어맨더 W.는 너무
아름답고 사랑스럽다. 그녀가 정말 그립다. 사람들이 그녀를 감옥에
넣지 않으면 좋겠다. V. P.랑 그거 하고 싶다. 여자들이 여기 앉아서
당신이 쓴 이 더러운 글들을 읽어야 하는데.

한 무더기의 인간 메시지들을 연이어 읽고 나니, 특히나 어맨더
W.에 대해 멀쩡하게 공들여 쓴 문장을 보고 나니, 지니는 혼자 있
을 때면 사람들은 이런 낙서를 하게 되는 것일까 궁금해졌다. 그녀
는 자신이 이들처럼 이런 곳에서 버스를 기다리며 혼자 앉아 있는
모습을 상상해 보았다. 지금 계획을 실행에 옮긴다면 자신 역시 틀
림없이 이런 곳에서 이런 모습으로 앉아 있게 될 텐데, 그럴 때 나
역시 공공장소의 벽들에 이런 낙서를 끼적이고 있을까?

이런 낙서들을 쓴 사람들 역시, 지금 그녀에게 치미는 짜증과 사
소한 분노(사소한 게 맞겠지?), 이런 행동이 닐에 대한 복수가 될
거라는 생각이 주는 흥분 같은 것들과 크게 다르지 않은 심리 상태
에 있었을 것 같았다. 그러나 지금부터 그녀의 인생에는 더 이상 화
를 낼 그 누구도, 그녀에게 신세를 질 사람도, 고마워하거나 앙갚음
을 하거나 그녀가 하는 행동에 진정으로 영향을 받을 그 누구도 존
재하지 않을 것이다. 자기 말고는 아무한테도 의미 없을 감정들이
그저 자신의 내면에서 부풀어 올라 심장과 숨통을 조여대겠지.

어쨌거나 그녀는 딱히 친구들이 꼬일 만한 사람도 아닌 데다, 자
기 나름으로는 주위 사람들을 고르는 데도 꽤나 까다로우니까 말
이다.

버스는 여전히 나타나지 않았다. 그녀는 일어나 집으로 돌아갔다.

닐은 집에 없었다. 아이들을 학교에 데려다 주러 간 모양이었다. 닐이 돌아왔을 때에는 이미 모임 시간보다 조금 이르게 도착한 손님들이 있었다. 마음이 다 풀린 뒤에 그녀는 그에게 자신이 한 일을 마치 우스운 일화라도 되는 양 이야기해 주었다. 실제로 그녀는 낙서에 대한 이야기를 빼먹거나 대충 뭉뚱그려 전하면서 사람들 앞에서 몇 번이고 그 이야기를 우스개 삼아 다시 말해 주곤 했다.

"내가 그렇게 없어지면 날 찾으러 올 거예요?" 그녀가 닐에게 물었다.

"물론이지, 시간만 있으면."

그 종양학자는 꼭 성직자 같은 표정에 흰 가운 안에 검은색 터틀넥 셔츠까지 받쳐 입고 있었다. 옷을 보니 그가 좀 전까지도 이런저런 약들을 깨고 섞는 일을 하다 왔다는 걸 짐작할 수 있었다. 피부는 마치 버터 사탕처럼 젊고 윤기가 났다. 정수리 부근에는 지니처럼 보송보송한 검은 머리카락이 보일 듯 말 듯 올라오고 있었다. 물론 지니의 머리카락은 생쥐 털 같은 회갈색이지만 말이다. 처음 봤을 때 지니는 저 의사도 실은 환자인 건 아닐까 생각했었다. 잠시 후에는 아마 환자들을 좀 편하게 해주려고 일부러 저런 머리 모양을 했나 보다, 머리털을 옮겨 심기라도 했을 테지, 하고 생각하기도 했다. 아니면 그저 저런 스타일을 좋아하는 것일지도.

그러나 물어볼 수는 없었다. 그는 시리아나 요르단, 혹은 의사가 여전히 권위를 잃지 않은 그런 지역 출신으로 보였기 때문이다. 그는 예의범절을 엄격히 지켰다. "그러니까, 왜곡된 인상을 드리고 싶진 않습니다." 그가 말을 시작했다.

지니는 에어컨이 나오는 실내에서 빠져나와 팔월의 온타리오, 늦은 오후의 그 달아오른 열기 속으로 걸어 들어갔다. 가끔 얇은 구름이 직사광선을 막아주기도 했지만 덥기는 이나저나 매한가지였다. 주차장의 차들이나 보도, 다른 건물의 벽돌 같은 것들이 말이 되지 않게 뒤죽박죽 흩어진 조각처럼 마구 달려드는 것만 같았다. 요즈음에는 새로운 풍경을 보는 일이 즐겁지 않았다. 이미 잘 아는 안정된 것들만이 편안했다. 새로운 소식 역시 마찬가지였다.

밴이 커브를 돌더니 그녀를 태우기 위해 길을 따라 내려오는 것이 보였다. 반짝거리는 연한 푸른색, 넌더리 나는 푸른색 밴이었다. 녹이 슬어 페인트를 덧바른 부분은 색이 더 연했다. 차에는 '이 차가 고물이라고요? 와서 우리 집을 좀 보시죠.'라거나 '지구는 우리의 어머니, 지구를 보호하라.', 또 (더 최근에 붙인) '살충제를 사용한 제초는 암을 유발합니다.' 등의 스티커들이 붙어 있었다.

그녀를 부축하려고 닐이 차에서 내려왔다.

"그 애는 차에 있어." 그가 말했다. 막연한 애원 같기도 하고 경고 같기도 한 어떤 것이 그의 목소리에 뚜렷하게 새겨 있었다. 닐에게서 느껴지는 다소간의 긴장과 부산스러움이 지금은 그녀가 그 소식을 전할 때가 아니라고 짐작하게 했다. 그걸 소식이라고나 할 수 있다면 말이지만. 주위에 누가 있을 때면, 그러니까 지니 말고 단 한 사람이라도 더 있을 때면 닐은 더 생기 있고 활기차게, 비위라도 맞추는 듯 더 살갑게 굴기도 했다. 그러나 지니는 이제 그런 것에 더 이상 신경 쓰지 않았다. 지니는 닐과 스물한 해를 같이 살아왔고 그동안 그녀 역시 다소 더 내성적이고 아이러니한 사람으로 변해 버렸다. 이런 변화는 그에 대한 일종의 반작용이라고, 그녀는 그렇게 생각하곤 했다. 살아가는 데 있어서 어떤 가면들은 필수적이기도 하지만 때로 너무 일상적인 것이 되어서 버리고 싶을 때조차 버릴 수도 없는 것이다. 거친 회색 머리를 땋아 늘이고 두건을 쓴 채 이에 씌운 금테두리처럼 반짝거리는 금귀고리를 한, 닐의 저 낡아빠진 무법자 같은 차림새 역시 그런 것처럼 말이다.

그녀가 의사를 만나는 동안 닐은 이제부터 살림을 도와줄 여자아이를 데리러 갔다. 그 애는 닐이 선생으로 일하던 소년원의 재활교육원에서 부엌일을 거들던 아이였다. 재활교육원은 그들이 사는 도시 외곽에 있었는데 여기에서부터는 한 30킬로미터쯤 떨어진 곳이었다. 그 애는 몇 달 전 그곳의 부엌일을 그만두고 여기 큰 도시에서 멀지 않은 농장에서, 엄마가 아픈 집의 집안일을 거들었다고 한다. 그러나 다행히도 지금은 그 일도 하지 않고 있었다.

"그 엄마는 어떻게 되었는데? 죽은 건가요?" 지니가 물었다.

"병원으로 갔대." 닐이 대답했다.

"나도 결국 그렇게 되겠군요."

그들은 꽤 짧은 시간 내에 많은 현실적 일들을 처리해야만 했다. 앞방에서 아직 디스크에 옮겨 담지 못한, 관련 기사가 실린 잡지며 신문을 비롯해 온갖 서류 더미를 다 치워버렸다. 그런 자료들이 그 방 책장마다 천장에 닿도록 그득그득 쌓여 있었다. 컴퓨터 두 대와 오래된 타자기, 프린터 역시 치워야 했다. 다른 사람 집에 이 모든 것들을 맡겨 두어야만 했다. 둘 중 누구도 말한 적은 없지만, 아마도 길지 않은 시간 동안만 말이다. 앞방은 이제 지니의 간병실로 사용될 예정이었다.

지니는 적어도 컴퓨터 한 대는 그냥 침실에 두어도 되지 않겠냐고 물었지만 닐은 됐다고 했다. 그렇게 말하지는 않았지만 아마 이제 컴퓨터를 사용할 시간은 없을 거라고 생각하는 것 같았다.

그녀가 닐과 함께 산 세월 동안 그는 여가 시간 대부분 여러 캠페인을 기획하고 실행하면서 보냈다. 그중에는 정치 캠페인 말고도 (물론 그런 것들도 있었지만) 역사적인 건물이나 다리, 묘지 등을 보존하고 시내의 도로변이나 오래된 숲의 벌목에 반대하는 운동이나 강물의 오물 유입과 보호구역의 개발 반대, 지역 주민의 카지노 중독을 비판하는 캠페인들도 포함되어 있었다. 편지와 청원서를 작성하고 해당 관공서에 로비를 하는가 하면 포스터를 배부하고 시위대를 조직하는 일들이 그의 오래된 일상이었다. 앞방에는 언제나 분노와 저항의 분위기가 물씬했으며(사람들은 바로 그런 분위기에 만족을 느끼는 것 같다고 지니는 생각했다.) 혼란스러운 제안과 논쟁, 닐의 선동적인 목소리가 들려오곤 했다. 그 모든 것들이 갑자기 다 비워졌다. 그녀는 부모님 집에서 반층을 내어 커튼을 달아 만든 자신의 방을 떠나 이 집으로 처음 왔던 그날이 생각났다. 책으로 가득한 선반과 창문의 나무 덧문, 왁스 칠한 바닥에 깐 (언제나 이름을 까먹곤 하는) 중동산 양탄자와 대학에서 빈 벽에 붙이려고 샀던 카날레토*의 〈템스강의 로드 메이어 축제〉 그림 포스터까지도. 실제로 그녀는 그 포스터를 벽에 붙였다. 그 후에는 다시 본 일이 없었지만.

그들은 병원용 침대도 하나 구입했다. 사실 아직은 별로 필요하지 않았지만 공급이 원활하지 않아서 살 수 있을 때 하나 사두는 편이 나을 것 같았다. 닐은 온갖 것을 다 준비해 두고 있었다. 심지어 그는 이웃집 거실에서 떼어낸 두꺼운 커튼도 하나 얻어다가 방에 걸어주었다. 지니는 커튼에 그린 큰 술잔과 말편자 무늬가 참 꼴불견이라고 생각했다. 하지만 곧 예쁘거나 밉거나 별로 상관없는 시간이 다가오리라는 걸 잘 알고 있었다. 통제할 수 없는 육체적 고통과 흐트러진 마음을 가다듬기 위해 뭔가를 응시할 수밖에 없는 그런 시간이 오면 말이다.

이제 마흔넷이 된 지니는 최근까지도 나이보다 어려 보인다는 말을 듣곤 했다. 닐은 그녀보다 열여섯 살이 더 많았다. 그녀는 아마도 자신이 지금의 닐 입장에 처하게 되지 않을까 생각하면서 그런 상황이 오면 어떻게 대처할지 미리 걱정하곤 했었다. 언젠가 아직 잠들기 전, 침대에 누워서 닐의 따뜻한 손, 바로 옆에 존재하는 그 손을 꼭 잡아본 일이 있었다. 아마 그가 죽었을 때, 적어도 한 번은 더 이렇게 이 손을 잡게 되리라, 그녀는 생각해 보았다. 아마 그 사실을 믿을 수가 없을 것이다. 그가 죽어서 더 이상 아무런 힘도 없다는 그런 사실을. 아무리 일찍부터 마음의 준비를 했다 해도 그런 상황을 받아들일 수는 없을 것만 같았다. 마음속 깊은 곳에서는

---

* 18세기 이탈리아의 화가.

닐 역시 그런 순간, 그녀가 죽는 순간을 생각해 보지 않았을까. 어쩌면 그는 그런 생각 따윈 전혀 하지 않을지도 모른다. 가슴으로 현기증과 막막함 같은 것이 몰려왔다.

그러나 짜릿한 느낌도 함께 있었다. 피할 수 없는 재난에 직면해 인생의 모든 책임감에서 벗어날 수 있게 되었을 때 갖게 되는 그런 표현할 수 없는 흥분 말이다. 하지만 안타깝게도 정작 그런 상황에 처했을 때는 차분하고 침착한 자세를 유지해야만 할 터이다.

"어딜 가려고?" 손을 잡아 빼는 지니에게 그가 물었다.

"아니, 그냥 좀 돌아누우려고요."

예상과는 달리 그녀가 죽음을 직면한 지금, 닐 역시 자신과 비슷한 마음을 느끼는지 그녀는 알 수 없었다. 지니는 그에게 자신이 죽을 수도 있다는 생각이 차츰 익숙해지는지를 물어보았다. 닐은 고개를 저었다.

"나도 그래요." 그녀가 대답했다.

"남은 가족들을 위로한답시고 달려드는 카운슬러들일랑 집에 들이지 마요. 벌써부터 선수 치려고 집 근처에서 어슬렁거리고 있을지도 몰라요."

"제발 그런 소리 마." 좀처럼 내지 않던 화난 목소리로 그가 말했다.

"미안해요."

"물론 언제나 밝은 생각만 해야 하는 건 아니야."

"알아요." 그녀가 대답했다. 그러나 사실 최근에 일어난 이 모든 일들이 마음을 너무나 옥죄어서 밝든 어둡든 더 이상 생각하는 것

자체가 불가능한 것만 같았다.

"헬렌이야. 이제부터 우리를 도와줄 거야. 그러나 불합리한 일을 참거나 하진 않을 테지." 닐이 말했다.

"그거 잘됐군요." 자리를 잡고 나서 손을 내밀며 지니가 말했다. 그러나 앞 좌석에 가린 낮은 뒤쪽 자리에 앉아 있어서 그런지 헬렌은 그녀가 내민 손을 못 본 것 같았다.

아니면 그저 어떻게 대응해야 할지 몰라 가만 있었는지도 모른다. 닐은 헬렌이 믿을 수 없이 야만적인 환경에서 자랐다고 말해 주었다. 요즘 같은 세상에 그런 일이 있다고는 상상할 수도 없는 일들이 실제로 벌어졌다면서 말이다. 한 외진 농장에 엄마는 죽고 정신지체인 딸과 독재적인 데다 근친상간을 일삼는 늙고 미친 아빠, 그리고 어린 여자애 둘이 함께 살고 있었다. 그중 큰애였던 헬렌은 열네 살이 되던 해에, 늙은 아버지한테 두들겨 맞은 후 집을 나와 도망쳤다. 이웃 사람이 그녀를 숨겨 주고 경찰에 신고도 해주었다. 경찰은 헬렌의 동생을 데려와서 두 아이 모두 아동보호 센터로 보내주었다. 노인네와 정신지체를 앓는 그의 딸, 그러니까 아이들의 아빠와 엄마는 둘 모두 정신병원으로 이송되었다. 헬렌과 동생은 양부모가 거두었다. 신체적으로나 정신적으로 두 아이 모두는 정상이었다. 두 아이는 모두 학교에 들어갔지만 일 학년부터 시작해야 했기에 학교에서 비참한 시간을 견딜 수밖에 없었다. 그러나 어쨌든 둘 모두 이럭저럭 일자리를 얻을 수 있을 만큼 교육은 받았다고 했다.

차가 움직이기 시작하고 나서야 여자애가 말문을 열었다.

"나다니기 아주 딱 좋게 더운 날을 골랐군요." 어디선가 사람들이 그런 말을 쓰는 걸 들은 것 같았다. 반감과 불신이 담긴 퉁명스럽고 단조로운 목소리였다. 하지만 이제 지니는 그런 목소리조차 개인적인 특성으로 받아들이면 안 된다는 걸 잘 알고 있었다. 지구상의 어딘가에 사는(대개는 시골 사람들이) 어떤 사람들은 그저 저런 식으로 말을 하곤 하는 것이다.

"더우면 에어컨을 켤 수 있어. 아주 옛날식 에어컨이 있거든. 창문을 다 내리기만 하면 바로 켜지지." 닐이 말했다.

차는 지니가 예상한 길로 들어서지 않았다.

"병원에 들러야 해. 겁먹을 거 없어. 헬렌의 여동생이 거기에서 일하는데 헬렌이 동생한테 받아야 하는 게 있대. 그렇지, 헬렌?" 닐이 말했다.

"그래요, 외출용 신발을 받아야 해요." 헬렌이 대답했다.

"헬렌의 외출용 신발. 헬렌 로지 양의 외출용 신발이라……." 닐은 거울로 그녀를 바라보았다.

"내 이름은 헬렌 로지가 아니에요." 헬렌이 말했다. 이 말을 처음 하는 게 아닌 것 같았다.

"얼굴이 진짜 장밋빛이니까 그렇게 부르는 거야."

"그렇지 않아요."

"그래. 지니, 그렇지 않아? 지니도 동의했어. 네 얼굴은 정말 장밋빛이라고. 헬렌 로지 양의 얼굴빛은 말이야."

지니는 그 애를 바라보았다. 헬렌은 피부가 정말이지 부드러운 분홍빛이었다. 속눈썹과 눈썹은 거의 흰색에 가까웠고 머리카락은 어린 양털 같은 금발이었으며 입술은 립스틱을 칠하지 않은 맨입술보다도 기묘할 정도로 발가벗은 느낌을 주었다. 마치 금방 알에서 깨어난 것 같은 그런 외모였다. 아직도 막이 하나 더 벗겨져야 그 밑으로 겨우 솜털이 자라날 것 같은 그런 얼굴이었다. 틀림없이 이런저런 세균과 발진에 쉽게 감염되고 툭하면 긁히고 멍이 드는가 하면 입가에는 물집이 자주 잡히고 그 흰 눈썹 사이로 걸핏하면 눈병이 나곤 할 것이다. 그러나 마르긴 했지만 어깨가 넓고 골격이 커서 연약해 보이지는 않았다. 송아지나 사슴 같은 표정이 만면에 드러났지만 그렇다고 해서 멍청해 보이는 것 역시 아니었다. 헬렌의 모든 것은 다 표면 위에 존재하는 것만 같았다. 그 순진함이나 불유쾌한(지니에게는 그렇게 느껴졌다.) 기운과 함께 그녀의 태도나 성격 역시 투명하게 드러나 있었다.

그들은 병원으로 가는 긴 언덕길을 올라갔다. 바로 그 병원에서 지니는 수술을 받고 첫 번째 화학치료 요법을 시작했다. 병원 건물의 앞길 건너편에는 공동묘지가 하나 있었다. 한참 전 일이지만 물건을 사거나 가끔 기분 전환 삼아 영화를 보러 나와서 이 큰길가를 지나칠 때면 지니는 언제나 "정말 우울한 풍경이네요." 혹은 "문명의 이기가 끝이 없군요." 등의 말을 내뱉곤 했다.

그러나 지금은 아무 말도 하지 않았다. 묘지 같은 건 아무래도 상관없었다. 묘지 따윈 아무런 문제도 아니라는 걸 지니는 지금 잘 알고 있었다.

닐 역시 같은 생각을 했음에 틀림없었다. 그가 거울로 뒤를 바라보며 헬렌에게 물어보았다. "저 묘지에 몇이나 죽은 사람이 묻혀 있다고 생각하니?"

잠시 동안 헬렌은 아무 말도 하지 않았다. 그리고 다소 풀 죽은 목소리로 "모르겠어요."라고 대답했다.

"저기엔 모두 죽은 사람들만 있단다."

"나한테도 똑같은 퀴즈를 냈었어. 그건 사 학년한테나 써먹는 농담이에요." 지니가 말했다.

헬렌은 아무 말도 하지 않았다. 어쩌면 그녀는 사 학년도 채 마치지 못했는지도 모른다.

병원 정문 앞에 도착한 그들은 헬렌의 말에 따라 차를 뒤쪽으로 돌렸다. 병원복을 입고 더러는 주사액을 매단 스탠드를 끌고 나온 사람들이 담배를 피우기 위해 밖에 나와 있었다.

"저 벤치 좀 봐요. 아, 못 봤어도 상관없어요. 벌써 지나쳤으니까. 금연에 협조해 주셔서 감사합니다. 이렇게 쓰여 있거든요. 저 벤치는 사람들이 병원에서 나와 걷다가 앉는 데거든요. 사람들이 왜 여기로 나왔다고 생각해요? 당연히 담배를 피우기 위해서예요. 그러면 앉지 말고 서서 피우란 말인가. 정말 이해할 수 없어요."

"헬렌의 동생은 병원 세탁실에서 일을 한대. 이름이 뭐더라, 헬렌? 동생 이름이 뭐였지?" 닐이 물었다.

"루이스요. 여기서 세워요. 좋아요. 여기요." 헬렌이 대답했다.

그들은 병원 건물의 한쪽 뒤편에 있는 주차장에 차를 세웠다. 그쪽에서는 일 층으로 들어가는 문이 없었다. 짐을 들이는 문이 하나 있긴 했지만 그것도 단단하게 잠겨 있었다. 일 층을 제외한 다른 세

층의 문은 비상구 계단을 향해 열려 있었다.

헬렌이 차 밖으로 나갔다.

"들어가는 길 알아?" 닐이 물었다.

"간단해요."

비상구는 지면에서 사오 피트 정도 높이에 있었다. 하지만 헬렌은 비상구 난간을 잡더니 몸을 날려 그리로 올라갔다. 눈 깜짝할 사이의 일이었다. 아마도 헐거운 벽돌 틈새에 발을 디디고 올라선 것인지도 모른다. 대체 어떻게 그런 일을 한 건지 지니는 알 수 없었다. 닐이 웃음을 터뜨렸다.

"어서 가서 가져오렴, 애야." 그가 말했다.

"다른 길은 없나요?" 지니가 물었다.

헬렌은 삼 층으로 올라서더니 이내 사라져버렸다.

"있다면 저리로 가진 않았겠지." 닐이 대답했다.

"아주 용감무쌍하군요." 지니가 겨우 대꾸했다.

"그렇지 않았으면 도망 나오지도 못했을 거야. 쓸 수 있는 방법은 뭐라도 다 써야만 살 수 있었겠지." 그가 말했다.

지니는 챙이 넓은 밀짚모자를 쓰고 있었다. 그녀는 모자를 벗어 부채질을 시작했다.

"미안해, 주차할 만한 그늘은 없는 것 같아. 아마 금방 나올 거야." 닐이 말했다.

"나 이상해 보여요?" 지니가 물었다. 그는 그녀의 이런 질문에 익숙했다.

"괜찮아. 게다가 주위에 아무도 없잖아."

"오늘 만난 의사는 전에 보던 그 사람이 아니었어요. 이 사람이 더 높은 사람 같더군요. 이상한 게 그 사람도 나 같은 머리를 하고 있는 거예요. 어쩌면 환자들을 위로하려고 그런 건지도 몰라요."

지니는 의사가 한 말을 닐에게 전해 줄 생각이었다. 그러나 그가 곧 다른 말을 꺼냈다. "헬렌 동생은 언니만큼 영리하지가 않아. 헬렌이 그 앨 보살피기도 하고 대장 노릇도 좀 하고 그러는 것 같더라고. 이 신발 건만 해도 그래. 아주 전형적이지. 그냥 자기 신발을 하나 살 수도 있을 텐데 말이야. 그 애는 아직 독립하지도 못했어. 아직도 저기 외곽 어딘가에 있는 양부모 집에서 같이 살아."

지니는 말을 계속할 수 없었다. 부채질을 하는 것만도 너무 힘이 들었다. 닐은 건물을 바라보고 있었다.

"그쪽으로 들어갔다고 호통이나 안 쳤으면 제발이지 좋겠는데. 규칙을 어겼다고 말이야. 사실 그 애는 병원 규칙을 지킬 이유도 없는데, 뭐." 그가 말했다.

몇 분쯤 지난 후 그가 휘파람을 불었다.

"저기 헬렌이 오네, 옵니다. 최종 지점을 향해 다가오고 있습니다. 과연, 과연, 과연, 뛰어내리기 전에 잠깐 멈출 만한 조심성이 있을까요? 뛰어내리기 전에 한번 밑을 보기라도 할까요? 과연, 과연, 아, 아니군요. 아니에요. 아하."

헬렌의 손에는 신발이 없었다. 그녀는 밴에 뛰어들어 문을 쾅 닫으며 말했다. "멍청한 바보 자식들. 들어가자마자 그 새끼들이 길을 막고는 출입증이 어딨냐고 묻잖아요. 그게 있어야 한다고, 없으면 못 들어간다면서. 비상구로 들어오는 걸 봤는데 그런 짓을 하면 안 된다는 둥. 좋아요, 좋아. 동생을 만나러 온 것뿐이에요. 그랬더니 지금은 쉬는 시간이 아니라서 만날 수 없다지를 않나. 안다고, 아니까 비상계단으로 잠깐 물건만 받으러 올라온 거라고, 말 걸고 시간을 빼앗지는 않을 거라고, 그냥 물건만 하나 가져갈 거라고. 그래도 안 된다고 해서, 난 된다고 되받아쳤죠. 그러고 나서는 루이스, 루이스 하고 마구 불러댔어요. 기계들이 돌아가고, 거기 온도가 100도나 되는데, 사람들 얼굴 위로는 땀이 줄줄 흘러내리고, 나는 계속 루이스, 루이스, 소리 질렀죠. 걔가 어디 있는지, 내 목소리를 들을 수 있는지 어떤지도 모르는데요. 그런데 걔가 어디선가 튀어나와서는 나를 보자마자, 이런 망할, 정말 짜증나게시리, 잊어버렸다고 그냥 왔다고 그러는 거예요. *신발 가져오는 걸 잊어버렸다고요.* 어제 전화해서 다시 말해 줬는데도. 근데 그게, 아, 망할, *잊어버렸다지* 뭐예요. 한 대 쥐어 팰 수도 있었는데 그 자식들이 이제 나가라고, 비상구로 다니는 건 불법이니까 계단으로 내려가라고 그러더라고요. 똥이나 먹으라지."

닐은 머리를 흔들어대며 웃고 또 웃었다.

"그러니까 동생이 신발을 두고 왔단 말이지?"

"준과 매트네 집에다가요."

"비극이 따로 없구나."

"바람이라도 들어오게 좀 달리면 안 될까요. 부채질은 해봤자네요."

"그러자고." 닐은 차를 후진시켜 방향을 돌렸다. 그들은 다시 한 번 익숙한 병원 정문을 지나갔다. 아까 본 사람들 혹은 다른 사람들

몇이 우울한 환자복을 입고, 주사액 스탠드를 든 채 여전히 담배를 피우고 있었다. "헬렌이 우리한테 어디로 갈지 말해 줘야겠는걸."

그가 뒷 좌석을 향해 "헬렌?" 하고 물었다.

"뭐라고요?"

"그 집에 가려면 이제 어느 쪽으로 가야 해?"

"그 집이라뇨?"

"여동생이 사는 집, 네 신발이 있는 집, 거기에 가려면 어떻게 해야 하는지 알려 줘."

"거기 안 가요. 말 안 할 거예요."

닐은 온 길을 다시 달리기 시작했다.

"네가 길을 알려 줄 때까지 이 길로 계속해서 달릴 거야. 고속도로를 타는 게 나을까, 아님 그냥 도시를 질러가는 게 나을까? 어디서 출발하는 게 좋지?"

"어디에서든 출발 안 해요. 거긴 안 가요."

"멀지 않잖아. 그렇지 않아? 안 갈 이유가 뭐지?"

"이미 부탁 하나를 들어줬으니 그걸로 됐어요. 병원에 데려다 줬으니까 그걸로 됐다고요. 그렇지 않아요? 친절하게 굴려고 또 거기까지 운전해 갈 필요는 없어요." 헬렌은 닐과 지니의 좌석 사이로 최대한 얼굴을 들이밀며 말했다.

닐은 좁은 길로 천천히 차를 몰았다.

"바보 같은 소리 마. 지금부터는 한 30킬로쯤 떨어진 곳으로 가서 한동안 여기에 다시 못 올지도 몰라. 그사이 신발이 필요할 수도 있잖니." 닐이 말했다.

그래도 아무런 대답이 없었다. 닐이 다시 시도했다.

"혹시 길을 모르니? 여기에서 가는 길을 몰라서 그래?"

"알아요. 그래도 말은 안 할래요."

"그래, 그럼 계속 이 주변이나 돌아다니자. 네가 말하고 싶을 때까지 계속 돌아다니지 뭐."

"말하고 싶지 않을 거예요. 안 그럴 거예요."

"그럼, 다시 가서 동생을 만날까. 걔는 틀림없이 알려 주겠지. 아마 지금쯤은 마칠 시간일 거야. 그럼 동생도 집까지 데려다 주면 되겠다."

"오늘은 저녁 근무예요. 그러니까 어서 어서⋯⋯."

차는 지니가 한 번도 와본 적이 없는 구역을 달리고 있었다. 아주 천천히 달리는 데다 방향을 자주 틀어서 바람이라곤 거의 한 점도 들지 않았다. 판자로 지은 공장이며 할인점들, 방범창 위로 '현금, 현금, 현금'이라고 반짝이는 간판을 단 전당포들이 눈에 띄었다. 그러나 오래되고 허름한 이층집들이나 2차 대전 기간에 초고속으로 지은 단층 목조 가옥 같은 주거용 집들도 있긴 했다. 어느 집의 작은 마당에는 팔려고 내놓은 물건들이 늘어서 있었다. 한 줄로 걸어둔 옷가지, 탁자에 포개어 놓은 접시와 이런저런 집기들. 개 한 마리가 탁자 아래에서 어슬렁거리다가 탁자를 넘어뜨릴 뻔 했는데도 계단에 앉아 담배를 피우던 여자는 손님이 왜 이렇게 없나 생각이라도 하는 모양인지 신경 쓰지도 않는 것 같았다.

모퉁이에 있는 가게 앞에서 아이들 몇이 아이스크림을 빨아 먹고 있었다. 바깥쪽에 서 있던 사내아이 하나가(고작해야 너덧 살밖에 안 돼 보였다.) 그들을 향해 자기 아이스크림을 집어던졌다. 아이스크림은 깜짝 놀랄 만큼 세차게 지니 쪽 문에 와 부딪쳤다. 팔 바로 아래쪽에 부딪치는 그 소리에 지니는 작은 비명을 내지르고 말았다.

헬렌이 뒷 창문으로 고개를 내밀더니 소릴 질렀다.

"너, 팔 한번 부러져 볼래?"

그 아이도 맞서 소리를 지르기 시작했다. 헬렌에게 뒤지지 않는 기세였다. 다시는 아이스크림을 못 먹게 된다고 해도 양보하지 않을 듯한 태세였다.

다시 자리에 앉은 다음 헬렌이 닐에게 말했다.

"기름만 낭비하고 있는 거예요."

"북쪽인가? 남쪽인가? 동서남북, 어디로 가는 게 제일 좋을지 헬렌 양이 알려 주겠지." 닐이 말했다.

"벌써 말했잖아요. 오늘은 하실 만큼 했어요."

"나도 말했지. 집에 가기 전에 신발 가지러 가겠다고."

단호하게 말하는 순간에도 닐의 얼굴에는 계속 미소가 어려 있었다. 그의 얼굴에는 의식적인, 그렇지만 기실 감출 수도 없는 아둔함이 새겨 있었다. 친절함으로 뒤범벅된 아둔함. 닐의 존재 전체가 온통 그 어리석은 친절함으로 둘러싸여 있었다.

"정말 고집이 세군요." 헬렌이 말했다.

"응, 내 고집을 보게 될 거야."

"나도 마찬가지예요. 내 고집 역시 누구 못지않다고요."

지니는 자기 바로 옆으로 얼굴을 들이민 헬렌의 볼에서 열기를 느낄 수 있을 것만 같았다. 흥분하면 거친 소리가 섞여 나오는 천식기 있는 숨소리도 선명하게 느낄 수 있었다. 헬렌이 마치 너무 신경질적이고 언제라도 앞 좌석 사이로 뛰어오르려고 들어서 도무지 어떤 차에도 태울 수 없는 집고양이 같다는 생각이 들었다.

구름 사이로 다시 해가 비치기 시작했다. 해는 여전히 하늘 높이 떠서 눈부시게 반짝이고 있었다.

차는 나이 든 큰 나무들과 좀 더 그럴듯한 주택들이 있는 도로로 들어섰다.

"여기가 좀 낫지? 그늘이 좀 있으니까." 그가 지니에게 말했다. 잠시 동안은 뒷 좌석에 앉은 여자애와의 씨름을 접어두기라도 한 것처럼 낮고 은밀한 목소리였다. 이 모든 게 바보 같은 짓이었다.

"경치라도 좋은 길로 달리자고." 닐이 다시 한 번 뒷 좌석을 향해 목소리를 높이며 이야기했다. "헬렌 로지 양을 위해, 경치 좋은 길로 한번 달려보자고."

"그냥 집으로 가지 그래요. 그냥 집으로 가는 게 좋겠어요." 지니가 말했다.

헬렌이 거의 소리를 지르며 끼어들었다. "누가 됐든 집에 가려는 사람을 방해하고 싶지 않단 말이에요!"

"그럼 길을 알려 줘. 얼른 가서 할 일을 하고, 그리고 집으로 가자." 더 무게 있게 말하기 위해 목소리를 낮추려 노력하며 닐이 말했다. 그렇지만 아무리 억누르려 해도 곧 얼굴에 미소가 다시 떠올랐다.

반 블록쯤 더 가고 나서, 헬렌이 한숨을 내쉬었다.

"정말 어쩔 수 없군요. 알겠어요." 그녀가 대답했다.

사실 그 집은 별로 멀지 않았다. 도시 외곽 지역을 지나갈 때 닐이 지니에게 말했다. "강도 없고, 땅도 없네."

"뭐라고요?" 지니가 물었다.

"표지판에 '은하(銀河) 지역'이라고 쓰여 있었거든."

지니가 못 본 무슨 표지판이라도 본 모양이었다.

"도세요." 헬렌이 말했다.

"왼쪽 아니면 오른쪽?"

"저기 레커차 있는 데서요."

차는 폐차장을 지나 계속 올라갔다. 안쪽의 차들은 낡은 양철 울타리에 가려 조금밖에 보이지 않았다. 언덕길을 오른 그들은 언덕 중심부의 커다란 분지 같은 자갈밭 옆을 계속해서 운전해 갔다.

"저기예요. 저 앞에 집 우체통이 있어요." 헬렌이 잘 보라는 듯 소리 질렀다. 차가 우편함에 충분히 가깝게 다가가자 그녀가 거기에 쓰인 이름들을 읽었다.

"매트 버그슨과 준 버그슨, 이게 그 사람들 이름이에요."

개 두 마리가 짖으며 길가로 내려왔다. 하나는 크고 검은 개였고 다른 하나는 작은 갈색의 아직 어린 개였다. 개들이 차 주위를 어슬렁거리자 닐이 경적을 울렸다. 그러자 다른 개 한 마리가(매끈한 털에 푸른색 얼룩이 있는 이 개는 좀 더 교활하고 근성이 있어 보였다.) 긴 풀숲 사이로 빠져나왔다.

헬렌이 입 닥치고 가만히 있으라고, 꺼지라고 소릴 질렀다.

"핀토 말고는 신경 쓸 것 없어요. 나머지 두 놈은 겁쟁이거든요." 헬렌이 말했다.

그들은 용도를 알 수 없는 넓은 자갈밭에 차를 세웠다. 한쪽으로는 양철 지붕을 얹은 헛간인지 창고인지 모를 건물이 있었고, 다른 한쪽으로는 사용하지 않는 농가가 옥수수 밭 끝에 이어져 있었다. 버려진 농가의 벽은 벽돌을 모두 빼 가버려서 안쪽의 나무 벽이 그대로 드러나 보였다. 지금 사람이 사는 곳은 판자와 차양으로 그럴 듯하게 개조한 트레일러인 것 같았다. 그 뒤쪽으로는 장난감 같은 울타리를 친 꽃밭까지 있었다. 그냥 썩으라고 버려둔 것이거나, 쓸데가 있어서 놔둔 것이거나 간에 주위에 널린 이런저런 잡동사니와는 달리 트레일러와 뒤쪽 정원은 단정하고 말끔해 보였다.

헬렌이 차에서 뛰어나와 개들을 붙잡으려고 했다. 그러나 개들은 계속 그녀를 피해 달아나면서 헛간에서 한 남자가 나와 부를 때까지 차를 향해 짖고 뛰어올랐다. 그가 뭐라고 개들 이름을 부르며 을러댔는지 지니는 알아들을 수 없었다. 그렇지만 하여튼 개들은 곧 조용해졌다.

지니는 내내 손에 들고 있던 모자를 썼다.

"저것들, 그냥 한번 으스대 보는 거예요." 헬렌이 말했다.

닐도 차에서 내려서 단호한 태도로 개들을 을러댔다. 헛간에서 나온 남자가 그들을 향해 걸어왔다. 땀에 젖어 자주색 티셔츠가 가슴과 배에 착 달라붙은 뚱뚱한 남자였다. 너무 뚱뚱해서 가슴살이 처지고 임신한 여자처럼 배꼽이 배 위로 툭 튀어나와 있었다. 마치 커다란 바늘꽂이 하나가 배 위에 붙어 있는 것 같았다.

닐이 손을 내밀며 그에게 다가갔다. 작업복 바지에 손을 탁탁 털더니 그가 크게 웃으며 닐의 손을 잡았다. 지니에게는 그들이 말하는 소리가 들리지 않았다. 한 여자가 트레일러에서 나와 장난감 같은 문을 열더니 뒤쪽 고리에 걸어 고정시켰다.

"루이스가 내 신발을 갖다 주기로 한 걸 잊고 그냥 가버렸어요. 전화해서 다 말해 줬는데 잊어버리고 그냥 갔다잖아요. 그래서 닐로키어 씨가 신발 가지러 여기까지 데려다 줬어요." 헬렌이 그녀에게 말했다.

남편만큼은 아니었지만 그 여자 역시 꽤 뚱뚱했다. 아스텍의 태양을 그린 헐렁한 분홍색 실내복을 입고 금발이 섞인 갈색 머리를 가진 그녀는 차분하고 우호적인 표정이었다. 그녀가 자갈밭을 가로질러 걸어오자 닐은 먼저 인사한 후 차 쪽으로 걸어와 지니에게도 인사를 시켰다.

"만나서 반가워요. 당신이 몸이 불편한 그분이군요." 그녀가 말을 걸었다.

"네, 이제 괜찮아요." 지니가 말했다.

"여기까지 왔으니까 안으로 좀 들어가세요. 더위도 피할 겸요."

"아, 그냥 잠깐 들른 거예요." 닐이 대답했다.

그 남자 역시 이쪽으로 걸어왔다. "집 안에 에어컨이 있어요." 상냥하긴 했지만 뭔가 흠이라도 찾는 것 같은 표정으로 차를 찬찬히 살펴보며 그가 말했다.

"그냥 신발만 가져가려고 들렀어요." 지니가 대답했다.

"그래도 오셨으니까 이렇게 가실 순 없죠." 그 여자, 그러니까 준이 잠깐 들어가지 않고 그냥 간다는 건 말도 안 되는 소리라는 듯 소리 내어 웃으며 말했다. "들어와서 좀 쉬다 가세요."

"저녁 식사에 방해가 될 텐데요." 닐이 말했다.

"벌써 먹었어요. 저녁을 빨리 먹거든요." 매트가 대답했다.

"그래도 칠리가 많이 남아 있으니까요. 들어와서 남은 칠리 좀 들고 가세요." 준이 거들었다.

"고맙지만, 지금 뭘 먹을 수 있을 것 같지가 않아요. 날이 너무 더워서 아무것도 먹고 싶지가 않네요." 지니가 대답했다.

"그러면, 마실 거라도 좀……. 진저에일도 있고 콜라랑 피치 시냅스*도 있어요." 준이 다시 말했다.

"맥주도 있는데, 블루 맥주 좋아해요?" 매트가 닐에게 물었다.

지니가 닐에게 창문으로 좀 와보라고 손짓했다.

"못 가겠어요. 안 되겠다고, 말 좀 해줘요." 지니가 말했다.

"그럼 마음 상해할 거야, 알잖아. 잘해 주려고 그러는 건데." 닐이 속삭였다.

"그래도 안 되겠어요. 그럼 당신만 가요."

그가 더 가까이 고개를 숙였다. "안 들어가면 어떻게 보이겠어. 꼭 당신이 너무 잘난 사람이라 저런 데는 못 들어가는 것 같잖아."

"당신만 가요."

"들어가면 괜찮을 거야. 에어컨 있는 데 가면 한결 나을 거야."

지니는 고개를 저었다.

---

* 독주의 일종.

닐이 몸을 일으켰다.

"지니는 여기 남아서 그늘에서 그냥 좀 쉬고 싶다네요."

"들어와서 쉬면 좋을 텐데요." 준이 대답했다.

"사실 저는 맥주 한잔 마시고 싶은걸요." 닐은 소리치고 나서 딱딱한 미소를 지은 채 지니를 돌아보았다. 실망하고 화난 것 같았다. "정말 괜찮겠어? 정말 내가 잠깐 들어갔다 와도 괜찮겠어?" 그들에게 들리라고 일부러 큰 소리로 그가 물어보았다.

"괜찮아요." 지니가 대답했다.

한 손은 헬렌에게 다른 한 손은 준의 어깨에 올린 채 닐은 마치 그들의 친구 같은 모습으로 트레일러를 향해 걸어갔다. 매트는 지니를 향해 이상하다는 듯 미소짓더니 그들을 따라 안으로 들어갔다. 개들에게 따라 들어오라고 외치며 부르는 이름을 이번에는 알아들을 수 있었다. 구버, 샐리, 핀토.

차는 나란히 선 버드나무 아래에 세워져 있었다. 크고 오래된 나무들이었지만 잎이 가늘어서 얇은 그늘들이 일렁거렸다. 그렇지만 혼자 남겨지자 커다란 안도감이 몰려왔다.

오늘 오전 마을을 벗어나 고속도로를 달리다가 지니는 가판대에서 파는 철 이른 사과를 좀 샀다. 발밑에 있는 가방에서 사과를 하나 꺼낸 그녀는 사과를 조금 깨물어 보았다. 그저 뭐라도 맛을 느끼고, 삼켜서 위로 넘길 수 있을지 한번 보려고 말이다. 매트의 거대한 배꼽과 칠리에 대한 생각을 지워줄 만한 뭔가가 필요했던 것이다.

사과는 나쁘지 않았다. 단단하고 새콤했지만, 많이 시지는 않았다. 아주 조금씩 오랫동안 씹으면 그럭저럭 먹을 수 있을 것도 같았다.

닐의 이런 모습이 처음은 아니었다. 전에도 비슷한 경우가 몇 번 있었다. 학교의 어떤 남자애였던가. 자신을 소개하면서 아무렇지도 않게 지금 막 생각난 듯 이름을 알려 주던 그 아이, 표정은 맹하고 기죽은 듯했지만 킬킬거리는 웃음소리에는 반항기가 섞여 있던 그 애한테도, 닐은 이렇게 굴었다.

하지만 그 애네 집까지 갔던 적은 없었다. 별달리 기억할 만한 일도 전혀 없었다. 그냥 때가 되자, 그 애는 어디론가 떠나가 버리고 말았다.

이번 일도 그렇게 끝나고 말겠지. 뭐, 문제될 일 같은 건 일어나지 않겠지.

오늘이 아니라 어제였다면 기분이 이렇게 나쁘지는 않았을까, 지니는 잠시 생각해 보았다.

안쪽 손잡이를 잡고 있으려고 문을 열어둔 채 그녀는 밴에서 걸어 나왔다. 바깥쪽에 있는 건 뭐든 너무 뜨거워서 잠시도 붙잡을 수 없었기 때문이다. 두 발로 몸을 지탱할 수 있을지 우선 확인해야만 했다. 그러고 나서는 그늘을 향해 조금씩 조금씩 걸음을 옮겨 보았다. 버드나무 잎 중에는 이미 노란색으로 변한 것들도 있고 바닥에 떨어진 것들도 있었다. 그녀는 그늘에 서서 주변에 있는 것들을 찬찬히 둘러보았다.

전조등이 깨지고 옆쪽의 상호는 페인트로 지워진, 찌그러진 배달용 트럭이며 개가 시트를 물어뜯은 유모차, 정리하지 않고 대충 부려둔 땔감과 커다란 타이어 더미, 어마어마한 양의 플라스틱 주전자와 기름통, 오래된 통나무와 헛간 위에 덮어둔 오렌지색 방수포 같은 것들이 널려 있었다. 헛간 안에는 빠진 바퀴나 핸들, 어디에 쓰느냐에 따라 요긴하거나 쓸모없은 막대기들뿐만 아니라, 멀쩡하거나 부러진 그 밖의 부품들과 대형 지엠 트럭, 낡은 소형 마즈다 트럭, 정원용 트랙터 따위도 들어앉아 있었다. 저런 것들에 관련된 일을 하는 사람들도 적지 않을 테지. 한때는 그녀 역시 그 모든 사진이며 공식 문서, 모임 시간과 신문 스크랩을 관리했던 것처럼 말이다. 첫 번째 화학요법을 시작하기 전에 그녀는 모든 자료를 천여 개의 항목으로 분류해 디스켓에 옮겨 담고는 그 방에서 치워버렸다. 그것들 역시 언젠가는 다 버려지고 말 것이다. 매트가 죽고 나면 여기 있는 물건들이 그렇게 될 것처럼 말이다.

그녀는 옥수수 밭에 들어가고 싶었다. 그녀 머리보다, 아마도 닐의 머리보다 더 높이 자란 옥수수 줄기 아래의 그늘로 들어서고 싶었던 것이다. 실제로 가볼 생각으로 그녀는 마당을 가로질러 그쪽으로 걸어갔다. 고맙게도 개들은 주인을 따라 안으로 들어가고 없었다.

울타리는 없었다. 옥수수 밭은 마당 한쪽에서 바로 이어져 펼쳐 있었다. 이랑 사이의 좁은 길로 그녀는 곧바로 걸어 들어갔다. 옥수수 잎들이 마치 기름 먹인 천 자락처럼 얼굴과 팔을 스쳤다. 줄기에 자꾸 부딪히는 바람에 모자를 벗어야만 했다. 줄기마다 수의로 싸인 아기 같은 옥수수가 열려 있었다. 푸른 줄기와 더운 수액, 생장하는 식물의, 토할 것 같이 강렬한 냄새가 사방에 가득했다.

지니는 일단 들어가면 그곳에 누워야겠다고 생각했다. 크고 거친 옥수수 잎 그늘에 누워서 닐이 부를 때까지 나가지 않겠다고. 어쩌면 불러도 나가지 않겠다고. 그러나 그러기에는 고랑이 너무 좁았다. 게다가 그런 불편을 견디기에는 생각할 것이 너무 많고 무척 화가 나 있기도 했다.

최근의 일 때문에 화가 난 게 아니었다. 지니는 여러 사람들이 어느 날 저녁 집 거실(혹은 회의실) 바닥에 모여 앉아 진지한 심리 게임을 함께했던 일을 떠올렸다. 아주 정직하고 즉흥적으로 반응해야 하는 게임이었는데, 간단히 말하자면 누군가를 봤을 때 처음 떠오르는 생각을 한마디로 표현하는 놀이였다. 닐의 친구 중에 애디 노턴이라고 머리가 하얀 여자가 하나 있었는데, 그 여자가 지니에게 "이런 말을 하기는 싫지만, 당신을 볼 때면 *내숭쟁이*라는 생각이 드는군요."라고 말했다.

그때 뭐라고 대답했는지는 기억나지 않았다. 아마 규칙상 대답하지 못하게 되어 있었던 것 같다. 하지만 지금 머릿속으로 그녀는 "말하기 싫다는 그런 소린 왜 하죠? 사람들이 이런 말을 하긴 싫지만이라고 할 때는 사실 그 말이 너무 하고 싶단 소리란 걸 당신도 알지 않나요? 최소한 서로 정직해야 뭔가를 시작할 수 있는 거 아니에요?"라고 대답하고 있었다.

지니는 전에도 머릿속으로 몇 번이고 이렇게 대꾸하는 자신을 상상하곤 했다. 닐에게도 역시 상상 속에서 이런 바보 같은 게임이 어디 있냐고 따지면서 말이다. 애디의 차례가 됐을 때 듣기 싫은 소리를 한 사람이 있었던가? 물론 없었다. "정력적이에요."라거나

"찬물처럼 시원시원하죠." 사람들은 그런 소리들을 지껄였다. 모두가 그녀를 무서워했던 것이다.

지니는 가시 돋은 소리로 "찬물처럼?" 하고 커다랗게 외쳐보았다.

다른 사람들은 그녀에게 '이상주의자'니 '마돈나의 샘'이니 하는 좀 더 듣기 좋은 소리를 했었다. 누구였든 간에 아마 '마농의 샘'을 말하려고 했던 걸 거라고 짐작할 수 있었지만 그렇다고 고쳐주지는 않았다. 거기 앉아서 사람들이 자신을 두고 이러쿵저러쿵 떠드는 소리를 들어야 한다는 사실을 견딜 수 없었다. 맞는 말을 한 사람은 아무도 없었다. 그녀는 소심하지도 순응적이지도, 자연스럽거나 순수하지도 않았다.

그러나 내가 죽고 나면, 그런 식의 잘못된 평가들만이 남게 되겠지.

마음속으로 이런 생각을 하는 동안 옥수수 밭에서 언제나 일어나는 일이 그녀에게도 벌어졌다. 길을 잃었던 것이다. 이 고랑에서 저 고랑으로 건너고 또 몇 번쯤 방향을 바꾸기도 한 것 같긴 한데, 왔던 길로 돌아가려고 해봐도 어디가 어디인지 도무지 알 수 없었다. 구름이 다시 태양을 가려서 어느 쪽이 서쪽인지도 알 수 없었다. 사실 출발할 때 미리 방향을 보아두지 않았기 때문에 서쪽이 어딘지 안다고 해도 별 도움은 되지 않을 터였다. 그녀는 가만히 서서 귀를 기울여 보았다. 하지만 멀리서 지나가는 자동차 소리와 옥수수 잎이 부딪치는 소리 말고는 아무런 소리도 들리지 않았다.

살날이 한참 남은 사람들처럼 그녀의 심장 역시 쿵쿵거리며 뛰기 시작했다.

그때 문이 열리고 개가 짖는 소리, 매트가 소리 지르는 소리, 다시 문이 쾅 닫히는 소리들이 연이어 들려왔다. 지니는 옥수수 줄기를 헤치며 소리가 난 방향으로 발걸음을 옮겼다.

알고 보니 별로 멀리 간 것도 아니었다. 그저 옥수수 밭 한쪽의 작은 모퉁이를 계속 맴돌았던 것이다.

매트가 그녀에게 손을 흔들면서 개들을 을러 쫓아냈다.

"무서워하지 마세요. 무서워할 것 없어요." 그가 소리 질렀다. 그는 다른 방향에서, 그녀와 마찬가지로 차를 향해 걸어왔다. 그들이 가까워지자 그가 좀 더 낮고 친근한 목소리로 말을 걸었다.

"들어와서 노크를 하지 그러셨어요."

아마 소변을 보러 밭에 갔다고 생각하는 모양이었다.

"당신이 괜찮은지 보고 오겠다고 남편 분께 말하고 왔어요."

"괜찮아요. 고마워요." 밴에 올라타면서 지니가 대답했다. 문은 닫지 않았다. 문을 닫으면 무례하게 보일 것만 같았기 때문이다. 게다가 그러기엔 너무 기운이 없기도 했다.

"칠리를 무척 좋아하시는 모양이에요."

누굴 말하는 걸까?

널 이야기겠지.

지니는 떨면서 식은땀을 흘렸다. 양쪽 귀 사이에 전선이라도 지나가는 것처럼 머리에서 윙 하는 소리가 들려왔다.

"원하시면 밖으로 좀 갖다 드릴게요."

그녀는 미소를 지으며 고개를 저었다. 그는 손에 든 맥주를 들어 올렸다. 인사라도 건네는 것 같았다.

"마실 거라도?"

여전히 미소를 지은 채로 그녀는 다시 한 번 고개를 저었다.

"물도 안 드시겠어요? 여기는 물이 참 좋아요."

"아뇨, 됐어요."

고개를 돌리고 그의 자주색 배꼽을 마주 보면 토할 것만 같은 기분이 들었다.

"그 남자 이야기 아세요? 어떤 남자가 한 손에 고추냉이가 가득 든 단지를 들고 문을 나섰어요. 아버지가 물었죠. '고추냉이를 들고 어딜 가는 거냐?'" 갑자기 여유롭고 낄낄거리는 목소리로 매트가 말했다.

"'말 잡으러 가요.' 그가 말했어요. '고추냉이* 없이는 말을 잡을 수가 없거든요.' 그러고는 다음 날 아침, 가장 좋은 말을 데리고 와서, '아버지, 제 말 좀 보세요, 이 말 좀 헛간에 넣어주세요.' 하는 겁니다."

왜곡된 인상을 드리고 싶진 않습니다. 너무 낙관할 수는 없으니까요. 하지만 기대 밖의 결과가 나온 것이 사실입니다.

"다음 날에도 아버지는 아들이 덕트 테이프**를 팔에 끼고 나가는 것을 보았어요. '오늘은 어딜 가니?' 아버지가 물었죠. '엄마가 저녁에 쓸 좋은 오리가 필요하다고 해서요.' '이 멍청한 녀석아, 설마 덕트 테이프로 오리***를 잡을 수 있다고 생각하는 건 아니겠지?' '두

---

* Horseradish. '말'이라는 뜻의 horse와 '무'라는 뜻의 radish를 이용한 언어유희.
** Duct tape. 송수관 등을 감을 때 쓰는 은색 테이프.
*** 송수관을 뜻하는 duct와 오리를 가리키는 duck를 이용한 언어유희.

118

고 보시라고요.' 그러고는 다음 날 아침, 팔 아래에 통통한 오리 한 마리를 끼고 나타났지 뭐겠어요."

종양의 크기가 상당히 줄어들었어요. 치료의 효과를 기다리고 있었지만, 솔직히 말해서 별로 기대하지는 않았습니다. 물론 그렇다고 전투가 끝난 것은 아니에요. 다만 지금으로서는 상당히 긍정적인 신호라고 말씀드릴 수 있겠습니다.

"아버지는 무슨 말을 해야 할지 알 수 없었죠. 할 말을 잃고 만거죠. 다음 날 밤, 바로 다음 날 밤에 아버지는 아들이 또다시 커다란 나뭇가지를 들고 밖으로 나가는 것을 보았어요."

상당히 긍정적인 신호입니다. 앞으로 또 다른 문제가 생길 수도 있겠지만, 일단은 조심스럽게 상황을 낙관할 수 있을 것 같습니다.

"'얘야, 손에 든 가지는 뭐냐?' '갯버들 가지*예요.' '아, 그래.' 아버지가 말했죠. '잠깐만 기다려라. 잠깐만 기다려. 모자를 가지고 오마, 모자를 가지고 와서 너와 함께 갈 테니!'"

"제발, 그만 좀 해요!" 머릿속의 의사를 향해 지니가 소리쳤다.

"뭐라고요? 무슨 문제라도 있나요?" 아직 낄낄거리고는 있었지만 그의 어린애 같은 얼굴에 무안한 표정이 떠올랐다.

지니는 손으로 입을 막으면서 고개를 저었다.

"그냥 농담이에요. 기분 나쁘게 할 생각은 없었어요." 그가 변명했다.

"아뇨, 아뇨, 전, 그게 아니라……." 지니가 더듬었다.

---

* Pussy willow, pussy는 속어로 여자의 성기를 의미함.

"신경 쓰지 마세요. 이제 들어갈게요. 이제 방해하지 않고 안으로 들어갈게요." 매트는 심지어 개를 부를 생각조차 않고 등을 돌려 들어가 버렸다.

의사에게는 그런 말을 하지 않았다. 그럴 이유가 없었다. 의사 잘못은 아니니까 말이다. 그러나 그만 좀 하라는 말만은 진심이었다. 그 진단이 모든 것을 더 힘들게 만들 것이기 때문이었다. 이제 다시 원점으로 돌아가 지금까지 한 일들을 다시 반복해야 하는 것이다. 의사의 그 말 때문에 그녀가 누렸던 최소한의 어떤 자유는 사라지고 말았다. 사실은 있는 줄도 몰랐던 얇은 보호막마저 빼앗긴 채 그녀는 이제 알몸으로 남고 말았다.

매트 덕분에 지니는 자신이 실제로 오줌이 마려웠다는 사실을 깨달았다. 밴에서 나간 그녀는 조심스럽게 넓은 면 치마를 들어 올리며 쭈그려 앉았다. 이번 여름 내내 그녀는 팬티도 없이 커다란 치마만을 입고 다녔다. 소변을 마음대로 가릴 수 없기 때문이었다. 검은 물줄기가 자갈밭 위로 흘러내렸다. 이제 해가 기울고 저녁이 다가오고 있었다. 머리 위로 구름 걷힌 맑은 하늘이 펼쳐져 있었다.

개 한 마리가 누군가가 오고 있다는 사실을 알리려고 건성으로 짖어댔다. 잘 아는 사람인 것 같았다. 지니가 차에서 내려도 개들은 신경 쓰지 않았다. 이제 익숙해졌던 것이다. 누군지는 모르겠지만 그 개들은 아무런 흥분이나 경계의 빛 없이 그 사람을 맞으러 나갔다.

자전거를 탄 소년, 아니 젊은 남자가 거기 서 있었다. 그가 밴 쪽으로 다가왔기 때문에 지니 역시 이제 좀 식은, 하지만 여전히 따뜻한 손잡이에 기댄 채 그를 향해 몸을 돌렸다. 자신이 만든 물줄기를 사이에 두고 그와 이야기하고 싶진 않았기 때문이다. 어쩌면 자신이 한 행동의 흔적에 눈길이 가는 걸 막을 셈으로, 지니는 그에게 먼저 말을 걸었다.

"안녕하세요, 무슨 배달 오셨나요?" 그녀가 물었다.

자전거에서 내려서는 땅에 자전거를 쓰러뜨리면서 그가 웃음을 터뜨렸다.

"전 여기 사는 사람인데요. 퇴근하고 집에 오는 길이에요." 그 남자가 말했다.

자기가 누구인지, 왜 왔으며 얼마나 있을 건지 설명해야겠다고 생각했다. 하지만 쉬운 일이 아니었다. 밴에 이렇게 기대어 있는 자신이 틀림없이 금방 사고라도 당한 사람처럼 보일 것만 같았다.

"네, 여기가 제 집이에요. 마을에 있는 식당, 새미 식당에서 일을 하죠."

웨이터구나. 밝은 흰 셔츠와 검은 바지가 분명 웨이터 복장이었다. 웨이터 특유의 인내심과 주의력도 엿보였다.

"저는 지니 로키어예요. 헬렌, 그러니까 헬렌의……." 그녀가 말했다.

"아, 알아요. 헬렌이 이제부터 돕기로 한 분이군요. 헬렌은 어디 있죠?" 그가 물었다.

"집 안에 있어요."

"근데 아무도 당신한테 들어오라고 안 했나요?"

헬렌과 비슷한 나이일 거라고, 그녀는 생각했다. 열일곱이나 열여덟. 늘씬하고 얌전하면서도 건들거리는 자세. 바라는 것만큼 잘되기는 어려울 것 같은, 아직은 천진난만한 에너지. 이런 유의 애들이 결국 소년원 신세를 지고 마는 것을 그녀는 몇 번이나 보아왔다.

그러나 그는 상황을 이해할 수 있는 사람 같았다. 그녀가 너무 지쳐 멍한 상태라는 걸 이해했던 것이다.

"준도 안에 있나요? 준은 우리 엄마예요." 그가 말을 이었다.

준처럼 그도 역시 금발 섞인 갈색 머리를 가지고 있었다. 조금 긴 머리는 가운데에 가르마를 타서 뒤로 넘긴 모양이었다.

"매트도요?"

"네, 그리고 제 남편도요."

"너무들 하는군요."

"아, 아니에요. 들어오라고 했는데, 그냥 여기 있겠다고 한 거예요." 그녀가 대답했다.

닐은 때로 잔디 깎기나 페인트칠 혹은 간단한 목공 일 하는 것을 옆에서 지켜본다고 학교의 요요들을 집으로 데려오곤 했다. 다른 집에 가보는 것도 애들한테 유익할 거라고 생각했던 것이다. 가끔 지니는 비난까지는 받지 않을 방식으로 그 애들을 장난 삼아 유혹하기도 했다. 부드러운 치맛자락을 살짝 스치며 지나가거나 사과 비누 향을 풍기거나 하는 점잖은 방법으로 말이다. 그것 때문에 닐이 더 이상 애들을 데려오지 않은 것은 아니었다. 단지 아이들을 집으로 데려오는 게 규칙 위반이라는 지적을 들었던 것뿐이었다.

"그럼 얼마나 이렇게 계셨던 거예요?"

"모르겠어요. 시계가 없어서요." 지니가 대답했다.

"그래요? 저도 없어요. 시계 안 찬 사람은 거의 만나본 적이 없는데. 평소에도 시계를 차지 않나요?"

"네, 한 번도 찬 적이 없어요." 그녀가 대답했다.

"저도 그래요. 한 번도 찬 적이 없죠. 왜인지는 모르지만 그러기가 싫거든요. 사실 시계 없이도 언제든지 시간을 짐작할 수 있고요. 몇 분 정도, 기껏해야 오 분 정도밖에 차이 나지 않아요. 또 시계가 어디 있는지도 잘 아니까요. 자전거를 타고 일하러 가다가 진짜 몇 시인지 확인하려고 시계를 볼 때도 있거든요, 아시죠, 무슨 말인지. 빌딩 사이의 법원 건물 앞에 첫 번째 시계가 있어요. 삼사 분 이상 차이가 나는 일은 없어요. 어떤 때는 식당에서 손님들이 시간을 물을 때도 있거든요. 그러면 시간을 말해 주죠. 손님들은 내 손에 시계가 없다는 사실을 알지도 못해요. 그러고 나면 가능한 빨리 주방으로 가서 거기 있는 시계를 확인하는데요, 한 번도 다시 가서 시간을 새로 말할 필요가 없었어요."

"나도 가끔 그럴 때가 있어요. 시계가 없으면 그런 감각이 발달하는 것 같아요." 지니가 말했다.

"맞아요, 정말 그렇다니까요."

"그럼 지금은 몇 시일 것 같아요?"

그가 소리 내어 웃더니 하늘을 바라보았다.

"8시 다 되어가는데, 아마 8시 6, 7분 전일 것 같아요. 그렇지만 지금은 제가 유리한걸요. 퇴근 시간을 아는 데다 7시 11분에 담배

를 사러 갔고 거기서 사람들이랑 몇 분쯤 떠들다가 자전거로 돌아
왔으니까요. 시내에 사는 건 아니죠? 그런가요?"

지니는 아니라고 대답했다.

"그럼 어디에 사세요?"

지니가 위치를 알려 주었다.

"피곤하시죠? 집에 가고 싶으시죠? 제가 들어가서 남편 분께 부
인이 집에 가고 싶어 한다고 그렇게 말씀드릴까요?"

"아뇨, 그러지 마요."

"좋아요, 알겠어요. 엄마가 아마 사람들 점을 봐주고 있을 거예
요. 손금을 볼 줄 알거든요."

"그래요?"

"물론이죠. 일주일에 한두 번 식당에 가서 손금 봐주는 일을 해
요. 찻잎 점도 보고요."

자전거를 일으켜 세운 그가 밴 옆으로 자전거를 끌고 갔다. 운전
석 창을 들여다본 그가 말했다.

"열쇠를 두고 갔네요. 집까지 태워다 드릴까요? 자전거를 뒤에
싣고 가면 되는데요. 안에서 일이 다 끝나면 매트가 남편 분과 헬렌
을 태워줄 수 있을 거예요. 만약에 매트가 못 하면 준이 해도 되고
요. 준은 우리 엄마가 맞는데, 매트는 아빠가 아니에요. 운전 직접
안 하시죠? 하시나요?"

"아뇨." 지니가 대답했다. 몇 달 동안이나 운전은 전혀 하지 않
았다.

"그래요, 그럴 거라고 생각했어요. 그럼 그렇게 할까요? 그렇게

해도 되겠어요? 괜찮으세요?"

"여기가 제가 아는 길이에요. 이리 가도 고속도로로 가는 것과 시간은 비슷해요."

그와 지니는 교외 지역을 지나가는 대신 자갈밭 분지 주변을 우회하는 듯한 다른 길로 들어섰다. 어쨌든 서쪽을 향해, 아직 하늘이 밝은 그쪽을 향해 달려갔다. 리키(그게 그가 알려 준 이름이었다.)는 아직 차의 전조등을 켜지 않았다.

"전혀 위험하지 않아요. 이 길에서 한 번도 다른 차를 만난 적이 없거든요. 사실 이 길을 아는 사람도 거의 없어요." 그가 말했다.

"불을 켜면 하늘도 어두워지고, 주위의 다른 것들도 다 어두워져서 우리가 어디에 있는지 알 수가 없어요. 조금만 더 있다가 별이 보이면, 그때 불을 켜면 돼요."

어디를 보느냐에 따라 하늘은 연한 붉은색, 노란색, 때로는 초록색이나 파란색 풀밭처럼 보였다.

"괜찮으시죠?"

"괜찮아요." 지니가 대답했다.

일단 불을 켜면 덤불숲과 나무들 모두가 어둠 속에 묻혀 버린다. 그러면 지금은 하나하나 모습을 드러내고 있는 가문비나무와 삼나무, 잎이 무성한 낙엽송과 반짝이는 불꽃 같은 꽃송이가 달린 봉선화도 모두 길가를 따라 서 있는 검은 덤불숲과 그 뒤로 빽빽한 나무숲으로만 보일 터였다. 나무들이 손에 닿을 것처럼 가깝게 느껴졌다. 차는 천천히 달렸다. 지니는 손을 창밖으로 뻗어보았다.

아, 그 정도는 아니었다. 가깝긴 했지만 손에 닿진 않았다. 길은 차가 겨우 지나갈 정도의 폭이었다.

앞쪽으로 뭔가 반짝이는 개천 같은 게 보였다.

"저 아래쪽에 물이 있나요?" 그녀가 물었다.

"아래라고요? 아래에도 있고 여기저기에 다 있죠. 우리 양쪽으로도 물이고 아래에도 곳곳에 물이 있어요. 보고 싶어요?" 리키가 물어보았다.

그가 속도를 줄이더니 차를 세웠다. "아래를 한번 보세요. 문을 열고 아래를 보세요." 그가 말했다.

아래를 보고 나서야 지니는 자신들이 다리 위에 있다는 걸 깨달았다. 나무판자를 엇갈리게 겹쳐 만든, 3미터도 채 되지 않는 작은 다리였다. 난간도 달려 있지 않았다. 그 아래로 돌처럼 단단해 보이는 물이 흐르고 있었다.

"여기서부터 죽 다리예요. 다리가 없는 곳에는 사실 지하 수로가 있어서 길 아래로도 언제나 물이 흐르고 있죠. 아니 흐른다기보다 고여 있는 곳도 있고요."

"얼마나 깊죠?"

"깊지는 않아요. 이런 철에는요. 조금 있으면 큰 연못이 나오는데, 거긴 좀 더 깊어요. 봄이 되면 길을 다 덮어버리죠. 그때는 이 길로 다닐 수 없어요. 그럴 때는 아주 깊죠. 이 길은 수십 킬로미터나 계속되는 직선 도로예요. 교차로 하나 없이 끝에서 끝까지 하나로 연결된 길이죠. 보르네오 늪을 통과하는 길은 이것밖에 몰라요."

"보르네오 늪이요?" 지니가 물었다.

"아마 그게 여기 이름일걸요."

"보르네오라는 이름의 섬이 있지만, 그건 지구 반대쪽에 있는 섬인데."

"그건 모르겠어요. 내가 아는 건 보르네오 늪뿐이에요."

이제 길 한가운데까지 올라와 자라는 검은 풀 잎사귀들이 보이기 시작했다.

"불을 켤 시간이 됐군요." 그가 말했다. 불을 켜고 나자 갑자기 주위가 깜깜해지고 돌연히 빛의 터널이 나타났다.

"전에 한번 이렇게 불을 켰는데 앞에 호저 한 마리가 앉아 있는 거예요. 길 한가운데 가만히 앉아서 뒷발로 딛고 서서는 꼿꼿하게 허리를 펴고 나를 뚫어지게 쳐다보지 뭐예요. 꼭 작은 노인네 같았어요. 무서워서 죽을 지경이 돼가지고 움직이지도 못하면서, 늙어빠진 그 작은 이빨을 딱딱 부딪치고 있는 게 다 보이더군요."

여기에 여자 친구들을 데려오곤 했겠구나 하고 그녀는 생각했다.

"어쩌겠어요. 경적을 울려보았죠. 그래도 여전히 꼼짝하지 않더군요. 나가서 쫓고 싶진 않았어요. 겁에 질려 있긴 해도, 그래도 호저이니 큰일 날 수도 있거든요. 그래서 그냥 거기 차를 세워두고 좀 기다렸죠. 잠시 후 다시 불을 켜보니 사라지고 없더군요."

이제 나무들이 정말 닿을 만큼 가까이 있어서 가지들이 문에 쓸리는 소리가 들렸다. 하지만 어쩌면 피어 있을지도 모를 꽃들은 이제 볼 수 없었다.

"보여 드릴 게 있어요. 아마 한 번도 보지 못한, 그런 걸 보여 드릴게요." 그가 말했다.

　이전이었다면, 이전의 정상적인 상태였다면 지금쯤 겁이 나기
시작했을 것이다. 사실 예전의 정상적인 그녀라면 애당초 이렇게
따라나서지도 않았겠지만.

　"호저예요?" 그녀가 물었다.

　"아뇨, 호저는 아니에요. 호저만큼 흔한, 그런 게 아니에요. 적어
도 제가 아는 한은요."

　1킬로쯤 더 가서였던가, 그가 전조등을 껐다.

　"별 보여요? 저기, 별이오." 그가 물었다.

　그가 차를 세웠다. 처음에는 사방이 그저 고요로 가득한 것 같았
지만 사실은 아주 먼 곳에서 들려오는 조용한 차 소리며, 제대로 듣
기도 전에 스쳐 지나가는 작은 소리들, 아마 야행성 동물이나 새,
박쥐 같은 것들의 소리가 그 고요를 가득 메우고 있었다.

　"봄에 여기 오면요, 개구리 소리밖에 아무 소리도 들리지 않아
요. 귀가 멀 것같이 요란한 소리가 나죠."

　그가 운전석 쪽 문을 열었다.

　"이제, 나와서 저랑 좀 걸어요."

　지니는 시키는 대로 했다. 한쪽 차바퀴 자국을 따라서 그녀가, 다
른 쪽 바퀴 자국 위로 그가 걸어갔다. 앞쪽 하늘은 조금 더 밝은 것
같았다. 뭔가 부드럽고 규칙적인 대화 같기도 한 다른 소리도 어디
선가 들려왔다.

　길가의 나무들이 사라진 곳으로 나무판자로 만든 길이 이어지고
있었다.

"그 위로 걸어봐요. 어서요." 그가 말했다.

그가 안내라도 하듯이 가까이 다가와 그녀의 허리에 손을 올리더니 마치 보트 선착장 같은 널빤지 위로 그녀를 밀어 내보냈다. 목판이 위아래로 흔들렸다. 하지만 물결 때문은 아니었다. 그와 그녀의 발걸음이 목판을 흔들리게 한 것이 발걸음을 뗄 때마다 발아래의 목판들이 위아래로 가볍게 진동하고 있었다.

"지금 우리가 어디 있는지 알아요?"

"갑판인가요?" 그녀가 물었다.

"다리예요. 물 위에 뜬 다리."

이제 그녀도 알 수 있었다. 단지 몇 센티 정도만 조용한 수면 위로 올라와 있는, 목판으로 만든 그 다리를. 그가 그녀를 다리 가장자리로 데리고 갔다. 그곳에서 그들은 아래를 내려다보았다. 별들이 물 위를 수놓고 있었다.

"물 색이 아주 짙군요. 그러니까. 꼭 밤이라서 어두운 건 아닌 것 같아요." 그녀가 말했다.

"항상 어두워요. 늪이니까요. 차하고 똑같은 성분이죠. 그래서 진한 홍차처럼 보이는 거예요." 그가 자랑스럽게 대답했다.

이제 늪의 가장자리와 갈대밭도 시야에 들어왔다. 갈대밭에 찰랑이는 물소리, 아까 들었던 소리는 바로 이 물소리였다.

"선탠이라도 한 모양이죠." 어둠을 향해 외치듯이 그가 의기양양한 목소리로 말했다.

다리 밑의 가벼운 진동을 느끼면서 그녀는 저 나무들과 갈대밭이 모두 납작한 접시 같은 지구 위에 놓여 있다고 상상해 보았다.

접시 밑은 온통 물이고, 이 다리는 그 물 위에 떠다니는 지구의 끈 같은 것이라고. 물은 전혀 움직이지 않는 것처럼 보였지만 사실은 그렇지가 않았다. 물 위에 뜬 별을 가만히 바라보면 그것들이 반짝 거리고 이지러졌다가는 시야에서 사라지고 이내 그 자리에 다른 별이 떠오르곤 한다는 걸 관찰할 수 있었기 때문이다.

바로 그때서야 지니는 내내 모자를 쓰지 않고 있었다는 사실을 깨달았다. 머리에 쓰고 있지도 않았지만 차 안에서도 들고 있던 기억이 없었다. 오줌을 누러 차에서 나올 때도 없었고 리키에게 말을 걸 때도 모자를 가지고 있지 않았다. 차 좌석에 머리를 기대고 앉아 눈을 감고 매트의 농담을 듣던 그때에도 모자는 없었다. 아마도 옥수수 밭에서 길을 잃고 헤맬 때 어딘가에 떨어뜨린 모양이었다.

지니는 땀에 젖은 자주색 셔츠 위로 튀어나온 매트의 배꼽을 보게 될까 봐 전전긍긍했지만, 정작 그는 그녀의 황량한 머리꼭지를 보는 것이 아무렇지도 않았던 모양이다.

"달이 아직 뜨지 않아서 아쉬운데요. 달이 뜨면 정말 근사하거든요." 리키가 말했다.

"지금도 근사해요."

그는 아무렇지도 않게, 원하기만 하면 언제라도 할 수 있는 것처럼 두 팔로 그녀를 감싸 안고 입술에 키스했다. 키스라는 행위 자체에 그녀가 기꺼이 함께한 것은 마치 이번이 처음인 것만 같았다. 부드러운 시작, 적당한 압박, 정성 어린 탐색과 자연스러운 수용. 여운을 남기며 사그라지는 고마움과 만족감, 모든 것이 그 자체로 완전한 존재감을 지닌 하나의 행위였다.

"아, 아……." 그가 말했다.

그는 그녀의 몸을 돌려 세웠고, 그들은 왔던 길을 다시 걷기 시작했다.

*　　　　*　　　　*

"물 위의 나무다리를 걸어본 건 처음인가요?"

그녀는 그렇다고 대답했다.

"이제 저 위로 운전해서 지나갈 거예요."

그가 지니의 손을 잡더니 던지기라도 할 듯이 가볍게 흔들기 시작했다.

"결혼한 여자에게 키스해 본 건 처음이에요."

"앞으로는 많이 해보게 될 거예요. 죽기 전까지 말이에요."

"그래요. 아마 그렇겠죠." 그가 한숨을 내쉬며 대답했다. 자기 앞에 놓인 그런 시간이 기이하면서도 현실적으로 느껴진다는 듯.

마른 땅 위로 돌아오자 지니는 갑자기 닐이 떠올랐다. 호기심에 들떠서 금발 섞인 갈색 머리의 여자 점쟁이 앞에 손을 내밀고는 불안한 자신의 앞날을 점치는 닐의 모습이.

무슨 상관이랴.

지니는 웃음이라도 터뜨리고 싶을 만큼 가벼운 연민을 느꼈다. 부드러운 환희의 기억. 그녀에게 남은 시간 동안 자신의 모든 상처와 공허를 달래줄 것만 같은.

어머니의 가구
FAMILY FURNISHINGS

앨프리다. 아버지는 그녀를 프레디라고 불렀다. 사촌 간인 아버지와 앨프리다는 시골 마을에서 이웃으로 함께 자랐고 한동안은 같은 집에서 살기도 했다. 어느 날 그들은 마크라는 이름의 아버지 개와 나무 그루터기들이 있는 들판에서 놀고 있었다. 햇살은 따뜻했지만 밭고랑에는 얼음이 아직 녹지 않고 있었다. 아버지와 앨프리다는 얼음 위로 뛰어다니며 발밑에서 쩍쩍 갈라지는 얼음 소리를 즐겼다.

"그런 걸 어떻게 기억하겠어. 그냥 지어낸 거겠지." 아버지가 말했다.

"지어낸 게 아니야." 앨프리다가 대꾸했다.

"왜 아냐."

"아니라니까."

어디에선가 갑자기 호각 소리와 종소리가 들려왔다. 마을과 교회의 종들이 일제히 울리고 5킬로미터 떨어진 마을의 공장에서는 호각을 불어대고 있었다. 온 세상이 기쁨으로 터질 듯이 부풀어 올랐다. 축하 행렬이 다가오는 것을 눈치 챈 마크가 길가로 뛰어나갔다. 1차 세계대전이 마침내 종전을 고했던 것이다.

일주일에 세 번씩 우리는 신문에서 앨프리다의 이름을 읽을 수 있었다. 성은 없이 앨프리다라는 이름만 '앨프리다와 함께 보는 마을의 이모저모' 코너에 등장하곤 했다. 코너의 제목은 마치 잉크가 새는 만년필로 직접 쓴 것 같은 필기체로 씌어 있었다. 거기 씌어진 마을은 우리 동네가 아니라 앨프리다가 사는 남쪽의 도시였다. 우리 가족은 이삼 년에 한 번씩 그녀를 보기 위해 그 도시를 방문하곤 했다.

6월의 신부님들, 이제 차이나캐비닛에 가서 마음에 드는 그릇을 예약할 시간입니다. 내가 곧 신부가 된다면(안타깝게도 그렇지 않지만) 정교하고 아름다운 문양이 새겨진 디너 세트의 유혹을 이겨내고, 대단히 모던한 진줏빛 순백 로젠탈 세트를 고를 거라고 말씀드려야 되겠네요.

피부관리실은 많지만 팬타인살롱의 뷰티 케어야말로 정말 믿을 만하죠. 팬타인살롱은 신부의 피부를 오렌지 꽃송이처럼 눈부시게 피어나게 해줄 거예요. 신부의 어머니, 이모, 할머니, 누구라도 이곳을 다녀가면 젊음의 샘물을 마신 것처럼……

앨프리다의 말투를 아는 누구라도 그녀가 이런 글을 쓸 것이라고는 생각하지 못할 것이다.

앨프리다는 '플로라 심슨의 주부들' 난에도 플로라 심슨이라는 가명으로 또 다른 기사를 쓰고 있었다. 전국에서 편지를 보내는 주부들은, 페이지 상단에 인쇄된 것처럼 고데한 회색 머리에 통통하고 사람 좋은 미소를 띤 여성이 자신들의 편지에 답을 하고 있다고 생각했다. 말은 하면 안 되지만 사실 독자들의 편지 밑에 달리는 답글은 호스 헨리라는 이름의, 평소에는 부고란을 담당하는 또 다른 한 남자와 앨프리다가 함께 쓴 것이었다. 편지를 보낸 이들은 자신을 모닝스타, 계곡의 백합, 작은 애니 루니, 녹색 엄지, 부엌의 여왕 등으로 불렀다. 어떤 이름들은 너무 인기가 많아서 금발 미녀 1, 금발 미녀 2, 금발미녀 3 하는 식으로 번호를 매겨야 할 때도 있었다.

앨프리다나 호스 헨리의 답장은 이런 식이었다.

친애하는 모닝스타 님,
요즘처럼 더운 날에는 특히 더 그렇지만 습진은 정말 골치 아픈 고질병이죠. 베이킹소다를 좀 발라두면 도움이 될 거예요. 민간요법을 병행하면서 의사와 상의해 보는 것도 나쁘지 않겠죠. 남편 분 건강이 회복되어 다시 활동을 하신다니 정말 반가운 소식이네요. 건강이 좋지 않은 건 두 분 모두에게 힘든 일이었을 텐데요…….

온타리오의 그 지역에서 플로라 심슨 클럽에 속한 이런저런 작은 마을의 주부들은 매해 여름이면 함께 피크닉을 가곤 했다. 앨프리다는 참석을 대신하는 특별한 안부 인사를 보내면서 여기저기서 자기를 부르는데 다 갈 수도 없고 어디는 가고 어디는 안 갈 수도 없어서, 차별을 두지 않으려고 일체 참석을 않노라는 설명을 덧붙이기도 했다. 호스 헨리에게 가발을 씌우고 가슴에 베개를 넣어 여장을 해서 보내느니, 자신이 입에 담배를 물고 바빌론의 마녀(우리 엄마 아빠와 마주 앉은 그 식탁에서 심지어 엘프리다조차 성경을 제대로 인용하지 못하고 '창녀'를 마녀로 바꿔 말했다)처럼 추파를 던지며 나타나볼까 하는 말들이 오간 적도 있다고 한다. 그랬다간 신문사에서 우릴 죽이려 할 테지, 그녀가 말했다. 어쨌거나 너무 유치한 방법이 아닌가.

앨프리다는 항상 담배를 시기부(ciggie-boos)라고 불렀다. 내가 열다섯인지 열여섯이 되던 해에 나를 향해 식탁 너머로 몸을 기울이며 그녀는 "너도 시기부 하나 피워 볼래?" 하고 물었다. 식사를 마친 남동생과 여동생이 이미 테이블을 떠난 뒤였다. 아버지는 고개를 젓고 나서 자신이 피울 담배를 말기 시작했다.

나는 그러겠다고 말했다. 앨프리다가 불을 붙여 주었고 나는 처음으로 부모님 앞에서 담배를 피워 보았다.

부모님은 짐짓 그게 퍽 재미있는 장난인 양 굴었다.

"오, 당신 딸 좀 봐요, 여보." 눈을 깜빡이고 손으로 가슴을 두드리며 엄마는 연기하듯 과장된 목소리로 "아아, 기절할 것 같아요." 하고 외치기도 했다.

"채찍을 가져와야겠군." 아버지는 반쯤 의자에서 일어나며 말했다.

마술 같은 순간이었다. 앨프리다가 우리 모두를 다른 사람으로 바꿔버린 것 같았다. 엄마는 늘 여자들이 담배 피우는 건 질색이라고 말하곤 했다. 잘못된 일이라거나 숙녀답지 못하다고는 말하지 않았다. 엄마는 그저 그게 싫다고만 했다. 뭔가가 싫다고 말할 때 엄마는 항상 자신이 감정적이고 불합리한 반응을 하는 게 아니라 그저 개인적인 소견을 전할 뿐이라는 듯 의뭉을 떨었다. 절대 반박될 수 없고, 거의 신성하기조차 한 그런 사적인 지혜 말이다. 자기 안의 목소리에 귀 기울이는 표정으로 그런 의견을 늘어놓을 때의 엄마를 나는 특별히 더 증오했다.

바로 이 방에서 아버지는 엄마의 규칙을 지키지 않고 엄마의 감정을 상하게 했으며 말대답을 했다는 이유에서, 채찍은 아니지만 허리띠로 나를 때린 적이 있었다. 그러나 지금 그런 체벌은 마치 다른 우주에서 일어났던 일인 것 같았다.

앨프리다와 나는 부모님을 궁지에 몰아넣었다. 그러나 부모님이 장난처럼 대수롭지 않게 반응했기 때문에 엄마와 아빠, 그리고 나 우리 셋 모두가 갑자기 더 평화롭고 관대한 공간으로 순간 이동이라도 한 것 같은 기분이 들었다. 그 순간 부모님에게서, 특히 엄마에게서 나는 평소 좀처럼 찾아볼 수 없는 유머를 발견할 수 있었다.

이 모든 것이 앨프리다 덕분이었다.

사람들은 언제나 앨프리다를 커리어 걸(career girl)이라고 불렀다. 그래서 사실은 거의 비슷한 나이인데도 어쩐지 그녀가 부모님보다 어린 것 같은 기분이 들었다. 사람들은 또 그녀를 도시 사람이라고 부르기도 했다. 사람들이 말하는 도시는 그녀가 살고 또 일하는 장소를 지칭하는 것이었다. 하지만 단지 빌딩과 보도, 차선이나 우글거리는 사람들만을 뜻하는 단어가 아니었다. 그것은 무한히 반복 가능한 모종의 추상성, 벌집처럼 복잡하지만 잘 조직된, 완전히 허황되고 쓸모없는 것만은 아니지만 분명 위험하고 정신을 흐리는 무언가에 대한 의미 역시 함축하고 있었다. 사람들은 어쩔 수 없는 상황이 되면 그곳으로 가기도 했지만, 도시를 벗어나면 안도감을 표시했다. 그러나 어떤 사람들은 도시에 매료되기도 했다. 오래전 앨프리다가 그랬듯. 한 모금 빨아낸 담배를, 마치 야구 배트처럼 굵게 느껴지는 담배 개비를 아무렇지도 않은 듯 손가락 사이에 들고 있어 보려는 지금의 내가 그렇듯이 말이다.

우리 가족에게 규칙적인 사교 생활 같은 건 없었다. 파티는 말할 것도 없고 저녁을 먹으러 오는 사람도 없었다. 어쩌면 그건 계급의 문제인지도 모르겠다. 저녁 식사 자리에서 이 일이 있은 지 오 년 후에 내가 결혼한 남자의 부모는 일가친척이 아닌 사람들을 저녁 식사에 초대하기도 하고 무심하게 자신들의 칵테일파티를 언급하며 가벼운 오후 모임에 참석하러 가기도 했다. 그런 생활은 잡지 속에나 있는 것인 줄 알았던 내 눈에는 남편 집안 사람들이 마치 동화 속 세상에 사는 것처럼 보이기도 했다.

우리 가족이 사교 생활 삼아 한 일이라곤 일 년에 두세 번 할머니와 고모, 고모부를 접대하기 위해 거실 테이블에 카드놀이 판을 펴는 것이 전부였다. 크리스마스나 추수감사절 저녁을 우리 집에서 차릴 차례가 되거나 다른 지방에서 온 친척이 집을 방문할 때가 바로 이런 행사를 치르는 날이었다. 방문하는 친척들은 언제나 고모

나 고모부 같은 사람들로 앨프리다 같은 사람은 아무도 없었다.

이럴 때면 엄마와 나는 며칠 전부터 저녁 식사 준비를 해야 했다. 아껴둔 식탁보를 꺼내 다림질을 하고, (테이블보는 퀼트 이불처럼 무거웠다.) 먼지를 뒤집어 쓴 채 찬장에 놓여 있던 좋은 접시들을 꺼내 씻었다. 거실 의자의 다리를 닦고 젤리를 넣은 샐러드를 만들고 메인으로 나갈 구운 칠면조와 햄, 야채 접시에 뒤이어 나갈 파이와 케이크도 구워냈다. 음식이 산처럼 쌓여 있었고 식탁에서 이루어지는 대화 역시 대부분 음식에 대한 것뿐이었다. 음식이 맛있다는 칭찬과 더 먹으라는 권유, 배가 차서 도저히 더는 못 먹겠다는 사양에 이어 어쩔 수 없다는 듯 그럼 조금만 더 하겠다는 고모부들과, 아주 아주 조금만 더 달라고 했다가는 곧이어 더 먹지 말걸 그랬다느니 배가 터질 것 같다느니 하는 고모들.

그러나 아직도 디저트가 남아 있었다.

그 식탁에는 대화라고 할 만한 무엇도 존재하지 않았다. 사실상 암묵적으로 인정된 어떤 경계 너머의 화제를 이야기하는 것은 무례나 잘난 척으로 간주되었다. 엄마는 그 경계를 잘 이해하지 못했다. 그래서 때로 대화의 중단을 참지 못했고, 대화를 이어가지 않으려는 상대의 의도를 존중하지 못했다. 누군가 "어제 시내에서 할리를 봤어요."라고 말을 꺼내기라도 하면 엄마는 "할리는 정말 독신으로 살기로 작정한 걸까요? 아니면 그저 맞는 사람을 아직 못 만난 걸까요?"라고 얼른 끼어드는 것이었다.

마치 누군가를 봤다는 말을 하려면 그 뒤에, 뭔가 흥미로운 다른 말이 꼭 따라와야 한다는 듯 말이다.

당황한 아버지가 나지막한 꾸짖음을 담아 "그분은 혼자서도 잘 지내고 있는걸."이라고 말하기 전까지 아무도 더 말을 하지 않았다. 엄마에게 면박을 주려고 그런 것은 아니었다. 그저 다들 당황했을 뿐이었다.

친척들이 없었으면 아버지는 '그분' 대신 그저 '그이'라고 했을 터였다.

막 물청소를 한 창문으로 쏟아지는 환한 햇살을 받으며 모두 반듯한 새 식탁보 위에서 다시 칼질과 포크질을 하며 음식을 씹어 목으로 넘겼다. 이런 날이면 저녁 식사는 언제나 대낮부터 시작되었던 것이다.

그러나 테이블에 앉아 있던 사람들이 실제로 말수가 적은 사람들은 아니었다. 부엌에서 접시를 씻고 말리면서 고모들은 종양이나 목의 염증, 심한 부스럼 등에 대한 이야기를 나누었다. 고모들은 자신들의 소화불량이나 신장, 신경 문제에 대해서도 이야기했다. 사적인 건강 문제들은 언제나 적절한 대화의 소재였지만, 잡지에서 읽은 것이나 뉴스에 나온 일을 이야기하면 의심의 눈총을 받곤 했다. 그들 삶과 직접적인 관련이 없는 일에 관심을 기울이는 것은 부적절한 일로 여겨졌기 때문이다. 그사이 정원 의자에서 쉬거나 작물을 둘러보며 짧은 산책을 하던 고모부들 역시 누가 은행 융자를 다 썼다거나 비싼 농기계를 샀는데 그 빚을 아직 갚지 못했다거나 큰돈을 들여 소를 샀는데 일을 잘 못한다더라 하는 등의 이야기를 나누었다.

어쩌면 그들은 빵과 버터 접시, 디저트 스푼이 등장하는 격식 차린 식탁 분위기에 짓눌렸던 것인지도 모른다. 평소에는 빵으로 메인 접시를 닦아 먹고 그 위에 파이 조각을 다시 담아 먹는 것이 관례였기 때문이다.(그러나 예법대로 상을 차리지 않았다면 그것 또한 무례로 생각되었을 것이며 그들 역시 손님을 치른다면 똑같은 방식으로 접대했을 것이다.) 혹은 그들에게 먹는 것과 대화는 별개의 일이었는지도 모르겠다.

앨프리다가 방문했을 때는 모든 것이 이와 달랐다. 물론 좋은 식탁보와 접시들이 나왔고 엄마는 여전히 음식 준비에 열을 올렸다. 앨프리다의 평가를 의식한 엄마는 평소 내놓는 속을 채운 칠면조나 으깬 감자 대신 피망을 곁들인 주먹밥과 함께 치킨 샐러드를 만들었다. 여기에 젤라틴과 계란 흰자, 휘핑크림으로 만든 디저트가 뒤따랐는데 이걸 만드는 데는 인내심을 요구하는 긴 시간이 필요했다. 냉장고가 없어서 창고 바닥에서 그걸 차게 식혀야 했기 때문이다. 그러나 이 자리에서는 삼가는 말투나 꾸민 듯한 태도는 찾아볼 수 없었다. 앨프리다는 더 먹으라는 권유에 선선히 응할 뿐만 아니라 먼저 더 달라고 청하기도 했다. 그녀는 별다른 생각 없이 자연스럽게 이런 행동들을 했고, 다른 친척들처럼 심상한 말투로 음식을 칭찬하기도 했다. 음식을 즐기긴 했지만 음식이 모임의 첫 번째 이유는 아닌 것 같았다. 그녀는 이야기를 나누기 위해, 다른 사람들의 이야기를 듣기 위해 그곳을 방문했던 것이다. 해서 안 될 이야기는 거의 없었으며, 말하고 싶은 것은 무엇이라도 말할 수 있었다.

앨프리다는 언제나 여름에 우리 집을 방문했고 대개 등이 드러난 홀터 톱에 세로줄 무늬 실크 선드레스를 입고 오곤 했다. 여기저기 검은 사마귀가 난 그녀의 등은 예쁘지 않았고, 어깨는 뼈가 앙상했으며 가슴은 절벽이었다. 아빠는 늘상 앨프리다가 그렇게 잘 먹는데도 살이 찌지 않는다고 말하곤 했다. 혹은 정반대로, 식성이 저렇게 까다로운데도 살집이 있다고 말하기도 했다.(당시 우리 집에서는 말랐네, 뚱뚱하네, 피부가 붉네, 희네, 머리가 벗어졌네 등의 대화 소재를 딱히 해서는 안 될 이야기로 여기지 않았다.)

앨프리다는 당시 유행하던 식으로 갈색 머리를 한쪽으로 모아 머리 위로 말아 올리고 다녔다. 갈색 피부에는 잔주름이 가득했고 입술은 두꺼웠는데 좀 더 두툼한 아랫입술은 다소 아래로 처진 것처럼 보이기도 했다. 입술에 바른 진한 립스틱 때문에 그녀는 언제나 찻잔이나 컵에 자국을 남기곤 했다. 입을 크게 벌리면(말하거나 웃을 때면 언제나 그랬다.) 안쪽으로 이가 빠진 자리가 보였다. 아무도 그녀가 미인이라고 말하지는 않을 터였다. 사실 스물다섯 살이 넘으면, 어떤 여자라도 아름답기는 어렵다. 그 나이를 넘으면 여자들은 아름다울 권리, 혹은 아름다움에 대한 욕망 역시 상실하고 마는 것이다. 그러나 앨프리다에게는 생의 활력과 정열이 있었다. 아버지는 때로 좀 더 점잖게 그녀가 명랑하다고 말하기도 했다.

앨프리다는 아버지와 세상 돌아가는 일이나 정치에 대한 이야기를 나누었다. 아버지는 신문을 읽고 라디오를 들었으며 그런 일들에 대해 나름의 의견 역시 가지고 있었지만 그런 걸 말할 기회는 거의 없었다. 고모부들도 그런 의견을 갖고 있긴 했지만 모든 공인, 특히 외국인들에 대한 혐오로 점철된 그들의 의견은 대체로 너무 간단하고 단순해서 정치인에 대한 불만이나 거부 이상의 무엇으로 발진하지 못했던 것이다. 할머니는 귀가 잘 들리지 않았다. 할머니가 뭘 얼마나 알고 있는지, 무슨 생각을 하는지는 아무도 알 수 없었다. 고모들은 그런 것에 무지하다는 사실 혹은 그런 일 따윈 몰라도 된다는 사실을 퍽 자랑스럽게 여기는 것 같았다. 엄마는 학교 선생님이었고 지도에서 쉽게 유럽의 국가들을 모두 구분해 낼 수도 있었다. 그러나 엄마는 세계를 바라보는 자신만의 틀을 가지고 있어서 대영제국과 왕실에 관련된 것이 아니라면 다른 것은 별로 중요하게 생각하지 않았다.

사실 앨프리다의 견해가 고모부들의 의견과 뭐 대단히 달랐던 것도 아니다. 적어도 겉으로는 그렇게 달라 보이지 않았다. 그러나 그녀는 그냥 투덜거리고 이야기를 끝내는 대신 낄낄대고 웃으며 수상이나 미국 대통령, 존 루이스*나 몬트리올의 시장 등에 대해 떠들어대기 시작했다. 영국 왕실에 대한 이야기를 할 때면 언제나 좋은 편과 나쁜 편을 구분해서, 왕과 왕비, 아름다운 켄트 공작부인은 좋은 편이고 윈저가 사람들이나 늙은 에디 왕**은 나쁜 편이라고 딱 잘라 말하기도 했다. 에디 왕은 고질병이 있을 뿐 아니라 왕비를 목 졸라 그녀의 목에 손자국을 남기기도 했다는 것이다. 그 때문에 왕비가 언제나 진주 목걸이를 한 것이라고 했다. 좋은 편과 나쁜 편에 대한 앨프리다의 구분은 어머니의 구분과 거의 일치했다. 물론 엄마가 그런 이야기를 한 적은 거의 없었지만 말이다. 그래서 앨프리

---

* 미국의 노동운동 지도자.
** 에드워드 7세(1841~1910). 알렉산드라 왕비와 형식적인 결혼 생활만을 유지하며 많은 정부를 두었다.

다가 매독에 대해 말할 때는 잠깐 인상을 쓰긴 했지만 엄마는 그녀의 말에 별다른 반발을 표시하지 않았다.

나는 아무렇지도 않은 표정으로 다 안다는 듯 그녀에게 미소를 보냈다.

앨프리다는 러시아 사람들을 이상한 이름으로 불렀다. 미코얀 스카이니 엉클 조 스카이니 하면서. 그녀는 러시아인들이 사람들을 다 속이고 있다고 믿었고, 유엔(UN)은 코미디일 뿐 아무 일도 하지 못할 것이며, 일본이 장차 다시 들고 일어날 터인데 기회가 있을 때 아주 끝을 내버렸어야 했다고 생각하기도 했다. 퀘벡주가 수상하다고 하는가 하면 교황 역시 신뢰할 수 없다고 주장하기도 했다. 매카시 의원* 역시 그녀의 이야기 소재였다. 천주교 신자만 아니었다면 그를 지지했겠지만 종교적 이유 때문에 그럴 수가 없다는 것이었다. 그녀는 즐겨 교황을 꽁황이라고 부르곤 했다. 앨프리다는 마치 세상의 온갖 사기꾼과 비열한들을 헐뜯는 재미로 사는 것만 같았다.

어떤 때는 아마 아버지를 놀리려고 일부러 쇼를 하는 것 같기도 했다. 아버지도 앨프리다가 자신을 약 올리고 짜증 나게 만들려고 그러는 것 같다고 말한 적이 있는 것 같다. 그러나 앨프리다가 아버지를 싫어했거나 불편하게 만들고 싶었던 건 아니었다. 사실은 그 반대였다. 앨프리다는 어린 여자애들이 학교에서 남자애들을 괴롭히는 것과 같은 이유로 아버지에게 짓궂게 굴었던 것이다. 양편 모

---

* 미국의 반공주의 정치가.

두가 말싸움을 즐거운 놀이로, 모욕을 일종의 수작으로 받아들이는 그런 상황에서처럼 말이다. 아버지는 언제나 부드럽고 나지막한 목소리로 말했지만 앨프리다를 부추기고 들쑤시려는 아버지의 의도 역시 좀처럼 숨겨지지 않았다. 때로 아버지는 갑자기 입장을 바꿔 아마 그녀가 옳을 거라고, 그녀는 신문사에서 일하고 있으니 자신이 알지 못하는 다른 정보원이 있을 거라고 말하기도 했다. 앨프리다 당신이 이겼어. 내가 조금이라도 상식이 있다면 당신 말을 인정하지 않을 수 없지. 아버지는 그렇게 말을 맺곤 했다. 그러면 그녀는 허튼수작 말라고 덤비기도 했다.

엄마가 장난처럼 절망스럽게, 어쩌면 정말 피로에 지쳐서 그랬을지도 모르지만, "당신 둘은 정말……." 하고 끼어들었다. 그러면 앨프리다는 엄마에게 가서 쉬라고, 이렇게 근사한 저녁을 차렸으니 쉬어야 마땅하다고, 자신이 나와 함께 설거지를 하겠다고 말하곤 했다. 엄마는 틀림없이 오른팔이 떨리고 손가락이 뻣뻣해지는 증상으로 고생할 터였다. 엄마는 그게 과로 때문에 오는 증상이라고 믿고 있었다.

부엌에서 뒷정리를 하는 동안 앨프리다는 자기가 사는 도시의 극장에서 볼 수 있는 유명 인사뿐만 아니라 별로 유명하지 않은 영화배우들에 대한 소문까지 모두 이야기해 주었다. 경멸 섞인 요란한 웃음소리 때문에 중간 중간 끊어지는 낮은 목소리로 그녀는 그들의 나쁜 행실이나, 잡지에 나오지 않은 사생활에 대한 소문들을 들려주었다. 동성애자들과 인공 가슴, 한 집안 내의 삼각관계 등이 언급될 때도 있었다. 이런저런 잡지에서 읽은 적이 있었지만 실제로 이런 일들이 일어난다고 생각하면 속이 울렁거리는 것만 같았다. 그게 아무리 나와 상관없는 사람들의 이야기라고 해도 말이다.

가끔은 무슨 이야기를 했는지조차 다 기억나지 않는 이런 은밀한 대화의 순간에도 앨프리다의 이는 언제나 내 눈을 사로잡았다. 앞니들을 포함해, 이들의 색이 조금씩 다 달랐다. 단 한 쌍도 같은 것이 없었다. 어떤 것들은 짙은 상아색의 튼튼한 법랑질인가 하면 다른 것들은 라일락 빛을 띤 유백색으로 물고기 비늘처럼 가장자리가 은빛으로 빛났으며 또 어떤 것들은 금빛을 띠고 있기도 했다. 요즘과는 달리 당시에는 틀니가 아니라면 그렇게 가지런하고 반듯한 이를 보기는 힘들었다. 그러나 앨프리다의 이는 크기나 서로 간의 그 뚜렷한 구분 및 개별성에 있어 가히 독보적이라고 할 만했다. 특히 앨프리다가 맹렬하게 비웃는 소리를 낼 때면 그 이들이 마치 궁전의 호위병들이나 힘이 넘치는 창병처럼 앞으로 튀어나오는 것만 같았다.

"앨프리다는 항상 이빨이 좋질 않았어. 기억나요? 그때 그 종기 때문에 온몸에 독이 퍼진 거야." 고모들은 말했다.

고모들은 어쩌면 그렇게 앨프리다의 스타일이나 재치는 염두에도 없고 그녀의 이만을 가지고 안됐다는 듯 이야기할 수 있는 걸까. 나는 그게 알고 싶었다.

"차라리 다 뽑아버리고 새로 해 넣으면 좋을 텐데." 고모들은 말했다.

"아마 그럴 만한 돈은 없을 거야." 할머니가 말했다. 할머니의 말에 모두 깜짝 놀랐다. 할머니가 대화를 다 듣고 있을 거라고는 생각지 못했기 때문이었다.

나는 다른 이유 때문에 놀랐다. 할머니의 말 때문에 앨프리다의 일상에 대해 미처 몰랐던 것들을 생각하게 되었던 것이다. 나는 앨프리다가 잘산다고, 최소한 다른 일가친척보다는 잘산다고 생각했다. 그녀는 아파트에 살았고, (아파트를 본 적은 없지만 어쩐지 무척 세련된 주거 형태일 것만 같았다.) 집에서 만든 옷을 입는 법도 없었다. 내가 아는 모든 마을 여자들이 다 신고 다니는 옥스퍼드 신발, 밝은 색 플라스틱 줄을 엮어 만든 그런 샌들 역시 신지 않았다. 할머니가 그저 틀니가 일생에 한 번 하는 호사로운 지출이었던 시절을 생각해서 한 말인지 아니면 정말로 앨프리다의 생활에 대해 내가 모르는 뭔가를 알고 있는 것인지 그때로서는 판단할 수 없었다.

앨프리다가 우리 집을 방문할 때 다른 친척들도 함께 오는 일은 없었다. 자신의 이모인 우리 할머니에게 인사하기 위해 앨프리다가 다른 친척 집으로 찾아가곤 했다. 할머니가 자기 집을 두고 고모들 집에 돌아가며 머물고 있었기 때문이다. 앨프리다는 할머니가 계시는 그 집만 다녀올 뿐 아빠와 똑같은 사촌 간인 다른 고모들 집에 들르거나 그들과 함께 식사를 하는 일은 전혀 없었다. 보통 우리집에 먼저 와서 조금 머문 그녀는 마지못해 일어나는 듯한 얼굴로 다른 집을 방문할 준비를 하곤 했다. 그녀가 다녀올 때쯤에 맞춰 우리는 식사 준비를 했고 함께 식탁에 앉아 저녁을 먹었다. 그녀가 고모나 고모부에 대해 직접적으로 흠잡는 말을 하거나 할머니에 대해 무례한 이야기를 하는 일은 없었다. 사실 할머니에 대해 말할 때면, 앨프리다가 다른 사람들 안부를 물을 때의 그 냉정하고 불친절한, 그러나 애써 그걸 감추는 듯한 말투와는 사뭇 다른 어조로 말한다는 것을 나는 눈치 채고 있었다. 요새 혈압은 좀 어떠세요? 최근에 의사를 만난 적은 있나요? 의사들이 뭐래요? 이런 질문을 할 때면 그녀의 목소리에는 갑작스럽게 조심스러움과 근심, 심지어는 두려움 같은 것이 감돌곤 했던 것이다. 그러면 엄마 역시 비슷한 조심스러움과 절제를 담은 목소리로, 아버지는 마치 전형적인 진중한 자세라 할 만한 근엄한 목소리로 그녀의 질문에 대답하곤 했다. 그들은 모두 뭔가 입에 담을 수 없는 어떤 생각을 공유하는 것 같았다.

하지만 내가 담배를 피웠던 그날 앨프리다는 고모부들에 대해 평소보다 조금 더 대담하게 이야기를 꺼내기 시작했다. 앨프리다는 매우 진지한 자세로 "에이서는 요즘 어때요? 아직도 그렇게 혼자서만 이야기를 독차지하나요?"라고 물었다.

아버지는 슬픈 듯이 머리를 흔들었다. 마치 에이서를 떠올리기만 해도 분위기가 깨지고 만다는 듯이.

"물론이야. 두말하면 잔소리지." 아버지가 대답했다.

나는 때를 놓치지 않고 말했다.

"돼지 창자에 회충이 든 것 같아. 우웩."

'우웩'을 뺀 나머지 말은 에이서가 바로 이 식탁에 앉아 내뱉었던 말 그대로였다. 뭔가 마음에 떠오른 중요한 이야기를 꺼내거나 아니면 침묵을 깨야겠다는 불필요한 충동에 사로잡혀서 말이다. 나는 에이서의 퉁명스럽고 순진하며 진지한 어조까지 그대로 흉내

내어 말했다.

앨프리다는 그 화려한 이를 드러내며 동의하는 듯 커다란 웃음을 터뜨렸다. "똑같아, 아주 똑같아."

아버지는 웃음을 감추려는 듯 접시 위로 얼굴을 숙였지만 물론 진짜로 그걸 숨기지는 못했다. 엄마는 고개를 절레절레 저으며 미소를 머금고 입술을 깨물고 있었다. 나는 아주 의기양양했다. 똑똑하고, 비꼬기 좋아한다는 평소의 평가는 간데없었다. 가족들이 나를 두고 똑똑하다고 할 때 그 말은 머리가 좋다는 뜻도 있었지만 대개는 비난의 뜻, 그러니까 고집이 세고, 관심을 끌고 싶어 하며, 밉살스러운 짓을 한다는 뜻을 담고 있었다. 식구들은 "아, 쟤는 좀 지나치게 똑똑해."라고 말하곤 했다. *실은 똑똑한 척 좀 하지 말라는 뜻으로 말이다.*

어떨 때 엄마는 "넌 아주 몹쓸 말만 하는구나."라고 슬픈 듯 말하기도 했다.

때때로 아빠 역시 내게 질린 듯한 표정을 짓기도 했다. 엄마의 꾸중보다 아빠의 이런 표정이 내 마음을 더 무겁게 만들었다.

"도대체 왜 너한테 점잖은 사람들을 깔아뭉갤 권리가 있다고 생각하는 거냐?"

그러나 그날 그런 일은 벌어지지 않았다. 나는 식사에 초대된 손님처럼, 혹은 적어도 앨프리다만큼 자유로이 내 입담을 발휘할 수 있었다.

그러나 실은 이별이 다가오고 있었다. 아마 그 저녁이 앨프리다가 우리 집 식탁에서 함께한 마지막 식사였을 것이다. 크리스마스 카드가 오갔고 엄마가 펜을 쓸 수 있을 동안은 편지도 더러 오고 갔으며 신문에서는 여전히 앨프리다의 이름을 만날 수 있었다. 그러나 내가 여전히 집에 머물렀던 그 이후의 몇 년 동안 앨프리다가 다시 우리 집에 들른 일은 한번도 없었다.

어쩌면 앨프리다는 남자 친구를 데려와도 되는지 물었다가 거절당했을지도 모른다. 그녀가 남자 친구와 이미 동거하고 있었다면 그게 거절의 한 이유였을 것이다. 혹은 그 남자가 나중에 그녀와 함께 산 바로 그이였다면, 그가 유부남이라는 사실이 거절의 또 다른 이유일지 몰랐다. 부모님은 이 점에서 일치된 견해를 가지고 있었다. 엄마는 부정한 섹스나 하룻밤 불장난을 포함해 제대로 된 결혼 생활 이외의 모든 성행위를 두려워했다. 아버지 역시 살아생전 이 부분에 대해서는 매우 엄격한 태도를 고수했다. 아버지는 다른 사람도 아닌 앨프리다가 그런 남자와 산다는 사실에 특히 더 반감을 느끼셨을 게 분명했다.

부모님 눈에는 앨프리다가 값싼 여자처럼 보였을 것이다. 나는 *자기를 그렇게 값싼 여자로 만들 필요는 없었을 텐데*라고 말하는 식구들의 모습을 어렵지 않게 상상할 수 있었다.

어쩌면 앨프리다가 아예 남자 친구와 와도 되냐는 그런 말을 꺼내지 않았을지도 모르겠다. 그녀는 그런 말은 하지 않는 게 더 낫다는 것을 아마 잘 알고 있었을 것이다. 아니면 한참 잘 오던 시절에는 남자 친구가 없다가 갑자기 누군가가 생겨서 그저 관심이 온통 그리로 가버린 것인지도 모른다. 그러고는 완전히 다른 사람이 되어버렸는지도. 실제로 나중에 다시 만난 앨프리다가 그랬듯이.

그도 아니라면 우리 집안에 회복의 가망 없이 점점 더 나빠지기만 하는 환자가 생길 조짐을 미리 감지하기라도 한 것일지도. 이런저런 증상들이 겹쳐 새로운 국면으로 이어지면서 엄마는 결국 운신을 못 하는 지경에 이르렀던 것이다. 근심과 불편만이 엄마를 둘러싼 모든 것이 되고 말았다.

"가엾기도 하지." 고모들은 말했다.

엄마가 이렇게 병들어 집안의 우환거리로 전락하자 이전에는 엄격하게 구속돼 있던 집안 여자들이 한결 생기를 찾고 자신감을 얻는 것처럼 보였다. 할머니는 보청기를 착용하셨다. 그동안 아무도 할머니에게 보청기를 권한 사람이 없었다. 고모부 중 한 분, 에이서는 아니고 어바인이라는 이름의 또 다른 고모부가 돌아가시자 어바인 고모는 운전을 배워 옷 가게의 수선일 자리를 얻었다. 어바인 고모는 이제 더 이상 헤어네트를 하고 다니지 않았다.

엄마를 보러 온 고모들은 언제나 똑같은 모습만을 보고 갔다. 한때는 훨씬 더 보기 좋았던, 자신이 학교 선생님이라는 사실을 한시도 잊지 않았던 엄마가 나날이 몸이 굳고 팔다리가 뻣뻣해져 움직임이 둔해진 채 어눌하게 말을 더듬는 그런 광경을. 그 무엇도 엄마를 도울 수 없었다.

고모들은 내게 엄마를 잘 돌보라고 당부했다.

"네 엄마잖니." 그들은 이미 알고 있는 사실을 다시 확인시켜 주곤 했다.

"가엾지 뭐냐."

앨프리다라면 그런 말은 하지 않았을 것이다. 그녀라면 이런 상황에서 그 어떤 말도 하지 못했을 것이다.

더 이상 오지 않는 것은 조금도 서운하지 않았다. 나는 사람들이 집에 오는 것이 싫었다. 그들을 접대할 시간 같은 건 없었다. 나는 맹렬한 주부가 되어 바닥에 왁스 칠을 하고 행주까지 말끔히 다림질을 하곤 했다. 이 모든 것이 수치심을 물리치기 위한 행동이었다.(우리 모두는 엄마의 병이 야기한 특별한 수치심에 감염되어 있었다.) 나는 부모님, 형제, 자매들과 함께 평범한 집에서 평범한 가족들과 같이 사는 것처럼 보이고 싶어 그렇게나 바지런을 떨었던 것이다. 그러나 우리 집 문에 들어서서 엄마를 보는 순간 누구라도 그게 사실이 아님을 알아차리고는 우리를 동정하기 시작했다. 나는 그걸 견딜 수가 없었다.

나는 장학금을 받았다. 그리고 엄마나 집안의 그 무엇을 돌보는 일에 아무런 미련도 없이 대학을 향해 떠났다. 대학은 앨프리다가 사는 도시에 있었다. 몇 달이 지난 후 앨프리다가 연락을 해 저녁을 먹으러 오라고 청했다. 그러나 그럴 수 없었다. 일요일 저녁만 빼고는 매일 저녁 시내의 시립 도서관과 학교 도서관에서 아르바이트를 했기 때문이다. 두 곳 다 9시까지 문을 열었고 겨울철에는 더 늦게까지 문을 열었다. 앨프리다가 다시 연락을 했다. 이번 초대는 일요일이었다. 그러나 나는 콘서트에 갈 계획이라 안 되겠다고 대답했다. "아, 데이트야?" 앨프리다가 물었다. 나는 그렇다고 대답했다. 그러나 사실이 아니었다. 실은 여자 친구, 때로는 여자 친구들 몇몇과 함께 대학 강당에서 여는 무료 콘서트에 구경 가곤 하는 게 고작이었다. 그저 할 일이 없어서기도 했고 또 거기서 남자를 만났으면 하는 막연한 기대가 있기도 했다.

"아, 그럼 나중에 꼭 한번 데리고 와야 해. 누군지 진짜 보고 싶구나."

앨프리다가 말했다.

그해가 끝나 갈 무렵 나는 정말로 데려갈 남자 친구가 생겼다. 그리고 나는 실제로 그 콘서트에서 그를 만났다. 아니 더 정확히 말하자면 그가 나를 그 콘서트에서 보았다. 그리고 나중에 데이트를 하자 내게 전화를 걸었던 것이다. 그러나 그를 앨프리다에게 소개할 마음은 전혀 없었다. 사실 새로 사귄 친구 누구도 그녀에게 데려가고 싶지는 않았다. "『홈워드 엔젤』 읽어봤니? 아, 그거 꼭 읽어봐야 해. 그럼 『부덴브로크가의 사람들』은 읽어봤니?" 친구들은 이런 질문을 던지는 사람들이었던 것이다. 나는 새로 사귄 친구들과 함께 필름 소사이어티가 배급한 〈금지된 장난〉이나 〈천국의 아이들〉 같은 영화를 보러 다녔다. 그때 사귄 남자는, 곧 그와 약혼도 했지만, 점심시간이면 나를 음악을 들을 수 있는 감상실로 데려가기도 했다. 그 덕분에 나는 구노*를 알게 되었고 구노 때문에 오페라를 사랑하게 되었으며 오페라 때문에 모차르트와 사랑에 빠졌다.

앨프리다가 내 방문 앞에 전화해 달라는 메모를 남겨 두었지만 나는 결코 전화하지 않았다. 그리고 그 이후 그녀도 다시는 연락이

---

* 19세기 프랑스의 작곡가.

없었다.

앨프리다는 여전히 신문에 글을 썼다. 때때로 나는 로열 덜튼 사의 도자기 인형이나 수입산 생강 비스킷, 또는 신혼여행용 속옷을 광고하는 그녀의 글을 훑어보곤 했다. 아마 그녀는 여전히 플로라 심슨 클럽의 주부들에게도 계속 답장을 쓰고 있을 터였다. 속으로 그녀들을 비웃으면서. 한때는 도시 생활의 핵심인 것처럼 보였던, 심지어는 그로부터 100킬로미터나 떨어진 우리 집의 일상에서조차 아주 중요한 자리를 차지하고 있는 것 같았던 신문을 도시에 살고 있는 지금은 거의 보는 일이 없었다. 앨프리다나 호스 헨리 같은 사람들의 일상적인 조롱기와 비웃음이 이제는 유치하고 지루하게만 느껴졌다.

작은 도시였지만 우연히 그녀를 만날까 봐 걱정하지는 않았다. 나는 그녀가 기사에서 말한 가게에 가는 일이 결코 없었고 신문사 근처의 도로를 지나다닐 일도 없었으며, 앨프리다 역시 내가 사는 곳에서 꽤 먼 남쪽 지역 어딘가에 살고 있었기 때문이다.

앨프리다가 도서관에 나타날 리도 만무했다. 도서관이라는 말만 들어도 그녀는 과장해서 당황스러운 척하며 커다란 입술을 꽉 다물 것이었다. 우리 집 선반의 책들을 보고 그랬던 것처럼 말이다. 그 책들은 우리가 자랄 때 산 것이 아니었다. 어떤 책들은 부모님이 십 대 때 학교에서 받은 상이었다. (그 책들에는 아름다운, 그러나 이제는 더 이상 볼 수 없는 엄마의 필체로 엄마의 처녀 시절 이름이 적혀 있었다.) 집에 있는 책들은 서점에서 파는 그런 책과는 다른 것 같았다. 창밖의 나무가 살아 있는 식물이라기보다는 땅에 뿌리 내린 집의 일부인 것처럼 그 책들 역시 그저 집의 일부분인 것처럼 여겨졌다. 『플로스 강의 물방앗간』, 『황야의 부르짖음』, 『미들로시언의 심장』 같은 책들을 보며 앨프리다는 "아주 흥미진진한 책들이긴 한데, 근데 장담하지만, 펼쳐보지도 않죠?"라고 물었다. 아빠는 그녀와 한패라도 된 것처럼 책들이 시시하다는 표정으로 그렇다고 대답했다. 그러나 그건 사실이 아니었다. 때로 시간이 날 때면 아버지는 한참씩 그 책들을 읽곤 했기 때문이다.

나는 이제 정말로 소중하게 생각하는 것들에 대해 그런 종류의 거짓말을 하거나 경멸을 가장하고 싶지 않았다. 그리고 그런 일을 피하기 위해서라도 이전에 알고 지내던 사람들은 더 이상 만나고 싶지가 않았다.

이 학년이 되었을 때 나는 학교를 떠나기로 결심했다. 장학금이 이 년 동안만 지급되었기 때문이다. 별로 상관은 없었다. 어차피 작가가 되기로 결심했기 때문이었다. 게다가 곧 결혼도 할 예정이었다.

이 소식을 들은 앨프리다가 다시 또 연락을 했다.

"너무 바빠서 전화를 못 한 모양이지. 아니면 아무도 내 메모를 너한테 전달하지 않았던지."

나는 바쁘기도 했고, 사람들이 메모를 전해 주지 않은 것도 같다고 대답했다.

이번에는 그녀의 초대를 받아들였다. 앞으로 이 도시에 살지도 않을 텐데 한번 찾아간다고 해서 해로울 건 없을 것 같았다. 기말고사가 끝나고 결혼할 남자 친구가 취업을 위해 면접시험을 보러 오타와로 간 그 주 일요일에 나는 그녀에게 가기로 약속했다. 오월 초의 어느 날이었다. 나는 걸어가기로 결심했다. 아들레이드 동쪽이나 던캐스 거리 남쪽까지 가본 적은 한 번도 없었기 때문에 그쪽 지역에 대해서는 전혀 아는 바가 없었다. 도로의 북쪽 가로수들에는 이제 막 새잎이 돋고, 라일락과 관상용 야생 능금, 튤립 화단 들에는 꽃이 만발했으며 잔디 역시 새로 깐 카펫처럼 물이 오르고 있었다. 그러나 잠시 후 도착한 거리의 남쪽에는 이제 더 이상 가로수도 없고 집들은 한 뼘도 안 될 만큼 보도에 바짝 붙어 있는가 하면 라일락들이 있긴 했지만 (사실 라일락은 어디에서나 자란다.) 꽃잎이 마치 햇빛에 바랜 듯이 창백하고 아무런 향기도 나지 않았다. 이 거리에는 일반 주택뿐만 아니라 이삼 층 높이의 좁은 아파트 건물들도 늘어서 있었다. 현관문 주위를 벽돌로 쌓아 소박하게 장식한 집이 있는가 하면 열어젖힌 창틀 위로 흐느적거리는 커튼이 나부끼는 집들도 있었다.

앨프리다는 아파트가 아니라 일반 주택에 살고 있었다. 건물 일 층은, 적어도 일 층 앞부분은 가게로 개조되어 있었는데 일요일이라 가게 문은 닫혀 있었다. 그녀는 그 건물 이 층을 다 쓰고 있었다. 일 층의 가게는 중고용품 판매점이었다. 더러운 창문으로 뒤죽박죽 쌓아둔 가구들과 여기저기 놓아둔 낡은 접시 및 식기들이 보였다. 그중 유일하게 내 눈을 사로잡은 건 벌꿀 병이었다. 그건 내가 여섯 살인지 일곱 살 때 학교에 도시락으로 들고 다녔던, 하늘색 바탕에 황금색 벌집이 그려진 바로 그 벌꿀 병이었다. 옆면에 쓴 문구를 읽고 또 읽었던 기억이 났다.

순수한 벌꿀만을 과립화했습니다.

'과립화'라는 말이 무슨 뜻인지는 몰랐지만 그 소리가 퍽 마음에 들었다. 화려하고 맛있는 느낌이 들었던 것이다.

거기까지 가는 데 생각보다 시간이 많이 걸렸고 날도 무척 더웠다. 나는 앨프리다가 점심 식사에 초대하면서 고향 집에서 먹는 것 같은 일요일 만찬을 준비할 거라고는 생각하지 않았다. 그러나 계단에 들어서자 구운 고기와 야채 냄새가 풍겨왔다.

"길을 잃었는 줄 알았어. 경찰에 신고를 할까 망설이던 참이지 뭐냐." 앨프리다가 위쪽에서 소리쳤다.

늘 입던 여름용 치마 대신 그녀는 목에 레이스를 단 핑크색 블라우스에 갈색 주름치마를 입고 있었다. 느슨하게 말아 올리곤 했던 머리는 짧게 잘라 옆으로 곱슬거리게 풀어두었다. 워낙은 짙은 갈색 머리였는데 지금은 아주 짙은 붉은색으로 염색하고 있었다. 햇빛에 그을린 마른 얼굴을 기억하고 있었는데 살이 붙어서 동그스름해진 얼굴 아래로 살이 좀 처져 있었다. 오후 햇살 속에서 그녀의 화장이 피부 위에 덧바른 오렌지 핑크색 페인트처럼 보였다.

그러나 가장 큰 변화는 틀니였다. 입을 꽉 채운 것 같은, 가지런하고 똑같은 색의 그 이들은 철없는 아이 같던 그녀의 예전 표정에 근심스러운 표정을 희미하게 더해 주고 있었다.

"아, 살이 좀 찐 거 아냐? 아주 말라깽이였는데." 그녀가 얘기했다.

사실 그랬다. 그렇지만 그 말을 듣기는 싫었다. 기숙사의 다른 여자애들처럼 나도 집 음식을 흉내 낸 크래프트 사의 반조리 식품이나 잼을 바른 쿠키 같은 싸구려 음식들을 먹고 살았다. 나에 관한 거라면 뭐든 가리지 않고 무조건 좋아하는 남자 친구는 자신은 체격 좋은 여자들이 좋다면서 나를 보면 여배우 제인 러셀이 생각난다고 말하기도 했다. 그이가 그런 말을 하는 건 상관없었지만 대개의 경우 나는 사람들이 내 외모에 대해 이러쿵저러쿵하는 것을 무척 싫어했다. 내 인생에서 이제 전혀 중요하지 않은 앨프리다 같은 사람이 그런 말을 하는 경우에는 더 말할 것도 없었다. 그런 사람들에게 나를 쳐다보거나 나에 대해 어떤 의견을 갖거나 하물며 그것을 말할 권리 같은 건 전혀 없다고 나는 믿고 있었다.

앨프리다의 집은 폭이 좁고 앞뒤로 길었다. 거실 천장은 양쪽으로 기울어 있었고 창문에서는 거리를 내다볼 수 있었다. 복도처럼 긴 식당에는 창문이 전혀 없었는데 대신 천장에 창이 달린 침실이 양쪽에 연이어 있었다. 부엌과 화장실에도 창문이 없어서 알록달록한 방문 위 유리를 통해서만 대낮의 빛이 들어왔다. 집 뒤쪽 베란다의 유리창 아래에는 일광욕용 의자가 놓여 있었다.

천장이 경사진 탓에 방들이 마치 임시로 잠깐 침실로 사용하고 있을 뿐인 다른 용도의 공간처럼 보였다. 그렇지만 곳곳에 테이블이며, 부엌용 식탁 세트, 거실 소파와 안락의자 등을 포함해 좀 더 크고 제대로 된 집에나 어울릴 법한 가구들이 잔뜩 들어차 있었다. 식탁 위의 장식용 테이블보와 소파나 의자 팔걸이, 등받이에 걸어둔 수놓은 흰색 천, 창문의 하늘거리는 속 커튼과 그 가장자리에 걸린 커다란 꽃무늬 주름 커튼, 나는 이런 것들은 고모들 집에나 있는 거라고 생각해 왔다. 게다가 식당 벽에는 (침실이나 화장실이 아니라 식당에 말이다.) 온통 분홍색 새틴 리본으로 장식된 부푼 치마를 입은 소녀의 실루엣을 담은 그림이 걸려 있기도 했다.

부엌에서 거실로 이어지는 복도와 식당 바닥에는 울퉁불퉁한 리놀륨 바닥재가 깔려 있었다.

앨프리다는 내가 무슨 생각을 하는지 짐작한 것 같았다.

"가구가 너무 많지. 나도 알아. 그렇지만 이건 부모님 물건들이야. 엄마의 가구들이지. 그래서 버릴 수가 없어."

나는 한 번도 그녀에게 부모님이 있다고 생각해 본 적이 없었다. 그녀의 어머니는 오래전에 돌아가셨고 이모인 우리 할머니가 그녀를 길렀다.

"우리 아빠랑 엄마 살림살이들이야. 아빠가 돌아가셨을 때 네 할머니가 그걸 맡아서 보관했어. 할머니는 내가 커서 이걸 받아야 한다고 생각했거든. 거절할 수가 없었어. 할머니가 이것 때문에 좀 애를 먹었어야지." 앨프리다가 말했다.

이제 생각이 났다. 앨프리다에 대해 내가 잊고 있었던 이야기가 말이다. 그녀의 아버지는 재혼을 했다. 농장을 떠나 철도 회사에 새 직장을 얻고 또다시 애들을 낳았다. 앨프리다의 가족은 이곳저곳으로 이사를 다녔다. 앨프리다는 가끔 집에 애들이 얼마나 바글거렸는지, 자기들이 얼마나 몰려다니며 놀았는지, 이사는 또 얼마나 자주 다녔는지에 대해 장난스럽게 이야기해 주기도 했다.

"이리 와서 빌에게 인사하렴." 앨프리다가 말했다.

빌은 부르기를 기다렸다는 듯 햇빛이 드는 베란다에서 낮잠용 침대로 쓸 법한 체크무늬 갈색 담요를 덮은 나지막한 카우치에 앉아 있었다. 담요가 구겨진 것으로 보아 좀 전까지도 누워 있었던 것 같았다. 창문의 블라인드는 창틀까지 모두 내려져 있었다. 방의 조명이나 빗물 얼룩이 진 노란색 블라인드 사이로 들어오는 뜨거운 햇살, 구겨진 거친 담요와 눌린 쿠션, 심지어 담요의 냄새나 본래의 형태와 모양이 사라진 지 오래인 낡은 남성용 슬리퍼까지 모두 고모들의 집을 연상시켰다. 식탁 장식보와 방 안의 번쩍거리는 가구들, 리본을 맨 소녀의 그림이 그랬던 것 못지않게 말이다. 고모부들의 방처럼, 그것은 여성적 공간의 이면, 은밀하지만 완고한 체취와 수줍으면서도 고집스러운 분위기를 풍기는 남자들의 남루한 은신처였다.

그렇지만 고모부들과는 달리 빌은 일어서서 나에게 악수를 청했다. 고모부들은 처음 보는 여자, 혹은 그 어떤 여자에게도 결코 악수를 청하지는 않았을 것이다. 그들이 특별히 무례해서 그런 것은 아니었다. 단지 별스럽게 보이는 것을 무서워할 뿐이었다.

빌은 윤기 나는 잿빛 곱슬머리에 매끈하긴 하지만 젊어 보이지는 않는 얼굴의 키 큰 남자였다. 잘생기긴 했지만, 그런 외모가 지녔을 법한 힘은 이미 모두 사라지고 없었다. 그저 그런 건강 상태 때문인지, 불행을 겪은 탓인지 아니면 활기를 잃은 탓인지는 알 수 없었지만 말이다. 그러나 그는 여전히 여자에게 자신을 낮추는 낡은 예법을 지키고 있었다. 그런 사람과의 만남은 여자에게나 남자에게나 대체로 즐거운 법이다.

앨프리다는 창 없는 식당으로 우리를 안내했다. 밝은 한낮인데도 방에 불을 켜고 있었다. 식사는 한참 전에 준비된 것 같았다. 내가 늦는 바람에 그들이 여느 때보다 늦은 식사를 한다는 걸 눈치 챌 수 있었다. 빌이 구운 닭고기와 드레싱을 덜어 주었고 앨프리다는 접시 위에 야채를 담아 주었다. 앨프리다가 빌에게 말했다. "여보, 접시 옆에 있는 걸 좀 쓰지그래요." 그러자 빌은 그제야 생각났다는 듯 냅킨을 집어 들었다.

빌과 나는 말할 것이 별로 없었다. 그는 때로 그레이비소스를 권하거나 겨자 소스 혹은 소금, 후추 따위가 필요한지를 묻기도 하면서 나와 앨프리다를 번갈아 바라보며 우리의 대화를 따라오고 있었다. 가끔씩 이해하거나 동의한다는 듯 이 사이로 작은 소리를 내는 일도 있었다. 처음에는 뭔가 말을 꺼내려고 그러는 줄 알았는데 정작 아무 말도 이어지지 않았고 앨프리다 역시 그를 기다리느라고 자기 말을 멈추는 일은 없었다. 나는 전에 알코올중독 재활치료자들이 그와 비슷한 행동을 하는 것을 본 적이 있었다. 완전히 다른 데에 넋이 빠진 그들은 온순하게 동의의 소리를 내는 것 이외에 전혀 다른 행동을 하지 못했다. 빌 역시 그랬는지는 알 수 없지만 그에게는 분명 시련과 패배의 흔적들이 남아 있었고, 그로부터 교훈을 얻은 흔적 역시 남아 있었다. 다른 한편으로는 운이 좋거나 나쁘거나 하는 것에 별로 개의치 않는 무심한 기질 같은 것이 엿보이기도 했다.

야채는 냉동 콩과 당근이라고 앨프리다가 말했다. 아직 냉동야채가 흔하지 않던 시절이었다.

"캔에 든 것보다 나아. 거의 신선한 야채와 똑같거든." 그녀가 말했다.

그러자 빌이 처음으로 제대로 말을 하기 시작했다. 그는 냉동야채가 신선한 것보다 오히려 더 낫다고, 색이나 맛, 모든 면에서 월등하다고 이야기했다. 그는 또한 냉동 기술이 지금까지 성취한 것들과 앞으로 성취할 것들이 실로 주목할 만하다고 이야기하기도 했다.

앨프리다가 웃으며 몸을 앞으로 기울였다. 처음으로 걸음마를 하거나 비틀거리며 막 자전거를 배우기 시작하는 아이를 지켜보는 엄마처럼 그녀는 거의 숨을 멈춘 채로 그를 바라보고 있었다.

그는 또한 닭에게 주사하는 약물이며 예외 없이 통통하고 육질이 좋은 닭을 생산하는 법에 대해서도 이야기했다. 그 기술을 사용하면 더 이상 품질 나쁜 닭을 사게 될까 걱정할 일은 없다고 했다.

"빌은 화학을 전공했어." 앨프리다가 말했다.

그러나 뭐라고 대답할 말은 없었다. 그녀가 다시 말했다. "구더함에서 일했단다."

그러나 여전히 할 말이 없었다.

"증류 회사 말야. 구더함 위스키."

무례하거나 재미가 없어서 대답을 안 한 건 아니었다.(최소한 당시 내가 워낙 그랬던 것 이상으로 무례하거나, 각오했던 것보다 더 지루하다고 느낀 것은 아니었다.) 나는 그저 수줍음 많은 남자를 대화에 끌어들이고 그가 추상적인 생각에서 벗어나도록 할 만한 질문들, 남자로서의 권위, 가장으로서의 권위를 회복하도록 도울 만한 흥미로운 질문들을 던져야 한다는 사실을 전혀 몰랐을 뿐이었다. 나는 앨프리다가 왜 그렇게 맹렬하게 격려하는 미소를 띠고 그를 바라보는지 이해할 수 없었다. 한참이 지난 후에야 나는 경험을 통해 여자들이 그런 표정으로 남자가 말하는 것을 듣고 있을 때의 심정에 대해 알게 되었다. 다른 사람 앞에서 자신의 남자가 스스로를 입증하기를, 그가 자신이 당당하게 자랑할 만한 사람이라는 것을 보여 주기를 바라고 또 바라면서. 그러나 그때까지 내가 알던 커플이라곤 고모와 고모부 그리고 엄마와 아버지가 전부였는데, 이들의 관계는 형식적이고 무심하며 상대방을 별로 개의치 않는 그런 종류였기 때문에 당시의 나는 아직 그런 미묘한 기대에 대해 알지 못했다.

빌은 자신의 전공과 직업을 설명하는 앨프리다의 말을 듣지 못한 것처럼 식사를 계속했다. 앨프리다는 내게 학교에 대해 물었다. 그녀는 여전히 미소 짓고 있었지만 그 미소는 좀 전의 것과 달랐다. 거기에는 희미한 불쾌감과 초조함이 실려 있었다. 그녀는 빨리 내 말이 끝나서 "나라면 백만 달러를 줘도 그런 걸 읽지는 않을 거야."라고 대꾸할 수 있기만을 기다리는 것 같았다. 실제로도 그렇게 말했지만 말이다.

"세상 사는 거 참 쉽지 않지. 신문 하단에 가끔 그 과정을 다 마친 사람들 기사가 실리거든. 영문학 박사니, 철학 박사니 하면서. 그 사람들이 어떻게 되는지 모를 거야. 그런 글로는 한 푼도 못 버는 신세가 되거든. 전에 말한 적 있죠, 그죠?" 그녀가 빌에게 물었다. 빌은 그녀를 쳐다보며 의무감 섞인 미소를 지었다.

그녀가 화제를 돌렸다.

"시간 날 때는 뭘 하니?" 그녀가 물었다.

그즈음 토론토에서는 〈욕망이라는 이름의 전차〉가 상연되고 있었다. 나는 앨프리다에게 친구들과 기차를 타고 그걸 보러 갔었다고 말했다.

앨프리다는 포크와 나이프를 소리 나게 접시에 내려놓으면서 말했다.

"세상에, 그런 저질을." 그녀가 혐오감을 담은 얼굴을 내 쪽으로 돌리며 외쳤다. 그러고 나서 좀 더 차분하게 그러나 여전히 뚜렷한 거부감을 담아 말을 이었다.

"그런 저질을 보려고 *토론토까지 그 먼 길을* 갔단 말이니."

디저트를 다 먹고 나자 빌은 틈을 보아 먼저 일어서도 될지를 물었다. 먼저 앨프리다에게 묻고 그다음엔 가볍게 허리를 굽히며 내게도 물어보았다. 그가 베란다 안락의자로 돌아간 후 곧 그의 파이프 담배 연기 냄새가 부엌으로 풍겨왔다. 앨프리다는 그의 뒷모습을 지켜보고 있었다. 이제 나와 그 연극에 대해서는 다 잊은 것만 같았다. 얼굴에 서린 근심 어린 다정함을 보면서 나는 그녀가 곧 그를 따라 나갈 거라고 생각했다. 그러나 그녀는 자기 담배를 꺼내 들었다.

그녀가 담뱃갑을 내밀자 나는 하나를 집어 들었다. 그녀는 의도적으로 명랑함을 가장하며 "내가 가르친 나쁜 버릇을 아직도 안 고쳤구나." 하고 말했다. 내가 더 이상 어린애가 아니며 마지못해 방문했다는 것, 나와 싸워서 좋을 것이 없고 내가 그녀와 논쟁을 벌이지도 않을 거라는 걸 깨달은 것 같았다. 나로서는 앨프리다가 테네시 윌리엄스의 연극을 어떻게 생각하든, 아니 그녀가 다른 무엇에 대해 어떻게 생각하든 아무런 상관이 없었다.

"네가 알아서 하겠지. 가고 싶은 곳엔 가봐야지. 어쨌거나 곧 결혼한 여자가 될 테니까." 그녀는 덧붙였다.

그녀의 말은 '이제 네가 성인이라는 걸 인정해야겠구나.'라는 뜻인 것 같기도 했고 '너도 곧 구속된 삶을 살 수밖에 없을 거야.'라는 뜻인 것 같기도 했다.

우리는 일어서서 접시를 치우기 시작했다. 부엌용 테이블과 선반, 냉장고 사이의 좁은 공간에서 함께 일하는 동안 우리는 별다른 말 없이도 조화롭고 질서 있게 움직이기 시작했다. 음식 찌꺼기들을 긁어모으고, 남은 음식은 작은 용기에 담고 싱크대에 더운물을 받아 세제를 풀고, 사용하지 않은 수저들을 모아 부엌 찬장의 서랍장에 다시 넣으면서. 우리는 재떨이를 부엌으로 가져와 일하는 중간 중간 잠시 숨을 돌릴 겸, 사무적인 자세로 담배를 꺼내 물곤 했다. 여자들이 이런 식으로 함께 일할 때면 서로 동의하거나 동의하지 못하는 일들이 생기곤 한다. 이를 테면 담배를 피워도 되는지 아니면 설거지한 접시에 담뱃재가 묻을 수도 있으니까 그러지 않는 것이 나을지, 사용하지 않은 접시들도 식탁에 놓았던 것이라면 다 씻어야 할지 아니면 그냥 다시 넣어도 될지 같은 문제들이 그런 것들이다. 앨프리다와 나는 이런 문제들에 같은 의견을 가지고 있었다. 설거지를 마치고 나면 이 집을 떠날 수 있다는 생각에 나 역시 좀 더 여유 있고 관대해졌다. 나는 이미 오후에 친구와 약속이 있다고 말해 두었던 것이다.

"접시들이 예쁘네요." 내가 말했다. 가장자리에 푸른 꽃문양을 새긴 노란빛 도는 크림색 접시였다.

"엄마가 혼수로 해온 접시들이야. 이것도 할머니가 나를 위해 챙겨둔 거야. 할머니는 우리 엄마 접시들을 잘 싸서 내가 쓸 수 있을 때까지 보관해 두셨어. 지니는 이런 그릇들이 있는 줄도 몰랐지. 그 바글바글한 집구석에 있었다면 이 그릇들은 남아나지도 못했을 거야." 앨프리다가 말했다.

지니. 바글바글한 집. 그녀의 새엄마와 이복형제들 이야기였다.

"그 이야기 알지? 우리 엄마가 어떻게 돌아가셨는지. 그 이야기 들었지?" 그녀가 물었다.

물론 알고 있었다. 앨프리다의 엄마는 램프 폭발 사고에 의한 화상으로 죽었다. 고모와 엄마는 이 일을 반복해서 말하곤 했다. 그 사고를 언급하지 않고 앨프리다의 엄마나 아빠, 또 그녀에 대해 이야기를 하는 적은 거의 없었다. 그 사고 때문에 앨프리다의 아버지가 농장을 떠났다고 했다.(그리고 경제적으로도, 도덕적으로도 점점 더 나쁜 길로 접어들었다고도 했다.) 그 사고 이후 사람들은 석유를 다룰 때 아주 조심하게 되었고, 값이 좀 비싸더라도 전기가 들어오는 것을 고맙게 여겼다고도 했다. 어린 앨프리다에게는 너무 끔찍한 일이었고, 그 여파가 지금까지 계속된다는 말들도 있었다. (그 이후 그녀가 한 모든 일들이 그 사고의 영향이라는 것이다.)

폭풍이 아니었으면 그런 대낮에 램프에 불을 붙일 생각은 안 했을 텐데.

그 애 엄마는 그날 밤과 그다음 날, 그리고 또 그다음 날까지 살아 있었지. 차라리 일찍 죽는 편이 훨씬 나았을 텐데.

그 일이 있고 나서 딱 일 년 후에 이 마을에도 전기가 들어와서 더이상 석유램프를 쓸 일은 없어졌지.

어떤 일에도 비슷한 의견을 내는 일이 거의 없는 엄마와 고모들이 이 이야기에 대해서만은 비슷한 감정을 공유하는 것 같았다. 앨프리다의 엄마 이름을 말하는 그들의 목소리에는 똑같은 생각이 깔려 있었다. 그들에게 이 이야기는 마치 일가의 무시무시한 보물인 것만 같았다. 그들 일가를 다른 사람들과 구분해 주는, 결코 잊을 수 없는 그런 사연 말이다. 이야기를 듣고 있으면 언제나 끔찍하고 무서운 것을 재미 삼아 슬쩍 찔러보는 사람들 사이의 추잡스러운 공모를 감지할 수 있었다. 그 목소리를 듣고 있으면 마치 창자 속에 벌레가 스멀스멀 기어가는 것 같기도 했다.

내 경험상 남자들은 이런 짓을 하지 않았다. 그들은 끔찍한 사건을 가능하면 빨리 잊어버리고 다 끝난 일을 다시 말하거나 떠올리는 것은 아무짝에도 쓸모없는 일이라고 생각하는 경향이 있었다. 굳이 다른 사람이나 자신에게 그 일을 상기시켜 마음을 뒤흔들고 싶지 않은 것이다.

앨프리다가 이런 말을 하다니, 남자 친구를 데려오지 않길 잘했다는 생각이 들었다. 덕분에 그이가 앨프리다의 엄마에 대해, 다른 무엇보다 엄마나 다른 친척들, 우리 가족의 가난에 대해 듣지 않게 되었으니 말이다. 그 사람은 오페라와 로렌스 올리비에의 「햄릿」을 좋아했지만 일상의 이런 초라한 비극을 위한 여유는 갖고 있지 않았다. 그의 부모님은 훌륭한 외모에 건강하고 돈도 많았다. (물론 그는 자기 부모님이 지루하다고 말하곤 했지만.) 그는 유복하고 행복한 환경 바깥의 사람들을 알 필요가 전혀 없는 삶을 살았음에 틀림없었다. 삶의 실패들, 불운이나 질병, 경제적인 좌절 같은 것은 모두 그와는 무관한 일들이었다. 나에 대한 그의 확고한 애정이 내 불우한 가족사에까지 확대될 것 같지는 않았다.

"병원에서는 엄마를 보게 해주지 않았단다." 그러나 앨프리다는 단조로운 목소리로, 최소한 어떤 엄숙함이나 천박한 흥분이 담겨 있지 않은 목소리로 말했다. "아마 내가 그 사람들이었대도 날 들여보내지는 않았을 거야. 엄마가 어떤 상태에 있을지는 생각도 못했어. 아마 미라처럼 붕대에 싸여 있었겠지. 만약 안 그랬더라도 그렇게 하는 것이 옳았겠지. 그 일이 일어났을 때 나는 집이 아니라 학교에 있었어. 날이 어두워져서 선생님이 불을 켰지. 학교에는 전기가 들어왔거든. 우리 모두 폭풍이 지나가길 기다리고 있었어. 잠시 후에 릴리 이모가, 막내 할머니 말야, 와서 나를 이모 집으로 데리고 갔어. 그 후로 다시는 엄마를 보지 못했단다."

나는 그녀가 말을 끝냈다고 생각했다. 그러나 잠시 후 그녀는 마치 나를 웃기려고 작정이라도 한 듯 조금 더 밝은 목소리로 말을 계속했다.

"나는 귀청이 떨어져 나가도록 소리 지르고 또 소리 질렀지. 엄마를 봐야겠다고. 나는 포기하지 않았어. 아무도 내 입을 막을 수 없었단다. 그때 네 할머니가 내게 말했어. '보지 않는 것이 나아. 지금 엄마 얼굴이 어떤지 모르지? 그런 모습으로 엄마를 기억하고 싶진 않을 거야.' 근데 내가 뭐라고 대답했는 줄 아니? 내가 한 말이 기억나는구나. 난 '하지만 엄마는 날 보고 싶을지 모르잖아요.'라고 대답했단다. *엄마가 나를 보고 싶어 할지도 모르잖아요.*"

그러고 나서 그녀는 정말로 웃음을 터뜨렸다. 아니면 짐짓 물러서는 듯 조롱 섞인 콧소리였던지.

"내가 예쁘고 큰 치즈라도 된다고 생각했던 걸까. *엄마가 나를 보고 싶어 할지도 모르잖아요*라니."

이건 한 번도 들어본 적이 없는 이야기였다.

그 말을 들은 순간 뭔가가 일어났다. 머릿속에서 이 말을 낚아채기 위해 탁 하고 덫이 내려진 것만 같았다. 내가 이 말들을 어디에 쓰려고 하는 것인지는 정확히 알 수 없었다. 그저 그 말들이 나를 꽉 조였다가 바로 풀어주면서 오직 나에게만 존재하는 어떤 공기를 호흡하게 했다는 사실을 느낄 수 있었다.

엄마가 날 보고 싶어 할지도 모르잖아요.

이 말을 처음 한 사람이 누구였는지가 더 이상 별로 중요하지 않게 여겨지던 한참 뒤의 언젠가 나는 내 이야기 속에서 이 말을 써먹었다.

나는 앨프리다에게 고맙다고, 이제 가봐야겠다고 말했다. 앨프리다는 빌에게 인사하라고 부르러 갔다가는 돌아와서 *그가 잠들었다고 말했다.*

"일어나면 땅을 치고 후회할 거야. 너와 대화하는 걸 무척 좋아했는데." 그녀가 말했다.

앨프리다는 앞치마를 벗고 바깥 계단까지 나를 따라 내려왔다.

계단 끝에는 보도로 이어지는 자갈길이 있었다. 발밑에서 자갈 부딪치는 소리가 났다. 얇은 창을 덧댄 실내화를 신은 그녀가 비틀거렸다.

"아이쿠, 이런," 그녀가 내 어깨를 붙잡으면서 말했다.

"아빠는 요즘 어떠시니?" 그녀가 물었다.

"잘 지내요."

"아빤 일을 너무 많이 해."

"어쩔 수 없잖아요." 내가 대답했다.

"그래, 안다. 엄마는?"

"그냥 그래요."

그녀가 가게 창 쪽으로 돌아섰다.

"도대체 이런 걸 살 사람이 누가 있겠니. 저기 저 벌꿀 병 좀 봐라. 네 아빠랑 나는 저거랑 똑같은 병에 점심을 담아 학교에 들고 다녔어."

"나도 그랬어요." 내가 대답했다.

"너도?" 그녀가 나를 움켜잡았다. "가족들한테 안부 전해 줘, 그렇게 해줄 거지?"

아버지의 장례식에 앨프리다는 오지 않았다. 혹 나를 만나기 싫어서는 아니었을까 하는 생각이 들었다. 내가 알고 있는 한 그녀가 공개적으로 나를 비난한 일은 없었다. 적어도 아무도 그런 말을 들은 사람은 없었다. 그러나 아버지는 뭔가 알고 있었다. 아버지를 만나러 갔다가 앨프리다가 멀지 않은 곳의 할머니 집에 살고 있다는

172

이야기를 들은 적이 있었다. 결국 그녀가 그 집을 물려받았다는 것이다. 나는 그녀를 보러 가자고 말했다. 이혼을 한 후 다시 결혼하기 전이었는데, 구속에서 풀려나 아무나 만날 수 있다는 생각에 들떠 부산스럽게 사람들을 만나고 다니던 즈음이었던 것이다.

아버지는 "알지도 모르겠는데 앨프리다는 네게 좀 화가 나 있단다."라고 말했다.

그때 아버지는 그녀를 앨프리다라고 부르고 있었다. 그가 언제부터 그녀를 그렇게 부르기 시작했는지 기억할 수 없었다.

처음에는 뭐에 화가 났다는 것인지 전혀 알 수 없었다. 아버지가 몇 년 전에 출판된 내 소설에 대해 말했다. 이제는 그녀와 아무런 상관도 없는 것 같은 일에 그녀가 화를 낸다는 사실에 나는 놀라기도 했고, 어리둥절하기도 했으며 다소간 화가 나기도 했다.

"그건 앨프리다 이야기가 아니에요." 나는 아버지에게 말했다. "다 바꿨다고요. 앨프리다 생각은 하지도 않았어요. 그건 이야기 속 인물일 뿐이에요. 누구라도 그걸 알 수 있어요."

그러나 어쨌거나 그 이야기 속에도 램프 폭발 사고가 있었고 온몸을 붕대로 감은 엄마가 등장했으며 혼자 남겨진, 고집 센 아이가 있었다.

"글쎄." 아버지가 말했다. 아버지는 평소에 내가 작가가 된 것을 기쁘게 생각하셨지만 내 됨됨이에 대해서는 달리 좀 할 말이 있으신 것 같았다. 내가 개인적인, 그러니까 제멋대로의 이유를 들어 결혼 생활을 끝낸 것이나 지금처럼 나를 정당화하는 방식, 아빠가 실은 속으로 교활하다고 생각했을지도 모를 그런 태도들에 대해서 말이다. 그러나 아버지는 그런 말은 하지 않았다. 어쨌거나 이제 아빠가 개입할 수 있는 일들은 아니었다.

나는 아버지에게 앨프리다가 화난 것을 어떻게 알았는지 물어보았다.

"편지가 왔다." 아버지가 대답했다.

별로 멀리 살지도 않는데 편지라니. 나는 내 사려 깊지 못한 행동, 어쩌면 해서는 안 될 행동 때문에 아버지가 받아야 했던 비난에 대해 진심으로 미안함을 느꼈다. 그 때문에 아버지와 앨프리다 사이가 이렇게 형식적인 관계가 되고 만 것에 대해서도. 나는 아버지가 어떻게 대응했는지 알고 싶었다. 내 글을 변호하기 위해 다른 이들에게 그랬던 것처럼 앨프리다에게도 변명을 해야겠다고 생각하셨을까? 쉽지 않은 일이겠지만 지금의 아버지는 그렇게 하실 것 같았다. 불편한 심기로 나를 방어하느라고 아버지는 어쩌면 심한 말을 해버리셨는지도 몰랐다.

아버지는 나 때문에 특별한 어려움들을 견디고 계셨던 것이다.

집에 갈 때마다 부딪치는 어려움이 하나 있었다. 거기에서는 내 인생을 내가 아닌 다른 사람의 시선으로 바라보게 되었던 것이다. 거기서는 내 삶이 계속해서 늘어나는 철조망 같은 말 다발로 보였다. 꼬이고 비틀려서 사람들을 당황하게 만드는. 음식과 꽃, 손뜨개질된 옷 등을 포함해 살림하는 여자들이 생산해 낸 그 모든 풍요를 적대시하는 가시 돋친 내 말 뭉치들. 내 말들이 과연 이런 문제를 감수할 만한 값어치가 있기나 한 것인지 정말이지 알 수 없었다.

나야 그걸 감수한다고 하지만, 다른 사람들에게까지 그걸 감수

하라고 해야 할 것인지는 더욱더.

아버지는 앨프리다가 지금은 혼자 산다고 말했다. 나는 빌에게 무슨 일이 있었는지 물어보았다. 아버지는 그 일들이 자기 소관 밖의 일이며 잘 알지도 못한다고 먼저 못을 박았다. 그리고 누군가 강제로 그를 데리고 간 것 같다고 말했다.

"빌을요? 왜요? 누가요?"

"글쎄, 부인이 있었던 것 같더라."

"앨프리다 집에서 한 번 본 적이 있어요. 그 사람 맘에 들었는데."

"그랬던 것 같더라. 여자들이 특히."

아버지와 앨프리다의 소원해진 관계가 나와는 상관없는 일일 수도 있다는 생각은 왜 하지 못했을까. 새어머니는 아버지를 다른 종류의 삶으로 인도했다. 그들은 함께 볼링이나 컬링을 하러 다녔고 정기적으로 다른 부부들과 함께 팀호튼*에 가 커피와 도넛을 즐겼다. 새어머니는 아빠와 결혼하기 전 오랫동안 과부로 지냈는데 그때 사귄 숱한 친구들이 이제 모두 아버지의 새 친구들이 되었다. 아버지와 앨프리다는 사실 새로운 관계가 생기고 이전의 관계들이 소원해지면서 자연스레 멀어진 것인지도 몰랐다. 내 삶에서도 흔히 일어나는 그런 일처럼. 물론 나는 나이 든 사람들, 특히 고향 사람들에게도 그런 일들이 있을 거라고는 생각하지 못했지만 말이다.

---

* 캐나다의 유명한 도넛 체인점.

아버지는 새어머니가 돌아가시고 얼마 안 되어 돌아가셨다. 짧고 행복했던 결혼 생활 후, 그들 각각은 보다 문제가 많았던 처음 배우자 옆에 따로따로 묻혔다. 아직 두 분이 모두 살아계실 때, 앨프리다는 다시 도시로 이사를 갔다. 집은 팔지 않고 그냥 자기만 떠나버렸다. 아버지는 편지로 내게 말했다.

"일 처리를 그렇게 하다니 참 납득할 수가 없구나."

아버지의 장례식에는 사람들이 많이 왔다. 내가 모르는 사람들도 많이 있었다. 한 여자가 묘지의 잔디밭을 가로질러 나에게 다가왔다. 처음에는 새어머니의 친구인 줄 알았다. 그러나 그녀는 고작해야 나보다 서너 살 정도 많아 보였다. 땅딸막한 체구에 잿빛 도는 금발의 곱슬머리를 머리 위로 틀어 올리고 꽃무늬 윗옷까지 입어서 나이가 많아 보일 뿐이었다.

"사진을 본 적이 있어서 알아보았죠." 그녀가 말했다. "앨프리다는 항상 당신 자랑을 하곤 했어요."

"앨프리다가 아직 살아 있나요?" 내가 물었다.

"아, 그럼요." 그녀가 대답했다. 그리고 내게 그녀가 지금 토론토 북쪽의 요양소에 있다고 말해 주었다.

"가까이서 보살피려고 그리로 데려갔어요."

이제 그녀가 나와 같은 세대 사람이라는 것을 목소리로도 분명하게 알 수 있었다. 잠시 후 그녀가 앨프리다의 배다른 여동생, 그녀가 다 큰 다음에 태어난 여동생 중 하나일지 모르겠다는 생각이 들었다.

그녀는 나에게 자기 이름을 말했다. 물론 앨프리다와 성이 달랐다. 아마 결혼한 여자겠지. 앨프리다는 한 번도 자신의 새 가족들을 이름으로 부른 적이 없었다.

나는 앨프리다의 상태를 물었다. 그녀는 앨프리다의 시력이 너무 나빠져서 이제 거의 완전한 장님이나 다름없다고 말했다. 게다가 신장 상태도 무척 좋지 않아서 일주일에 두 번씩 투석을 받아야 한다고 했다.

"다른 건 뭐 궁금한 거 없나요?" 이렇게 말하고 그녀는 웃었다. 그래 동생이다. 나는 생각했다. 그녀의 웃는 모습이 분별없이 웃음을 터뜨리던 앨프리다와 비슷했기 때문이었다.

"그래서 여행을 다니기가 힘들어요. 아니면 함께 왔을 텐데요. 그녀는 아직 여기 신문을 받아 봐요. 내가 가끔 그녀에게 그걸 읽어 주죠. 거기서 아버지 부고를 읽었어요." 그녀가 말했다.

나는 충동적으로 호들갑스럽게 요양소로 그녀를 만나러 가도 될지 물어보았다. 때가 되어서 돌아가신 아버지의 장례식이 마음에 불러일으킨 따뜻함, 안도, 화해의 감정이 나를 부추겼던 것이다. 그러나 실제로 그렇게 하기는 어려울 터였다. 남편(두 번째 남편)과 나는 이틀 뒤에 이미 한 번 미루었던 휴가를 보내기 위해 유럽행 비행기를 타야 했던 것이다.

"가서 좋은 게 있을지 잘 모르겠어요. 좋은 시절도 있었겠지만, 지금 그녀는 힘든 시기를 보내고 있거든요. 당신은 상상도 못할 거예요. 어떨 때는 그녀가 연극을 하는 것 같은 생각도 들어요. 일테면 종일 한자리에 앉아 누가 말을 걸든 간에 '아직도 건강하고 사랑할 준비가 되어 있지.'라고 계속해서 같은 말을 반복하는 거예요. *아직도 건강하고 사랑할 준비가 되어 있지.* 계속해서 그 말을 듣고 있으면 미칠 것 같은 생각이 들어요. 그러다가 또 어떤 날은 멀쩡하게 대답을 하기도 하고요." 그녀가 말했다.

또 한 번 그녀의 목소리와 웃음. 이번에는 반쯤 가라앉은 그 웃음이 앨프리다를 떠올리게 했다. 나는 "전에 뵌 적이 있는 것 같아요. 언젠가 앨프리다의 아버지와 새엄마 되시는 분이 집에 들렀을 때였던지, 아니면 앨프리다의 아버지가 애들만 데리고 왔을 때 그때⋯⋯."

"아, 그건 내가 아니에요. 내가 앨프리다의 여동생이라고 생각했군요. 맙소사, 그렇게나 늙어 보이다니." 그녀가 대답했다.

나는 그녀를 잘 볼 수 없었다고 해명할 생각이었다. 사실 거짓말이 아니었다. 시월의 이울어지는 오후 햇살이 곧바로 눈에 비치는 데다 그녀가 해를 등지고 서 있어서 그녀의 특징이나 표정을 알아보기 어려웠던 것이다.

"앨프리다는 제 친엄마예요." 신경이 좀 곤두선 듯 의미심장하게 어깨를 으쓱이며 그녀가 말했다.

엄마, 엄마라고.

그러고 나서 그녀는 그리 길지 않은 이야기를 하나 들려주었다. 아마도 홀로 직면해야 했던 인생의 가장 큰 사건에 대해 그녀는 같은 이야기를 이미 여러 번 반복했던 게 틀림없었다. 그녀는 온타리오 동부의 한 가족에게 입양되었다고 했다. 그들이 그녀가 아는 유일한 가족이었다.("그리고 나는 진심으로 그들을 사랑해요.") 그녀는 결혼을 했고 아이들도 낳았다. 아이들이 다 자랐을 무렵 그녀는 자신의 생모를 찾아야겠다고 결심했다. 그러나 자료가 공개되지 않았고 앨프리다가 철저히 비밀을 유지했기 때문에("그녀는 나를 가졌다는 사실을 완벽하게 숨겼답니다.") 그녀를 찾는 것은 쉬운 일이 아니었다. 그러나 몇 년 전 그녀는 마침내 생모를 찾는 데 성공했다.

"아주 때맞춰서 찾은 셈이에요. 그러니까 누군가 돌볼 사람이 필요했거든요. 지금의 나처럼요."

"전혀 몰랐어요." 내가 대답했다.

"그랬겠죠. 그즈음에는 아는 사람이 거의 없었어요. 이 일을 처음 시작했을 때 사람들이 경고했죠. 그녀에게 충격을 줄 수 있다고요. 나이 든 사람에게 그건 너무 무거운 짐이라면서요. 그렇지만 그녀는 별로 신경 쓰는 것 같지 않았어요. 더 빨리 만났다면 또 어땠을지 모르죠."

그녀의 말투에서 승리감 같은 걸 느낄 수 있었다. 이해하기 어려운 일은 아니었다. 상대방을 휘청하게 할 만한 이야깃거리를 가진 사람이 실제로 그 이야기를 내뱉고 나서, 그 결과 상대방이 느낀 충격을 확인할 때면 언제나 달콤한 권력을 느끼게 마련인 것이다. 이 경우에는 그 결과가 너무 완벽해서 그녀는 뭔가 변명이라도 좀 하고 싶어진 것 같았다.

"아버지 일로 낙담이 크실 텐데 제 이야기만 해서 죄송해요."

나는 감사하다고 답례했다.

"앨프리다는 전에 당신 아버지와 그녀가 어느 날 학교에서 집까지 걸어갔던 이야기를 해준 적이 있어요. 그때는 고등학생이었다고 했죠. 처음부터 죽 같이 갈 수는 없었대요. 알잖아요, 그때는 남자 여자가 그렇게 함께 다니면 아주 놀림을 받곤 했으니까요. 그래서 당신 아버지가 먼저 나가면 큰길로 이어지는 길 끝에 서서 그녀를 기다리고 앨프리다가 먼저 나가면 역시 똑같은 곳에서 그를 기다렸죠. 어느 날 그들은 함께 걷다가 종소리가 울리는 것을 들었대요. 그 종소리가 뭐였는 줄 알아요? 1차 세계대전의 종전을 알리는 소리였어요."

나도 역시 그 이야기를 들은 적이 있다고 대답했다.

"그렇지만 두 분 다 아이였을 거라고 생각했어요."

"어린애들이면 학교에서 집까지 그렇게 걸어올 수가 없었겠죠."

나는 그들이 들판에서 놀고 있었다는 줄 알았다고 이야기했다.

"아버지가 기르던 개도 함께 있었다고 했거든요. 이름이 마크였죠."

"어쩌면 정말 개가 함께 있었는지도 모르죠. 하지만 개가 두 분을 마중 나간 건지도 모르잖아요. 어쨌거나 그녀가 헷갈려서 잘못 말한 거라고는 생각지 않아요. 그녀는 당신 아버지에 대한 것이라면 뭐든 아주 잘 기억하고 있었거든요."

두 가지 사실이 마음에 떠올랐다. 우선 아버지가 1902년에 태어났고 앨프리다 역시 아버지와 비슷한 나이라는 점이었다. 그렇다면 들판에서 놀고 있었다기보다는 학교에서 집으로 걸어오고 있는 편이 훨씬 이치에 맞았다. 전에 한 번도 그런 생각을 해본 적이 없는 것이 이상했다. 어쩌면 그들이 말한 들판은 학교에서 집으로 오는 길 중간에 있는 들판이었을지도 모른다. 혹은 사실 둘 중 누구도 '놀고 있었다.'라고 말하지는 않았는지도.

또 하나의 자각은 내가 좀 전까지 그녀에게 느꼈던 악의 없는 태도 혹은 친절함이나 사과에 가까운 어떤 태도가 이제 그녀에게 더이상 남아 있지 않다는 사실이었다.

"말들이 와전되고 하니까요." 내가 말했다.

"그래요." 그녀가 대답했다. "사람들은 가끔 말을 바꾸기도 하죠. 앨프리다가 당신에 대해 뭐라고 했는지 알고 싶지 않아요?"

지금이었다. 이제 그때가 오고 있었다.

"뭐라고 했죠?"

"그녀는 당신이 영리하지만, 스스로 생각하는 것만큼 영리하지는 않다고 말했어요."

나는 햇빛을 등져 그늘진 그녀의 얼굴을 빤히 쳐다보았다.

영리하다, 너무 영리하다, 충분히 영리하지 않다.

"그게 전부인가요?" 나는 물었다.

"당신이 차가운 물고기 같은 인간이라고 말했죠. 이건 어디까지나 내 말이 아니라 그녀 말이에요. 나야 당신에게 나쁜 감정을 가질 일이 없잖아요."

앨프리다의 집에서 늦은 점심을 먹고 나온 그 일요일 오후, 나는 기숙사까지 다시 걸어가기 시작했다. 왕복으로 걸었으니 대충 16킬로미터는 걸은 셈이었다. 거기서 먹은 음식의 칼로리를 상쇄할 만한 거리였다. 나는 속이 거북할 정도로 배가 불렀다. 음식 때문만이 아니라 그 집에서 보고 느낀 모든 것들 때문이었다. 집을 가득 메운 낡은 가구들과 빌의 침묵, 진흙처럼 들러붙는 앨프리다의 부적절하고 가망 없는 사랑. 그녀의 나이를 생각하면 적어도 내 눈에는 그렇게 보였다.

한참 걷고 나자 속이 좀 가벼워지는 것 같았다. 나는 다음 날 하루 동안 아무것도 먹지 않겠다고 맹세했다. 작은 도시의 말끔한 직사각형 모양으로 난 거리를, 나는 북서쪽으로 북서쪽으로 계속해서 걸어갔다. 일요일 오후라서 큰길 이외에는 차가 거의 다니지 않았다. 때로는 내가 걷는 거리가 버스 노선과 몇 블록이나 일치하기도 했다. 두세 명의 사람들을 태운 버스가 나를 스쳐 지나가기도 했던 것 같다. 나도 그들을 모르고 그들도 나를 모르는 그런 사람들. 이 얼마나 큰 축복인가.

나는 거짓말을 했다. 친구를 만날 약속은 없었다. 친구들은 대부분 어디가 됐건 자기 집에 가 있었다. 남자 친구는 내일까지 돌아오지 않을 것이다. 오타와에서 돌아오는 길에 그는 코벅의 부모님을 방문할 계획이었다. 기숙사에는 아무도 없을 것이다. 대화를 나누거나 이야기를 들어주어야 할 그 누구도. 할 일도 전혀 없었다.

한 시간 이상을 걷고 나서야 문을 연 가게를 발견했다. 나는 들어가 커피를 한 잔 사 마셨다. 한 번 내렸다가 다시 데운 커피는 검고 써서 약 비슷한 맛이 났다. 딱 나한테 필요한 맛이었다. 마음은 이미 편안해져 있었지만, 이제는 행복감마저 느껴지기 시작했다. 혼자 있다는 사실이 주는 그런 행복감. 보도 위로 쏟아지는 늦은 오후의 뜨거운 햇살과 그 위로 흐릿한 그림자를 드리운, 이제 막 새잎이 돋아나는 가지들. 가게 뒤쪽에서 커피를 따라 준 직원이 듣고 있는 라디오의 야구 경기 중계가 들려왔다. 앨프리다에 대해 나중에 쓰게 될 이야기를 생각하고 있지는 않았다. 적어도 구체적으로 그런 생각을 한 것은 아니었다. 나는 앞으로 하고 싶은 일에 대해 생각하고 있었다. 그건 마치 이야기를 쓰는 일 못지않게 허공에서 뭔가를 움켜잡으려는 시도와도 같았다. 관중들의 외침이 슬픔으로 가득 찬 심장 박동처럼 내게 다가왔다. 인간의 소리가 아닌 것 같은, 기쁨이나 탄식의 소리들. 먼 곳에서 들려오는 그 사랑스러운, 형식적 소리의 파동들.

이것이야말로 내가 원했던 것, 내가 마음을 쏟아야만 한다고 생각했던 것, 내 삶이 바로 그런 것이 되기를 바랐던 것이었다.

위안

COMFORT

늦은 오후, 나나는 고등학교 코트에서 테니스를 치고 돌아오는 길이었다. 루이스가 학교를 그만둔 후 나나는 한동안 코트를 이용하지 않았다. 그러나 한 일 년 전쯤 친구 마거릿이 다시 학교 코트에서 테니스 경기를 하자고 그녀를 설득했다. 마거릿 역시 은퇴한 선생님이지만, 루이스와 달리 그녀는 정년을 채운 후 환송을 받으며 정식 은퇴를 했다.

"할 수 있을 때 조금이라도 더 활동하는 게 좋지 않겠어?"

루이스 문제가 불거졌을 때 마거릿은 이미 은퇴한 후였다. 마거릿은 스코틀랜드에서부터 그를 지지하는 편지를 보내왔지만 사실 워낙 이해심 많고 열린 사람인 데다가 교우 관계도 넓은 것으로 유명했기 때문에 루이스를 지지하는 그녀의 태도에 개인적인 친절 이상의 무게가 실린 것은 아니었다.

"루이스는 어때?" 마거릿을 집으로 데려다 주기 위해 운전 중인 니나에게 그녀가 물었다.

"그냥 그래요."

해가 이미 호숫가로 떨어지고 있었다. 아직 잎이 달린 나뭇잎들이 석양을 받아 황금빛으로 반짝거렸지만 여름 오후의 온기는 이미 사라지고 없었다. 마거릿 집 앞의 관목들은 미라처럼 온통 천으로 둘러싸여 있었다.

하루 중 이 시간이 되면 니나는 학교가 끝나고 저녁을 먹기 전에 루이스와 함께하던 짧은 산책이 떠올랐다. 날이 점점 짧아졌기 때문에 긴 산책을 할 수는 없었다. 그들은 마을의 바깥길을 따라 걷거나 오래된 철길 둑을 따라 함께 걸었다. 산책 길의 니나는 루이스로부터 배운, 혹은 자신도 모르게 따라하게 된 세밀한 관찰들로 분주했다. 그것들에 대해 이야기를 꺼내건 그렇지 않건 간에 산책 길에서 만나는 곤충과 유충, 달팽이와 이끼, 물웅덩이 속의 갈대며, 솜털을 날리는 강아지풀, 동물이 걸어간 자국이나 야생 딸기, 크랜베리 따위를 유심히 바라보곤 했던 것이다. 서로에게 깊숙이 연루된 채 매일 조금씩 다르게 뒤섞이는, 겨울이 한 걸음 한 걸음 다가오면서 점점 더 몸을 움츠리는 그 길가의 생태(生態)들을.

니나와 루이스가 사는 집은 1840년에 지은 것이었다. 당시 양식대로 길가에 바짝 붙여 지은 것이라서 거실이나 식당에 있으면 집 밖을 지나는 발소리뿐만 아니라 말소리도 다 들을 수 있었다. 니나는 루이스가 차 문 닫는 소리를 들었을 거라고 생각했다.

니나는 휘파람으로 힘껏 〈보라 용사가 오는도다〉*를 부르며 집

안으로 들어섰다.

"내가 이겼어요. 이겼다고요. 루이스?"

니나가 밖에 있는 동안 루이스는 죽어가고 있었다. 더 정확히 말하자면 자기 자신을 살해하고 있었다. 작은 캡슐 네 팩이 뒷면 은박지가 벗겨진 채 침대 옆에 놓여 있었다. 그 옆에는 아직 건드리지 않은 또 다른 캡슐 두 팩이 더 있었다. 속에 든 흰 알약이 아직 눌리지 않은 플라스틱 껍질 속에 버젓이 자리 잡고 있었다. 한참 후에 니나는 그중 하나의 은박지에 마치 껍질을 벗기려다가 포기한 것처럼 보이는 손톱자국이 있는 것을 발견했다. 이미 먹은 것으로 충분하다고 생각해서였는지, 아니면 바로 그때 의식을 잃기 시작했던 것인지는 알 수 없지만.

물 컵은 비어 있었지만 바닥에 흘린 물은 없었다.

그들은 이 일에 대해 이미 이야기를 나누었고 또 동의했다. 그러나 니나는 그 계획이 나중에, 미래의 언젠가에 일어날 일이라고만 생각했다. 자신 역시 그 자리에 함께할 거라고 생각했고 뭔가 의식 같은 것이 있어야 한다고도 생각했다. 머리맡에 베개를 놓고 의자를 당겨 앉아 그의 손을 잡아줄 것이다. 어쩌면 음악도 함께. 니나가 미처 생각지 못한 것이 두 가지 있었다. 하나는 그가 그런 종류의 의식을 끔찍이도 싫어한다는 점이었고 다른 하나는 자신이 그자리에 함께할 경우 짊어지게 될 사회적 부담이었다. 경찰의 질문

---

* 헨델의 오라토리오.

을 받게 될 테고, 말들이 무성하게 오갈 것이다. 그 자리에 함께 있었다는 사실 때문에 그녀는 분명 곤경에 처할 수도 있었다.

이런 식으로 계획을 실행함으로써 루이스는 숨길 만한 그 무엇도 그녀에게 남기지 않았다.

니나는 루이스가 남긴 메모를 찾았다. 대체 무엇이 쓰여 있을 거라고 생각한 걸까? 변명은 말할 것도 없고 이후 상황에 대한 어떤 지시나 설명도 전혀 필요하지 않았다. 그 모든 것을 이미 알고 있기 때문이었다. 그가 따로 메모로 남겨 둘 만한 사항은 전혀 없었다. 심지어 '왜 이렇게 일찍?'이라는 질문에 대해서조차 그녀는 이미 답을 알고 있었기 때문이다. 그들은, 아니 좀 더 정확히 말하자면 루이스는 견딜 수 없는 고통이나 자기혐오, 더 이상 어쩔 수 없는 상황이 다가왔을 때 정말 중요한 것은 그 순간을 극복하는 것이 아니라 그 순간이 왔다는 걸 알아차리는 거라고 그녀에게 이미 말했던 것이다. 아마 조만간 그 순간이 오리라는 암시와 함께.

그러나 여전히, 그가 니나에게 아무 말도 남기지 않았다고는 믿을 수 없었다. 물 컵을 마지막으로 내려놓을 때 잠옷 소매로 침대 옆 협탁에 둔 메모지를 떨어뜨렸을지 모른다고 생각하며 그녀는 먼저 바닥을 살펴보았다. 아니면 그런 실수를 하지 않으려고 좀 더 주의 깊게 전등 밑에 그것을 끼워두었을지도 모른다. 니나는 침대 옆 전등의 받침대 밑도 살펴보았다. 협탁 서랍을 열어보고 슬리퍼 속이며 밑창 아래도 들여다보았다. 최근 그가 읽었던 책을 들어 흔들어보기도 했다. 캄브리아기의 폭발적인 다세포 생물체 증가에 대한 고생물학 책 중 하나였다.

그러나 메모는 없었다.

니나는 침대 주위를 샅샅이 뒤지기 시작했다. 이불보를 들춰보고 침대 커버도 젖혀 보았다. 그가, 몇 주 전 그녀가 사다 준 짙은 파란색 실크 잠옷을 입은 채 거기에 누워 있었다. 전에는 한 번도 침대가 춥다고 한 적이 없었는데 웬일인지 오한이 든다고 불평을 해서 가게에 들러 제일 비싼 잠옷을 사다 주었던 것이다. 실크 소재가 가볍고 따뜻해서이기도 했지만 거기에 있는 다른 잠옷들은(줄무늬 잠옷이나 야릇한 문구들을 적은 그런 것들은) 모두 만화에 나오는 남편들이나 할 일 없는 건달들, 나이 든 노인네들이 입는 것처럼 보였기 때문에 지금 이 옷을 골라왔다. 잠옷 색과 이불 색이 거의 같아서 루이스의 몸이 별로 드러나질 않았다. 발과 발목, 정강이, 손과 손목, 머리 그리고 목. 얼굴이 그녀에게 보이지 않도록 그는 돌아누워 있었다. 메모에 미련을 버리지 못한 채 니나는 그가 베고 있는 베개를 거칠게 잡아 빼 그 아래를 살펴보았다.

없었다. 거기에도 없었다.

베개에서 매트리스로 그의 머리가 미끄러져 부딪히는 소리가 났다. 그렇게 묵직한 소리가 날 거라고는 생각하지 못했다. 맥없이 펼쳐진 침대 시트뿐만 아니라 머리의 그 묵직한 소리 역시 그녀에게 쓸데없는 짓은 이제 그만두라고 말하는 것만 같았다.

약 때문에 잠이 든 상태에서 신체의 모든 기능들이 조용히 작동을 멈춘 것 같았다. 허공으로 치뜬 눈도, 뒤틀린 몸도 없었다. 입이 조금 벌려 있긴 했지만 입 안은 말라 있었다. 지난 몇 달 동안 그에게는 많은 변화가 있었다. 오직 지금에서야 그 변화가 얼마나 심대한 것이었는지 그녀는 깨달을 수 있었다. 잠잘 때나 깨어 있을 때나 루이스는 자신에게 일어난 변화가 일시적인 것이라는 환상을 유지 하려고 노력했다. 그 환상 속에는 예순두 살의 남자가 완고한 질병 의 흔적으로 푸르죽죽한 피부에도 불구하고, 여전히 공격적이고 혈 기 왕성한 모습으로 건재하게 서 있었다. 그의 표정에 그런 맹렬함 과 생기를 부여하는 것은 얼굴선이 아니라 반짝이는 깊은 눈동자와 비틀린 입, 조롱과 불신, 냉소 섞인 인내와 참을 수 없는 경멸을 차 례로 드러내는 주름 진 얼굴의 다양한 변화였다. 교실에서만 보였 던 건 아니지만 주로는 교실에서 드러냈던 표정의 레퍼토리들.

그 표정 중 무엇도 얼굴에는 더 이상 남아 있지 않았다. 죽은 지 한두 시간이 지난 지금(루이스는 그녀가 돌아왔을 때 상황이 아직 끝나지 않을 것을 염려해 그녀가 떠나자마자 곧바로 계획을 실행 했음이 틀림없었다.) 그 복잡다단했던 표정들은 모두 사라지고 그 의 얼굴은 완전히 가라앉아 있었다. 나이 든 그의 얼굴은 마치 죽어 서 태어난 아이의 얼굴처럼 손댈 수 없는 먼 곳의 무엇으로 봉인되 어 있었다.

이 질병은 흔히 세 가지 다른 증상으로 시작되곤 했다. 우선 손과 팔에서 시작되는 증상이 있었다. 손가락의 감각이 없어지고 움직 임이 둔해진다. 뭔가를 잡는 것이 어려워지다가 차츰 완전히 불가 능해진다. 혹은 다리가 먼저 약해지는 경우도 있었다. 처음에는 다 리가 후들거리다가 이내 두 발로 서는 것이 어려워지고 결국에는 카펫을 가로질러 걸어가는 것조차 불가능해진다. 아마도 가장 나 쁜 경우일 세 번째 증상은 무엇보다 먼저 혀와 목에 기능 상실이 나타나곤 했다. 음식을 삼키기가 고통스러워지고 자꾸만 목에 걸려 고생하는가 하면 말소리는 알아들을 수 없는 음절 덩어리로 변하고 말았다. 불수의근들이 먼저 영향을 받기 때문에 증상이 나타나는 초기에는 정말로 마치 작은 악마가 말하는 소리처럼 들리기도 한다. 그러나 심장이나 뇌에는 이상이 없었고 기벽이 나타나거나 성격이 이상하게 변하는 일도 없었다. 시력과 청력, 촉각, 무엇보다도 지력이 아무 손상 없이 유지되었다. 뇌는 부지런히 모든 반응들을 접수했고 제때에 전원을 끄고 또다시 작동을 시작할 수 있었다. 그나마 다행스러운 일이 아닌가?

물론 그렇다고, 루이스 역시 대답했다. 아마도 단지 그 덕에 이런 계획을 실행에 옮기는 것이 가능하다는 이유에서.

루이스의 증상은 다리에서 시작되었다. 그는 운동을 하면 다리에 힘이 돌아올까 해서 몹시 내키지 않아 하면서도 노인 체육 센터에 등록했다. 한 두 주는 효과가 있는 것 같다고 말했다. 그러나 곧 다시 다리가 뻣뻣해졌고 휘청거리다가 넘어지곤 했다. 얼마 되지 않아 그들은 정확한 진단을 받게 되었다. 병명을 알고 나서 얼마 후 그들은 그때가 다가오면 어떻게 할지에 대해 이야기를 나누었다. 여름이 시작될 무렵에는 지팡이 두 개로 걷던 그가 여름이 끝날 무렵에는 전혀 걸을 수 없게 되었다. 하지만 손은 여전히 책장을 넘길 수 있었고 어렵게나마 포크와 스푼, 펜을 사용할 수도 있었다. 방문객들은 그의 말을 잘 알아듣지 못했지만 니나에게는 목소리 역시 아직 아무 문제없는 것 같았다. 하지만 어쨌거나 방문객들을 더 이상 받지 않기로 했다. 식단 역시 삼키기 쉬운 음식으로 바꾸었다. 하지만 때로는 며칠이나 아무 어려움 없이 음식을 삼킬 수도 있었다.

니나는 휠체어를 알아봤다. 루이스 역시 반대하지 않았다. 그들은 이제 더 이상 자신들이 '최종 시스템 종료'라고 부르는 것에 대한 이야기를 나누지 않았다. 그녀는 사람들, 아니 루이스가 정말로 자신이 책에서 읽은 그런 단계, 그러니까 치명적 질병의 절정에서 겪게 되는 그런 변화를 보여 줄 것인지 궁금했다. 낙관만이 남게 되는 그런 단계에. 병이 나을 거라는 확신 때문에 품는 낙관이 아니었다. 다만 그들이 처한 모든 상황이 막연한 남의 이야기가 아니라 구체적 현실이기 때문에, 그들로서는 잠시 동안의 불편에 대처하는 자세가 아니라 지속적으로 상황에 대응할 수 있는 태도가 필요한 것이었다.

아직 끝이 아니다. 현재에 충실하자. 지금을 즐기자 같은.

그러나 루이스에게 이런 변화는 어울리지 않는 것 같았다. 그가 그처럼 요긴한 자기기만을 활용할 수 있을 것 같지는 않았다. 그러나 사실 그가 이런 신체장애를 겪으리라는 것 역시 전혀 기대치 못했던 일이었다. 일어날 것 같지 않은 일이 이미 하나 일어났는데 다른 일이라고 생기지 말란 법이 있겠는가. 다른 사람들한테 일어나는 그런 마음의 변화가 그에게도 일어날 수 있지 않을까? 비밀스러운 희망과 양보, 은밀한 자신과의 거래가.

그러나 그렇지는 않았다.

니나는 침대 옆의 전화번호부를 펴고, 물론 그 단어가 바로 머리에 떠오른 것은 아니었다. '장의사'를 찾았다. '장례 상담소'. 루이스의 전유물인 그런 분노가 치밀어 올랐다. 맙소사, 장의사란 단어가 대체 뭐 어떻단 말인가. 그녀는 루이스를 돌아보았다. 그는 같은 자리에 아무것도 덮지 않고 누워 있었다. 전화를 걸기 전에 그녀는 이불보를 다시 덮어주고 베개를 제자리로 올려두었다.

젊은 남자가 전화를 받아 의사가 거기 있냐고, 아니면 지금 오는 중이냐고 물어보았다.

"의사는 필요 없어요. 내가 들어왔을 때 이미 죽은 후였어요."

"그럼, 그게 언제였죠?"

"모르겠어요. 한 이십 분쯤 전인가."

"그가 죽어 있는 걸 발견했다고요? 주치의가 누구죠? 제가 전화해서 그분을 그리로 보낼게요."

자살에 대한 현실적 문제들을 상의할 때 비밀로 할지 공개적으로 밝힐지에 대해서는 논의한 바가 없었다. 어떤 면에서는 분명 그 사실을 밝힘으로써 자신이 상황에 대해 합리적이고 존중할 만한 결정을 내렸음을 공식적으로 알리고 싶었을 것이다. 그러나 다른 한편으로는 이런 선택이 직업을 잃고 학교에서의 투쟁에 실패한 결과라고 생각될까 두려워 비밀로 덮어두고 싶었을지도 모른다. 학교에서의 패배 때문에 그가 자신을 포기했다고 생각된다면 루이스는 참지 못할 것이다.

그녀는 협탁 옆에서 빈 약 껍데기와 아직 약이 든 껍데기를 모두 주워 화장실 변기에 던져 넣고 물을 내렸다.

장의사 쪽에서 보낸 이들은 한때 루이스 학교의 학생이었던 지역의 덩치 큰 소년들이었다. 감추려고 노력했지만 얼굴에는 당혹스러운 기색들이 역력했다. 의사 역시 처음 보는 젊은이였다. 루이스의 원래 주치의가 지금 휴가차 그리스에 가 있기 때문이었다.

"고인에게 은총을." 몇몇 사실들을 기록한 후 의사가 말했다. 니나는 의사가 아무렇지도 않게 그런 단어를 말한다는 사실에 다소 놀라움을 느꼈다. 루이스가 들었다면 달갑지 않은 종교의 흔적을 감지했을 것이다. 차라리 의사가 꺼낸 다음 말이 보다 평범하게 느껴졌다.

"상담을 원하시면 저희가 전문가를 보내드릴 수 있습니다. 아시겠지만, 심리적 안정을 위해서요."

"아니, 아니에요. 고맙지만, 괜찮아요."

"이 지역에서 오래 사셨죠? 부를 만한 친구 분들이 있으시죠?"

"아, 그럼요. 맞아요."

"지금 누군가를 부르시겠습니까?"

"네, 그러죠." 니나가 대답했다. 그러나 거짓말이었다. 의사와 젊은 일꾼들, 그리고 루이스가 모두 집을 떠나고 나자 그녀는 다시 쪽지를 찾기 시작했다. 루이스는 마치 가구처럼 부딪히지 않도록 천으로 잘 싸인 채 들려 나갔다. 침대 주위만 찾은 것이 어리석었다는 생각이 들었다. 그녀는 화장실 문 뒤쪽에 걸린 목욕 가운 주머니를 뒤졌다. 아침마다 커피를 내리러 가면서 입는 이 가운이야말로 메모를 숨겨 둘 이상적 장소였다. 니나는 언제나 이 가운의 주머니를 뒤적거려 화장지나 립스틱 따위를 꺼내곤 했던 것이다. 그러나 만약 그러려면 침대에서 일어나 방을 가로질러 가야 할 텐데, 지난 몇 주간 니나의 도움 없이는 루이스가 한 걸음도 걸을 수 없었다는 사실이 떠올랐다.

　하지만 반드시 메모를 어제 써서 숨겼다고 생각할 필요는 없지 않을까? 오히려 더이상 펜을 쓸 수 없을 때를 대비해 몇 주 전에 미리 써두는 게 더 타당하지 않을까? 만약 그렇다면 메모는 어디에든 있을 수 있었다. 지금 뒤지는 자신의 책상 서랍, 혹은 샴페인 병 밑에 있을지도 모른다. 니나는 이 주 후인 그의 생일에 마시려고 샴페인을 사서 그가 생일 날짜를 잊지 않도록 화장대에 올려두었던 것이다. 어쩌면 자신이 최근 읽었던 책 어딘가에 끼워두었을지도. 사실 그가 얼마 전에 "요즘은 무슨 책을 읽어?"라고 물은 적도 있었다. 니나가 그에게 읽어주던 낸시 밋포드의 『프리드리히 대제』 말고 그녀 혼자 따로 읽는 책이 있는지 물어봤던 것이다. 루이스는 소설을 좋아하지 않았고 과학 책은 자기 혼자 읽도록 두는 편이 나았기 때문에 그녀는 흥미로운 역사서를 골라 그에게 읽어주었다. 그때 그녀는 "최근에는 일본 소설을 좀 읽었어요."라고 대답하며 그 책을 보여 주었다. 다른 책을 옆으로 밀치고 나서 그녀는 그 책을 펼쳐 거꾸로 들고 흔들어보았다. 옆으로 밀쳐 둔 다른 책들에 대해서도 똑같은 수색 작업이 펼쳐졌다. 즐겨 앉는 의자의 쿠션을 치우고 그 밑을 살펴보는가 하면 소파에 있는 다른 쿠션들도 모두 같은 식으로 뒤집어 보았다. 혹시 기벽이 발동해 그런 이상한 장소에 작별 인사를 숨겼을지 모른다는 생각에 커피통의 커피를 모두 쏟아보기조차 했다.

　지금 그녀는 누구도 원하지 않았다. 누구라도 자신의 이 수색 과정을 보지 않았으면 했던 것이다. 하지만 메모를 찾는 내내 집 안에

는 불이 환히 켜져 있었고 커튼 역시 활짝 젖혀 있었다. 그녀에게
정신을 차리라고 말해 줄 사람은 아무도 없었다. 날은 이미 한참 어
두워져 있었다. 뭔가를 먹어야만 했다. 마거릿에게 전화를 할까 생
각해 보았지만 그렇게 하지는 않았다. 커튼을 닫으려고 일어났다
가는 정작 전등 스위치만을 내린 채 그녀는 다시 자리에 주저앉고
말았다.

니나의 키는 180센티미터가 조금 넘었다. 아직 십 대일 때조차
체육 선생님이나 담당 지도교사, 혹은 엄마의 친구들이 걱정스러
운 표정으로 허리 좀 펴고 다니라고 말하곤 했다. 니나도 나름대로
최선을 다했다. 하지만 지금도 여전히 어깨를 움츠리고 머리를 한
쪽으로 기울인 채, 순종적인 하인처럼 온순하게 미소 짓는 십 대를
자신의 사진에서 발견한 그녀는 암담한 기분을 느끼곤 했다. 젊은
시절 친구들은 종종 그녀를 자신들이 마련한 미팅에 데려가곤 했
다. 친구들은 키 큰 남자애들을 미팅에 불렀다. 키 말고 다른 건 조
금도 문제가 되지 않는 것 같았다. 일단 키가 백팔십을 넘기면 그
남자는 무조건 니나의 짝이었다. 선택된 남자애들은 매우 자주 이
런 상황에 불만을 표했다. 키 큰 남자라도 자기 짝을 고를 권리는
있다면서다. 그럴 때면 니나는 언제나처럼 고개를 떨구고 가만히
미소 지으며, 당황해서 어쩔 줄을 몰라 했다.

그러나 적어도 부모님은 니나의 인생에 별로 개입하려 하지 않
았다. 그들은 둘 다 의사였고 미시간 주의 작은 도시에 살고 있었
다. 대학을 마친 후 니나는 부모님과 함께 살면서 지역 고등학교에

서 라틴어를 가르쳤다. 방학이 되면 아직 결혼하지 않았거나 이혼 후 재혼하지 않은, 혹은 앞으로도 그럴 계획이 없는 친구들과 함께 니나는 유럽 여행을 떠나기도 했다. 스코틀랜드의 케언곰 지역을 하이킹하다가 그녀와 친구들은 호주와 뉴질랜드에서 온 한 무리의 젊은이들과 어울리게 되었다. 잠깐 동안 히피 노릇을 하는 그 젊은이 무리의 리더가 바로 루이스였다. 무리 내에서 문제나 분쟁이 생기면 언제나 다른 사람들보다 서너 살쯤 많은 그가 불려 가곤 했다. 사실 그는 히피라기보다 연륜 있는 방랑자에 더 가까워 보였다. 루이스의 키는 별로 크지 않았다. 사실 니나보다 10센티 정도 작았다. 하지만 루이스가 그녀에게 다가와 이후의 일정을 취소하고 둘이 함께 떠나자고 설득했다. 루이스 역시 기꺼이 그의 무리들과 헤어질 작정이었다.

사실 루이스는 방랑 생활에 좀 질려 있었다. 게다가 그는 뉴질랜드에서 이수한 번듯한 생물학 학위와 교사 자격증도 가지고 있었다. 니나는 그에게 캐나다의 휴런호 동쪽에 있는 마을을 이야기했다. 어렸을 때 그곳의 친척 집을 방문한 적이 있었던 것이다. 도로를 따라 심은 키 큰 나무며 소박하고 오래된 주택들, 호숫가의 석양에 대해 그녀는 그에게 말했다. 그들이 함께 살기에는 최적의 장소였다. 무엇보다 캐나다도 영연방 회원국이기 때문에 루이스가 직업을 구하기도 쉬울 것 같았다. 실제로 그 둘 모두 고등학교에 자리를 잡을 수 있었다. 그러나 라틴어 과목이 폐강되면서 니나는 몇 년후 학교를 그만두었다. 물론 적당한 과정을 이수해서 다른 과목 선생님이 될 수도 있었지만 그녀는 내심 루이스와 같은 학교에서 같은 일을 하지 않아도 되는 것에 기뻐했다. 루이스의 독특한 성격과 교수법 때문에 학교에는 친구뿐만 아니라 적도 적지 않았던 것이다. 이제 그런 압력에서 벗어날 수 있다는 사실에 니나는 안도감을 느꼈다.

아이는 좀 나중에 갖기로 했다. 사실 니나는 자신과 루이스 모두 아이를 갖기에는 부적당한 사람이 아닌가 생각했다. 그들에게는 다소간 허영이 있어서 엄마니 아빠니 하는 우스꽝스럽고 제한적인 역할에 스스로를 가둔다는 생각이 통 달갑지 않았던 것이다. 자기 부모님들과는 뭔가 다르다는 이유로 학생들의 신망을 받는 루이스 의 경우에는 더욱더 그랬다. 학생들의 눈에는 니나와 루이스가 정 신적으로나 육체적으로 더 활력 있고 강렬하며, 삶에서 뭔가 그럴 듯한 깊이를 포착해 낼 수 있는 사람들처럼 보였다.

니나는 합창단에 가입했다. 공연은 대부분 교회에서 열렸다. 그 제야 비로소 니나는 루이스가 그런 장소들을 얼마나 싫어하는지 처음으로 알게 되었다. 그녀는 마땅한 장소가 없을 뿐만 아니라 교 회에서 한다고 해서 음악 자체가 종교적인 것은 아니라고 그를 설 득했다.(그러나 곡목이 헨델의 〈메시아〉였을 때는 이런 주장을 들 이밀기가 쉽지 않았다.) 니나는 그의 태도가 구식이라고 비난하며, 오늘날에는 종교가 특별히 해로운 존재가 아니라고 주장하기도 했 다. 이런 논쟁은 굉장한 말다툼으로 번지기도 했다. 따뜻한 여름날 저녁, 집 앞길을 지나는 사람들이 고함 소리를 듣지 못하도록 그들 은 창문을 내려야만 했다.

이런 말다툼을 할 때면 니나는 루이스가 자신과 다른 의견에 얼마나 적대적인 사람인가 하는 사실과 함께 분노로 치닫는 이런 논쟁을 자신 역시 도저히 그만둘 수 없다는 사실에 놀라움을 금할 수가 없었다. 그들 중 누구도 물러서지 않았고 완강하게 자신의 원칙만을 고집했다.

사람들이 다르다는 사실을 인정할 수 없나요? 그게 도대체 왜 그렇게 중요하죠?

그게 중요하지 않다면 중요한 건 세상에 아무것도 없어.

집 안의 공기가 적대감으로 무겁게 가라앉았다. 답이 나지 않는 논쟁들. 그들은 말없이 잠자리에 들었고 다음 날 아침 인사 없이 헤어졌다가 저녁이 되면 두려움에 떨며 집으로 돌아오곤 했다. 니나는 그가 돌아오지 않으면 어쩌나 두려웠고 루이스는 니나가 집에 없을 거라는 생각에 공포를 느꼈다. 그러나 그들의 인연은 그런 식으로 끝나지 않았다. 저녁이면 그들은 마치 지진에서 가까스로 살아남아 헐벗은 채 귀환하는 사람들처럼 뉘우침과 상대방에 대한 사랑에 떨며 서로를 향해 돌아왔던 것이다.

이런 말다툼은 한 번으로 끝나지 않았다. 지극히 평화로운 가정에서 성장한 니나는 이게 정말 정상적인 삶인지 알 수 없었다. 그러나 그들의 화해가 너무 바보 같고, 달콤하며 또 소중했기 때문에 그에게 이런 질문을 던질 수는 없었다. 그럴 때면 그는 그녀를 '달콤한 니나'라고 불렀고 그녀는 그를 '상쾌한 루이스'라고 부르기도 했다.

몇 년 전부터 길가에 낯선 표어들이 나붙기 시작했다. 오랫동안

개종을 권유하는 표어나 커다란 분홍색 하트 위로 심장 박동이 점점 멎어가는 선분을 그린 낙태 금지 포스터 같은 것들이 붙어 있었던 벽들 위로 창세기의 문구가 적힌 포스터가 나붙기 시작했던 것이다.

태초에 하나님이 천지를 창조하셨다.
"빛이 생겨라." 하시니, 빛이 생겼다.
사람을 창조하실 때, 하나님은 그의 형상대로 인간을 빚어내셨다.
그리하여 남자와 여자가 창조되었다.

이런 문구들 옆에는 보통 무지개나 장미 혹은 에덴동산의 상징적 이미지들이 함께 그려져 있곤 했다.
"이게 다 무슨 일이에요? 어쨌거나 '완전한 사랑의 주님'에서 뭔가 변하긴 했군요." 니나가 물었다.
"창조론이야." 루이스가 대답했다.
"그건 알아요. 내 말은 왜 이런 표어들이 여기저기 붙은 거냐고요."
루이스는 최근에 성경을 문자 그대로의 사실로 받아들이려는 운동이 일어나고 있다고 설명해 주었다.
"아담이니 이브니 하는 그 뻔한 옛날이야기들 말이야."
그러나 루이스는 이런 문구들을 대단히 불쾌하게 여기는 것 같지 않았다. 적어도 크리스마스 때만 되면 시청 잔디밭 앞을 장식하는 말구유 조각상을 보고 그랬던 것처럼 분노를 터뜨리진 않았던 것이다. 교회 땅에서야 그럴 수 있다고 치지만, 시청 잔디밭은 또 다른 문제라고 그는 말했다. 니나의 집안은 퀘이커교도였다. 퀘이커교는 아담이나 이브 따위를 별로 가르치지 않기 때문에, 집에 돌아온 니나는 킹제임스 성경을 펼쳐 들고 창세기 부분을 읽어보기 시작했다. 물과 땅이 갈라지고 태양과 달이 나타나며 땅 위를 기는 것과 하늘 위를 나는 것, 그리고 그 외 모든 것이 출현하는 육 일간의 놀라운 과정을 읽으며 그녀는 경이를 느꼈다.

"아름다워요. 정말 멋진 시군요. 이건 꼭 읽어봐야 해요." 니나가 말했다.

루이스는 세계 방방곡곡의 여러 창조 신화보다 더 나을 것도 더 나쁠 것도 없다면서 창세기가 아름답네, 한 편의 시네 하는 소리는 이제 지겹다고 일축해 버렸다.

"그건 다 허튼수작일 뿐이야. 사람들은 그걸 시라고 생각해서 그렇게 야단법석을 떠는 게 아니라고." 루이스가 덧붙였다.

니나는 웃음을 터뜨렸다. "방방곡곡이라. 과학자가 쓰기에 적당한 표현은 아닌데요. 그거 혹시 성경에 나오는 표현 아니에요?"

그녀는 이따금 이 이야기를 꺼내 그를 놀려먹기도 했다. 그러나 경계를 넘지 않도록 조심해야만 했다. 그가 모욕을 받았다고 느낄 만한 선을 넘어서는 안 되는 것이다.

니나는 가끔 우편함에서 팸플릿을 발견하곤 했다. 한동안 그녀는 그런 것들이 열대 지역이나 멋진 폭포로의 여행안내 광고물 따위와 함께 누구한테나 배달되는 전단지라고 생각해 유심히 읽어보지도 않고 치워버리곤 했다. 후에 루이스 역시 학교에서 같은 종류의 전단지들을 받고 있다는 걸 알게 되었다. 루이스가 '창조주의 판촉물'이라고 불렀던 팸플릿들이 그의 사무실 책상이나 우편함 속에 꽂혀 있곤 했던 것이다.

"아이들이 가끔 내 책상에 오긴 하지만, 도대체 어떤 망할 자식이 이 따위 전단지를 내 우편함에 넣어둔 거죠?" 루이스가 교장에게 물었다.

교장은 모르겠다고, 자신도 같은 전단지들을 받았다고만 대답했다. 루이스는 그가 광신도라고 부르던 교직원 한두 명의 이름을 대 보았지만 교장은 그저 내다 버리면 되는 전단지를 가지고 곤란한 문제를 만들 건 없지 않느냐고 그를 설득했다.

수업 시간에도 문제가 발생했다. 사실 전에도 그런 문제는 언제나 있었다. 분명히 이런 일이 처음 있는 건 아니라고 루이스는 그녀에게 말했다. 성녀 흉내를 내는 이상한 여자애들이나 여자든 남자든 똑똑한 체하기 좋아하는 멍청이들이 진화론에 항의하며 반대를 표하곤 했던 것이다. 루이스는 나름 진심 어린 방식으로 이런 문제들에 대처했다. 항의하는 학생들에게 그는 세계사를 종교적으로 해석하고 싶으면 옆 마을에 그들을 환영할 기독교 학교가 있으니 그리로 가라고 말해 주었다. 그런 질문들이 더 자주 나오기 시작하자 그 학교까지 가는 직통버스가 있으니 원한다면 오늘 당장이라도 책을 싸가지고 그곳으로 가라고 덧붙이기도 했다.

"가는 길에 행운이 함께하기를 빈다. 이……." 루이스가 말했다. 후에 정말로 학생들에게 '머저리들아.'라는 말을 했느니 그저 입

속에서만 중얼거리고 말았느니에 대한 논쟁들이 있었다. 하지만 그 말을 입 밖에 내지는 않았더라도 그의 말은 문제시되기에 충분했다. 학생들 모두가 그 문장의 마지막 말을 짐작하고 있었기 때문이다.

좀 더 이후에는 다른 방식의 공격들도 나타나기 시작했다.

"선생님, 종교적인 해석을 고집하려는 것이 아니에요. 단지 두 해석 모두를 공평하게 배우고 싶은 것뿐이라고요."

루이스는 기꺼이 도전을 받아들였다.

"나는 종교가 아니라 과학을 가르치는 사람이야."

루이스는 이렇게 대답했다고 주장했다. 하지만 "나는 너희한테 그런 쓰레기나 가르치려고 여기 있는 게 아니야."라고 말했다는 주장 역시 있었다. 그러나 서너 번에 걸친 비슷한 질문들("다른 이야기를 안다고 해가 될까요? 무신론을 가르치시는 것 역시 또 다른 믿음을 강요하시는 거 아니에요?" 등등) 끝에 그의 입에서 그런 단어가 튀어나왔다는 것은 조금도 상상하기 어려운 일이 아니었다. 그렇게 격앙된 분위기에서는 결코 자신의 말을 사과하려 들지도 않았을 것이다.

"이 수업의 주인은 나고, 수업 내용을 결정하는 건 내 일이야."

"주님이야말로 우리의 주인이라고 생각하는데요."

그는 그 학생들을 교실에서 내쫓았고, 학부모들이 교장을 만나기 위해 학교로 찾아왔다. 어쩌면 루이스를 직접 만나려고 했을지 모르지만 교장이 그걸 막았다. 루이스는 나중에야 교무실에서 사람들이 장난처럼 이 면담에 대해 이야기하는 것을 들었다.

"걱정하실 필요 없어요. 그분들은 그저 우리가 그분들 의견을 잘 접수했다는 걸 확인하고 싶으신 거니까요. 듣기 좋은 말이나 몇 마디 해서 돌려보내면 돼요." 교장이 해명했다. 루이스보다 몇 살 어린 교장의 이름은 폴 기빙스였다.

"제가 직접 접대했으면 좋았을 텐데요." 루이스가 대답했다.

"음, 그건 제가 생각하는 접대와는 좀 다를 것 같군요."

"학교 앞에 개와 학부모 금지라고 표지판이라도 걸어야겠어요."

"글쎄요. 하지만 그분들에게는 학교에 올 권리가 있죠." 폴이 호의적인 한숨을 내쉬며 대답했다.

'근심 어린 학부모'니 '기독교 납세자' 혹은 '이제 어디로 가야 할까?' 등의 이름으로 두어 주마다 한 번씩 지역신문에 편지가 실리기 시작했다. 마치 대리인 한 명이 대필이라도 한 것처럼 한결같이 논지가 분명하고 문단까지 단정하게 나눈, 잘 쓴 편지들이었다. 편지에서 그들은 학부모들 모두가 사립 기독교 학교에 보낼 경제적 능력이 있는 것은 아니며 자신들은 성실한 납세자로서 고의적으로 신앙을 훼손하고 폄하하는 공립학교의 교육을 거부할 권리가 있다는 점을 명확히 주장했다. 어떤 편지들은 과학적인 언어로 성경 기록들이 잘못 이해되어 왔다고 주장하면서 진화론은 성경을 다른 방식으로 입증할 뿐이라는 최근의 주장들을 논증하기도 했다. 그중에는 오늘날의 왜곡된 교육이나 그 결과 나타난 삶의 방향 상실 등에 대해 성경이 이미 예견하고 있었다고 주장하며 관련된 성경 구절을 인용하는 편지도 있었다.

그러나 시간이 지나면서 편지의 어조는 점점 더 공격적이 되어

갔다. 정부와 학교 내에 반기독교주의자들이 있다느니, 사탄의 발톱이 아이들의 영혼을 할퀸다느니, 학생들이 시험에서 죄악의 원칙들을 되뇌도록 강요받고 있다느니 하는 식이었다.

"사탄과 반기독교주의자는 뭐가 다른 거예요? 퀘이커교에서는 이런 걸 별로 가르치지 않거든요." 니나가 물었다.

루이스는 그녀까지 거들지 않아도 충분하다고 대답했다.

"미안해요. 근데 정말 이런 편지를 쓰는 사람들은 누굴까요? 목사들인가?" 그녀가 정색을 하고 다시 물었다.

그는 아니라고 대답했다. 그보다는 좀 더 조직적인 단체라는 것이다. 지역신문들로 편지를 전달하는 중심 조직과 수뇌부가 있을 것 같다고 그가 말했다. 이 일은 자신의 교실에서 시작된 것도 아닐 거라고 이야기했다. 사전에 미리 계획해 대중들이 쉽게 혹할 만한 지역의 학교에서부터 이런 작업을 시작했으리라는 것이다.

"그럼 개인적인 편지들이 아니라는 거예요?"

"그렇다고 더 나을 것도 없지."

"없다고요? 난 훨씬 마음이 놓이는데요."

누군가가 루이스의 차에 '지옥의 불길'이라는 글자를 써놓았다. 스프레이로 뿌린 것은 아니고 먼지 위에 손가락으로 쓴 것이긴 했지만.

상급반 학생들 몇몇이 부모의 동의서를 지참한 채 수업을 거부하고 교실 복도에 앉아 루이스의 수업 시간에 노래를 부르기 시작했다.

이 세상 밝고 아름다운 모든 것

크고 작은 생물들과

모든 지혜와 경이

주께서 이들을 창조하셨네

교장은 교실 복도에 앉는 것은 금지했지만 교실로 돌아가라고
하지는 못했다. 그 학생들은 체육관 한쪽의 창고로 옮겨 노래를 계
속했다. 부를 노래는 얼마든지 있었다. 체육 선생님의 고함 소리,
체육관 바닥을 뛰어다니는 발소리에 뒤섞이며 그들의 노랫소리가
기이한 화음을 만들어냈다.

월요일 아침, 교장의 책상 위에 탄원서가 한 통 배달되었고 똑
같은 탄원서의 부본이 지역신문사로도 배달되었다. 관련 학생들
의 부모뿐만 아니라 마을 주위의 여러 교회 교인들이 서명을 한 탄
원서였다. 대부분은 근본주의 교회였지만 영국국교회와 감리교회,
또 침례교회도 포함되어 있었다.

탄원서에는 지옥의 불길이니 사탄이니, 적그리스도니 하는 말들
은 일체 없었다. 그들은 오직 성경의 창조설 역시, 존중할 만한 하
나의 견해로서 똑같은 비중을 가지고 수업해 달라고만 요구했다.

"우리들은 하나님이 너무 오랫동안 교실에서 배제되었다고 믿습
니다."

"헛소리하고 있네. 같은 시간을 배분해 달라니, 학생들이 선택하
게 해달라니, 그들이 원하는 건 그게 아니야. 그들은 절대주의자들,
파시스트들이라고." 루이스가 말했다.

208

폴 기빙스가 루이스와 니나의 집으로 찾아왔다. 엿들을 만한 사람이 있는 곳에서 그런 대화를 나누고 싶지 않았던 것이다.(비서한 명이 근본주의 교회 교도였다.) 루이스를 만난다고 뭐가 크게 달라질 거라고 생각하진 않았지만 시도는 해봐야만 했다.

"그들이 저를 궁지에 몰아넣고 있어요." 폴이 말했다.

"나를 해고하세요. 그리고 창조론을 지지하는 멍청이를 고용하시죠." 루이스가 대답했다.

이 망할 자식은 이 난리를 즐기고 있군, 폴은 생각했다. 하지만 그는 마음을 가다듬었다. 최근에 그가 가장 자주 해야 하는 일은 바로 마음을 가다듬는 일이었다.

"그 이야기를 하러 온 건 아니에요. 사람들은 대부분 이 탄원서를 합당한 것으로 생각할 겁니다. 학교 위원회 분들도 예외가 아니고요."

"나를 해고해서 그분들을 기쁘게 해드리시죠. 아담과 이브를 향해 맘껏 행진하세요."

니나가 커피를 가져갔다. 폴이 고맙다고 말하면서 그녀와 눈을 맞추려고 노력했다. 그녀의 입장은 무엇인지 알고 싶었던 것이다. 어서 가세요.

"설사 그렇게 하고 싶어도 그럴 수는 없습니다. 물론 그러고 싶지도 않고요. 노조가 들고 일어설 거예요. 이 지역 전체에 교사 노조가 있으니까요. 파업이 일어날지도 모르고요. 학생들 생각을 먼저 해야죠." 교장이 말을 이었다.

학생들 생각을 먼저 하라니, 그런 말이 루이스에게 먹힐 거라고 생각하는 걸까. 하지만 루이스는 언제나처럼 거침없이 자기 이야 기를 계속했다.

"그럼 아담과 이브를 가르치세요. 나뭇잎으로 앞을 가렸든 안 가 렸든 말이에요."

"제가 부탁하는 건 그저 잠깐의 설명뿐이에요. 서로 다른 해석의 문제일 뿐이라고. 어떤 사람은 이걸 믿고 다른 사람은 저걸 믿는다 고 말하는 것으로 충분해요. 창세기에 대해 십오 분에서 이십 분 정 도 언급하고 한 번 크게 읽어주면 돼요. 그저 존중하는 태도로요. 그들이 뭘 원하는지 아시잖아요. 그렇지 않아요? 사람들은 그저 무 시당한다는 느낌이 싫은 거예요."

루이스는 한참 동안 아무 말 없이 앉아 있었다. 폴, 혹은 니나에 게 희망적인 기대를 불러오면서. 하지만 루이스의 긴 침묵은 단지 그 제안의 불쾌함을 지워버리기 위해 필요한 시간임이 밝혀졌다.

"어떠세요?" 폴이 조심스럽게 물어봤다.

"그래요, 원한다면 창세기를 통째로 커다랗게 낭독하죠. 그리고 그게 한 부족의 어리석은 자기과시라고, 더 우수한 다른 문명들에 서 차용한 신학 개념들의 종합선물세트라고 이야기해 줄게요."

"신화요, 여보. 신화가 항상 허구는 아니에요. 그건 그저……." 니나가 끼어들었다.

폴은 그녀의 말에 조금도, 주의를 기울이지 않았다. 루이스 역시 마찬가지였다.

루이스 역시 지역신문에 편지를 썼다. 대륙의 만남과 이동, 그에 따른 바다의 열림과 닫힘, 알 수 없는 생명의 발생을 이야기하며 온건하고 학자적인 말투로 편지를 시작했다. 하늘에는 새가 없고 바다에는 물고기가 없던 미생물의 고대 세계. 양서류와 파충류, 공룡이 나타나 번성하고 멸종했으며 기온이 변화하고 단순한 포유류가 처음 출현했던 과정에 대해서. 시행착오를 거치며 최초의 영장류가 나타났고 도저히 생존할 것 같지 않았던 초기의 인류가 뒷발로 서고 일어나 불을 이용하고 돌을 연마하며 영토를 표시하고 마침내 아주 최근에 이르러서는 배를 짓고 피라미드와 폭탄을 만들면서 언어와 신을 창조해 서로를 죽이고 희생시킨 역사에 대해서도. 그들은 신의 이름이 크리슈나니 여호와니 하며 싸우기 시작했고(이 부분에서 그의 표현은 다소 격앙되기 시작했다.) 돼지고기를 먹어도 되니 안 되느니 하며 전쟁을 치르기도 했다. 전쟁이나 축구 경기에서 누가 이겼는지 따위에 무척이나 관심이 많은 하늘의 늙은 창조자를 향해 그들은 무릎을 꿇고 소리치며 기도를 올렸다. 마침내 우리와 우리 자신의 우주에 대해 몇 가지 놀라운 사실을 알게 되었는데, 이제 사람들은 어렵게 획득한 그 모든 과학을 내던지고 다시 한 번 그 오래된 창조주에게 돌아가 무릎을 꿇고 기도하기로 결심했다고 한다. 그 옛날의 헛소리를 다시 믿고 따르겠다는 것이다. 정히 그렇다면 지구가 평평하다는 그 옛날의 주장 역시 인정하는 것이 어떨까?

당신의 벗 루이스 스피어스.

신문사의 편집자는 최근에 언론 관련 학과를 졸업한 타지 사람이었다. 편집자는 격렬한 논쟁에 기뻐하며 루이스의 편지에 대한 반론들을 계속해서 보도했다. (근본주의 교회의 모든 교인들이 함께 서명한 "신을 모독하지 마라."나, '헛소리'니 '오래된 창조자'니 하는 표현에 유감을 표한, 이해는 하지만 슬픔을 느끼는 한 감리교회 목사의 "논쟁을 저급하게 만들지 마라." 등의 답글이 연이어 신문에 보도되었다.) 이런 편지들은 마침내 신문사 사주가 이런 구닥다리 논쟁은 광고만 떨어뜨릴 뿐이라고 말하며 더 이상의 보도를 금지할 때까지 계속되었다. 이제 그만 뚜껑을 덮어버리라고, 사주는 말했다.

루이스는 또 한 통의 편지를 썼다. 이번에는 사임 의사를 밝히는 편지였다. 폴 기빙스는 유감스럽지만 건강상의 이유로 사의를 받아들인다고 답했다. 이 역시 신문에 보도되었다.

루이스는 그 사실이 공개적으로 알려지는 걸 원치 않았지만 건강상의 이유로 사직한다는 건 거짓이 아니었다. 몇 주 동안이나 다리에 힘이 없었던 것이다. 그 어느 때보다 학생들 앞에서 꼿꼿이 서서 교실 앞뒤로 당당하게 걸어 다녀야만 했던 바로 그 시기에, 그는 다리가 후들거려 자주 주저앉고 싶은 기분을 느끼곤 했다. 실제로 주저앉진 않았지만 때때로 뭔가 강조하기 위해서라는 듯 의자 등받이를 꽉 움켜쥔 채 서 있어야 하기도 했다. 가끔은 다리에 감각이 완전히 사라지는 일도 있었다. 바닥에 카펫이라도 있었다면 아주 작은 주름에도 그는 걸려 넘어지고 말았을 것이다. 교실에 카펫은 없었지만 떨어진 분필이나 연필 조각 하나라도 당시의 그에게는 재난이나 마찬가지였다.

그는 이게 신경성 증상이라고 생각하며 분노했다. 교실에서든 어디에서든 그는 한 번도 신경성 증상 따위로 고생한 적이 없었던 것이다. 신경과 의사에게 진짜 병명을 듣고 나서 그가 처음 느낀 첫 감정은 우습게도 안도감이었다고, 그는 후에 니나에게 말했다.

"신경성일까 봐 걱정했어." 루이스의 말에 그들은 함께 웃음을 터뜨렸다.

"신경과민일까 봐 걱정했더니, 고작 루게릭이군." 플러시 천이 깔린 고요한 복도를 휘청이는 걸음으로 지나가며 그들은 웃었다. 엘리베이터 안의 사람들이 놀라 그들을 쳐다보았다. 그런 곳에서는 소리 내어 웃는 사람이 통 없었던 것이다.

레이크쇼어 장례식장은 금색 벽돌로 지은 크고 넓은 새 건물이었다. 지은 지가 워낙 얼마 되지 않아서 주위의 들판 역시 아직 잔디와 관목으로 다듬지 않은 채였다. 간판이 없다면 병원 건물이나 관공서라고 생각하기 십상이었다. 레이크쇼어라는 이름은 실제로 그 건물이 호숫가에 있어서 지은 것이 아니라 장의사인 브루스 쇼어의 성을 슬쩍 따 붙인 이름이었다. 어떤 사람들은 그걸 두고 너무 밋밋한 이름이라고 생각하기도 했다. 브루스의 아버지가 마을의 큰 빅토리아식 저택에서 이 사업을 하고 있을 때 사람들은 그냥 그 집을 장의사 쇼어네 집이라고만 불렀다. 실제로 그건 에드와 키티 쇼어 부부와 다섯 아이들이 쓰는 방이 이 층과 삼 층에 빼곡히 들어 찬 진짜 가정집이기도 했다. 지금 이 건물에는 아무도 살지 않았다. 하지만 집에 가는 대신 거기서 하루 자는 것이 더 편할 때도 있었기 때문에 브루스 쇼어는 건물 안에 침실과 부엌, 샤워 시설을 갖추어

놓았다. 그의 집은 여기서 24킬로미터 떨어진 외곽 지역에 있었고 아내는 집에서 말을 키웠다.

예컨대 지난밤이 바로 그 건물에서 하루 묵을 수밖에 없는 그런 날이었다. 북쪽 시가에서 사고가 있었던 것이다. 십 대들이 잔뜩 탄 차 한 대가 다리 난간을 들이받았다. 막 면허를 받은 사람이 운전을 하거나 면허도 없이 끌고 나온 이런 차들, 대개는 일행 모두가 완전히 술에 절어 있는, 이런 차 사고는 흔히 졸업 철인 봄이나, 가을 학기가 막 시작해 술렁이는 학기 초반의 몇 주 동안 발생하곤 했다. 이번 사고의 희생자는 작년에 필리핀에서 이곳으로 온 간호학교의 학생들이었는데, 처음 보는 눈이 신기해 차를 타고 나섰다가 이런 변을 당하고 말았다.

맑고 화창했던 또 다른 날 밤에도 교통사고가 하나 더 있었다. 그 지역의 열일곱 살짜리 아이 두 명이 사고 당사자들이었다. 바로 그 전에는 루이스 스피어스의 사체가 도착하기도 했다. 브루스 혼자서는 일들을 다 감당해 낼 수가 없었다. 첫 사고 희생자인 학생들을 사람들이 볼 수 있을 만하게 만드는 데 꼬박 하룻밤이 걸렸던 것이다. 브루스는 아버지에게 전화를 걸었다. 마을의 집에서 여름을 보내던 부모님은 아직 플로리다로 떠나기 전이었고 루이스 건을 돕기 위해 아버지가 곧 이쪽으로 건너왔다.

잠시 휴식도 취할 겸 브루스는 조깅을 하러 나섰다. 주차장에서 혼다 어코드를 주차하는 스피어스 부인을 만났을 때 그는 아직 식전에다 조깅복을 입고 있었다. 브루스는 서둘러 뛰어가 그녀에게 문을 열어주었다.

키가 크고 마른 여성이었다. 머리는 희끗거렸지만 움직임은 젊은이의 그것처럼 속도감이 있었다. 코트도 차려입지 않았지만, 그렇게 상심한 사람처럼 보이지는 않았다.

"죄송하게 됐군요. 운동을 좀 하고 오는 길이라서요. 셜리는 아직 출근하기 전이고요. 뭐라 위로의 말씀을 드려야 할지." 그가 말했다.

"네." 그녀가 대답했다.

"고등학교 이삼 학년 때 스피어스 선생님에게 과학을 배웠어요. 잊을 수 없는 분이었죠. 좀 앉으시겠어요? 마음의 준비는 하고 계셨겠지만, 이런 일에 준비를 한다는 건 사실 불가능하죠. 지금 저랑 서류들을 검토하시겠어요, 아니면 먼저 부군을 만나보시겠어요?"

"저희가 원한 건 화장뿐이에요." 그녀가 대답했다.

"네, 곧 화장도 해야죠." 그가 고개를 끄덕이며 대답했다.

"아뇨, 곧바로 화장해 달라고 했는데요. 그게 그이의 바람이에요. 재를 가져가려고 온 건데요."

"그렇게 하라는 이야기는 따로 듣지 못했습니다만. 저희는 장례식을 위한 준비를 했어요. 사실 선생님 모습은 아주 보기 좋아요. 보시면 마음에 드실 거예요." 브루스가 자신 있게 대답했다.

스피어스 부인은 가만히 서서 그를 바라보았다.

"좀 앉지 그러세요? 손님들을 초대하지 않으실 건가요? 장례식을 하셔야죠? 굉장히 많은 분이 스피어스 선생님께 조의를 표하러 오실 거예요. 아시겠지만 종교와 상관없는 장례식도 얼마든지 가능해요. 목사님 대신 다른 분이 조사를 낭독하고요. 그렇게 형식적인 게 싫으시면 그냥 아는 분들이 모여서 이야기를 나눠서도 괜찮아요. 관은 열어두셔도 되고 원하시면 닫아두셔도 상관없어요. 하지만 보통 여기서 하는 분들은 관을 열어두고 싶어 하시죠. 화장할 때는 물론 다른 관을 사용하실 거예요. 굉장히 멋진 관들도 있긴 한데, 비용에 큰 차이는 없어요." 브루스가 계속해서 말했다.

그녀는 가만히 선 채 그를 바라보고 있었다.

이미 그런 일들이 진행되었다. 그렇게 하지 말라는 이야기도 들은 적이 없다고 했다. 사람들이 비용을 들여 준비하는 그런 용품과 장례절차가 이미 진행되었던 것이다.

"그냥 몇 가지 부인이 원하실 것 같은 걸 말해 본 거예요. 잠깐 앉아서 생각해 보시고 나서, 결정하신 후에 원하시는 대로……."

그는 이미 필요 이상으로 많은 말을 하고 있었다.

"사실, 저희로서는 다른 말이 없었기 때문에 이렇게 할 수밖에 없었답니다."

바깥에서 차 소리가 들렸다. 차가 멈추고 차 문 닫히는 소리가 들리더니 에드 쇼어가 대기실로 들어왔다. 브루스는 그제야 마음을 놓았다. 이 사업에 대해 그는 아직 아버지에게 배울 것이 많이 있었다. 무엇보다도 생존자들을 대하는 법에 대해서.

"니나, 오랜만이에요. 당신 차를 봤어요. 조의를 표하려고 잠깐 들렀습니다." 에드 쇼어가 말했다.

니나는 거실에서 밤을 보냈다. 잠을 자고 있다고 생각했지만 사실 너무 얕은 잠이어서 계속해서 자신은 거실에, 루이스는 장례식장에 있다는 사실을 떠올리고 있었다.

말을 꺼내려고 할 때 몸이 떨리면서 이가 부딪치기 시작했다. 니나는 자신의 이런 모습에 충격을 받았다.

"즉시 화장해 주세요." 그녀는 이렇게 말하려고 했다. 제대로 말하고 있다고 생각했지만 귀에 들리는 것은 오직 거친 숨소리와 조절되지 않은 음절들뿐이었다.

"나는, 나, 나는……."

에드 쇼어가 한 손으로 그녀의 팔을 잡고 다른 한 손으로는 어깨를 감쌌다. 브루스 역시 팔을 올렸지만 그녀를 만지지는 못했다.

"일단 앉으시라고 했어야 했는데." 브루스가 변명조로 이야기했다.

"괜찮아요. 니나, 차까지 좀 걸을까요? 신선한 공기를 좀 쐬는 것이 좋겠어요." 에드가 말했다.

에드는 창문을 내린 채 마을의 구시가지 위쪽, 호수가 보이는 도로의 경계까지 차를 운전해 갔다. 낮 동안에는 경치를 보러 오거나 점심을 싸서 소풍 오는 사람들이 있었지만 저녁에는 완전히 연인들을 위한 장소가 되는 곳이었다. 차를 세울 때 니나뿐만 아니라 에드에게도 이 생각이 떠올랐을 것이다.

"신선한 공기는 이만하면 됐죠? 코트도 안 입었는데 감기에 걸리면 안 되니까요." 에드가 말했다.

"날이 점점 따뜻해지네요. 어제도 그랬는데." 니나가 조심스럽게 대답했다.

니나와 루이스는 어두워진 후에든 밝은 대낮에든 한 번도 주차된 차 안에 함께 있어본 적이 없었다. 그런 으슥한 데를 찾아다녀 본 적도 없었다.

지금 떠올리기에는 이런 기억은 좀 저속한 것인 듯도 싶었다.

"미안해요." 니나가 말했다. "제정신이 아니었나 봐요. 그저 아까는 루이스가, 우리가, 그가……."

똑같은 상황이 다시 벌어졌다. 다시 또 이가 딱딱 부딪칠 정도로 몸이 떨리고 단어들이 파편이 되어 흩어졌다. 이런 참담한 모습이라니. 좀 전에 브루스와 이야기한 후, 아니 사실은 브루스에게 그런 말들을 들은 후에 정작 그녀가 느꼈던 것은 분노와 좌절감이었다. 이렇게 몸을 떨 아무 이유가 없었다. 게다가 지금은 침착하고 차분한 마음을 되찾았다고 생각하고 있었다.

그러나 아마도 둘만 있었기 때문인지, 이번에는 그녀를 부축하지 않고 에드는 그저 아무것도 걱정하지 말라고, 내가 알아서 하겠다고, 다 잘 처리할 거라고, 당신이 뭘 원하는지 안다고, 화장을 하겠다고 말하며 그녀를 진정시켰다.

"숨을 쉬어요. 숨을 들이쉬고 잠깐 멈췄다가 내쉬어요." 그가 말했다.

"이제 괜찮아요."

"그래요, 괜찮을 거예요."

"뭐가 문제인지 모르겠어요."

"충격 때문이에요." 그가 담담하게 설명했다.

"이런 적은 없었어요."

"먼 곳을 보세요. 그것도 도움이 돼요."

에드가 주머니에서 뭔가를 꺼냈다. 손수건일까? 그러나 손수건은 필요하지 않았다. 눈물은 흐르지 않았던 것이다. 그저 몸이 좀 떨렸을 뿐이다.

그건 단단히 접힌 종잇조각이었다.

"당신을 위해 보관하고 있었어요. 루이스의 잠옷 주머니에 있던 거예요." 그가 말했다. 니나는 마치 처방전이라도 되는 양 그 종이를 조심스럽게, 그러나 별다른 반응 없이 지갑에 집어넣었다. 그러자 비로소 상황들을 이해할 수 있었다.

"루이스가 도착했을 때 당신이 거기 있었군요."

"내가 그를 맡았어요. 브루스가 전화를 했죠. 교통사고가 있어서 혼자서 일을 다 할 수가 없었거든요."

니나는 심지어 무슨 사고냐고도 묻지 않았다. 오직 메모를 읽고 싶은 생각 때문에 다른 생각은 전혀 할 수 없었던 것이다.

잠옷 주머니라니. 그녀가 찾지 않은 단 하나의 장소. 그녀는 그의 몸에 손을 대지 않았던 것이다.

에드는 다시 그녀를 주차장에 태워다 주었다. 그녀는 자신의 차에 올라타고 집을 향해 출발했다. 손을 흔드는 그의 모습이 시야에서 사라지자마자 그녀는 길모퉁이에 차를 댔다. 한 손으로 운전하는 동안 다른 한 손으로는 이미 지갑을 열고 메모지를 꺼내 들고 있었다. 엔진을 켜둔 채 그녀는 메모지에 적힌 글을 읽고 나서 가던 길을 다시 가기 시작했다.

집 앞 보도에 또 다른 메시지가 남아 있었다.

신의 뜻이다.

분필로 서둘러 흘려 쓴 글씨였다. 쉽게 지워질 것 같았다.

루이스가 남긴 것은 한 편의 시, 거칠게 써내려 간 통렬한 풍자시였다. 제목은 '맥 빠진 세대의 영혼을 위한 전투: 창세기론자 대 다원주의자'였다.

배움의 전당이 하나 있었네.
휴런호의 오른쪽 가에
많고 많은 멍청이들 모여들었네.
또 다른 멍청이들 말을 듣고저.
멍청이들의 왕은 옳소, 좋소 선생이었지.
입이 찢어져라 미소를 짓는.
그의 머릿속에 든 생각은 오직 하나,
원하는 이야기를 해주도록 하자!

어느 겨울, 마거릿은 저녁 강연 시리즈를 기획하자고 제안했다. 사람들이 모여 뭐든 가장 관심이 있는 주제에 대해 너무 길지 않은 강연을 하자는 것이다. 처음 마거릿은 선생님들을 위한 자리로 이 시리즈를 기획했다.("선생님들은 항상 포로처럼 잡혀 있는 학생들 앞에 서서 떠들어대기만 하니까, 이번에는 앉아서 다른 사람들이 *자기에게* 하는 말을 좀 들을 필요가 있어."라고 그녀는 말했었다.) 하지만 결국에는 교사가 아닌 사람들도 초대해야 더 재미있을 거라고 의견이 모아졌다. 우선은 마거릿의 집에서 포트럭 파티를 겸해 와인을 나누며 첫 강연 모임을 열기로 했다.

　바로 그것이 그 맑고 추운 겨울날 밤, 코트와 학교 가방, 하키스틱을 잔뜩 쌓아놓은 어두운 복도의 부엌문 밖,(아이들이 아직 집에 살던 당시에는 부엌문이 뒤쪽에 달려 있었다.) 거실의 소리가 들리지 않는 그곳에, 니나가 서 있었던 이유였다. 거실에서는 키티 쇼어가 한참 성인(聖人)들에 대한 자신의 주제로 강연을 하고 있었다. 마거릿의 이웃이기도 했던 키티와 에드 쇼어는 교사가 아니면서 그 자리에 초대된 '보통 사람들' 중 하나였다. 전날 밤에는 에드가 이미 산악 등반에 대해 강연을 한 바 있었다. 그는 직접 로키 산에서 암벽등반을 한 적도 있었지만 강연에서는 주로 자신이 즐겨 읽는 위험하고 비극적인 탐사 기록들에 대해서만 이야기했다.(그날 밤 함께 커피를 마시면서 마거릿이 니나에게 말했다. "그가 장의 절차에 대해 이야기하면 어쩌나 걱정했었어." 니나는 낄낄거리며 대답했다. "장의사 일이 제일 좋아하는 일은 아니겠지. 일단 그건 *취미*라고 하긴 좀 그렇잖아. 취미 삼아 장의사 일을 하는 사람이 몇이나 있으려고.")

　에드와 키티는 잘생긴 커플이었다. 마거릿과 니나는 에드가 장의사만 아니었다면 이름난 난봉꾼이 될 수도 있었으리라고 비밀스럽게 동의한 적이 있었다. 길고 섬세한 손의 창백한 빛깔을 볼 때면 저 손이 도대체 뭘 하는 손인지 묻지 않을 수 없었다. 체형이 풍만한 키티를 사람들은 종종 사랑스러운 사람이라고 부르곤 했다. 가슴이 풍만한 그녀는 키가 작고 따뜻한 갈색 눈에 열정적인 목소

리를 가진 여인이었다. 결혼 생활, 아이들, 계절과 마을 일 무엇보
다 자신의 종교에 대해 그녀는 온갖 열정을 쏟아 부었다. 그녀가 다
니는 영국국교회에 그녀처럼 열정적인 사람은 흔치 않았다. 종교
적 엄격함에다 낭만성, 순산감사식*처럼 전통적인 예식까지 고집하
는 그녀를 두고 참 드문 경우라고 말하는 사람들도 있었다. 니나와
마거릿은 그녀와 가까워지기가 쉽지 않다는 걸 깨달았고 루이스는
그녀를 독약 취급했으며, 사람들 역시 대부분 한번쯤 그녀에게 덴
경험을 가지고 있었다.

　오늘 저녁 키티는 진한 붉은색 울 드레스를 입고 아이들 중 하나
가 크리스마스 선물로 만들어준 귀고리를 한 채 다리를 꼬고 소파
의 끝자리에 앉아 있었다. 성인들의 역사적이고 지리적인 배경을
이야기하는 동안은 아무런 문제도 없는 것 같았다. 적어도 니나 생
각에는 그랬다. 니나는 단지 루이스가 발끈할 이야기가 나오지 않
기만을 바라고 있었다.

　키티는 동유럽의 성인들은 포기하고 주로 영국, 특히 콘월과 웨
일스, 아일랜드와 켈트 지역 성인들에 집중할 수밖에 없었다고 설
명했다. 그녀는 멋진 이름을 가진 켈트 지역의 성인들을 특히 더 좋
아한다고도 했다. 치료와 기적 같은 것들에 대한 이야기가 시작되
자 키티의 목소리는 어느 때보다 더 열기를 띠고 환희로 차올랐다.
귀고리도 딸랑거리기 시작했다. 니나는 차츰 불안을 느꼈다. 요리
하다가 사고가 났을 때 어떤 성인과 대화를 나누던 중이라고 하면

---

* 추수감사절에 아이를 낳은 지 얼마 안 되는 산모들을 위해 지내는 예배.

사람들이 자신을 경망하다고 책하리라는 것을 잘 알고 있다고 키티는 이야기했다. 하지만 자신은 바로 그 사고를 피하게 하려고 성인이 자신에게 나타났던 거라고 굳게 믿는다고 그녀는 주장했다. 우리는 우주를 주재하는 신 앞에서 사소한 일상을 토로하는 것을 부끄럽게 생각하지만 신은 우리의 크고 작은 시행착오나 불행에 무관심한 그렇게 높고 위대한 존재만은 아니라고 그녀는 이야기를 계속했다. 성인의 도움을 받으면 우리는 여전히 어느 정도 아이의 세계, 위안과 도움을 수용하는 아이들의 신앙을 유지할 수 있다는 것이다. *아이의 마음을 가질지어니.* 커다란 기적을 맞을 준비를 가능하게 하는 것은 바로 이런 작은 기적들이 아니겠는가 질문하며 키티는 연설을 끝마쳤다.

이제 질문하실 분은 질문하세요.

누군가가 영국국교회, 그러니까 프로테스탄트 교회에서 성인이 차지하는 위치에 대해 질문을 던졌다.

"글쎄요, 엄격하게 말하자면 저는 영국국교회가 프로테스탄트 교회라고는 생각하지 않아요. 하지만 그 점을 더 논하지는 않겠어요. 사람들이 사도신경을 외우며 '성스러운 교회를 믿습니다.'라고 할 때 저는 그게 보편적인 기독교 교회 전체를 이야기하는 거라고 생각해요. 또 '성도의 교제를 믿습니다.'라고 할 때도 마찬가지죠. 물론 우리 교회에 성인 상은 없지만 말이에요. 개인적으로는 있으면 참 좋을 것 같은데요."

마거릿이 "커피들 하시겠어요?"라고 끼어들었다. 그 말로 모두가 공식적인 행사는 끝났다는 사실을 받아들였다. 하지만 루이스는 의자를 키티에게 가까이 끌고 가 앉으며 친근하기까지 한 말투로 질문을 던지기 시작했다. "그러니까, 당신이 그런 기적들을 믿는다는 걸 우리가 이해해야 하는 거죠?"

키티는 웃음을 터뜨렸다. "물론이죠. 기적을 믿지 않았다면 저는 지금 존재할 수도 없는걸요."

그 뒤에 벌어질 일을 나나는 이미 알고 있었다. 루이스는 조용히, 하지만 가차 없이 공격을 개시할 터이고 키티는 명랑한 확신과 스스로는 매력이자 여성적인 비일관성이라고 생각하는 그런 무기를 가지고 맞설 것이다. 물론 루이스가 그녀의 매력에 넘어가는 일은 없겠지만. 성인들이 어떤 형상을 하고 나타났는지, 하늘나라의 성인들은 평범한 우리의 고마운 조상들과 같은 땅에 사는지, 그들은 어떻게 성인으로 추대된 것인지, 기적은 주장인지 입증인지, 15세기 이전에 살았던 사람의 기적을 어떻게 입증할 수 있는지, 기적을 입증하는 것이 정말 가능한지, 오병이어(五餠二魚)는 정말 수를 세 가며 벌어진 일인지 아니면 신앙의 힘으로 그렇게 생각만 한 건지, 그는 계속해서 질문할 것이다. 그리고 결국 신앙에 대한 지점에 도달하면 루이스는 그녀가 일상의 모든 문제에서 신앙을 기준으로 선택을 내리는지 다그쳐 물어볼 것이다.

키티는 그렇다고 대답하겠지.

과학에 조금도 기대지 않는다고요? 물론이에요. 그렇다면 아이들이 아프더라도 약을 주지 않겠군요. 차에 기름이 떨어져도 오직 신앙의 힘으로……

그들 사이에 계속해서 대화가 오고 갔다. 점점 거칠고 위험해지는 대화 속에서, 이제 키티의 목소리는 전선 위의 새처럼 톡톡 튀고 있었다. 바보 같은 소리 말아요. 내가 미친 사람인 줄 알아요? 루이스의 조롱은 차츰 더 경멸 조를 띠며 점점 더 치명적인 수위로 내달리고 있었다. 방 안의 사람들은 모두 그들의 대화를 같이 듣고 있었다.

니나는 입이 썼다. 마거릿을 돕기 위해 부엌으로 나갔지만 마거릿은 커피를 들고 다시 거실로 들어갔고 니나는 그냥 부엌 바깥의 복도로 걸어 나갔다. 그녀는 뒷문의 작은 유리창으로 달 없는 밤의 별과 길가에 쌓인 눈을 내다보며, 달아오른 볼을 유리창에 식히고 있었다.

부엌문이 열렸을 때 니나는 고개를 번쩍 들고 미소 지으며 "날씨가 어떤지 좀 보려고요."라고 말하려고 했다. 하지만 문이 다시 닫히기 전 불빛에 잠시 비친 얼굴이 에드였기 때문에 그녀는 굳이 그 말을 할 필요가 없다고 생각했다. 그들은 짧고 사교적이며 사과와 포기가 섞인 웃음을 서로 주고받았다. 많은 의미가, 서로에 대한 이해가 담겨 있는 웃음이었다.

그들은 잠깐 동안만이라도 키티와 루이스를 떠나 있고 싶었던 것이다. 키티도 루이스도 눈치 채지 못할 터였다. 루이스의 열기는 식는 법이 없을 테고, 키티 역시 그 곤경에서 벗어날 길을 찾아내고 말 것이다. 키티나 루이스가 자기 자신에게 신물을 느끼는 일은 결코 없으리라.

그게 그때 에드와 니나가 느낀 것이었을까? 각자의 상대에 대한 피로감. 적어도 끝없는 논쟁과 자기 확신, 포기를 모르는 그 정력적인 성격에 대한 피로감이.

그러나 그들은 그런 말을 하지는 않았을 것이다. 아마 그저 좀 피곤하다고만 했을지도.

에드는 두 팔로 니나를 감싸 안고 키스했다. 입도 얼굴도 아니고 그녀의 목에. 동요한 맥박이 두근거리는 그 목덜미에.

그렇게 키스하기 위해 에드는 허리를 구부려야만 했다. 그녀가 반듯하게 서 있으면 대부분의 남자들에게는 목이야말로 키스하기에 자연스러운 위치였다. 그러나 에드는 키가 무척 컸고 노출된 그녀의 부드러운 목에 키스하려면 허리를 굽히지 않을 수 없었다.

"여기 있으면 감기 걸리겠어요." 그가 말했다.

"알아요, 들어가려고요."

이날까지 니나는 루이스를 제외한 누구와도 섹스를 해본 적이 없었다. 그 비슷한 일조차 해본 적이 없었다.

섹스를 하다. 섹스하다. 오랫동안 그녀는 이 표현을 쓸 수 없었다. 대신 그녀는 사랑을 나눈다라고 말했다. 루이스는 어떤 식의 표현도 사용하지 않았다. 그는 창의적이고 체력이 좋은 파트너였다. 신체적인 면에서 그는 그녀를 무시하지 않았다. 그녀의 육체를 배려할 줄 알았던 것이다. 하지만 감상은 조금도 허락하지 않았다. 그의 기준에서 볼 때는 너무 많은 것들이 감상적이었다.

그날 부엌문 밖에서 받은 에드의 키스는 니나에게 소중한 기억이 되었다. 매해 크리스마스 공연의 합창단 속에서 에드가 솔로로 〈메시아〉의 테너 파트를 부를 때면 언제나 그 순간이 다시 떠오르곤 했다. "내 백성을 위로하라."는 그의 목소리가 반짝이는 바늘처럼 그녀의 목을 관통해 지나갔다. 그 순간에는 그녀 안의 모든 것이 다 인정되고 존중받고 빛을 발하는 것만 같았다.

폴은 니나와 마찰을 겪게 될 거라고는 생각하지 않았다. 그녀는 언제나 수줍고 온화한 사람이라고 생각했던 것이다. 루이스처럼 공격적이지 않은, 하지만 머리가 좋은 사람이라고.

"아뇨. 그이는 그걸 원하지 않을 거예요." 니나가 대답했다.

"니나, 가르치는 건 그의 삶이었어요. 그의 수업 시간이면 홀린 듯이 앉아 있었던 걸 기억하는 학생들이 숱하답니다. 그런 학생들이 얼마나 많은지 알고 있는지 모르겠네요. 그들은 루이스의 수업처럼 기억에 남는 일은 학교에 없었다고 생각하고 있어요. 그는 분명한 존재감을 가지고 있었어요. 당신의 존재는 기억하는 사람도 있고 그렇지 않은 사람도 있겠지만 루이스는 분명히 그만의 존재감을 가지고 있었다고요."

"그걸 뭐라는 게 아니에요."

"많은 사람들이 어떤 식으로든 작별 인사를 하고 싶어 해요. 우리에게는 작별 인사가 필요해요. 그에게 경의를 표하기 위해서도요. 무슨 말을 하는지 아시죠? 그 모든 일에 마침표 같은 게 필요하다고요."

"네, 알아요. 마침표."

비꼬는 말투라고, 폴은 생각했지만 무시하기로 했다. "종교적인 색채는 전혀 없을 거예요. 기도도, 설교도 없을 겁니다. 그가 얼마나 그런 걸 싫어하는지는 당신 못지않게 저도 잘 알아요."

"네, 싫어할 거예요."

"알아요. 올바른 표현일지는 모르겠지만 제가 행사를 다 알아서 준비할 수 있어요. 적당한 사람들에게 감사의 말을 하도록 부탁할 생각을 해두었어요. 마지막에 제가 조금 마무리를 하고 한 여섯 명쯤이 '애도'를, 이 말이 맞긴 하지만, '감사의 말'이라는 표현이 더 마음에 드는군요."

"루이스는 아무것도 원하지 않을 거예요."

"부인께서도 원하시면 행사에 어떤 식으로든 참여하실 수 있어요."

"폴, 들어봐요. 내 말 좀 들어봐요."

"물론이죠, 듣고 있어요."

"계속 고집을 부리시면, 저도 정말 뭔가를 하겠어요."

"물론이죠, 좋아요."

"실은 루이스가 죽으면서, 시를 하나 남겼어요. 정히 추도식을 열겠다면 제가 그걸 읽겠어요."

"네?"

"식장에서 그걸 크게 낭독하겠다고요. 지금 먼저 조금 읽어드릴까요?"

"네, 그러세요."

배움의 전당이 하나 있었네.

휴런호 오른쪽 옆에

많고 많은 멍청이들 모여들었네.

또 다른 멍청이들 말을 듣고저.

"과연 루이스의 시답군요."

멍청이들의 왕은 옳소, 좋소 선생이었지.

입이 찢어져라 미소를 짓는.

"니나, 됐어요. 됐어요. 무슨 말인지 알겠어요. 원하는 게 이런 건가요? 그래요? 〈하퍼밸리 사친회〉*라도 부를 작정인가요?"

"아직 끝나지 않았어요."

"네, 물론 그렇겠죠. 부인께서는 지금 무척 기분이 나쁘신 것 같군요. 그렇지 않으면 이렇게 행동하지는 않으시겠죠. 나중에 다시 생각해 보면 틀림없이 이 일을 후회하실 겁니다."

"아뇨."

"후회하실 겁니다. 이제 전화를 끊어야겠군요. 인사를 해야겠습니다."

"와, 굉장한데. 교장 반응은 어땠는데?" 마거릿이 말했다.

"이제 끊어야겠다고, 인사해야겠다고 하던데."

"내가 그리로 갈까? 말동무라도 할 겸."

---

* Harper Valley P.T.A. 학교와 학부모 사회를 비판적으로 풍자한 1960년대 컨트리 음악.

"아냐, 지금은 됐어."

"정말이야? 괜찮아?"

"응, 괜찮아."

그러나 니나는 교장과 전화하면서 한 자신의 행동이 썩 마음에 들지 않았다. "사람들이 무슨 추모회를 열자는 둥 법석을 떨면 모조리 무시해야 해. 사탕발림 좋아하는 그 작자는 그런 짓을 하고도 남을 거야."라고 루이스는 당부했다. 그러니 어쨌든 니나는 폴의 제안을 거절할 수밖에 없었다. 하지만 자신이 좀 전에 한 행동은 너무 유치하고 과시적인 것처럼 느껴졌다. 분노와 앙갚음은 루이스의 전공 분야였다. 자신의 역할은 언제나 그런 루이스를 달래는 것이었을 뿐.

이제 루이스 없는 세상에서 그녀의 오래되고 온순한 기질만으로 과연 어떻게 살아갈 수 있을지 그녀는 도무지 상상할 수 없었다.

날이 어두워지고 얼마쯤 지나서 에드가 그녀 집 뒷문을 두드렸다. 골분이 든 상자 하나와 하얀 장미 다발을 손에 들고 있었다.

그는 그녀에게 골분을 먼저 건네주었다.

"아, 다 됐군요." 그녀가 말했다.

두꺼운 종이 상자 아래쪽으로 골분의 온기가 전해졌다. 피부 아래에서 느껴지는 혈액의 온기처럼 천천히 전해지는 그런 온기가.

이걸 어디에 내려두어야 할까? 거의 손을 대지 않은 저녁 식사가 아직 놓여진 식탁 위는 아닌 것 같았다. 스크램블드에그와 살사소스. 루이스가 무슨 이유에선가 늦게 들어오거나 팀호튼이나 펍 같은 곳에서 다른 선생님들과 함께 저녁을 하고 올 때면 그녀가 즐겼던 메뉴였다. 그러나 오늘 밤에는 현명한 선택이 아니었다.

주방 선반도 곤란했다. 거기 있으면 부피가 큰 식료품 상자처럼 보일 것 같았다. 바닥에 두면 눈에 잘 띄지 않아서 좋긴 하겠지만 좀 낮은 위치로 떨어지는 것 같은 인상이 있었다. 식기나 음식 가까이에 두기 곤란한 애완동물 배변통이나 정원의 비료처럼 말이다.

니나는 사실 다른 방에 가져다 두고 싶었다. 해가 안 드는 앞쪽 방 어딘가에 내려놓거나 벽장 선반에 넣어두면 더 좋을 것 같았다. 하지만 그렇게 하면 너무 빨리 눈앞에서 치워버리는 것 같은 기분이 들었다. 게다가 에드가 자신을 지켜보고 있을 때 그런 행동을 하는 것은 눈앞의 지저분한 것들을 대충 여기저기로 집어넣으며 손님을 맞는 것처럼 무례하게 보일 것 같기도 했다.

그녀는 결국 전화기가 있는 낮은 테이블 위에 그 상자를 내려놓았다.

"아, 자리도 권하지 않았네요. 좀 앉으세요. 앉으세요." 그녀가 말했다.

"식사를 방해했네요."

"그만 먹으려던 참이에요."

그는 여전히 꽃다발을 손에 들고 있었다. "저한테 주시는 거예요?" 그녀가 물었다. 문을 열었을 때 꽃다발을 든 그의 모습, 꽃다발과 골분 상자를 든 그의 모습은 뭔가 기괴하게, 지금 생각해 보면 어처구니없을 만큼 이상스럽게 보였다. 누군가한테 그 이야기를 하면 다시 한 번 신경이 곤두설 것만 같았다. 마거릿에게 말해 볼까? 아니, 그녀는 결코 누구한테도 그 이야기를 하고 싶지 않았다.

저한테 주시는 거예요?

아마 죽은 사람을 위한 꽃, 혹은 십중팔구 고인의 집을 방문하면서 예의로 가져온 꽃일 터였다. 그녀는 꽃병을 찾다가 주전자에 물을 채우고 "지금 차를 마시려던 중이에요."라고 그에게 말을 건넸다. 다시 꽃병을 찾기 시작한 그녀는 찾은 꽃병에 물을 채우고 줄기를 자를 가위도 함께 꺼낸 뒤에야 그에게서 꽃을 받았다. 그러고 나서야 주전자를 가스레인지 위에 올리기만 하고 정작 불은 켜지 않았다는 사실을 깨달았다. 도통 마음을 가다듬을 수가 없었다. 그녀는 꽃을 바닥에 던져버리고 꽃병을 깨뜨리고 저녁 식탁 위에 놓인 음식들을 손으로 뭉개버리기라도 해야 할 것 같은 기분이 들었다. 하지만 왜? 화가 난 것은 아니었다. 단지 계속해서 뭔가를 해야 할 것 같은 절박한 기분이 들었을 뿐이다. 이제 찻주전자를 데우고 찻잎을 부어야만 했다.

"루이스의 주머니에서 찾은 걸 읽어봤어요?" 그녀가 물었다.

에드는 다른 곳을 보며 고개를 저었다. 그녀는 그가 거짓말을 하고 있다는 걸 알았다. 그는 거짓말을 하고 있었다. 그는 떨고 있었다. 그는 과연 그녀의 삶 속으로 얼마나 깊이 개입할 생각일까? 그녀가 먼저 시작해 본다면 어떨까? 그리고 자신이 느낀 경악에 대해 이야기한다면. 루이스가 남긴 그 메모를 보았을 때, 그 시가 그가 남긴 메모의 전부라는 걸 알았을 때 가슴에 느껴지던 그 한기에 대해 먼저 말을 꺼낸다면.

"별거 아니었어요. 그냥 시를 몇 줄 적어두었더군요." 그녀가 말했다.

그들 사이에는 형식적인 예의와 압도적인 소심함 사이를 메워 줄 그 어떤 중간 지점도 존재하지 않았다. 그들이 알고 지낸 세월 내내 그들의 관계는 한 번도 균형을 잃지 않았다. 각자 결혼 생활이 있었고 또 그 생활이 몹시도 소중한 것이었으므로. 때로는 당황스 럽고 힘겹기도 했지만 루이스와의 결혼은 니나의 삶에 가장 중요 한 부분이었다. 에드 역시 따뜻함과 아늑함이 보장된 키티와의 결 혼 생활에 깊이 의지했다. 설사 그 둘 모두가 자유로워졌다 하더라 도 그런 배우자와 함께하지 않는 자신만의 삶을 생각한다는 것은 도무지 불가능한 일처럼 보였다. 그러나 뭔가가 일어나고 있었다. 모험이 시작되고 있었던 것이다. 자신을 배우자에게서 분리시키고 그간의 관계는 사실 아무것도 아니었다고 생각하게 만드는 그런 모험이.

그녀는 주전자에 불을 올리고 찻주전자를 미리 데워두었다. "도 움을 많이 주셨는데 고맙다는 인사도 못했네요. 차라도 한 잔 들고 가세요."

"네, 그러죠." 그가 대답했다.

테이블에 마주 앉아 찻잔을 채우고 우유와 커피를 권하는 그때, 어쩌면 공포가 엄습할 수도 있었을 바로 그때 니나는 기이한 궁금 증이 일었다.

"에드, 당신이 하는 일이 정확히 뭐예요?" 그녀가 물었다.

"내가 하는 일이오?"

"그러니까, 지난밤에 당신이 그이한테 한 일이오. 이런 질문을 별로 받지 않는군요?"

"자세하게 말할 일은 없죠."

"말하기 싫으신가요? 그러면 대답하실 필요 없어요."

"아뇨, 싫은 게 아니라 그냥 좀 의외라서요."

"저도 이런 질문을 할 거라고는 생각하지 않았어요."

"좋아요, 그럼. 우선 기본적으로는 혈액과 그 밖의 체액들을 다 빼내야 해요. 그런데 피가 응고되기도 하고 뭐 등등의 이유로 문제들이 생기니까 그런 걸 해결해야 하죠. 대부분의 경우에는 경동맥을 열지만 때로는 심장 동맥에서 직접 피를 빼야 할 때도 있어요. 그러고 나면 투관침이라는 걸 사용해서 몸의 이런저런 구멍으로 기타 체액들을 빼내죠. 튜브가 달린 긴 바늘 같은 물건으로요. 그렇지만 검시를 한 시체나 내장들이 튀어나온 경우에는 이야기가 달라지죠. 그럴 때는 우선 원래 형태를 회복하기 위해 속을 채워 넣어야 해요……." 그는 잔을 받침에 내려놓으며 말했다.

이야기를 하는 내내 그는 니나의 눈을 응시한 채로 반응을 지켜보며 이야기를 이어갔다. 그녀는 아무렇지도 않았다. 분명하게 느낄 수 있는 것은 선명하고 광범위한 호기심뿐이었다.

"이런 걸 알고 싶었던 거 맞아요?"

"네." 그녀가 차분하게 대답했다.

에드는 아무 문제가 없다는 걸 발견하고 안심했다. 안도감과 함께 고마움 역시 느꼈을지 모른다. 그는 틀림없이 자신이 하는 일을 전혀 입에 담지 않거나 조롱거리로 삼는 사람들에게 더 익숙할 터였다.

"그리고 나면 포름알데히드와 페놀, 알코올 등을 섞은 주사제를 놓죠. 어떤 때는 얼굴과 손에 염색을 좀 하기도 해요. 모두들 얼굴을 중요하게 생각하니까 눈꺼풀이며 입 주위로 손을 많이 보죠. 마사지도 하고 눈썹 손질도 하고 특수 화장을 하기도 해요. 또 손에도 신경을 많이 쓰죠. 부드럽고 자연스럽게 보이는 걸 좋아하거든요. 손가락이 구부러져 있거나 하면……."

"당신이 그 일들을 다 했군요."

"그래요. 당신이 원한 건 아니었지만요. 대부분은 분장 일에 가깝다고 할 수 있죠. 보존하는 것보다는 분장에 더 신경을 써요, 요즘에는. 심지어는 레닌한테도, 알죠? 색이 변하거나 건조해지는 걸 막으려고 계속해서 주사제를 놓는 거죠. 다른 걸 뭐 얼마나 더 하는지는 모르겠지만."

목소리에 드러나는 진지하면서도 편안함, 약간의 느슨함이 루이스를 생각나게 만들었다. 그녀는 죽기 전날의 루이스를 떠올렸다. 루이스는 약하지만 만족감이 담긴 목소리로 그녀에게 단세포 생물에 대한 이야기를 했다. 핵도, 단 한 쌍의 염색체도, 그 밖의 무엇도 가지고 있지 않은, 하지만 생명의 역사가 시작된 이래 3분의 2 이상의 시간 동안 지구에 존재한 유일한 생명체였던 단세포 생물에 대해.

에드가 말했다. "고대의 그리스인들은 죽으면 우리의 영혼이 여행을 떠난다고 믿었죠. 여행을 마치고 돌아오려면 삼천 년이 걸리는데 돌아왔을 때 자신의 몸이 알아볼 수 있는 형태로 남아 있어야 영혼이 몸을 찾을 수 있다고 생각했던 거예요. 그래서 보존이 무엇보다 중요했어요. 하지만 요즘에는 그 정도로 보존에 신경을 쓰진 않아요."

염색체도, 미토콘드리아도 없는.

"삼천 년이라, 그리고 돌아온다고요." 그녀가 말했다.

"그들에 따르자면 그렇죠." 그가 빈 잔을 내려놓고 이제 가봐야 겠다고 말했다.

"고마워요." 니나가 말했다. 그리고 서둘러서 물어보았다. "영혼 같은 걸 믿나요?"

그는 손으로 식탁을 누르며 잠시 서 있었다. 작은 한숨을 쉬고 고 개를 젓더니 그는 "그래요."라고 대답했다.

에드가 가자마자 니나는 골분을 들고 나와 차의 뒷 좌석에 상자 를 놓았다. 그리고 열쇠와 코트를 가지러 다시 집 안으로 들어갔다. 마을 바깥으로 어느 교차로까지 2킬로미터쯤 운전한 그녀는 차를 주차하고는 상자를 들고 길을 따라 걷기 시작했다. 조용하고 추운 밤이었다. 달이 하늘 높이 걸려 있었다.

길가에는 부들이 자라는 늪지대가 펼쳐 있었다. 겨울 풍경 속의 키 큰 부들은 이제 모두 말라 죽어 있었다. 씨가 다 날아가 버린 채 조개껍질처럼 빛나는 밀크위드*들도 있었다. 달빛 아래에서 모든 것이 선명하게 모습을 드러냈다. 어디선가 말 냄새가 났다. 실제로 바로 근처에, 울타리와 부들 숲 너머로 검은 윤곽을 드러낸 말 두

---

* 여러해살이풀인 박주가리과의 일종으로 줄기에는 털이 나고 자르면 흰 유액이 나 온다.

마리가 서 있었다. 그들은 서로 큰 몸뚱이를 비비며 맞댄 채 그녀를 바라보고 있었다.

그녀는 상자를 열고 차가워진 재 속으로 손을 넣었다. 재와 그의 몸에서 나온 다른 작은 알갱이들을 움켜쥔 그녀는 길가 식물들 사이로 그 재를 날려 보냈다. 유월의 차가운 물속에 발을 첨벙거리다가 마침내 처음으로 호수에 뛰어들 때의 기분과도 흡사했다. 최초의 저릿한 충격과 여전히 움직이는 자신의 몸에 대한 경이, 차가운 냉기는 계속해서 파고들지만 완고한 물 위로, 삶의 조용한 표면 위로 자신을 들어 올리는 그 생존의 감각과도.

쐐기풀
NETTLES

1979년의 여름날, 온타리오주 억스브리지 근처에 있는 친구 서니의 집에 들어선 나는 부엌 식탁에서 케첩 샌드위치를 만들고 있는 한 남자를 보았다.

막연한 고집을 부리며 나는 남편과 함께(그 여름에 헤어진 첫 번째 남편이 아니라 새로 만난 두 번째 남편과) 그 집을 찾으려고 토론토 북동쪽의 언덕 지역을 차로 돌아보고 있었다. 그 집이 있던 도로를 찾아보려고 했지만 도무지 찾을 수가 없었다. 아마 벌써 철거된 것인지도 몰랐다. 내가 방문한 지 몇 년 후 서니와 남편은 그 집을 팔아버렸다. 사실 여름 별장으로 사용하기에는 그들이 사는 오타와에서 너무 멀어 가기가 쉽지 않았고 아이들도 그 집을 좋아하지 않는 데다가, 주말이면 그곳에서 골프를 즐기곤 했던 그녀의 남편 존스턴 역시 일이 바빠 통 가볼 시간이 없었던 것이다.

나는 그 골프 코스를 발견했다. 낡은 울타리가 교체되고 더 그럴 듯한 클럽하우스가 들어서 있긴 했지만 분명 그 골프 코스가 맞는 것 같았다.

어릴 때 내가 자란 시골에서는 오륙 년마다 한 번씩 비가 오지 않는 여름에 우물이 말라버리는 일이 흔히 있었다. 땅에 구멍을 파서 만든 동네 우물들 중에서 우리 집 우물이 가장 깊었다. 아버지가 기르는 동물들(아버지는 은여우와 밍크를 키웠다.) 때문에 물이 많이 필요했던 것이다. 어느 날 우물 파는 사람이 특이한 장비들을 가지고 우리 집에 도착했다. 마침내 바위 아래로 흐르는 지하수층을 발견할 때까지 그는 땅을 파고 또 파냈다. 그때부터 우리 집에서는 일 년 중 언제라도, 아무리 가문 날이 계속되더라도 깨끗한 찬물을 퍼올릴 수 있게 되었다. 우물은 우리 집안의 자랑거리였다. 우물가의 펌프에는 양은 컵이 매달려 있었다. 타는 듯 뜨거운 날 우물에서 물을 퍼 마실 때면 나는 검은 바위 위로 다이아몬드처럼 반짝이며 흐르는 샘물을 상상하곤 했었다.

우물 파는 사람의 이름은 마이크 맥컬럼이었다. 그가 하는 일이 정확히 무엇인지는 별로 중요하지 않다는 듯 혹은 옛날식 호칭이 더 편하기라도 하다는 듯 사람들은 그를 그저 구멍 파는 사람이라고 부르기도 했다. 그는 우리 농장 근처의 마을에 살았지만 거기에 자기 집이 있는 것은 아니었고 지역 인근의 샘 파는 일이 다 끝날 때까지 그 마을의 클라크 호텔에 묵고 있을 뿐이었다. 그리고 봄철에 시작된 일들이 다 끝나고 나면 그는 곧 또 다른 지역으로 이동하곤 했다.

마이크 맥컬럼은 우리 아빠보다 젊었지만 나보다 1년 2개월 빠른 아들이 하나 있었다. 그 아이는 아버지와 함께 호텔이나 하숙집에 묵으면서 어디든 머무는 곳에서 제일 가까운 곳에 있는 학교에 다녔다. 아이의 이름 역시 마이크 맥컬럼이었다.

나는 그 애의 나이를 정확하게 알고 있었다. 그것이야말로 처음 만난 아이들이 친구가 되기 전에 가장 먼저 알아보는 필수 사항 중 하나이기 때문이다. 그는 아홉 살이었고 나는 여덟 살이었다. 그의 생일은 사월이었고 내 생일은 유월이었다. 그가 아버지와 함께 우리 집에 왔을 때 나는 한창 여름 방학 중이었다.

그의 아버지는 언제나 진흙과 먼지로 뒤덮인 어두운 적색 트럭을 몰고 다녔다. 비가 오는 날이면 나와 마이크는 트럭의 운전대로 기어 올라가곤 했다. 그럴 때 그의 아버지가 담배를 피우거나 차를 마시기 위해 부엌으로 들어갔는지 아니면 나무 밑에 서 있었는지, 그도 아니라면 그저 계속해서 일을 하고 있었는지는 잘 기억나지 않는다. 비는 운전석의 창문을 씻어 내리고 차 지붕 위로 요란한 소리를 내며 쏟아져 내렸다. 차 안에서는 남자들 냄새가 났다. 작업복과 장비들이며, 담배와 더러운 장화, 그리고 쉰 치즈 냄새가 나는 양말들. 우리를 따라 나온 레인저의 비에 젖은 긴 털에서도 냄새가 풍겨왔다. 보통은 레인저를 잘 데리고 다녔지만 때로 나는 이유도 없이 그에게 집에 남아 있으라거나 헛간에 가 있으라고 명령하기도 했다. 그러나 마이크는 레인저를 무척 좋아해서 언제나 다정하게 이름을 부르며 우리의 계획에 대해 이야기해 주는가 하면 레인저가 토끼나 두더지 따위를 쫓는 개들만의 놀이로 바쁠 때에는 가만히 서서 그를 기다려주기도 했다. 언제나 옮겨 다녀야 하는 아빠의 직업 때문에 마이크는 한 번도 자신만의 개를 길러보지 못했던 것이다.

어느 날 우리와 함께 밖에서 놀던 레인저가 스컹크를 쫓다가 그만 한 방 먹고 말았다. 우리 둘 모두 그 일로 꾸중을 들어야만 했다. 엄마는 하던 일을 당장 멈추고 마을에 가서 커다란 토마토 주스를 몇 통이나 사가지고 왔다. 마이크가 레인저를 달래 욕조에 집어넣자 우리는 그 위로 토마토 주스를 들이부으며 솔로 털을 문질러댔다. 레인저는 마치 피로 목욕을 하고 있는 것처럼 보였다. 이만한 피를 얻으려면 사람을 몇이나 죽여야 할까? 말이나 코끼리라면 몇 마리나? 우리는 숙덕거렸다.

마이크보다는 내가 피나 동물 도살에 더 익숙했다. 나는 아빠가 여우와 밍크에게 먹이로 줄 말을 총으로 쏴 죽이는 헛간 문 근처의 구석 풀밭으로 그를 데리고 갔다. 자주 밟아서 풀이 자라지 않는 그 자리의 흙은 피로 깊숙이 젖어 있었고 주위에도 피가 튀어 생긴 검붉은 얼룩이 남아 있었다. 먹이로 줄 말고기를 매달아 두는 헛간 마당의 고기 저장실로 나는 그를 데리고 갔다. 전선을 얼기설기 엮어서 만든 고기 저장실의 벽에는 죽은 고기 냄새를 맡고 모여든 파리 떼가 새카맣게 붙어 있었다. 우리는 자갈돌을 주워 벽에 붙은 파리 떼를 내려찍기도 했다.

우리 집 농장은 9에이커밖에 되지 않아서 나는 어디 하나 빠뜨린 데 없이 농장 구석구석을 샅샅이 뒤지고 다닐 수 있었다. 말로 잘 표현할 수는 없었지만 모든 장소가 나름의 표정과 성격을 가진 것 같았다. 길고 창백한 말고기 덩어리가 흉측한 고리에 매달려 있는 조립식 헛간이나 살아 있는 말들이 고깃덩어리로 변하고 마는, 피에 젖은 헛간 구석이야 누가 보더라도 별스러운 장소임에 틀림없었다. 그러나 특별한 일이라고는 일어난 적 없는 헛간 입구 양쪽의 돌덩어리 같은 것들 역시 나에게는 고기 저장실 못지않은 특별한 의미를 갖고 있는 것처럼 느껴졌다. 헛간 입구 한쪽에는 크고 매끈한 흰 바위 하나가 불쑥 위로 튀어나와 있었는데, 나는 언제나 급이 떨어져 보이는 맞은편의 검은 돌무더기 대신 대범하고 당당해 보이는 이 흰 바위 위로 기어 올라가곤 했다. 마당의 나무들 역시 나름의 분위기와 특징을 지니고 있었다. 느티나무는 근엄하고 참나무는 위협적이었으며 단풍나무가 다정하고 친근했다면 산사나무는 나이 들고 추레해 보였다. 몇 년 전 아빠가 내다 팔기 위해 자갈을 퍼 올렸던 강바닥의 구멍들조차 나름의 개성을 가지고 있었다. 봄철의 만조가 지나간 후 구멍이 물로 가득 차 있을 때면 그 어느 때보다 구멍들의 개성이 더 잘 드러났다. 작고 깊은 데다 조금도 찌그러지지 않은 동그란 구멍이 있는가 하면 꼬리처럼 길게 뻗은 구멍도 있고 불규칙한 모양의 넓은 구멍들도 있었다. 강물이 너무 얕아서 구멍의 표면에는 언제나 잔물결이 일고 있었다.

마이크는 이 모든 것을 나와는 다른 각도에서 바라보았다. 그리고 그와 함께 있었으므로 나 역시 그것들을 다르게 바라볼 수 있다. 나는 그의 시선으로 그리고 동시에 나의 시선으로 그것들을 바라보았다. 내가 받은 인상은 본성상 말로 표현될 수 없는 것이라서 그저 마음속에 간직하고 있을 수밖에 없었다. 실질적으로 쓸모가 있는 것은 그의 의견들이었다. 헛간 입구의 크고 흰 바위는 아래쪽 경사면의 작은 바위들 위를 날아 마구간 문 옆의 단단한 땅 위로 한 번에 착지하기 위한 디딤돌이 되었다. 나무들, 특히 가지를 타고 베란다 지붕으로 올라갈 수 있는 집 바로 옆의 단풍나무들은 모두 기어오르기 위한 기둥이 되었다. 강바닥의 구멍들은 키가 큰 풀숲 속을 뛰어다닌 후, 먹이를 향해 몸을 던지는 동물처럼 포효하며 뛰어드는 물구멍일 뿐이었다. 강바닥에 좀 더 물이 많은 봄철이라면 함께 뗏목을 만들 수도 있을 거라고 마이크는 말하곤 했다.

큰 강으로 가져가면 어떨까 생각해 본 적도 있었지만 팔월의 강은 어디나 이런 지류와 매한가지로 메마른 돌바닥이나 다름없어서 뗏목을 띄우거나 수영을 하는 것은 어림없는 일이었다. 기껏해야 신발을 벗고 첨벙거리며 물장난을 하는 것이 고작이었던 것이다. 우리는 매끈한 흰 바위들 위로 뛰어다니거나 물 아래의 이끼 낀 바위 위에서 미끄럼을 타고 납작한 수련 잎이나 이제는 이름도 기억나지도 않는, 사실 그때나 이후에나 이름 따위는 안 적이 없는 다른 수생식물들 사이로(야생 미나리였나, 아니면 물미나리였을까?) 휘적휘적 걸어 다니며 놀곤 했다. 섬이나 마른 땅 위에 뿌리를 내린 듯이 무성하게 자랐던 수초들은 사실 강바닥의 진흙에서 자라는 것으로 뱀 같은 그 뿌리들이 물속에서 우리의 발목을 잡아채곤 했다.

우리가 놀던 그 강은 마을을 가로질러 흐르는 큰 강의 지류였다. 상류를 따라 계속 걸어가면 이 차선 고속도로가 지나가는 다리를 만날 수 있었다. 레인저와 둘만 다닐 때는 그렇게 멀리까지 가본 적이 없었다. 거기에는 언제나 마을 사람들이 있었기 때문이었다. 물이 차 있을 때는 남자애들이 다리 난간에서 물로 뛰어들기도 했고 다리 옆으로 낚시를 오는 사람들도 더러 있었다. 물이 없는 지금은 그런 사람들이 없을 테지만, 언제나 사납게 굴면서 소리를 질러대는 마을 애들이 여전히 다리 밑에서 물장난을 하며 놀고 있을 터였다.

안 가본 곳으로 하이킹을 가자고 제안할 수도 있었지만 늘 가던 곳이라는 듯, 이상하거나 거리낄 그 무엇도 없다는 듯 다리 쪽으로 앞장서서 걸어가는 마이크에게 이야기를 꺼낼 수는 없었다. 고함 소리들이 들려왔다. 예상했던 것처럼 남자애들이 소리를 지르고 있었다. 누가 보면 다리가 그 애들 거라고 생각할 것 같았다. 거기까지 별 흥미 없이 우리를 따라왔던 레인저가 갑자기 강둑을 향해 요란스럽게 달리기 시작했다. 그때쯤 이미 꽤 나이 든 개였던 레인저는 한 번도 특별한 이유 없이 아이들을 좋아해 본 적이 없었다.

레인저가 물 밖으로 나오면서 물결이 마구 흔들리자 사람들이 보통 낚시를 하는 다리 끝이 아니라 강둑 위에 앉아 낚시를 하던 한 남자가 욕설을 퍼부었다. 저 망할 개를 집에 두고 다닐 수 없겠느냐고 우리에게 소리쳤다. 마이크는 그 남자가 그저 휘파람이라도 불었다는 듯 아무렇지도 않게 그 앞을 지나쳤다. 우리는 곧 한 번도 와본 적 없는 다리 아래의 그림자를 걸어 지나가고 있었다.

머리 위로 다리 몸체가 지붕처럼 놓여 있었다. 널빤지 틈으로는 햇살이 쏟아져 내렸다. 천둥 같은 소리를 내며 차가 지나갈 때면 햇살은 잠시 자취를 감추었다. 그걸 보기 위해 우리는 가만히 서서 위를 올려보았다. 다리 아래는 그저 폭이 좁은 강의 한 부분이 아니라 나름의 존재를 가진 어떤 공간이었다. 차가 지나가고 나서 다시 널빤지 틈으로 쏟아지는 햇살이 물결 위에 비치면 기이한 빛의 포말들이 시멘트 다리 위 높이까지 반사되어 일렁거렸다. 메아리가 들리는지 보려고 마이크가 크게 고함을 질렀다. 나도 따라 소리를 질러보았다. 하지만 그렇게 큰 소리는 아니었다. 물가의 남자애들이나 다리 건너편의 모르는 사람들이 그 어떤 풀숲에서의 모험보다 더 무서웠기 때문이다.

나는 농장 근처의 시골 학교에 다녔다. 학생 수가 너무 줄어서 우리 학년에는 학생이 나 하나밖에 없었다. 하지만 마이크는 이번 봄부터 이 마을에 있는 학교에 다니고 있었기 때문에 물가에 있는 남자애들을 이미 알고 있었다. 만약 그의 아버지가 중간 중간 지켜 보기 위해 작업장으로 그를 데리고 다니지 않았다면 마이크는 지금 나 대신 저 애들과 놀고 있을 터였다.

마을 남자애들과 마이크 사이에 뭔가 인사 비슷한 말들이 오갔던 것 같다.

어이, 여기서 뭐 해?

아무것도 안 해. 넌 뭐 하는데?

아무것도 안 해. 너랑 같이 온 앤 누군데?

아무도 아냐. 그냥 애야.

오호, 그냥 애.

사실 그 아이들은 놀이를 하고 있었고 모두가 거기에 열중하고 있었다. 남자애들과 여자애들이 자연스럽게 같이 놀 나이는 지났지만 거기에는 여자애들도 여럿 섞여 있었고 그 애들 모두가 강둑에서 뭔가를 정신없이 하고 있었다. 아마 남자애들이 안 따라오는 척하면서, 어쩌면 짓궂은 장난이라도 칠 셈으로 마을에서부터 여자애들을 따라왔을 것이다. 어찌어찌하여 하나 생각해 낸 놀이에 여자, 남자가 전부 필요해서 평소의 규칙을 깨뜨리고 함께 어울리게 되었을 것이다. 사람은 많을수록 좋았기 때문에 마이크는 따라온 나를 데리고 어렵지 않게 놀이에 끼어들 수 있었다.

그건 전쟁놀이였다. 두 패로 나뉜 남자아이들이 나뭇가지로 대충 만든 바리케이드와 이런저런 긴 풀과 부들, 수초풀들을 엮어 키보다 조금 높게 쌓은 요새에 숨어 서로 싸우고 있었다. 진흙을 뭉쳐 만든 야구공 크기의 찰흙 덩어리가 주요 무기였다. 강둑 중간쯤에 갈대에 가려진 진흙 구덩이가 있었던 것이다.(아마 이 구멍을 발견했기 때문에 이런 놀이를 생각하게 되었으리라.) 여자애들은 그 구멍 주위에 모여 무기를 만들고 있었다. 물기를 짜낸 진흙을 다져서 할 수 있는 한 단단하게 뭉치고 있었던 것이다. 진흙 덩어리 안에는 자갈이 섞이기도 했고 잘 뭉치라고 잡히는 대로 대충 주워 넣은 잔가지, 풀, 나뭇잎 등이 섞여 있기도 했다. 하지만 일부러 돌을 섞는 일은 없었다. 공을 던지는 것 말고는 다른 일이 없었기 때문에 될 수 있는 한 많은 진흙 공이 필요했다. 바닥에 떨어진 공을 주워서 다시 뭉쳐 던지기는 불가능했다.

놀이의 규칙은 간단했다. 얼굴이나 머리, 몸통에 공을 맞으면(이 공의 공식적인 이름은 대포알이었다.) 죽은 것으로 간주되어 바닥에 쓰러져 있어야 했다. 그러나 팔이나 다리에 맞으면 부상만 당한 것이라서 땅에 가만 누워 있으면 여자애들이 기어나와 병원으로 만들어둔 평평한 땅으로 부상자를 끌고 데려왔다. 부상당한 곳에 나뭇잎을 붙인 그들은 백을 셀 때까지 누워 있어야 했다. 죽은 병사들은 놀이가 끝날 때까지 움직일 수 없었다. 놀이는 한쪽 편 병사들이 모두 죽으면 끝나는 것으로 되어 있었다.

남자애들과 마찬가지로 여자애들 역시 두 편으로 나뉘어 있었지만, 남자애들보다 수가 적었으므로 무기를 만들면서 한 명의 병사만을 담당할 수는 없었다. 그래서 여자애들에게는 비슷한 수의 병사들이 할당되어 있었다. 자신에게 배정된 병사들을 위해 대포알을 만들고 간호도 하는 식이었던 것이다. 부상당해 넘어진 병사가 자기를 담당하는 여자애 이름을 부르면 그 여자애는 가능한 빨리 그를 끌고 와 부상을 치료해야 했다. 나는 마이크를 위해 대포알을 만들었다. 마이크가 부상당해 넘어졌을 때 부르는 것 역시 내 이름이었다. 다들 큰 소리를 질러댔기 때문에 내 이름이 불리는지 듣기 위해 언제나 바짝 정신을 차리고 있어야만 했다. 승리에 넘쳐 혹은 성질을 내며(죽어 있어야 할 병사들이 계속해서 슬금슬금 기어나와 전투에 끼어들었기 때문이다.) "넌 죽었어."라고 외치는 소리들에 개 짖는 소리까지 요란했다. 그러나 그건 어찌어찌하다가 전투 판에 함께 끼어든 레인저의 소리는 아니었다. 이름이 호명될 때면 온몸을 관통하는 짜릿한 전율과 날카로운 경각심, 전적인 헌신에의 의지가 일어났다.(적어도 다른 애들과 달리 한 명의 전사만을 맡아 간호하는 나의 경우에는 그랬다.)

전에는 한 번도 이렇게 놀아본 적이 없었다. 이렇게 큰 무리에 섞여 모두가 몰두하는 놀이의 일부가 되는 것, 그 안에서 특별히 한 명의 병사를 위해 따로 역할을 위임받는다는 것이 그토록 즐거운 일일 줄은 몰랐다. 부상을 당한 마이크는 내가 커다란 젖은 나뭇잎을 이마와 목, 그리고 셔츠를 젖혀 사랑스럽고 연약한 배꼽이 있는 부드러운 배 위에 올려두는 동안 절대 눈을 뜨지 않고 조용히 누워 있기만 했다.

이긴 팀은 없었다. 한참 동안의 말싸움과 소란스러운 분란 끝에 대열은 흐지부지 흩어지고 말았다. 집으로 오는 길에 우리는 몸에 붙은 진흙을 좀 떼어내려고 강바닥에 납작하게 엎드렸다. 더러워진 반바지와 윗도리에서는 물이 뚝뚝 떨어졌다.

꽤 늦은 오후였다. 마이크의 아버지는 돌아갈 준비를 하고 있었다.

"맙소사." 그가 말했다.

말을 잡거나 일이 좀 많을 때면 아버지는 잠깐씩 아르바이트를 썼는데 그때는 좀 나이 든 소년 같은 얼굴에 천식이라도 있는 듯 씩 씩거리며 말하는 남자애가 하나 일을 거들러 집에 와 있었다. 그는 걸핏하면 나를 붙잡고 숨이 넘어갈 때까지 간지럼을 태우곤 했다. 아무도 말리는 사람은 없었다. 엄마는 그걸 싫어했지만 아빠는 장난인데 뭘 그러냐고 대꾸하곤 했다.

그가 마당에서 마이크의 아버지를 돕고 있었다.

"둘이 진흙에서 굴러댔구나. 이제 너희는 결혼하는 수밖에 없겠다." 그가 말했다.

여닫이 문 뒤쪽에 서 있던 엄마가 그 말을 들었다.(엄마가 거기 있는 걸 알았으면 거기 있던 누구라도 그런 말을 하지는 않았을 것이다.). 엄마가 다가오더니 우리에게 말을 걸기 전에 낮고 꾸짖는 소리로 그 남자에게 뭔가를 이야기했다.

엄마가 말하는 내용의 일부가 내 귀에도 들려왔다.

오빠, 동생 같은 사인데.

아르바이트하는 남자애는 할 말 없다는 듯 미소 지으며 장화만 쳐다보고 있었다.

엄마가 틀렸다. 엄마보다는 그 남자애 말이 진실에 더 가까웠다. 우리는 결코 오빠, 동생 같은 사이가 아니었다. 적어도 나는 우리 같은 오누이를 본 적이 없었다. 남동생이 하나 있긴 했지만 아직 갓난아이였기 때문에 오누이라고 할 만한 경험은 없었다. 그렇다고 내가 아는 나이 든 부부들, 서로에 대해 전혀 모른 채 다른 세계에 사는 그런 부부들 같은 사이도 물론 아니었다. 굳이 말을 하자면 우리는 서로에 대한 감정을 드러낼 필요 없는, 견고하고 오래된 연인 같은 관계였다. 그리고 적어도 나에게는, 이런 사실이 짜릿하고 엄숙하게만 느껴졌다.

물론 당시에 '섹스'라는 단어를 모르긴 했지만 나는 그 남자가 섹스에 대해 이야기하고 있다는 걸 알 수 있었다. 그리고 그 사실 때문에 평소보다 더 그가 미웠다. 그는 뭔가 오해하고 있었던 것이다. 우리는 한번도 서로를 보여 주거나 만지작거리며 은밀하게 금지된 장난을 한 일이 없었다. 숨을 장소를 찾으러 돌아다니는 일도 없었고 금지된 쾌락을 추구하다가 실망하거나 감출 수 없는 부끄러움을 느낀 일도 없었다. 남자 사촌들이나 나보다 나이 많은 학교의 여

252

자애들과 그 비슷한 짓을 한 적은 있었다. 그러나 나는 그 일이 있기 전이나 후에나 그들을 항상 싫어했고 분노를 느끼며 마음속에서 그런 기억 자체를 부정하곤 했다. 좋아하고 존중하는 사람과 그런 이상한 짓을 한다는 건 생각할 수도 없었다. 스스로에 대해 역겨움을 느끼게 되는 그런 야릇한 간지럼 태우기는 오직 밥맛없는 사람들과의 사이에서나 생기는 일이었던 것이다.

마이크를 생각할 때면 마음속 한구석의 악마가 섬세한 흥분과 부드러움으로 녹아내려 피부 아래와 온몸 곳곳으로 스며드는 것만 같았다. 그의 존재 앞에 서면 눈과 귀가 모두 즐거웠고 경쾌한 만족감이 내 안에서 즐거운 울림을 만들어내는 것 같기도 했다. 아침이면 나는 그를 고대하며 일어나, 길을 따라 덜컹거리며 달려오는 트럭 소리를 기다리곤 했다. 드러내 표현한 적은 없었지만 나는 그의 목덜미와 두상, 찌푸린 눈썹과 긴 맨 발가락, 더러운 팔꿈치며 자신감이 넘치는 큰 목소리를, 그리고 그의 냄새까지 숭배했다. 나는 기꺼이, 그리고 헌신적으로 한 번도 서로 이야기하거나 결정한 적이 없었던 내 역할을 떠맡았다. 나는 그를 존경하고 보조했으며 그는 언제든 나를 지휘하고 보호할 준비가 되어 있었던 것이다.

어느 날 아침, 트럭이 더 이상 오지 않았다. 일이 모두 끝나고, 우물에는 뚜껑이 씌워졌으며 펌프가 다시 설치되어 신선한 샘물이 솟아 올라오던 어느 날의 그 아침에. 점심 식탁에는 의자가 두 자리 비어 있었다. 마이크 부자는 언제나 우리와 점심을 함께했었다. 이런 자리에서 어린 마이크와 나는 서로 쳐다보거나 말을 나누는 일이 거의 없었다. 그는 빵에 케첩을 발라먹는 것을 좋아했다. 그의 아버지와 우리 아빠는 우물이니 사고니, 지하수 층에 대한 이야기들을 주고 받았다. 진지하고 일밖에 모르는 사람이라고, 아빠는 그에 대해 이야기했다. 하지만 마이크의 아버지는 말을 끝낼 때면 언제나 웃음을 터뜨리곤 했다. 여전히 우물 아래 혼자 있기라도 한 것처럼 외로운 울림이 섞여 있는 그런 웃음을.

그들은 오지 않았다. 일이 끝났고 이곳에 다시 올 아무런 이유도 없었다. 게다가 우리 집 일이 이 지역에서 한 마지막 일이었다는 이야기도 들렸다. 날씨가 괜찮을 동안 다른 지역으로 이동해 조금이라도 더 일을 하기 위해 그의 아버지는 서둘러 이 지역을 떠나버렸다. 호텔에서 살았기 때문에 짐을 싸 떠나는 건 간단한 일이었다. 그리고 그들은 그렇게 짐을 싸 다른 곳으로 떠나버렸다.

무슨 일이 있을지 나는 왜 짐작하지 못했을까? 마지막 날 오후, 그가 트럭에 올라탈 때까지도 나는 그게 마지막이라는 사실을 전혀 눈치 채지 못했다. 잘 가라는 인사 역시 하지 못했다. 무거운 장비로 가득한 트럭이 길을 따라 내려갈 때 나는 손을 흔들지 않았고 그 역시 고개를 돌려 나를 바라보지 않았다. 물이 솟아 오르는 샘 앞에서(사람들이 물맛을 보려고 샘 앞에 둥그렇게 모여들었던 것이 기억난다.) 나는 왜 이제 이 모든 것이 끝났다는 사실을 눈치 채지 못했을까? 이제 생각해 보면 혹시 내가 혹은 우리가 너무 슬퍼하며 야단법석을 떨 것을 걱정해, 일부러 헤어지는 것을 모르게 했던 것은 아닌가 하는 생각이 들기도 한다.

하지만 그 시절에 아이들 감정을 배려해 그런 행동을 했을 것 같지는 않다. 괴로워하든 슬픔을 참든 그건 우리가 알아서 처리할 일이었다.

나는 아무런 문제도 일으키지 않았다. 최초의 충격 이후 나는 아무에게도 그런 감정을 드러내지 않았다. 아르바이트하는 남자애가 나를 볼 때마다 "남자 친구가 널 버리고 가버렸니?"하며 놀려댔지만 나는 그 애를 돌아다보지도 않았다.

사실 나는 마이크가 떠나리라는 걸 이미 알고 있었을 터이다. 늙은 레인저가 곧 죽으리라는 사실을 알고 있었던 것처럼 가까운 미래에 마이크가 떠나리라는 사실 역시 마음속으로 예견하고 있었을 것이다. 그러나 그의 부재가 무엇인지는 오직 그가 떠난 후에야 알 수 있었다. 산사태가 나서 마이크의 상실을 제외한 모든 것을 휩쓸어버린 것처럼, 주위의 모든 풍경이 다르게 느껴졌다. 마이크를 생각하지 않고서는 헛간 입구의 흰 바위를 바라볼 수 없었다. 나는 결국 그 바위를 증오하게 되었다. 단풍나무 역시 예외가 아니었다. 너무 집 가까이에 자란다는 이유로 아버지가 베어버린 가지의 상처만이 이제 그 나무에 대해 내가 갖는 인상의 전부가 되었다.

그로부터 몇 주 후 나는 가을 코트를 입고 신발 가게 문 옆에 서 있었다. 엄마는 가게 안에서 신발을 신어보고 있었다. 한 여자가 가게 옆을 지나가며 "마이크." 하고 부르는 소리가 들렸다. 갑자기 이 여자가 내가 모르는 마이크의 엄마임에 틀림없다는, 무슨 이유에선지 그들이 다시 이 마을에 돌아왔다는 확신이 들었다. 그에게는 아니었지만 나는 그의 엄마가 죽은 게 아니라 아버지와 헤어졌다는 이야기를 어디선가 들은 적이 있었던 것이다. 아주 돌아온 건지 아니면 잠깐 다니러 온 건지는 생각할 겨를도 없었다. 그저 곧 마이크를 보게 된다는 생각밖에는.

그 여자는 바로 옆 식품점에서 보도에 진열해 놓은 사과 더미에서 사과를 하나 집어 들어 먹으려는 남자애를 붙잡았다.

나는 멈춰 서서 믿을 수 없다는 표정으로 그 아이를 바라봤다. 불공평하고 말도 안 되는 마법이 눈앞에서 일어난 것만 같았다.

흔해 빠진 이름. 멍청하고 넙데데한 얼굴에 지저분한 금발 머리 사내애.

가슴속에서 외쳐대는 소리처럼 심장이 쿵쿵 나를 치고 있었다.

서니가 억스브리지에서 내 버스를 기다리고 있었다. 금발에 덩치가 크고 피부가 흰 서니는 짝이 맞지 않는 핀으로 은갈색 곱슬머리를 양쪽으로 넘기고 있었다. 그때처럼 살이 쪘을 때조차도 그녀는 기혼 여성이라기보다는 풍채 좋은 소녀처럼 보였다.

언제나처럼 서니는 순식간에 나를 자기 삶 속으로 끌어들였다. 그날 아침 클레어 귀에 벌레가 들어가는 바람에 병원에 들러야 했던 데다가 개가 아마도 여행에 지치고 시골과 그 집이 마음에 들지 않아서인지 부엌 계단에 음식을 토해 버려서 하마터면 늦을 뻔했다고 그녀는 단숨에 이야기했다. 나를 마중 나올 때 남편이 아들 녀석들한테 개 토사물을 치우게 한 것이며 아이들이 개를 키우자고 졸랐던 것, 클레어가 그때까지 귀에서 웅웅 소리가 난다고 징징거린 것까지 그녀는 계속 이야기해 주었다.

"그러니 어딘가 조용하고 멋진 델 가서 말야, 술을 진탕 마시고 집으로는 돌아가지도 말자. 근데 실은 그럴 수가 없지 뭐야. 존스턴이 친구를 초대했거든. 그 사람 부인이랑 애들이 아일랜드에 가 있어서, 둘이 나가서 골프를 치겠대." 서니가 계속해서 말했다.

서니와 나는 밴쿠버에 있을 때 알게 된 사이였다. 서로 임신한 상황을 긴밀히 도와가면서 임신복을 나누어 입었는가 하면 일주일에 한 번 혹은 그 이상, 우리 집 부엌이나 그녀의 집 부엌에서 진한 커피를 마시고 담배를 피우며 결혼 생활과 부부 싸움, 성격상의 장단점과 흥밋거리, 까놓고 말하기 어려운 욕망이나 이제는 사라져버린 야망 등에 대해 맹렬한 수다를 떨기도 했다. 아이들의 방해를 받고 때로는 잠이 부족해 쩔쩔 매면서도 말이다. 출산과 육아라는 재생산 기능으로 점철된 그 시기, 모성적 체액이 우리를 압도했던 그 시기에도 우리는 여전히 시몬 드 보부아르나 아서 쾨슬러*, 『칵테일파티』**에 대한 토론을 그만둘 수 없었다.

그 세계에 남편 같은 존재는 없었다. 남편에게 그런 화제를 이야기해 보려 하면 그들은 "그거 그냥 소설이잖아." 혹은 "철학 상담소라도 차릴 태센데."라며 일축하곤 했던 것이다.

지금은 우리 둘 다 밴쿠버에서 살지 않았다. 하지만 서니가 남편과 아이들, 가구를 다 싸가지고 평범한 이유에서 평범한 방식으로 이사했다면(그녀의 남편이 이직을 했던 것이다.), 나는 오직 소수의 특별한 지인들만이 잠깐 동안 강렬하게 지지했던 그런 별스러

---

* 헝가리 태생의 영국 정치소설가.
** T. S. 엘리엇의 시극.

운 이유에서 밴쿠버를 떠나왔다. 남편과 집을 포함해 결혼 생활 동안 장만한 그 모든 것을 버려 두고 말이다.(물론 아이들은 다시 만날 예정이었다.) 나는 위선이나 박탈감, 수치심 없는 새로운 삶을 살고 싶었다.

나는 토론토에 있는 한 집의 이 층에 세를 들었다. 집주인이기도 한 아래층 사람들은 십여 년 전에 트리니다드에서 온 이민자 가족이었다. 그 거리 위아래로 모두 좁고 높은 창문과 베란다가 달린 오래된 벽돌집들이 늘어서 있었다. 한때는 핸더슨이나 그리샴, 매컬리스터 같은 이름의 감리교도들이나 장로교도들이 살던 그 집들에 이제 올리브색 혹은 갈색 피부의 사람들이 가득 들어차 있었다. 영어를 할 수 있는 경우라도 무척이나 특이한 억양으로 말하는 그들은 집 안을 매콤 달콤한 요리 냄새로 가득 채우곤 했다. 나는 이 모든 것들이 마음에 들었다. 결혼 생활이라는 긴 여행 끝에 마침내 진정한 변화를 발견한 것 같은 기분이 들었다. 그렇지만 이제 열 살, 열두 살이 된 내 딸들에게도 같은 반응을 기대하는 것은 무리였다. 나는 봄에 밴쿠버의 집을 떠났고 딸들은 여름방학의 시작과 함께 두 달 동안 함께 지낼 예정으로 내 집으로 왔다. 그러나 딸들에게 거리에서 풍기는 냄새는 역겨웠고 고함 소리들은 무섭기만 했다. 무더운 날씨에 애들은 선풍기를 사다 주어도 도통 잠을 자지 못했다. 이웃집 뒤뜰에서 새벽 4시까지 파티가 이어지는 밤에도 더위 때문에 창을 닫을 수가 없었다.

과학기술센터와 시엔타워, 미술관과 동물원을 가고 백화점의 시원한 식당에서 근사한 밥을 사주는가 하면 토론토 근처 섬까지 보트 여행을 떠나기도 했지만 아이들 마음을 달랠 수는 없었다. 함께 놀 친구도 없는 데다 내가 사는, 집 같지 않은 집도 도무지 마음에 들지 않았던 것이다. 아이들은 집에 있는 고양이를 보고 싶어 했고 자기들 방이며 마음대로 돌아다닐 수 있는 동네 거리, 또 빈둥거리며 집에서 보냈던 밴쿠버의 시간들을 그리워했다.

한동안 애들이 불평을 딱 멈추었다. 나는 큰애가 작은애에게 말하는 소리를 들었다. "엄마 앞에서는 잘 지내는 척하자. 안 그러면 엄마가 슬퍼할 거야."

그러나 마침내 폭발의 순간이 왔다. 비난과 비참함에 대한 토로(생각건대 애들은 나를 위해 비참함을 과장한 것 같기도 했다.)가 이어졌다. 작은애가 울며 "왜 그냥 집에서 같이 살면 안 돼요?"라고 묻자 큰애가 씁쓸하게 "엄마는 아빠를 혐오해."라고 대답해 주었다.

나는 남편에게 전화를 걸었다. 그는 언제나 전화로 똑같은 질문을 던지고 또 나로부터 거의 같은 대답을 듣곤 했다. 나는 비행기 표를 바꾸고 애들이 짐 싸는 것을 도와준 다음 공항까지 애들을 데려다 주었다. 공항까지 가는 내내 우리는 큰애가 알려 준 바보 같은 놀이를 하고 놀았다. 27이나 42처럼 아무 숫자나 하나 고른 다음 창밖을 보고 지나가는 남자들의 숫자를 센다. 27번째, 42번째, 혹은 그 무엇이 되었건 자신이 고른 숫자에 해당하는 남자가 우리가 나중에 결혼할 남자라는 놀이였다. 혼자 집에 돌아온 나는 아이들이 생각날 만한 물건들, 작은애가 가져온 만화책이며 큰애가 사온 잡지 《글래머》, 또 밴쿠버의 집에서는 못 입지만 여기 토론토에

서는 입을 수 있었던 애들 옷이며 갖가지 장신구 같은 것들을 모두
쓰레기 봉투에 집어넣었다. 아이들이 생각날 때마다 나는 그 비슷
한 일을 몇 번이고 하면서 마음의 셔터를 내려보려고 노력했다. 남
자와 관련된 슬픔은 참을 수 있었지만 아이들과 관련된 슬픔은 견
디기 어려웠다.

　나는 다시 아이들이 오기 전의 삶으로 돌아갔다. 아침을 하는 대
신 나는 매일 아침 이탤리언델리에 가서 갓 구운 롤빵과 커피를 사
마셨다. 집안일에서 이렇게 멀어졌다는 사실이 나를 황홀하게 했
다. 하지만 전에는 미처 눈치 채지 못했던 것들이 내 눈에 들어왔
다. 매일 아침 창가의 의자나 보도의 옥외 테이블에 앉아 있는 사
람들의 얼굴에는 이런 곳에 와서 아침을 먹는다는 사실에 대한 경
이와 기쁨 대신 지루하게 반복되는 외로운 삶의 흔적이 새겨져 있
었다.

　집으로 돌아오면 나는 임시 부엌으로 쓰는 베란다에 놓아둔 테
이블에 앉아 몇 시간이고 글을 썼다. 작가가 되어 먹고살 생각이었
던 것이다. 해가 곧 뜨겁게 방을 달구었고 반바지를 입은 다리의 뒤
쪽은 땀에 젖어 의자에 달라붙곤 했다. 발에서 나는 땀 때문에 플라
스틱 샌들에서 특유의 달착지근한 화학제품 냄새가 풍겨왔다. 나
는 그 냄새가 좋았다. 그건 내 노동의 냄새, 바라건대는 장차 이루
어질 내 성취의 냄새이기도 했다. 지금 쓰는 글들은 이전에 감자를
요리하거나 세탁기로 빨래를 돌리는 동안 짬을 내 쓰곤 했던 그런
글들보다 하등 나을 것이 없었다. 양이 좀 늘었고 그때보다 더 나빠
지지는 않았을 따름이었다. 그게 전부였다.

오후가 되면 나는 목욕을 하고 이런저런 여자 친구들을 만나러 밖으로 나갔다. 우리는 퀸 스트리트나 볼드윈 스트리트 혹은 브런즈윅 스트리트에 있는 작은 레스토랑의 옥외 테이블에 앉아 와인을 마시며 삶에 대한 이야기를 나누었다. 그중 대부분은 연인에 대한 이야기였다. 하지만 '연인'이라는 말이 좀 느끼한 것 같아서 우리는 그저 그들을 '요새 만나는 남자'라고만 불렀다. 나 역시 요새 만나는 남자와 이따금 데이트를 즐기곤 했다. 아이들이 와 있는 동안은 그를 만나지 않을 작정이었다. 물론 차디찬 극장에 딸들을 버려둔 채 두 번쯤 그 결심을 깨긴 했지만 말이다.

결혼 생활을 끝내기 전부터 나는 이 남자를 알고 있었다. 그와 다른 모든 사람에게는 아닌 척했지만 사실 그 남자야말로 내가 결혼 생활을 끝장낸 가장 직접적인 이유였다. 그를 만날 때면 나는 아무 걱정 없고 독립적인 여자처럼 보이려고 노력했다. 우리는 서로 뉴스를 교환하고(나는 항상 이야기할 만한 뉴스거리를 준비해 가곤 했다.) 낄낄거리다가 언덕길 사이로 산책을 가기도 했다. 하지만 내가 정말 원하는 건 그를 유혹해 섹스를 하는 것뿐이었다. 섹스가 주는 고도의 희열 속에서 최고의 자아가 결합될 수 있다고 생각했던 것이다. 그러나 그 시절의 나는 이런 문제에 대해 어리석었을 뿐만 아니라, 내 나이 대의 여성이라면 특히 더 그렇지만, 다소 위험하기조차 했다. 그와 함께한 후 행복감과 안도감을 느낄 때도 있었지만 불안감으로 옴짝달싹할 수 없는 순간들 역시 없지 않았다. 때로는 그가 몸을 일으키고 난 후 나는 미처 깨닫지도 못한 눈물이 눈가로 흘러내리는 걸 발견하기도 했다. 그에게서 어떤 무심함 혹은 무언의 경고를 읽어냈기 때문이었다. 창밖으로 날이 어두워지고 뒤뜰에서는 파티가 준비되고 있었다. 음악과 함께 나중에 필시 싸움으로 번질 고함 소리와 언쟁 소리도 들려오기 시작했다. 나는 거부감이 아니라 비존재감이 두려워 몸을 떨고 있었다.

그런 기분에 사로잡힌 어느 날 나는 서니에게 전화했고 주말을 보내러 그들의 시골집에 오라는 초대를 받아냈다.

"아름답다." 내가 말했다.

하지만 창밖으로 지나가는 시골 풍경은 내게 아무런 인상도 주지 못했다. 언덕은 소들이 점점이 놓여 있는 푸른 혹같이 보였다. 수초들이 뒤엉켜 자라는 개울 위로는 낮은 콘크리트 다리가 놓여 있었다. 옛날과는 달리 건초가 둥글게 말린 채 들판에 널려 있었다.

"집을 보기 전에는 아무 말 마. 아주 구질구질해. 배수관에 쥐가 죽어 있었거든. 목욕물에 계속 작은 털이 섞여 나오는 거야. 이제 그건 다 치웠는데 그다음엔 또 뭐가 나타날지 모르지." 서니가 말했다.

나의 새로운 생활에 대해서는 묻지 않았다. 나를 배려한 걸까, 아니면 그저 입에 담고 싶지 않은 걸까? 아마도 그런 삶에 대해 아는 바가 없어서 어떻게 말을 시작하면 좋을지 알 수 없었으리라. 그녀가 물었다면 나는 아마 거짓말로, 적어도 반쯤 거짓을 섞어 이렇게 대답했을 터였다. *익숙한 삶을 버리고 나오기가 쉽진 않았어. 아이들이 너무 보고 싶지만, 치러야 할 대가겠지. 남자와 나 자신으로부터 자유로워지는 법을 배우는 중이야. 섹스에 대해 편하게 생각하려고*

노력하고 있어. 쉽지는 않지. 워낙 그렇게 살았던 게 아니니까. 젊지도 않은데 새로 뭔가를 배운다는 게 쉽지 않아.

한 주라. 아주 긴 시간이 될 것 같다고 나는 생각하고 있었다.

베란다를 뜯어낸 흔적이 남아 있는 벽돌집 마당에서 서니의 아들들이 뛰어놀고 있었다.

"마크가 공을 잃어버렸어요." 큰아들 그레고리가 소릴 질렀다.

서니가 이리 와서 나에게 인사하라고 애들을 불렀다.

"안녕하세요, 마크가 공을 헛간으로 집어던져서 이제 못 찾겠어요."

서니를 못 만난 동안 태어난 세 살짜리 딸이 부엌문을 열고 달려 나오다가 낯선 사람을 보고 멈춰 섰다. 하지만 곧 용기를 회복한 아이는 내게 말을 건넸다. "머릿속에 벌레가 날아다녀요."

서니가 딸애를 안아 올렸다. 나는 여행용 가방을 들었고 우리는 함께 부엌으로 들어갔다. 마이크 맥컬럼이 거기에서 빵 조각에 케첩을 펴 바르고 있었다.

"이게 누구야." 우리는 거의 동시에 소릴 질렀다. 웃음을 터뜨리며 나는 그를 향해 걸어갔고 그 역시 나를 향해 다가왔다. 우리는 악수를 나누었다.

"네 아버지인 줄 알았어." 내가 말했다.

사실 그때 우물 파던 마이크의 아버지가 정말로 떠올랐던 것인지는 잘 모르겠다. 단지 나는 이 친숙한 얼굴이 누구인지 생각하고 있었다. 우물 속으로 아무렇지도 않게 기어 내려가거나 기어 올라오곤 했던, 몸놀림이 가벼웠던 그 남자를 떠올리면서. 회색빛으로 변해 가는 짧게 깎은 머리와 밝은 색의 깊은 눈. 갸름한 얼굴과 엄격하면서도 유머가 엿보이는 얼굴. 불쾌하지 않을 정도의, 평범한 내성적 성격이 드러나는.

"설마. 아버지는 돌아가셨어." 그가 말했다.

존스턴이 골프 가방을 들고 부엌으로 들어와서 내게 인사를 건네며 마이크에게 서두르라고 말했다. 서니가 "둘이 아는 사이래요, 여보. 오래된 친구인가 봐요."라고 말을 건넸다.

"어렸을 때 알던 사이예요." 마이크가 설명했다.

"정말? 굉장한데." 존스턴이 말했다. 그러고는 그의 다음 말을 우리 모두가 거의 동시에 함께 말했다.

"세상 참 좁기도 하지."

마이크와 나는 제자리에 선 채 서로를 바라보며 소리 내어 웃었다. 존스턴과 서니에게는 굉장한 발견처럼 보이는 이런 만남이 우리에게는 다소 희극적인 행운의 눈부신 점화처럼 느껴진다는 사실을 말없이 서로 확인하는 것 같기도 했다.

남자들이 나가고 난 오후 내내 나는 행복감으로 가득 차 있었다. 저녁 식사에 쓸 복숭아 파이를 만들고 나서 나는 낮잠을 재우기 위해 클레어에게 동화책을 읽어주었다. 그동안 사내아이들을 데리고 낚시를 갔던 서니는 샛강 위에 거품이 부글거린다며 낚시를 못하고 집으로 돌아왔다. 그리고 나서 서니와 나는 앞방 마룻바닥에 앉아 와인 병을 사이에 놓고 다시 친구로 돌아가 일상이 아닌 책에 대해 이야기를 나누기 시작했다.

마이크가 기억하는 일들은 내가 기억하는 것들과 달랐다. 그는 좁고 오래된 시멘트 바닥에 올라가 걸으며 그게 세상에서 가장 높은 건물이고 떨어지면 죽는다고 가장했던 일을 기억했다. 나는 그건 다른 곳에서 있었던 일일 거라고 주장했지만 이내 차고를 만들려고 쌓았다가 나중에 흙으로 파묻어 버린 시멘트 바닥을 떠올릴 수 있었다. 그 자리로 도로가 지나가게 되어서 그 차고를 결국 짓지 못했던 것이다. 우리가 그 위를 걸어 다녔던가?

그래, 그랬다.

나는 다리 밑에서 크게 고함을 질러보고 싶었지만 동네 아이들이 무서워 망설였던 것을 이야기했다. 그러나 그는 다리에 대해 아무런 기억도 하지 못했다.

그러나 우리 둘 모두 진흙으로 만든 대포알과 전쟁놀이를 기억하고 있었다.

둘이 함께 설거지를 했기 때문에 서니 부부에게 무례를 범하지 않으면서 우리는 맘껏 하고 싶은 이야기를 나눌 수 있었다.

밴크로프트 근처에서 일하고 돌아오는 길에 교통사고로 사망했했다며 그는 아버지가 돌아가신 이야기를 해주었다.

"부모님은 아직 살아 계시니?"

나는 엄마는 돌아가셨고 아버지는 재혼하셨다고 이야기해 주었다.

대화를 나누던 중 나는 남편과 이혼해서 지금은 토론토에 살고 있으며 아이들이 한동안 같이 지내다가 방학을 보내러 아빠에게 가 있다는 이야기도 하고 말았다.

그는 자신이 킹스턴에 살고 있지만 거기에서 오래 산 것은 아니라고 말을 받았다. 존스턴은 최근에 일을 통해 알게 된 사이라고 했다. 그 역시 존스턴처럼 토목 기사 일을 하고 있었다. 아내는 아일랜드에서 태어난 아일랜드인인데 캐나다에서 일하다가 그를 만났다고 했다. 그녀는 간호사고 지금 잠시 가족을 만나러 아이들과 함께 아일랜드 클레어 주에 가 있다고 말을 이었다.

"아이가 몇인데?"

"셋."

설거지를 마친 후 우리는 앞방으로 가 서니와 존스턴에게 산책을 다녀오라고 하고 사내아이들에게 함께 낱말 놀이를 하자고 제안했다. 곧 잘 시간이니 한 판만 하자고. 하지만 아이들은 한 번만 더 하자고 졸라댔고 서니 부부가 돌아왔을 때도 우리는 여전히 게임 중이었다.

"내가 뭐라고 했지?" 존스턴이 물었다.

"처음 그 판이에요. 한 판은 끝내도 된다고 했잖아요. 이게 첫 판이란 말이에요." 그레고리가 대답했다.

"과연 그렇기도 하겠지." 서니가 거들었다.

서니는 멋진 밤이라고, 이렇게 애 봐주는 사람과 함께 사는 호사를 누리다간 아주 버릇이 나빠지겠노라고 고마움을 표했다.

"어젯밤에는 마이크가 애들을 봐줘서 우리 둘이 영화도 봤지 뭐야. 『콰이강 위의 다리』라고 옛날 영화 말이야."

"'의'야. 『콰이강의 다리』라고." 존스턴이 말했다.

"나는 몇 년 전에 그 영화를 벌써 봐서 말이야." 마이크가 끼어들었다.

"영화 괜찮더라. 결말은 마음에 들지 않았지만 말이야. 결말은 좀 이상했어. 아침에 다리에 전선이 설치된 걸 본 알렉 기네스가 다리 폭파 계획을 알았거든. 그리고 나선 완전히 흥분해서 이야기가 꼬이기 시작하더니 사람들이 다 죽고 아주 난리가 나는 거야. 나는 다리에 설치된 전선을 보고 무슨 일이 일어날지 짐작한 알렉 기네스가 가만히 그 옆에 있다가 다리와 함께 자폭했어야 한다고 생각해. 그게 그 캐릭터에 더 적당한 행동이라고. 더 극적이기도 하고 말이야." 서니가 말했다.

"아니야, 그렇지가 않아. 그러면 서스펜스가 없어지잖아." 전에도 이런 논쟁을 했던 것 같은 말투로 존스턴이 맞받아쳤다.

"나도 서니와 동감이에요. 결말이 너무 복잡했던 기억이 나요." 내가 끼어들었다.

"마이크는?" 존스턴이 물었다.

"영화 좋았다고 생각하는데. 그냥 그 상태로도 괜찮았는데." 마이크가 대답했다.

"남자 대 여자군. 남자 승." 존스턴이 말했다.

그러고 나서 존스턴이 아이들에게 게임 판을 접으라고 말했고 아이들은 그의 말대로 했다. 하지만 그레고리가 갑자기 별을 보러 가면 안 되느냐고 물었다. "여기야 별을 볼 수 있잖아요. 집에서는 불빛도 있고 가리는 게 너무 많아요."

"그래, 그러자." 존스턴이 대답했다. 하지만 딱 오 분만이다, 라고 덧붙이면서. 우리 모두는 하늘을 보기 위해 밖으로 나가 북두칠

성 손잡이의 두 번째 별 근처에 있는 '길잡이 별'을 찾아보기로 했다. 그걸 찾을 수 있으면 공군에 들어갈 수 있을 만큼 시력이 좋은 거라고 존스턴이 이야기해 주었다. 적어도 이차 대전 중에는 그런 식으로 시력을 감별했다고 그가 말했다.

"볼 수는 있지만요. 보기 전부터 이미 그 별이 어디 있는지 알고 있었는걸요." 서니가 말했다.

자신도 마찬가지라고 마이크가 이야기했다.

"나도 볼 수 있어요. 어디 있는지 알든 모르든 간에 그 별을 찾을 수 있어요." 그레고리가 자신만만하게 말했다.

"저도요." 마크 역시 지지 않았다.

마이크는 나보다 조금 앞서 한쪽 옆에 서 있었다. 사실 나보다는 서니한테 더 가까웠다. 우리 뒤에 아무도 없었기 때문에 나는 그에게 슬쩍 몸을 기대보고 싶었다. 그냥 우연히 그런 것처럼 가볍게 팔이나 어깨 같은 곳을. 그가 물러서지만 않는다면(예의상 혹은 정말 우연히 닿은 것일 뿐이라고 생각해서?) 맨살이 드러난 그의 뒷덜미에 손가락을 올려보고도 싶었다. 그가 만일 내 뒤에 있었다면 그 역시 그런 일을 하고 싶어했을까? 그 역시 별이 아니라 나에게만 집중하고 있었을까?

그러나 그는 성실한 남자인 것 같은 생각이 들었다. 아마 그런 일은 하지 않을 것만 같았다.

그리고 정확히 같은 이유에서 그가 오늘 밤 내 침대로 오는 일도 없을 것이 틀림없었다. 사실 원한다고 하더라도 집 구조상 불가능한 일이기도 했다. 이 층에 침실이 세 개 있었는데 하나는 손님방이고 다른 하나는 부부가 쓰는 방이었으며 나머지 큰 방에서는 아이들이 자고 있었다. 손님방과 부부 침실 모두가 아이들 방에 연결되어 있어서 둘 중 하나에 가려면 반드시 아이들 침실을 지나야 했다. 지난밤 손님방에서 묵었던 마이크는 앞방의 접이용 소파로 잠자리를 옮겼다. 그가 떠난 침대의 시트를 벗기고 새 시트를 깔아주는 대신 서니는 "그 사람은 깔끔하잖니. 게다가 옛 친구고."라고 말하며 그에게만 새 이부자리를 건네주고 말았다.

그가 누웠던 자리에 다시 누운 나는 평화로운 밤을 보낼 수 없었다. 꿈속에서 나는 그 시트에 밴 진흙과 수초, 뜨거운 햇살 속의 갈대 냄새를 맡을 수 있었다.

설사 위험하지 않다고 해도 그가 올 리는 없다는 걸 나는 잘 알고 있었다. 친구 집에서 그런 일을 한다니 추잡하지 않은가. 게다가 그의 부인 역시 이 부부와 이미 아는 사이거나 십중팔구 곧 아는 사이가 될 텐데 말이다. 무엇보다 내가 원하는지 여부를 그가 어떻게 알 수 있단 말인가? 아니, 마이크부터가 그걸 원하기나 하는 것일까? 나 역시 그 점을 확신할 수 없었다. 지금까지 죽 나는 내가 사귀는 남자와만 자는 여자라고 생각해 왔었다.

나는 깊은 잠을 자지 못하고 짜증스럽고 불유쾌한 이야기가 이어지는 단조롭고 음탕한 꿈들을 반복해서 꾸었다. 마이크는 준비가 다 되었는데 다른 어떤 방해물을 만나는가 하면, 그가 나한테 선물을 사 왔는데 어디 두었는지 모르겠다면서 그걸 찾는 일에만 열중하는 바람에 이야기가 엇나가기는 꿈도 있었다. 나는 선물에 관심이 없다고, 사랑하는 당신, 언제나 사랑해 왔던 당신 자체가 내게는 선물이라고, 그러니 신경 쓰지 말라고 몇번이고 이야기했지만 그는 여전히 그 일에만 정신이 팔려 있었다. 또 어떤 꿈에서는 그가 나를 나무라기도 했다.

밤새도록, 적어도 내가 깰 때마다(나는 무척 자주 깼다.) 귀뚜라미들이 창밖에서 울어댔다. 처음에는 그 소리가 피곤을 모르는 밤새들의 합창인 줄만 알았다. 도시에서 너무 오래 살아서 귀뚜라미들이 얼마나 완벽하게 폭포 같은 소음을 내는지 잊고 있었던 것이다.

때로는 잠에서 깨어나 메마른 현실 인식, 달갑지 않은 상황 파악에 정신이 번쩍 들기도 했다는 점 역시 고백해야만 하겠다. 도대체 그 사람에 대해 뭘 알지? 그 사람은 나에 대해 무얼 알까? 어떤 음악을 좋아하는지? 정치 성향은 어떤지? 여자들한테 뭘 바라는지? 도대체 뭘.

"잘들 잤어요?" 서니가 물었다.

"정신 잃고 잤어요." 마이크가 대답했다.

"응, 잘 잤어." 나도 대답했다.

우리 모두는 수영장이 있는 이웃집의 브런치에 초대를 받았다. 마이크는 식사 대신 골프를 치러 가고 싶은데 그래도 되겠느냐고 양해를 구했다.

서니는 "물론이죠."라고 대답하고 나를 쳐다보았다. "글쎄, 나는 어떻게 하는 게……" 내가 망설이자 마이크가 물었다. "골프는 안 치지? 그렇지?"

"응."

"그래도, 와서 캐디를 해줄 수는 있잖아."

"제가 캐디할게요." 그레고리가 말했다. 그레고리는 언제든 우리 사이에 끼어들 준비가 되어 있었다. 부모보다는 우리랑 노는 게 더 자유롭고 재미있을 거라는 확신이 있었던 것이다.

서니는 안 된다고 대답했다. "넌 우리랑 같이 가야 해. 수영장에 가고 싶지 않니?"

"아이들이 수영장에서 오줌을 싼다고요. 엄마도 아시잖아요."

출발하기 전에 존스턴이 비가 올지 모른다는 일기예보를 전해 주었다. 마이크는 우리 운을 믿어보겠다고 대답했다. 나는 그가 '우리'라고 말하는 것이 마음에 들었다. 그의 아내 자리인 운전석 옆자리에 앉는 것도 기분이 좋았다. 우리가 진짜 부부가 된 것 같아서 생각 없는 사춘기 여자애처럼 마음이 들떴다. 한 번도 결혼해 본 적이 없는 사람인 양 아내가 된다는 생각이 마냥 달콤하게만 느껴졌다. 지금 사귀는 남자와 함께 있을 때는 한 번도 이런 느낌을 가져본 적이 없었다. 내가 정말 진실한 연인을 만나 자리를 잡고, 행복하게 지내기는 했던 걸까?

하지만 둘만 남고 나니 약간 조심스러운 기운이 감돌았다.

"이 마을 아름답지 않아?" 내가 물었다. 오늘은 진심이었다. 구름 낀 하얀 하늘 아래에서 언덕들은 어제 쨍했던 햇살 아래에서 볼 때보다 더 부드럽게 보였다. 여름이 끝나갈 무렵이라서 나뭇잎들은 점점 생기를 잃고 가장자리부터 천천히 빛이 바래가고 있었다. 이미 갈색이나 붉은색으로 변한 잎들도 있었다. 차츰 나무들을 구별할 수가 있었다. "참나무네." 내가 말했다.

"여기는 모래흙 지대야. 여기 전체가 다 그래. 사람들이 여길 참나무 골짜기라고 부르던데." 마이크가 대답했다.

나는 아일랜드가 아름다울 것 같다고 이야기했다.

"어떤 지역은 진짜 황량해. 바위들뿐이고."

"아내는 거기서 자랐어? 그 귀여운 억양이 있겠네?"

"당신이 들으면 그렇게 생각할 거야. 하지만 고향에 가면 다들 말투가 바뀌었다고들 한대. 아주 미국 사람처럼 말한다고. 그 사람들은 미국인지 캐나다인지 구별도 하지 않으니까."

"아이들은? 아이들은 아일랜드 억양이 없지?"

"전혀 없지."

"근데 아들이야 딸이야?"

"아들 둘에 딸 하나야."

나는 그에게 내 삶의 모순과 슬픔, 결핍에 대해 이야기하고 싶은 충동을 느꼈다. "아이들이 보고 싶어." 내가 말했다.

하지만 그는 위로도 격려도, 그 어떤 말도 하지 않았다. 이런 자리에서 아이들이나 배우자에 대해 이야기하는 것이 적당하지 않다고 생각했을지도 모른다.

우리는 곧 클럽하우스 옆의 주차장에 도착해 차를 댔다. 자신의 무뚝뚝함을 보상하기라도 할 것처럼 그가 활기차게 말했다. "비 소식 때문에 사람들이 다 집에 있는 것 같은데." 주차장에는 차가 한 대밖에 없었다.

그가 사무실에 가서 하루 이용 요금을 치르고 돌아왔다.

골프 코스를 직접 본 적은 없었지만 한 번인가 두 번쯤 우연히 텔레비전에서 골프 경기를 본 적은 있었다. 그래서 골프채 중 어떤 건 아이언이라고 부르고 어떤 건 아이언 클럽이라고 부르며 개중에는 니블릭이라는 이름이 붙은 것도 있고 골프 코스를 링크라고 부른다는 것 정도는 알고 있었다. 마이크에게 이 이야기를 하자 그는 "그러면 지루할 수도 있겠다."라고 대꾸했다.

"만약 그럼 산책이나 다녀오지, 뭐."

그는 그 말이 마음에 든 것 같았다. 따뜻한 손을 내 어깨에 올리며 그가 말했다. "그래, 너다운 생각이야."

골프를 모르는 것은 전혀 문제가 되지 않았다. 나는 조금도 지루하지 않았다. 물론 정말로 캐디 노릇을 할 필요도 없었다. 내가 한 일이라곤 그저 그를 따라다니며 경기를 지켜보는 것뿐이었다. 심지어는 그를 바라볼 필요조차 없었다. 때때로 나는 골프장 저쪽의 나무들을 바라보았다. 이름은 모르겠지만(아카시아인가?) 줄기가 호리호리하고 키가 큰 그 나무의 꼭대기에서 새털 같은 잎들이 이따금씩 바람에 흔들리고 있었다. 그러나 여기 아래쪽에서는 아무런 바람도 느껴지지 않았다. 새 무리들, 개똥지빠귀와 찌르레기들이 이 나무에서 저 나무로 뭔가 긴급한 회합이라도 있는 듯 무리 지어 날아다녔다. 지금 생각해 보면, 칠월 말이나 팔월은 워낙 새들이 남쪽으로 여행을 준비하면서 그렇게 소란스럽게 몰려다니는 철이기도 했다.

마이크는 이따금 뭔가를 말하곤 했지만 그건 내게 건네는 말이 아니었다. 대답할 필요도 없었고 사실 할 수도 없었다. 그러나 만일 혼자서 골프를 쳤더라면 그가 그런 말들을 하지는 않았을 거라고 나는 생각했다. 맥락 없이 이따금 튀어나오는 그의 말들은 자신에게 하는 조심스러운 축하나 경고 혹은 비난의 말들이었다. 어쩌면 그건 그냥 아무런 의미도 담지 않은 소음에 불과할지도 몰랐다. 그러나 그런 경우조차도 그 소음은 가까운 곳에 있는, 오래되고 친근한 존재를 분명 염두에 두고 있는 그런 소음이었다.

이것이야말로 내게 기대된 역할이었다. 가까운 곳에 자신의 고독을 메워 줄 다른 존재가 함께 있다는 안온한 확신 속에서 혼자 행동할 때의, 그런 확장되고 연장된 자아의 느낌을 그에게 제공하는 것 말이다. 만약 내가 남자였다면, 혹은 이미 어떤 추억으로 연결된 사람이 아니었다면 그는 이런 역할을 기대하지도, 또 그렇게 쉽고 자연스럽게 동행을 부탁하지도 못했을 것이다.

그러나 그때 이런 것들을 생각한 건 아니었다. 이 모든 것들은 다만 코스를 따라 걸을 때 느낀 만족감 속에서 막연히 감지되었을 따름이다. 지난밤 그렇게 날카로운 고통을 선사했던 욕정이 지금은 마치 아내의 그것처럼 차분한 동반자의 불빛으로 단정하게 정화되어 있었다. 나는 그가 자리를 잡고 채를 고르고 잠시 생각한 다음 채를 움직여 공을 날리고 공의 움직임을 바라보는 그 모든 과정에 함께했다. 우리의 다음번 도전, 곧 만나게 될 미래의 지점을 향해 날아가는 그 공의 운행이 나에게는 언제나 굉장한 스윙처럼 보였지만, 그에게는 대개 좀 아쉬운 것처럼 느껴졌다.

함께 걷는 동안 우리는 거의 아무런 이야기도 하지 않았다. 비가 올까? 빗방울을 맞았어? 그런 것 같아. 아닐지도 모르고. 우리는 이런 이야기를 했다. 그러나 그것조차 진지한 날씨 이야기는 아니었다. 그저 한 라운드를 끝낼 수 있을지 없을지 하는 이야기를 하다 딸려 나온 말이었을 뿐.

그러나 결국 경기를 끝낼 수는 없었다. 분명하게 빗방울이 떨어지기 시작했고 이내 점점 심해져서는 주룩주룩 내리기 시작했던 것이다. 마이크는 골프 코스 위쪽을 바라보았다. 흰 구름이 검푸르게 변하고 있었다. 그는 특별한 실망이나 걱정을 담지 않은 목소리로 "일기예보대로네."라고 말하고는 익숙한 솜씨로 가방을 싸기 시작했다.

그때는 이미 클럽하우스에서 아주 멀리 와 있었다. 새들이 아까보다 더 자주 무리 지어 모이면서 불안하고 동요된 모습으로 머리 위를 배회했다. 흔들리는 나무들이 머리 위로 자갈이 가득한 해변의 파도 같은 소리를 내기 시작했다. "그래, 그럼, 이쪽으로 가는 게 좋겠어." 마이크가 말하고 내 손을 잡더니 서둘러 잔디밭을 가로질러 관목 숲 쪽으로 뛰어갔다. 강과 골프장 사이로 관목과 키 큰 잡초들이 가로놓여 있었던 것이다.

잔디밭이 끝나는 지점에 있는 짙은 색 관목들은 마치 일부러 심어둔 울타리처럼 잘 정렬되어 있었다. 하지만 사실은 군락을 이뤄 자란 야생 관목들이었다. 너무 빽빽하게 자라서 지나갈 수 없을 것 같은 관목 숲 사이로 동물이나 골프공을 잡기 위해 드나든 사람들이 만든 작은 틈이 있었다. 다소 아래쪽으로 경사진 그쪽 땅에 올라서니 강의 일부가 눈에 들어왔다. 클럽 간판의 '리버사이드 클럽하우스'라는 이름은 바로 이 강 때문에 지어진 것이었다. 바람 부는 날이면 잔물결이 심하게 이는 연못과는 달리 짙은 청회색 강물은 유유히 굽이치며 흘러가고 있었다. 강물과 우리 사이에 놓인 초지에서 온갖 잡초들이 한창 꽃을 피워 내고 있었다. 붉고 노란 꽃망울의 봉숭아와 골든라드*, 분홍빛 감도는 자주색 꽃송이가 주렁주렁 매달린 쐐기풀(그때는 그게 쐐기라고 생각했다.) 야생 쑥부쟁이에다 손 닿는 곳이면 어디든 움켜잡고 매달려 발목에 감겨 드는 포도 덩굴까지. 흙은 부드러웠고 그다지 질척이지 않았다. 줄기가 무척 부드럽고 연약하게 보이는 풀들 역시 최소한 우리 키 정도, 혹은 그보다 더 높이 웃자라 있었다. 수풀 속에서 우리는 근처의 나뭇가지들이 마치 결혼식 부케처럼 휘날리는 것을 바라볼 수 있었다. 한밤중처럼 깜깜한 구름 속에서 뭔가가 다가오고 있었다. 이 소나기에 이어질 진짜 폭풍우가 다가오고 있었던 것이다. 그러나 닥쳐온 것은 정작 폭풍 그 이상이었다. 마치 하늘에서 큰 조각이 하나 떨어져, 뭔지는 알 수 없지만 살아 있는 생물 같은 모양으로 요란하고 단호하게 땅 위로 덤벼드는 것만 같았다. 비의 장막, 얇은 베일이 아니라 말 그대로 두껍고 거칠게 나부끼는 비의 장막이 그 앞으로 먼저 몰려오고 있었다. 피부에 느껴지는 것은 여전히 가볍고 느린 빗방울이었지만 그 뒤로 다가오는 두터운 비의 장막을 우리는 분명히 감지할 수 있었다. 마치 설마 창문이 깨지겠는가 생각하며 바깥을 바라보다가 정말로 창이 깨지면서 순식간에 비바람이 얼굴을 치고 머리카락이 바람에 날려 너울대는 그런 경험과도 흡사했다.

---

* 국화과의 식물.

이제 곧 살가죽마저 그렇게 날아갈 것 같은 기분이 들었다.

나는 몸을 돌려 보려고 했다. 좀 전까지도 그런 마음이 전혀 없었는데 갑자기 덤불숲에서 빠져나가 클럽하우스 쪽으로 달려가고 싶은 충동이 몰려왔다. 하지만 조금도 몸을 움직일 수 없었다. 서 있는 것조차 쉽지 않았던 것이다. 관목 숲에서 벗어나 바람에 그냥 노출되면 당장이라도 쓰러지고 말 것 같았다.

마이크는 바람을 등지고 수풀 쪽으로 머리를 돌린 채 내 앞에 서 있었다. 바람을 막기 위해 그가 나를 향해 돌아섰지만 실제로는 아무런 차이도 없었다. 얼굴 가까이에 대고 그가 뭔가를 외쳐댔다. 하지만 알아들을 수가 없었다. 그가 다시 한 번 소리를 질렀다. 그러나 여전히 한 마디도 알아들을 수 없었다. 그가 내 양팔을 붙들고는 다시 손을 내 손목까지 내려서 단단히 마주 붙잡았다. 그가 내 몸을 낮추었다. 자세를 바꿔보려고 하자마자 우리는 비틀거리다가 서로 몸을 부딪치며 땅바닥으로 넘어지고 말았다. 너무 바짝 붙은 채 넘어져서 서로의 얼굴은 보이지도 않았다. 이미 땅 위에 만들어진 작은 강줄기며 짓밟힌 수풀들, 우리의 젖은 신발밖에는. 그것조차 얼굴에 쏟아져 내리는 폭포수 같은 물줄기 사이로 바라본 것이었지만.

마이크는 내 손목을 놓고 이번에는 내 어깨를 꽉 붙들었다. 그의 손에는 여전히 편안하지 않은 절제가 배어 있었다.

우리는 바람이 지나갈 때까지 그 자세로 가만히 있었다. 5분, 어쩌면 고작 2, 3분 이상도 아니었을 것이다. 비는 아직 내리고 있었지만 이제는 그냥 평범한 소나기였다. 그가 내 몸에서 손을 떼었다.

우리는 떨면서 몸을 일으켰다. 젖은 셔츠며 바지가 몸에 착 달라붙어 있었다. 내 머리카락은 마녀처럼 얼굴에 길게 늘어져 있었고 짧고 짙은 그의 머리카락 역시 이마까지 내려와 있었다. 미소를 지어보려 했지만 그럴 만한 힘이 남아 있지 않았다. 우리는 짧게 키스하며 잠시 서로를 껴안았다. 그러나 그건 신체적인 접촉이라기보다는 살아남았다는 사실을 확인하는 의식에 더 가까웠다. 입술이 가볍게 부딪쳤다. 차고 매끈한 그의 입술, 안았을 때 느껴지는 그의 무게감에 나는 옷에서 찬물을 짜낼 때처럼 가볍게 몸을 떨었다.

빗줄기는 점점 더 가늘어지고 있었다. 반쯤 쓰러진 수풀과 물에 젖은 두꺼운 관목 숲 사이로 우리는 비틀거리며 걸어가기 시작했다. 커다란 나뭇가지들이 골프 코스 여기저기에 쓰러져 있었다. 한참 후까지 나는 우리가 그 나뭇가지들에 맞아 죽을 수도 있었다는 사실은 미처 생각하지 못했다.

우리는 떨어진 나뭇가지들을 피해 디딜 만한 땅 위를 걸어갔다. 비는 이제 거의 그쳤고 하늘이 맑아지고 있었다. 머리카락의 물이 얼굴로 흐르지 않도록 땅으로 고개를 숙이고 걷던 나는 고개를 들어 밝아오는 하늘을 보기도 전에 어깨 위에 따뜻하게 내려쬐는 햇살을 느낄 수가 있었다.

나는 멈춰 서 깊은 숨을 들이마시며 얼굴 뒤로 머리카락을 쓸어올렸다. 흠뻑 젖은 채, 위기에서 벗어나 햇살을 마주한 지금, 지금이 바로 뭔가를 말해야 할 때였다.

"말하지 않은 것이 있어."

비록 다른 이유에서이긴 했지만 그의 목소리 역시 비 온 뒤의 햇살처럼 나를 놀라게 만들었다. 그의 목소리에는 어떤 무게, 경고 혹은 미안함이 섞인 단호함 같은 것이 실려 있었다.

"막내아들 이야기인데. 막내아들이 작년 여름에 차 사고로 죽었어." 그가 말했다.

아.

"차에 치었어. 내가 그 아일 치었어. 집 앞에서 후진하다가." 그가 말을 이었다.

나는 다시 멈춰 섰다. 그도 나를 따라 멈췄다. 우리 둘은 앞을 바라본 채 제자리에 서 있었다.

"이름이 브라이언이었어. 세 살이었지."

"나는 걔가 이 층 침대에 있는 줄 알았어. 다른 애들은 아직 놀고 있었지만 걔는 먼저 재웠거든. 근데 다시 일어난 거야. 그래도 살펴봤어야 했지. 더 조심해야 했어."

나는 그가 차에서 나오는 모습을 상상했다. 그가 내질렀을 소리도. 아이의 엄마가 집 안에서 뛰어나온다. *아니야. 브라이언이 여기 있을 리 없어. 이런 일이 생길 리가 없어.*

이 층의 침대에서 자고 있어야 했는데.

그가 다시 주차장 쪽으로 걷기 시작했다. 조금 뒤쪽에서 그를 따라 걸으며 나는 아무 말도 하지 않았다. 단 한마디의, 쓸모없고 평범한 위로조차도. 우리는 그 일을 더 이야기하지 않았다.

내 잘못이라고, 절대 그 기억을 극복할 수 없을 거라고, 나 자신을 용서할 수도 없을 거라고, 하지만 극복해야 하고 또 언젠가는 할 수 있을 거라고,

아내는 날 용서해 주었지만 그녀 역시 그 일을 잊지 못할 거라고, 그는 그런 이야기들을 하지 않았다.

그러나 그 모든 걸 짐작할 수 있었다. 그가 심연을 본 사람이라는 걸 나는 알 수 있었다. 그 끝 모를 심연이 어떤 것인지를 정확하게 알고 있는 사람. 나는 그런 심연을 알지 못했다. 심지어 그 근처에도 가본 일이 없었다. 그와 그의 아내는 그 모든 것을 함께 겪어냈다. 그 기억이 그들을 묶어주고 있는 것이다. 그런 일은 두 사람을 영원히 갈라서게 할 수도 있지만 반대로 한평생 그들을 하나로 묶을 수도 있는 법이다. 힘들게 그 밑바닥을 벗어났더라도 그들은 그 차고 텅 빈, 옴짝달싹할 수 없는 심연에 대한 기억을 공유하고 있을 터였다.

누구에게라도 일어날 수 있는 일이다.

그래, 하지만 실제로는 이런 일들이 그렇게 우연히 일어나는 것 같지 않았다. 이런 일들은 마치 이곳 혹은 저곳에서 한 번에 하나씩 특정한 누군가를 고르기라도 한 것처럼 일어나는 것이다.

"공평치가 않아." 내가 말했다. 난 이런 제멋대로의, 인생을 다 망쳐버리는 악랄한 불운에 대해 이야기하려던 참이었다. 전쟁이나 지구의 재앙 같은 비극적인 시기가 아니라, 이런 평온한 시기에 그런 일이 일어나다니. 이건 더 나쁜 일이었다. 무엇보다 아무 의도 없이 한 행동이 홀로 그리고 영원히 그 결과를 책임져야 한다니. 이건 정말 최악이었다.

그게 내가 말하려던 것이었다. 하지만 물론 거기에는 '공정하지 않아. 그게 우리 사이와 무슨 관계가 있지?'라는 뜻도 담겨 있었다.

자아의 내면에서 나온, 너무 거칠어서 순진해 보이기까지 하는 그런 거짓 없는 항변. 순진이라, 적어도 사람들에게 들으라고 한 말은 아닌 한에서 말이다.

"음." 그가 조용하고 부드럽게 대답했다. 공평함을 찾기란 쉽지 않지.

"서니하고 존스턴은 그 일을 몰라. 이사 온 후에 만난 사람들은 아무도 그 일을 몰라. 그 편이 나을 것 같아서 말이야. 심지어 다른 두 애들도, 막내 이야길 안 해. 이름도 말하는 법이 없어." 그가 말했다.

나는 그가 이사하고 나서 만난 사람이 아니었다. 그들이 힘겹게 꾸려온, 정상적인 삶의 새로운 여정에서 만난 사람이 아닌 것이다. 나는 이제 뭔가를 아는 사람이 되었다. 그게 전부였다. 그는 이제 자신의 이야기를 아는 사람을 하나 갖게 된 것이다.

"이상하네." 골프 가방을 밀어 넣으려고 차 트렁크를 열기 전에 그가 앞쪽을 바라보며 이야기했다.

"아까 여기 주차한 사람은 누구지? 우리가 들어왔을 때 주차돼 있던 차 한 대 못 봤어? 골프 코스에는 아무도 없었는데 말야. 이제야 생각이 나네. 혹시 누구 봤어?"

나도 못 봤다고 대답했다.

"이상한 일이네. 음……." 그가 다시 말했다.

어린아이였을 때, 나는 지금과 똑같은 목소리가 똑같은 어조로 이 단어를 말하는 것을 자주 듣곤 했다. 말과 말 사이를 잇거나 말을 마치기 위해, 혹은 그 이상 더 말하거나 생각할 수 없는 무언가를 표현하기 위해서.

"우물*은 땅에 있는 구멍이야." 말장난을 하려고 어린 시절의 나는 이렇게 대답하기도 했었다.

폭풍 때문에 수영장 파티도 중단되었다. 다 집에 들어가기에는 사람들이 너무 많았기 때문에 아이를 데리고 온 사람들만 우선 집 안으로 들였다고 했다.

집으로 가는 길에 마이크와 나는 둘 다 살이 드러나던 이마와 손등, 발목 근처가 따갑고 쓰리며 간지럽다는 사실을 발견하고 증상에 대해 서로 이야기를 주고받았다. 수풀 속에 주저앉았을 때 맨 살로 노출된 부위들이었다. 나는 쐐기풀을 떠올렸다.

마른 옷으로 갈아입고 나서 서니의 농가 부엌에 앉은 우리는 우리가 겪은 모험에 대해 이야기하며 쓸린 피부를 보여 주었다.

서니는 무엇을 해야 할지 잘 알고 있었다. 어제 클레어와 함께 응급실을 찾기 전에도 그녀는 이미 지역 병원에 한 번 다녀온 일이 있었던 것이다. 우리가 오기 얼마 전 주말에 아이들이 잡초가 무성한 헛간 뒤쪽의 질퍽거리는 공터에서 놀다가 피부 여기저기가 쓸리고 벌겋게 부어오른 채 돌아온 일이 있었다. 의사 말로는 쐐기풀에 쓸린 것 같다고 했다. 쐐기풀 밭에서 구른 모양인데요. 의사는 그렇게 말했다고 한다. 서니와 아이들은 냉찜질을 하라는 처방과 함께 항히스타민 연고와 내복약을 받아가지고 돌아왔다. 마크와 그레고리는 곧 회복되어서 쓰지 않은 연고와 약이 아직 집에 남아 있었다.

---

* 영어의 well에는 '우물'이란 뜻과 '음', '글쎄'의 뜻이 동시에 있다.

우리는, 우리 증상은 그렇게 심각하지 않다고, 약은 필요 없다고 이야기했다.

서니는 고속도로 주유소에서 만난 여자에게 들은 이야기를 우리에게 들려주었다. 그 여자 말로는 쐐기풀에 쏠린 데에 찧어서 붙여두면 아주 즉효인 풀이 있다고 했다. 약이니 연고니 따위는 필요도 없다고 그녀는 말했다고 한다. 그 풀 이름이 뭐라더라? 송아지 발(calf's foot), 뭐 그 비슷한 이름이었는데 아니, 차가운 발(coldfoot)이었나? 그 여자는 다리 옆 길가에서 그 풀을 찾을 수 있다는 이야기도 주었다고 했다.

서니는 민간요법 따위를 좋아했기 때문에 그 이야기에 아주 열을 올렸다. 그래서 우리는 돈 주고 산 연고가 이미 저기 있지 않느냐는 사실을 그녀에게 상기시켜 주어야만 했다. 서니는 우리를 돌보는 일이 아주 신나는 것 같았다. 사실 모든 가족들이 다소 우리의 부상을 재미있게 생각하면서 흠뻑 젖어서 그날 계획이 다 취소된 데서 온 우울함을 잊는 것 같았다. 우리가 함께 골프 코스에 갔다가 그런 모험을 겪고 왔다는 사실(우리의 몸에 역력한 흔적을 남긴 그런 모험을)을 서니와 존스턴은 놀려먹기 좋은 이야깃거리로 삼았다. 존스턴의 얼굴에는 장난기가, 서니의 얼굴에는 호기심이 가득 어려 있었다. 그러나 만약 우리가 진짜 못 할 일이라도 했다는 증거와 함께, 예컨대 엉덩이나 허벅지 혹은 배 같은 곳이 까지고 쏠려서 돌아왔다면 그들이 그렇게 장난스럽고 아무렇지도 않게 이 일을 받아들였을 리는 만무했다.

아이들 역시 대야에 발을 담그고 손과 팔을 두툼한 천으로 감아 움직임이 둔해진 우리를 바라보며 재미있어 했다. 특히 클레어는 우스꽝스럽게 생긴 어른의 맨발을 바라보며 즐거워했다. 마이크가 그녀를 위해 긴 발가락을 꼬물거리면 클레어는 놀란 듯이 깔깔거리는 웃음을 터뜨렸다.

음, 우리가 다시 만났더라도 옛날과 다른 뭔가가 시작되진 않았을 것이다. 혹 만나지 않았더라도 마찬가지겠지만. 자신의 자리를 알고 있는, 드러낼 수 없는 사랑만이 제자리에서 (누군가는 바보 같은 결말로 이어지거나 쓸쓸하게 감정이 식고 말 것이 두려워 승부수를 두지 않는 이런 사랑을 두고, 진짜가 아니라고 말할지도 모르지만.) 달콤한 실개천이나 지하의 암반수처럼 계속 살아남는 것이다. 그 위를 덮은 이 새로운 정적과 봉인의 무게를 안은 채 그 어떤 모험도 무릅쓰지 않고.

이후 점점 소식이 뜸해 갔던 교제 기간 내내 나는 서니에게 한번도 그의 소식을 묻지 않았다. 서니 역시 나에게 그의 이야기를 하지 않았다.

분홍빛 도는 자주색의 커다란 꽃이 달려 있던 그 식물은 쐐기풀이 아니었다. 나중에야 나는 그 풀들의 이름이 등골나물이라는 사실을 알게 되었다. 우리를 쏘았던 그 가시풀은 더 창백한 자주색 꽃에, 가늘고 날카로워 살갗을 파고드는 쓰라린 가시들이 잔뜩 돋은 잘 알려지지 않은 식물의 일종이었다. 지금도 잡초 가득한 그 들판 곳곳에, 그 풀들이 보이지 않게 자라고 있을 터였다.

포스트앤드빔

POST AND BEAM

라이오넬은 자신의 엄마가 어떻게 돌아가셨는지 그들에게 이야
기해 주었다.

엄마는 화장을 하고 싶다고 했고 라이오넬이 그녀를 위해 거울
을 들어주었다.

"이제 한 시간쯤 걸릴 거야." 엄마가 말했다.

파운데이션과 파우더, 아이브로펜슬, 마스카라를 바른 후에 립
라이너에 립스틱 그리고 볼연지까지. 동작은 느리고 손이 떨렸지
만 결과는 나쁘지 않았다.

"한 시간도 안 걸렸어요." 라이오넬이 말했다.

아니, 그걸 말한 게 아니야. 엄마가 말했다.

그녀가 말한 것은 죽는 데 걸릴 시간이었던 것이다.

라이오넬은 아버지를 불러올지 물어보았다. 그의 아버지이자 그

녀의 남편, 그녀의 목사이기도 한.

뭐 하려고. 그게 그녀의 대답이었다.

그녀의 예측은 단지 5분 정도밖에 빗나가지 않았다.

그들은 로너와 브렌던의 집 뒤에 있는 작은 테라스에 앉아 있었다. 테라스 맞은편으로 버라드 만과 포인트그레이의 등대가 보였다. 스프링클러를 다른 쪽 잔디로 돌리려고 브렌던이 일어나 걸어가 버렸다.

로너는 몇 달 전 라이오넬의 엄마를 만난 적이 있었다. 그녀는 생기 넘치는 매력을 지닌, 흰 머리에 체구가 작은 고운 노인이었다. 그녀는 코메디프랑세즈*의 순회공연을 보기 위해 로키 산맥 근처의 자기 집에서 이곳 밴쿠버까지 건너온 길이었다. 라이오넬은 로너에게 함께 공연을 보러 가자고 부탁했다. 공연이 끝나고 라이오넬이 로너를 위해 푸른 벨벳 외투를 펼쳐 들고 있을 때 그의 엄마가 말했다. "아들 녀석의 *벨아미*(belle-amie)를 만나다니, 참 기분 좋은 일이군요."

"엄마, 불어까지 쓸 건 없잖아요." 라이오넬이 말했다.

로너는 *벨아미*가 정확히 무슨 뜻인지도 알지 못했다. 아름다운 친구? 애인?

자기 엄마의 머리 너머로 라이오넬이 눈썹을 치켜뜨고 있었다. 엄마가 뭐라고 하든 자기 잘못은 아니라고 항변하는 것 같기도 했다.

---

* 파리국립극장.

한때 라이오넬은 브렌던이 가르치는 대학의 학생이었다. 열여섯 살의 가공되지 않은 천재. 그렇게 천재적인 수학적 머리를 가진 학생은 처음 보았다고 브렌던은 로너에게 이야기했었다. 나중에 로너는 브렌던이 좀 과장했던 것이 아닐까 의구심을 품었다. 어쨌거나 그는 재능 있는 학생들에게 유별나게 관대했고 또 결국 모든 일이 기대처럼 되지는 않았으니까 말이다. 브렌던은 아일랜드와 관련된 모든 것에 등을 돌렸다. 자신의 가족과 교회, 그 감상적인 노래들까지 모두 다. 하지만 비극적인 이야기들만은 끝내 버릴 수 없는 모양이었다. 흔히들 그렇듯이 화려하게 등장했던 라이오넬은 뭔가 정신적인 문제로 고생하다가는 병원으로 보내진 후 더 이상 볼 수 없게 되었다. 그러던 어느 날 브렌던은 슈퍼마켓에서 라이오넬을 만났다. 알고 보니 그는 여기 북 밴쿠버의 자기 집에서 2킬로미터도 채 떨어지지 않은 곳에 살고 있었다. 지금 그는 수학은 완전히 접고 영국국교회의 출판 사무실에서 일하고 있다고 했다.

"한번 놀러 와. 내 아내도 만날 겸, 집으로 한번 놀러 와." 좀 울적하고 외로워 보이는 그에게 브렌던이 말했다.

그는 사람들을 초대할 집이 있는 것이 만족스러웠다.

"당신이 어떤 사람일지 전혀 몰랐어요. 아주 끔찍하지 않을까 그렇게 생각했죠." 나중에 이 이야기를 전하면서 라이오넬이 로너에게 말했다.

"아, 왜?" 로너가 물었다.

"모르겠어요. 부인이라는 사람들이 그렇잖아요."

아이들을 재운 저녁 시간에 라이오넬이 그들을 만나러 왔다. 열

린 창문으로 들려오는 아기의 울음소리나 장난감을 모래 놀이통에
넣지 않고 풀밭에 두었다고 로너를 나무라는 브렌던의 목소리, 진
토닉에 넣을 라임 사는 것을 잊지 말라는 부엌에서의 외침, 이런 모
든 사소한 집안일들이 그에게는 작은 공격인 것만 같았다. 이런 소
리들이 끼어들 때마다 그의 길고 마른 몸과 고집스럽고 모든 것을
불신하는 듯한 얼굴에 작은 떨림과 긴장이 일곤 했던 것이다. 그럴
때면 가치 있는 관심사로 되돌아오기 위해 그들에게는 잠깐의 정
적이 필요했다. 언젠가 한번은 그가 〈오 태넌바움〉이며 〈행복한 나
의 집〉을 아주 나지막하게 흥얼거린 적도 있었다. 어둠 속에서 그
가 살짝 미소 지었다. 적어도 로너는 그렇다고 생각했다. 그건 마치
사람들이 많은 곳에서 뭔가 거슬리는 장면을 보았을 때 네 살 난 딸
엘리자베스가 귓속말로 소근거리며 짓는 그런 미소와도 흡사하다
고 로너는 생각했다. 좀 놀란 듯한, 희미하고 비밀스러운 그런 미소
말이다.

　라이오넬은 키가 큰 옛날식 자전거를 타고 언덕길을 올라왔다.
아이들을 제외하면 거의 아무도 자전거를 타지 않던 시절이었다.
진한 바지에 깃과 소매가 해지고 언제나 지저분한 흰 셔츠, 정체
모를 넥타이 차림의 그는 평소 일하러 갈 때 입는 옷을 그대로 입
고 온 것 같았다. 그들이 코메디프랑세즈 공연을 보러 갔을 때에도
그는 이 차림새에다 어깨는 너무 크고 소매는 너무 짧은 트위드 재
킷 하나만 더 걸치고 나타났다. 아마 다른 옷이라곤 전혀 없는 것
같았다.

　"월급이 아주 적어요. 게다가 주님의 포도밭에서 일하는 것도,

대주교님의 관할 교구에서 일하는 것도 아니고 말이죠." 라이오넬이 말했다.

"어떤 때는 디킨스의 소설 속에 사는 것 같은 기분이 들어요. 웃기게도 전 디킨스를 전혀 좋아하지 않는데 말이에요."

말할 때면 그는 대체로 고개를 좀 기울인 채 로너의 머리 너머 무언가를 응시하고 있었다. 흥분할 때면 가볍고 빠른 그의 목소리에 쉭쉭하고 쇳소리가 섞여 나오기도 했다. 사실 그는 무엇이든 좀 놀란 듯한 말투로 이야기하는 편이었다. 그는 자신이 일하는 성당 뒤 건물 사무실에 대해, 작고 높은 고딕풍 창문이며 왁스 칠한 나무 집기들(교회 물건처럼 보이도록 말이다.), 모자걸이며 우산꽂이(왜인지는 알 수 없지만 이런 물건들을 보면 그는 무척 감상적인 기분이 든다고 했다.), 타이피스트인 재닌과 교회 소식지 담당자인 펀파운드 부인에 대해 로너에게 이야기해 주었다. 이따금 나타나는, 정신머리 없는 유령 같은 주교에 대해서도. 재닌은 티백으로 된 차를 좋아하고 펀파운드 부인은 그걸 싫어하는데 이 문제를 둘러싼 갈등은 아직 해결되지 않고 있다고 했다. 그들은 절대 서로 권하는 법 없이 저마다 몰래 뭔가를 먹으면서 일한다고도 했다. 재닌은 캐러멜을, 자기는 설탕 입힌 아몬드를 즐겨 먹는다고. 하지만 펀파운드 부인이 몰래 먹는 것이 무엇인지는 자신도 재닌도 아직 발견하지 못했다고 한다. 펀파운드 부인이 껍질을 쓰레기통에 버리지 않기 때문이었다. 그렇지만 그녀의 턱 역시 언제나 쉴 새 없이 움직이고 있다고 그는 이야기했다.

라이오넬은 다들 몰래, 대체로 몰래 뭔가를 먹는다는 점에서 지금의 사무실과 비슷하다면서 자신이 전에 입원했던 병원에 대해서도 말해 주었다. 다른 점이 있다면 병원에서는 정기적으로 자신들을 묶고 옷을 벗긴 다음, 그의 표현에 따르면 그들에게 전원을 넣는 것이라고 했다.

"그건 정말 이상했어요. 사실대로 말하자면 고문 받는 것과도 같았죠. 하지만 설명할 수가 없어요. 정말 이상한 일이에요. 기억은 나는데 설명은 못하겠어요."

병원에서의 그런 일들 때문에 그는 기억력이 나빠졌고 세세한 일들을 떠올리지 못하게 되었다고 했다. 그는 로너의 이야기도 듣고 싶어 했다.

로너는 브렌던과 결혼하기 전의 생활에 대해 말해 주었다. 그녀가 자란 마을에는 아주 똑같이 생긴 집 두 채가 나란히 서 있었다. 집 앞으로 한때 털실 공장에서 나오는 염료 때문에 언제나 물이 들어 있던 깊은 개울이 하나 흘렀다. 개울 이름도 그래서 염색 천(川)이었다. 집 뒤로는, 여자애들은 들어가면 안 되는 넓은 빈 들이 있었다. 한 집에는 로너와 아빠가, 다른 집에는 할머니와 베아트리스 고모, 그리고 사촌인 폴리가 살고 있었다.

폴리에게는 아빠가 없었다. 사람들이 그렇게 말했고 로너도 전에는 정말 그런 줄로만 알았었다. 망크스 고양이*에게 꼬리가 없는 것처럼 폴리에겐 아빠가 없다고.

할머니 집의 거실에는 털실의 음영을 이용해 성경에 나오는 장

---

* 영국산 고양이의 일종.

소들을 표시한 성지(聖地) 지도가 걸려 있었다. 할머니는 그걸 연합 감리교 주일학교에 기증해 달라고 유언장에 적어두셨다. 이제는 희미해진 과거의 수치스러운 사건 이후 베아트리스 고모에게 남자와 관련된 사교 생활이라곤 일체 없었다. 고모는 절박하리만치 까다롭게 일상을 꾸려갔기 때문에 흠 없이 사는 것에 대한 그녀의 기준이 무엇인지를 이해하는 것은 조금도 어렵지 않았다. 다림질을 할 때는 자국이 남지 않도록 안쪽이 아니라 바깥쪽에서 솔기를 따라 다리미를 눌러야 한다거나 블라우스를 입을 때면 언제나 브래지어 끈을 가리기 위해 슬립을 덧입어야 한다는 것이 로너가 고모에게 배운 유일한 교훈들이었다.

"아, 그렇군요. 좋아요." 발끝까지 모두 이해했다는 듯 다리를 쭉 뻗으며 라이오넬이 말했다. "좋아요. 그럼 이제 폴리 이야길 해봐요. 그런 구식 살림살이 이야긴 됐고, 폴리가 어떤 사람인지 이야기해 줘요."

로너는 폴리가 좋은 사람이라고, 활력이 넘치며, 사교적이고 친절한 데다가 자신감이 넘치는 사람이라고 이야기했다.

"아, 부엌 이야기를 다시 해줘요." 라이오넬이 말했다.

"어떤 부엌 말이야?"

"카나리아를 키우지 않는 그 부엌."

"아, 우리 집." 그녀는 광을 내려고 왁스 먹인 빵 봉투로 부엌의 가스레인지며 프라이팬이 걸린 그 뒤의 검은 선반을 닦았던 이야기를 해주었다. 싱크대와 한쪽 구석이 삼각형 모양으로 깨져 나간 그 위의 작은 거울에 대해서도. 거울 아래쪽으로 아빠가 만든 작은 양은 통이 있어서 그 안에 언제나 빗이며 오래된 컵의 손잡이며 한 때 엄마가 썼던 작은 립스틱 통 같은 것들이 들어 있었다.

로너는 엄마에 대한 유일한 기억 역시 이야기해 주었다. 어느 겨울날 그녀는 엄마와 함께 보도와 길가 사이로 눈이 쌓여 있는 시내를 걷고 있었다. 시계 보는 법을 배운 지 얼마 되지 않아서였는데, 우체국 시계를 올려다보니 곧 그녀와 엄마가 매일 라디오로 듣는 드라마가 시작할 시간이었다. 이야기를 못 듣는 것 때문이 아니라 자신과 엄마가 라디오를 켜고 드라마를 듣지 않으면 이야기 속 사람들이 어떻게 될까 싶어 그녀는 무척이나 걱정이 되기 시작했다. 사실 로너가 느낀 것은 걱정 그 이상이었다. 아무렇지도 않게, 그냥 우연처럼 뭔가가 사라지고 더 이상 일어나지 않는다고 생각하자 두려움이 밀려왔던 것이다.

이 기억 속에서조차 그녀의 엄마는 두꺼운 코트를 입은 어깨와 뒷모습으로만 그녀에게 남아 있었다.

그의 아버지는 아직 살아 있었지만 라이오넬은 자신 역시 아버지에 대해 그 이상의 인상을 갖고 있지 않다고 이야기했다. 펄럭거리는 목사복의 한 자락 정도랄까. 라이오넬과 그의 엄마는 아빠가 언제까지 그들에게 말을 걸지 않을지를 두고 내기를 하곤 했다. 언젠가 라이오넬은 엄마에게 아빠가 왜 그렇게 화가 난 거냐고 물은 적이 있었다. 엄마는 자기도 정말 모르겠다고 대답했다.

"아마 하는 일이 싫어서 그런 것이 아닐까." 엄마가 말했다.

"그럼 다른 일을 찾으면 되잖아요." 라이오넬이 대답했다.

"마음에 드는 일이 없나 보지."

라이오넬은 엄마와 박물관에 갔다가 그곳의 미라를 보고 놀랐던 일을 기억했다. 엄마는 그들이 정말 죽은 건 아니라고, 사람들이 다 집에 가고 나면 관 밖으로 나온다고 그에게 이야기해 주었었다. "아빠도 미라처럼 하면 안 되나요?" 그가 엄마에게 물어보았다. 엄마는 미라를 엄마로 잘못 알아듣고서는* 나중에 재미있다며 이 사건을 몇 번이고 다시 이야기하곤 했다. 하지만 그때 그는 너무 낙담해서 고쳐 말해 줄 마음조차 나질 않았다. 그렇게 어린 나이에도 의사소통의 어려움이 그토록이나 그의 마음을 무겁게 만들었던 것이다.

이게 아직 그에게 남아 있는 몇 안 되는 기억 중 하나였다.

브렌던이 웃음을 터뜨렸다. 이 이야기에 그는 라이오넬이나 로너보다 더 크게 웃음을 터뜨렸다. 브렌던은 이따금씩 와서 "둘이 무슨 이야길 그렇게 해?"라고 물으며 잠시 앉았다가는 한동안 자기가 해야 할 역할은 다했다는 듯 안도하며 처리할 일이 있다고 집 안으로 들어가곤 했다. 그는 라이오넬과 로너가 친하게 지내는 모습이 만족스러운 모양이었다. 그렇게 될 줄 미리 알고 있었으며, 또 그렇게 되도록 일부러 마음을 쓰기라도 한 것처럼 보이기도 했다. 하지만 정작 그들의 대화를 듣고 있으면 브렌던은 곧 마음이 어수선해지고 말았다.

"혼자 방에 있는 것보다는 여기 와서 잠깐이라도 정상적인 시간을 갖는 편이 낫지. 알겠지만, 그 애는 당신한테 빠졌어, 가엾은 녀석." 그가 로너에게 말했다.

---

* 미라(mummy)와 엄마(mommy)의 영어 발음이 비슷한 데서 온 착각.

그는 남자들이 로너한테 반했다고 말하기를 좋아했다. 특히 학과에서 여는 파티 같은 곳에서 로너가 제일 어린 아내라는 걸 확인할 때면 그 말을 안 하고는 못 배기는 것만 같았다. 로너는 누가 그 말을 듣기라도 할까 봐 걱정이었다. 사람들은 필시 근거 없는 과장이라고, 내심 그걸 바라기라도 하는 모양이라고 생각할 터였다. 하지만 가끔, 특히 술에 좀 취했을 때는 그녀 역시 브렌던처럼 누구라도 자신에게 끌린다는 생각을 하기도 했다. 하지만 라이오넬은 그렇지 않다는 걸 그녀는 분명히 알고 있었다. 브렌던이 그 앞에서 그런 내색일랑은 조금도 하지 말았으면, 그녀는 간절히 바라곤 했다. 로너는 그가 그의 엄마 머리 너머 던졌던 시선을 아직 기억하고 있었다. 부정과 가벼운 경고가 담긴.

시에 대해 그녀는 브렌던에게 아무 말도 하지 않았다. 대체로 한 주에 한 번쯤 잘 봉인된 시 한 편이 로너에게 우편으로 배달되어 오곤 했다. 익명의 누군가가 보낸 시가 아니었다. 너무 흘려 쓴 글씨여서 알아보기는 쉽지 않았지만 거기에는 라이오넬의 서명이 있던 것이다. 보낸 시들의 내용 역시 마찬가지였다. 다행스럽게도 시가 별로 길지는 않았다. 한 열두어 자, 혹은 그 두 배 정도의 단어가 마치 희미한 새 발자국처럼 종이 위에 기이한 흔적을 만들고 있었다. 처음 봤을 때는 단 한 자도 알아볼 수가 없었다. 차츰 그녀는 너무 집중해서 보지 말고 그냥 종이를 든 채 홀리기라도 한 듯 멍하게 바라보는 것이 가장 좋은 방법이라는 걸 알게 되었다. 그러면 천천히 단어들이 눈에 들어오기 시작했다. 물론 전부 알아볼 수 있는 건 아니었다. 시마다 끝내 알아볼 수 없는 두세 단어들이 꼭 남곤 했다. 하지만 큰 문제는 아니었다. 줄표를 제외하면 다른 구두점은 전혀 없었고 단어들은 대부분 명사였다. 로너는 시에 무지한 사람도, 뭐든 빨리 이해되지 않으면 곧 포기해 버리는 사람도 아니었다. 그러나 이 시들에 대해선 마치 불가의 가르침, 일테면 언젠가는 이해해서 자신의 것으로 만들 수도 있겠지만 지금으로서는 도저히 알 수 없는 불교의 깨달음과 비슷한 인상을 받곤 했다.

첫 번째 시를 받아본 후 그녀는 무슨 답을 해야 할지 고심했다. 뭔가 감상 평 같은 말, 하지만 엉뚱하지 않은 말을 해야 할 텐데. 브렌던이 들을 수 없을 만큼 멀리 갔을 때 그녀가 한 말이라곤 고작 "시, 고마웠어요."라는 한마디뿐이었다. "재미있었어요."라는 말은 할까 하다가 참았다. 라이오넬은 고개를 획 젖히더니 대화를 중단시키려는 듯한 소리를 냈다. 시는 계속해서 도착했지만 로너는 이제 더 이상 시에 대해 아무런 이야기도 하지 않았다. 그녀는 그 시가 메시지가 아니라 제안일지 모른다고 생각하기 시작했다. 그러나 이를테면 브렌던이 생각하는 것 같은, 구애의 제안은 아니었다. 시에는 그녀에 대한 감정은 물론, 사적인 내용은 조금도 포함되어 있지 않았던 것이다. 라이오넬의 시를 읽을 때면 그녀는 봄철에 보도를 걸을 때 종종 눈에 들어오는 희미한 그림자가 생각나곤 했다. 지난해의 젖은 낙엽들이 남긴 그런 자국들 말이다.

그녀가 브렌던에게, 혹은 라이오넬에게도 말하지 않은 보다 긴급한 소식이 하나 더 있었다. 사촌 폴리가 고향에서 그녀를 보러 온다는 이야기를 아직 하지 않았던 것이다.

로너보다 다섯 살이 많은 폴리는 고등학교를 졸업한 이후 줄곧 고향 마을의 은행에서 일했다. 그녀는 전에도 한 번 여기까지 올 여비를 충분히 모았다가는 결국 그 돈을 정화조 펌프를 고치는 데 쓰고 말았다. 그러나 이번에는 정말로 버스를 타고 대륙을 가로질러 그녀를 만나러 오고 있는 중이었다. 폴리에게는 사촌과 사촌의 남편, 또 그녀의 아이들을 만나러 오는 일이 무척 자연스럽고 정당한 일인 것 같았다. 그러나 브렌던은 폴리의 방문을 초대받지 않는 한 이곳에 올 이유가 전혀 없는 사람의 침입으로 여길 것이 틀림없었다. 그는 방문객들을 싫어하진 않았지만(라이오넬을 보면 알 수 있듯이) 그건 단지 그가 선택한 사람에게만 해당하는 이야기였다. 로너는 매일 그에게 이 이야기를 어떻게 꺼내면 좋을까 생각하다가 계속해서 미루고만 있었다.

이건 라이오넬에게 말할 수 있는 일도 아니었다. 그에게 진지한 일을 이야기할 수는 없었던 것이다. 해결책을 찾으려는 기대나 희망은 남루하고 구차한 고민일 뿐 흥미롭고 즐거운 삶의 태도와는 거리가 먼 것이니까 말이다. 라이오넬은 일상의 근심이나 단순한 감정들에 대한 이야기를 듣고 싶어 하지 않았다. 그가 좋아하는 이야기는 주로 당황스러운 상황들이나 지나가 버린 과거, 아이러니하면서도 달콤하게 기억되는 그런 과거에 대한 추억들이었다.

로너는 좀 위험할지도 모르는 기억에 대해서도 그에게 말한 적이 있었다. 결혼식 날, 그리고 결혼식이 실제로 진행되는 동안 자신이 얼마나 눈물을 흘렸는지 이야기해 주었던 것이다. 하지만 손수건을 꺼내려고 브렌던의 손을 놓으려는데 그가 통 놔주지를 않아서 결혼식 내내 코를 훌쩍거린 이야기를 덧붙여서 그 이야기가 울적하게 들리지는 않았다. 사실 결혼하기 싫어서 혹은 브렌던을 사랑하지 않아서 운 것은 아니었다. 다만 갑자기 집에 있는 모든 것이 그녀에게 너무나 소중하게 느껴졌고(언제나 그것들을 떠나고 싶어했는데도), 가족들이 이 세상 그 누구보다 더 가깝게 느껴졌기 때문에(그들에게 그런 마음을 표현한 적은 없었지만) 눈물이 쏟아졌을 따름이다. 결혼식 전날 폴리와 함께 부엌 선반을 청소하고 바닥을 문지르며 함께 웃음을 터뜨렸던 것이며 그곳의 모든 것에 작별을 고하는 슬픈 의식을 남몰래 치렀던 생각이 떠올라서, 그래서 울었던 것이다. 안녕, 낡은 바닥아, 안녕. 주전자의 갈라진 틈아, 안녕, 안녕. 씹던 껌을 붙여 두던 식탁 밑의 자리도 안녕.

그럼, 그 사람한테 너를 포기하라고 해. 폴리가 말했다. 그러나 물론 진심은 아니었다. 폴리는 그리고 로너 자신도, 열여덟 살이 되도록 한 번도 진짜 남자 친구를 사귄 적이 없고 이제 잘생긴 서른 살의 교수와 결혼식을 올린다는 사실을 자랑스럽게 생각했던 것이다.

그럼에도 불구하고 그녀는 울었다. 신혼 초에는 집에서 온 편지를 받을 때마다 또다시 울음을 터뜨렸다. 브렌던이 그녀를 보고 물었다. "가족을 사랑하는군, 그렇지?"

그녀는 그가 자신을 가엾어 한다고 생각하며 "그래요."라고 대답했다.

브렌던은 한숨을 내쉬고 말했다. "내 생각엔 나보다 가족을 더 사랑하는 것 같군."

그녀는 아니라고, 그저 때로 가족들이 안됐다는 생각이 들어서 그렇다고 대답했다. 그들은 어려운 시기를 보내고 있었다. 할머니는 칠판에 옮겨 쓸 글씨를 보지 못할 만큼 눈이 나빠졌는데도 여전히 학교에서 4학년 수업을 계속했고, 베아트리스 고모는 너무나 까다로워서 도저히 직장을 구할 수가 없었으며, 아빠는 자기 소유도 아닌 철물점에 고용되어 직원으로 일하고 있었다.

"어려운 시기라고? 강제수용소에라도 갇혀 있는 모양이지? 그래?" 브렌던이 말했다.

그는 이 세계에서 버텨내려면 근성이 있어야 한다고 이야기했다. 그럴 때면 로너는 신혼 침대에 누워서 지금 생각하면 부끄럽기 짝이 없는 분노의 눈물을 터뜨리기도 했다. 그러면 브렌던이 곧 그녀를 달래주었지만 그는 여전히 그녀의 눈물을 논쟁에서 이길 수 없을 때면 여자들이 항상 내세우는 그런 무기라고만 생각했다.

*　　　　*　　　　*

폴리의 외모에 대해 로너가 잊어버린 것이 몇 가지 있었다. 그녀가 얼마나 키가 크고 긴 목에 가는 허리, 거의 완벽하게 평평한 가슴을 가졌는지 잊고 있었던 것이다. 선이 고르지 않은 작은 턱과 비스듬한 입술, 창백한 피부와 연한 갈색의 깃털처럼 가늘고 짧은 머리카락. 수놓은 주름 청치마 차림의 그녀는 긴 줄기 끝에 달린 데이지처럼 연약하면서도 강건해 보였다.

이틀 전에야 브렌던은 폴리가 온다는 사실을 알게 되었다. 그녀가 캘거리에서 수신자 부담 전화를 걸었는데 그 전화를 브렌던이 받았던 것이다. 전화를 끊은 후 그는 냉정하고 조용한 목소리로 로너에게 세 가지 질문을 던졌다.

얼마나 있다 갈 거지?

왜 내게 말하지 않았지?

도대체 왜 수신자 부담으로 전화를 한 거지?

"모르겠어요." 로너가 대답했다.

부엌에서 저녁 준비를 하면서 로너는 그들이 무슨 말을 하는지 바짝 긴장한 채 듣고 있었다. 브렌던은 조금 전에야 집에 도착했다. 브렌던의 인사말은 들을 수 없었지만 위험스러울 정도로 명랑한 폴리의 목소리는 요란스레 부엌까지 들려왔다.

"내 말 좀 먼저 들어봐요. 브렌던, 난 아주 시작부터 단단히 잘못 생각했지 뭐예요. 버스 정거장에서 내려서 이리 걸어오는 길에 말예요. 내가 말했죠. 와, 로너, 너 아주 잘사는 동네에 사는구나. 그러다가 이 집을 보고 나서 난 그만, 이건 뭐야? 꼭 헛간 같잖아, 라고 외치고 말았답니다."

그녀는 할 수 있는 가장 나쁜 방식으로 대화를 시작하고 있었다. 브렌던은 이 집을 아주 자랑스럽게 생각했던 것이다. 이 집은 서해안 지역에서 종종 발견할 수 있는, 포스트앤드빔*이라 부르는 현대적 양식의 목조건물이었다. 포스트앤드빔 양식은 나무에 페인트를 칠하지 않아 건물이 숲과 조화를 이루도록 만들었는데 평범하고 기능적인 외관에 평평한 지붕이 벽 바깥까지 길게 뻗어나와 있었

---

* Post and Beam, 수공식 기둥과 보 방식을 이용한 목조건축.

다. 실내의 기둥을 노출시키고 그 외의 나무들 역시 어떤 소재로도 마감하지 않은 채 그냥 드러나 있었다. 벽난로는 천장 위로 올라가는 석조 굴뚝에 연결되어 있었고 좁고 긴 창에는 아무런 커튼도 달지 않았다. 건축가는 그들에게 이 양식이 아주 독보적인 것이라고 말했다. 이 집을 처음 방문하는 사람들에게 집을 소개할 때면 브렌던은 언제나 '현대적'이란 단어와 함께 '독보적'이라는 건축가의 표현을 즐겨 사용하곤 했다.

그러나 폴리에게는 굳이 그런 설명을 하려고도, 사진과 함께 이 건축양식을 다룬 기사가 실린(그들이 사는 집은 아니었지만) 잡지를 가져다 보여 주려고도 하지 않았다.

폴리는 말을 거는 상대방의 이름을 부르며 이야기를 시작하는 고향 마을의 말버릇 그대로 계속해서 '로너' 혹은 '브렌던' 하고 이름을 부르며 말을 건넸다. 이제 로너에게는, 잊고 지냈던 이런 습관도 좀 거만하고 무례한 것처럼 느껴졌다. 저녁 식사를 하는 내내 폴리는 대개 '로너'의 이름을 불러대며 폴리와 그녀만이 아는 사람들에 대해 이야기를 계속했다. 폴리가 무례하게 굴려고 그러는 건 아니라는 걸, 단지 편하게 있다는 걸 보여 주려고 나름으로 노력하고 있을 뿐이라는 걸 로너는 알고 있었다. 처음에는 둘 모두 자신들이 이야기하는 사람이 누구인지를 설명하면서 브렌던을 대화에 끌어들이려고 노력했다. 하지만 별 성과는 없었다. 브렌던은 단지 대니얼이 유아용 의자 아래로 이유식을 떨어뜨리거나 뭔가가 필요해서 로너를 부를 때 말고는 전혀 말을 하지 않았기 때문이다.

로너와 함께 식탁을 정리하고 설거지를 하는 동안에도 폴리는 이야기를 계속했다. 보통은 설거지를 하기 전에 아이들을 씻겨서 재우지만 오늘은 평소의 그런 순서를 지킬 수가 없었다. 폴리는 거의 울음을 터뜨리기 직전이었고 로너 역시 당황스럽기만 했던 것이다. 그녀는 대니얼이 바닥을 기어 다니게 그냥 내버려 두었다. 그동안 엘리자베스는 낯선 사람에 호기심을 느끼며 옆에서 가만히 그들의 대화를 경청하고 있었다. 이런 상황은 유아용 의자를 넘어뜨린 대니얼이 놀라서 울음을 터뜨릴 때까지(다행히도 의자가 아이를 덮치진 않았다.), 그 소리를 들은 브렌던이 거실에서 부엌으로 건너오기 전까지 계속되었다.

"잘 시간이 지난 것 같은데. 엘리자베스, 가서 씻을 준비해." 대니얼을 로너의 팔에서 안아 데리고 가며 브렌던이 말했다.

동네 사람들 소식을 전해주던 폴리는 이제 집안 사정이 어떻게 돌아가는지를 이야기하기 시작했다. 모든 것이 좋지 않았다. 철물점 주인은(로너의 아빠는 언제나 그가 고용주라기보다는 친구인 것처럼 이야기했다.) 한마디 말도 없이 가게를 팔아버렸고 아빠는 일이 다 끝난 후에야 비로소 상황을 알게 되었다. 캐내디언타이어*에 점점 손님을 빼앗기는 상황에서도 새 주인은 사업을 확장하려 들고 단 하루도 로너의 아빠와 언쟁을 하지 않는 날이 없다고 했다. 낙담한 로너의 아빠는 직장에서 돌아온 후 아무것도 하지 않고 소파에 누워 있기만 한다고 했다. 신문도 뉴스도 보지 않고 제산제를

---

* 캐나다의 할인 마트.

마셔대면서 가족들에게 위통에 대해서는 한마디 말도 않는다는 것이다.

아빠가 보낸 편지에는 대수롭지 않은 일처럼 적혀 있었다고 로너는 말했다.

"그러셨겠지. 그렇지 않겠어? 너한테는 말이야." 폴리가 말했다.

양쪽 집을 다 보살피는 일은 끝없는 악몽이라고 폴리는 하소연했다. 하나를 팔아버리고 나머지 한 집에 모여 살아야 할 텐데, 은퇴해서 집에 있는 할머니가 계속해서 폴리의 엄마에게 잔소리를 해대기 때문에 로너의 아빠가 그 둘과 함께 살 엄두를 내지 못한다고 그녀는 설명했다. 가끔은 집을 나가서 다시는 돌아가지 말까 하는 생각이 든다고 했다. 하지만 내가 없으면 그 사람들이 어떻게 살까?

"언니 인생을 살아야지." 로너가 말했다. 폴리에게 충고한다는 것이 어쩐지 이상하게 생각되었다.

"물론이지, 그래야지. 상황이 괜찮을 때 독립했어야 했는데. 지금 생각해 보면 그래야 했는데 말이야. 근데 좋은 때가 있었어야지, 뭐. 딱히 좋은 시절이라고는 없었잖아. 우선 학교 다닐 때부터도 이미 너를 돌봐야 했으니까." 폴리가 대답했다.

안타깝고 속상하다는 듯 대답하면서도 로너는 폴리의 말에 제대로 대꾸하기 위해 하던 일을 멈추지는 않았다. 마치 잘 알고 또 좋아하기도 하지만, 책임질 필요는 없는 사람들에 대한 이야기를 듣는 것처럼 로너는 행동했다. 아버지가 인정하기 싫은 통증으로 약을 마시며 소파에 누워 있는 모습을, 고모가 사람들이 자신에 대해 뭐라고 말할까, 뒤에서 자길 비웃지나 않을까, 벽에 자기 이야길 쓰지나 않을까 걱정하면서 속옷이 보이는 채로 교회에 갔었다고 울고 있는 모습을 떠올려보았다. 집에 대해 생각하면 고통이 밀려왔다. 마치 폴리가 그녀를 향해 망치질을 해대는 것만 같았다. 항복을 받아내려고, 이미 익히 아는 그 비참함 속으로 자신을 다시 끌고 가려고. 로너는 굴복하지 않기로 마음먹었다.

너를 좀 봐. 네 삶을 봐. 저 스테인리스 싱크대며 이 독보적인 양식의 집을 좀 봐.

"만약 지금 떠나면 너무 죄책감을 느낄 것 같아. 견딜 수가 없을 거야. 그들을 두고 떠나면 그 죄책감을 견딜 수 없을 것 같아." 폴리는 계속해서 말했다.

물론 어떤 사람들은 죄책감을 느끼지 않지. 어떤 사람들은 죄책감 같은 걸 전혀 느끼지 않아.

"우울한 이야기군." 어두운 방에 나란히 누웠을 때 브렌던이 말했다.

"폴리 마음이 그런 거죠." 로너가 대답했다.

"우리가 백만장자가 아니라는 것만 기억하라고."

로너는 깜짝 놀랐다. "폴리는 돈을 원하는 게 아니에요."

"아니야?"

"돈 때문에 그런 이야기를 한 게 아니에요."

"너무 확신하지는 마."

그녀는 대답 없이 뻣뻣하게 누워 있었다. 그러다가 브렌던의 기분을 풀어줄 만한 소식이 떠올랐다.

"이 주 동안만 있는대요."

이번에는 그가 대답하지 않았다.

"폴리, 예쁘지 않아요?"

"아니."

로너는 폴리가 자신의 웨딩드레스를 만들어주었다고 말하려던 참이었다. 그녀는 여름용 정장을 입고 결혼할 생각이었다. 하지만 결혼식 날 며칠 전 폴리는 "그렇게 되지는 않을 거야."라고 말하더니 자신이 고등학교 때 입던 외출복을 찾아서는(언제나 로너보다 인기가 많았던 그녀는 종종 댄스파티에 불려 다니곤 했다.) 하얀 레이스 천을 덧달고 직접 바느질을 해 흰 레이스 소매도 달아주었다. 폴리는 말했었다. 신부 드레스에는 이런 소매가 있어야 하거든.

하지만 이런 이야기에 그가 흥미를 갖기나 할 것인가?

라이오넬은 며칠 동안 집을 떠나 있었다. 은퇴한 그의 아버지가 로키 산맥 근처의 집에서 밴쿠버 섬으로 이사할 계획이라서 그를 거들러 갔던 것이다. 폴리가 도착한 다음 날 로너는 그로부터 편지를 받았다. 아주 짧긴 했지만 시가 아니라 진짜 편지였다.

당신을 태우고 자전거를 타는 꿈을 꾸었어요. 아주 빠르게 가고 있었죠. 실제로 위험할 수도 있었지만 당신은 두려워하지 않는 것 같았어요. 이 꿈을 해석할 생각은 말기로 해요.

브렌던은 일찌감치 집을 나갔다. 여름 계절학기 수업 중이었는데, 학교 카페테리아에 가서 아침을 먹겠다고 말했다. 그가 나가자마자 폴리가 자기 방에서 걸어 나왔다. 주름치마 대신 바지를 입은 그녀는 자기 말이 너무 재미있다는 듯 계속해서 미소 지으며 로너의 시선을 피하기 위해 가볍게 고개를 끄덕이고 있었다.

"나가서 밴쿠버 구경을 다니는 게 낫겠어. 여기에 다시 올 일은 없을 것 같으니까 말이야." 그녀가 말했다.

로너가 지도에 몇 군데 갈 만한 곳을 표시한 다음 그녀에게 방향을 설명해 주었다. 같이 못 가서 미안하지만 아이들을 데리고 가면 공연히 번거롭기만 할 거라고도 말했다.

"아, 그래, 아냐. 네가 같이 갈 거라고 생각 안 했어. 계속 네 손이나 잡고 다니려고 온 것도 아닌데, 뭐."

엘리자베스가 뭔가 긴장된 분위기를 감지하고 물었다. "우리가 왜 번거로워요?"

좀 이르게 낮잠을 재웠던 대니얼이 일어나자 로너는 아이를 유모차에 태우고 엘리자베스에게 놀이터에 가자고 말했다. 근처 공원 옆에 있는 놀이터가 아니라 라이오넬이 사는 거리 옆, 언덕 아래쪽에 있는 놀이터에 갈 참이었다. 한 번도 가본 적은 없지만 그녀는 라이오넬의 주소를 알고 있었다. 그가 아파트가 아니라 일반 주택의 이 층 방 하나에 세 들어 산다는 것도 알고 있었다.

가는 데는 시간이 얼마 들지 않았다. 물론 언덕 위로 유모차를 끌며 돌아올 때는 훨씬 더 긴 시간이 필요하겠지만 말이다. 어쨌거나 로너는 이미 작은 집들이 좁은 터 위에 다다닥 붙어 있는 북 밴쿠버의 구시가지에 들어와 있었다. 라이오넬이 사는 집 초인종 옆에 그의 이름이 적혀 있었다. 맞은편 초인종 위에는 B. 허치슨이라는 이름이 적혀 있었다. 허치슨 부인은 집주인이었다. 그녀는 초인종을 눌러보았다.

"귀찮게 해서 죄송해요. 라이오넬이 집에 없는 건 알고 있어요. 책을 한 권 빌려줬는데 도서관 책이라 반납 기한이 지나서요. 잠깐만 올라가서 책이 있는지 좀 보면 안 될까요." 그녀가 말을 꺼냈다.

"아." 집주인이 말했다. 머리에 스카프를 두른 그녀는 얼굴에 검버섯이 핀 나이 든 여자였다.

"남편과 저는 라이오넬의 친구예요. 남편이 대학에서 그를 가르쳤어요."

'교수'라는 직함은 언제나 유용했다. 로너는 열쇠를 얻을 수 있었다. 집 그늘에 유모차를 세운 그녀는 엘리자베스에게 대니얼을 보고 있으라고 당부했다.

"놀이터가 아니잖아요." 엘리자베스가 말했다.

"잠깐만 올라갔다가 곧 돌아올 거야. 잠깐이면 돼. 알겠지?"

라이오넬의 방 한쪽 끝은 안쪽으로 움푹 들어가 있어서 그 자리에 두 구짜리 가스레인지와 찬장이 놓여 있었다. 화장실 세면대 말고 다른 개수대는 없었고 냉장고 역시 없었다. 창 위로 베니션 블라인드가 반쯤 내려와 있었고 리놀륨 바닥재의 무늬는 갈색 페인트로 덧칠되어 보이지 않았다. 통풍이 되지 않는 곳에서 나는 두꺼운 천 냄새에 희미한 가스레인지 냄새가 섞여 있었다. 땀 냄새와 라이오넬에게 흔히 났던 것 같은 소나무 향 소염제 냄새도. 물론 전에 그 냄새에 대해 생각해 본 적도, 싫다고 생각한 적도 없었지만 말이다.

그런 것들을 제외하면 그 방에는 뭔가 실마리가 될 만한 것이라곤 아무것도 없었다. 물론 정말로 책을 찾으러 여기에 온 것은 아니었다. 그녀는 잠시 동안이나마 그가 사는 공간에 들어와 보려고, 그가 머무는 곳의 공기를 마시고, 그의 창에서 밖을 내다보려고 이곳에 들렀을 뿐이다. 창밖으로는 다른 집들이 보였다. 나무가 울창한 그라우스마운틴의 경사 위에 지어진 저 작은 아파트들 속에도 아마 이런 방들이 빼곡하게 들어차 있을 것이다. 그 방의 익명성, 그 황량함은 그녀가 짐작한 것 이상이었다. 아마도 가구가 딸린 방이라고 광고하기 위해 처음부터 들여놓았을 침대와 책상, 식탁과 의자를 제외하면 가구 역시 전혀 없었다. 술 달린 갈색 침대 커버 역시 원래부터 방에 있던 것이리라. 달력이나 그림은 물론 단 한 권의 책마저도 그 방에는 놓여 있지 않았다.

물건들을 어딘가 감춰둔 것이 틀림없다. 책상 서랍에? 그러나 열어볼 수는 없었다. 시간이 부족해서는 아니었다.(마당에서 엘리자베스가 부르는 소리가 들려왔다.) 다만 개인적인 물건이라곤 전혀 없는 이 방의 지독한 익명성이 라이오넬의 존재감을 더 강하게 만들었기 때문이었다. 그 존재의 비밀스러움과 금욕주의에 더해 그의 주도면밀함마저도 더 선명한 존재감을 갖고 그녀에게 다가왔던 것이다. 마치 그녀가 무엇을 할지 미리 짐작하고 덫을 쳐둔 것 같은 기분조차 들었다.

실은 더 이상 방을 뒤지고 싶지도 않았다. 그냥 리놀륨 바닥 가운데 주저앉아 몇 시간이고 꼼짝 않고 멍하니 방 속으로 녹아들고 싶을 뿐. 그녀를 아는 사람도, 그녀에게 뭔가를 바라는 사람도 없는 이 방 안에서, 점점 더 얇고 가볍게, 바늘처럼 가볍게 줄어들면서.

토요일 아침 로너와 브렌던은 아이들을 데리고 펜틱턴 시로 떠났다. 대학원생 하나가 그들을 결혼식에 초대했던 것이다. 토요일 저녁과 일요일, 일요일 저녁까지 그곳에 머물다가 월요일 오전에야 집으로 출발할 예정이었다.

"폴리한테 말했어?" 브렌던이 물었다.

"괜찮아요. 폴리는 같이 올 생각도 안 했어요."

"어쨌든, 말했어?"

목요일에 그들은 앰블사이드 해변으로 놀러 갔었다. 타월과 물놀이 장난감, 기저귀와 점심 도시락, 엘리자베스의 고무 돌고래까지를 바리바리 챙겨든 로너와 폴리가 아이 둘을 데리고 버스를 두 번 갈아타며 해변까지 갔던 것이다. 짐에 깔린 자기들 모습이며 다른 승객들의 얼굴에 떠오른 짜증과 우려 등을 지켜보고 있노라니 여자들 특유의 흥분과 환희가 몰려왔다. 판에 박힌 아내 노릇만 해야 했던 집에서 멀어진 것도 그런 환희에 한몫했으리라. 어수선한 몰골로 신이 나서 해변에 도착한 그들은 자리를 펴고 번갈아 아이를 보며 수영을 하고 탄산음료와 아이스크림, 프렌치프라이 따위를 즐겼다.

로너는 약간 탄 피부를 지니고 있었지만 폴리의 피부는 햇볕을 쬔 기색이 전혀 없었다. 로너의 다리 옆으로 자기 다리를 뻗으며 폴리는 "이것 좀 봐, 밀가루 반죽 같아."라고 말했다.

양쪽 집안의 살림이며 은행에서 해야 하는 일 때문에 단 15분도 마음 편히 일광욕할 시간이 없다고 폴리는 투덜거렸다. 하지만 이제까지 낡은 행주처럼 그녀를 감싸고 있던 그 비난의 어조는 사라지고 없었다. 공치사와 불만이 섞여 있던 그 말투 대신 폴리는 지금 그저 담담하게 사실을 진술할 뿐이었다. 그녀는 혼자서 밴쿠버를 돌아다니는 방법 역시 터득하고 있었다. 도시에서 그런 일을 해본 적은 없었지만, 대범하게도 그녀는 정류장에서 모르는 사람에게 다가가 어디를 가보면 좋을지 물어본 것이다. 그리고 누군가 일러준 대로 그라우스마운틴의 꼭대기까지 리프트를 타고 올라갔다 돌아왔다.

모래사장에 누워 로너가 그녀에게 해명했다.

"일 년 중 지금이 브렌던한테는 제일 힘들 때야. 여름 학기 수업은 아주 진을 빼거든. 짧은 시간 동안 많은 내용을 가르쳐야 하니까."

"그래? 그러면 나 때문은 아니네?" 폴리가 물었다.

"바보 같은 소리 마. 당연히 아니지."

"다행이다. 나는 브렌던이 날 미워한다고 생각했어."

그러고 나서 폴리는 자기한테 데이트 신청을 하고 싶어 하는 고향 남자에 대해 이야기했다.

"그 사람은 너무 진지해. 아내를 찾고 있거든. 브렌던도 그랬지? 그렇지만 넌 그일 사랑했어."

"응, 사랑했지. 지금도 그렇고." 로너가 대답했다.

"응, 나는 아닌 것 같아. 그냥 괜찮은 사람을 만나면, 좀 사귀면서 좋은 점을 찾아보는 것도 괜찮을 것 같긴 한데." 돌아누워 얼굴을 팔꿈치에 괴면서 폴리가 말했다.

"그 사람 좋은 점은 뭔데?" 엘리자베스가 돌고래 튜브를 타는 걸 지켜보려고 몸을 일으켜 앉으며 로너가 말했다.

"음, 생각 좀 해보고." 낄낄거리며 말하던 폴리는 그러나 "아냐, 많아, 그냥 내가 너무 깐깐하게 구는 거야."라고 대답했다.

장난감과 타월을 챙겨 들면서 폴리가 말했다. "내일 여기 또 와도 괜찮겠다."

"나도 그래. 근데 오카나간에 갈 준비를 해야 돼. 결혼식 초대를 받았거든." 로너가 대답했다. 그녀는 너무 지루하고 시시한 일이라서 지금까지 이야기할 필요도 못 느꼈다는 듯, 그냥 해치워야 할 일인 듯이 그 여행에 대해 이야기했다.

"아, 그래. 그럼 혼자 오지 뭐." 폴리가 말했다.

"그래, 그러면 되겠다."

"근데 오카나간이 어디야?"

다음 날 저녁 아이들을 재우고 나서 로너는 폴리가 묵고 있는 방 안으로 들어갔다. 그날 햇볕에 탄 피부를 미지근한 소다수로 진정시키느라고 폴리는 아직 욕조에 있을 거라고, 방은 비어 있을 거라고 생각했다.

그러나 폴리는 마치 수의처럼 이불을 뒤집어쓴 채 침대에 누워 있었다.

"목욕 다 했구나. 탄 데는 좀 어때?" 로너는 아무렇지도 않다는 듯 말을 걸었다.

"괜찮아." 목멘 소리로 폴리가 대답했다. 그 말을 듣자마자 로너는 그녀가 울고 있었다는 걸, 아마 지금도 여전히 울고 있으리라는 걸 알 수 있었다. 방을 떠나지도 못하고 로너는 침대맡에 가만히 서 있었다. 역겨움, 거북함, 그리고 실망감이 밀려들었다. 폴리는 자신이 우는 걸 굳이 감추려고 하지도 않았다. 이불을 들추고 일어나 그녀는 햇볕에 붉게 그을리고 눈물로 범벅된 주름지고 무기력한 얼굴로 로너를 빤히 바라보았다. 새로운 눈물이 그녀의 눈가를 적시고 있었다. 힐난과 비참함의 단단한 결정, 그게 바로 그 순간의 폴리였다.

"왜 그래?" 놀람과 근심을 가장하며 로너는 물었다.

"넌 내가 달갑지 않지?"

눈물만이 아니라 비참함과 배신에 대한 비난, 껴안고 다독이고 위로해 달라는 분노에 찬 요구를 들이밀며 그녀는 로너를 처다보고 있었다.

로너는 그녀를 한 대 치고 싶었다. 무슨 권리로 이러는 거야? 그녀는 묻고 싶었다. 왜 나한테 와서 들러붙는 거야? 무슨 권리로?

가족이라는 이유. 가족이라는 이유 때문에. 폴리는 돈을 모아서 이리로 올 계획을 세웠다. 로너가 그녀를 받아줄 거라고 생각하면서. 그녀는 정말 여기에 눌러앉을 생각일까? 그게 사실일까? 로너의 행운에, 그녀의 새로운 세계에 들러붙어서?

"내가 뭘 할 수 있다고 생각하는데?" 자신의 사나운 말투에 놀라면서 로너는 소리 질렀다. "내가 뭐 힘이 있는 것 같아? 브렌던은 나한테 한 번에 20달러 이상은 주지도 않아."

로너는 여행 가방을 꺼내 들고 그 방을 나와버렸다.

그녀의 눈물에 그런 식으로 대응하다니, 자신의 비참함을 그런

식으로 표현하다니, 나빴다. 비열했다. 한 번에 20달러 이상 받지
않는다는 말이 도대체 그 상황에서 왜 튀어 나왔단 말인가? 그녀는
돈을 꺼내 쓸 수 있는 계좌를 가지고 있었고 브렌던은 돈을 달라는
그녀의 말을 거절하는 적이 거의 없었다.

　마음속으로 폴리를 비난하느라고 로너는 도무지 잠을 이룰 수가
없었다.

　해변의 그것과는 다른 오카나간의 뜨거운 열기를 받으니 이곳의
여름이야말로 진정한 것이라는 생각이 들었다. 언덕 위의 빛바랜
잔디와 건조한 지역에서 자라는 소나무의 듬성듬성한 그늘이 떠들
썩한 결혼 피로연의 자연 배경이 되어주고 있었다. 샴페인이 끝없
이 돌았고 여기저기서 춤과 유혹이 오갔으며 잠깐 동안의 우정과
선의들이 교환되었다. 금세 취해 버린 로너는 술이 이렇게 쉽게 영
혼의 구속을 풀어준다는 사실에 경이감을 느꼈다. 술에 취한 그녀
는 육욕에 사로잡혀 침대로 갔고 브렌던은 그 밤을 만끽했다. 심지
어는 다음 날 아침의 심하지 않은 숙취조차 후회가 아닌 모종의 정
화를 가져오는 것 같았다. 기운이 없긴 했지만, 자신이 혐오스럽지
는 않았다. 그녀는 호숫가에 누워 브렌던과 엘리자베스가 모래성
을 쌓는 것을 바라보았다.

　"아빠랑 나도 결혼식에서 만났단다." 그녀가 말했다.

　"하지만 이런 결혼식은 아니었지." 브렌던이 말했다. 그의 친구
중 하나가 매퀘이그 집안의 딸과 치렀던(매퀘이그는 로너가 살던
동네에서 제일 명망 있는 집안 중 하나였다.) 그 결혼식은 조용하

고 시시했다. 연합 교회 강당에서 연회가 열렸고(그날 로너는 샌드위치를 서빙하기 위해 불려 갔다.), 손님들은 주차장에서 잠깐 서둘러 축배를 들고 말았다. 남자들이 풍기는 위스키 냄새가 익숙하지 않았던 로너는 브렌던이 자신이 모르는 향수를 너무 많이 뿌렸다고만 생각했다. 그렇지만 그녀는 그의 두꺼운 목과 어깨, 금갈색 눈썹을 움직이는 모양이며 웃음소리에 반해 버렸다. 브렌던이 수학을 가르치는 선생님이라는 걸 알고 난 뒤에는 그의 머릿속에 있는 지식들까지 사랑하게 되었다. 그게 무엇이든, 자기가 모르는 어떤 지식을 그 남자는 가지고 있다는 사실이 그녀를 흥분시켰던 것이다. 사실 그가 자동차 공학도였다 해도 결과는 다르지 않았을 것이다.

브렌던 역시 자신에게 매력을 느낀다는 사실이 마치 기적처럼 느껴졌다. 나중에야 로너는 그가 그때 결혼할 사람을 찾고 있었다는 걸 알았다. 나이가 찼고 결혼할 때가 되었던 것이다. 그는 젊은 여자와 결혼하고 싶었다. 동료나 학생들은 싫었다. 심지어 부모가 대학에 보내줄 만한 형편의 여자 역시 원하지 않았다. 때 묻지 않은, 영리하고 때 묻지 않은 야생화. 열렬한 사랑에 빠져 있던 그 시절 그는 그녀를 그렇게 부르곤 했다. 물론 지금도 가끔 그렇게 부를 때가 있지만.

그들은 그 뜨거운 금빛 도시를 뒤로 하고 케레메오스와 프린스턴 사이의 어딘가를 달려가고 있었다. 햇살은 여전히 따갑게 내려쬤었다. 그녀의 마음에는 나타났다 사라지는 혹은 쉽게 젖혀 버릴 수 있는 눈앞의 머리카락처럼 아주 희미한 근심이 자리 잡고 있었다.

하지만 그 희미한 근심은 점점 더 완고하고 불길하게 떠오르다가 마침내 분명한 정체를 드러내며 머릿속에 자리 잡았다.

절반쯤은 그랬으리라는 확신을 가지고 그녀는 자신들이 오카나간에 와 있는 동안 폴리가 북 밴쿠버의 집 부엌에서 목을 졸랐을지 모른다는 생각으로 떨기 시작했다.

틀림없이 부엌일 것이다. 로너는 머릿속에서 선명하게 그 장면을 떠올릴 수 있었다. 폴리가 어떤 식으로 어떻게 움직였을지 분명하게 짐작할 수 있었던 것이다. 그녀는 뒷문 바로 안쪽에서 목을 맸을 것이다. 집에 도착해 차고에서 집으로 걸어 들어온 그들은 잠긴 뒷문을 열쇠로 열고 문을 민다. 하지만 폴리의 시체 때문에 문은 열리지 않을 것이다. 서둘러 앞문으로 가, 그쪽에서 부엌으로 들어간 그들은 폴리의 시체를 정면으로 마주하게 될 것이다. 주름 청치마에 끈 달린 흰 블라우스를 입은 채로 그들의 호의를 시험하려고 이곳에 왔을 때 그녀가 처음 입었던 그 용감무쌍한 차림새 그대로 폴리는 죽어 있을 것이다. 길고 창백한 다리가 허공에 대롱거리고 가느다란 목 위에 치명적으로 꺾인 머리가 놓여 있겠지. 시체 앞에는 자신의 비참함에 마침표를 찍기 위해 밀어버린, 혹은 뛰어내린 의자가 놓여 있고.

자신을 원치 않는 사람들의 집에서, 벽이며 창, 커피가 담긴 컵마저도 그녀를 비웃었을 그 집에서.

할머니 집에서 혼자 있었던 어느 날의 기억이 로너에게 떠올랐다. 그날 하루 동안 폴리가 그녀를 돌보기로 되어 있었다. 아마 아빠는 가게에 계셨을지도 몰랐다. 하지만 어쩐지 아빠도 어디 멀리, 마을 밖에 가 있는 것 같은 생각이 들었다. 만약 그게 사실이었다면, 관광 삼아 가는 여행은 말할 것도 없지만, 물건을 구입하기 위해 시내에 가는 일조차 전혀 없는 그들로서는 무척 드문 어떤 일이 있었던 것이 틀림없다. 장례식, 아마도 십중팔구 장례식이 있었을 것이다. 그날은 토요일이어서 학교에는 가지 않았다. 사실 로너는 혼자 학교에 남아 있을 만한 나이도 아니었다. 땋아 늘일 만큼 머리가 길지 않았기 때문에 그녀의 머리는 지금의 폴리처럼 대충 뒤에 묶여 있었다.

그즈음 폴리는 할머니의 요리책을 보고 사탕이나 과일을 넣은 초콜릿 케이크, 마카롱, 또 퍼지 같은 온갖 종류의 달콤한 디저트를 만드는 데 몰두해 있었다. 그날 이런저런 재료를 섞다가 필요한 재료가 하나 없다는 걸 발견한 그녀는 자전거로 마을 위쪽 가게에 가서 그걸 사오겠다고 말했다. 바람이 부는 추운 날이었고 땅 위에는 어떤 풀도 자란 것이 없었다. 아마도 늦가을이나 초봄쯤이었을 것이다. 집을 나서기 전, 장작 난로의 바람구멍을 막아버렸지만 여전히 엄마가 이 비슷한 일 때문에 잠깐 집을 비운 사이 화재가 나서 아이들이 죽은 이야기들이 머릿속에 떠올랐다. 그래서 그녀는 로너에게 코트를 입으라고 말하더니 그녀를 데리고 나가 바람이 좀 덜 드는 집 가운데와 부엌 사이 구석 자리에 그녀를 세워두었다. 옆집에 맡기지 않은 걸 보면 아마 옆집 문은 잠겨 있었던 것 같다. 여기에 가만히 있으라고 하더니 폴리는 자전거를 타고 가게로 가버렸다. 움직이지 말고 여기 가만히 있으라고, 무서워할 것 없다고,

그렇게 말하고 나서 그녀는 로너의 귀에 키스를 해주었다. 로너는 시키는 대로 가만히 앉아 있었다. 10분 혹은 15분쯤이었을까, 하얀 라일락 덤불 뒤에서 그녀는 폴리가 자전거를 내팽개치고 그녀의 이름을 부르며 달려올 때까지 집의 지반 위에 놓인 돌들, 검고 흰 그 돌들을 가만히 관찰하고 있었다. 로너, 로너. 폴리는 갈색 설탕이며 호두 같은 것들이 든 봉투를 집어던지고 달려와 그녀의 머리에 몇 번이고 키스를 해대었다. 유괴범이 나타나 구석에 있는 로너를 데려갔을지도 모른다는 생각이 갑자기 떠올랐던 것이다. 여자애들은 언제나 집 뒤 벌판에 나쁜 사람들이 있을지 모르니 조심하라는 말을 듣곤 했던 것이다. 돌아오는 내내 폴리는 그런 일이 일어나지 않기를 기도했다. 걱정한 것 같은 일은 일어나지 않았다. 그녀는 서둘러 로너를 집 안으로 데려가며 로너의 맨손과 무릎을 비벼대었다.

아이고, 이 가엾은 손 좀 보라지, 무서웠지? 그녀는 계속해서 로너를 다독였다. 그 모든 법석이 마음에 들어서 로너는 마치 조랑말처럼, 토닥이는 폴리의 손 아래로 가만히 고개를 숙였었다.

*   *   *

소나무 숲은 더 울창한 상록수 숲으로 모습을 바꾸고, 갈색 언덕들 대신 짙푸른 산들이 나타나기 시작했다. 대니얼이 칭얼거려서 주스 병을 꺼내 든 로너는 잠시 후 아이를 앞 좌석에 눕히고 기저귀를 갈기 위해 브렌던에게 차를 좀 세워달라고 말을 걸었다. 기저귀를 가는 동안 브렌던은 저쪽에서 담배를 피우며 걷고 있었다. 기저귀 가는 모습을 그는 언제나 좀 거북해하는 것 같았다. 이 기회에 로너는 가방에서 엘리자베스의 이야기책도 꺼내 들었다. 차가 다시 출발하자 그녀는 아이들에게 책을 읽어주기 시작했다. 닥터 수스의 동화였다. 엘리자베스는 그 동화의 내용과 운율을 이미 다 알고 있었고 대니얼 역시 어디쯤에서 옹알거리는 소리로 운을 맞추어야 할지 막연히 알고 있는 것 같았다.

폴리는 이제 더 이상 그녀의 손 사이로 자신의 작은 손을 비벼주던, 무엇이든 물어보면 대답해 주던, 자신을 믿고 맡길 유일한 사람이 아니었다. 모든 것이 다 변했다. 그녀가 결혼하고 다른 삶을 사는 동안 폴리는 변함없이 제자리에 남아 있었다. 그녀는 폴리를 스쳐 지나와 버렸다. 차 뒷자리에는 그녀가 돌보고 사랑해야 할 자기 자신의 아이들이 앉아 있었다. 나이 든 폴리가 자기 몫의 사랑을 주장하며 나타날 거라고는 한 번도 생각하지 못했다.

그러나 이런 생각을 해봤자 두려운 상상을 지워버릴 수는 없었다. 마음속으로 어떤 항의를 해봐도 뒷문에 매달린 폴리의 묵직한 시체가 다시 떠올랐던 것이다. 죽은 사람의 무게, 아무것도 선물 받지 못한 폴리의 그 잿빛 몸. 이 집에서 그녀는 자신의 자리를 찾지도 못했고 미래의 희망 역시 발견하지 못했다.

"이제 『매들린』을 읽어주세요." 엘리자베스가 말했다.

"『매들린』은 안 가져온 것 같은데. 그래, 안 가져왔구나. 그 이야기 다 아니까 책이 없어도 괜찮아." 로너가 대답했다.

로너와 엘리자베스는 함께 동화를 암송하기 시작했다.

포도 나무 덩굴로 덮인 파리의 오래된 집에

작은 소녀 열둘이 나란히 두 줄로 서 있었대.

두 줄로 나란히 앉아 빵을 자르고

이를 닦은 후엔 자러 갔지…….

바보 같은 생각이야. 드라마도 아니고. 이런 생각을 하다니, 벌 받을 일이야. 그런 일은 일어나지 않을 거야.

그러나 그런 일들은 분명 일어나곤 했다. 좌절한 사람들, 제 때 도움을 받지 못하는 사람들. 전혀 도움의 손길을 받지 못한 사람들, 그런 사람들 중 일부는 분명 어둠 속으로 자신을 던져버리기도 하는 것이다.

한밤중에

미스 클레블이 불을 켜고 말했지.

"뭔가가 잘못되었어…….".

"엄마, 왜 안 해요?" 엘리자베스가 물었다.

"잠깐만, 입이 말라서 그래." 로너가 대답했다.

호프 시에서 햄버거와 밀크셰이크를 먹은 후 그들은 프레이저 계곡 아래로 계속해서 달려갔다. 뒷자리에 앉은 아이들은 잠이 들었고 도착하려면 아직도 시간이 꽤 남아 있었다. 칠리왝과 애버츠포드를 지나 뉴웨스트민스터의 언덕이 보이고 도시의 경계, 집들로 가득 찬 또 다른 언덕들이 나타날 때까지, 아직 건너야 할 다리와 돌아야 할 교차로, 달려야 할 거리와 지나갈 모퉁이들이 남아 있었던 것이다. 혹, 다음번에 다시 이 풍경들을 볼 때는 이미 모든 것이 달라진 후가 아닐까.

스탠리 공원에 들어섰을 때 기도를 하자는 생각이 떠올랐다. 어쩔 수 없는 상황에서라면 교회에 다니지 않는 사람이 기도를 한다고 해도 부끄러운 일은 아닐 것이다. 그런 일이 없도록 해주세요. 그런 일이 일어나지 않도록, *벌써 일어난 게 아니도록 해주세요.* 마음속에서 두서없는 말들이 마구 튀어나왔다.

구름 한 점 없이 맑은 날이었다. 라이언스게이트 브리지를 달리자 조지아 해협의 풍경이 눈에 들어왔다.

"오늘은 밴쿠버 섬도 보이나? 당신이 한번 봐봐. 난 못 봐." 브렌던이 말했다.

로너는 목을 뒤로 길게 빼어 창밖을 바라보았다.

"저기 멀리로, 아주 희미하긴 한데, 보이네요." 로너가 대답했다.

차츰 가라앉는 작은 산처럼 점점 희미해지는 바다 위의 푸른 섬을 보면서 그녀는 아직 하지 않은 한 가지 일이 떠올랐다. 거래를 하자. 마지막 순간 전까지는 거래를 할 수 있을지도 모른다.

뭔가 중요하고, 결정적인 것, 내주거나 실행하기 쉽지 않은 것이어야 되겠지. 이렇게 하겠다. 이걸 약속하마. 그런 일이 일어나지만 않는다면, 그런 일이 사실이 아니기만 하면.

아이들은 아니었다. 그녀는 마치 불 속에서 아이들을 잡아채듯 그 생각을 멀리 떨쳐 버렸다. 전혀 다른 이유에서 브렌던 역시 곤란했다. 그녀는 그를 충분히 사랑하지 않았던 것이다. 물론 그녀는 그를 사랑한다고 말하곤 했고 그 말은 부분적으로 진실이었으며, 자신 역시 그로부터의 사랑을 원했지만 그에 대한 사랑에는 거의 언제나 미움의 지류 역시 나란히 흐르고 있었다. 이런 거래에서 그런 대상을 내놓는다는 건 치사한 일이기도 하고, 무익한 일이기도 할 터였다.

그럼 나 자신? 나의 외모나 건강?

자기가 뭔가 착각하고 있다는 생각이 들었다. 이런 경우 거래 조건을 결정하는 것은 내가 아니라 그쪽일 것이다. 그쪽을 만난 후에야 조건이 무엇인지 알게 될 것이다. 그럼 조건이 뭐가 됐든, 알지 못해도 무조건 따르겠다고, 그렇게 약속을 하자.

하지만, 그래도 아이들에 관련된 건 절대 안 된다.

캐필라노로(路). 이제 그들은 이 세계의 한구석에 자리 잡은 자신들의 구역, 그들 삶의 진짜 무게가 실리고 그들의 행동이 실질적인 결과를 가져오는 바로 그 영역으로 접어들기 시작했다. 나무들 사이로 그들 집의 퉁명스러운 나무 벽이 보이기 시작했다.

"앞문으로 가는 게 더 편해요. 그러면 계단을 오르지 않아도 되잖아요." 로너가 말했다.

"계단 한두 개가 뭐 대수라고." 브렌던이 대답했다.

"다리를 또 못 봤잖아요." 갑자기 잠에서 깬 엘리자베스가 실망해서는 울며 소리쳤다. "왜 다리 보라고 깨우지 않았어요?"

엘리자베스의 말에 아무도 대답하지 않았다.

"대니얼 팔이 햇볕에 다 타버렸어요." 아직 성이 안 풀린 목소리로 엘리자베스가 말했다.

로너는 누군가의 목소리를 들었다. 옆집에서 나는 소리인가, 그녀는 생각했다. 여전히 깊이 잠든 대니얼을 어깨에 걸쳐 안고 그녀는 브렌던을 따라 모퉁이를 돌아섰다. 로너는 기저귀 가방과 동화책 가방을, 브렌던은 여행용 가방을 들고 있었다.

좀 전에 들었던 목소리는 자기 집 뒷마당에서 나는 소리였다. 폴리와 라이오넬의 목소리. 그들은 정원 의자를 두 개 끌어다가 바다를 등진 채 그늘에 앉아 이야기하고 있었다.

라이오넬, 그에 관해서는 완전히 잊고 있었다.

그가 벌떡 일어나더니 뒷문을 열기 위해 뛰어왔다.

"이제 원정대가 모두 돌아왔군요." 전에는 한 번도 들어본 적 없는 목소리로 라이오넬이 말을 건네었다. 자연스러운 다정함에 적당한 자신감이 편안하게 배어 있는 목소리, 가족의 오랜 친구가 건넬 법한 그런 인삿말. 문을 열면서 라이오넬은 그녀의 얼굴을 똑바로 바라보고 미소 지었다. 전에는 한 번도 그런 적이 없었다. 그의 미소에서는 이전의 모든 미묘함과 비밀스러움, 아이러니한 공모의 시선, 정체를 알 수 없는 그녀에의 헌신 등을 더 이상 찾아볼 수 없었다. 미묘한 감정이며 그들 사이에 오갔던 그 은밀한 메시지들까지도 모두.

그녀 역시 그와 다르지 않은 목소리로 대답했다.

"아, 언제 돌아왔어?"

"토요일에요. 당신이 여행 갔다는 걸 잊어버려서 여기까지 인사

하러 올라왔지 뭐예요. 폴리를 만나서 소식을 듣고서야 다시 기억
이 났어요." 라이오넬이 대답했다.

"폴리가 무슨 이야길 했다는 거지?" 뒤쪽에서 걸어오며 폴리가
물었다. 정말 궁금해서 묻는 말이 아니라 무슨 말을 해도 괜찮다는
걸 아는 여자가 남자를 놀리려고 던진 말처럼 들렸다. 어설프게 그
을렸던 폴리의 피부는 이제 제대로 선탠이 되어, 적어도 이마와 목
의 피부는 윤기 나는 갈색으로 변해 있었다.

"이리 줘. 아이 말고는 다 나한테 줘." 어깨에 멘 가방 두 개와 손
에 든 주스 병을 모두 받아 들면서 폴리가 로너에게 말했다.

라이오넬의 푸석한 머리 역시 전보다 더 갈색으로 보였다. 물론
이렇게 밝은 햇빛 속에서 그를 마주 본 것이 처음이기도 했다. 그의
창백했던 이마 역시 다소 그을려 있었다. 바지는 익히 알던 그 진한
면바지이지만 셔츠는 처음 보는 것이었다. 다림질을 꼼꼼히 한 노
란색 반팔 셔츠, 반짝거리는 싸구려 소재에 어깨가 너무 넓은, 아마
도 교회 바자회에서나 샀을 법한.

대니얼을 방까지 안고 올라가서 아기 침대에 눕힌 로너는 옆에
서 가만히 등을 다독이며 작은 소리로 그를 재우고 있었다.

자기 방을 침입한 것에 대해 라이오넬이 자신을 벌하는 것이라
고 로너는 생각했다. 아마 집주인이 그에게 말했을 것이다. 조금만
생각해 보면, 예상할 수 있는 일이었지만, 사실 그녀는 그가 알아도
상관없다고 생각했다. 심지어는 자기가 직접 말하려고 생각하기도
했던 것이다.

놀이터로 가는 길에 그쪽을 지나치게 되어서 말야. 잠깐 들러서 앉

아 있다 가면 어떨까 하는 생각이 들었어. 설명은 잘 못하겠지만, 그 방에 잠깐 들어가서 바닥에 앉아 있으면 마음이 평화로워질 것 같은 기분이 들었거든.

아마도 그 편지를 받은 후부터였을까? 공공연히 드러난 건 아니지만 그들 사이에 믿을 만한 연대가 존재한다는 생각이 들었던 것이다. 그러나 그녀가 잘못 생각했다. 자신의 행동 때문에 그는 겁을 먹은 것이다. 나 혼자 너무 많은 걸 기대한 모양이다. 그는 이제 돌아섰고 그곳에 폴리가 기다리고 있었다. 로너의 반칙 때문에 그는 이제 폴리와 친구가 되고 만 것이다.

아니, 이런 생각은 다 근거 없는 것일지도 모른다. 라이오넬은 특별한 이유 없이 그냥 변해 버린지도 몰랐다. 그의 방에 각인된 그 극단적인 황량함, 벽에 달린 붙박이 전등을 그녀는 기억해 냈다. 그 방에서라면 눈 한 번 깜빡할 정도의 노력도 없이 순식간에 다른 사람으로 변신할 수 있을 것 같았다. 잘못된 무언가를 수정하기 위해, 어쩌면 이런 관계를 계속 계속할 수는 없다고 생각했을지도 모른다. 혹은 그저 아무런 이유 없이 눈 한 번 깜빡하고 나서는 다른 사람이 되고 만 것일지도.

대니얼이 깊은 잠에 빠지자 그녀는 아래층으로 내려갔다. 욕실에 들어서니 폴리가 잘 헹군 기저귀를 푸른색 살균 소독약에 담가 둔 것이 보였다. 부엌 바닥의 여행 가방을 이 층으로 옮긴 후 로너는 빨아야 할 짐과 그냥 다시 넣어둘 짐을 분리하기 위해 침대 위에서 가방을 열었다.

방 창문에서는 뒷마당을 볼 수 있었다. 이런저런 목소리들이 들려왔다. 집에 돌아온 데다 갑자기 북적거리는 사람들의 관심을 끌 셈으로 흥분해서 외치는, 엘리자베스의 높고 날카로운 목소리, 여행에 대해 이야기하는 브렌던의 권위적이고 듣기 좋은 목소리.

창문으로 간 그녀는 아래를 내려다보았다. 브렌던이 창고로 가서 문을 열고 애들의 고무 풀장을 꺼내는 것이 보였다. 문이 닫히려고 해서 폴리가 얼른 뛰어가 그 문을 붙잡았다.

호스를 풀기 위해 라이오넬이 일어나 걸어갔다. 그가 이 집의 호스가 어디 있는지까지 알 거라고는 한 번도 생각해 본 일이 없었다.

브렌던이 폴리에게 무언가를 말했다. 고맙다고 한 것일까? 지금 그들은 아주 사이좋은 친구처럼 보였다.

어떻게 이런 일이 일어난 걸까?

라이오넬과 친구가 되었기 때문에 이제 폴리가 좀 더 정당한 손님으로 인정받은 것일까. 로너에 딸려온 객식구가 아니라 라이오넬에게 선택받은 친구이기 때문에.

어쩌면 떨어져 있다가 만나서 브렌던이 좀 너그러워진 것일지도, 언제나 평소처럼 집을 유지해야 한다는 마음의 짐을 잠시 잊은 것일지도 몰랐다. 그도 아니라면 이렇게 명랑한 폴리가 짐이 될 리 없다는 사실을 재빠르게 감지한 게 아닐까.

이렇게나 평온하고 즐거운 풍경이라니. 마치 모든 사람을 행복하게 하는 마법이라도 일어난 것만 같았다.

브렌던이 고무 풀장에 바람을 넣기 시작했다. 엘리자베스는 기다리지 못하고 속옷만 빼곤 옷을 훌렁 벗은 채 초조하게 주위를 뛰어다니고 있었다. 오늘 브렌던은 속옷은 안 되니까 올라가서 수영복을 입고 오라는 잔소리조차 하지 않았다. 라이오넬은 호스에 물을 틀고 수영장이 다 부풀 때까지 평범한 집주인처럼 금련화에 물을 주고 있었다. 폴리가 브렌던에게 뭔가를 말하자 그가 불던 구멍을 막고 반쯤 부푼 고무 풀장을 그녀에게 넘겨 주었다.

해변에 갔을 때도 폴리가 돌고래 풍선에 바람을 불어 넣었다. 자기 입으로 바람을 잘 분다고 자랑하면서 그녀는 과연 별로 힘들이지 않고 꾸준히 바람을 불어 넣었다. 지금 폴리는 반바지를 입은 두 다리로 단단히 땅을 딛고 서 있었다. 벌린 두 다리의 피부에서 마치 자작나무 둥치 같은 윤이 났다. 라이오넬은 그녀를 바라보고 있었다. 이 사람이야말로 나에게 필요한 사람이라고, 그는 생각하고 있을지도 모른다. 자신감 있고 분별 있는, 온화하면서도 강건한 그런 사람, 허영과 몽상, 불만으로 가득 차 있지 않은 그런 사람. 언젠가 그는 이런 사람과 결혼하게 될지도 모른다. 모든 것을 알아서 처리해 주는. 그가 마음 맞는 다른 여자와 사랑에 빠지더라도, 자기 일로 바빠 그런 것에 신경도 쓰지 않을 그런 사람과.

그래, 가능한 일이다. 폴리와 라이오넬. 혹은 아무런 일도 일어나지 않을 수도 있다. 폴리는 계획대로 집으로 돌아가고 둘 사이에는 아무런 로맨스도 더 이상 진행되지 않을지도. 그렇다고 해도 그녀가 가슴앓이를 하는 일은 없을 것이다. 적어도 로너는 그렇게 생각했다. 결혼을 하든, 하지 않든, 남자관계 때문에 그녀가 가슴앓이를 하는 일은 없을 거라고.

곧 고무 풀장이 매끈하게 부풀어 올랐다. 풀밭에 수영장을 놓고 호스로 물을 대자 엘리자베스가 물에 발을 담그고 물장구를 치기 시작했다. 엘리자베스는 마치 그녀가 내내 지켜보는 걸 알고 있었다는 듯 로너를 올려다보며 소리쳤다.

"차가워, 엄마, 물이 차가워요." 기쁨에 가득 찬 목소리로 엘리자베스가 소리쳤다.

이번에는 브렌던도 로너를 올려다보았다.

"거기서 뭐 해?"

"짐 풀어요."

"지금 할 필요 없잖아. 이리로 내려와."

"그럴게요. 금방 갈게요."

*　　　*　　　*

집에 들어온 이후부터, 사실대로 말하자면 뒷마당에 들려오는 목소리가 라이오넬과 폴리의 것이라는 걸 깨달은 다음부터, 로너는 집으로 오는 내내 마음을 괴롭혔던 그 풍경, 뒷문에 목을 매단 폴리의 모습을 더 이상 떠올리지 않았다. 그러다 지금에서야 그녀는 꿈에서 깨어난 지 한참 후에 꿈을 떠올리고 놀라는 사람처럼 자신의 생각에 소스라치며 놀랐다. 꿈처럼 생생하고, 부끄러운, 게다가 쓸모없는 생각이었다.

곧바로는 아니었지만, 자신이 시도했던 거래에 대한 기억도 천천히 떠올랐다. 소박한 데다가 유치할 정도로 신경증적인 자신의 거래 개념이라니.

도대체 뭘 약속했던 거지?

아이들에 관계된 건 말고.

나에 대한 무엇이었던가?

무엇이든, 자신에게 요구된 무엇이든 다 하겠다고, 그녀는 그렇게 약속했었다.

그런 멍청한 약속이라니. 그건 거래라고 할 수도 없는 아무 의미 없는 약속일 뿐이었다.

그녀는 제자리에서 온갖 가능성들을 다 생각해 보았다. 마치 누군가에게 들려주려고, 이제 라이오넬은 안 되겠지만, 누군가한테 재미 삼아 들려주려고 이야기를 지어내는 사람처럼 말이다.

책 읽기는 이제 그만두자.

불우한 가정이나 가난한 나라에서 애들을 입양해다 아이들의 상처와 결핍을 보듬으며 시간을 보내볼까.

교회에 가서 신앙을 키워볼까.

머리를 짧게 자르고, 화장 따윈 하지 말고 다시는 와이어가 든 브래지어로 가슴을 조여대지도 말자.

침대에 앉은 채 그녀는 이 모든 생뚱맞은 공상들을 머릿속에 떠올려보았다.

아마 지금처럼 사는 것이 그녀가 할 수 있는 가장 온당하고 상식적인 거래일 터이다. 사실 그 거래는 이미 진행되고 있기도 했다. 이미 일어난 일들을 받아들이고 앞으로 일어날 일들 역시 선명하게 인식하자. 날이 가고 해가 갈테고, 비슷비슷한 감정들이 반복되겠지. 아이들이 자라나고, 아이들이 한두 명 더 태어나고, 그 아이

들 역시 자라버리고 나서, 그녀와 브렌던은 해마다 나이 먹고 늙어
갈 것이다.

전에는 한 번도 자신이 장차 일어날 일, 자신의 삶을 변화시킬 미
래에 이렇게나 의지하고 있다는 사실을 분명하게 인식하지 못했
다. 결혼이 큰 변화라고 생각하긴 했지만, 최종적인, 마지막 변화라
고는 생각하지 못했던 것이다.

그러나 이제 그녀, 혹은 그 누구라도 상식적으로 예측할 수 있는
것 이외에 다른 무엇도 일어나지 않으리라는 것, 그게 자신의 행복
이 되어야만 한다는 것, 그게 바로 자신이 한 거래의 대가라는 것을
그녀는 분명히 이해할 수 있었다. 비밀스러울 것도, 이해하지 못할
것도 전혀 없는 그런 삶의 전망.

이 삶에 집중하자. 그녀는 생각했다. 갑자기 무릎이라도 꿇고 싶
은 기분이 들었다. 바로 이 삶이 내가 가진 전부이다.

엘리자베스가 다시 그녀를 불렀다. "엄마, 이리 와요." 그러자 다
른 사람들, 브렌던과 폴리, 라이오넬 역시 차례대로 놀리는 목소리
로 그녀를 불러댔다.

엄마,

엄마,

이리 와요.

이 모든 것이 다 아주 오래전의 일이다. 북 밴쿠버의 포스트앤드
빔 집에 살던 시절, 스물네 살의 그녀가 아직 거래의 의미를 알지

못했던 그 시절의.

기억
WHAT IS REMEMBERED

젊은 여자 메리얼은 밴쿠버의 한 호텔 방에서 짧은 여름용 흰 장갑을 끼고 있었다. 그녀는 베이지 색 리넨 드레스를 입고, 당시에는 검은색이던 머리에 얇은 흰 스카프를 둘렀다. 메리얼은 태국의 시리키트 왕비가 잡지에서 한 말이(아니면 다른 어디선가 한 말을 잡지에서 인용했던가.) 떠올라 미소 지었다. 인용문 속에 또 다른 인용문을 포함한 문장이었다. 시리키트 왕비가 피에르 발맹*의 말을 또다시 인용했던 것이다.

"발맹이 내게 모든 걸 가르쳐주었죠. 그는 '언제나 흰 장갑을 끼세요. 그게 가장 좋아요.'라고 말했어요."

그게 가장 좋아요. 왜 그 말에 웃음이 난 걸까? 이 말은 그처럼 기

---

* 프랑스의 유명 패션 디자이너.

이하고도 결정적인 지혜를 일러주는 말투 치고는 너무 부드러운 속삭임처럼 들렸다. 장갑을 낀 그녀의 손은 형식적인 예의를 갖추면서도, 새끼 고양이 발톱처럼 부드러워 보였다.

피에르가 왜 웃느냐고 물었다. 메리얼은 "아무것도 아니에요." 라고 대답했다가 곧 웃은 이유를 말해 주었다.

그는 물었다. "발맹이 누군데?"

피에르와 메리얼은 장례식에 갈 준비를 하는 중이었다. 아침 장례식 시간을 맞추려고 그들은 지난밤 밴쿠버의 집에서 배를 타고 이곳으로 왔다. 결혼 첫날밤 이후로 둘만 호텔에서 묵는 것은 이번이 처음이었다. 휴가를 떠날 때면 언제나 아이 둘과 함께 움직여야 했고, 그래서 가족이 함께 묵을 수 있는 값싼 모텔을 찾아야 했던 것이다.

이번이 부부 동반으로 참석하는 두 번째 장례식이었다. 피에르의 아버지와 메리얼의 엄마가 이미 돌아가셨지만 그건 다 피에르와 메리얼이 만나기 전의 일이었다. 작년에 피에르의 학교 선생님이 갑자기 돌아가신 일이 있었다. 장례식은 성대하게 치러졌다. 학생들이 애도곡을 합창하고 고인을 위해 16세기 기도문이 낭송되었다. 그 사람은 육십 대 중반이었는데 메리얼도 피에르도 이 죽음에 놀라거나 슬픔을 느끼지는 않았다. 예순다섯, 일흔다섯, 혹은 여든다섯에 죽는 것은 별로 다르게 느껴지지 않았다.

그러나 오늘 장례식은 좀 달랐다. 오늘 땅에 묻히는 사람은 오랫동안 피에르의 친구였던 요나스였던 것이다. 피에르는 이제 스물

아홉이었다. 피에르와 요나스는 밴쿠버 서부에서 함께 자랐다. 그들은 라이언스게이트 브리지가 지어지기 전, 아직 작은 시골 마을 같았던 그곳을 기억하고 있었다. 그들의 부모 역시 친구 간이었다. 열한 살인지 열두 살이 되던 해 그들은 함께 던더레이브 부두로 가서 직접 만든 보트를 물에 띄우기도 했다. 대학에서는 잠시 서로 다른 무리들과 어울려 따로 지냈다. 요나스는 공학을, 피에르는 고전 문학을 전공했는데 인문학도와 공학도들이 전통적으로 서로를 경멸했기 때문이었다. 그러나 몇 년 후 우정은 다시금 어느 정도 회복되었다. 아직 미혼인 요나스는 가끔씩 피에르와 메리얼을 방문해 일주일 남짓 그들 집에 머무르다 가곤 했다.

두 젊은이 모두가 현재 자신의 모습에 경악하며 농담을 주고받곤 했다. 요나스의 부모님은 그가 아주 안전한 전공을 택했다고 생각해 흡족해했지만 피에르의 부모들은 마음속으로 조용히 시샘을 삼키기도 했다. 그러나 결혼을 하고 교편을 잡아 평범한 책임을 다하면서 산 것은 피에르였다. 대학을 졸업한 후 요나스는 어떤 여자나 직장에도 결코 정착하지 못했던 것이다. 여자에게든 회사에든 마음을 잡지 못하고 언제나 일종의 수습 상태에만 머물러 있었다. 최소한 그의 이야기를 듣고 있으면 그게 일종의 수습 상태인 것처럼 여겨졌다. 밴쿠버 북쪽에서 마지막으로 엔지니어 일을 하다가 결국 그만두었든지 아님 잘렸든지 하고 난 후에도, 그는 계속해서 그곳에 머물렀다. 부유한 사람들이 머무는 호텔에 살고 있다는 안부를 전하면서 그는 "상호 합의하에 고용을 끝냈어."라고 피에르에게 편지를 보냈다. 벌목장 일을 하게 될지 모른다고 하는가 하면

비행기 조종을 배우고 있다면서 소형 비행기 조종사가 될까 생각
중이라고도 했다. 재정 문제들이 정리되는 대로 조만간 보러 오겠
노라고 약속하기도 했다.

메리얼은 그가 오지 않았으면 했다. 요나스는 거실 소파에서 잠
을 자고는 아침이면 이불을 바닥에 던져둬 메리얼이 그걸 치워야
했던 것이다. 그는 피에르를 붙들고 새벽 늦게까지 그들의 십 대 시
절 이야기 혹은 더 어린 시절 이야기를 떠들어대곤 했다. 그는 피에
르를 어릴 때 별명인 오줌털이라고 부르는가 하면, 메리얼이 늘 들
어 익숙한 스탠이나 던, 릭 같은 친구들 이름 역시 쉰내 나는 녀석,
잘난 척 대왕, 구라쟁이 같은 별명으로 불러댔다. 그가 제대로 이
름을 말하는 것을 메리얼은 한 번도 들어본 적이 없었다. 그는 거친
남자애들 말투로 잘난 척하면서 별나거나 재밌지도 않은 일들을
세세하게 늘어놓곤 했다.(선생님 집 앞 계단에서 개똥이 든 가방에
불을 붙였다느니, 애들한테 팬티를 벗으면 5센트를 준다고 말한 노
인네를 괴롭혀 주었다느니 하면서.) 그러다가 정작 최근 일들이 대
화에 오르면 참을성을 잃고 짜증을 내기도 했다.

피에르에게 요나스의 죽음을 전하면서 메리얼은 미안함과 두려
움을 함께 느꼈다. 그를 싫어했던 것에 대한 미안함과, 가까운 나이
의 친한 사람이 처음으로 죽었다는 사실에 대한 두려움. 그러나 피
에르는 특별히 충격을 받거나 놀라는 것 같지 않았다.

"자살인가." 피에르가 말했다.

메리얼은 아니라고, 사고였다고 대답했다. 어두워진 후에 자갈
길에서 오토바이를 타다가 길 바깥으로 튕겨 나갔다고 들었다. 같

이 있던 사람인지, 아님 다른 누군가가 그를 발견했고, 병원도 가까이에 있었지만 부상은 치명적이었고 그는 한 시간 만에 목숨을 잃었다고 전했다.

이게 요나스의 어머니가 전화로 말해 준 내용이었다. *부상이 치명적이었어.* '자살인가.'라고 물었던 피에르처럼 그녀 역시 별로 놀란 것 같지 않았고 또 너무 빨리 자식의 죽음을 받아들인 것처럼 보이기도 했다.

그 후 피에르와 메리얼은 죽음 자체에 대해서는 거의 아무런 말도 나누지 않았다. 그들은 단지 장례식과 호텔 예약, 하룻밤 애들을 봐줄 사람을 구하는 것 등에 대해서만 이야기했다. 양복을 손봐 두고, 흰 셔츠도 구해 두었다. 이 모든 일을 메리얼이 맡아 하고 피에르는 남편들이 흔히 그러듯이 이따금씩 진행 상황을 확인하기만 했다. 그녀는 자신이 그의 뜻을 따르고 실질적인 일들만 거론하며, 느끼지도 않는 슬픔 따위는 (그는 분명 슬픔을 느꼈겠지만) 연출하지 않았으면 하는 그의 마음을 이해할 수 있었다. 왜 '자살'이라고 생각했는지 물었을 때 그는 "그냥 그런 생각이 들었을 뿐이야."라고 대답했다. 그의 무심한 대답에서 메리얼은 일종의 경고 혹은 비난을 읽을 수 있었다. 혹 그녀가 이 죽음, 가까운 이의 죽음에서 개인적인 호기심이나 점잖지 못한 감정, 호사가들의 병적인 흥분 같은 걸 드러내기라도 할 것처럼 말이다.

당시의 젊은 남편들은 무뚝뚝하기 그지없었다. 좀 전까지만 해도 무릎을 꿇고 구혼을 하던, 성적 갈망을 주체하지 못해 우스꽝스러운 정도로 쩔쩔매던 그들이 일단 침대를 함께 쓰는 사이가 되고 나면 실로 완고하고 퉁명스러운 존재가 되고 마는 것이다. 그들은 아침이면 말끔히 면도를 하고, 젊은 목둘레에 타이를 매고, 낮 내내 뭔지 모를 일들을 하다가 저녁이면 돌아와 비판하는 눈초리로 그날 저녁 메뉴를 확인한 후 부인과 애들, 복작복작한 감정과 하소연들을 차단하기 위해 얼굴 앞으로 신문을 펼쳐 들었다. 그들은 얼마나 많은 것을 빠르게 익혀야만 했던가. 상사한테 아부하고 부인들을 구슬리며, 다가올 사반세기 동안 가족을 먹여 살릴 직장을 유지하는 기술들. 뿐만 아니라 그들은 정치적인 관심사를 유지하면서도 집을 장만하고, 담장을 수리하고 잔디를 깎고, 배수관을 뚫는 가내의 모든 일에 대해서도 권위를 지킬 수 있어야만 했던 것이다. 남편이 나가고 나면 낮 시간 동안 여자들은 육아에 대한 막중한 책임감에 대한 보상이라는 듯 그들만의 두 번째 사춘기 시절을 만끽하곤 했다. 남편이 집을 떠나자마자 마음이 가벼워진 그녀들은 남편이 없는 낮 시간 동안 그들이 융자를 갚는 집 담 너머로 은밀히 모여들어 고교 시절로 돌아간 듯 커다랗게 웃고 떠들며 조용한 반란을 꿈꾸는 시간을 보냈던 것이다.

*   *   *

장례식이 끝난 후 몇몇 사람이 던더레이브에 있는 요나스 부모님 집으로 초대되었다. 울타리에는 자주색, 분홍색, 붉은색의 온갖 철쭉이 만개해 있었다. 사람들은 그의 아버지에게 정원이 훌륭하다고 칭찬했다.

"글쎄, 급하게 손질을 해서 좀." 요나스의 아버지가 대답했다.

요나스의 어머니는 "정식 점심이 아니라서 죄송해요. 그냥 간단한 것들이에요."라고 손님들에게 말을 건넸다. 어떤 남자들은 위스키를 마시기도 했지만 사람들은 대부분 세리주를 마셨다. 이어 붙인 식탁 위로 음식들이 차려 있었다. 연어무스에 크래커, 버섯타르트, 소시지롤, 라이트레몬 케이크, 조각 과일, 아몬드 쿠키, 거기에 새우, 햄, 오이와 아보카도를 넣은 샌드위치들이 있었다. 피에르는 조그만 자기 접시 위에 음식들을 모두 쌓아 올렸다. 메리얼은 요나스의 어머니가 피에르에게 "먹고 와서 얼마든지 더 들어도 돼요."라고 말하는 소리를 들었다.

요나스의 어머니는 이제 더 이상 밴쿠버 서부에 살고 있지 않았다. 아들의 장례식을 치르려고 화이트락에서 이곳으로 왔을 뿐이었다. 이제 결혼한 데다 학교 선생님이기도 한 피에르를 대놓고 야단쳐도 좋을지 몰라 그녀는 "저런, 음식을 남긴 것 같네."라고 완곡하게 말했다.

피에르는 아무 생각 없이 "먹고 싶지 않은 것들이라서요."라고 대답했다.

요나스의 어머니는 메리얼에게 "드레스가 참 멋지군요."라고 인사를 건넸다.

"네, 그렇지만 이것 좀 보세요." 장례식장에 앉아 있는 동안 생긴 주름을 펴면서 메리얼이 말했다.

"그게 문제야." 피에르의 어머니가 말했다.

"뭐가 문제라고요?" 요나스의 어머니는 데운 접시 위에 버섯타

르트를 몇 개 덜어 담으며 밝게 물었다.

"이게 리넨의 문제라고요." 피에르의 어머니는 다시 말했다. "메리얼이 금방 드레스가 구겨졌다고 해서, 내가 리넨은 그게 문제라고 말하던 참이에요." 그녀는 '장례식 동안'이라는 말은 하지 않았다.

요나스의 어머니는 그 말을 듣고 있는 것 같지 않았다. 방 건너편을 바라보면서 그녀가 말했다. "그 애를 봐줬던 의사가 저기 있어요. 스미더스에서 자가용 비행기를 타고 여기까지 왔답니다. 정말 고마운 일이지 뭐예요."

피에르의 어머니는 "아유, 굉장한 일이군요."라고 말했다.

"그렇죠. 아마 산골에 사는 사람들을 둘러보고 오느라고 그렇게 왔을 거예요."

이들이 이야기하는 그 남자는 지금 피에르와 대화를 하고 있었다. 그는 양복 대신 터틀넥 스웨터에 점잖은 재킷을 걸치고 있었다.

"정말 그런 것 같네요." 피에르의 엄마가 대답하자 요나스의 어머니도 "그렇죠."라고 대답했다. 마치 두 사람이 뭔가를 합의하고 해명하기라도 한 것 같다고 메리얼은 생각했다.

그녀는 식탁 위의 냅킨을 내려다보았다. 칵테일 냅킨만큼 작지도 디너용 냅킨만큼 크지도 않은 냅킨들은 네 번 접은 후 각 모퉁이가 차례로 겹쳐지도록 얌전하게 놓여 있었다.(모퉁이에는 푸른색, 분홍색, 또 노란색의 작은 꽃들이 새겨 있었다.) 같은 색 꽃무늬가 연이어 오지 않도록 신경 써서 배열한 냅킨이었다. 아무도 그걸 만지지 않았다. 아니 혹 누가 그걸 만졌다 해도 사람들은 그 순서를 망치지 않으려고 제일 끝에서부터 조심스레 냅킨을 가져갔음이 틀림없었다. (방 안에는 분명 냅킨을 들고 있는 사람들이 있었다.)

장례식에서 목사는 요나스의 삶을 자궁 속 아이의 그것에 비유했다. 바깥 세계의 존재에 대해 아무것도 모르는 채, 자신이 곧 직면하게 될 엄청나게 밝은 빛에 대해서도 전혀 알지 못한 채로 태아는 따뜻하고 어두운 수중 동굴 속에 웅크리고 있다고 그는 말했다. 우리 역시 죽음이라는 시련을 거친 후 만나게 될 빛의 존재를 막연히는 알고 있지만 머릿속에 선명하게 그려볼 수는 없다고 말을 이었다. 곧 다가올 미래에 대해 일러준다 한들 태아는 겁을 먹고, 믿으려 하지도 않을 것이다. 대부분의 경우 이는 우리에게도 마찬가지이다. 그러나 주님으로부터 약속받은 존재인 우리는 그런 우를 범하지 말아야 한다. 설사 두려움을 느끼지 않더라도 우리의 눈먼 지성으로는 장차 만날 그 세계를 이해할 수도 또 상상할 수도 없다. 무기력하고 말 없는 태아는 자기 존재에 대한 무지로 둘러싸여 있다. 그러나 미미하나마 그 세계를 알고 있는 우리는 주님의 말씀으로, 신앙으로 우리를 둘러싸야 한다.

메리얼은 목사를 바라보았다. 목사는 세리주를 든 채 복도로 이어지는 문간에 서서 금발 머리를 부풀려 올린 활달한 여성과 이야기를 나누고 있었다. 그들이 죽음의 고통이나 다가올 빛의 세계에 대해 토론하고 있는 것 같지는 않았다. 다가가서 설교 주제에 대해 질문을 던지면 목사는 어떤 반응을 보일까?

메리얼에게는 그럴 만한 용기도 없었지만 이런 자리에서 무례한 행동을 할 수도 없었다.

대신 그녀는 피에르와 의사를 바라보았다. 피에르는 최근 보기 힘들었던, 적어도 메리얼에게는 보여 주지 않았던 소년 같은 활기를 띤 채 그와 이야기를 나누고 있었다. 그녀는 마치 처음 보는 듯한 시선으로 그를 바라보려고 해봤다. 금빛의 부드러운 상아색 피부를 드러내며 관자놀이께서 뒤로 넘긴, 짙은 갈색에 짧게 깎은 곱슬머리. 날카롭게 각진 넓은 어깨와 길고 가는 팔다리, 모양은 괜찮지만 다소 작은 두상. 그의 미소는 매력적이었지만 그가 어떤 의도를 가지고 미소를 짓는 일은 결코 없었다. 남자애들을 가르치는 선생님이 된 후로 그는 완전히 웃음을 잃어버린 것만 같았다. 이마에는 언제나 인상을 쓰는 듯한 주름이 잡혀 있었다.

메리얼은 일 년도 더 된 교사 파티 때의 일을 떠올렸다. 그들은 서로 방의 다른 쪽 끝에서 아무와도 이야기를 나누지 않고 혼자 서 있는 걸 발견했다. 그녀는 방을 돌아 그가 눈치 채지 못하게 옆으로 다가갔다. 그리고 마치 비밀스럽게 수작을 거는 낯선 여자인 것처럼 그에게 말을 걸었다. 그러자 그는 마치 지금처럼 (그러나 물론 좀 다른, 유혹하는 여자와 속삭일 때나 지을 법한 그런 미소로) 웃음을 지으며 상대역을 연기했다. 말없이 눈짓을 주고받으며 그들은 마침내 둘 다 웃음을 터뜨릴 때까지 시시한 이야기들을 주고받았다. 누군가가 다가와 부부끼리 재미있게 노는 것은 허락할 수 없다며 끼어들었다.

"우리가 결혼한 사이란 걸 어떻게 알았죠?" 그런 파티에서 대개 지나칠 정도로 깐깐한 피에르가 그에게 물어보았다.

다시 또 그런 바보 같은 짓을 할 생각은 없었지만 메리얼은 방을 가로질러 피에르에게 다가갔다. 이제 곧 일어서서 각자 움직여야 한다는 사실을 상기시킬 참이었다. 그는 호스슈 만까지 차를 타고 가 다음 번 배를 타야 했고 그녀는 버스로 북쪽 해안을 따라 린밸리로 가야 했다. 그녀는 이 기회에 돌아가신 엄마가 사랑하고 존경했던, 혈육은 아니었지만 언제나 이모라고 불렀던 분을 만나러 갈 계획이었던 것이다. 사실 메리얼이라는 이름 역시 그녀 이름을 따지은 것이었다. 뮤리얼 이모. (대학에 들어간 후 그녀는 자기 이름의 철자를 메리얼로 바꿨다.) 이 나이 든 여성은 린밸리의 요양원에 살고 있었다. 메리얼은 일 년 이상 그곳을 방문하지 못했다. 가족들이 밴쿠버에 오는 일이 별로 없기도 했고, 거기 들르는 데 시간이 너무 많이 걸리기도 했지만 무엇보다 아이들이 요양소 분위기와 그곳 사람들의 표정을 싫어했던 것이다. 그렇게 말한 적은 없지만, 피에르 역시 마찬가지였다. 그는 가기 싫다고 말하는 대신 도대체 그 사람이 당신과 무슨 관계냐고 묻곤 했다.

어쨌거나 진짜 이모는 아니잖아.

그래서 이번엔 메리얼 혼자 그녀를 보러 가기로 결정했다. 기회가 있는데도 그녀를 만나지 않고 오면 죄책감이 들 것 같다고 메리얼은 말했다. 또 그런 말을 하지는 않았지만 이 기회에 가족들로부터 좀 떨어져 있고 싶기도 했다.

"태워다 줄게. 버스는 얼마나 기다려야 할지 몰라." 피에르가 말했다.

"안 돼요. 그러면 배를 놓칠 거예요." 메리얼은 베이비시터와의 약속 시간을 그에게 상기시켰다.

"당신 말이 맞아." 그가 대답했다.

좀 전까지 그와 이야기를 나누던 의사는 어쩔 수 없이 부부간의 대화를 듣고 있어야 했다. 그런데 예상치도 않게 그가 "제가 태워다 드릴게요."라고 말을 꺼냈다.

"비행기를 타고 오신 거 아닌가요?" 메리얼이 물었다. 그러자 피에르가 바로 "아, 죄송해요. 제 아내 메리얼입니다."라고 그녀를 소개했다.

의사 역시 이름을 말했지만 메리얼은 거의 알아들을 수 없었다.

"홀리번 산에 비행기를 착륙하기가 쉽지 않아서 그냥 공항에 두고 차를 렌트해 왔어요." 그가 설명했다.

다소 격식을 차리는 그의 말투를 듣고 그녀는 자신의 말투가 좀 무례하게 들렸던 건 아닐까 걱정했다. 대부분의 경우 그녀는 지나치게 대담하지도 지나치게 수줍지도 않은 편이었다.

"그래도 되겠어요? 시간이 괜찮으시겠어요?" 피에르가 물었다.

의사는 메리얼을 똑바로 쳐다봤다. 언짢은 표정이 아니었다. 대담하거나 교활한 표정도, 뭔가를 계산하거나 잘 보이고 싶어 하는 표정도 아니었다.

"그럼요." 그가 대답했다.

그래서 그렇게 하기로 결정이 되었다. 이제 곧 인사를 나누고 피에르는 배를 타러 가고 어셔(그게 의사의 이름이었다. 아니 성이었던가.)는 메리얼을 린밸리까지 데려다 줄 예정이었다.

그 후 메리얼의 계획은 뮤리얼 이모를 보고, 아마 저녁도 함께 먹고, 린밸리에서 버스를 타고 시내로 간 후에(시내로 가는 버스는 상대적으로 자주 있었다.), 야간 버스로 선착장에 가 배를 타고 집으로 돌아갈 예정이었다.

요양소 이름은 프린세스 저택이었다. 양측에 부속 건물을 이어붙인 일 층짜리 건물 벽은 분홍빛이 감도는 갈색으로 회칠이 되어있었다. 복잡한 길가에 바짝 붙은 건물에는 따로 마당이라고 할 만한 공간도 거의 없었다. 울타리도, 소음을 차단하고 잔디를 보호할 다른 방어벽도 전혀 없었다. 한쪽으로는 어울리지도 않는 첨탑을 세운 교회가 있었고 다른 한쪽으로는 주유소가 자리 잡고 있었다.

"저택이라는 말은 이제 아무 의미도 없죠. 그렇지 않아요? 이 층 건물이 아니어도 막 갖다 붙이다니. 심지어 비슷하지도 않은 건물에도 막 갖다 붙인다니까요." 메리얼이 말했다.

의사는 아무 말도 하지 않았다. 그녀 말이 별로 그럴듯하다고 생각하지 않는 것 같았다. 아니면 설사 맞는 말이라 해도 대답할 만한 가치가 없다고 생각했거나. 던더레이브까지 오는 내내 그녀는 쉴 새 없이 떠들었지만 별다른 대답은 듣지 못했다. 사실 머리에 떠오르는 대로 아무 말이나 지껄인 것도 아니었다. 그녀는 흥미로운 것들, 혹은 좀 구체화되기만 하면 재미날 것 같은 것들에 대해 이야기해 보려고 애썼다. 그러나 설사 그렇더라도 그녀처럼 계속 말을 쏟아내면, 정신없는 사람처럼 보이거나 실속 없이 내뱉어대는 말처럼 들릴 것이 틀림없었다. 그는 아마 그녀가 평범한 대화가 아니라 진짜 대화를 하려고 애쓰는 그런 여자들 중 하나라고 생각했을 것이다. 아무런 대화도 끌어내지 못하고 있다는 걸, 그에게 그저 부담만 주고 있다는 걸 알면서도 그녀는 도저히 말을 그만둘 수가 없었다.

처음부터 왜 그렇게 된 건지 도무지 알 수가 없었다. 불편해서?
사실 그녀는 최근에 낯선 사람과 이야기를 나눈 적이 거의 없었다.
아니면 남편이 아닌 다른 남자와 단둘이 차를 타는 것이 어색해서
그랬는지도 모른다.

메리얼은 심지어 경솔하게도 오토바이 사고가 자살일지 모른다
는 피에르의 의견을 어떻게 생각하는지 그에게 물어보기조차 했다.

"그렇게 심한 사고가 나면 사람들은 으레 그런 생각을 하기 마련
이죠." 그가 대답했다.

"안쪽까지 들어가실 것 없어요. 여기서 내릴게요." 너무 당황스
럽고, 그와 그의 거의 무례에 가까운 공손한 무관심에서 한시라도
빨리 벗어나고 싶어서 그녀는 아직 달리고 있는 차의 문이라도 열
것처럼 손잡이를 움켜잡았다.

"주차를 할 생각이에요. 오도 가도 못하게 내버려 두고 갈 수는
없잖아요." 그가 아랑곳없이 차를 돌리며 말했다.

그녀가 대답했다. "한참 걸릴 거예요."

"괜찮아요. 기다릴 수 있어요. 싫지 않으시면 함께 들어가서 건
물을 둘러봐도 되고요."

메리얼은 요양소가 지루하고 유쾌하지 않은 곳이라고 말해 주려
고 했다. 그러나 그가 의사이고 이런 곳이 낯설지 않으리라는 생각
이 떠올랐다. 그녀는 '싫지 않으시면'이라는 그의 말에 공손함과 함
께 자리 잡은 어떤 불안을 감지하고 놀랐다. 그가 마치 예의 때문
이 아니라 그녀 때문에 함께 있고 싶어서 시간을 내겠다고 제안하

는 것 같았기 때문이다. 제안에는 솔직한 부끄러움이 담겨 있었지만 그렇다고 해서 애원하는 말투는 아니었다. 만약 그녀가 진심으로 그의 시간을 더는 뺏을 수 없다고 말했다면 그 역시 한결같은 예의를 표하며 인사를 하고 가버렸을 것이다.

그러나 그들은 차에서 나와, 주차장을 가로질러 함께 입구로 걸어갔다.

나이 든 불구의 노인들이 보행로 가장자리의 작은 마당에 나와 앉아 있었다. 일종의 파티오 같은 그 공간에는 비죽비죽한 관목들이 자라고 있었고 그 주위로 페추니아 화분이 놓여 있었다. 뮤리얼 이모는 그곳에 없었다. 그러나 메리얼은 사람들에게 환하게 인사를 던지는 자신의 모습을 발견했다. 그녀의 내면에 뭔가 변화가 일어나고 있었던 것이다. 그녀는 갑작스럽게 신비로운 힘과 기쁨을 느꼈다. 마치 걸을 때마다 그녀의 발뒤꿈치에서 정수리까지 밝은 기운이 솟아 나오기라도 하는 것만 같았다.

나중에 그녀가 "왜 나와 함께 거기에 들어간 거죠?"라고 물었을 때 그는 "당신을 계속 보고 싶어서요."라고 대답했다.

뮤리얼 이모는 자기 방 바로 앞 어두침침한 복도에서 휠체어에 앉아 있었다. 몸이 좀 부은 것 같았고 번득거리는 것처럼 보이기도 했다. 그러나 그건 담배를 피울 때 입히는 석면 앞치마를 하고 있는 탓이었다. 몇 달 전인지 아님 몇 계절 전이었는지는 모르겠지만 메리얼은 저번에 헤어지는 인사를 할 때에도 이모가 똑같은 자리에서 똑같은 의자에 앉아 있었다는 걸 기억했다. 석면 앞치마는 두르지 않고 있었지만. 새로운 규칙이 생겼거나 그녀의 상태가 더 악화

된 것일지도 몰랐다. 아마도 그녀는 매일 이곳, 모래를 채운 붙박이 재떨이 옆에 앉아 우중충한 색으로 페인트칠 된 벽을 바라보고 있을 것임에 틀림없었다. 인조 담쟁이덩굴을 올린 선반이 달린 그 벽은 사실 분홍색 혹은 엷은 자주색으로 페인트칠 되어 있었지만 복도가 너무 어두워서 칙칙하게만 보였다.

"메리얼? 넌 줄 알았다. 발소리랑 숨소리를 듣고 넌 줄 알았지. 백내장이 심해져서 이제 거의 명암밖에는 보이지 않는단다." 이모가 말했다.

"맞아요. 저예요. 좀 어떠세요?" 메리얼은 이모의 이마에 키스하고 물었다. "밝은 데 좀 나가 계시지 않고요."

"나는 해를 좋아하지 않아. 피부 생각을 해야지." 늙은 뮤리얼이 대답했다.

농담일지도 모르지만, 진심으로 한 말일지도 몰랐다. 이모의 창백한 얼굴과 손에는 커다란 백반들이 있었는데 약간이라도 빛을 쬐면 은색으로 변했기 때문이다. 이모는 비록 삼십 대에 희게 세어버리긴 했지만 한때 진정한 금발 머리를 가지고 있었다. 잘 가다듬은 반듯한 직모에 분홍빛 얼굴, 마른 듯한 체형을 지녔던 그녀. 지금 그녀는 베개에 비벼 흐트러진 머리에다 작은 다이아몬드 귀고리를 걸곤 하던 귓불을 납작한 유두처럼 귀 아래로 늘어뜨리고 있었다. 그 귀고리들은 어디로 간 걸까? 다이아몬드 귀고리며 금 목걸이, 진짜 진주와 특이한 색들의(호박색 혹은 가지색 등의) 실크 셔츠들 그리고 볼이 좁은 예쁜 신발들까지 그 모든 것들이.

이모에게서는 병원 냄새가 났다. 담배를 피울 수 있는 시간 이외에는 언제나 달고 사는 감초 사탕 냄새와 함께.

"의자가 있어야겠구나." 그녀는 몸을 앞으로 숙이고 담배를 든 손을 흔들며 잘 나오지 않는 목소리로 애써 소리를 질러보려고 했다. "저기, 간호사, 여기 의자 좀 줘요."

"제가 가져올게요." 의사가 말했다.

나이 든 뮤리얼과 젊은 메리얼 둘만 남게 되었다.

"남편 이름이 뭐였더라?"

"피에르예요."

"애가 둘이었지, 그렇지? 제인과 데이비드였나?"

"맞아요, 같이 온 사람은요……."

"아, 아니지. 네 남편이 아니야."

뮤리얼 이모는 메리얼의 엄마가 아니라 그녀의 할머니 세대에 속하는 사람이었다. 그녀는 메리얼 엄마의 학교 미술 선생님이었다. 처음에는 영감을 주고받는 관계에서 시작해 그들은 곧 동지로 또 친구로 발전해 갔다. 그녀는 커다란 추상화들을 즐겨 그렸다. 그 중 하나를 메리얼 엄마에게 선물했는데 그것은 메리얼이 자란 집 뒤쪽 복도 벽에 걸려 있다가 뮤리얼이 놀러올 때면 언제나 식당 벽으로 옮겨지곤 했다. 짙은 적색과 갈색이 주조를 이루는 음산한 색상의 그림이었다. (그녀의 아버지는 그걸 '불타는 거름'이라고 부르곤 했다.) 그러나 정작 뮤리얼 이모 자신은 언제나 밝고 거침이 없었다. 젊은 시절 그녀는 밴쿠버에 살았다고 한다. 그러다가 내륙의 이 마을에 선생님이 되려고 왔다는 것이다. 그녀는 신문에 이름이 오르내리는 예술가들과 친구였다. 그녀는 무척이나 밴쿠버로 돌아가고 싶어 했고, 결국 그렇게 하기도 했다. 그곳에서 그녀는 예술가들의 친구이자 후원자인 한 부유한 노부부와 함께 살며 그들의 일을 돌봐 주고 있었다. 그들과 사는 동안은 뮤리얼 역시 여유있는 생활을 즐겼지만 그들이 죽고 나자 그녀는 아무것도 가진 것없이 홀로 나앉는 신세가 되고 말았다. 그녀는 연금으로 연명하며수채화를 그리기 시작했다. 유화물감을 살 돈이 없었기 때문이다. 그녀가 메리얼을 데리고 나가 점심을 사줄 때면, 엄마는 메리얼에게 점심을 사주려고 뮤리얼이 굶어가며 돈을 아낀 것이나 아닌지걱정하곤 했다. 그때 메리얼은 대학생이었다. 그런 점심을 함께할때면 뮤리얼은 사람들이 열광하는 작품이나 사상 중 얼마나 쓰레기가 많은지, 또 잘 알려지지 않은 동시대 작가들이나 반쯤 잊혀진전 세대 사람들의 작품들 중에는 얼마나 눈부신 보석들이 숨어 있는지에 대해 거침없는 풍자와 비판들을 쏟아내곤 했다. '눈부시다.'그녀는 신념이 가득 담긴 고양된 목소리로 이 말을 내뱉곤 했다. 그말을 할 때 그녀는 마치 기대치 않게도 이 세상에 존재하는 온전한존경의 대상을 만나 놀랐다는 듯, 숨죽인 소리를 내는 것이었다.

의사가 의자 두 개를 가지고 돌아와 지금까지는 기회가 없어 미처 못했다는 듯 아주 자연스럽게 자신을 소개했다.

"에릭 어서예요."

"의사예요." 메리얼이 덧붙였다. 그녀가 막 장례식이며, 사고며,그가 스미더스에서 비행기를 타고 온 일 등을 설명하려고 할 때 어셔가 대신 말을 받았다.

"하지만 여기 의사는 아니니까 염려 마세요."

"아, 아니고말고. 메리얼과 같이 온 사람이잖아." 뮤리얼 이모가 대답했다.

"네, 맞아요." 그가 말했다.

바로 그때 어셔가 자신과 이모 사이의 빈 공간을 가로질러 와서 뮤리얼의 손을 붙잡았다. 한동안 그 손을 단단히 쥐고 있던 그가 마침내 그녀의 손을 놓아주었다. 그가 뮤리얼 이모에게 물었다. "여기 의사가 아닌 걸 어떻게 아셨어요? 숨소리로 아신 건가요?"

그녀가 좀 성마른 목소리로 대답했다. "알 수 있지. 나도 한때는 악마였거든."

떨림 내지는 키득거림이 뒤섞인 그녀의 목소리는 메리얼이 한 번도 들어본 적이 없는 낯선 사람의 것이었다. 갑자기 낯설게만 느껴지는 이 늙은 여인 내부에서 뭔가 배신이 일어나고 있는 것만 같았다. 과거에 대한 배신, 메리얼 엄마에 대한 배신, 더 우월한 사람과의 우정을 소중히 간직했던 메리얼 엄마의 믿음에 대한 배신, 혹은 메리얼과 함께했던 그 점심이며 그들이 나눈 흔치 않은 대화들에 대한 배신들이. 그녀의 말투에서 타락의 기미를 감지한 메리얼은 아주 희미한 흥분과 분노를 함께 느꼈다.

"친구들이 몇 명 있었죠." 뮤리얼이 말했다. 그러자 메리얼이 "이모는 친구가 정말 많았죠."라고 덧붙이고 그중 몇 명의 이름을 대보았다.

"죽었지." 뮤리얼이 대답했다. 메리얼은 아니라고, 최근에 회고전인지 아님 수상식인지를 연다는 소식을 신문에서 읽었다고 이야기했다.

"그래? 그 사람은 죽은 줄 알았는데. 다른 사람하고 헷갈렸나
봐. 들래니가 사람들을 아나?"

뮤리얼은 메리얼이 아니라 의사에게 직접 물어보았다.

"아뇨, 잘 모르겠는데요." 그가 말했다.

"그이들은 보원 섬에 별장을 가지고 있었는데 우리는 다 함께 거
기로 놀러 가곤 했었지. 들래니가 사람들에 대해 아마 들어본 적이
있을 거야. 하여튼 거기에서 여러 가지 일들이 있었네. 내가 악마였
다고 한 건 그 일들을 두고 한 말이야. 우린 모험을 했지. 사실은 각
본에 따라 한 거지만 적어도 겉으로는 모험처럼 보였어. 내가 무슨
말을 하는지 알겠나? 사실 정말 모험이라고 할 만한 일은 별로 없
었지. 우리는 스컹크처럼 술을 마셔댔어. 당연한 일이었지. 음악이
있었고 초도 빙 둘러 밝혀 두었지. 마치 일종의 제의처럼 말이야.
그러나 항상 그런 것만은 아니었어. 그러니까 완전히 새로운 누군
가를 만나서는 각본이 엉망진창이 되는 일이 아주 없지는 않았던
거지. 처음 만나자마자 미친 듯이 키스를 하고는 숲 속으로 가는 거
야. 어둠 속에서. 아주 먼 곳까지 갈 수는 없었지. 그냥 어디에든 함
께 주저앉아야 했거든."

그녀는 기침을 시작했다. 기침을 하면서도 계속해서 말을 하려
하다가 이내 다시 포기하고 말았다. 의사가 일어나 격하게 기침하
는 굽은 등을 전문가다운 자세로 몇 번쯤 두드렸다. 신음 소리와 함
께 기침이 그쳤다.

"한결 낫네. 사람들은 자신이 뭘 하는지 알면서 모르는 척하곤
하지. 한번은 그들이 내게 눈가리개를 씌운 적이 있어. 숲이 아니라

실내에서 말야. 뭐 별일은 아니었어. 나도 동의했지. 하지만 별 효과는 없었어. 그러니까, 다 알 수 있었거든. 알아볼 수 없는 사람은 아무도 없더라고."

아까처럼 심하게는 아니지만 기침이 다시 시작되었다. 그러자 그녀는 마치 중요한 할 말이 더 있으니 잠시 기다리라는 듯, 손을 내밀고 고개를 든 채 그르렁거리는 호흡을 몇 번쯤 깊이 들이쉬었다. 그러나 그 뒤 그녀는 그저 소리 내 웃으며 말했다. "이제 영구 눈가리개를 얻은 셈이지. 내 백내장 말야. 난봉꾼들이 날 어떻게 해 보려고 씌운 건 아니지만 말이야."

"시작된 지가 얼마나 되었죠?" 의사가 사려 깊은 관심을 표현하며 물었다. 백내장의 진행과 악화, 제거 수술, 수술에 대한 찬반론 등이 새로운 화제로 떠오르자 메리얼은 무척 안도했다. 뮤리얼 이모는 이 요양소를 담당하는 안과 의사를 믿지 못하겠다고 했다. (뮤리얼은 담당 의사가 이 병원으로 유배되었다고 말했다.) 외설스러운 대화(이제야 메리얼은 그 대화를 그렇게 규정할 수 있었다.)는 아주 자연스럽게 의학적 화제로 넘어갔다. 뮤리얼 이모는 명랑하게 자신의 상태를 비관했고 의사는 조심스럽게 그녀를 안심시켰다. 이런 것이야말로 이 요양소 안에서 흔하게 오갈 법한 대화임에 틀림없었다.

잠시 후 의사와 메리얼은 이만하면 있을 만큼 있었는지를 묻는 시선을 서로 간에 주고받았다. 거의 부부 사이에나 오갈 법한 비밀스러운 눈빛이 부부가 아닌 두 사람 사이에 오고 갔다. 그 부드러운 친밀감과 짐짓 가장된 표정까지도.

곧 일어나야겠지.

뮤리얼 이모가 먼저 말을 꺼냈다. "미안하지만, 이제 피곤하구나. 그만 실례해야겠어요." 지금 그녀의 태도에서 대화 초반 그녀가 보여 준 모습을 찾아보기는 어려웠다. 마음은 이미 다른 곳에 가 있었지만 메리얼은 태연을 가장하며 고개 숙여 그녀에게 키스하고 작별을 고했다. 희미한 죄책감을 느끼면서. 어쩌면 뮤리얼 이모를 다시는 만나지 못하리라는 생각이 들었다. 그리고 그녀의 생각은 틀리지 않았다.

사람들이 문을 열어둔 채 자거나 침대에 누워 텔레비전을 보는 구석의 방들 앞을 지날 때 의사가 그녀의 어깻죽지 아래쪽을 만졌다. 그의 손은 어깨로부터 등을 따라 허리까지 내려왔다. 그는 앉아 있는 동안 땀이 밴 피부에 달라붙은 메리얼의 드레스를 떼어주고 있었다. 팔 아래로도 축축하게 땀이 배어나고 있었다.

메리얼은 화장실에 가야 했다. 그녀는 계속해서 들어오는 길에 봤다고 생각한 방문객용 화장실을 찾고 있었다.

저기 있다. 그녀가 옳았다. 다행이다. 그렇지만 갑작스럽게 그의 영역에서 벗어나야 하는 또 다른 난관이 기다리고 있었다. "잠시만요."라고 말하는 불안한 자신의 목소리가 마치 멀리 다른 곳에서 들리는 것처럼 느껴졌다. 그는 명랑하게 "그래요."라고 대답하고 남자 화장실 쪽으로 걸어갔다. 미묘한 당황의 순간 역시 그와 함께 사라졌다.

뜨거운 태양 아래로 나가자 그가 담배를 피우며 차 옆으로 걸어가고 있는 것이 보였다. 요나스의 부모님 집에서나 여기까지 오는 길, 그리고 뮤리얼 이모와 함께 있는 동안에도 그는 전혀 담배를 피우지 않았다. 담배를 피우는 그가 다소 쓸쓸하고 초조해 보이기도 했다. 아마 일을 하나 끝마치고 다음 일을 시작하기 전의 초조함이리라. 지금으로서는 자신이 그가 시작할 다음 일의 일부일지 아니면 이제 완료된 일의 일부인지 메리얼은 짐작할 수 없었다.

"어디로 갈까요?" 운전하면서 그가 물었다. 너무 무뚝뚝하게 물었다고 생각했는지 그는 다시 한 번 "어디로 가고 싶으세요?"라고 물어보았다. 마치 오후 동안 놀아주어야 하는 누군가에게, 어린아이나 아니면 뮤리얼 이모 같은 노인네에게 물어보는 듯한 말투였다. 메리얼은 짐스러운 아이 노릇을 떠맡을 수밖에 없다는 듯 "모르겠어요."라고 대답했다. 그녀는 실망과 욕망의 소용돌이 속에 사로잡혔다. 좀 전까지 수줍게 간헐적으로, 하지만 억제할 수 없이 떠오르던 욕망이 갑작스레 부적절하고 일방적인 자신만의 착각처럼 생각되었다. 한 번도 그녀를 만진 적이 없는 것처럼 그의 손은 다시 그에게로 돌아가 운전대 위에 얌전히 놓여 있었다.

"스탠리 공원은 어때요? 거기 가서 좀 걸을까요?" 그가 물었다.

"아, 스탠리 공원, 거기 가본 지 정말 오래되었네요." 메리얼은 마치 그 생각에 갑자기 기운이 난다는 듯, 그보다 더 좋은 제안은 없으리라는 듯이 쾌활하게 대꾸했다. "날씨가 정말 근사해요."라고 덧붙이면서 그녀는 상황을 점점 더 악화시키기만 하고 있었다.

"그렇죠. 정말 그래요."

그들은 마치 드라마 속 주인공들처럼 상투적인 대화를 나누고 있었다. 견디기 어려운 일이었다.

"렌트카에는 라디오가 없어요. 하긴, 어떤 차들에는 있기도 한데, 대개 없을 때가 많죠."

차가 라이언스게이트 브리지를 지날 때 그녀는 창문을 내려도 괜찮은지 그에게 물어보았다.

"그럼요, 상관없어요."

"창문을 내려 팔꿈치까지 창밖으로 내밀고 들어오는 바람을 맞으면요, 그러면, 여름이라는 생각이 들어요. 에어컨에는 정말이지 적응이 될 것 같지 않아요."

"날이 너무 더워지면, 적응하게 될 거예요."

메리얼은 공원 숲이 그들을 맞아줄 때까지 침묵하기로 결심했다. 높고 울창한 숲이 자신의 재치 없는 말재주와 부끄러움을 삼켜줄지도 모를 일이다. 그러나 이번에는 너무 많은 생각이 내포된 한숨이 그녀의 가장된 태연함을 무너뜨렸다.

"전망대라네요." 그가 표지판을 큰 소리로 읽어주었다.

오월의 평일 오후인 데다, 아직 방학이 시작되지 않았는데도 공원에는 사람들이 많이 있었다. 식당으로 가는 길가에 차들이 빼곡히 주차되어 있었고 동전을 넣고 보는 망원경 앞에도 긴 줄이 있었다.

"아하." 그가 빠져나오는 차를 하나 발견하였다. 그가 잠시 공간을 만들기 위해 천천히 차를 뒤로 빼고, 좁은 자리에 그럭저럭 차를 집어넣는 동안 말이 필요 없는 유예의 시간이 흘러갔다. 동시에 차에서 내린 그들은 각자 걸어서 보도에서 다시 만났다. 그는 어디로 가야 할지 헷갈리는 것처럼 방향을 이리저리 바꾸며 걸었다. 보이는 길마다 사람들이 오가고 있었다.

메리얼의 다리가 떨리기 시작했다. 더 이상은 견딜 수가 없었다.

"어딘가 다른 데로 데려가 주세요." 그녀가 말했다.

그가 그녀의 얼굴을 바라보며 대답했다. "알았어요."

사람들이 다 볼 수 있는 보도 위에서 그들은 미친 듯이 키스하기 시작했다.

데려가 주세요. 그녀는 그렇게 말했다. *다른 데로 가요* 대신 그녀는 *다른 데로 데려가 주세요*라고 부탁했던 것이다. 그녀에게는 이 사실이 중요했다. 모험, 그리고 결정권의 이전. 완벽한 모험과 결정권의 이전. *다른 데로 가요*라고 말했다면 자기가 먼저 시작한다는 점에서 모험은 여전히 존재했겠지만 자신을 온전히 내맡기는 포기는 없었을 터이고 그 순간의 에로틱한 흥분 역시 모두 사라지고 말았을 것이다. 하지만 만약 그 역시 선택권을 포기하며 *다른 곳 어디요?*라고 물었다면 그 경우 역시 에로틱한 긴장감은 모두 증발하고 말았을 터이다. 그는 그때 자신이 말했던 것처럼 바로 그렇게 대답해야만 했다. *알았어요*라고.

그는 자신이 머물고 있던 키칠라노의 아파트로 그녀를 데려갔다. 원래는 친구의 아파트인데 그가 지금 밴쿠버 서쪽 해안의 섬으로 보트 낚시를 하러 가서 집을 비웠다고 했다. 작고 얌전한 삼 층 혹은 사 층짜리 건물이었다. 나중에 그 건물에 대해 기억나는 거라곤 현관 입구의 유리벽돌과 당시로서는 꽤 크고 정교하게 보였던 오디오 세트뿐이었다. 거실에 가구라곤 그 오디오 하나뿐이었다.

메리얼은 다른 광경을 기대했는지도 모른다. 사실 나중에 그녀는 기억 속에서 그 부분을 다르게 각색하기도 했다. 밴쿠버의 웨스트엔드에 위치한, 한때는 잘나가던 육칠 층짜리 좁은 호텔. 노란 레이스를 단 커튼에, 천장은 높고 창문 위에는 쇠창살이 붙어 있어도 좋았다. 흉내만 낸 가짜 테라스가 달려 있는, 실제로 더럽거나 추저분한 인상은 없지만 오랫동안 비밀스러운 고뇌와 죄악을 품어온 분위기가 서려 있는 그런 호텔. 그녀는 고개를 숙이고 팔을 꽉 오므린 채로 좁은 로비를 가로질러 걸어갈 것이다. 짜릿한 수치심이 온몸을 관통하겠지. 그가 데스크 직원에게 자신들의 목적을 숨기거나 변명하지도 그렇지만 떠벌이지도 않는 낮은 목소리로 말을 걸 것이다.

그러고 나면 그들은 낡은 엘리베이터에 올라서서 늙은 사환이 층을 안내하는 것을 지켜봐야 한다. 아니면 늙은 하녀, 어쩌면 절름발이나 교활한 하인이어도 무방했다.

도대체 왜 이런 장면을 지어내어 덧붙인 걸까? 그녀는 그 가상의 로비를 걸을 때 자신의 몸을 관통할 수치와 자부심을, 그녀에게는 잘 들리지 않는 말로 호텔 직원에게 속삭이는 그의 비밀스럽고 권위 있는 목소리를 누군가에게 보여 주고 싶었던 것이다.

어쩌면 호텔 직원에게 말을 건네는 그의 목소리는 아파트에서 몇 블록 떨어진 약국 앞에 차를 세우고 "여기서 잠깐만 기다려요."라고 말할 때의 그것과 같았는지도 모른다. 결혼 생활에서는 의욕을 꺾고 기분을 상하게 하는 그런 실질적인 고려가 다른 상황에서는 이렇듯 그녀 마음속에 섬세한 열기와 신선한 나른함, 무조건적인 순종의 욕구를 불러일으켰다.

어두워진 후 그는 밴쿠버 서부를 관통해 다시금 같은 공원과 같은 다리, 요나스의 부모님 집 근처를 지나와 그녀를 선착장까지 태워다 주었다. 그녀는 거의 배가 떠나기 직전에야 호스슈 만에 도착해 배에 올라탔다. 오월의 마지막 날들은 일 년 중 가장 낮이 긴 날들 중 하나였다. 부두 선착장의 불빛과 뱃전으로 쏟아지는 차들의 전조등에도 불구하고 만 입구에 작은 푸딩처럼 서 있는 섬의(보원 섬은 아니었는데, 그 섬 이름이 무엇인지는 잘 알 수 없었다.) 어두운 윤곽을 등지고 서쪽 하늘로 스러져 가는 일광을 그녀는 아직 목격할 수 있었다.

계단을 오르는 사람들의 북새통에 뒤섞여 승객석에 오른 그녀는 도착하자마자 눈에 보이는 첫 번째 자리에 가 앉았다. 보통은 창문 옆자리를 찾지만 오늘은 그런 것 따위는 안중에도 없었다. 해협의 건너편에 닿을 때까지 한 시간 반의 시간이 있었다. 그녀는 그동안 많은 일을 해야만 했던 것이다.

보트가 움직이자마자 옆자리의 사람들이 이야기를 나누기 시작했다. 그들은 보트에서 처음 만나 이야기를 나누는 사이가 아니라 서로 잘 아는 사람들이었고 항해 내내 할 말이 아주 많은 것 같았다. 그래서 그녀는 일어나 갑판으로 나가 사람이 거의 없는 꼭대기 층으로 올라갔다. 구명 용품이 든 통 중 하나에 자리 잡고 앉은 그녀는 익숙한 장소들, 또 알지 못할 장소들에 대해 아련한 아픔을 느꼈다.

그녀가 해야 할 일은 그 모든 것을 다시 기억해 내는 것이었다.

'기억'함으로써 그 모든 일을 다시 한 번 경험한 후 봉인해 영원히 보관해 둘 생각이었다. 단 하나도 놓치거나 흐트러뜨리지 않고 그 날의 일을 순서대로 재구성해 마치 보물인 양, 마음 한구석에 갈무리해 넣어두려는 것이었다.

메리얼은 두 가지 일을 예상할 수 있었다. 첫 번째 예상에 대해서는 안도감을 느꼈다. 두 번째 예상은, 지금은 쉽게 받아들일 수 있지만, 시간이 갈수록 그녀의 마음을 아프게 할 것이 틀림없었다.

피에르와의 결혼 생활은 앞으로도 계속될 것이다. 이게 첫 번째 예상이었다.

그리고 아마도 어셔는 다시 만나지 못할 것이다.

메리얼의 예상은 두 가지 모두 사실이 되었다.

그녀의 결혼 생활은 피에르가 죽을 때까지 그로부터 삼십 년 이상 지속되었다. 아직 그의 병이 심하지 않았던 시기에 그녀는 그들이 몇 년 전 함께 읽고 언젠가 다시 읽으려고 했던 책들을 그에게 소리 내어 크게 읽어주곤 했다. 그중 하나는 투르게네프의 『아버지와 아들』이었다. 바자로프가 안나 세르게이예프나에 대한 맹렬한 사랑을 고백한 후 안나가 겁에 질리는 장면을 읽고 나서, 그들은 잠시 대화를 나누기 위해 읽기를 멈추었다. (논쟁은 아니었다. 논쟁을 하기에 그들의 관계는 이제 너무 온화한 것이 되어 있었다.)

메리얼은 그 장면이 틀렸다고 생각했다. 안나가 그런 식으로 반응하지는 않을 것 같았다.

"이건 작가의 개입이에요." 그녀가 말했다. "보통은 투르게네프에 대해 이런 느낌을 갖지 않지만 이 경우에는 작가가 자기 목적 때문에 끼어들어 두 사람 사이를 갈라놓는다는 생각이 들어요."

피에르는 희미하게 미소 지었다. 최근 그의 표정은 언제나 희미했다.

"그럼 당신은 그녀가 유혹에 굴복할 거라고 생각해?"

"아뇨, 굴복이 아니에요. 나는 그녀 행동을 보이는 대로 믿지 않아요. 그녀는 그 못지않은 정열을 느끼고 있다고요. 그들은 그걸 행동으로 옮겼을 거예요."

"로맨틱한데. 당신은 지금 해피 엔딩을 만들려고 상황을 조작하고 있어."

"결말에 대해서 말하려는 게 아니에요."

"들어봐." 피에르가 참을성 있게 말했다. 그는 이런 종류의 대화를 좋아했지만 지금의 그에게 이런 대화는 다소 힘에 겨운 일이기도 했다. 힘을 모으기 위해 잠시 휴식을 취한 후에 그가 말을 이었다. "안나가 굴복했다면 아마 그녀가 그를 사랑했기 때문이겠지. 그들 간에 일이 끝나고 나면 그녀는 그를 더 사랑하게 될 거야. 여자들이 보통 그렇지 않아? 사랑에 빠질 때 말이야. 그러나 아마 그는 다음 날 아침 그녀에게 한마디 말도 않고 떠나고 말 거야. 그게 그의 본성이라고. 그는 그녀를 사랑하고 싶어 하지 않아. 어떻게 이런 게 더 나은 결말이 될 수 있지?"

"그들은 뭔가, 간직할 경험을 갖게 되겠죠."

"그는 아마 그걸 곧 잊고 말 거야. 그녀는 수치심과 거부감으로 죽고 말 테지. 그녀는 영리하고 이 모든 걸 잘 알고 있어."

"글쎄요." 메리얼은 궁지에 몰렸다고 생각하며 잠시 동안 말을 멈췄다. "투르게네프는 그렇게 말하지 않았어요. 그는 그녀가 완전히 겁에 질렸다고, 그녀가 냉담했다고 말했죠."

"영리하니까 냉담한 거야. 여자들에게 영리하다는 건 곧 차갑다는 거니까."

"그렇지 않아요."

"19세기 이야길 하는 거야. 19세기엔 그랬을 거야."

모든 것을 정리하고 보관해 두겠다고 생각한 배에서의 그날 밤, 메리얼은 전혀 자신의 생각을 실행할 수 없었다. 그녀는 계속해서 밀려오는 강렬한 기억의 파도들에 그저 계속해서 몸을 맡긴 채 부유하고만 있었다. 간격은 차츰 길어졌지만, 이후 몇 년 동안에도 이런 일은 계속되었다. 그녀는 자신이 미처 생각지 못한 부분들을 다시 떠올리곤 했는데 그럴 때면 여전히 가슴이 조여드는 것만 같았다. 그녀는 그들이 함께 냈던 소리들, 그들 사이에 오간 인정과 격려의 표정들을 기억 속에서 몇 번이고 다시 듣고 또 보았다. 어떻게 보면 차갑다고 할 수도 있겠지만 그건 결혼한 사람들 혹은 서로 주고받을 것이 있는 사람들 간에 오가는 어떤 표정보다도 더 서로를 존중하는, 애정 어린 표정이었다.

그녀는 그의 회색빛 도는 헤이즐넛 색 눈동자며 가까이서 바라봤던 까칠한 피부, 코 옆의 오래된 둥근 흉터와 뒤에서 그녀를 안았을 때의 매끄럽고 넓은 가슴을 기억해 냈다. 그렇지만 정작 그의 생김새를 묘사할 수는 없었다. 어쩌면 처음부터 그의 존재를 너무 강

럴하게 느껴서 일상적인 면은 관찰하지 못한 게 아닐까 하는 생각
도 들었다. 처음으로 만나 모든 것이 불확실하고 잠정적이던 순간
을 회상할 때마저, 그녀 몸의 그 생경한 놀라움과 욕망을 보호하기
라도 할 것처럼 그녀는 두 팔로 가슴을 감싸 안았다. *내 사랑, 내 사
랑.* 상처를 달래고 덮어줄 비밀스러운 묘약인 양 메마른 소리로 그
말을 기계적으로 중얼거리곤 했다.

   신문에 실린 그의 사진을 보자 갑작스럽게 고통이 밀려왔다. 살
아 생전 언제라도 연락을 유지하며, 할 수 있을 때마다 요나스를 상
기시키곤 했던 그의 엄마가 그 기사를 오려서 그녀에게 보내주었
다. "요나스의 장례식에 왔던 그 의사 기억해요?"라고 그녀는 기사
상단의 작은 제목 옆에 메모를 적어 보냈다. "산림 지역 순찰 의사
비행기 사고로 사망." 신문에 인쇄되면서 화질이 나빠진 그 사진은
틀림없이 오래전의 모습이었다. 좀 살이 붙은 얼굴로 그는 카메라
를 의식하고 지었을 리 없는 그런 미소를 짓고 있었다. 자기 비행기
를 타고 가다 사고를 당한 것이 아니라 비상용 헬리콥터를 타고 비
행하던 중에 추락 사고로 사망했다고 기사에는 적혀 있었다. 그녀
는 피에르에게 기사를 보여 주었다. "그 사람이 장례식에 왜 왔는
지 당신 알아요?" 그녀가 물었다.
   "아마 둘이 친구거나 그랬을걸. 북쪽 지역의 그 외로운 영혼들끼
리 말이야."
   "그 사람하고 무슨 이야기를 했었어요?"
   "전에 요나스한테 조종법을 알려 주려고 비행기에 태워준 적이

있었대. 그러곤 '다시는 그런 짓을 하지 않았다.'더군."

그리고 나서 피에르가 물었다. "그 사람이 당신을 어디에 데려다 줬었지? 어디더라?"

"린밸리요. 뮤리얼 이모를 보러 갔었죠."

"무슨 이야길 했어?"

"그 사람하고는 이야기하기가 쉽지 않더라고요."

그 사람이 죽었다는 사실은 그녀의 몽상(그걸 몽상이라고 불러도 된다면)에 아무런 영향도 주지 못하는 것 같았다. 그녀는 우연한 만남, 아니면 어떻게든 연락을 취해서 다시 한 번 그를 보는 상상을 하곤 했는데, 한 번도 실현된 적이 없던 이 공상은 그가 죽은 걸 아는 지금도 여전히 계속되었던 것이다. 그들은 그녀가 결코 이해하지도 못한 그런 방식으로 서로에게 이별을 고해야만 했다.

그날 밤 집으로 오는 길에 심하지는 않지만 비가 내리기 시작했다. 그녀는 계속 배의 갑판에 나와 있었다. 일어서서 좀 서성이던 그녀는 구명조끼 통에 다시 앉으면 치마가 꽤 많이 젖으리라는 사실을 깨달았다. 그래서 보트가 지나간 자리에 일어나는 하얀 물거품을 바라보며 그녀는 계속해서 갑판 위에 서 있었다. 이제는 아무도 쓰지 않을 것 같은 이야기가 하나 머릿속에 떠올랐다. 바다에 몸을 던지자. 다시는 경험하지 못할 지극한 행복감으로 충만한 지금, 온몸의 세포 하나하나가 다 자신에 대한 달콤한 애정으로 가득한 지금 이 상태 그대로. 그녀만의 비밀스러운 논리 속에서 이런 선택은 가장 이성적이고 로맨틱한 것처럼 느껴졌다.

그녀는 유혹을 느꼈던가? 그녀는 아마 자신이 그런 유혹을 느낀다고 상상하고 싶었을 것이다. 그러나 그날 그녀의 행동을 지배한 이런저런 포기들에도 불구하고 그녀가 결코 그런 포기를 감행할 리는 없었다.

피에르가 죽고 나서야 또 다른 사소한 기억이 떠올랐다.

어셔는 배를 탈 호스슈 만까지 그녀를 태워준 후에 차에서 나와 그녀 쪽으로 걸어왔다. 메리얼은 그에게 작별 인사를 하려고 그 자리에 가만히 서 있었다. 그에게 다가가 키스하려고 했을 때, 지난 몇 시간을 생각해 볼 때 그건 너무도 자연스러운 행동이었는데, 그가 말했다.

"안 돼요."

"안 돼요, 키스는 하지 말아요."

물론 그가 키스하지 않는다는 것, 혹은 사람들이 보는 바깥에서는 키스하지 않는다는 건 사실이 아니었다. 그는 바로 그날 오후 공원 전망대에서 그녀와 그렇게나 열렬한 키스를 나누었던 것이다.

"안 돼요."

간단한 경고의 말. 어쩌면 자신과 그녀를 보호하기 위한 말이었는지도 모른다. 그날 낮에는 그런 것 따윈 신경 쓰지 않았지만 말이다.

그러나 *키스는 하지 말아요*는 완전히 별개의 문제였다. 설사 그 말이 그녀를 심각한 실수로부터, 잘못된 기대와 모종의 실수가 야기할 수치심으로부터 보호하려고 한 말이었다 해도 그 말은 그녀를 밀어내는 말이었다.

그들은 결국 어떻게 작별을 고했던가? 악수를 했던가? 그녀는 기억할 수 없었다.

그러나 그녀는 그의 목소리, 가벼우면서도 진중한 그의 말투를 기억할 수 있었다. 명랑과는 거리가 먼, 단호한 그의 얼굴이 그녀로부터 점점 멀어져 갔다. 그녀는 그 기억이 정확한 것이라는 사실을 결코 의심하지 않았다. 도대체 어떻게 계속해서 그 기억을 억압할 수 있었는지 이해할 수 없었다.

만약 그 기억을 억누르지 못했다면 그녀의 인생은 다르게 전개되었을지 모른다.

도대체 어떻게?

피에르와 헤어지거나 자신이 지켜온 균형을 유지하지 못했을 수도 있다. 부두에서 보인 그의 행동과 바로 같은 날 그 오후에 속삭였던 말들을 연결 지어보려다가 그녀는 점점 더 신경이 곤두서 더 이상 궁금함을 참지 못했을지도 모른다. 자존심, 상반되는 감정들이 억압의 부분적 원인일 것이다. 그녀에게 교훈을 남긴, 그 거절의 말들을 그가 다시 집어삼키게 하고 싶었던 것이다. 그러나 그게 이유의 전부는 아니었다. 그녀는 다른 삶을 살 수 있었을지도 모른다. 그러나 그렇다고 해서 그녀가 그 삶을 더 좋아했으리라는 보장도 없었다. 다른 종류의 삶 역시 나름의 함정과 성공을 포함한 또하나의 탐구에 불과했으리라는 생각이 그녀에게 떠올랐다. 어쩌면 그건 피에르가 죽은 후 그녀가 들이마신 차고 엷은 공기와 자신의 나이(지금껏 그녀는 한 번도 자신의 나이를 생각해 보지 않았다.) 때문이었으리라.

다른 삶이라고 해서 더 많은 것을 발견하지는 못했을지도 모른다. 아마 계속해서 같은 것만을 다시, 또다시 발견하게 되었을지도. 명백한 것 같으면서도 여전히 불안정한 자신에 대한 그런 진실들. 그녀가 자신에 대해 발견한 진실은 어떤 신중함, 최소한 경제적인 감정 통제라고 할 만한 그 무엇이 한평생 자신을 지배해 왔다는 사실이었다.

친절하고 치명적인 경고, 희미한 자기 보호의 시도, 융통성 없던 그 태도 모두가 이제 그와 함께 철 지난 유행처럼 다소 시시하게 느껴졌다. 이제 그녀는 마치 남편에게 그러하듯이 일상적인 시선으로 그를 회상할 수 있었다.

그들의 관계가 계속되었더라도 그는 여전히 그런 식으로 굴었을까, 아니면 계속해서 간직하고 싶은 또 다른 모습을 보여 주었을까, 그녀는 그것이 알고 싶었다.

퀴니

QUEENIE

유니언 역에서 퀴니를 만났을 때 그녀는 "이제 그렇게 부르지 말아줘."라고 부탁했다.

"뭐? 퀴니?"

"스탠이 그 이름을 싫어해. 말 이름 같다고."

이제 퀴니라고 부르지 말고 리너라고 불러달라는 말보다 더 놀라웠던 건 그녀가 그를 스탠이라고 부른다는 사실이었다. 물론 그렇다고 결혼한 지 일 년 반이나 지났는데 아직도 그녀가 남편을 보길라 씨라고 부를 거라고 생각한 건 아니었다. 한참 동안 그녀를 만나지 못했기 때문에 조금 전 나는, 전차를 기다리는 사람들 속에서 하마터면 그녀를 알아보지 못할 뻔했다.

그녀는 검게 염색한 머리를 그 뭐였더라, 비하이브 스타일* 다음에 막 유행하기 시작했던 그 스타일대로 얼굴 주위로 부풀려 말아

올리고 있었다. 윗부분은 금색이고 아래쪽은 짙은 밤색이라서 마치 옥수수 시럽 같던 그녀의 아름다운 머리카락, 그 찰랑거리던 긴 머리는 이제 완전히 사라지고 없었다. 얇은 노란색 프린트 드레스는 무릎 위쪽에서 찰랑거렸고 클레오파트라처럼 짙은 눈 화장에 자주색 아이섀도까지 덧칠하는 바람에 그녀의 눈은 더 커 보이기는 커녕 일부러 가리기라도 한 것처럼 평소보다 더 작아 보였다. 구멍을 낸 귓불에서는 금색 링 귀고리가 흔들거렸다.

그녀 역시 놀란 눈으로 나를 쳐다보고 있었다. 나는 아무렇지도 않은 듯 대담하게 말을 건넸다. "엉덩이 둘레에 두른 게 치마야, 주름 장식이야?" 그녀는 소리 내어 웃었다. 나는 다시 "기차 안이 정말 더웠어. 돼지 새끼처럼 땀을 흘리며 왔지 뭐야."라고 덧붙였다.

내 목소리는 꼭 새엄마 베트처럼 날카롭고 요란했다.

돼지 새끼처럼 땀을 흘렸다고.

퀴니의 집까지 가는 전차에서도 나는 계속해서 멍청한 소리만 지껄였다. "우리 아직도 시내야?" 내가 물어보았다. 높은 건물들은 이제 보이지 않았지만, 이런 곳을 거주지라고 할 수는 없을 것 같았다. 비슷비슷한 가게와 건물들이 계속해서 나타났다. 세탁소와 화원, 식료품 가게와 식당들. 보도에는 과일과 야채 상자들이 나와 있었고 건물의 이 층 창에는 치과니 의상실이니 배관공이니 하는 간판들이 나붙어 있었다. 이 층 이상의 건물은 거의 없었고 거리엔 가로수도 거의 없었다.

---

* 뒤로 머리를 빗어 넘겨 둥근 돔처럼 과장되게 부풀린 머리 모양.

"여긴 진짜 시내는 아니지. 아까 전차 탔던 심슨 스토어 기억나지? 거기가 진짜 시내야." 퀴니가 말했다.

"그럼 이제 좀 온 건가?" 내가 다시 물었다.

"아직 쬐끔 남았어." 그녀가 대답했다.

그러고는 곧 "조금."이라고 고쳐서 다시 말했다. "스탠은 내가 '쬐끔'이라고 말하는 것도 싫어하거든."

반복되는 풍경, 어쩌면 열기 때문에 나는 불안과 멀미를 함께 느꼈다. 우리는 무릎 위로 내 여행 가방을 함께 들고 있었다. 가방을 쥔 손 바로 앞으로 대머리 남자의 뒤통수와 살찐 목덜미가 버티고 있었는데 뒤통수 위로 땀에 젖은 긴 검은 머리카락 몇 오라기가 달라붙어 있었다. 왜 그랬는지는 모르겠지만 약품 상자 안에 있던 보길라 씨의 이빨이 떠올랐다. 퀴니가 옆집 살던 보길라 씨를 위해 집안일을 돕던 그때 나에게 그 이빨을 보여 주었다. 퀴니가 그를 스탠이라고 부를 거라고는 생각지도 못했던 시절이었다.

면도기와 브러시, 면도용 비누를 담은 나무통 옆에 그의 틀니 브리지가 놓여 있었다. 군데군데 털이 묻어 구역질 나던 그의 면도용 비누 옆으로.

"아저씨 브리지야." 퀴니가 말했다.

브리지?

"틀니 고정하는 거 말야."

"우웩." 내가 말했다.

"이건 여벌로 갖고 있는 거고, 다른 하나는 지금 하고 있지."

"우웩, 그거 색이 누렇지 않니?"

퀴니가 손으로 내 입을 막았다. 보길라 부인이 들을까 봐 걱정했던 것이다. 보길라 부인은 아래층 식당 소파에 누워 있었는데 언제나 눈을 감고 있긴 했지만 그렇다고 자는 건 아닌 것 같았다.

마침내 전차에서 내린 우리는 어색한 모양새로 함께 가방을 들고 언덕배기 길을 올라가기 시작했다. 처음에는 다 똑같아 보이던 집들이 사실 그렇게 같은 모양이 아니라는 걸 이제 알 수 있었다. 어떤 집들은 지붕이 마치 모자처럼 벽을 덮고 있었는데 개중에는 지붕이 이 층을 다 가려서 이 층이 전부 다 지붕처럼 보이는 집도 있었다. 지붕은 대체로 진한 녹색, 밤색 또는 갈색이었다. 현관은 인도 바로 앞까지 나와 있었고 집들이 하도 다닥다닥 붙어 있어서 창밖으로 손을 내밀기만 하면 악수라도 할 수 있을 것 같았다. 보도에 아이들이 놀고 있었지만 퀴니는 과자 부스러기를 쪼아 먹는 새들이라도 되는 양 그들에게 아무런 시선도 주지 않았다. 웃통을 벗은 뚱뚱한 남자가 현관 앞 계단에 앉아 우울하고 무심한 표정으로 우리를 빤히 바라보고 있었다. 우리에게 뭔가 할 말이 있는 것만 같았다. 그러나 퀴니는 그에게도 눈길을 주지 않고 지나갔다.

군데군데 쓰레기통이 있는 자갈길을 따라 언덕길을 절반쯤 올라가던 그녀가 방향을 돌렸다. 이 층 창문에서 한 여자가 알아들을 수 없는 말로 소리를 질렀다. "내 여동생이에요. 놀러 왔어요." 퀴니가 대답했다.

"집주인 아줌마야. 이 층 앞집에 살아. 그리스인인데 영어는 거의 못해." 그녀가 말했다.

퀴니와 보길라 씨는 그리스 사람들과 함께 집을 쓰고 있었다. 화장실 갈 때 네가 쓸 휴지를 가져가야 해. 거기에 두고 쓰는 건 없거든. 퀴니가 말했다. 나는 바로 화장실에 가야만 했다. 한참 생리 중이라서 패드를 갈아야 했던 것이다. 그 뒤로도 한참 동안 더운 날, 도시의 거리와 갈색의 벽돌 그늘, 어두운 색의 지붕이나 전차 소리를 들으면 나는 언제나 아랫배가 당기는 느낌이며, 몸에서 뭔가가 빠져나가는 기분, 화끈한 열감 같은 걸 얼굴 위에 느끼곤 했다.

집 안에는 퀴니와 보길라 씨가 함께 쓰는 침실과, 거실로 이용하는 또 하나의 작은 침실, 좁은 부엌과 베란다가 있었고 베란다에 내가 잘 간이침대가 놓여 있었다. 창문 바로 밖에서 집주인과 또 다른 한 남자가 오토바이를 고치고 있었다. 쇠붙이와 기계, 기름 냄새가 햇볕에 익어가는 토마토 향기와 함께 집 안으로 흘러 들어왔다. 이층 창문에서는 요란한 라디오 소리가 들렸다.

"저 라디오 소리, 스탠은 저걸 끔찍해해." 꽃무늬 커튼으로 창을 가리긴 했지만 소음도, 햇빛도 제대로 막을 수는 없었다. "커튼 바꿀 돈이 좀 있으면 좋겠는데." 퀴니가 말했다.

나는 휴지에 싼 패드를 손에 쥐고 있었다. 종이봉투를 하나 건네주며 퀴니는 바깥의 쓰레기통을 가리켰다. "그건 있지, 바로 저기 바깥 쓰레기통에 버려야 해. 잊어버리면 안 된다. 알았지? 생리대 상자를 보이는 데다 두지 마. 스탠은 그걸 아주 싫어하거든."

나는 여전히 아무렇지도 않은 척, 눈치 보지 않고 편히 있는 척하려고 애쓰면서 말했다. "네 것처럼 시원한 여름옷을 하나 사야겠는데."

"내가 하나 만들어줄 수 있을 거야." 머리를 냉장고 속에 들이 밀며 퀴니가 말했다. "콜라 마실 건데, 너도 마실래? 자투리 천을 파는 가게에 갔었거든. 이 옷 만드는 데 다해서 3달러밖에 들지 않았어. 근데 너 사이즈가 어떻게 되더라?"

나는 어깨를 으쓱하고는 살을 빼는 중이라고 대답했다.

"하여튼, 뭔가 일자리를 찾을 수 있겠지."

"네 나이 또래의 딸이 있는 부인과 결혼할 예정이란다." 아버지가 내게 말했었다. "그 애는 아버지가 없어. 그래서 하나 약속할 게 있는데 말이다. 너 그걸 가지고 그 앨 놀리거나 몹쓸 말을 하면 절대 안 된다. 다른 자매들처럼 다툴 때도 있겠지만 그럴 때라도 절대 그 말은 하면 안 돼. 다른 애들이 그런 말을 하더라도 걔들 편을 들어서는 절대 안 된다."

나는 논쟁 조로 나도 엄마가 없지만 그걸 가지고 날 놀리는 아이는 아무도 없다고 대답했다.

"그것과는 다른 문제야." 아버지가 대답했다.

아버지가 말한 것 중 맞는 건 하나도 없었다. 우선 우리는 비슷한 나이가 아니었다. 아버지가 새엄마 베트와 결혼했을 때 퀴니는 아홉 살, 나는 여섯 살이었기 때문이다. 후에 나는 한 학년을 월반한 반면 퀴니는 일 년 낙제하는 바람에 학교에서는 비슷한 학년이 되었지만 말이다. 게다가 퀴니에게 못되게 구는 사람은 아무도 없었다. 오히려 모두들 그녀와 친구가 되고 싶어 안달이었다. 형편없는 선수인데도 야구 팀을 짤 때면 퀴니부터 골랐고, 알파벳 놀이에서도 철자에 약한 퀴니부터 자기 편에 넣으려고들 했다. 그리고 무엇보다 퀴니와 나는 단 한 번도 다툰 일이 없었다. 퀴니는 언제나 내게 무척 다정했고 나는 언제나 그녀를 존경했다. 그녀의 짙은 금발 머리와 졸린 듯한 검은 눈, 그 표정과 웃음을 나는 숭배했다. 어떻게 그렇게 많은 장점을 지니고도 그처럼 친절하고 다정할 수 있는지 나는 그저 신기하기만 했다.

퀴니가 사라진 날 아침, 그 초겨울의 새벽에 나는 일어나자마자 그녀가 없다는 걸 알아차렸다.

6시가 지났지만 날은 아직 어두웠고 집 안 공기는 차가웠다. 나는 퀴니와 함께 썼던 큰 갈색 털 가운을 몸에 둘렀다. 우리는 그걸 버펄로 빌이라고 불렀는데 누구든지 아침에 먼저 일어나는 사람이 어디서 온 건지 알 길이 없는 그 가운을 경쟁적으로 움켜잡곤 했었다.

"아마 너희 아빠랑 결혼하기 전에 엄마가 사귀던 사람 옷일걸. 엄마한테는 그런 말 하지 마, 그럼 나 엄마한테 죽는다." 퀴니가 당부했다.

침대는 비어 있고 화장실에도 사람이 없었다. 새엄마를 깨우지 않으려고 나는 전등을 켜지 않고 아래층으로 내려갔다. 현관문의 작은 창으로 밖을 내다보았다. 현관의 포석이며, 길가의 보도, 앞뜰의 짧게 깎은 잔디가 서리로 반짝거렸다. 그해에는 첫눈이 늦었다. 거실의 스위치를 돌리자 안정감 있는 엔진 소리와 함께 어둠 속에서 석유난로가 움직이기 시작했다. 석유난로를 산 지 얼마 되지 않았을 때, 아버지는 아직도 새벽 5시만 되면 창고로 가서 불을 지필 생각으로 잠에서 깨어난다고 말하곤 했다.

아버지는 부엌 뒤쪽의, 옛날 식품 저장실에서 잠을 잤다. 그곳에는 철제 침대와 등받이 없는 의자가 있었는데 아버지는 그 위에 잠이 안 올 때 읽을 요량으로 오래된 《내셔널 지오그래픽》지들을 쌓아두었다. 그 방에서 아빠는 침대 옆까지 연장한 긴 전선으로 일어나지 않고도 천장 등을 끌 수 있었다. 나에게는 이 모든 일이 한 집안의 가장인 아버지가 해야 할 자연스럽고도 타당한 일들처럼 여겨졌다. 아버지들은 으레 엔진 기름과 담배 냄새를 풍기면서 집 없는 사람처럼 얄궂은 담요를 덮고 보초라도 서듯이 자는 법이니까 말이다.

그렇지만 그런 아버지조차 퀴니 소리를 듣지는 못했다고 했다. 퀴니가 집 어딘가에 있을 거라고 아버지는 말했다. "화장실은 봤니?"

"거기 없었어요." 내가 대답했다.

"엄마하고 있을지도 모르지. 또 그 신경과민 증세가 나타나서 말이다."

베트는 가끔 악몽을 꾸다 깨는 일이 있었는데, 사실 온전히 깼다고도 할 수 없지만, 그럴 때면 자기가 무슨 꿈을 꾸었는지도 기억하지 못하고 침실에서 나와 서성이는 그녀를 퀴니가 다시 침실에 데려가 진정시키곤 했던 것이다. 강아지가 젖을 빠는 것 같은 소리를 내며 퀴니는 등을 다독여 그녀를 다시 재웠지만 정작 아침이면 베트는 그런 사실을 조금도 기억하지 못했다.

나는 부엌의 불을 켰다.

"베트를 깨우고 싶지 않아서요." 내가 말했다.

나는 행주로 너무 자주 닦아대 바닥에 녹이 슨 빵 통이며 씻고 나서 치우지 않은 난로 위의 화분, 페어홀름 다이어리에서 옮겨 적은 문구인 *주님은 우리 가정의 중심이시니* 따위를 바라보았다. 이 모든 것들이 어떤 재난이 다가올 시간을 삼켜버렸는지 모른 채, 멍청하게 새날이 밝기를 기다리고 있었다.

옆 현관으로 나가는 문 자물쇠가 열려 있었다.

"누가 들어왔어요. 누가 들어와서 퀴니를 데려간 거예요." 나는 말했다.

아버지가 내복 위로 바지를 걸쳐 입고 나왔다. 베트도 얇은 가운에 슬리퍼를 질질 끌며 계단을 내려왔다. 그녀가 걸을 때마다 뒤쪽 불빛이 가운에 가려 보였다 사라졌다 했다.

"퀴니 지금 당신하고 있지 않아?" 아버지가 물었다. 그러더니 다시 "문은 안쪽에서 열린 거야."라고 나를 보고 말했다.

"퀴니에게 무슨 일이 있어요?" 베트가 물었다.

"그냥 산책 간 거 아닐까." 아버지의 말이었다.

베트는 그 말을 무시했다. 얼굴에는 정체를 알 수 없는 분홍색 마스크가 달라붙어 있었다. 화장품 영업 사원인 그녀는 자기가 먼저 사용해 보지 않은 제품을 판매하는 법이 절대 없었다.

"보길라네 집에 좀 가봐라. 할 일이 있을까 해서 거기 간 건지도 모르잖니." 새엄마가 내게 말했다.

보길라 부인의 장례식이 일주일쯤 전에 있었지만 퀴니는 계속 그 집에서 일을 돕고 있었던 것이다. 아파트로 이사 가는 보길라 씨를 돕기 위해 퀴니는 접시며 침대보, 커튼 따위를 포장하고 있었다. 학교에서 여는 크리스마스 콘서트 준비 때문에 그가 혼자서 도저히 짐을 쌀 수 없다고 부탁한 것이다. 베트는 퀴니가 그 일을 그만두고 크리스마스 철에 맞춰 상점에서 할 수 있는 일을 찾았으면 했다.

나는 이 층에 올라가 내 신발을 가져오는 대신 문간에 있던 아버지 고무장화를 신고 큰 신발을 질질 끌며 마당을 가로질러 보길라 씨 집으로 건너갔다. 음악가 집이라는 사실을 과시하기라도 하듯 초인종에서도 역시 음악 소리가 울렸다. 나는 버펄로 빌을 꽉 조여 입으며 마음속으로 빌었다. 아, 퀴니, 퀴니, 불을 좀 켜봐. 퀴니가 거기서 일하고 있었다면 이미 불이 켜져 있을 거라는 생각은 미처 하지 못했다.

아무런 대답도 없었다. 대문을 두드리며 나는 잠이 깨어 나온 보길라 씨가 무척 신경질을 낼 거라고 생각했다. 누군가 나오는 소리를 들으려고 나는 문으로 머리를 바짝 갖다 댔다.

"보길라 씨, 보길라 씨, 아침부터 미안한데요, 보길라 씨, 안에 계세요?"

건너편에 있는 다른 집 창문이 올라갔다. 늙은 독신남 호비 씨가 여동생과 함께 그 집에 살고 있었다.

"눈은 됐다 뭐 하니. 주차장을 좀 봐라." 호비씨가 나를 내려다보며 소리쳤다.

거기에는 보길라 씨의 차가 없었다.

호비 씨는 다시 창문을 쾅 내려 닫았다.

부엌문을 열고 들어서자 아버지와 베트가 차를 마시며 테이블에 앉아 있는 것이 보였다. 잠시 모든 게 제자리로 돌아온 것 같은 기분이 들었다. 다행스러운 소식을 전해 주는 전화라도 왔던 것일까.

"보길라 씨가 집에 없어요. 차도 없어요." 내가 말했다.

"우리도 안다. 우리도 다 알아." 베트가 대답했다.

"이것 좀 봐라." 아버지가 식탁 너머로 쪽지를 하나 내밀었다.

나는 보길라 씨와 결혼할 거예요. 당신의 딸 퀴니. 쪽지에는 그렇게 적혀 있었다.

"설탕 통 밑에 있었단다." 아버지가 말했다.

베트가 찻숟가락을 떨어뜨렸다.

"그 자식 고소할 거예요. 퀴니는 소년원에 집어넣고, 경찰을 부르겠어요." 그녀가 소리 질렀다.

아버지가 대답했다. "열여덟 살이니 결혼하고 싶으면 할 수 있어. 경찰이 그런 일로 길을 막고 검문대를 설치하진 않을 거야."

"걔네들이 길 위에 있다고 누가 그래요? 지금쯤 어디 모텔 같은 데서 구르고 있겠죠. 그 바보 같은 계집애랑 눈깔이 튀어나온 짐승 같은 보길라 자식 말이에요."

"그런 말을 한다고 퀴니가 돌아오는 건 아니야."

"돌아오지 않았으면 좋겠어요. 빌면서 온다고 해도 싫어요. 그 계집애, 자리를 만들고는 눈깔 튀어나온 홀아비랑 같이 드러누워 더듬고 있겠죠. 내가 못 참겠는 건 그것뿐이라고요."

아버지가 대답했다. "이제 그만 좀 해."

퀴니는 내게 콜라와 함께 먹을 진통제도 몇 알 가져다주었다.

"결혼하면 신기하게도 생리통이 싹 사라져. 그런데 아빠가 우리 이야길 하든?"

내가 아버지에게 가을부터 시작하는 교육대학에 입학하기 전에 여름 동안 할 일을 찾겠다고 하자 아버지는 토론토에 가서 퀴니를 만나보는 것이 좋겠다고 말했다. 아버지는 또한 퀴니가 편지를 보내 트럭 일이 잘돼 가는지 물어보며 겨울을 날 돈을 좀 보내달라고 부탁했다는 말도 했다.

"스탠이 폐렴만 안 걸렸어도 그런 편지를 쓰는 일은 없었을 거야." 퀴니가 설명했다.

"네가 어디에 있는지 그때 처음 알았어." 이유를 알 수 없는 눈물이 흘러내렸다. 퀴니를 찾게 되어 너무 기쁜 탓인지, 그동안 너무 외로워서였는지, 그도 아니면 "계속 너한테 연락하려고 했어."라는 말을 기대했는데 그녀가 아무 말도 않아서였는지는 도무지 알 수 없었다.

"베트는 몰라. 내가 여기서 혼자 지내는 줄 알 거야." 내가 말했다.

"그러는 게 낫지. 그러니까, 베트는 모르는 게 나을 거라고." 퀴니가 담담하게 말했다.

집에 관해 퀴니에게 할 말이 잔뜩 있었다. 나는 트럭이 세 대에서 열두 대로 늘었고 베트는 머스크랫 코트를 샀으며 사업을 확장해 이제는 집에서 피부 관리실을 운영한다고 이야기해 주었다. 그녀가 아버지가 묵던 방을 수리해 피부 관리실로 썼기 때문에 아버지는 간이침대와 《내셔널 지오그래픽》 지를 공군용 천막으로 옮겨

야만 했다. 아버지는 트럭 주차장에 공군용 막사를 설치해 그걸 사무실로 쓰고 계셨던 것이다. 식탁에서 대학 입시를 준비하던 나는 여자 손님의 맨 얼굴 위로 한 무더기의 로션과 크림을 바르기 전에 베트가 하는 말들을 들어야만 했다. "이렇게 고운 피부에는 절대로 때수건을 쓰면 안 돼요." 때로는 좀 더 낙담한 목소리로, 그렇지만 그에 못지않은 열정을 담아 "바로 이웃집에 악마가 산답니다. 악마가 틀림없어요. 내 말을 못 믿나요? 나는 항상 사람들을 좋게 생각하다간 결국 한 방 먹고 만답니다."라고 그녀는 이야기하곤 했다.

"맞아요. 저도 마찬가지예요." 손님이 대답했다.

그러다가 또 그녀는 "슬픔을 안다고 생각하시겠지만요, 정말이지 아직은 그게 뭔지 모르실 거예요."라고 말을 잇기도 했다.

마침내 손님을 문 앞까지 배웅하고 돌아오면 베트는 "깜깜한 데서 저 얼굴을 만지면 얼굴인지 사포인지도 구별할 수 없을 거야."라고 한숨 쉬며 투덜거렸다.

퀴니는 이런 이야기에 별로 관심이 없는 것 같았다.

사실 이야기를 나눌 시간도 별로 없었다. 우리가 콜라를 다 마시기도 전에 자갈길 위로 걸어오는 빠르고 무거운 발소리가 들렸던 것이다. 보길라 씨가 부엌으로 들어오고 있었다.

"누가 왔는지 좀 보세요." 퀴니가 소릴 질렀다. 그녀는 그를 안기라도 할 것처럼 반쯤 몸을 일으켰지만 그는 싱크대 쪽으로 몸을 돌렸다.

그녀가 하도 요란스럽게 웃으며 설레발을 쳐서 나는 그가 내 방문에 대해 미리 듣기는 했는지가 의심스러웠다.

"크리시가 왔어요." 그녀가 덧붙였다.

"응, 봤어. 여름에 토론토에 오다니, 더운 날씨를 좋아하는 모양이지." 보길라 씨가 대답했다.

"일자리를 찾으러 왔어요." 퀴니가 설명했다.

"자격증은 있나? 토론토에서 일자리를 얻을 만한 자격증 같은 게 있어?" 보길라 씨가 물었다.

"크리시는 대학 입학 시험에 합격했어요." 퀴니가 대답했다.

"글쎄, 그게 뭐 도움이 되면 좋겠군." 물을 한 컵 받아서 등을 돌린 채로 단숨에 마시며 그가 말했다. 우리 이웃집에 살던 그 시절의 모습과 모든 것이 똑같았다. 나와 퀴니, 보길라 부인이 부엌 식탁 앞에 앉아 있으면 그가 연습실 혹은 피아노 레슨을 하는 앞방에서 잠깐 나와서 저렇게 물을 마시곤 했던 것이다. 그의 발소리가 들리면 보길라 부인이 우리에게 경고 섞인 미소를 보냈다. 우리는 모두 그가 마음이 내키면 말을 걸고 아님 않도록 낱말 놀이판만을 뚫어지게 쳐다보고 있었다. 찬장을 열고 수도꼭지를 돌리고 유리잔을 선반에 내려놓는 행동들이 일련의 작은 폭발들만 같았다. 마치 자신이 거기 있는 동안 감히 누가 숨소리라도 내나 지켜보는 것 같기도 했다.

학교에서 음악을 가르칠 때도 마찬가지였다. 일 분도 아깝다는 듯한 발걸음으로 교실에 들어오는 즉시 그는 지휘봉을 잡고 수업을 시작했다. 귀를 쫑긋 세우고 튀어나온 푸른 눈을 경계의 빛으로 번득이며 복도를 오르내리는 그의 표정에는 언제나 호전성과 긴장감이 맴돌았다. 그는 언제나 갑자기 책상 옆에 멈춰서 그 학생이 진짜로 노래를 하는지 입만 벙긋거리는지, 혹은 곡조를 틀리게 부르는지 아닌지를 가만히 듣고 있곤 했다. 그러다가 천천히 고개를 내려 학생의 눈을 뚫어지게 바라보면서 다른 학생들에게 조용히 하라고 손짓을 해서 그 학생을 궁지로 몰아넣기도 하는 것이었다. 사람들 말로는 다른 성가대나 남성 합창단을 지휘할 때도 보길라 씨는 똑같이 엄하고 독재적이라고 했다. 그렇지만 합창단원들, 특히 여성 합창단원들은 그를 무척 좋아했다. 크리스마스가 되면 그들은 학교에서 학교로, 합창단에서 합창단으로 오고 가는 그를 위해 털장갑이며 양말, 목도리 등을 짜 보내곤 했다.

보길라 부인의 상태가 너무 나빠져서 퀴니가 살림을 돌보러 다니던 어느 날엔가 그녀는 서랍에서 털로 짠 물건을 하나 몰래 가지고 와 내게 보여 준 일이 있었다. 이름을 밝히지 않은 사람이 보낸 물건이었다.

어디에 쓰는 물건인지 알 수 없었다.

"이건 피터 히터*야." 퀴니가 설명해 주었다. "보길라 부인이 보길라 씨한테는 보여 주지 말라고 했어. 엄청 화를 낼 거라면서. 피터 히터가 뭔지는 알지?"

"으응." 나는 대답했다.

"진짜 말도 안 된다니까."

저녁에는 퀴니도 보길라 씨도 일하러 나가야 했다. 보길라 씨는

---

* 보온용 남자 속옷.

턱시도를 입고 레스토랑으로 연주하러 갔다. 퀴니는 극장에서 표 파는 일을 하고 있었다. 극장이 집에서 멀지 않아서 나는 그녀와 함께 그곳까지 걸어갔다. 퀴니가 일단 매표소 안에 자리 잡고 앉자 그녀의 화장이며, 염색해서 부풀려 올린 머리, 또 링 귀고리가 전혀 이상해 보이지 않았다. 퀴니는 남자 친구와 함께 영화를 보러 온 젊은 여자애들이나 거리를 오가는 다른 애들, 주변을 둘러싼 포스터 속 여자들과도 아주 비슷해 보였던 것이다. 퀴니는 영화 스크린에 나오는 뜨거운 사랑과 위험, 그 드라마틱한 세계와 관련된 사람처럼 보였다.

아빠 식으로 말하자면, 조금도 빠지는 데 없는 사람처럼 보였다고나 할까.

"조금 돌아다녀 보지그래?" 그녀가 내게 말했다. 그렇지만 갈 데도 없고 할 일도 없는 사람이라는 걸 만천하에 광고하면서 카페에서 커피를 마시는 내 모습은 상상할 수도 없었다. 너무 눈에 띌 것 같았던 것이다. 그렇다고 살 마음이 전혀 없는 옷을 보러 가게를 드나들고 싶지도 않았다. 나는 다시 언덕길을 올라가 창문에서 소리치는 그리스인 여자에게 인사하고 퀴니의 열쇠로 문을 연 후 집 안으로 들어갔다.

그러고는 베란다에 있는 간이침대 위에 걸터앉았다. 가져온 옷을 걸어둘 만한 곳이 어디에도 없었다. 설사 있다 해도 짐을 푸는 건 좋은 생각이 아닌 것 같았다. 보길라 씨에게 내가 오랫동안 머무를 것이라는 인상을 줄 필요는 없을 것 같았다.

퀴니의 얼굴이 바뀐 것처럼 보길라 씨의 얼굴 역시 좀 달라진 것 같았다. 그렇지만 퀴니처럼 낯선 화려함과 치장 때문은 아니었다. 붉은 기 돌던 잿빛 머리는 이제 거의 완전한 회색이 되었고 조금이라도 불경한 태도를 보이거나 어설픈 연주를 할 때면, 또 집 안의 물건을 원래 있던 자리에 두지 않을 때면 바로 폭발할 준비가 되어 있던 분노 어린 표정이 지금은 아주 아로새긴 듯이 얼굴에 박혀 있었다. 모욕적이고 처벌받아 마땅한 나쁜 행동들이 언제나 눈앞에서 벌어지고 있는 듯 말이다.

나는 일어나서 아파트를 한 바퀴 둘러보았다. 임시로 사는 집의 풍경이 아름답기는 어려운 법이다.

어둡긴 했지만 부엌이 이 집에서 제일 그럴듯한 공간이었다. 싱크대 위에서 창문까지 퀴니가 기르는 담쟁이덩굴이 자라고 있었고 손잡이 없는 예쁜 머그잔에는 보길라 부인이 언제나 그랬던 것처럼 나무로 만든 숟가락들을 비죽비죽 꽂아두었다. 거실에는 이전집 거실에 있던 바로 그 피아노가 놓여 있었고 안락의자며 판자와 벽돌로 만든 책꽂이에 꽤 많은 레코드도 바닥에 놓여 있었다. 그러나 텔레비전이 없었고 갈색의 흔들의자도 없었으며 장식용 벽걸이, 또 종이 갓에 일본식 풍경화가 그려진 거실 램프 역시 보이지 않았다. 분명 눈 오던 날 이 모든 것들이 토론토로 실려 갔었다. 점심시간에 집에 있던 나는 이사 트럭이 오는 것을 지켜보고 있었다. 현관 앞 창문에서 눈을 떼지 못하고 바라보던 베트는 마침내 잘 모르는 사람 앞에서 보여 주기 좋아하던 점잔 빼는 표정을 모두 던져버리고는 이삿짐 나르는 남자에게 마구 소리치기 시작했다. "토론토에 가서 이 근처에 다시 나타나기만 하면 가만두지 않겠다고 전해 줘요."

그러나 그들은 이런 광경에 익숙하다는 듯 명랑하게 손을 흔들었다. 실제로 그들은 그런 풍경에 익숙했을 것이다. 이삿짐을 나르다 보면 온갖 종류의 분노와 호통들을 만나기가 십상이리라.

그러나 그 모든 것은 다 어디로 갔을까? 팔았겠지. 나는 생각했다. 틀림없이 그 물건들을 팔았을 것이다. 아빠는 보길라 씨가 토론토에서 일자리를 구하는 데 어려움이 있는 것 같다고 말했었다. 퀴니 역시 '곤란한' 상황에 대해 이야기했다. 곤란한 상황이 벌어지지 않았으면 아빠한테 편지를 썼을 리 없다고.

퀴니는 아마 그 편지를 쓰기 전에 먼저 가구를 팔았을 터이다.

선반 위에는 『음악 대백과』, 『세계 오페라 여행』, 『위대한 작곡가의 생애』 같은 책이 꽂혀 있었다. 아름다운 표지의 크고 얇은 책도 한 권 있었는데 그건 보길라 부인이 종종 자신의 소파 옆에 두곤 했던 우마르 하이얌의 『루바이야트』였다.

제목은 정확히 기억나지 않지만 비슷한 표지를 가진 또 다른 책이 있었는데 제목에 '꽃'인지 '향'인지 하는 말이 적혀 어쩐지 그 책에 손이 갔다. 나는 책을 펼쳐 보았다. 그때 읽은 첫 문장이 아직도 생생하게 기억난다.

"하림의 젊은 첩들은 또한 정교한 손톱 사용법을 교육받았다."

첩이 무슨 뜻인지는 몰랐지만 '하림'(왜 '하렘'이라고 하지 않고 '하림'이라고 했을까?)이라는 말로부터 대충 짐작 가는 바가 있었다. 손톱으로 대체 뭘 하는지 알기 위해 책을 좀 더 읽어보았다. 한 시간 가까이 읽던 나는 마침내 바닥에 책을 떨어뜨렸다. 흥분과 구역질, 설마 하는 마음이 함께 들었다. 이런 것들이 진짜 어른들의 관심사란 말인가? 이제 표지의 장식, 구부러지고 꼬인 덩굴줄기마저 어쩐지 이상하고 퇴폐적으로 보였다. 제자리에 다시 꽂아두려고 책을 집어 올리다가 또 한 번 책을 떨어뜨리고 말았다. 책날개에 여자 글씨로 '스탠과 매리골드 보길라'라고 적혀 있었다. 스탠과 매리골드.

나는 보길라 부인의 넓고 흰 이마와 짧게 자른 회색빛 검은 곱슬머리, 귀에 딱 붙는 진주 귀고리며 리본으로 목을 묶는 블라우스 등을 떠올렸다. 그녀는 보길라 씨보다 키가 훨씬 더 컸는데 사람들은 그래서 그들이 함께 외출하지 않는다고 말하곤 했었다. 그러나 그건 사실이 아니었다. 실은 그녀의 심장이 좋지 않아 함께 다닐 수 없었을 뿐이다. 그녀는 계단을 오르거나 옷을 걸거나 낱말 놀이를 하는 테이블에 앉을 때에도 숨이 턱에 차 헐떡거리곤 했다.

처음 그 집에 가서 설거지를 돕거나 식료품을 사다 주거나 할 때 아빠는 우리에게 돈을 받지 못하게 했다. 이웃 간에 그 정도 일을 돈 받고 할 수는 없다고 했다.

새엄마는 그녀가 가만 누워 사람들이 공짜로 자기를 도우러 오는지 보고 있을 거라고 말하기도 했다.

얼마 후 보길라 씨가 우리 집에 와서 퀴니가 정식으로 집안일을 도와주면 어떻겠냐고 제안했다. 퀴니는 그렇게 하고 싶어 했다. 고등학교를 일 년 낙제했는데 그 학년을 또 한 번 다니고 싶지 않았기 때문이다. 결국은 새엄마도 동의했다. 그러나 그녀는 간병 일은 안 된다고 못을 박았다.

"돈이 없어서 간병인을 따로 못 쓰더라도 그건 퀴니 네가 상관할 일이 아니야."

퀴니는 보길라 씨가 매일 아침 부인에게 약을 먹이고 저녁이면 스펀지로 목욕을 시켜준다고 이야기했다. 심지어 집에 세탁기가 없는 사람처럼 욕조에서 그녀 이불을 빨려고도 했다는 것이었다.

나는 그 집 부엌에서 퀴니와 함께 낱말 놀이 하던 시절을 떠올렸다. 들어와서 물을 한 잔 마신 보길라 씨는 아내의 어깨에 손을 올리고 길고 피곤한 여행에서 막 돌아온 사람처럼 한숨을 내쉬었다.

"내 사랑, 안녕." 그가 말을 걸었다.

그의 손에 메마른 입술로 키스하려고 고개를 숙이면서 보길라 부인 역시 "내 사랑, 왔군요."라고 대답하곤 했다.

그러면 그는 우리 존재가 그렇게까지 짜증스럽지는 않다는 듯이 나와 퀴니를 바라보며 말을 걸기도 했다.

"너희들 왔구나."

밤이 되면 우리는 침대 속에서 낄낄거리며 그들을 흉내 내곤 했다.

"잘 자요, 내 사랑."

"잘 자요, 내 사랑."

아, 얼마나 자주 그 시절을 그리워했던가.

아침에 화장실에 갔다가 생리대를 버리러 몰래 바깥 쓰레기통에 나갔다 올 때를 제외하면 나는 보길라 씨가 나갈 때까지 간이침대 위에 가만히 앉아 있었다. 혹시 그가 갈 데도 없으면서 나 때문에 나가는 척하는 건 아닌가 걱정이 되기도 했다. 그가 나가면 곧 퀴니가 나를 불러 껍질 벗긴 오렌지와 콘플레이크, 커피 등으로 조반을 차려주었다.

"여기 신문이 있어. 구인란을 찾아봤는데. 근데 먼저 네 머리를 좀 손보고 싶어. 뒤를 쳐내고 롤러로 말려는데 괜찮아?"

나는 좋다고 대답했다. 퀴니는 아직 밥을 먹는 내 머리에 타월을 두르고, 머리 모양을 구상하며 나를 바라보고 있었다. 커피를 마시는 나를 의자 위에 앉히더니 그녀는 바로 가위질과 빗질을 시작했다.

"어떤 일을 찾아? 세탁소 카운터 자리가 있던데, 그건 어때?" 그녀가 물었다.

"좋아." 나는 대답했다.

"아직도 학교 선생님이 될 생각이야?"

나는 모르겠다고 대답했다. 어쩐지 퀴니가 그걸 따분한 일이라고 생각할 것 같았다.

"꼭 선생님이 되어야 해. 넌 똑똑하니까 말이야. 선생님들은 월급이 많아. 나 같은 사람들보다 월급을 더 받는다고. 그러면 더 독립적인 생활을 할 수 있어."

하지만 극장에서 일하는 것도 괜찮다고 그녀는 덧붙였다. 작년 크리스마스 한 달 전쯤 이 자리를 얻었는데 그 돈으로 크리스마스 케이크 재료를 살 수 있어서 정말 기뻤다고도 말했다. 게다가 트럭에 트리용 나무를 싣고 다니며 파는 사람과 친구가 된 덕분에 단돈 50센트에 나무를 살 수 있었다는 것이다. 그녀는 언덕길 위로 그

나무를 혼자 끌고 올라와서 비싸지 않은 크레이프 종이로 붉은색과 초록색 구슬을 만들어 달았다고 했다. 찬장에 있는 은박 포일로 장식품을 만들고 크리스마스 바로 전날 가게에서 세일을 할 때 다른 것도 좀 더 사왔다고 했다. 잡지에서 본 대로 쿠키를 만들어 나무에 매달기도 했다. 유럽 식 크리스마스 풍습이었다.

파티를 열고 싶었지만 누구를 초대해야 할지 알 수 없었다. 그리스인 집주인 식구가 있었고 스탠의 친구들도 몇 명 있었다. 그때 그녀에게 스탠의 학생들이 떠올랐다.

나는 퀴니가 그를 '스탠'이라고 부르는 것이 여전히 어색했다. 그 말을 들을 때마다 퀴니가 그와 부부라는 생각이 드는 것이 아니라, 물론 그런 생각도 들긴 했지만, 그녀가 보길라 씨를 '스탠'이라는 새 사람으로 만든 것 같은 기분이 들었던 것이다. 우리가 함께 알고 지내던 보길라 씨는 (보길라 부인은 말할 것도 없고) 애당초 존재하지 않은 사람인 것만 같았다.

이제 스탠이 가르치는 학생들은 모두 성인이었다. 그는 학교의 어린애들보다 어른들을 더 좋아했다. 아이들을 가르칠 때 준비해야 했던 게임이니 오락 따위를 생각할 필요가 없었기 때문이다. 다른 날 저녁에는 항상 둘 중 한 사람은 레스토랑과 극장으로 일하러 나가야 했기 때문에 그들은 일요일 저녁에 파티를 열기로 결정했다.

그리스인 가족들이 집에서 만든 와인을 가져왔고 학생들 몇몇은 에그노그 믹스*와 럼주 및 세리주를 가져왔다. 스탠에게는 그런 곡

---

* 달걀과 설탕에 알코올을 섞은 음료.

이 없을 거라고 생각해서 춤추기에 적당한 곡을 들고 온 학생도 있었다. 그 학생의 짐작은 틀리지 않았다.

퀴니는 소시지롤과 생강 쿠키를 만들었고 그리스인 안주인 역시 자기네 식 쿠키를 구워왔다. 모든 것이 만족스러웠고 파티는 성공적이었다. 퀴니는 앤드류라는 이름의 중국인 소년과 춤을 추었다. 그녀는 그가 가져온 음악이 무척이나 마음에 들었다.

"돌아, 돌아, 돌아." 그녀가 말했다. 내가 그쪽으로 고개를 돌리자 그녀는 웃음을 터뜨리며 "아니, 아니, 너한테 말한 게 아니야. 노래 가사야. 버즈의 노래 가사."

"돌아, 돌아, 돌아, 모든 것에 제철이 있지……." 그녀가 계속 노래했다.

앤드류는 치과 대학 학생이었다. 〈월광〉을 연주하고 싶어 하는 그에게 스탠은 시간이 많이 필요할 거라고 말해 주었다. 그러나 앤드류는 인내심을 가지고 레슨을 계속했다. 그는 퀴니에게 크리스마스를 보내러 북 온타리오의 집에 갈 돈이 없다고 이야기했다.

"중국인이라면서." 내가 물었다.

"아니, 중국에서 온 건 아니고, 여기서 태어난 중국인이야."

그러나 그 파티에서 그들은 의자 뺏기 놀이 같은 애들 놀이도 하나 하긴 했다고 한다. 그때쯤은 모두들 흥에 겨워서 심지어 스탠조차 자기 앞을 지나는 퀴니를 잡아 무릎에 앉히고는 절대 놓아주려고 하질 않았단다. 모두가 가버린 후에도 그는 뒷정리를 하려는 퀴니를 기어이 침대로 끌고 갔다고 한다.

"남자들은 그런 식이야. 남자 친구나 뭐 그런 거 있니?" 퀴니가 물었다.

나는 없다고 대답했다. 아버지가 가장 최근에 고용한 트럭 운전
사 하나가 언제나 뭐 별로 중요하지도 않은 이야길 하러 집에 오곤
했는데 아빠는 그를 두고 "크리시한테 관심이 있어서 저러는 것 같
구먼." 하며 내 눈치를 살폈다. 하지만 나는 그에게 관심이 없었다.
그 역시 나한테 데이트를 신청할 용기는 갖고 있지 않았다.

"그러면 그런 것들에 대해 당최 모르겠구나?" 퀴니가 물었다.

"알지 왜 몰라." 나는 대답했다.

"으음." 그녀가 말을 삼켰다.

파티에 온 손님들은 케이크를 제외한 나머지 음식을 거의 다 먹
어치웠다. 사람들이 케이크를 먹지 않은 것에 대해 퀴니는 별로 신
경 쓰지 않았다. 사실 무척 달고 기름진 케이크였고 그게 나왔을 때
는 모두가 소시지롤이니 다른 이런저런 것들로 배를 채운 뒤였기
때문이다. 게다가 요리 책에 적힌 대로 케익을 숙성시킬 만한 충분
한 시간도 없었다. 그래서 그녀로서는 케이크가 남은 게 오히려 다
행스러웠다. 그녀는 스탠과 올라가기 전에 와인에 적신 천으로 케
이크를 잘 싸서 어디 시원한 곳에 넣어야겠다고 생각했다. 그렇게
하려고 생각만 했는지 아니면 정말로 그렇게 했는지는 모르겠지만
다음 날 아침 식탁에 케이크가 없어서 자기가 그렇게 했다고만 믿
고 있었다.

하루쯤 지난 후, "그 케이크 한 쪽 먹자."고 스탠이 말을 했다. 퀴
니는 조금만 더 숙성시키자고 했지만 그가 고집을 피워서 찬장으
로, 그러고 나서 다시 냉장고로 케이크를 찾으러 갔다. 하지만 케이

크는 거기 없었다. 여기저기 열어보았지만 케이크를 찾을 수가 없었다. 그녀는 케이크가 식탁에 있던 때를 다시 떠올려보았다. 그러자 자신이 깨끗한 천을 꺼내 와인에 적신 후에 그걸로 조심스럽게 남은 케이크를 싸고 기름종이로 다시 한 번 더 쌌던 기억이 났다. 하지만 그러고 나서는 어떻게 한 거지? 이 모든 게 다 꿈인가? 포장한 다음엔 어디에 두었을까? 그걸 어디에 두었는지 생각해 보려고 애썼지만 그 부분은 도무지 생각이 나질 않았다.

퀴니는 찬장을 샅샅이 뒤졌다. 하지만 거기 숨겨 두기엔 케이크가 너무 컸다. 오븐을 열어보고 옷장이나 침대 밑, 벽장 선반처럼 말도 안 되는 곳들까지 그녀는 다 찾아보았다. 그러나 케이크는 어디에도 없었다.

"어딘가 넣어뒀으면, 어딘가엔 있겠지." 스탠이 말했다.

"그랬다니까요. 어디 잘 놔뒀다고요." 퀴니가 대답했다.

"술 취해서 내다 버린 거 아닐까." 그가 물었다.

퀴니는 "술에 취하지도 않았고 내다 버리지도 않았어요."라고 대답했다.

하지만 그녀는 나가서 쓰레기통도 뒤져보았다. 케이크는 거기에도 없었다.

그는 식탁에 앉아 그녀를 바라봤다. 어딘가에 두었으면 어딘가엔 있어야지. 그녀는 이제 정신이 나간 사람 같았다.

"확실해? 누구한테 준 거 아니야?" 스탠이 다시 물었다.

퀴니는 아니라고 확신했다. 누구에게도 주지 않았다. 보관하려고 잘 싸서 두었던 것이다. 보관해 두려고 잘 싸두었고 아무에게도 주지 않았다고 그녀는, 거의, 확신했다.

"글쎄, 난 잘 모르겠군. 어쩐지 누군가한테 준 것 같은데. 누군지
도 짐작이 가고." 스탠이 말을 이었다.

퀴니는 할 말을 잊었다. 누구에게?

"당신 그거 앤드류에게 준 거 아니야?"

앤드류에게?

아, 맞다. 크리스마스에 집에 갈 돈이 없다던 가엾은 앤드류. 그
녀는 그가 안됐다고 생각했었다.

"그래서 우리 케이크를 준 거겠지."

퀴니는 아니라고 대답했다. 내가 왜 그런 짓을 하냐고, 그런 일을
할 이유가 없다고, 앤드류에게 케이크를 준다는 생각은 해보지도
않았다고.

"리너, 거짓말 하지 마." 스탠이 대답했다.

퀴니의 길고 비참한 투쟁은 그렇게 시작되었다.

그녀가 할 수 있는 말은 오직 아니라는 말뿐이었다. 아니에요,
아니에요, 아무한테도 그 케이크를 주지 않았어요. 앤드류에게 그
케이크를 주지 않았어요. 거짓말하는 게 아니에요. 아니에요. 아니
에요.

"아마 술에 취해 있었겠지. 술에 취해서 기억이 잘 안 나는 거
야." 스탠이 주장했다.

술에 취하지 않았다고 퀴니는 대답했다.

"술에 취한 건 당신이었다고요." 그녀가 주장했다.

그는 자신이 술 취했다는 말은 하지 말라고, 자기한테 그런 말은

절대 하지 말라고 위협하며 손을 들고 그녀에게 다가왔다.

"미안해요. 안 그럴게요. 안 그럴게요." 퀴니는 울며 소리쳤다. 그는 때리지 않았다. 하지만 그녀는 울음을 터뜨렸다. 그렇게 공들인 케이크를 왜 다른 사람한테 주겠느냐? 왜 내 말을 믿지 않느냐? 내가 왜 거짓말을 하겠느냐고 스탠을 설득하며 퀴니는 계속해서 흐느꼈다.

"누구나 거짓말을 하지." 스탠이 대답했다. 그녀가 눈물을 흘리며 믿어달라고 애원할수록 그는 점점 더 냉정하고 냉소적으로 대꾸했다.

"조금이라도 논리가 있다면 생각해 봐. 케이크가 집에 있다면 찾을 수가 있을 테고, 없으면 누군가한테 준 거겠지."

그건 논리 문제가 아니라고, 찾을 수 없다고 해서 누군가한테 줬다고 할 수는 없는 거라고 퀴니는 대답했다. 그때 그가 다시 예의 그 반쯤 미소 지은 침착한 얼굴로 그녀에게 다가왔다. 순간 그녀는 그가 자신에게 키스할 거라고 생각했다. 그러나 그녀 목에 손을 올린 스탠은 잠시 동안 그녀의 목을 졸랐다. 심지어는 손자국도 남기지 않고서.

"어디, 어디 다시 한 번 나한테 논리를 가르쳐보지그래." 그가 말했다.

그러고 나서 그는 옷을 차려입고 레스토랑으로 연주를 하러 나갔다.

그는 더 이상 그녀에게 말을 걸지 않았다. 메모지에는 그녀가 진실을 말하기 전까지 다시는 말을 하지 않을 거라고 적혀 있었다. 크리스마스 기간 내내 그녀는 울었다. 크리스마스 당일에 스탠과 함께 그리스인 집주인을 방문하기로 했었지만 그런 얼굴로 갈 수는 없었다. 스탠이 혼자 가서 그녀가 아프다고 둘러대야 했다. 하지만 벽 너머로 들려오는 요란스러운 소리 때문에 그들은 그녀가 못 온 진짜 이유를 짐작하고 있었을 것이다.

퀴니는 얼굴에 화장을 잔뜩 하고 일을 하러 나갔다. 극장 매니저는 그녀에게 "이 영화가 눈물 짜는 이야기라는 걸 보여 주려고 그런 거야?"라며 빈정댔다. 그녀는 눈병에 걸렸다고 둘러댔고 그는 그녀를 집에 돌려보냈다.

그날 밤 돌아온 스탠은 퀴니가 집에 없는 것처럼 행동했다. 그녀는 고개를 돌려 스탠을 바라보았다. 침대에 들어온 그는 자신 옆에 목석처럼 드러누울 것이다. 그에게 몸을 기대도 아무 반응 없이 그녀가 물러나기만을 기다릴 것이다. 스탠은 계속해서 그렇게 살 수 있겠지만 자신은 그럴 수 없다는 걸 퀴니는 잘 알고 있었다. 이렇게 계속 지내다간 죽고 말 거라는 생각이 들었다. 그가 자기 목을 졸랐을 때처럼 그녀는 정말로 숨이 막혀 죽고 말 것이다.

그래서 그녀는 말했다. 잘못했어요.

용서해 주세요. 당신이 말한 대로예요. 잘못했어요.

제발, 제발 용서해 주세요.

침대맡에 앉은 스탠은 아무 말도 하지 않았다.

그녀는 자기가 케이크를 줘버린 걸 잊었다고, 이제야 기억이 난다고, 미안하다고 계속해서 이야기했다.

"거짓말을 한 게 아니에요. 잊어버렸어요." 그녀는 변명했다.

"앤드류한테 준 걸 잊어버렸다는 거야?" 그가 물었다.

"그랬나 봐요. 잊어버렸어요."

"앤드류한테, 앤드류한테 줬단 말이군."

네, 맞아요. 그래요. 당신 말이 맞아요. 이렇게 대답하고 그녀는 울먹이며 그에게 매달려 제발 용서해 달라고 빌기 시작했다.

알았으니 히스테리는 이제 그만두라고 그가 응대했다. 용서했다고 말하지는 않았지만 그는 따뜻한 물수건을 가져와서 퀴니의 얼굴을 닦아주고 옆에 누워 그녀를 다독였다. 물론 곧이어 다른 일들도 더 하려고 들었지만.

"월광 씨, 이제 레슨은 끝이야."

그런데 이 모든 소동 뒤에 퀴니는 결국 케이크를 찾아냈다.

그녀의 기억대로 케이크는 젖은 천과 기름종이에 싸여 쇼핑백에 담긴 채 뒤쪽 베란다 옆 고리에 걸려 있었다. 겨울엔 너무 추워서 사용하지 않지만 그렇다고 음식이 얼 정도로 춥지는 않은 그곳이야말로 케이크를 보관할 이상적인 장소였던 것이다. 케이크를 걸면서 그녀 역시 그렇게 생각했었음에 틀림없다. 여기가 딱이라고. 그러고는 그만 잊어버린 것이다. 아마 그녀 역시 다소 취했던 것 같다. 틀림없이 그랬을 것이다. 그래서 케이크가 거기 있다는 걸 까맣게 잊어버린 것이다.

그녀는 찾은 케이크를 내다 버리고는 스탠에게 아무 말도 하지 않았다.

"그냥 내다 버렸어. 케이크는 말짱했고 그 안의 비싼 과일이며 다른 재료들도 말짱했지만 그 이야기가 또 나오는 게 끔찍해서 말야. 그래서 그냥 갖다 버렸지." 퀴니가 말했다.

심각한 부분을 이야기할 때는 한숨으로 가득 찼던 그녀의 목소리가 이제 지금까지 한 이야기가 다 재미있는 농담인 양, 그리고 케이크를 내다 버린 것이야말로 그 이야기의 가장 우스운 절정이기라도 한 양 웃음으로 가득 찼다. 우리끼리만 아는 이야기라는 듯 비밀스러운 미소를 지으며.

나는 그녀의 손에서 머리를 빼내며 얼굴을 돌려 그녀를 바라보았다.

"하지만 스탠이 잘못한 거잖아." 내가 말했다.

"음, 물론 그가 *잘못했지*. 남자들은 *정상이 아냐*, 크리시. 결혼하면 너도 알게 될 거야."

"그럼 난 절대 결혼 안 할래. 절대로 결혼하지 않겠어."

"그인 그냥 질투가 났던 거야. 그냥 너무 질투심이 나서 그런 거야." 퀴니가 말했다.

"절대 안 해."

"음, 크리시, 너랑 나는 달라. 무척 달라. 나는 사랑하기 위해 태어난 존재인걸." 그녀는 한숨 쉬며 대답했다.

나는 퀴니가 그 말을 영화 포스터에서 봤을 거라고 생각했다. '사랑하기 위해 태어난 존재.' 어쩌면 퀴니가 일하는 극장에서 상연하는 영화의 포스터에 씌어진 말이었을지도.

"풀고 나면 정말 근사해 보일 거야." 그녀가 말했다. "오랫동안 남자 친구가 없었다고 말하는 일은 이제 없을 거야. 근데 오늘 찾으러 나서기는 너무 늦었다. 내일 아침 일찍 나가는 게 좋겠어. 스탠이 물어보면 그냥 몇 군데 다녀왔다고, 그리고 거기서 네 전화번호를 적어두었다고만 해. 뭐, 가게나 식당이나 아무거나 상관없어. 그냥 네가 일자리를 찾는 중이라고 생각하게만 하면 되니까."

아침 일찍부터 서두른 것은 아니었지만, 어쨌든 다음 날 나는 들어간 첫 가게에서 바로 일자리를 얻었다. 퀴니는 내 머리를 또 다른 모양으로 손질하고 거기에 눈 화장도 해주었다. 하지만 바라던 대로 되지 않자 그녀는 결국 "너는 자연스러운 게 더 어울리는구나."라고 인정하고 말았다. 나는 그 화장을 다 지워버리고 퀴니의 번쩍거리는 은색 립스틱 대신 평범한 내 붉은색 립스틱을 다시 발랐다.

그러다가 시간이 너무 늦어져서 퀴니는 나와 함께 내려가 우편함을 확인할 시간이 없었다. 준비를 하고 극장에 가야만 했던 것이다. 토요일이라서 오후뿐만 아니라 저녁에도 일해야 했다. 그녀는 열쇠를 꺼내어 건네주면서 부탁이니 우편함 좀 확인해 달라고 말했다. 그러고는 우편함 위치도 설명해 주었다.

그러더니 "네 아빠한테 편지를 보낼 때 혼자 쓰는 우편함을 만들었어."라고 덧붙였다.

내가 찾은 일자리는 아파트 건물 지하에 있는 약국의 간식 판매대였다. 처음 가게에 들어갔을 때는 가망이 없다고 생각했다. 더위때문에 머리는 축 처지고 입술 위로 땀방울이 수염처럼 매달려 있었던 것이다. 다행스러운 것이 있다면 생리통이 좀 나아진 것이라고나 할지.

흰 가운을 입은 여자가 커피를 마시며 계산대 앞에 앉아 있었다.

"아르바이트 때문에 온 건가?" 그녀가 물었다.

나는 그렇다고 대답했다. 무표정하고 각진 얼굴의 그 여자는 아이 펜슬로 그린 눈썹에 자주색 머리카락을 비하이브 스타일로 말아 올리고 있었다.

"영어는 하지, 그렇지?"

"네."

"배운 게 아니냐고 묻는 거야. 외국인이 아니냐고?"

나는 아니라고 대답했다.

"지난 이틀 동안 여자애가 두 명이나 왔다가 그만두고 나갔어. 하나는 영어를 한다고 거짓말을 했는데 사실은 못했고 다른 하나는 같은 말을 열 번씩 다시 해야 해서 그만두라고 했지. 싱크대에서 손을 잘 씻고 앞치마를 입어. 남편이 약사고 나는 여기서 계산대 일을 보고 있어."(나는 그 말을 듣고 나서야 모퉁이의 높은 계산대 뒤에서 회색 머리 남자가 안 보는 척하면서 나를 보는 걸 알아차렸다.) "아직은 한가하지만 곧 바빠질 거야. 이 근처에는 나이 든 사람들이 많이 사는데 낮잠을 자고 나면 커피 마시러들 오거든."

나는 앞치마를 입고 계산대 뒤쪽의 내 자리로 갔다. 토론토에서 일자리를 찾은 것이다. 나는 될 수 있으면 아무런 질문도 않고 뭐가 어디 있는지 직접 찾으려고 노력했다. 물어본 거라곤 커피메이커 작동법과 받은 돈을 어떻게 할지, 그 두 가지뿐이었다.

"계산서를 써서 사람들한테 줘. 그럼 손님들이 나한테 그걸 가지고 올 거야. 이해 가지?"

별로 어렵지는 않았다. 손님들이 하나둘씩 들어오기 시작했고 대부분 콜라나 커피를 주문했다. 나는 컵을 씻고 닦는 한편 계산대를 정리하기도 했다. 항의하는 사람이 없는 걸로 봐서는 아직까지 계산서도 제대로 작성하고 있는 것이 틀림없었다. 주인 여자가 말한 것처럼 손님은 대부분은 노인네들이었다. 어떤 사람들은 처음 보는 직원이라느니 어디 출신이냐느니 하며 다정하게 말을 걸기도 했다. 또 어떤 노인들은 그냥 멍한 상태로 정신 나간 사람처럼 보이기도 했다. 한 여자 손님이 토스트를 원해서 어찌어찌 그걸 만들어주었다. 그다음에는 햄 샌드위치 주문이 있었다. 한꺼번에 손님 넷이 들어와 좀 분주한 때도 있었다. 한 남자가 파이와 아이스크림을 주문한 덕분에 아이스크림이 시멘트처럼 단단하다는 사실도 배울 수 있었다. 그러나 그 역시 이럭저럭 해낼 수 있었다. 차츰 자신감이 생기기 시작했다. 주문한 것들을 내려놓으며 나는 "여기 있습니다."라고 말하고 나서 다시 계산서를 내려놓으며 "여기 반갑지 않은 것도 같이 있어요."라고 농담을 건네기도 했다.

잠시 후 계산대의 그 여자가 천천히 내게 다가왔다.

"좀 전에 토스트를 만들던데. 저거 읽을 수 없니?" 그녀가 물었다.

그녀는 계산대 뒤 거울에 붙은 표지판을 가리키고 있었다.

아침 메뉴는 11시까지만 판매합니다.

나는 토스트 샌드위치를 파니까 그냥 토스트도 팔 수 있는 줄 알았다고 말했다.

"잘못 생각한 거야. 커피에 10센트 추가하면 토스트 샌드위치도 파는 건 맞아. 하지만 토스트는 안 돼. 이해가 되니?"

나는 그렇다고 대답했다. 일을 막 시작했을 때라면 더 무안했겠지만 지금은 그 말에 그다지 상처 받지 않았다. 일하는 내내 나는 집에 돌아가 보길라 씨에게 일자리를 구했다고 말할 수 있게 된 것이 얼마나 다행스러운 일인지 생각하고 있었다. 이제 혼자 지낼 방을 찾아볼 수 있을 것이다. 어쩌면 가게가 쉬는 내일이라도 당장. 내가 방을 구하면 저번처럼 보길라 씨가 화를 낼 때 퀴니가 그리로 도망쳐 올 수도 있을 것이다. 만약 언제라도 퀴니가 보길라 씨와 헤어지기로 결심한다면(퀴니가 어떻게 그 일을 마무리 지었는지 들은 후에도 나는 그런 가능성을 포기할 수 없었다.) 우리 둘이 벌어들이는 돈으로 함께 작은 아파트를 세낼 수도 있을 터이다. 아니면 하다못해 조리대랑, 화장실, 우리만 사용하는 샤워실을 갖춘 작은 방이라도 말이다. 부모님이 없다는 것만 제외하면 부모님 집에서 함께 살던 시절과 모든 것이 똑같을 것이다.

나는 매번 샌드위치에 양상추 조각이랑 피클을 썰어 넣었다. 그것 역시 거울 위 표지판에 씌어진 문구였던 것이다. 하지만 병에서 피클을 꺼내고 보니 좀 많은 것 같아서 나는 피클의 절반만을 샌드위치에 썰어 넣었다. 한 남자한테 막 그렇게 만든 샌드위치를 가져다주고 왔을 때 계산대의 여자가 다시 내게 다가왔다. 그녀는 커피를 한 잔 가지고 계산대로 돌아가더니 선 채로 그걸 마시고 있었다. 샌드위치를 다 먹은 손님이 돈을 계산하고 나가자 그녀가 다시 내게로 걸어왔다.

"저 사람한테 준 샌드위치에 피클을 반 개 넣었지? 샌드위치마다 계속 그렇게 했니?" 그녀가 물었다.

나는 그렇다고 대답했다.

"피클 썰 줄 몰라? 피클 하나로 샌드위치를 열 개는 만들어야 해."

나는 표지판을 가리키며 말했다. "저기에는 한 조각이 아니라, 피클 하나라고 적혀 있는걸요."

"이제 됐어. 앞치마 벗어. 말대답하는 직원은 안 써. 그게 내 원칙 중 하나야. 지갑 받아 가지고 여기서 나가. 오늘치 일당은 말할 것도 없어. 네가 제대로 한 일이라곤 없으니. 연습 삼아 해본 거라고 생각하면 돼." 그녀는 퍼부었다.

회색 머리의 약사가 곤란한 미소를 지으며 나를 바라보고 있었다.

일자리를 잃은 나는 다시 거리로 나와 전차 정류장을 향해 걸어갔다. 하지만 이제는 어디가 어딘 줄도 알고 차를 바꿔 탈 수도 있었다. 게다가 직장 경험도 생긴 셈이다. 스낵 코너에서 일한 경험이 있다고 말할 수 있는 것이다. 증명서를 가져오라고 하는 사람이 있으면 좀 곤란하겠지만 그때는 고향 집 근처 식당이었다고 둘러대면 될 터이다. 전차를 기다리는 동안 나는 가보려고 했던 다른 가게들 이름과 퀴니가 준 지도를 꺼내 보았다. 하지만 생각했던 것보다 시간이 늦었고 가게들은 대부분 너무 멀리 있는 것 같았다. 보길라 씨에게 이런 이야기를 하기는 싫었다. 그래서 나는 집에 도착할 쯤 그가 나가 있기를 바라면서 천천히 집까지 걸어가기 시작했다.

막 언덕길에 접어들었을 때 우편함 생각이 떠올랐다. 나는 언덕길을 내려가 우편함에서 편지를 꺼내고는 집으로 돌아왔다. 지금쯤 보길라 씨는 틀림없이 나가고 없을 것이다.

하지만 내 짐작은 틀렸다. 집 옆 도로 쪽으로 나 있는 거실 창을 지날 때 음악 소리가 들려왔던 것이다. 퀴니가 듣는 음악이 아니었다. 이전에 보길라 씨네 집 열린 창문에서 들려오던 그런 어려운 음악이었다. 생각 없이 듣고 잊는 그런 음악이 아니라 집중해서 들어야 하는, 클래식 음악들.

퀴니는 또 다른 얇은 여름 치마를 입고 화장한 얼굴로 부엌에서 쟁반 위에 찻잔을 놓고 있었다. 팔에는 팔찌가 걸려 있었다. 햇빛에서 벗어나자 순간 현기증이 돌았다. 피부는 온통 땀으로 범벅되어 있었다.

"쉿." 내가 쾅 소리를 내며 문을 닫자 퀴니가 외쳤다. "스탠과 친구 레슬리가 함께 레코드를 듣고 있어."

그녀의 말대로 음악 소리가 들려왔다. 그러나 갑작스레 소리가 중단되더니 이내 활기찬 이야기 소리가 이어졌다.

"둘 중 하나가 레코드를 틀면 다른 하나는 그 소리를 조금만 듣고 곡이 뭔지를 맞추는 거야." 퀴니가 설명했다. "음악을 조금 틀고는 멈추고 또 틀고 멈추고. 듣고 있으면 미쳐버릴 것 같아." 퀴니가 버터 바른 빵 위에 훈제 닭고기를 썰어 올리며 이야기했다. "일자리는 찾았어?" 그녀가 물었다.

"응, 근데 계속할 수 있는 건 아니야."

"응, 그렇구나." 그녀는 내 이야기에 별 관심이 없는 것 같았다. 음악이 다시 시작되자 그녀는 나를 올려다보고 미소 지으며 물었다. "근데 거기에도 가봤니?" 그리고 바로 그때 내 손에 든 편지 봉투를 바라봤다.

그녀는 칼을 떨어뜨리더니 서둘러 다가와서 부드럽게 나무랐다. "그걸 그냥 손에 들고 걸어왔구나. 지갑에 넣어가지고 오라고 말해둘걸. 비밀 편지라서 말이야." 주전자가 불 위에서 삑삑 소리를 내기 시작할 때 그녀가 내 손에서 편지를 잡아챘다.

"아, 저 주전자 좀 내려줘. 빨리, 빨리. 빨리 안 내리면 그이가 올 거야. 저 소리를 싫어하거든."

그녀는 등을 돌리고 편지 봉투를 찢기 시작했다.

내가 불 위에서 주전자를 내리자 그녀가 긴급한 연락을 읽는 사람처럼 딴 데 정신이 팔린 부드러운 목소리로 "차 좀 만들어줄래? 찻잎은 넣어놨으니까 물만 부으면 돼."라고 부탁했다.

자기들만 아는 우스운 이야기라도 읽는 듯이 그녀는 웃음을 터뜨렸다. 나는 찻잎 위로 더운 물을 부었다. "고마워, 고마워, 크리시. 고마워." 그녀가 돌아서서 나를 바라보며 말했다. 얼굴은 장밋빛으로 달아올랐고 섬세한 떨림 때문에 손목의 팔찌가 온통 짤랑거리고 있었다. 그녀는 편지를 접더니 치마를 걷고 속옷의 고무 밴드 부분에 편지를 끼워 넣었다.

"그이가 지갑을 뒤질 때가 있거든." 그녀가 말했다.

"이거 스탠 갖다 줄 거야?" 내가 물었다.

"응. 이제 일하러 가야 돼. 아, 내가 뭘 하고 있었더라. 샌드위치를 잘라야지. 칼은 어디 있지?"

나는 칼을 들고 샌드위치를 잘라서 접시에 올렸다.

"누구한테 온 편지인지 알고 싶지 않아?"

짐작 가는 사람이 없었다.

"베트야?" 내가 물었다.

새엄마가 용서의 편지를 보내서 퀴니가 저렇게 활짝 피어난 게 아닐까 생각하고 싶었다.

어쩌면 편지 봉투의 글씨체도 한번 확인하지 않았을까.

퀴니의 표정이 바뀌었다. 잠시 동안 그녀는 마치 베트가 누군지 생각하는 사람처럼 보였다. 그러나 곧 행복한 얼굴로 돌아왔다. 그녀는 다가와 나를 껴안고는 수줍고 승리에 찬, 떨리는 목소리로 속삭였다.

"앤드류한테 온 거야. 이것 좀 저 사람들한테 좀 갖다 줄래? 난 못하겠어. 지금 당장은 못하겠어. 아, 고마워."

일하러 나가기 전, 퀴니는 거실에 들러 보길라와 그의 친구에게 키스를 했다. 둘 모두에게 이마에 키스했다. 나에게는 나비처럼 팔랑거리는 몸짓을 하며 "안녕, 갔다 올게."라고 인사를 건넸다.

퀴니 대신 내가 쟁반을 들고 가자 보길라 씨 얼굴에 짜증이 드러났다. 하지만 그는 놀랄 만큼 관대한 목소리로 인사를 건네더니 레슬리에게 나를 소개했다. 레슬리는 다부진 체격에 대머리 남자였다. 처음에는 보길라 씨 연배인 줄 알았는데 익숙해지고 나니 머리 때문에 그렇지 실은 훨씬 젊은 사람이라는 걸 알 수 있었다. 보길라 씨에게 이런 친구도 있을 거라고는 생각지도 못했다. 권위적이고 잘난 척하는 보길라 씨와는 달리 그는 편안하고 상대방을 잘 다독이는 사람이었다. 이를테면 내가 가게에서 있었던 일을 이야기하자 그는 곧 "처음 들어간 곳에서 바로 취직이 되다니, 쉬운 일이 아

410

닌데요. 좋은 인상을 주는 법을 아시는 거예요."라고 대꾸했다.

그 사람 앞에서는 어렵지 않게 그 여자 일을 이야기할 수도 있었다. 레슬리 옆에서는 모든 일들이 수월해지고 보길라 씨 역시 더 부드러워지는 것 같았다. 친구 앞이니까 더 공손하게 굴어야 한다고 생각한 것 같기도 했다. 어쩌면 내 안의 변화를 감지한 탓인지도 몰랐다. 우리가 더 이상 상대방을 무서워하지 않게 되면, 상대방 역시 재빠르게 그걸 감지하곤 하는 것이다. 사실 그는 변화를 의식하지도, 그런 변화가 왜 생긴 건지도 분명하게 알지 못했을 터이다. 그저 뭔가 좀 이상한데, 생각하며 조심스러운 태도를 취했던 것이다. 그 일을 그만두길 잘했다는 레슬리의 말에 보길라 씨 역시 동의했다. 심지어 그 여자가 토론토의 작은 가게에 흔히 있는 닳고 닳은 여편네 같다는 말까지 했다.

"월급을 지급하는 건 그 여자 소관이 아니지." 그가 말했다.

"남편이 알아서 할 일이니까. 남편이 약사라면, 그 사람이 사장 아냐." 레슬리가 덧붙였다.

"그 사람, 언젠가 아내에게 특별한 약을 좀 지어줘야겠구먼." 보길라 씨가 대답했다.

상대방이 모르는 무언가, 그에게 닥칠 어떤 위험을 알고 있을 때, 차를 따르고 우유나 설탕을 권하며 샌드위치를 건네거나 대화를 나누는 일은 조금도 어렵지 않았다. 그는 내가 그에 대해 거부감 이상의 무엇을 느끼고 있다는 사실을 아직 눈치 채지 못하고 있었다. 사실 그가 변한 것은 아니었다. 나에 대한 그의 태도가 달라졌다 해도 그건 내가 변했기 때문에 따라온 변화였다.

곧 그는 일하러 갈 준비를 해야겠다며 일어나서 옷을 갈아입으러 나갔다. 레슬리가 내게 저녁을 함께하겠느냐고 물어보았다. "바로 이 근처에 내가 잘 가는 식당이 있어요. 멋진 곳은 아니에요. 스탠이 일하는 그런 레스토랑과는 거리가 멀죠." 그가 말했다.

근사한 식당이 아니라는 말에 나는 무척 기뻤다. "물론이죠." 내가 대답했다. 레스토랑 앞에 보길라 씨를 내려주고 우리는 레슬리의 차로 피시앤드칩스 식당으로 들어갔다. 금방 치킨 샌드위치를 몇 조각이나 먹었는데도 그는 슈퍼 사이즈를 주문했다. 나는 보통 크기를 주문했고 그는 맥주를, 나는 콜라를 마시기 시작했다.

그가 자신에 대한 이야기를 시작했다. 생활이 불안정한 음악 대신 자기도 교육대학에 갈 걸 그랬다고 그는 이야기했다.

나는 내 상황에만 골몰해 있어서 그에게 어떤 음악을 하느냐고 물어보지도 않았다. 아버지는 내게 왕복 차표를 끊어주면서 "퀴니와 스탠을 만난 다음에 일이 어떻게 될지 모르니까 말이다."라고 말씀하셨다. 그때까지는 편지가 누구한테 온 건지 몰랐지만 속옷 허리 속으로 편지를 접어 넣는 퀴니를 보면서 나는 집으로 가는 차표를 떠올렸다.

여름 동안 할 일을 찾으러, 단지 그것만을 위해 토론토에 온 것은 아니었다. 나는 퀴니 삶의 일부가 되려고, 혹 어쩔 수 없다면, 퀴니와 보길라 씨 삶의 일부가 되려고 이곳에 왔던 것이다. 퀴니가 나와 함께 사는 상상을 할 때조차 그 상상 속에는 보길라 씨가 자리하고 있었다. 퀴니가 나와 함께 살면서도 계속 언제나 보길라 씨를 돌보는 것을 생각했던 것이다.

집으로 가는 차표를 떠올리며 나는 돌아가면 아빠와 새엄마 집에 함께 사는 것, 그들 삶의 일부가 되는 것을 당연하게 생각했다.

아빠와 새엄마. 보길라 씨와 보길라 부인, 퀴니와 보길라. 심지어는 퀴니와 앤드류. 이들 모두는, 지금은 헤어진 커플도 있지만, 기억 속 혹은 바로 지금 여기에서 그들만의 열기와 소란으로 가득한 자신들의 보금자리를 꾸리고 있었다. 나는 그 어디에도 소속되어 있지 않았다. 그리고 그것은 나의 소망이자 결심이기도 했다. 배우고 싶은 것도, 흥미를 돋우는 것도, 나는 그곳에서 전혀 발견할 수 없었던 것이다.

레슬리 역시 나와 같은 사람이었다. 하지만 그는 혈연이나 우정으로 연결된 많은 사람들에 대해 이야기를 했다. 조카들이나, 휴가 때 찾아가는 결혼한 친구들에 대해. 모든 사람들에게 나름의 문제와 나름의 장점이 있었다. 그는 그들의 직업과 실직, 재능과 운, 잘못된 판단들과 관심은 많았지만 열정이 부족했던 그런 일들에 대해 끊임없이 이야기했다. 그는 사랑뿐 아니라 증오에서도 배제되어 있는 것 같았다.

좀 더 나이가 많았더라면 이런 사람의 문제가 무엇인지 말할 수 있었을 것이다. 동기 부족의 남성에게 여자가 느끼는 초조함과 의구심 역시 느꼈을지 모르겠다. 우정 이외의 관계를 시작할 수 없는 사람, 너무 쉽게 시작된 우정이라서 거절당할 때조차 명랑하게 떠날 수 있는 그런 사람. 그는 여자를 갈구하는 외로운 남자가 아니었다. 그는 잠깐의 위안과 남 보기에 그럴듯한 외관이 전부였다. 심지어 나조차도 그 사실을 눈치 챌 수 있었다.

의식하지는 못했지만 바로 그런 친구야말로 그때의 나에게 필요한 존재였다. 아마 그는 의식적으로 내게 친절하게 굴었을 것이다. 예상치 못하게도 조금 전의 내가 보길라 씨에게 친절하게 굴려고, 최소한 그를 보호하려고 했던 것처럼 말이다.

교육대학에 다닐 때 아버지에게 온 편지에서 퀴니가 다시 도망 갔다는 소식을 들었다. 언제, 어떻게 생긴 일인지는 모르겠다고 아빠는 적고 있었다. 한동안 전혀 소식 없던 보길라 씨가 혹 그녀가 집에 돌아갔을지도 모른다는 생각에 아버지에게 연락을 했던 것이다. 아버지는 보길라 씨에게 그런 일은 생길 것 같지 않다고 답했다고 한다. 아빠는 퀴니가 돌아올 리 없으니 우리가 그런 소식을 전할 일도 없을 거라고 편지에 적고 있었다.

한참 동안, 심지어 결혼한 후에도 나는 보길라 씨로부터 해마다 크리스마스카드를 받았다. 화사한 선물들이 가득한 썰매나 크리스마스 장식이 달린 현관 앞에서 친구를 환영하는 행복한 가족의 그림이 있는 그런 카드들을. 그는 이제 그런 그림들이 생활에 어울리는 것이리라 기대했을지 모르겠다. 어쩌면 아무 생각 없이 카드 판매대에서 하나 골라 든 것일지도 모르지만. 만약 무슨 소식이라도 있으면 자신에게 알려 줄 수 있도록 봉투에는 언제나 그의 주소가 적혀 있었다.

그러나 나부터가 그런 소식을 포기한 지 오래였다. 심지어 퀴니와 함께 도망간 사람이 앤드류인지 아니면 다른 사람인지, 그가 앤드류였다면 여전히 그와 사는지 아닌지조차 나는 전혀 알지 못했다. 아버지가 돌아가시고 정리할 유산이 좀 있어서 진지하게 그녀를 찾은 적이 있었지만 그 역시 성공하진 못했다.

그런데 변화가 일어났다. 아이들은 다 자라고 남편 역시 은퇴를 해서 함께 여기저기 여행을 다녔던 최근 몇 년간 자꾸만 퀴니를 본 것 같은 기분이 들었던 것이다. 특별히 그녀를 만나고 싶었거나 만나려고 노력한 것도 아니었다. 물론 그녀를 정말 보았다고 믿은 것 역시 아니었다.

한번은 사람들로 붐비는 공항에서 그녀를 보았다. 그녀는 사롱*치마에 꽃을 두른 밀짚모자를 쓰고 있었다. 햇볕에 탄 얼굴에 신이 난 그녀는 여유 있어 보였고 친구들이 그녀를 둘러싸고 있었다. 또 한번은 결혼식 파티를 구경하려고 교회 문 앞에 모인 여자들 틈에서 그녀를 보았다. 얼룩덜룩한 스웨이드 재킷을 입은 그녀는 건강하지도, 부유하지도 않아 보였다. 그런가 하면 유치원 아이들을 인솔해 수영장 혹은 공원에 데려가느라 애들을 인솔하면서 건널목에 선 그녀를 본 적도 있다. 더운 날씨에 꽃무늬 반바지, 슬로건이 새겨진 셔츠를 입고 건널목에서 서 있는 중년의 얼굴이 정직하고 편안해 보였다.

가장 최근의, 그리고 가장 이상스러운 조우는 아이다호의 쌍둥이폭포 근처 슈퍼마켓에서 있었다. 점심 소풍에 필요한 물건들을 고르며 나는 진열대 모퉁이를 돌고 있었다. 그곳에 한 늙은 여자가 마치 나를 기다리기나 하는 듯 쇼핑 카트에 몸을 기대고 서 있었다.

---

* 말레이시아, 인도, 스리랑카 등지에서 남녀 구분 없이 허리에 둘러 입는 옷.

삐뚤어진 입과 아파 보이는 갈색 피부에 주름진 얼굴을 한 작은 여자가. 노란 갈색의 뻣뻣한 머릿결을 가진 그녀는 자주색 바지를 윗배까지 바짝 끌어 올려 입고 있었다. 그녀 역시 나이가 들면서 마른 체구에도 불구하고 허리선이 없어지는 그런 노인네 중 하나였다. 바지는 싸구려 상점에서 산 제품 같았다. 알록달록하긴 했지만 색이 바랜 데다 줄어든 스웨터 역시 마찬가지일 터였다. 그녀는 열 살짜리 여자애만 한 가슴 위까지 스웨터의 단추를 모두 채워두고 있었다.

쇼핑 카트는 비어 있었다. 손에는 지갑조차 없었다.

다른 여자들과는 달리 이 여자는 자신이 퀴너라는 걸 아는 것 같았다. 그녀가 나를 향해 미소 지었다. 날 봐서 기쁘다는 반가움과 함께 나 역시 그녀를 알아보았으면 하는 갈망을 담은 미소였다. 그 반가움과 갈망이 너무 강렬한 것이라서 혹 그녀가 천 일 만에 단 한 번 베일을 벗고 세상에 나가도록 허락받은 것은 아닐까 생각될 정도였다.

그러나 나는 길거리의 이상한 사람들에게 하듯 감정 없는 미소를 던지고는 계산대를 향해 걸어나와 버렸다.

주차장에 나와서야 나는 남편에게 빠뜨린 것이 있다고 말하고 서둘러 가게로 돌아갔다. 매장 복도를 오가며 나는 그녀를 찾아보았다. 하지만 잠깐 사이 그 늙은 여인은 이미 가고 없었다. 내가 간 후 그녀 역시 바로 나갔을지 모른다. 지금쯤 쌍둥이폭포로 가는 길 위에 있을지도 모른다. 걷거나 친절한 이웃 혹은 친척의 차를 타고서. 어쩌면 직접 운전을 하고 있을지도. 하지만 희미하게나마 그녀가 아직 가게에 있을 가능성도 없지 않았다. 남편과 나는 몇 번이고 서로를 마주치며 매장을 둘러보았다. 여름철 가게 안의 서늘한 기온으로 떨면서 주위를 둘러보았다. 어디에서 퀴니를 찾을 수 있을지를 소리 없이 다그치는 나의 시선, 얼굴을 정면으로 바라보는 내 시선에 사람들은 놀라고 당황했을 것이다. 나는 포기하지 않고 매장 안을 돌아보았다.

마침내 정신을 차려 그녀가 아직 있을 리 없다고, 퀴니였건 아니건, 그녀는 이미 나를 두고 가버렸다고 확신하기 전까지.

곰이 산을 넘어오다
THE BEAR CAME OVER THE MOUNTAIN

피오나는 그녀와 그랜트가 함께 대학을 다녔던 도시의 부모님 집에 살고 있었다. 마룻바닥에는 비뚤어진 러그가 깔려 있고 테이블에는 컵 바닥 모양의 음료수 자국들이 남아 있으며, 테라스가 딸려 있던 그 큰 집이 그랜트에게는 호화스러운 동시에 무질서하게 보였다. 아이슬란드 출신인 피오나의 어머니는 물결치는 흰머리에 급진적인 좌파 성향의 완고하고 힘이 넘치는 여성이었다. 아버지는 두루 존경받는 저명한 심장병 학자였지만, 일단 집에 오면 기꺼이 순종하는 남편으로서, 낯설기만 한 논쟁들을 아무 생각 없는 듯한 미소를 띤 채로 가만히 경청하곤 했다. 번듯하고 남루한 온갖 사람들이 피오나의 집에 드나들며 때로는 외국 억양이 섞인 말로 논쟁과 토론을 계속했다. 피오나는 자기 차에다 캐시미어 스웨터도 넘치도록 가지고 있었지만, 대학의 여성 사교 클럽에는 가입하지 않았다. 아마도 집에서 벌어지는 이런 논쟁들이 그 이유였을 것이다.

그렇다고 피오나가 그런 것들에 대단히 신경을 쓴 것은 아니다. 그녀 역시 〈네 명의 반란군〉*을 즐겨 들었고, 골려줄 수 있는 손님이 와 있을 때면 커다랗게 〈인터내셔널가〉**를 틀어두기도 했지만, 학교의 여성 클럽이든 정치 토론이든 그녀에겐 모두 우스꽝스러울 뿐이었다. 곱슬머리에 우울한 표정을 한 외국인(피오나는 그를 야만인이라고 불렀다.)이 그녀를 따라다녔고 진지하고 어디 하나 빠질 데 없는 젊은 인턴들 두셋도 그녀를 쫓아다녔다. 그녀는 그랜트를 포함해 그들 모두를 놀려먹곤 했다. 피오나는 언제나 그랜트의 시골 출신다운 말버릇을 익살스럽게 따라 하곤 했다. 어느 맑고 추운 날, 포트 스탠리 해변에서 피오나가 청혼을 했을 때 그랜트는 그녀가 농담을 하고 있다고만 생각했다. 모래가 쏘듯이 얼굴에 날아들었고 발밑으로 파도가 요란하게 자갈 더미를 날라오고 있었다.

"어때, 재미있을까요? 우리가 결혼하면 재미있을까요?"

피오나가 소리쳤다.

그랜트는 그녀를 자갈 더미 위에 세우며 "물론이지."라고 마주 외쳤다. 그는 영원히 피오나와 헤어지고 싶지 않았다. 그녀에게는 삶의 불꽃이 있었던 것이다.

집을 막 떠나기 전, 피오나는 부엌 바닥에서 작은 얼룩을 발견했

---

* 미국의 급진적인 흑인 운동가이자 가수였던 폴 로브슨이 스페인 내전 당시 공화파를 위해 작곡한 곡.
** 국제 사회주의 노동운동을 대표하는 노래.

다. 그녀가 오전 내내 신고 있던 싸구려 검정 실내화에서 묻어난 얼룩이었다.

"이제는 괜찮을 줄 알았는데." 유성 크레용 자국처럼 보이는 회색 얼룩을 문지르며 당혹감과 짜증이 밴 일상적인 어조로 피오나가 말했다.

이 신발은 가져가지 않으니까 이제 이런 일은 다시 없을 거라고도 말했다.

"항상 정장으로 차려입고 있어야지. 아니면 최소한 반 정장 차림으로라도. 호텔 생활하고 비슷하지 않을까요." 그녀가 말했다.

사용한 걸레를 헹궈 싱크대 문 안쪽 선반에 걸고 나서, 피오나는 양장점에서 맞춘 황갈색 바지 위로 흰 터틀넥 스웨터에 털깃이 달린 금갈색 스키 재킷을 걸쳤다. 키가 크고 어깨가 좁은 그녀는 일흔 살이 되었지만 여전히 허리가 꼿꼿하고 단정했다. 다리와 발이 길었고, 손목과 발목은 섬세했으며, 귀는 우스꽝스러울 만큼 작았다. 밀크위드의 솜털처럼 연한 머리카락은 언제 그렇게 된 것인지 미처 눈치 채지도 못한 사이 연한 금색에서 흰색으로 바뀌어 있었다. 그녀의 어머니처럼 피오나 역시 여전히 그 머리를 어깨까지 늘어뜨리고 다녔다. (바로 이것이 작은 마을의 과부이자 병원 대기실 직원이었던 그랜트의 어머니를 놀래킨 점이었다. 피오나 어머니의 그 길고 하얀 머리는 어수선한 집 안보다 더 많은 것을 그녀에게 말해 주었다. 그녀는 그 머리를 보고 그 집안의 정치적 성향과 태도를 모두 파악할 수 있었던 것이다.)

머리를 제외하면 뼈대가 섬세하고, 작은 사파이어 빛 눈동자를 가진 피오나는 조금도 그녀의 어머니를 닮지 않았다. 다소 비뚤어진 입술은 붉은 립스틱 때문에 더욱 강조되어 보였다. (피오나는 언제나 집을 떠나기 바로 전에 립스틱을 바르곤 했다.) 오늘 그녀는 바로 자기 자신처럼, 실제의 그녀 모습처럼 선명하면서도 희미하고, 다정하면서도 아이러니해 보였다.

일 년 전쯤부터 그랜트는 온 집 안 여기저기에 붙은 노란색 메모지를 발견하기 시작했다. 사실은 새로운 일도 아니었다. 피오나는 항상 라디오에서 들은 책 제목이나, 그날 꼭 해야 할 일 등을 적어두곤 했기 때문이었다. 심지어는 아침 일정까지 적어두곤 했는데 그랜트에게는 상세한 그 메모가 경이롭고 감동적이기까지 했다.

7:00 요가, 7:30~7:45 양치질, 세수, 머리, 7:45~8:15 산책,

8:15 그랜트, 아침 식사.

그러나 이번의 메모들은 좀 달랐다. 이를테면 부엌 서랍 위에 '식기, 행주, 칼'이라고 쓴 메모가 붙어 있었다. 그냥 서랍을 열고 안에 든 것을 보면 되지 않을까? 전쟁 기간에 체코슬로바키아의 국경 지대에서 근무를 섰던 독일 병사들의 이야기가 떠올랐다. 몇몇 체코인들이 독일 병사에게 순찰견들이 모두 훈트라고 적힌 목걸이를 걸고 있는데 그 이유가 뭔지를 물어보았다. 병사들은 대답했다. 훈트가 개니까.

피오나에게 그 이야기를 해주려던 그는 이번에는 하지 않는 편이 낫겠다고 생각했다. 그들은 항상 같은 이야기에 웃음을 터뜨리곤 했다. 그러나 이번에는 그녀가 웃지 않는다면 어떻게 할 것인

가?

더 심각한 상황이 벌어지고 있었다. 시내에 나간 피오나가 공중전화를 걸어 집에 오는 길을 물었던 것이다. 들판을 가로질러 숲까지 산책을 갔다가 울타리를 잡고 아주 먼 길을 돌아 집으로 돌아온 일도 있었다. 그러고는 울타리를 따라가기만 하면 어딘가에 도달하기 때문에 자신은 언제나 울타리를 의지해 걷는다고 농담을 하는 것이었다.

정확한 판단을 내리기가 힘들었다. 울타리에 대한 피오나의 말은 농담인 것만 같았다. 게다가 그녀가 아무 문제없이 집 전화번호를 기억하지 않았던가.

"별로 걱정할 일은 아니에요. 정신을 좀 잃어가는 것 같아요." 그녀가 말했다.

그는 혹시 수면제를 복용했는지 물어보았다.

"혹 그랬다고 해도 기억이 나질 않아서요." 그녀가 대답했다. 그러고는 다시 무책임한 대답을 해서 미안하다고도 말했다.

"아무것도 복용하지 않았다고 확신해요. 아니, 뭔가 먹었던가. 어쩌면 비타민을 먹었는지도 모르겠네."

그러나 비타민은 별 도움이 되지 않는 모양이었다. 그녀는 어디로 가던 길인지를 생각하면서 곧잘 문간에 서 있곤 했던 것이다. 야채를 냄비에 넣고 나서 불 켜는 것을 잊거나 커피메이커에 물 붓는 것을 잊은 일도 있었다. 피오나는 그랜트에게 그들이 언제 이 집으로 이사 왔는지 물어보았다.

"작년인가요, 아님 그 전해였던가?"

그는 십이 년 전이라고 말해 주었다.

"정말이에요?" 그녀가 되물었다.

"피오나는 항상 좀 이런 식이었어요. 한번은 피오나가 모피 코트를 창고에 두고 와서 잊어버린 일이 있죠. 그즈음 저희는 겨울이면 따뜻한 지역으로 여행을 가곤 했는데 그녀는 그게 일부러 한 무의식적 행동이라는 거예요. 모피 코트 입는 것을 죄악으로 보는 사람들을 의식해, 자신이 죄악을 뒤에 두고 온 것이라면서요." 그랜트는 의사에게 설명했다.

그는 피오나가 보이는 의외의 행동이나 그에 대한 그녀 나름의 변명들이 얼마나 일상적인 일인지를 말하고 싶었다. 그러나 그의 시도는 성공하지 못한 것 같았다. 의사에게 그런 것들을 설명하는 내내 그는 그럴 때의 그녀 모습을 떠올리며 자신만의 즐거움을 숨기지 못하고 있었다. 지금 그녀는 미처 예상치 못했던 모험을 만나 평소의 균형을 잃었거나 그랜트가 쫓아오기를 바라며 게임을 즐기고 있는 것인지도 모른다. 그들은 언제나 말도 안 되는 사투리나 그들이 발명한 문자 등으로 그들만의 게임을 즐기곤 했던 것이다. 피오나는 때로 짐짓 유혹하는 목소리로 한번 만나본 적도, 일체 아는 바도 없는 그랜트의 내연녀 흉내를 내기도 했다. (그러나 의사에게 이런 이야기를 할 수는 없었다.)

"글쎄요, 처음에는 부분적으로 일어날 수도 있으니까요. 지금으로서는 알 수 없습니다. 이해하시죠? 뇌 기능 저하가 어떻게 진행되는지 보기 전에는 정말이지 뭐라고 확답을 드릴 수가 없군요." 의사가 말했다.

그러나 한동안 정확한 병명 같은 건 조금도 중요하지 않았다. 어느 날 이제 더 이상 혼자 장을 보러 가지 않는 피오나가 그랜트가 잠시 돌아서 있는 사이 슈퍼마켓에서 사라져버렸다. 경찰이 한 블록이나 떨어진 곳에서 배회하던 그녀를 데리고 왔다. 이름을 묻자 그녀는 선선히 대답했다고 했다. 경찰이 그녀에게 다시 캐나다 수상의 이름을 물었다.

"이봐요, 젊은이, 정말 몰라서 묻는 거라면 그렇게 책임이 막중한 자리에 있으면 안 되는 거 아니우?" 피오나가 대답했다.

경찰관은 웃고 말았다. 그러나 그녀는 그에게 보리스나 나타샤를 보았는지 묻는 실수를 저지르고 말았다.

보리스와 나타샤는 몇 년 전 친구의 부탁으로 맡아 기르기 시작한 두 마리의 러시안울프하운드였다. 개들이 살아 있는 동안 그녀는 헌신적으로 개들을 돌봤다. 개들을 맡기로 한 그즈음, 아마 그녀에게 아기가 생기지 않으리라는 사실을 알게 되었던 것 같다. 나팔관이 막혔다던가 아님 꼬여 있다던가, 그랜트는 정확히 기억나지 않았다. 그는 언제고 여성의 생식기관에 대해 생각하는 것이 거북했던 것이다. 어쩌면 피오나의 어머니가 돌아가신 즈음이었는지도 모른다. 긴 다리와 부드러운 털, 순종적이면서도 고집 있어 보이는 좁은 두상의 그 개들은 함께 산책하는 피오나와 잘 어울렸다. 그 시절 대학에서 처음으로 자리를 잡았던 (정치적 스캔들에도 불구하고 대학은 장인의 돈을 환영했다.) 그랜트 자신도 사실 다른 사람들 눈에는 기이한 피오나의 취향에 따라 선택된 또 한 마리의 애견처럼 보였을지 모른다. 털을 빗기고 도닥이며 사랑해 주는. 다행스럽게도 그랜트 자신은 한참 후까지 이런 사실을 결코 눈치 채지 못했지만 말이다.

슈퍼마켓에서 사라진 일이 있던 날, 저녁 식사 시간에 피오나가 말했다. "나에게 해줄 일이 있는 거 알죠? 그렇죠? 이제 나를 거기에 데려다 주어야 해요. 샐로레이크였던가?"

"메도레이크야. 우린 아직 그 정도는 아닌 것 같아."

"샐로레이크, 실리레이크." 피오나는 마치 그랜트와 재미있는 말장난이라도 하는 양 다시 말했다. "그거 실리*레이크, 실리레이크였다고요."

그는 팔꿈치를 테이블에 괴고 두 손으로 머리를 감쌌다. 만약 그곳에 가는 것을 고려한다 해도 장기 입원이 되지는 않을 거라고 그가 말했다. 그냥 한번 시험 삼아, 쉬면서 치료할 겸 가볼 수는 있을 거라고.

십이월에는 입원할 수 없다는 규칙이 있었다. 연말연시에는 감정 기복이 심해지기 때문이었다. 그래서 그들은 일월의 어느 날 이십여 분쯤 차를 몰아 그곳으로 향했다. 고속도로로 연결되기 전의 국도 변에 꽁꽁 얼어붙은 늪지대가 하나 있었다. 늪지에서 자라는 참나무와 단풍나무들이 반짝이는 눈 위로 막대기 같은 그림자를 드리우고 있었다.

---

* Silly. '바보 같은'이라는 뜻.

피오나가 말했다. "아, 생각나네요."

그랜트가 대답했다. "나도 그걸 생각하고 있었어."

"하지만 그때는 달밤이었죠." 그녀가 대답했다.

보름달이 뜬 밤, 한참 깊은 겨울에만 걸어 들어올 수 있는 이 늪에서 나뭇가지 그림자가 검게 드리워진 눈 위로 스키를 탔던 일을 그녀는 이야기했다. 한겨울 추위 속에서 나뭇가지들이 서로 부딪치는 소리를 들었던 그때의 일을.

그 일을 이렇게나 생생하고 정확하게 기억할 수 있는데 정말이지 문제가 있는 것일까?

차를 돌려 집으로 돌아오지 않는 것만이 그가 할 수 있는 모든 일이었다.

감독관은 그에게 또 다른 규칙을 설명해 주었다. 새로운 입소자는 처음 삼십 일 동안 어떤 방문도 받을 수 없다는 것이었다. 이곳에 자리 잡기 위해 사람들에게 대부분 그 정도는 시간이 필요하다고 했다. 이 규칙이 생기기 전에는, 자발적으로 들어온 사람들조차도 울고불고 소란을 피우며 내보내 달라고 애원하는 일이 흔했다고 한다. 삼사 일쯤 지나면 한숨만 쉬고 푸념을 하며 집에 보내달라고 졸라대기 시작한다는 것이다. 마음 약해진 가족들이 결국 집으로 데려가지만, 돌아간다고 좋아질 리 없는 그들은 결국 반년 혹은 기껏해야 몇 주도 되지 않아 이 번거로운 과정 전체를 다시 거쳐야 했다고 그는 이야기했다.

"반면, 저희는 환자들을 혼자 내버려 두면 대개는 아주 만족스럽게 적응에 성공한다는 것을 발견했답니다. 그러고 나면 나중엔 정말이지 잠깐 시내에 데려가기 위해 버스를 태울 때도 구슬려야 하는 순간이 오죠. 집을 방문하는 것도 마찬가지입니다. 그때는 한두 시간씩 얼마든지 집에 데려가도 좋아요. 그때쯤은 저녁 시간에 맞춰 돌아갈 걸 걱정하고 있을 겁니다. 그러면 이제 메도레이크가 집이 된 거라고 봐도 좋아요. 물론 이건 이 층 환자들에게는 적용되지 않는 이야기입니다. 그 사람들에게는 외출을 허락하지 않아요. 그건 너무 어려운 일입니다. 무엇보다 그분들은 자신이 어디에 있는지를 전혀 알지 못하니까요." 그는 설명을 계속했다.

"아내가 이 층으로 가진 않겠죠." 그랜트가 말했다.

"물론 아닙니다. 단지 처음 들어올 때 모든 걸 분명하게 일러드리려는 겁니다." 감독관이 사려 깊게 대답했다.

그들은 몇 년 전 늙은 독신 농부인 이웃 파커 씨를 방문하기 위해 몇 번 메도레이크를 찾아간 일이 있었다. 파커 씨는 바람이 숭숭 들어오는 벽돌집에서 혼자 살고 있었다. 텔레비전과 냉장고를 들인 것을 제외하면 1900년대 초에 지은 그 집에는 변한 것이 거의 없었다. 미리 약속한 건 아니었지만 그는 곧잘 적당한 때에 그랜트와 피오나를 찾아와서 동네의 화젯거리나 최근에 읽은 책들, 가령 크림 전쟁이나 극지방 탐험 또는 화기(火器)의 역사 등에 관한 책에 대해 이야기하기를 즐겼다. 그러나 메도레이크에 간 이후 그의 대화는 그곳의 일상에 대한 것으로만 한정되었다. 파커 씨가 그들의 방문을 고맙게 여기고는 있지만 그런 사교 활동을 부담스러워했다는 사실을 눈치 챌 수 있었다. 피오나 역시 그 건물에 밴 소변 냄새나 표백제 냄새, 천장이 낮은 복도의 으슥한 구석에 장식용으로 꽂아 놓는 플라스틱 꽃다발을 무척이나 끔찍해했다.

그러나 실상은 기껏해야 1950년대에 지은 이전의 메도레이크 건물은 벌써 재건축되어 사라지고 말았다. 파커 씨의 집이 헐리고 그 자리에 토론토 사람들의 주말 별장용으로 번드르르한 건물들이 들어섰던 것처럼 말이다. 새로 지은 메도레이크는 고상한 돔형 건물이었다. 건물 안에는 상쾌한 솔 향이 희미하게 감돌았고 커다란 화분에서는 값나가는 진짜 화초들이 무성하게 자라고 있었다.

그런데도 그랜트가 피오나를 만날 수 없었던 그 긴 한 달 동안 그가 마음속에 그리게 되는 메도레이크는 언제나 이전의 그 오래된 건물이었다. 그것은 그의 일생에서 가장 긴 한 달이었다. 그는 이한 달이 열세 살 되던 해 어머니와 함께 래너크 주의 친척 집에서 지냈던 그 한 달보다, 또 사귄 지 얼마 되지 않아서 재키 애덤스가 가족들과 휴가를 보내는 바람에 떨어져 지내야 했던 그 한 달보다도 훨씬 더 길다고 생각했다. 그는 매일 메도레이크에 전화를 걸면서 크리스티라는 간호사가 전화를 받기를 바랐다. 크리스티는 그의 지속적인 근심을 흥미롭게 생각하며 다른 어떤 간호사보다 더 자세하게 피오나의 상태를 알려 주곤 했다.

피오나는 감기에 걸렸지만 새로 들어온 사람들에게는 흔한 일이라고 했다.

"아이들이 학교에 처음 갈 때와 같은 거죠. 온갖 새로운 세균들에 노출이 돼서 한동안 모든 병을 다 앓는 거예요." 크리스티가 말했다.

그러나 감기는 차츰 좋아졌다. 피오나는 항생제를 끊었고 처음 들어왔을 때처럼 혼란을 느끼지 않는다고도 했다. (그랜트는 항생제에 대해서도 그녀의 혼란 상태에 대해서도 그때까지 일체 들은 바가 없었다.) 식욕도 좋은 편이고 일광욕실에 앉아 있는 것을 좋아하며 텔레비전 보는 것을 즐기는 것 같다고도 그녀는 알려 주었다.

이전의 메도레이크에서 견딜 수 없었던 것 중 하나는 사방에 텔레비전이 있어서 어디에 앉건 간에 모든 대화와 사고를 압도한다는 점이었다. 입원 환자들의 일부는 (당시의 그랜트와 피오나는 그들을 거주민이 아니라 환자라고 불렀다.) 텔레비전에 눈을 부릅떴고 어떤 사람들은 그것을 등진 채 이야기를 계속했지만, 대부분의 사람들은 얌전히 앉아 텔레비전의 무차별한 공격을 유순하게 견뎌 냈다. 그가 기억하는 한 새 건물에는 텔레비전이 있는 거실 혹은 침실이 따로 있어서 최소한 시청 여부를 사람들이 선택할 수 있었다.

그렇다면 피오나는 선택한 모양이다. 무엇을 보려고 했던 걸까?

이 집에서 사는 동안 그와 피오나는 함께 꽤 많은 시간 텔레비전을 보았다. 그들은 카메라가 잡을 수 있는 모든 곳의 동물과 파충류, 곤충과 바다 생물들에 대한 다큐멘터리들을 즐겨 보았다. 멋진 19세기 소설류의 드라마에 몰두했는가 하면 백화점에서 벌어지는 일을 다룬 영국 코미디에 열광하기도 했다. 대사들 하나하나까지 다 알고 있는 그 프로의 재방송 역시 숱하게 함께 보았다. 죽거나 은퇴해서 브라운관을 떠난 배우들을 그리워했고 같은 배우가 다시 등장해 같은 인물을 연기할 때면 반가워하며 텔레비전 앞에 앉았다. 피오나와 그랜트는 백화점 판매원의 머리카락이 검은색에서 회색으로 그리고 결국 다시 검은색으로 바뀌는 것도 함께 지켜보았다. 싸구려 드라마 세트는 결코 바뀌는 법이 없었지만. 그러나 이런 것들 역시 모두 희미해져만 갔다. 싸구려 세트도, 새카만 머리카락도 엘리베이터 문 아래로 쓸려 들어가는 런던 거리의 흙먼지처럼 희미하게 사라져갔다. 피오나와 그랜트에게는 이것이 매스터피스 시어터에서 상연되는 그 어떤 비극보다 더 마음 아픈 일이었다. 그래서 그들은 그 프로가 끝나기도 전에 더 이상 그 프로를 보지 않기로 결심했다.

크리스티는 피오나가 친구들을 사귀었다고도 이야기했다. 피오나가 분명 자기 자신의 껍질 바깥으로 나오고 있다면서.

그 껍질이 도대체 무엇이냐고 그랜트는 묻고 싶었지만 크리스티가 귀찮아할 것 같아서 말을 삼켰다.

누가 전화하든지 간에 그랜트는 일단 응답기에 메시지를 남기도록 했다. 피오나와 그랜트가 때때로 만나는 사람들은 가까운 이웃이 아니었다. 그들은 대부분 자신처럼 은퇴 후에 지방에 내려와 살다가 떠날 때면 한마디 말도 없이 가버리는 그런 사람들이었다. 이 집에 오고 처음 몇 해 동안 그들은 겨울에도 이 집을 떠나지 않았다. 시골에서 보내는 겨울은 새로운 경험이었고 집을 수리하느라고 할 일이 끊이질 않았던 것이다. 그러나 할 수 있는 동안 여행을 다니는 것이 좋겠다는 생각이 들어 그 후로는 그리스, 호주, 코스타리카 등으로 여행을 다녔다. 사람들은 그들이 지금 그런 식으로 자주 떠났던 여행 중에 있다고만 생각할 터였다.

그랜트는 운동 삼아 스키를 타기도 했지만 이제 늪지대까지 가는 일은 없었다. 해가 져 들판 위 하늘이 분홍빛으로 물들고 얼음 들판의 파르스름한 지평선이 그 하늘과 맞닿을 때까지 그는 집 뒤쪽의 들판을 돌고 또 돌았다. 몇 바퀴나 돌았는지 세어본 그는, 어둑해진 집으로 들어와 텔레비전을 켜고 저녁을 먹으며 뉴스를 보았다. 그들은 보통 함께 저녁 준비를 하곤 했다. 한 명이 음료수를 만들면 다른 한 명은 불을 지피면서 그의 연구 작업이나 (그는 여전히 북유럽 신화 속 늑대 전설에 대한 연구, 특히 세상이 끝날 때 최고신 오딘을 집어삼킨 늑대 대왕 펜리르 등에 대한 연구를 계속하고 있었다.) 피오나가 그날 읽은 것들, 또 가까이 그렇지만 따로 보낸 하루 동안 각자가 생각한 것들에 대해 이야기를 나누곤 했다. 이때야말로 하루 중 가장 생기 넘치고 친근한 시간이었다. 물론 침대에 누운 후에 오 분이나 십 분 정도, 대개 섹스로 이어지지는 않지만 아직 성생활이 끝나지 않았음을 확인시켜 주는 달콤한 스킨십이 있기도 했지만 말이다.

꿈속에서 그는 친구라고 생각한 동료 교수 하나에게 편지를 보여 주고 있었다. 그 편지는 그가 한동안 잊고 있던 아가씨의 룸메이트에게서 온 것이었다. 과장되게 진지하고 적대적인 편지는 위협하며 꾸짖는 말투로 씌어 있었다. 그는 글을 쓴 사람에게 레즈비언 기질이 있다고 단정했다. 문제의 아가씨와 그는 점잖게 헤어졌으며 편지가 애써 강조하는 것처럼 그 여자가 그 일로 소란을 피우거나 심지어 자살을 하려고 할 아무런 이유가 없었다.

그가 편지를 보여 주었던 동료는 매일 밤 넥타이를 벗어던지고, 약물이나 향내를 풍기며 옷자락을 끌고 연구실과 강의실로 찾아오곤 하는 매혹적인 젊은 아가씨들과 틈만 나면 집 밖에서 마룻바닥의 매트리스 위를 구르는 그런 남편이자 아버지 중 한 명이었다. 그러나 그는 이제 그런 처신들을 곱게 보지 않았다. 꿈속에서 그는 자신이 그런 여자 중 하나와 실제로 결혼했다는 사실을 기억해 냈다. 그녀는 다른 주부들처럼 아이를 갖고 디너파티를 여는 일에 열심이었다.

"놀리지는 않을게." 그런 일은 생각지도 않은 그랜트에게 친구가 대답했다. "내가 자네라면 피오나에게 어떻게 말할 건지나 미리 생각해 둘 거야."

그래서 그랜트는 메도레이크, 이전의 메도레이크로 피오나를 만나러 갔다. 그러나 그가 도착한 곳은 메도레이크가 아니라 어떤 대형 강의실이었다. 모든 사람들이 그의 수업을 기다리고 있었다. 뒤쪽의 가장 높은 줄에는 온통 검은색 옷을 입고 애도 중인, 차가운 눈동자의 아가씨들 무리가 앉아 있었다. 그들은 쏘는 듯한 시선으로 그를 응시하며 보란 듯이 그가 말하는 내용을 무시하고 아무것도 받아 적지 않고 있었다.

피오나는 무심한 표정으로 제일 앞줄에 앉아 있었다. 그녀는 강의실을 파티에 갈 때면 언제나 발견해 내던 모퉁이로 바꾸어버렸다. 와인과 생수를 마시고 담배를 피우면서 자신이 키우는 개에 대한 우스운 이야기들을 들려주던 그 도도한 구석 자리처럼 말이다.

그녀는 자신과 비슷한 사람들과 모여 또 다른 모퉁이나 침실 혹은 어두운 베란다에서 상연되는 공연은 유치한 코미디일 뿐이라는 듯, 고고함이야말로 진정한 멋이고 과묵함은 축복이라는 듯 주류의 외곽에서 있곤 했던 것이다.

"이것 봐요, 그 또래 애들은 노상 자살 타령을 하고 다닌다고요." 피오나가 말했다.

그러나 그 말은 위로가 되지 않았다. 오히려 그 말은 그를 오싹하게 만들었다. 피오나의 판단이 잘못된 것이고 무언가 끔찍한 일이 실제로 벌어진 것만 같았다. 그랜트의 눈에는 그녀가 보지 못한 것이 들어왔다. 점점 굵어지는 검은 고리가 좁혀 들어오며 그의 숨통을, 강의실 천장을 조여오고 있었던 것이다.

소리치며 꿈에서 깨어난 그랜트는 현실과 허구를 구별해 보려고 노력했다.

실제로 편지가 하나 왔었다. 그의 연구실 문 앞에 누군가 검은 페인트로 '쥐새끼'라고 적어두기도 했다. 그와의 심각한 관계 때문에 고통받는 여학생에 대한 이야기를 들은 피오나가 꿈속에서 한 말과 거의 똑같은 말을 한 적도 있었다. 그러나 꿈속에 등장했던 동료는 모르는 사람이었고 상복을 입은 여자들이 강의실에 나타났던 일도 없었다. 무엇보다 아무도 실제로 자살을 저지르지 않았다. 커다란 스캔들 없이, 그랜트는 사실상 그 상태로 한두 해 더 지냈더라면 일어났을 일들을 다행히도 피해 갈 수 있었다. 그러나 소문들은 돌았다. 냉담한 표정들도 점점 더 눈에 띄었다. 크리스마스 파티 초대도 뜸해졌고 송년 파티도 역시 초대하는 사람이 없었다. 술에 취한 그랜트는 피오나에게 새 삶을 약속했다. 그녀에게 모든 것을 고백할 필요는 없었다. 아, 고백이라는 실수를 저지르지 않은 것은 얼마나 다행한 일인가.

그때 그가 느꼈던 수치심은 일어나고 있는 일을 혼자만 눈치 채지 못했다는 사실, 자기만 바보가 되고 말았다는 각성에서 온 것이었다. 그 여자들 중 누구도 그에게 그런 언질을 주지 않았다. 한때 갑자기 너무 많은 여자들이 다 자신의 것처럼 보였던(적어도 그에게는 그렇게 보였던) 시기가 있었다. 그러나 지금 그 여자들 모두가 그간의 일은 자신들의 의도와 무관한 것이었다고 말하고 있었다. 그동안의 관계에서 기쁨 대신 상처만을 받은 그들은 힘없고 당황한 서로를 돕기로 했다고도 주장했다. 그들이 먼저 도발한 경우조차 오직 자신들이 취약한 위치에 있었기 때문이라고 항변했다.

난봉꾼(그가 자신을 이렇게 불러야만 한다면 말이지만, 정작 그의 여자관계는 꿈속에서 자신을 꾸짖었던 그 동료의 반만큼도 복잡하지 않았다.)에게 친절과 관용, 심지어 희생이 있을 것이라고는 아무도 생각하지 않는 것 같았다. 어쩌면 처음에는 아니었는지도 모른다. 그러나 적어도 관계가 지속되면서는 그랬다. 많은 경우 그는 자신이 실제로 느낀 것보다 더 많은 애정과 거친 열정을 연기하면서 여자들의 자존심과 섬세함을 보호해 주려고 했다. 그러나 지금 남은 것은 여성들을 착취하고 이용했으며 그들의 자존을 짓밟았다는 이유로 고소당하는 자신의 모습뿐이었다. 피오나를 속였다는 비난들도 있었다. 물론 그는 피오나를 속였다. 그러나 다른 이들처럼 모든 걸 고백하고 피오나를 떠나는 것이 더 나은 일이었을까?

그는 한 번도 그런 생각을 해본 적이 없었다. 다른 관계가 끼어들어 그를 방해할 때도 그는 계속해서 피오나와 사랑을 나누었다. 단 하룻밤도 피오나를 떠나 밖에서 자지 않았으며 샌프란시스코나 매니툴린 섬의 텐트에서 주말을 보내려고 공들여 거짓말을 꾸며내는 일도 없었다. 마약과 술을 적당히 즐기면서도, 그는 논문을 발표하고 행정위원회에 참여하며 착실하게 직업적 성공을 이어나갔다. 직업과 결혼 생활을 포기하고 목공을 하거나 벌을 치기 위해 시골로 내려갈 마음 같은 건 털끝만치도 없었다.

그러나 결국 그런 일이 일어나고 말았다. 그랜트는 삭감된 연금과 함께 다소 이른 은퇴를 받아들였다. 심장병 학자인 피오나의 아버지는 그 큰 집에서 금욕적이고 당황스러운 얼마간의 시간을 홀로 보낸 후 죽음을 맞았다. 피오나는 그 집과 함께 아버지가 자란 조지언베이 근처 시골의 농가 역시 물려받았다. 그녀는 병원에서 자원봉사자들을 조직하고 관리하던 일을 그만두었다. (그녀의 말처럼 새로운 일상에는 약물이나 섹스 혹은 지적인 논쟁과 관련된 문제들을 지닌 사람들이 없었다.) 새로운 삶, 완전히 새로운 삶이었다.

이즈음 보리스와 나타샤가 죽었다. 둘 중 하나가 병에 걸려 먼저 죽었고 (그게 누구였는지 그랜트는 기억할 수 없었다.) 아마도 상심한 탓인지 곧 다른 한 녀석도 따라 죽고 말았다.

그와 피오나는 집 여기저기를 손보는 한편 함께 크로스컨트리 스키를 타러 가기도 했다. 별다른 사교 활동을 하지는 않았지만 차즘 친구들도 생기기 시작했다. 후끈한 유혹도, 디너파티에서 여자의 맨 발가락이 바지 아래로 남자의 다리를 더듬는 일도, 행실 나쁜 부인네들도 거기에는 더 이상 없었다.

적절한 순간 그의 울분도 가라앉았고 차분하게 계획을 세우는 것 역시 가능해졌다. 딱 적절한 타이밍에 페미니스트들과 슬픔에 찬 바보 같은 여학생, 친구연했던 비겁한 동료들이 그를 밀어낸 셈이었다. 그만한 노력을 들일 가치라곤 없는 골치 아픈 삶으로부터 말이다. 그런 생활을 계속했다면 그는 결국 피오나를 잃고 말았을 터였다.

첫 방문을 위해 메도레이크에 다시 가는 그날 아침, 그랜트는 일찌감치 잠에서 깨어났다. 새로운 여자와 처음 만나기로 한 아침이면 느끼곤 했던 그 옛날의 진지한 설렘이 가슴에 차올랐다. 그건 정확히 성적인 흥분만은 아니었다. (그러나 물론 여자와의 그런 만남이 일상적인 것이 된 후에는 성적인 것만이 그런 설렘의 전부가 되었다.) 거기에는 발견에 대한 기대, 거의 영적인 확장이라고나 할 만한 것에 대한 기대 역시 자리하고 있었다. 물론 수치와 경계심, 두려움의 감정도 있었지만.

그는 너무 일찍 집을 나섰다. 2시 전에는 방문이 허락되지 않았다. 주차장에서 시간을 보내기는 싫어서 그는 엉뚱한 곳으로 차를 돌렸다.

얼음이 녹고 있었다. 아직도 눈이 많이 쌓여 있긴 했지만 눈부시게 단단했던 한겨울의 풍경은 무너지고 있었다. 회색 하늘 아래로 얼룩진 눈 더미들은 마치 들판의 폐기물처럼 보였다.

메도레이크 근처의 한 마을에서 화원을 발견한 그는 커다란 꽃다발을 하나 샀다. 전에는 한 번도 피오나에게 혹은 그 누구에게라도 꽃다발을 선물해 본 적이 없었다. 그는 만화에 등장하는 죄지은 남편이나 가망 없는 연인처럼 건물로 들어섰다.

"이렇게 이른 철에 수선화라니, 돈 좀 쓰셨겠는걸요." 크리스티가 말했다. 그의 앞에서 홀을 따라 걸으며 그녀는 벽장 혹은 부엌 비슷한 곳에 들어가 불을 켜더니 꽃병을 찾았다. 크리스티는 덩치 큰 젊은 여자였다. 머리 모양 빼고는 모두 포기한 듯 그녀는 지독히도 평범한 직장인의 얼굴 위로, 숱 많은 금발 머리를 칵테일 바의 웨이트리스 혹은 스트리퍼처럼 화려하게 부풀려 올리고 있었다.

"저기, 저기예요." 그녀가 홀 끝을 향해 고갯짓을 하며 말했다. "문 옆에 이름이 붙어 있어요."

과연 그랬다. 블루버드* 그림으로 장식한 문패 위에 피오나의 이름이 적혀 있었다. 노크를 해야 할까 잠시 망설이다가 그는 문을 두드리고 이름을 부르며 문을 열었다.

방 안에 그녀는 없었다. 옷장 문은 잠겨 있었고 침대는 잘 정돈되어 있었으며 침대 옆 협탁에는 클리넥스 상자와 물 컵 외에는 아무것도 놓여 있지 않았다. 사진도, 그림도, 책이나 잡지도, 아무것도 없었다. 어쩌면 그런 것들은 찬장에 보관하는지도 몰랐다.

그는 다시 간호사실 혹은 대기실 같은 곳으로 돌아갔다. 크리스티는 과장된 놀라움을 담아 물었다. "없다고요?"

---

* 디즈니 만화영화에 나오는 캐릭터.

그는 꽃을 든 채 머뭇거렸다. 그녀가 말했다. "좋아요, 좋아. 꽃은 여기 내려두죠." 그랜트가 마치 학교에 간 첫날 적응을 못하는 아이라도 되는 양 한숨을 내쉬며 그녀는 그를 데리고 홀을 따라 내려갔다. 그들은 성당 식으로 지은 천장 한가운데에 큰 창이 있는 밝은 방으로 들어섰다. 몇몇 사람들은 벽에 붙은 안락의자에 앉아 있었고, 다른 사람들은 카펫이 깔린 마룻바닥 중앙의 테이블 주위에 모여 있었다. 상태가 심각해 보이는 사람은 아무도 없었다. 늙긴 했지만 (그들 중 몇몇은 휠체어를 타야만 몸을 가눌 수 있었다.) 점잖은 노인들이었다. 그와 피오나가 파커 씨를 방문하러 갔을 당시에는 차마 보기 거북한 사람들도 더러 있었다. 턱에 수염이 난 노파가 있는가 하면 썩은 자두처럼 눈이 튀어나온 사람도 있었고, 침을 질질 흘리거나 머리를 흔드는 사람, 계속해서 웅얼대는 사람들도 있었다. 이제 그런 심각한 환자들은 모두 사라진 것 같았다. 어쩌면 새로운 기술이 개발되어 약이나 수술로 흉측한 외모나 언어장애, 또 요실금 같은 상황들을 해결한 것인지도 모른다.

그러나 피아노 앞에는 무척 기운 없어 보이는 한 여자가 앉아 손가락 하나로 곡조 없이 음반을 눌러대고 있었다. 커피포트와 플라스틱 컵이 놓인 테이블 너머로는 다른 한 여자가 너무 지루해서 바위라도 되고 만 듯, 멍하게 앞을 바라보고 있었다. 그러나 크리스티처럼 연한 녹색 바지를 입은 것으로 보아 아마도 직원인 것 같았다.

"저기 보이죠? 가서 인사하세요. 놀라게 하지는 마시고요. 아시죠, 피오나는 어쩌면…… 하여튼 가보세요." 좀 누그러진 목소리로 크리스티가 말했다.

카드 게임을 하고 있진 않았지만 테이블 하나에 바짝 다가앉은 피오나의 옆모습이 보였다. 얼굴에 좀 살이 오른 것 같았다. 전과는 달리 볼 살이 살짝 입가를 가리고 있었던 것이다. 피오나는 자기 옆 남자의 카드를 지켜보고 있었는데 그는 피오나가 볼 수 있도록 카드를 기울여 쥐고 있었다. 그랜트가 다가오자 그녀가 그를 올려다보았다. 테이블에서 게임을 하던 다른 사람들도 모두 모종의 불쾌함을 드러내며 그를 쳐다보았다. 그러고는 훼방꾼을 물리치기라도 할 듯이 곧바로 다시 카드로 고개를 숙였다.

그러나 피오나는 수줍으면서도 장난기 섞인, 한쪽 입술이 기울어지는 매력적인 미소를 띠면서 의자를 뒤로 하고 그에게로 돌아섰다. 손가락을 입술에 가져다 대면서 그녀가 속삭였다.

"브리지 게임이에요. 엄청 진지하죠. 다들 여기에 목을 매요." 그녀는 말을 계속하면서 커피 테이블로 그를 안내했다. "나도 대학 시절 한참 미쳤을 때가 있었죠. 친구들이랑 수업을 빼먹고 휴게실에서 담배를 피우면서 미친 듯이 카드 게임을 했어요. 그중 하나는 피비였는데 다른 한 명은 기억이 안 나네요."

"피비 하트." 그랜트가 말했다. 그는 작고 좁은 가슴에 검은 눈을 가진 피비를 떠올렸다. 아마 지금쯤은 죽었을 것 같았다. 피오나와 피비, 그리고 담배 연기에 둘러싸여 마치 마녀들처럼 뭔가에 골몰해 있던 몇몇 무리들.

"당신도 피비를 알아요?" 바위 같은 표정의 여자를 향해 미소 지으며 피오나가 물었다. "마실 것 한 잔 가져다줄까요? 홍차 마시겠어요? 여기 커피는 그다지 좋지 않아요."

그랜트는 결코 홍차를 마시는 일이 없었다.

그는 피오나를 안을 수 없었다. 익숙한 목소리와 미소였지만, 거기에는 카드 게임하는 사람들뿐만 아니라 커피를 따라주는 직원까지 그로부터 보호하려는 듯한, 또 그를 그들의 거부감으로부터 보호하려는 듯한 분위기가 있었던 것이다. 그것이 그를 가로막고 있었다.

"꽃을 좀 가져왔어. 꽃이 있으면 방이 환해지지 않을까 해서. 방에 갔었는데 거기 없더군." 그가 말했다.

"없죠, 그럼. 여기 있는데요." 그녀가 말했다.

"새 친구를 사귀었네." 그가 고갯짓으로 좀 전까지 그녀 옆에 앉아 있던 남자를 가리키며 말했다. 바로 그때 그 남자가 피오나를 쳐다보았고, 그랜트가 그의 이야기를 했기 때문인지 아니면 등 뒤의 시선을 느꼈기 때문인지 피오나 역시 그를 돌아보았다.

"저인 오브리예요. 나는 오브리를 옛날부터 알고 있었어요. 재미있지 않아요? 오브리는 제 할아버지가 다니던 정비소 직원이었거든요. 우리는 늘 농담을 하며 놀곤 했는데 저 사람은 숫기가 없어서 한 번도 나한테 데이트 신청을 못했죠. 마지막 주가 되어서야 나를 야구장에 데려갔는데 게임이 끝나자마자 할아버지가 와서 날 집으로 데려갔어요. 여름방학 동안만 할아버지 댁에 놀러간 거였거든요. 그때는 농장에 살고 계셔서." 그녀가 말했다.

"피오나, 나도 할아버지가 어디 사셨는지 알고 있어. 우리가 지금 그곳에 살고 있잖아. 이곳으로 오기 전에는 당신도 함께 거기서 살았고."

"정말요?" 그녀가 건성으로 그의 말을 들으면서 대답했다. 카드 게임 중인 그 남자가 부탁이 아니라 명령에 가까운 표정으로 그녀를 바라보고 있었기 때문이다. 그는 그랜트와 비슷한 나이이거나 아니면 조금 더 늙은 것 같았다. 이마 위로는 두껍고 거친 흰 머리카락이 내려와 있었고 구겨진 아이들 글러브처럼 누런빛 도는 창백한 피부는 질겨 보였다. 우울하면서도 위엄 어린 긴 얼굴에는 나이 든 말의 체념한 듯한, 힘 있는 아름다움이 있었다. 그러나 피오나에 대해서라면 그는 포기한 것처럼 보이지 않았다.

"이제 가봐야겠어요." 근래 들어 살이 오른 볼에 홍조를 띠면서 피오나가 말했다. "오브리는 내가 옆에 없으면 게임을 못한다고 생각해요. 바보 같죠. 내가 게임을 더 잘하는 것도 아닌데. 이제 가봐야겠네요. 미안해요."

"곧 끝날까?"

"아마 그럴 거예요. 그때그때 달라서 모르겠네요. 저기 뚱한 표정의 부인에게 공손히 말하시면요, 차를 가져다줄 거예요."

"아니, 괜찮아." 그랜트가 말했다.

"그럼, 가볼게요. 혼자 둘러볼 수 있죠? 지금은 다 이상해 보이겠지만 놀랄 만큼 빨리 익숙해질 거예요. 사람들도 다 알게 될 테고. 물론 자기 세계에만 빠져 지내는 사람들은 제외하고 말이지만요. 그 사람들과 친구가 되긴 어려워요."

그녀는 좀 전에 앉았던 의자에 다시 몸을 밀어 넣더니 오브리의 귀에 대고 무언가를 말하면서, 손가락으로 그의 손등을 가볍게 두드리고 있었다.

그랜트는 크리스티를 찾아 나섰다. 크리스티는 복도에서 사과 주스와 포도 주스 병을 실은 카트를 밀고 있었다.

"잠깐만요. 사과 주스나 포도 주스, 쿠키 드실 분 있나요?" 어떤 방문 안쪽으로 고개를 밀어 넣으며 그녀가 말했다.

크리스티가 플라스틱 잔 두 개에 주스를 담아 방으로 나르는 동안 그랜트는 서서 그녀를 기다렸다. 돌아온 그녀는 다시 칡 과자 두 조각을 종이 접시에 담았다.

"어땠어요? 활동에 참여하고 그러는 걸 보니 마음이 놓이지 않나요?" 그녀가 물었다.

"도대체 내가 누군지는 아는 걸까요?" 그랜트가 되물었다.

*   *   *

그랜트는 판단을 내릴 수가 없었다. 피오나는 장난을 치고 있는지도 모른다. 그녀는 충분히 그럴 수 있는 사람이었다. 마치 새로운 환자를 대하는 것처럼, 짐짓 그를 모른 척한 것일 수도 있다.

그러나 그냥 놀리려고 한 장난이라면.

그렇다면 웃으면서 그를 쫓아와야 했던 것이 아닐까? 그렇게 그냥 다시 카드 게임으로 돌아가서 그를 잊은 척할 수는 없는 것이 아닐까? 장난으로 그렇게 한 거라면 그건 너무 잔인한 일이었다.

크리스티가 대답했다. "좋지 않은 때를 골랐군요. 한참 게임을 하고 있을 때라서."

"그녀는 게임을 하고 있지도 않았어요." 그가 대답했다.

"그러나 그녀의 친구인 오브리가 하고 있었죠."

"오브리가 대체 누구죠?"

"그 사람이 오브리예요. 피오나의 친구죠. 주스 드실래요?"

그랜트는 고개를 저었다.

"그러니까, 이런 관계들이 생겨서 한동안 계속되곤 해요. 일종의 단짝 친구 같은 거죠. 그것도 하나의 단계예요."

"그러면 피오나가 정말 날 못 알아봤을 수도 있다는 건가요?"

"그럴 수도 있어요. 오늘은 못 알아봤을 수도 있죠. 그러나 내일은 알 수도 있고요. 정말이지 예측할 수가 없어요. 아시지 않아요? 상태가 계속해서 달라지지만 우리가 그걸 어떻게 할 수는 없어요. 한동안 오가다 보면 그런 상황들을 이해하게 될 거예요. 너무 진지하게 받아들이면 안 된다는 것도요. 그날그날의 상태를 받아들여야 해요."

그날그날의 상태라. 그러나 사실 상황은 달라지지 않았고 그랜트는 그 상황에 결코 익숙해질 수 없었다. 피오나는 차츰 그에게 익숙해지는 것 같았지만 그를 그저 자신에게 특별한 관심을 보이는 지속적인 방문객 정도로만 생각하는 것 같았다. 혹은 그녀의 옛날 구분에 따라 귀찮은 존재라는 사실을 눈치 채지 않도록 각별히 신경 써야 하는 손님으로 생각하고 있는지도 몰랐다. 그녀는 그에게 형식적인 친절함을 유지했는데 바로 그런 태도 때문에 그는 가장 절실하고도 중요한 질문을 던지지 못하고 있었다. 그는 그녀에게 자신이 오십 년간이나 함께 산 남편이라는 사실을 기억하는지 물어볼 수 없었다. 그런 질문을 하면 그녀가 당황할 것만 같았다. 자신이 아니라 그랜트가 안됐다고 생각하면서. 그녀는 소리 내어 웃으며 당황스러운 표정과 예의 바른 태도로 억지로 응대한 후 긍정도 부정도 없이 대화를 끝낼지도 몰랐다. 아니면 아무런 진지함 없이 '네' 혹은 '아니요' 하고 아무렇게나 대답할지도.

크리스티는 그랜트가 대화를 나눌 수 있는 유일한 간호사였다. 다른 사람들은 자기가 무슨 이야기를 해도 진지하게 들어주질 않았다. 한 늙은 간호사는 그의 면전에서 거칠게 웃음을 터뜨리며 이렇게 말하기도 했다. "아, 그 오브리와 그 피오나 말이군. 그 커플은 점점 더 진지해지던걸, 그렇지 않아요?"

크리스티는 오브리가 제초제나 '하여튼 뭐 그런 것들 일체를' 파는 어떤 회사의 지사장이었다고 그에게 말해 주었다.

"그는 좋은 사람이에요." 크리스티가 말했다. 그게 정직하고 인심 좋고 친절한 사람이란 뜻인지 아니면 평판 좋고 잘 차려입은 데다 좋은 차를 가진 사람이란 뜻인지 그랜트는 짐작할 수 없었다. 아마 양쪽 다를 의미하는 것이리라.

비교적 젊은 나이에, 사실 은퇴조차 하지 않은 상태에서 오브리는 흔치 않은 종류의 기능 상실을 겪게 되었다고 했다.

"보통은 부인이 집에서 오브리를 돌봐요. 그런데 잠시 휴식이 필요해서 임시로 여기에 맡긴 거죠. 부인의 여동생이 플로리다로 휴가를 가자고 했거든요. 부인이 그간 꽤 고생을 했으니까요. 이런 남자와 지낸다는 게 어떤 건지 모를 거예요. 오브리는 가족들과 여행을 갔다가 뭔가 벌레 같은 것에 물려서는 굉장한 고열에 시달렸대요. 혼수상태가 계속되다가는 지금처럼 되고 만 거죠."

그는 환자들 사이의 애정 관계에 대해서 물어보았다. 이런 관계
가 아주 심각해지기도 하는 것일까? 설교는 듣고 싶지 않다는 애원
을 담아 그는 그녀에게 질문했다.

"생각하시는 연애가 뭔지에 따라 다르죠." 뭐라고 대답할까 생
각하면서 그녀는 계속해서 노트에 뭔가를 기록하고 있었다. 쓰기
를 마친 그녀가 정직한 미소를 띤 채 그를 올려보았다.

"재밌는 일이에요. 보통은 서로 친해지려고 하지 않아서 문제죠.
어떤 사람들은 상대방이 여자인지 남자인지 정도 말고는 서로에
대해 전혀 알고 싶어 하지 않으니까요. 당신은 아마 노인네들이 나
이 든 숙녀의 침대로 기어들어 가는 장면을 상상하고 있겠죠. 그러
나 사실 반쯤의 경우에서 그 반대 상황이 벌어져요. 나이 든 여성들
이 노인네들을 쫓아다니죠. 아마 그분들이 우리 생각처럼 그렇게
늙은 건 아닌지도 모르겠어요."

크리스티는 말을 너무 많이 한 것은 아닌가, 혹은 너무 무례한 말
을 한 것은 아닌가 걱정되는 듯 얼굴에서 웃음을 걷어냈다.

"오해하지는 마세요. 피오나를 이야기하는 것이 아니에요. 그녀
는 진짜 숙녀니까요."

그래요, 그렇다면 오브리는 어떤가요? 그랜트는 물어보고 싶었
다. 그러나 오브리가 휠체어를 타고 있던 것이 생각났다.

"피오나는 진정한 숙녀예요." 크리스티가 단호하고 확신에 찬
어조로, 여전히 안심하지 못한 그랜트에게 믿음을 주려는 듯 다시
한 번 말했다. 그랜트는 푸른 리본에, 장식용 구멍이 있는 긴 잠옷

을 입고 장난이라도 치듯이 노인네의 침대 커버를 들어 올리는 피오나의 모습을 마음속에 그려보았다.

"가끔씩, 궁금해요."

"뭐가요?" 크리스티가 날카롭게 되물었다.

"피오나가 가면을 쓰는 건 아닌지."

"뭘 쓴다고요?" 그녀가 다시 물었다.

거의 매일 오후 그 둘은 카드 테이블에 함께 앉아 있었다. 오브리는 손가락이 크고 굵어서 카드를 잘 잡을 수 없었다. 피오나는 그를 위해 카드를 섞고 나누고 미끄러져 떨어지려는 카드를 얼른 바로 세워주기도 했다. 그랜트는 방 건너편에 앉아 피오나의 재빠르고 기민한 동작들을 지켜보곤 했다. 그녀의 머리카락이 볼을 스칠 때마다 오브리가 마치 남편처럼 인상 쓰는 것도 볼 수 있었다. 그녀가 옆에 있는 한 오브리는 그녀가 없다는 듯 행동하길 좋아했다.

오브리는 피오나가 그랜트에게 다소간의 책임을 느끼며 그가 거기에 있을 권리를 인정한다는 듯한 미소를 보내거나 의자에서 일어나 차를 권하러 가는 것까지 막지는 않았다. 그러나 때로 경계의 표정을 띠고 일부러 카드를 흘려 게임을 중단시키는 일은 있었다.

카드를 줍기 위해 피오나가 서둘러 돌아오게 하면서.

브리지 게임이 없을 때면 그들은 함께 복도를 걷기도 했다. 오브리는 한 손으로 벽 손잡이를, 다른 한 손으로 피오나의 팔이나 어깨를 붙잡고 있었다. 물론 건물의 끝에 있는 온실이나 다른 쪽 끝에 있는 텔레비전 방처럼 먼 곳에 가려면 휠체어를 타야 했지만. 간호사는 비록 복도에서나마 피오나가 그를 휠체어에서 일어나 걷게 한 것이 대단하다고 생각하고 있었다.

　텔레비전은 언제나 스포츠 채널에 고정되어 있었다. 그는 스포츠 프로는 뭐라도 다 보는 것 같았지만 그중에서도 골프 프로를 가장 좋아하는 것 같았다. 의자 몇 개를 사이에 두고 앉아 그랜트는 그들과 함께 텔레비전을 보곤 했다. 대형 화면에서 관객과 해설자들이 선수를 따라 평화로운 그린 위를 걷고 있었다. 중간 중간 적절한 때에 형식적인 박수갈채들이 터져 나왔다. 그러나 선수가 스윙을 하고 공이 하늘을 가로질러 목표 지점으로 외로운 여행을 하는 동안은 침묵이 계속되었다. 오브리와 피오나, 그랜트, 또 몇몇 다른 사람들도 숨을 죽이고 공의 향방을 바라보았다. 그러면 제일 먼저 만족이나 불만을 표시하는 오브리의 숨이 터져 나오고 잠시 후 피오나가 그에 동조하는 한숨을 가만히 내뱉곤 했다.

　온실에서는 그런 침묵을 기대할 수 없었다. 그들은 무성하게 우거진 열대식물 사이나 나무 그늘 아래에 자리 잡고 앉아 이야기를 나누곤 했다. 그 안쪽까지 따라가지 않기 위해서는 상당한 자제심을 발휘해야 했다. 나뭇잎들이 부딪치는 소리와 쏟아지는 물줄기 소리에 섞여 피오나의 부드러운 목소리와 웃음소리가 들려왔다.

　그러고 나서는 커다란 웃음소리도. 그 웃음은 누구의 것일까.

　어쩌면 두 사람의 소리가 아닌지도 모른다. 저 구석 새장에 갇힌 요란스럽고 버릇없는 새의 울음소리일지도.

　예전 같은 목소리는 아니었지만, 오브리는 여전히 말을 할 수 있었다. 지금 그가 뭔가 말하고 있는 것 같았다. 몇 개의 묵직한 음절들. *조심해요, 여보. 그 사람이 여기 있어요.*

파란 분수대 바닥으로 소원을 빌며 던진 동전들이 보였다. 실제로 누가 동전 던지는 걸 본 적은 한 번도 없었다. 혹 이것도 환자들의 기운을 북돋아 줄 셈으로 병원에서 타일에 붙여 둔 일종의 장식은 아닐까 궁금해하며 그랜트는 그 니켈이나 다임, 쿼터 동전들을 가만히 바라보았다.

소년과 소녀가 야구장 외야석 꼭대기에 소년의 친구들로 보이는 아이들 무리와 조금 떨어져 앉아 있다. 이 두 사람과 친구들 사이에는 몇 센티 안 되는 나무 칸막이가 가로놓여 있다. 날이 어두워지고 늦여름 저녁의 한기가 빠르게 스며든다. 재빠른 손놀림, 허리의 스윙, 시선은 결코 필드를 떠나지 않는다. 만약 그가 재킷을 입고 있다면 그는 그것을 벗어 그녀의 좁은 어깨 위에 둘러줄 것이다. 재킷속으로 손을 뻗은 그는 부드러운 그녀의 팔을 좀 더 가까이 끌어당길 것이다.

요즘처럼 첫 데이트부터 여자의 바지 속으로 손을 뻗지는 않았으리라.

피오나의 마르고 부드러운 팔. 불빛에 먼지가 반짝이는 구장 너머로 밤이 점점 깊어가고, 십 대의 욕망에 놀란 그녀의 덜 성숙한 부드러운 몸 안에서는 모든 신경이 두근거리고 있었을 터이다.

메도레이크에는 거울이 별로 없어서 그랜트는 그들을 쫓아다니며 기웃거리는 자기 자신의 모습을 볼 기회가 거의 없었다. 그러나 그는 가끔씩 피오나와 오브리를 쫓아다니는 자신의 모습이 얼마나 우스꽝스럽고 병적이며 불안하게 보일지 생각해 보았다. 아직 결정적인 장면을 포착하진 못했지만 설사 그런 장면을 목격한다 해도 그 자리에서 자신이 무슨 권리를 주장할 수 있을지 그는 알 수 없었다. 그러나 그렇다고 해서 그만둘 수도 없었다. 집 책상에서 일을 하거나 청소를 하고, 날이 궂어 눈을 치울 때조차 마음속 메트로놈은 메도레이크의 다음 방문 일정에 고정된 채 똑딱거렸다. 때로는 스스로가 가망 없는 짝사랑을 하는 고집 센 소년이나 언젠가 한번은 뒤돌아서서 자신의 사랑을 알아줄 거라고 믿으며 유명 여배우를 쫓아다니는 이상한 사람처럼 여겨지기도 했다.

나름의 노력을 안 한 것은 아니다. 그는 방문을 수요일과 토요일로 줄이고 마치 사회 연구나 조사차 나온 방문객인 양 메도레이크의 다른 곳을 둘러보려고 애쓰기도 했다.

토요일에는 공휴일의 소란과 긴장감이 감돌았다. 연이어 가족 단위 방문이 이어졌다. 대개 엄마가 인솔자로서, 명랑하고 충직한 양치기 개처럼 남편과 아이들을 이끌고 다녔다. 아주 어린 꼬맹이들만이 불안을 느끼지 않았다. 녹색과 흰색 사각형이 번갈아 있는 복도 바닥에서 아이들은 한 색은 건너뛰고 다른 한 색을 디디며 깡충거리고 뛰어다녔다. 더 대담한 꼬마들은 휠체어 뒤에 올라타기를 시도하기도 했다. 몇몇은 야단을 맞고도 이런 짓을 계속하다가 차에 가 있으라고 쫓겨나기도 했다. 그러면 좀 더 나이 든 아이들이나 아빠는 기다렸다는 듯 얼른 나서서 그곳을 벗어날 구실에 기뻐하며 아이를 데리고 나가곤 하는 것이다. 이야기를 계속하는 것은 언제나 여자들이었다. 남자들은 겁먹은 것처럼 보였고 십 대들은 못 올 곳에 온 것처럼 굴었다. 손님을 맞은 사람들은 휠체어를 타거나 지팡이를 짚고 힘들게 발걸음을 옮겼다. 그중에는 행렬의 선두에서 아무런 도움 없이 뻣뻣한 몸을 움직여 걸으면서 방문객들을 자랑스러워하는, 멍한 눈빛의 사람도 있었고 뭔가 말을 해야겠다는 부담으로 필사적으로 더듬거리는 사람들도 있었다. 어쨌거나 이런저런 외부 사람들에 둘러싸여 있으니 메도레이크의 내부인들이 그렇게 정상적으로 보이지는 않았다. 노파들의 턱에 난 수염을 뿌리까지 밀어내고 흉측한 눈동자는 안대나 색안경으로 가렸을지도 모른다. 약물을 써서 웅얼거리는 것도 조절하고 말이다. 그러나 연극 같은 어색함이 완고하게 그들을 따라다녔다. 어쩌면 메도레이크의 사람들은 가족들에게 자신에 대한 기억을 상기시키고, 최후의 사진이 되어주는 것만으로 만족하는 것처럼 보이기도 했다.

그랜트는 이제 파커 씨의 감정을 이해할 수 있었다. 이런저런 활동에 참여하든, 문이나 창을 바라보며 하루 종일 앉아만 있든 간에 메도레이크 사람들은 나름의 분주한 생활을 유지했다.(창자의 이상스러운 움직임이라든가, 이곳저곳이 쑤시고 아픈 신체의 부산스러움은 말할 것도 없고.) 그러나 방문객 앞에서 그런 삶을 보여 주거나 전달하기는 쉽지 않았다. 그들은 고작해야 휠체어를 밀거나 어떻게든 몸을 움직이며 이야기를 나누고, 보여 줄 무언가를 찾으려고 노력할 뿐이었다.

메도레이크가 늘 자랑하는 온실이나 텔레비전의 대형 스크린은 요긴한 화젯거리가 되었다. 남편들은 대형 텔레비전이 대단하다고 생각했고 부인네들은 양치류가 참 잘 자랐다고 감탄했다. 그러고 나면 그 모든 것을 역겨워하는 십 대를 제외하곤 모두가 작은 테이블 주위에 둘러 앉아 아이스크림을 먹기 시작했다. 부인들이 떨리는 턱 아래로 아이스크림을 흘리는 노인네들의 입가를 닦을 때 남편들은 시선을 다른 곳으로 돌렸다.

그런 의식(儀式)에도 뭔가 만족이 있을 것임에 틀림없다. 아마 십 대들조차 언젠가는 자신들이 이곳을 방문했다는 사실을 기쁘게 생각할지도 모른다. 어쨌거나 그랜트는 가족 문제에 대해서는 전문가가 아니었다.

어떤 아이들도 또 손주도 오브리를 방문하러 오지 않았다. 그날은 카드 게임을 할 수 없었기 때문에 (아이스크림 파티를 위해 카드 테이블을 치웠던 것이다.) 오브리와 피오나는 대개 토요일의 그 방문객 행렬에서 멀리 떨어져 시간을 보냈다. 은밀한 대화를 나누기엔, 그날은 온실조차 너무 붐볐다.

물론 그들은 피오나의 닫힌 방문 뒤에서 여전히 함께 시간을 보내고 있을지도 몰랐다. 그랜트는 한동안 진정 맹렬한 혐오감을 담아 방의 문패에 장식된 블루버드를 바라보며 서 있었지만 결국 방문을 두드리지 못했다.

아니면 그들은 오브리의 방에 있을지도 모른다. 그러나 그랜트는 그 방이 어딘지 알지 못했다. 메도레이크의 구석구석을 탐사하면서 더 많은 복도와 연결 통로, 휴게실을 발견했지만, 돌아다니다 보면 여전히 자주 길을 잃곤 했다. 그가 위치 확인을 위해 보아둔 그림이나 의자 같은 것들이 다음 주에 다시 와보면 항상 다른 곳으

로 옮겨진 것만 같았다. 자신 역시 정신적인 문제를 겪고 있다고 생
각할까 봐 크리스티에게 이런 생각을 말하지는 않았다. 아마 계속
해서 소품의 위치를 바꾸면서 운동 삼아 원내를 걸어다니는 입소
자들의 지루함을 덜어주려는 병원의 배려일지 모른다고만 그는 생
각했다.

　때로 멀리 있는 여성이 피오나라고 생각했다가 입은 옷을 보고
아니라고 생각했던 일에 대해서도 그는 아무런 말을 하지 않았다.
피오나가 도대체 언제부터 밝은 꽃무늬 블라우스와 짙은 파란색
바지를 좋아하게 된 것일까? 어느 토요일 저녁, 창문을 내다보던
그는 피오나를 발견했다. 눈이 다 녹은 보도를 따라 오브리의 휠체
어를 미는 그녀는 우스꽝스러운 털모자를 쓰고 슈퍼마켓에서 동네
아줌마들이 입고 다니는 것 같은 감색과 보라색 소용돌이무늬의
재킷을 걸치고 있었다.

　어쩌면 일하는 사람들이 귀찮아서 비슷한 사이즈의 옷은 구분하
지 않고 대충 옷장에 넣어두는 것인지도 모른다. 결국 자기 옷을 알
아보지도 못할 거라고 생각하면서 말이다.

　그들은 피오나의 머리도 잘라버렸다. 천사에게 후광을 벗겨 낸
것이나 진배 없는 일이었다. 모든 것이 평소대로 진행되던 어느 수
요일 다시 카드 게임이 벌어지고, 공예실에서는 여자들이 귀찮게
쫓아다니는 사람 없이 비단 천으로 꽃이나 인형 등을 만들던 그날,
피오나와 오브리가 언제나처럼 함께 카드 게임을 하는 동안 그랜
트는 간단하고 예의 바르면서도, 미칠 것 같은 아내와의 대화 시간
을 다시 한 번 가질 수 있었다. 그가 피오나에게 물었다.

"저 사람들, 왜 당신 머리를 잘랐지?"

피오나가 확인하듯 손을 머리로 올리며 반문했다.

"왜요? 전 이게 싫지 않은걸요."

그랜트는 크리스티가 완전히 기억을 잃은 사람들을 보살피는 곳이라고 말한 이 층에 대해 알아봐야겠다고 생각했다. 자기들끼리 대화를 나누고 지나가는 사람에게 이상한 질문을 던지기도 하는 ("내가 스웨터를 교회에 두고 왔던가?"라는 식으로.) 아래층 사람들은 분명 기억의 일부만을 상실한 사람들이었다.

아직 이 층으로 갈 만한 자격은 없는.

이 층으로 가는 계단이 있고 그 위에 문도 있었지만 문은 언제나 잠겨 있었고 직원만이 열쇠로 문을 열 수 있었다. 직원 데스크에서 버튼을 눌러주지 않으면 이 층까지 엘리베이터를 탈 수도 없었다.

기억을 다 잃고 나면, 그들은 대체 무엇을 할까?

"어떤 사람들은 그냥 앉아 있죠. 어떤 사람들은 앉아서 울어요. 또 어떤 사람들은 집이 무너져라 소리를 지르죠. 모르는 게 차라리 나을 거예요." 크리스티가 말했다.

때때로 그들은 기억을 되찾기도 한다고 한다.

"일 년 넘게 방에 드나들어도 당신이 누군지 전혀 몰라요. 그러다가 어느 날, 갑자기 인사를 하면서 집에 언제 갈 수 있냐고 묻죠. 갑자기 완전히 정상으로 돌아오는 거예요."

그러나 그 상태가 지속되는 것은 아니다.

"와, 제정신을 찾았네, 라고 생각하지만 곧 다시 원래대로 돌아가곤 해요. 그런 식인 거죠." 그녀가 손가락을 튕겨 딱 소리를 내며 말했다.

그의 학교가 있던 시내에는 그와 피오나가 일 년에 한두 번씩 방문하곤 했던 서점이 있었다. 혼자서 그는 그곳에 가보았다. 사고 싶은 건 없었지만 구매 목록을 만들고 목록에 적어간 책 한두 권을 골라 들었다. 그저 우연히 눈에 띈 또 다른 책도 하나 구입했다. 아이슬란드에 관한 책으로, 아이슬란드 지역을 여행한 한 여류 여행가가 19세기 수채화에 대해 쓴 책이었다.

피오나는 결코 아이슬란드 출신인 어머니의 말을 배운 적이 없었고 그 언어로 쓴 이야기, 그러니까 그랜트가 한평생 글을 쓰고 강의를 했으며, 지금도 여전히 연구 중인 그런 설화들에도 별 관심을 보인 적이 없었다. 그녀는 언제나 설화 속 영웅들을 '늙은 니얄'* 또는 '스노리**' 노인네' 등으로 부르곤 했다. 그러나 지난 몇 년간 그녀는 차츰 아이슬란드에 관심을 보이면서 그에 관한 여행 책자를 들척이는가 하면 윌리엄 모리스***나 오든****의 여행기를 읽어보기도 했다. 그러나 정말 그곳을 여행할 마음이 있는 것은 아니었다. 그녀는

---

* 가장 뛰어난 아이슬란드 사가로 손꼽히는 13세기 『니얄 사가』의 주인공. 현자 니얄과 그 아들들의 운명을 그린 작품이다.
** 13세기 아이슬란드의 시인. 구전 형식으로 노르웨이 왕들의 역사를 읊은 『헤임스크링글라』의 저자이다.
*** 영국의 공예가이자 작가. 말년에 아이슬란드를 여행한 뒤, 아이슬란드 사가와 신화를 번역하기도 했다.
**** 영국 출신의 미국 시인. 아이슬란드에 깊은 관심을 보였으며, 르포르타주 형식의 『아이슬란드에서 온 서신』을 쓰기도 했다.

그곳의 날씨가 너무 혹독하다고 말했다. 또 잘 알고, 늘 떠올리고, 가보고 싶어 하면서도 결코 가볼 수 없는 그런 장소가 누구에게나 하나쯤 있어야 하는 법이라고 말하기도 했었다.

처음으로 영미 문학과 노르웨이 문학을 가르치기 시작했을 때 그랜트가 만났던 학생들은 평범했다. 그러나 몇 년이 지나자 변화가 생기기 시작했다. 결혼한 여성들이 학교에 입학하기 시작했던 것이다. 더 나은 직업을 얻거나 뭐라도 직업을 얻기 위해 대학을 입학한 게 아니었다. 그저 나날의 집안일이나 취미 이상의 무엇, 생각해 볼 만한 가치가 있는 무언가를 접하고 싶었을 따름이다. 삶의 질을 높이고 싶었던 것이다. 자연스럽게 그런 것을 가르치는 남자 선생들 역시 그녀들이 추구하는 차별적인 그 무엇의 일부가 되었다. 그들은 요리를 해 바치고 함께 잠을 자는 자신의 남편들보다 신비롭고 훌륭하게 보였던 것이다.

그녀들이 선택하는 것은 보통 심리학이나 문학사, 영문학 등이었다. 고고학이나 언어학을 선택할 때도 있었지만 너무 어렵다는 것을 발견하고 수업을 철회하곤 했다. 그랜트의 수업을 선택하는 사람들은 피오나처럼 스칸디나비아에 관련된 배경을 가진 사람이거나 바그너 혹은 역사소설 따위를 접한 후에 북유럽 신화에 관심을 갖게 된 사람들이었다. 때로는 켈트족에 관련된 것은 뭐든 다 신비롭다고 생각하면서, 그가 켈트어를 가르치는 줄 알고 수업을 신청한 사람도 있었다.

책상에 몸을 기댄 채 그는 그런 수강생에게는 상당히 직설적으로 설명하곤 했다.

"예쁜 말을 배우고 싶으면 가서 스페인어를 배우세요. 그럼 멕시코에 여행 가서 써먹을 수 있을 테니까요."

그의 경고에 수강 신청을 취소하는 이도 있었지만 때로는 그의 단호한 태도에 감동을 받는 사람도 있었다. 그들은 열심히 공부했고 그의 연구실로, 그의 규칙적이고 만족스러운 삶 속으로, 놀랄 만큼 무르익어 피어오른 여성적 순종과 강렬한 인정 욕구를 들이밀곤 했다.

그는 재키 애덤스라는 이름의 여성을 선택했다. 작은 키에 통통하고 감정적인 그녀는 피오나와 정반대였다. 아이러니를 모르는 존재랄까. 그녀의 모든 점에서 남편이 전근을 가기 전까지 그들의 관계는 일 년 정도 계속되었다. 그녀의 차에서 작별을 고할 때 그녀는 마치 저체온증에라도 걸린 것처럼 몸을 가누지 못하고 떨었다. 이사 간 후에는 몇 번쯤 편지가 왔지만 글의 어조가 너무 격정적이어서 어떤 답을 보내야 할지 그는 도무지 판단할 수 없었다. 답장 쓰기를 미루던 그에게 기대치 않게, 마치 마술처럼 자신의 딸 또래밖에 되지 않는 또 다른 젊은 여학생이 다가왔다.

재키와의 관계에 몰두했던 동안에도 좀 더 아찔한 다른 관계들이 있었다. 긴 머리에 샌들을 신은 여학생들이 그의 연구실을 찾아와 다짜고짜 자신들은 언제라도 섹스할 준비가 되어 있다고 선언하곤 했던 것이다. 재키와 있었던 그 조심스러운 접근과 부드러운 암시들은 온데간데없었다. 많은 다른 이들처럼 그에게도 한차례 폭풍이 휩쓸고 갔다. 바라는 대로 모든 것을 할 수 있었고 부족한 것은 아무것도 없는 것만 같았다. 그러나 후회는 언제나 예고 없이 오는 법이다. 사방에서 불륜에 대한 이야기와 위험하고 불미스런 관계들에 관한 소문들이 들려왔다. 스캔들이 일단 터지고 나면 좋았던 기억은 간데없고 요란하고 고통스러운 드라마만이 펼쳐졌다. 보상과 면직들이 이어졌고 해고된 사람들은 보다 관대한 소규모 대학이나 평생교육원 같은 곳으로 자리를 옮겨 다시 교편을 잡았다. 남겨진 부인들은 충격을 딛고 일어나 남편을 유혹한 젊은 여자들의 성적인 냉담함을 흉내 내며 옷을 차려입고 파티에 나갔다. 그만그만한 학계의 파티들은 지뢰밭이나 다름없었다. 전염병이 마치 스페인 독감처럼 퍼져 나갔다. 그러나 사람들은 그것에 감염되고 싶어 안달했고 열여섯부터 예순에 이르기까지 그 파장에서 벗어나기를 바라는 사람은 아무도 없는 것처럼 보였다.

그러나 피오나는 그 판에 끼고 싶어 하지 않았다. 그녀의 어머니가 죽어가던 그 시기, 피오나가 등기사무실 일을 접고 병원에서의 경험을 살려 새로운 직장을 구한 그 즈음의 일이었다. 다른 사람들과 비교해 보면 그랜트 역시 그렇게까지 심하게 궤도를 벗어나지는 않았다. 재키 말고는 그렇게 가까운 관계를 유지한 여자도 없었다. 그 당시 그가 느낀 것은 오히려 존재의 막대한 풍요로움, 열두 살 이후로는 더 이상 느끼지 못했던 존재의 밀도들에 대한 향유였다. 그는 한 번에 두 개씩 계단을 뛰어올랐고 조각난 구름의 이동과 연구실 창에서 보이는 일몰, 황혼 녘 공원에서 들리는 아이들의 외침, 이웃집 거실 커튼 사이로 흘러나오는 골동품 램프의 멋을 한 번도 느껴보지 못한 방식으로 음미했다. 여름이 다가오자 꽃들의 이름을 배우기도 했다. 어느 날 수업 시간 그는 용기를 내어 이제는 거의 목소리를 잃어버린 장모(그녀를 괴롭힌 병마는 후두암이었다.)가 권했던, 잔혹하고 웅장한 송시 『호푸오라우슨』을 번역해 낭독했다. 유혈이 낭자한 그 서사시는 왕에게 사형을 선고받은 한 음유시인이 죽기 전 에릭 블러드액스 왕을 기리며 쓴 시였다. (사형을 선도한 그 왕은 시의 힘에 감화되어 그를 사면한다.) 모든 사람이 박수를 쳤고 심지어 그가 장난스럽게 놀려먹곤 했던 반전주의자들까지 수업을 마치고 복도에서 잠시 뵙고 싶다고 인사를 했다. 그날인지 아니면 다른 어느 날인지 집을 향해 운전하던 그의 머릿속에 불경스럽고 부조리한 그 시의 한 구절이 계속해서 떠올랐다.

그리하여 지혜와 힘이 모두 성장한
그는 신과 인간 모두의 사랑을 받았노라.

지금도 여전히 그렇지만 그때 그는 이 구절에 당황하며 미신적인 두려움에 몸을 떨었다. 아무도 짐작하진 못하겠지만 그에게는 그럴 만한 이유가 있었던 것이다.

다음번에 메도레이크를 방문하면서 그는 그 책을 가지고 갔다. 그날은 수요일이었다. 카드 테이블이 있는 곳으로 가서 피오나를 찾았지만 그녀는 거기 없었다.

한 여자가 그를 불렀다. "피오나는 여기 없어요. 지금 아파요." 그녀의 목소리는 자기가 중요한 정보를 말한다는 생각으로 우쭐하고 흥분돼 있었다. 피오나에 대해 그랜트가 모르는 무언가를 알려 줄 수 있다는 생각에 으쓱했던 것이다. 아니면 자신이 그랜트보다 피오나와 그녀의 이곳 생활에 대해 더 많이 안다는 사실을 과시하고 싶은 건지도 몰랐다.

"그 사람도 지금 여기 없어요." 그녀가 다시 또 말했다.

그랜트는 크리스티를 찾으러 갔다.

"사실은 그렇지 않아요. 그냥 기분이 좀 안 좋아서 하루 종일 침대에 있었던 것뿐이에요." 피오나에게 무슨 일이 있었는지 묻자 크리스티가 대답했다.

피오나는 침대 머리를 세운 채 앉아 있었다. 이 방에 몇 번 와본 적이 있었지만 그녀의 침대가 각도를 조절할 수 있는 병원용 침대라는 건 미처 모르고 있었다. 아가씨들처럼 깃이 높은 가운을 입은 피오나의 안색은 밀가루 반죽처럼 창백했다. 얼마 전까지는 벚꽃처럼 화사했는데.

휠체어를 탄 오브리가 그녀 옆에 할 수 있는 한 가까이 앉아 있었다. 평소 늘 입는 칼라 없는 평범한 셔츠 대신 오늘 그는 재킷에 타이까지 매고 있었다. 그의 말쑥한 트위드 모자가 침대맡에 놓여 있었다. 좀 전에 중요한 일이라도 보고 온 것 같았다.

변호사를 만나거나 은행에 다녀온 걸까, 아니면 장례 문제를 미리 상의하고 온 것인지도 모른다.

뭘 하고 왔든 간에 그는 완전히 녹초가 된 것처럼 보였다. 그의 안색 역시 피오나만큼 어둡고 창백했다.

그 둘은 모두 슬픔과 두려움이 섞인 시선으로 가만히 그를 쳐다보았다. 들어온 사람이 그랜트라는 것을 확인하자, 환영은 아니었지만 안도의 표정이 떠올랐다.

그랜트가 올 거라곤 생각하지 못했던 것이다.

그들은 잡은 손을 놓지 않고 있었다.

침대맡의 모자. 재킷과 타이.

오브리는 외출하고 들어온 것이 아니었다. 어디를 다녀오거나 누구를 만나고 온 것이 아니라 지금 어디론가 떠날 참이었던 것이다. 그리고 바로 그게 이 둘을 괴롭히는 문제였다.

그랜트는 피오나가 손을 편히 움직일 수 있는 쪽 침대 위에 가져온 책을 내려놓았다.

"아이슬란드에 대한 책이에요. 혹 관심이 있을까 해서요." 그랜트가 말했다.

"아, 고마워요." 피오나가 건성으로 말했다. 그녀는 책을 보지도 않았다. 그랜트가 그녀의 손을 책 위에 올려주었다.

"아이슬란드." 그가 말했다.

"아이슬……란드." 그녀가 따라 했다. 첫째 음절에는 희미한 관심이 담겨 있었지만 둘째 음절에서 그 관심은 이미 사라지고 없었다. 어쨌거나 피오나는 그녀의 다른 손을 잡고 있던 그의 두툼한 손을 빼내는 오브리에게 다시 관심을 돌려야만 했다.

"왜 그래요? 왜 그러죠, 여보?" 그녀가 물었다.

그랜트는 피오나가 저런 말을 쓰는 것을 한 번도 본 적이 없었다. 여보라니.

"아, 아, 여보. 자, 여기 있어요." 그녀가 침대 옆에서 티슈를 한

움큼 뽑아내며 말했다.

그가 울기 시작했던 것이다. 콧물도 흐르기 시작했다. 하필이면 그랜트가 있을 때 그런 민망한 광경을 보이게 되어 그는 적이 당황한 것 같았다.

"자, 여보, 여기요." 피오나가 다시 말했다. 아마 자기들끼리만 있었더라면 그녀가 오브리의 코와 눈을 훔쳐주었을 터이고 그 역시 그녀가 그렇게 하도록 내버려 두었을 것이다. 그러나 그랜트가 있었기 때문에 오브리는 그걸 허락하지 않았다. 휴지를 잡아 든 그는 어색한 몸놀림으로 용케 혼자서 얼굴을 닦아냈다.

그러는 동안 피오나가 그랜트에게 돌아섰다.

"혹시 여기에서 높으신 분이세요? 당신이 직원들과 이야기하는 걸 보았어요." 속삭이는 소리로 그녀가 물었다.

오브리는 그만하라는 듯, 혹은 피곤하고 지겹다는 듯 작은 소리를 내더니 갑자기 마치 그녀에게 몸을 던지기라도 하듯 상체를 앞으로 기울였다. 침대 밖으로 반쯤 몸을 일으킨 피오나가 그를 붙잡아 품에 안았다. 만약 오브리가 마룻바닥 위로 넘어지기라도 했다면 또 모르겠지만 지금 그랜트가 그를 돕기 위해 끼어드는 것은 부적절한 일인 것만 같았다.

"자, 가만, 여보, 괜찮아요. 우리는 계속 만날 수 있을 거예요. 반드시 그럴 거예요. 나도 당신을 만나러 갈 테고, 당신도 나를 만나러 오면 돼요." 피오나가 그를 달랬다.

오브리는 피오나의 가슴에 얼굴을 묻은 채 다시 한 번 비슷한 탄식을 내질렀다. 그 방을 나오는 것 말고 그랜트가 할 수 있는 다른 일은 아무것도 없었다.

"오브리 씨 부인이 빨리 도착하기만을 바랄 뿐이에요. 부인이 어서 그를 데리고 가서 이 괴로운 시간을 단축시켜 주면 좋겠어요. 곧 저녁을 차릴 텐데 그랜트가 계속 저러고 있으면 피오나가 뭘 먹을 리가 없잖아요." 크리스티가 말했다.

그랜트가 말했다. "내가 계속 있어야 할까요?"

"그럴 필요 없어요. 피오나는 아픈 것이 아니니까요. 아시잖아요?"

"말벗이라도 해주려고요." 그가 대답했다.

크리스티는 고개를 저었다.

"자기 힘으로 극복해야 해요. 기억이 오래가지 않으니까, 대개는 별로 심각해지지 않아요."

크리스티는 무정한 사람이 아니었다. 크리스티와 알게 된 이후 그녀는 자신의 인생에 대해 그랜트에게 이런저런 이야기를 들려주었다. 그녀에게는 아이가 넷 있었다. 남편은 어디 있는지 알 수 없지만 아마 앨버타에 있을 거라고 짐작하고 있었다. 막내는 천식이 너무 심해서 지난 일월엔 한밤중에 제때 응급실에 도착하지 못했다면 아이를 잃을 뻔한 일까지 있었다. 막내는 약물 따위는 하지 않지만 그 위의 아들 녀석은 어떤지 알 수 없다고 했다.

그녀가 보기에는 그랜트나 피오나, 오브리 역시 무척 운이 좋은 사람들이었다. 지금껏 크게 나쁜 일 없이 살아왔으니 말이다. 다 늙어서 겪는 이런 문제들은 문제라고 할 수도 없었다.

그랜트는 피오나의 방으로 돌아가지 않고 메도레이크를 떠났다.

바람이 무척 따뜻하고 까마귀들이 소란스럽게 울던 날이었다. 주차장에서 체크무늬 바지 정장을 입은 한 여자가 차 트렁크를 열고 접힌 휠체어를 꺼내고 있었다.

　그가 달리는 거리의 이름은 블랙호크 레인이었다. 메도레이크 근처의 작은 도시 외곽인 이 근방의 거리 이름은 다 한때의 내셔널 하키 팀 이름을 따 지은 것이었다. 그는 피오나와 함께 규칙적으로 시내에 들러 장을 보곤 했지만 아는 바가 없었다.

　집들은 모두 비슷한 시기, 그러니까 한 삼사십 년 전쯤 지어진 것 같았다. 넓고 굽은 도로 옆엔 인도가 없었다. 그걸 보니 이제 누구도 별로 걸어 다니지 않을 거라고 생각했던 시절이 떠올랐다. 그랜트와 피오나의 친구들은 자녀가 생기면 이런 지역으로 이사를 하곤 했다. 그럴 때면 그들은 변명조로 "바비큐 파티 구역으로 가는 거야." 하며 자조적인 설명을 하기도 했다.

　이 동네에도 젊은 부부들이 많이 살고 있었다. 창고 문 앞에는 농구대가, 보도에는 세발자전거가 놓여 있었다. 분명 처음에는 가정집으로 지었을 몇몇 집들은 마당에 차바퀴 자국이 깊이 파이고 창문은 은박 포일이나 색 바랜 깃발로 가려진 채 셋집으로 영락해 가고 있었다.

　혼자 살아왔거나 다시 또 혼자 살게 된 젊은 남자가 세 들어 사는 집 같은.

　집들의 일부는 아마도 그 집을 막 지었을 때 이사 온 사람들, 돈이 없기도 하고 더 좋은 곳으로 이사 갈 필요도 느끼지 않는 사람들

466

에 의해 처음 상태 그대로 유지되고 있는 것 같았다. 관목들은 무성하게 자랐고 파스텔 색조의 비닐을 붙인 벽은 페인트칠을 할 필요도 없을 것 같았다. 울타리와 담장이 깨끗해서 아이들이 다 커서 집을 떠났고 이웃집 아이들도 이 집 마당을 제집 지나들 듯 넘나들지 않는다는 걸 짐작할 수 있었다.

전화번호부에 오브리 부부 이름으로 적힌 주소 역시 이런 집들 중 하나였다. 현관까지 포석 깔린 길을 따라 청화(靑花)만큼 빳빳한 수선화가 분홍빛, 푸른빛으로 번갈아 가며 피어 있었다.

피오나는 슬픔을 극복하지 못했다. 음식을 냅킨에 숨기고 먹는 척하기는 했지만 사실은 아무것도 먹질 않았다. 하루에 두 번 영양제가 처방됐고 그녀가 그것을 다 마실 때까지 누군가 지켜 서서 보고 있어야만 했다. 침대에서 나와 옷을 입긴 했지만 아무 일도 하지 않고 방 안에만 앉아 있었다. 크리스티나 다른 간호사 혹은 방문 시간에 찾아온 그랜트가 그녀를 데리고 나가 복도를 거닐거나 건물 밖으로 함께 나가지 않으면 운동 역시 전혀 하지 않았다.

봄 햇살을 받으며 벽 앞 벤치에 앉은 피오나는 소리 없이 조용히 흐느꼈다. 그녀는 여전히 예의 바르게 울어서 미안하다고 사과했고 제안을 거절하거나 질문에 답을 거부하는 일도 없었다. 그저 계속해서 흐느껴 울 뿐이었다. 계속 울어서 눈가는 불그죽죽하고 침침하게 짓물러 있었다. 그녀 것인지도 확실치 않은 카디건의 단추들이 잘못 채워져 있기도 했다. 아직 머리를 빗지 않거나 손톱 정리를 하지 않는 단계에는 이르지 않았다. 그러나 그런 날이 곧 다가올

지도 몰랐다.

크리스티는 피오나의 근육이 경직되고 있다고, 빠른 시간 내에 회복되지 않으면 보행용 보조 기구를 사용할 수밖에 없다고 말했다.

"일단 보조 기구를 사용하기 시작하면 점점 더 의존하게 돼서 이후로는 어디든 더 이상 자기 힘으로 걸어가지 않는다는 걸 아셔야 해요. 부인에게 좀 더 신경을 쓰셔야 해요. 기운을 내도록 격려해 보세요." 크리스티는 그랜트에게 말했다.

불행히도 그건 능력 밖의 일이었다. 감추려고 애쓰긴 했지만, 피오나는 그랜트를 싫어하는 것 같았다. 어쩌면 그를 볼 때마다 오브리와의 마지막 순간, 도움을 청했지만 그가 들어주지 않았던 그 순간을 떠올리고 있는지도 몰랐다.

이제 그랜트는 그들이 부부 사이라고 말해 봤자 아무 소용도 없으리라고 생각했다.

홀 아래쪽 방에서 여전히 같은 사람들이 카드 게임을 하고 있었지만 피오나는 이제 그곳에 가지 않았고 텔레비전 방이나 온실에도 가려 하지 않았다.

큰 화면을 보면 눈이 아파서 싫다고 했고 새소리가 너무 거슬린다고도 했으며 잠깐만이라도 분수를 좀 끌 수는 없겠냐고 불평을 하기도 했다.

적어도 그랜트가 보기에는 그가 가져온 아이슬란드 관련 책이나 집에서 가져온 다른 몇 권의 책들도 거의 보지 않는 것 같았다. 메도레이크에는 도서실이 있었다. 아마 그곳을 찾는 사람이 거의 없다는 이유에서 때로 그녀는 거기에 자리를 잡고 앉아 쉬곤 했다. 그가 선반에서 책을 하나 골라오면 그녀는 그가 책을 읽게 내버려 두었다. 아마도 그편이 그와 함께 있는 시간을 견디기가 더 수월하기 때문일 거라고 그랜트는 생각했다. 그가 책을 읽는 동안만이라도 그녀는 눈을 감고 자신만의 슬픔에 마음 편히 빠져들 수 있기 때문이다. 잠시라도 슬픔이 가시는가 하면 다음 순간 더 큰 아픔이 그녀를 후려치곤 했다. 때로 그녀는 그랜트에 대한 경멸을 감추기 위해 눈을 감는 것처럼 보이기도 했다.

어쨌거나 그는 자리에 앉아 순결한 사랑이나 잃어버린 재산을 되찾는 이야기 등을 다룬 옛날 소설들을 그녀에게 읽어주었다. 아마도 마을 도서관이나 교회 도서관에서 한참 전에 기증한 책들 같았다. 건물의 다른 곳들과는 달리 도서실의 책은 조금도 새것으로 교체된 흔적이 없었다.

책 표지는 벨벳처럼 부드러웠고 보석이나 초콜릿 상자처럼 나뭇잎과 꽃이 새겨 있었다. 여자들이 (어쩐지 여자여야만 할 것 같다.) 그것을 보물처럼 들고 갈 수 있도록 말이다.

의사가 그랜트를 사무실로 불렀다. 예상과는 달리 피오나가 잘 지내지 못하고 있다고 의사가 말을 꺼냈다.

"영양제를 섭취하는데도 체중이 계속 줄고 있어요. 할 수 있는 모든 것을 다하고 있습니다만."

그랜트는 자신도 그들이 최선을 다하고 있다는 것을 안다고 대답했다.

"아시리라고 생각되지만, 일 층에서는 장기간 침대에 누워 있는 환자를 보살필 수 없습니다. 잠깐 아파서 그런 경우는 상관없지만 움직일 수 없을 만큼, 자신을 돌볼 수 없을 만큼 허약해지면 이 층으로 옮기는 것을 고려하셔야 할 겁니다."

그는 피오나가 그렇게 자주 침대에 누워 있다고 생각하지 않는다고 말했다.

"네, 지금은 아직 그렇지 않죠. 하지만 기력을 회복하지 못하면 조만간 그렇게 될 거예요. 지금 부인은 경계선에 있습니다."

그는 이 층은 정신적인 문제가 있는 사람들을 보살피는 곳인 줄로 알았다고 되물었다.

"부인의 경우, 그것도 역시 경계선에 있다고 할 수 있죠." 의사가 대답했다.

오브리의 아내에 관해 그가 기억하는 것이라곤 주차장에서 봤을 때 그녀가 입고 있던 체크무늬 정장뿐이었다. 차 트렁크로 허리를 굽힐 때 그녀의 재킷 뒷자락이 펄럭 나부꼈다. 얼핏 보기에는 허리가 가늘고 엉덩이가 큰 여성인 것 같았다.

오늘 그녀는 체크무늬 정장 대신 분홍 스웨터에 갈색 허리띠를 두른 바지를 입고 있었다. 그의 짐작대로 그녀는 가는 허리를 가지고 있었다. 꼭 조인 허리띠는 그녀 역시 자신의 가는 허리를 강조하고 싶어 한다는 걸 보여 주고 있었다. 그러나 그렇게 하지 않는 편이 나을 뻔했다. 허리 위아래로 뱃살이 튀어나와 있었기 때문이다.

그녀는 남편보다 열 살 혹은 열두어 살쯤 어려 보였는데 붉게 염색한 짧은 곱슬머리에 피오나보다 더 옅은 푸른색 눈동자를 가지고 있었다. 투명한 울새 알 혹은 터키석 같은 그 눈의 눈동자는 부은 눈꺼풀 때문에 좀 이지러져 보였다. 짙은 화장이 얼룩져 얼굴 가득한 주름이 더 두드러져 보이고 있었다. 어쩌면 플로리다에서 일광욕을 하고 온 흔적일지도 모르겠다.

어떻게 소개해야 좋을지 모르겠다고 그는 말을 꺼냈다.

"메도레이크에서 남편 분을 자주 뵈었어요. 저도 그곳을 정기적으로 방문했거든요."

"네." 오브리의 아내가 공격적으로 턱을 치켜 올리며 대답했다.

"남편은 어떻게 지내고 계신지요?"

평소 때라면 "남편은 어떠신지요?"라고 물었겠지만 오늘은 잠시 망설이다 '지내고 계신지'라는 말을 마지막에 덧붙였다.

"괜찮아요." 그녀가 대답했다.

"제 아내와 남편 분은 상당히 가까운 친구였어요."

"저도 들었어요."

"시간 있으시면 잠시 말씀을 좀 나누고 싶은데요."

"제 남편이 부인에게 먼저 다가간 게 아니에요. 따지려는 게 그거라면요. 남편은 부인에게 전혀 치근덕거리지 않았어요. 그럴 수도 없었지만, 설사 할 수 있다고 해도 하지 않았을 거예요. 내가 들은 바로는 반대였다고 하던걸요."

"아니에요. 그런 게 아니에요. 항의하려고 온 게 아닙니다." 그랜트가 대답했다.

"아, 죄송해요. 저는 항의하러 오신 건 줄 알았어요." 그녀가 곧 변명했다.

그러나 그게 그녀가 사과의 뜻으로 한 말의 전부였다. 사실 별로 미안해하는 것 같지도 않았다. 그보다는 다소 실망하고 당황한 것처럼 보였다.

"그럼, 들어오세요. 문간에 있으면 바람이 불어서 추워요. 오늘 날씨는 보이는 것처럼 따뜻하지 않은걸요." 그녀가 다시 말했다.

안에 들어가기까지 하다니, 이건 상당한 성과였다. 일은 생각보다 어렵게 진행되고 있었다. 그는 좀 다른 광경을 기대했던 것이다. 뜻밖의 방문과 민감한 주제에 은근한 기쁨과 자부심을 느끼면서도 다소간 당황스러워하는 가정주부의 모습을.

입구를 지나 거실까지 그녀는 그를 안내했다. "부엌에 있어야 해요. 그래야 오브리의 소리를 들을 수 있거든요." 창문 위의 이중 커튼이 눈에 들어왔다. 둘 다 푸른색인데 한 겹은 투명한 소재였고 다른 한 겹은 실크였다. 커튼에 어울리는 푸른색 소파와 아찔하도록 흰 카펫, 반짝이는 여러 개의 거울과 이런저런 장식물들도 있었다.

피오나가 저런 종류의 이중 커튼을 뭐라고 부르는지 알려 준 적이 있었는데. 어떤 여자가 꽤 진지하게 그 단어를 사용하는 걸 보고 온 피오나는 마치 흉내라도 내듯 거들먹거리며 그 단어를 따라 했었다. 피오나는 밝고 가구 없는 방을 좋아했다. 이렇게 좁은 공간에 이렇게나 많은 장식품들을 꾸역꾸역 들여놓은 것을 보면 그녀는 기겁을 할 것이었다. 그 단어가 뭐였는지 도통 생각나지 않았다.

오후 햇살을 막기 위해 블라인드를 내리긴 했지만 아마 일광욕실일 것 같은 부엌 옆방에서 텔레비전 소리가 들려오고 있었다.

오브리였다. 피오나가 그토록 간절히 바라는 사람이 야구 경기 같은 걸 보면서 바로 몇 미터 저쪽에 앉아 있었다. 그녀가 오브리를 들여다보며 물었다. "별일 없죠?" 그러더니 그녀는 문을 반쯤 닫고 돌아왔다.

"커피 한 잔 하시겠어요?" 그녀가 물어보았다.

"고마워요." 그랜트는 대답했다.

"일 년 전 크리스마스에 아들 녀석이 저렇게 스포츠 채널 맛을 들이고 갔죠. 저거라도 없으면 정말 어떻게 살지 모르겠어요."

부엌 선반에는 커피메이커와 분쇄기, 칼 갈이 등을 비롯해 그랜트로서는 이름이나 용도조차 알 수 없는 온갖 가전제품과 기구들이 놓여 있었다. 이제 막 포장을 벗겼거나 매일 광을 내기라도 하는지 모든 것이 값비싼 신제품처럼 보였다.

물건을 사랑할 수 있으면 좋을 것 같았다. 그는 그녀가 사용하는 커피메이커를 부러운 듯 바라보며 그와 피오나도 항상 그런 걸 하나 사려고 했다고 말을 꺼냈다. 그러나 그건 완전한 거짓말이었다. 피오나는 한 번에 딱 두 잔씩만 나오는 유럽식 커피메이커를 몹시도 아꼈기 때문이다.

"아들이랑 며느리가 사다 준 거예요. 걔들은 캘루프스 시에 사는데 다 쓰지도 못할 물건들을 이것저것 사 보내죠. 차라리 그 돈으로 한번 보러 오는 것이 더 좋을 텐데 말이에요."

"저마다 인생이 꽤 바쁘니까요." 그랜트는 다소간 현학적으로 대답했다.

"지난겨울에는 그렇게 바쁘지 않은지 하와이엘 다 가더군요. 가까이에 다른 가족이라도 있다면 또 몰라요. 그러나 우리에게는 그 녀석 하나뿐이거든요."

커피가 준비되자 그녀는 식탁 위에 놓인 나무 둥치 모양의 도자기 진열대에서 녹갈색 자기 잔 두 개를 꺼내고 커피를 부었다.

"사람들은 외로움을 느끼곤 하죠." 그가 말을 시작했다. 지금이 말을 꺼낼 적기인 것 같았다. "보고 싶은 사람을 보지 못하면 슬픔에 사로잡히죠. 사실 제 아내 피오나가 지금 그래요."

"당신이 그녀를 보러 간다고 하지 않았던가요."

"네. 하지만 아내가 원하는 건 제가 아니에요." 그가 대답했다.

그리고 그는 한 걸음 성큼 나아가서 작정하고 온 말을 다 해버렸다. 오브리가 일주일에 한 번만이라도 방문객처럼 메도레이크를 찾아갈 수 있을지, 여기서 메도레이크까지는 몇 마일 되지 않고 그러니 그렇게 어려운 일은 아닐 거라고. 만약 그녀가 잠깐이라도 휴식 시간을 갖고 싶다면 자신이 기꺼이 오브리를 그곳에 데리고 가겠다고, 그는 쉬지 않고 말을 했다. 사실 마지막 제안은 미리 준비한 것이 아니었다. 그런 말을 하는 자신의 모습이 구차하고 약삭빠르게 여겨졌다. 그러나 그는 자신이 잘 해낼 자신이 있으니 그동안 그녀는 하고 싶은 일을 하라고 덧붙이기까지 했다.

그의 말이 이어지는 동안 그녀는 마치 알 수 없는 어떤 맛을 감별하고 있는 것처럼 입을 다물고 보이지 않게 혀를 움직이고 있었다. 잠시 후 그녀는 커피에 넣을 우유와 생강 쿠키 한 접시를 가져왔다.

"집에서 만든 거예요." 쿠키 접시를 내려놓으며 적대적이라기보다는 도전적인 말투로 과자를 권한 그녀는 다시 자리에 앉더니 커피에 우유를 부어 저으며 더 이상 아무 말도 하지 않았다.

마침내 그녀는 안 되겠다고 대답했다.

"그럴 수는 없어요. 그 사람을 화나게 하고 싶진 않아요."

"그게 오브리를 화나게 할까요?" 그랜트는 진심으로 물었다.

"네, 그럼요. 그럴 거예요. 데리고 왔다가 또 데리고 가고, 오고 또 가고. 그건 할 일이 아니에요. 그 사람에게 혼란만을 줄 거예요."

"그렇지만 오브리는 그게 일종의 방문이라는 걸 이해하지 않을까요. 반복되면 그걸 이해하지 않겠어요?"

"그는 모든 걸 잘 이해해요." 그녀는 마치 그랜트가 오브리를 모욕하기라도 한 듯 사납게 대꾸했다. "그렇더라도 여전히 불편하기 그지없는 일이죠. 게다가 그를 준비시켜서 차에 태워야 하잖아요. 그 사람은 덩치가 크고 당신이 생각하는 것만큼 데리고 다니기가 쉽지 않아요. 도대체 뭘 위해서 그를 차에 태우고 휠체어를 싣고 하는 그 모든 고생을 해야 하죠? 정 그런 고생을 해야 한다면 차라리 좀 더 재미있는 곳에 데려가는 편이 낫겠어요."

"하지만 제가 그걸 다 알아서 하면 어떨까요?" 희망적이고 합리적인 어조를 유지하면서 그랜트가 다시 물었다. "당신 말이 맞아요. 그런 고생을 하실 필요가 없죠."

"당신은 못해요. 당신은 그를 몰라요. 그를 다룰 수도 없고요. 그인 당신이 그렇게 하게 두지 않을 거예요. 온통 성가신 일들뿐이고 그 사람이 거기서 얻을 거라곤 없잖아요?" 그녀가 냉정하게 말했다.

또 한 번 피오나 이야기를 꺼낼 수는 없었다.

"차라리 그 사람을 쇼핑몰에 데려가는 편이 낫죠. 통 볼 수 없는 손주 녀석들이 생각나서 우울해지지만 않는다면 거기에서 아이들이나 이것저것 다른 것도 볼 수 있을 테니까요. 아니면 호수에 가서 요즘 다시 다니기 시작한 보트라도 타든지요. 그 사람, 가서 배를 보면 퍽 좋아할지도 몰라요." 그녀는 계속해서 말했다.

그러고는 일어나서 싱크대 위 창가에서 담배와 라이터를 집어 들며 "담배 피우세요?" 하고 물었다.

피우라고 권하는 질문인지 확신할 순 없었지만 그는 됐다고 사양했다.

"한 번도 피운 적이 없어요? 아니면 끊은 거예요?"

"끊었어요." 그가 말했다.

"얼마나 됐죠?"

그는 잠시 계산을 해보았다.

"삼십 년 정도, 그 이상은 아닐 거예요."

재키와의 관계를 시작한 무렵 그는 담배를 끊기로 결심했다. 그러나 담배를 끊고 그 대가로 큰 즐거움을 얻었다고 생각했는지 아니면 강력한 기분 전환 거리가 생겼으니 이제 담배는 끊어야겠다고 생각했었는지는 확실히 기억나지 않았다.

"나는 끊기를 그만두었죠. 그러니까 금연 선언을 그만두기로 결심했어요." 담배에 불을 붙이며 그녀가 말했다.

아마 담배가 저 주름의 원인일지도 모른다. 누군가가 (그 사람도 여자였던 것 같은데) 그에게 담배를 피우면 생기는 특별한 종류의 잔주름에 대해 말해 준 적이 있었던 것이다. 그러나 어쩌면 그저 피부가 햇빛에 그을려 생긴 주름이거나 워낙 주름이 생기는 피부인지도 몰랐다. 목에도 상당히 주름이 많기 때문이다. 젊은 여자처럼 풍만하게 부풀어 오른 가슴에 주름 진 목이라. 그녀 또래의 여자들은 흔히 이런 종류의 대비를 가지고 있었다. 나쁜 점과 좋은 점, 유전적 행운과 불운이 한데 뒤섞여 나타나는 결과로서. 피오나처럼 나이 들고도 희미하게나마 자신의 아름다움을 온전하게 다 유지하는 사람은 아주 소수에 불과했다.

어쩌면 이런 생각은 진실이 아닐지도 모른다. 단지 젊은 시절부터 피오나를 보아왔기 때문에 그렇게 생각하는 것인지도. 그렇다면 이런 생각을 하기 위해서는 한 여자를 젊은 시절부터 알고 있어야만 하는 건지도 모르겠다.

오브리 역시 자신의 아내에게 울새 알같이 푸른 눈에 알 수 없는 표정을 띠고, 과일 같은 입술에는 몰래 담배를 물고 다니던, 조롱과 건방기 가득한 여고생을 발견할까?

"그래서 댁의 아내 분이 지금 우울한가요?" 오브리의 아내가 말했다. "아내 분 이름이 뭐였죠? 잊어버렸네요."

"피오나예요."

"피오나. 당신 이름은 뭐였죠. 당신 이름은 들은 적이 없어요."

"그랜틉니다." 그가 대답했다.

"반가워요, 그랜트. 전 메어리언이에요."

뜻밖에도 그녀가 테이블 너머로 손을 뻗어왔다.

"이제야 통성명을 했군요. 제 생각을 솔직히 말하는 것이 좋겠어요. 오브리가 여전히 당신의, 그러니까 피오나를 만나는 일에 그렇게 열의가 있을지 모르겠군요. 제가 그 일을 물은 적도 없지만 그 역시 나에게 그런 일을 말하지는 않을 거예요. 그 사람한테는 그냥 지나간 일인지도 몰라요. 그러나 그가 그 문제에 대해 여전히 진지하다고 해도 그곳에 다시 데려가고 싶지는 않아요. 그런 위험을 감수할 수는 없어요. 그이가 더 다루기 어려운 상태가 되는 것을 원치 않으니까요. 이미 지금도 그이 때문에 정신이 하나도 없는데 자극해서 뭘 어쩌겠어요. 도와줄 사람은 아무도 없고, 저 하나뿐인데요."

"그런 생각을 하시긴 어렵겠지만 혹시 오브리가 계속 그곳에서 사는 것을 생각해 본 적은 없나요?"

그랜트는 거의 속삭이는 것처럼 목소리를 낮추었다. 그러나 그녀는 전혀 목소리를 낮출 필요를 느끼지 않는 것 같았다.

"아뇨. 저는 그를 여기에서 보살필 거예요." 그녀가 말했다.

그랜트가 대답했다. "아, 그건 정말 쉽지 않은 고귀한 결정이군요."

그는 '고귀한'이라는 단어가 비꼬는 것처럼 들리지 않기를 바랐다. 실제로도 비꼬려고 한 말이 아니었다.

"그렇게 생각하세요? 고귀니 뭐니 하는 건 생각해 본 적도 없어요." 그녀가 대답했다.

"그래도, 쉽지 않은 일이니까요."

"네, 쉽지 않죠. 그러나 이게 내 상황이에요. 선택의 여지가 없으니까요. 그를 거기에 보내려면 집을 팔지 않는 한은 비용을 댈 수 없을 거예요. 우리가 가진 거라곤 집뿐이에요. 집 말고는 재산이라고 할 만한 게 아무것도 없죠. 내년이면 연금이 나와요. 그이 연금도 받게 되죠. 그래도 그 돈으로는 이 집을 유지하면서 그이를 거기에 보낼 수가 없어요. 이 집이 내게는 아주 소중해요."

"네. 좋은 집이에요." 그랜트가 대답했다.

"음, 나쁘지 않은 집이죠. 전 이 집에 많은 걸 쏟아 부었어요. 계속해서 수리하고 보수하고 하면서요."

"그랬을 것 같아요. 지금도 여전히 잘 관리하고 계신 것 같군요."

"집을 잃고 싶진 않아요."

"이해할 수 있어요."

"집을 잃는 일은 없을 거예요."

"무슨 말씀인지 알겠어요."

"회사 측은 별 설명도 없이 우릴 버렸죠." 그녀가 계속해서 이야기했다. "어떻게 된 일인지 다 듣지는 못했지만 기본적으로는 쫓겨난 셈이에요. 그들은 그가 회사에 손해를 입혔다고 말했는데 뭐가 어떻게 된 거냐고 물어보면 그는 내가 신경 쓸 일이 아니라고만 대답했죠. 내 생각에는 그이가 뭔가 바보 같은 짓을 했던 것 같아요. 하지만 그이가 그 일은 묻지도 못하게 해서 난 그냥 입 다물고 있었어요. 결혼해 봤으니, 아니 여전히 결혼한 상태니 어떤 상황인지 알거예요. 그 일에 대해 알게 된 무렵, 가족 여행이 계획되어 있었는데 갑자기 취소할 수가 없었어요. 그리고 여행에서 그이가 들어보지도 못한 바이러스에 감염되어 의식불명 상태에 빠져버렸죠. 사실대로 말하자면 그 덕에 위기를 벗어난 셈이기도 해요."

"운이 나빴군요." 그랜트가 대답했다.

"그이가 일부러 병에 걸렸다는 뜻은 아니에요. 그냥 그런 일이 생겼던 거죠. 그이도 더 이상 나한테 화를 내지 않지만 나도 그이에게 별다른 원망은 없어요. 그냥 이게 인생인 거죠."

"그래요."

"인생은 뜻대로 되지 않는 법이니까요."

그녀는 마치 고양이처럼 윗입술에 묻은 쿠키 부스러기를 혀로 핥아먹었다. "저 꼭 철학자 같죠, 그렇지 않아요? 그 사람들 말이 당신은 이전에 대학 교수였다고 하더군요."

"꽤 오래전 일이에요." 그랜트가 대답했다.

"나는 그렇게 지적인 사람이 아니에요." 그녀가 말했다.

"나도 별로 그렇지 않아요."

"그러나 결심이 서면 그걸 알 수는 있죠. 내 마음은 확실해요. 집을 포기하는 일은 없을 거예요. 그러니까 그이를 여기서 계속 보살펴야 하죠. 그이가 다른 곳에 가서 살고 싶다고 생각하게 하지는 않을 거예요. 잠깐 쉬자고 그이를 거기 둔 게 실수였어요. 또 한 번 실수를 하지는 않겠어요. 이제 그를 데리고 있을 거예요. 지금은 모든 게 더 분명해졌으니까요."

그녀는 담배를 한 개비 더 꺼내 들었다.

"무슨 생각을 하고 계신지 알아요. 돈밖에 모르는 사람이라고 생각하시는 거죠." 그녀가 물었다.

"그런 생각은 하지 않았어요. 당신 인생이니까요."

"맞아요. 내 인생이죠."

좀 더 평범한 말들로 대화를 마치는 것이 좋겠다고 생각한 그는 그녀에게 남편이 학교를 다니던 시절 여름 동안 정비소에서 일한 적이 있었는지 물어보았다.

"그런 말은 들은 적이 없어요. 게다가 난 여기서 자라지 않았거
든요." 그녀가 대답했다.

집으로 오는 길에 그는 쌓인 눈 위로 나무 그림자가 드리워진 늪
지대 주위에 스컹크릴리가 환하게 피어오르는 것을 보았다. 이제
막 돋아난, 먹어도 될 것 같은 그 잎들은 자그마한 찻잔 정도 크기
였다. 촛불처럼 곧게 올라오는 꽃봉오리들의 순수한 노란색은 마
치 오늘처럼 구름 낀 날, 대지가 하늘을 향해 쏘아 올리는 불빛처
럼 보였다. 피오나는 그 꽃이 특이한 열을 낸다고 말해 준 적이 있
었다. 이런저런 정보들을 담아두는 그녀만의 주머니를 뒤적이면서
그녀는 그 구부러진 꽃잎 속에 손을 넣으면 열기를 느낄 수 있다는
이야길 읽었다고 말했다. 그녀 자신도 그렇게 해본 적이 있지만 자
신이 느낀 것이 진짜 열기였는지 아니면 상상이었는지는 잘 모르
겠다고도 덧붙였다. 그 열은 곤충들을 유혹하기 위한 것이라고 설
명하며 그녀는 이렇게 말했었다.

"자연은 장식용으로 뭘 만드는 바보짓은 하지 않아요."

그는 오브리의 부인을 설득하지 못했다. 거절당할 거라고 예측
은 했지만 거절의 이유가 이런 것이리라고는 짐작하지 못했다. 여
성의 자연스러운 질투심이나, 질투가 사라진 후에도 남아 있는 분
노가 장애물이 될 거라고만 생각했던 것이다.

그런 종류의 세계관에 대해서 그는 아는 바가 없었다. 그러나 우
울하게도, 그들이 나눈 대화는 낯선 것이 아니었다. 그의 가족이나

친지들 역시 그런 식의 이야기를 하곤 했던 것이다. 그의 어머니 역시 메어리언과 크게 다르지 않은 사람이었다. 비슷한 상황에 처하면 그녀 역시 메어리언처럼 행동할 것이다. 그들은 자기와 다르게 생각하는 사람을 만나면 그 사람이 농담을 하고 있다고, 아니면 워낙 멍청하거나 많이 배우고 편하게 산 덕분에 뜬구름 잡는 소리만 하게 되었다고 생각했다. 현실을 모르는 사람들. 돈 많고 학식 있는 일부 사람들, 그랜트의 장인 장모 같은 사회주의자들이 그들 눈에는 그저 현실과 동떨어져 사는 사람들로만 비춰졌다. 편하게 물려받은 재산이나 타고난 어리석음 덕분에 말이다. 그랜트는 두 가지 모두에 해당된다고 그런 사람들은 평가할지 모를 일이다.

메어리언도 그가 그런 사람 중 하나라고 생각할 것이 틀림없었다. 집을 유지할 걱정 따위 없이 어려운 생각이나 하면서 어슬렁거릴 여유가 있는, 삶의 진실을 직시할 필요 없는 지루하고 어리석은 인간. 다른 사람을 행복하게 만들 수 있다고 생각하면서 아름답고 선한 계획들을 몽상할 자유가 있는 그런 자들의 하나라고.

참 어처구니 없는 인간이군. 그녀는 지금쯤 그렇게 생각하고 있을지도 모른다.

그런 사람들과 함께 있으면 그는 좌절감과 무력감, 절망감을 느끼곤 했다. 왜일까? 그런 사람들에 맞서 자신을 지킬 힘이 없기 때문일까? 아니면 결국은 그들이 옳다는 걸 알고 있기 때문일까? 피오나는 그런 종류의 불안을 느껴본 적이 없는 것 같았다. 어린 시절 그녀를 때리거나 야단치는 사람은 아무도 없었다. 그녀는 그의 성장 배경을 흥미로워했고 그의 험악한 경험들이 특이하다고 생각했다.

맞다. 그들의 의견에는 분명 진실이 있었다. (그는 자신이 누군가와 논쟁하는 소리를 들을 수 있었다. 상대는 피오나일까?) 그런 구체적 세계관은 분명 나름의 장점을 가지고 있었다. 위기 상황에 처하면 메어리언은 자신의 진가를 발휘할 것이다. 음식을 훔치고 거리의 시체에서 신발을 벗겨 내며 생존 능력을 과시할 것이다.

피오나를 이해하려는 노력은 언제나 좌절감을 안겨 주곤 했다. 그건 마치 신기루를 좇는 것, 아니 신기루 속에서 사는 것과도 비슷했다. 메어리언 같은 사람과 사귄다면 또 다른 문제를 경험하겠지. 어쩌면 그건 여지 열매의 씨를 깨우는 경험과 비슷할지도 모른다. 커다란 씨를 덮은 얇은 과육의, 기이하게도 인공적인 유혹이며 화학적인 맛과 향에 이끌려 한입 성큼 베어 물었다가 돌 같은 씨를 만나 주춤하게 되는.

어쩌면 그녀와 결혼할 수도 있었다. 생각해 보면, 메어리언 같은 여자와 결혼할 수도 있었다. 그랜트 자신의 원래 환경 속에 계속 머물렀다면 말이다. 가슴이 멋진 그녀는 충분히 유혹적이었을 것이다. 어쩌면 그녀가 먼저 그를 유혹했을 수도 있다. 부엌 의자 위에서 부산스럽게 엉덩이를 움직이는 모양새나 인위적인 위협의 표정을 가볍게 담아 입술을 비죽이는 것 등이야말로 작은 마을에서 남자를 유혹할 때 아가씨들이 사용하는 순진하고 촌스러운 방법들인 것이다.

오브리를 선택했을 때 그녀에게도 어떤 꿈이 있었을 것이다. 그의 번듯한 외모나 세일즈맨이라는 직업, 사무직 노동자에게 가질 수 있는 그런 기대들 말이다. 적어도 지금보다는 나은 미래를 꿈꾸었을 터이다. 그러나 그처럼 현실적인 사람들에게 종종 이런 일들이 일어나곤 한다. 그들의 계산 능력과 생존 본능, 합리적인 기대를 배반하는 일들이 닥치기도 하는 것이다. 더할 나위 없이 부당하게만 느껴지는.

부엌에 들어간 그랜트의 눈에 제일 처음 띈 것은 전화 응답기의 반짝거리는 불빛이었다. 그는 언제나처럼, '피오나?' 하고 생각했다.

코트도 벗기 전 그는 응답기의 버튼부터 눌렀다.

"여보세요, 그랜트. 이게 당신 번호가 맞으면 좋겠는데. 말할 게 있어서요. 토요일 저녁에 리전 시내에서 싱글들을 위한 댄스 파티가 있어요. 내가 거기 저녁 준비를 맡아서 공짜로 손님을 한 명 초대할 수 있거든요. 혹시 관심이 있는지 궁금해서요. 시간 날 때 전화해 주세요."

같은 여자 목소리가 전화번호를 읽어주고 있었다. '뚜' 하는 신호음 후에 같은 목소리가 다시 말을 시작했다.

"아, 내가 누군지 말하는 걸 잊었네요. 어쩌면 알아봤을지도 모르지만, 저 메어리언이에요. 이런 기계를 사용하는 것이 익숙하지 않아서요. 그리고 참, 당신이 싱글이 아니라는 것도 나중에 생각났어요. 그런 뜻으로 한 말은 아니었지만. 사실 저도 싱글이 아니고요. 그렇지만 가끔 외출하는 것은 나쁘지 않잖아요? 하여튼 이제 말을 다 했으니, 제가 지금 전화 건 사람이 정말 당신이 맞아야 하는데요. 안내 목소리가 딱 당신 같긴 한데. 관심 있으면 전화하고 아니면 신경 쓰지 마요. 그냥 당신도 좀 바람을 쐬고 싶을지 모른다는 생각이 들었어요. 나는 메어리언이에요. 아마 아까 말했었죠. 좋아요. 그럼. 잘 있어요."

기계에서 들리는 그녀 목소리는 그녀의 집에서 들은 것과 사뭇 달랐다. 처음 메시지에서는 그냥 조금 달랐는데 두 번째 메시지에서는 꽤 다른 것 같았다. 좀 긴장한 것도 같았고 짐짓 안 그런 척 꾸미는 느낌도 있었다. 사실은 말을 질질 끌면서도 마치 할 말만 빨리 하고 끊겠다는 듯한 그런 말투.

그녀 안에 뭔가가 일어난 것이다. 그렇지만 도대체 언제 일어난 것일까? 만약 그를 보자마자 그랬다면 함께 있는 내내 그녀는 아주 성공적으로 감정을 숨기는 데 성공했다. 아마 그가 떠난 후에 차츰 그런 마음이 들었다는 것이 더 그럴듯한 가정일 것 같았다. 갑작스럽게 반했다기보다는 그가 혼자 있는 남자고, 가능성이 있는 존재라는 사실이 문득 머리에 떠올랐을 터이다. 온전한 싱글은 아니지만, 한번 시도해 볼 만한 가능성이 있는.

먼저 손을 내밀었기 때문에 그녀는 스스로를 위험에 노출시킨 셈이었다. 그녀가 어느 정도나 자신을 내맡기고 있는지 아직은 판단할 수 없었다. 대개 여성들이 매달리는 정도는 시간이 가고 관계가 진행될수록 증가하는 경향이 있다. 처음에는 단지 여자가 먼저 매달리기 시작했다면 시간이 갈수록 점점 더 그렇게 될 것이라는 사실만을 짐작할 수 있을 뿐이다.

그렇게 퉁명스럽고 무감각한 사람에게서 희미한 애원의 목소리를 발견하는 것, 그런 성격의 표면에 균열과 혼란을 가져왔다는 것, 그는 자신이 그녀에게 불러일으킨 효과들에 적이 만족을 느꼈다.

이런 만족감을 거부해야 할 이유라도 있을까?

오믈렛을 만들기 위해 그는 계란과 버섯을 준비했다. 술도 한잔 하는 것이 좋겠다고 생각했다.

무엇이라도 가능한 것 같았다. 정말 무엇이라도 가능할까? 이를 테면 원하기만 하면 메어리언을 설득해서, 그녀가 오브리를 다시 피오나에게 데려가게 할 수도 있을까? 잠깐 맡기는 것이 아니라 살아 있는 한 오브리를 계속 그곳에서 지내게 할 수도 있을까? 메어리언의 떨림은 과연 그들을 어디로 인도할 것인가? 분노? 수치? 피오나의 행복?

이건 일종의 도전이었다. 승리를 예상할 수 있는 도전. 그러나 이건 또한 누구에게도 고백 못할 우스운 일이기도 했다. 피오나를 위해 부정한 짓을 해야 하다니.

그러나 사실 결과를 미리 예측하는 것은 불가능했다. 피오나에게 오브리를 데려다 준 이후 자신과 메어리언 사이에 어떤 일이 벌어질지 모르기 때문이다. 유혹적인 과육 안에 자리 잡은, 실은 비난할 수도 없는 계산적 씨앗을 깨물고 기대만큼의 만족 없이 관계가 중단될지도 모른다.

이런 종류의 일들은 예측이 쉽지 않다. 알 수 없다는 것만을 미리 알 수 있다고 할지.

메어리언은 지금 그의 전화를 기다리며 앉아 있을 것이다. 아니 어쩌면 계속해서 분주히 움직이며 할 일들을 만들고 있을지도. 사실 그녀의 집 곳곳에서 그런 끊임없는 손길의 흔적이 보였다. 그 손길에는 오브리도 포함되어 있을 것이다. 그를 돌보는 일도 여느 때처럼 계속되고 있겠지. 자기 시간을 갖기 위해 메도레이크에서처럼 이른 저녁을 주고 초저녁부터 그를 재웠을지도 모르겠다. (댄스파티에 갈 때는 오브리를 어떻게 할 작정일까? 혼자 두고 올까? 간병인을 고용할까? 함께 가는 사람을 그에게 소개하고 어디에 가는지도 밝힐까? 그러면 간병인 비용은 내가 내야 하는 걸까?)

그랜트가 버섯을 사고 집으로 오는 동안 그녀는 오브리에게 저녁을 먹였을지 모른다. 이제는 잠자리를 준비해 주고 있을지도. 그러나 그런 일을 하는 내내 그녀는 전화벨, 아니 전화벨의 침묵을 의식하고 있을 것이다. 아마 그가 차로 집까지 가는 데 걸리는 시간도 전화번호부에 있는 주소를 보고 미리 계산했을 것이다. 운전 시간을 계산하고 저녁 준비를 위해 장을 볼 시간을 더해 넣었겠지.(혼자 사는 남자들은 매일 장을 본다는 사실을 염두에 두고.) 그러면 그가 들어와서 메시지를 확인하기까지 시간이 얼마나 걸릴지 계산이 나올 것이다. 그러나 계속 벨이 울리지 않으면 다른 생각도 떠오르기 시작하겠지. 집에 가기 전에 처리해야 할 일이 있었다든가, 저녁 약속이 있어서 식사 시간에 집에 들어오지 않는다든가 하는.

그녀는 부엌 찬장을 청소하고 텔레비전을 보면서 좀 더 기다려 봐야 하나 말아야 하나 고민하느라 늦게까지 자지 않고 있을 것이다.

아니면 그랜트가 자신을 과대평가하는 것인지도 모른다. 상황 판단이 빠른 그녀는 그저 여느 때처럼 잠자리에 들면서 그랜트가 별로 춤을 잘 출 것 같지 않다고, 너무 뻣뻣하고 교수티가 난다고 생각하고 있을지도 모르는 것이다.

그는 잡지를 보며 전화기 옆에 앉아 있었지만 다시 한 번 벨이 울릴 때까지 수화기를 들지는 않았다.

"그랜트, 메어리언이에요. 빨래를 건조기에 넣느라고 지하실에 내려가 있었는데 벨이 울려서요. 올라왔더니 누군지 모르겠는데 끊겨 버렸네요. 만약 당신이었으면, 그리고 메시지를 듣고 전화한 거라면 저 지금은 전화 받을 수 있다고 말해야 할 것 같아서요. 우리 집에는 응답기가 없어서 메시지를 남길 수가 없으니까요. 하여튼, 그래서, 알려 주려고요. …… 잘 있어요."

시간은 이제 10시 25분이었다.

잘 있어요.

이제 막 도착했다고 말해야 할까. 전화를 할지 말지 망설이며 앉아 있는 모습을 상상하게 할 필요는 없을 것이다.

드레이프, 피오나는 오브리 집의 푸른 커튼 같은 걸 드레이프라고 한다고 말했다. 드레이프. 안 될 이유가 뭔가? 그는 그녀가 집에서 만들었다고 강조한 그 흠 잡을 데 없이 동그란 생강 쿠키와 도자기 진열대에 놓여진 커피 잔을 생각했다. 복도 카펫을 보호하려고 깔아둔 비닐 덮개도. 그의 어머니가 언제나 동경하면서도 그런 경지에 이르지는 못한 그 빈틈없는 살림살이와 철저한 실용성. 혹 그것이 그가 느끼는 이 기괴하고 믿을 수 없는 희미한 호감의 이유일까? 아니면 그저 첫 잔에 이어 술을 두 잔 더 마신 탓일까?

그녀 얼굴과 목 근처의 갈색 선탠(이제 그는 그것이 선탠이라고 생각했다.)은 틀림없이 주름이 되고 말 것이다. 크레이프 껍질 같은 피부 속 깊숙이 파고들면서. 그 피부의 열기와 체취, 이미 받아 적어 둔 번호로 다이얼을 누르면서 그랜트는 그런 것들을 떠올렸음에 틀

488

림없다. 고양이 같던 관능적인 혀와 가공 전의 원석 같던 눈에 대해서도.

피오나는 방에 있었지만 누워 있진 않았다. 열린 창문 옆에 앉은 그녀는 철에 맞긴 하지만 이상하리만큼 밝은 색의 짧은 치마를 입고 있었다. 창문으로 봄 들판 가득한 거름 냄새와 활짝 핀 라일락의 취할 듯이 더운 향기가 들어왔다.

그녀는 무릎에 책이 놓여 있었다.

"제가 찾은 이 아름다운 책 좀 보세요. 아이슬란드에 대한 책이에요. 귀중한 책이라면 이렇게 버려두지 않을 텐데. 여기 있는 사람들이 다 정직한 건 아니거든요. 여기 사람들은 옷도 막 뒤섞어 둬요. 내 옷 중에는 노란색이라곤 없는데."

"피오나……." 그가 말했다.

"한참 만에 왔네요. 우리 이제 나가도 되는 건가요?"

"피오나, 놀라지 마. 내가 누구와 왔는지 알아? 오브리 기억나지?"

바람결이 얼굴로, 피오나의 얼굴로, 그녀의 머릿속으로 불어와 모든 것을 흩뜨리기라도 한 것처럼 그녀는 잠시 동안 그를 빤히 바라보았다.

"이름들을 잘 잊어버려요." 그녀가 싸늘한 표정으로 대답했다.

그러나 그녀는 곧 장난기 어린 우아함을 회복하며 그 표정을 지워버렸다. 조심스럽게 책을 놓고 일어서더니 그녀는 팔을 올려 그랜트를 감싸 안았다. 그녀의 피부와 숨결에서 희미하게 전과 다른 냄새가 났다. 물속에 너무 오래 담가둔 꽃줄기에서 나는 것만 같은.

"당신이 와서 기뻐요." 그의 귓불을 잡으며 그녀가 말했다.

"그냥 가버린 줄 알았어요. 나 따윈 신경 쓰지 않고, 버려두고 간 줄 알았죠. 버리고. 나를 잊어버리고." 그녀가 말했다.

그랜트는 그녀의 하얀 머리카락, 분홍빛 속살, 사랑스러운 두상에 얼굴을 기댔다. 그런 적은 없어. 단 일 분도. 그가 대답했다.

옮긴이 서정은

연세대학교 영어영문학과를 졸업하고 뉴욕주립대학교 버펄로 캠퍼스에서 19세기 영국문학 전공으로 박사 학위를 받았다. 현재 경성대학교 영어영문학과 교수로 재직 중이며 역서로『허영의 시장』『진 브로디 선생의 전성기』등이 있다.

미움, 우정, 구애, 사랑, 결혼

초판 1쇄 발행 2007년 5월 5일
2판 1쇄 발행 2020년 5월 11일
2판 3쇄 발행 2024년 9월 30일

지은이 앨리스 먼로
옮긴이 서정은

발행인 이봉주 **단행본사업본부장** 신동해 **편집장** 조한나
마케팅 최혜진 이인국 **홍보** 반여진 허지호 송임선
국제업무 김은정 김지민 **제작** 정석훈

브랜드 웅진지식하우스 **주소** 경기도 파주시 회동길 20
문의전화 031-956-7212(편집) 031-956-7089(마케팅)
홈페이지 www.wjbooks.co.kr
인스타그램 www.instagram.com/woongjin_readers
페이스북 https://www.facebook.com/woongjinreaders
블로그 blog.naver.com/wj_booking

발행처 ㈜웅진씽크빅 **출판신고** 1980년 3월 29일 제406-2007-000046호